MÄDCHEN DER RACHE

Rachel's Peril

Ein Thompson Sisters Roman

CHARLES SHEEHAN MILES

aus dem Amerikanischen von
Dimitra Fleissner

Bücher von Charles Sheehan-Miles

Fiktion
Republic
Insurgent

Die Thompson Sisters
Ein Song für Julia
Sternschnuppen
Vergiss nicht zu atmen
Die letzte Stunde

Thompson Sisters - Rachel's Peril
Mädchen der Lüge
Mädchen der Wut
Mädchen der Rache

Nocturne (mit Andrea Randall)

Prayer at Rumayla
A Novel of the Gulf War

Saving the World on $30 a Day:
An Activist's Guide to Starting, Organizing
and Running A Non-Profit Organization

Mädchen der Rache

www.sheehanmiles.com

ISBN-13:9781632021403

Cincinnatus Press
www.cincinnatuspress.com

v01242016

Widmung

Für Amirah

Mein Mädchen des Mutes

Danksagung

B **ei der** Vollendung dieses Buches hatte ich viel Hilfe. Ich werde vermutlich ein paar Personen vergessen, aber ich möchte mich ganz besonders bei Lori Sabin für das Lektorat und bei Sally Bouley für ihre intensive Unterstützung beim Korrekturlesen bedanken.

Danke an meine Beta-Leser: Emma Corcoran, Kathy Baker, Dimitra Fleissner, Laura Wilson, Bryan James, Michelle Kannan, Sarah Griffen, Amy Burt, Jennifer Mirabelli, Stacey Grice, Kirsten Papi, Beth Suit, Rita Jenkins Post und Kelly Moorhouse. Ihr habt den ersten Entwurf des Buches gelesen und ich werde euch ewig dankbar dafür sein.

Und wie immer: Andrea Randall, danke für alles, was du getan hast. Du hast dir meine Ängste und Frustrationen angehört und dich mit meinen verrückten Unsicherheiten auseinandergesetzt, ganz besonders, seit wir unser Privat- und unser Berufsleben miteinander verbinden. Ich danke Gott jeden Tag dafür, dass du Teil meines Lebens bist.

Hauptfiguren

Die Thompson Familie
Richard Thompson
Adelina Thompson
Julia Wilson (Thompson)
—Crank Wilson
Carrie Thompson-Sherman
—Ray Sherman
—Rachel Sherman
Alexandra Paris (Thompson)
—Dylan Paris
Sarah Thompson
Jessica Thompson
Andrea Thompson

Die Wakhan-Akte
Roshan al Saud
Leslie Collins
Mitch Filner
Vasily Karatygin
George-Phillip Patrick Nicholas
Chuck Rainsley

Diplomatischer Sicherheitsdienst
John "Bear" Wyden
Leah Simpson

The Washington Post
Anthony Walker

Prolog

Das Klopfen erschreckte Carrie und Sarah in dem stillen Krankenzimmer. Carrie zuckte in ihrem Sitz zusammen und sah genau in dem Moment auf, in dem ein jung aussehender Arzt mit etwas zu langem Haar seinen Kopf in das Zimmer streckte. Doktor Willis war älter als er aussah und Carrie hatte so viel Vertrauen in ihn wie in jeden anderen Arzt, was nicht viel war. Willis trug einen weißen Arztkittel mit einem Einstecketui für die Brusttasche, Kugelschreiber in verschiedenen Farben schauten daraus hervor.

„Mrs. Sherman? Darf ich reinkommen?"

Das war natürlich eine rhetorische Frage. Sie würde ihn nicht aufhalten. Eine Krankenschwester oder Arzthelferin begleitete ihn – Carrie wusste nicht, was sie genau war. Die Krankenschwester war Mitte dreißig und hatte sehr kurz geschnittenes Haar.

Carrie schenkte dem Arzt ein schwaches Lächeln und bewegte sich auf ihrem Stuhl. Ihre rechte Hand lag neben Rachel in ihrem Maxi-Cosi. Ihre linke Hand streckte sich instinktiv nach Sarah aus und griff nach ihrer Hand. Sarah drückte sie fast unmerklich.

„Wir sind soweit, Rachel für die Infusion vorzubereiten. Aber bevor wir beginnen, müssen wir die Prozedur noch einmal kurz durchgehen."

Carrie nickte. Sie war die Prozedur in ihren Träumen bereits tausendmal durchgegangen. Sie hatte mit den Krankenschwestern und Ärzten darüber gesprochen und eine zweite Meinung eingeholt, und als diese die schlechten Nachrichten bestätigt hatten, hatte sie eine dritte Meinung eingeholt. Die Ergebnisse waren eindeutig: Ihre Tochter litt an Thalassämie major und würde für den Rest ihres Lebens Bluttransfusionen benötigen, welches – sofern sie keinen Knochenmarkspender finden würden – sehr kurz sein würde. Jetzt, im Alter von sechs Wochen, konnten sie die erste Transfusion nicht länger hinauszögern. Rachel war apathisch und blass; ihre Augen und ihre Haut hatten einen leicht gelben Ton.

„Okay, ein Team aus Krankenschwestern wird sie in ein paar Minuten für die Transfusion vorbereiten. Sie werden natürlich die ganze Zeit bei ihr bleiben können."

„Was ist mit Sarah?", fragte Carrie.

„Sie kann natürlich auch bleiben. Jetzt müssen wir nochmal über die Risiken sprechen."

„Ich kenne die Risiken", sagte Carrie.

„Ich weiß, aber es ist Vorschrift."

Carrie seufzte und nickte. Sie hatte viel zu viel Zeit in Krankenhäusern verbracht. Sie kannte die Regeln. „Fahren Sie fort."

„Okay… in der Regel gehören Transfusionen zu den sichersten Verfahren überhaupt. Aber es gibt ein paar Risiken. Als erstes natürlich das Risiko einer Infektion. Diese wird im Wesentlichen dadurch reduziert, dass Sarah das Blut gespendet hat."

Carrie drückte erneut die Hand ihrer Schwester. Sarahs Hände waren weich, außer an ihren Fingerspitzen. Diese hatten dicke Hornhaut vom stundenlangen Gitarrespielen.

„Das zweite Risiko besteht in einer hämolytischen oder allergischen Reaktion. Solche Reaktionen auf Transfusionen sind bei Neugeborenen selten und Sarahs Blut ist gut geeignet, es ist also unwahrscheinlich. Aber möglich. Wir werden das Blut langsam einleiten, um mögliche Nebenwirkungen zu überwachen."

Carrie schluckte. „Okay."

„Dies sind die wesentlichen kurzfristigen Risiken. Und wie Sie wissen, haben wir die langfristigen Risiken auch besprochen. Monatliche Transfusionen werden dazu führen, dass sich viel Eisen in ihrem Organismus ansammelt. Sie wird im Alter zwischen zwölf und achtzehn Monaten mit einer Chelat-Therapie beginnen müssen, um Organversagen zu verhindern."

„Richtig. Außer wir finden einen Knochenmarkspender."

Der Arzt nickte. „Wir werden weiterhin nach einem suchen." Er legte eine Hand auf ihre Schulter. „Hören Sie, Carrie, Sie haben noch viel Zeit. Ich verspreche Ihnen, dass wir alles nur Erdenkliche für Rachel tun werden. Okay?"

Gegen ihren Willen füllten sich Carries Augen mit Tränen. Sie hasste es, wenn sie ihre Gefühle nicht unter Kontrolle hatte, aber seit Rays Tod war sie die Hälfte der Zeit kurz davor, in Tränen auszubrechen. Ihr Magen zog sich bei dem Gedanken zusammen. Manchmal war der Schmerz des Verlustes zu groß. Sie brauchte Ray bei sich. Sie brauchte ihn. Sie schaute zur Decke und nickte, versuchte ihr Gesicht und ihre tränenden Augen unter Kontrolle zu bringen, aber es funktionierte nicht, also kniff sie sie zusammen.

„Es wird alles gut werden." Ein Flüstern. Und für eine kurze Sekunde spürte sie eine Hand an ihrem Gesicht, die ihr über die Wange fuhr. Ihre Augen öffneten sich abrupt, aber der Arzt war auf der anderen Seite des Raumes und Sarah beantwortete eine SMS.

Sie schüttelte ihren Kopf, war verwirrt und versuchte das verwirrende Gefühl zu verscheuchen. Dr. Willis hielt ein Clipboard in ihre Richtung.

„Okay, Carrie, wenn Sie bitte hier unterschreiben würden. Damit bestätigen Sie, dass wir die Risiken des Verfahrens besprochen haben. Schwester Reynolds?"

Die Krankenschwester sagte: „Ich werde als Zeugin unterschreiben. Haben Sie verstanden, was der Arzt Ihnen über die Risiken gesagt hat?"

Carrie war unvernünftigerweise verärgert. Sie wusste, dass sie unterschreiben musste. Immerhin hatte sie die Papiere unterschreiben müssen, die den Ärzten erlaubt hatten, ihren Mann sterben zu lassen. Schaudernd griff sie nach den Unterlagen und dem Stift, den Dr. Willis ihr entgegenhielt. Sie kritzelte ihre Unterschrift auf das Dokument und sagte. „Ja. Ich habe verstanden."

„In Ordnung", sagte er. „Das Schwesternteam wird gleich hier sein." Er nahm ihr das Clipboard wieder ab und verließ das Zimmer.

Fünfzehn lange Sekunden vergingen, dann sagte Sarah: „Geht es dir gut? Du hast ausgesehen, als hättest du einen Geist gesehen."

Carrie schniefte, dann lehnte sie sich hinüber und löste den Gurt, mit dem ihr Baby im Maxi-Cosi festgeschnallt war. Sie hob Rachel zu sich hoch und kuschelte sich an ihre Tochter. Es tat ihr gut. Sie hatte Ray nicht mehr, aber sie hatte ein kleines Stück von ihm, das kleine Mädchen, dass er zurückgelassen hatte. Das kleine Mädchen, für das Carrie einfach alles tun würde. Sie holte lange, zitternd Luft, dann wechselte sie das Thema. Im Moment über Ray oder Rachel zu reden, war einfach zu viel für sie.

„Was ist los?", fragte sie und nickte in Richtung Sarahs Telefon.

„Alex hat mir gerade geschrieben und gesagt, wir sollen die Nachrichten einschalten."

Carrie hob eine Augenbraue. Sie hatten keinen Fernseher in diesem Krankenzimmer. Sarahs Gesicht war ein bisschen blass.

„Was ist?"

Sarah gab ihr das Telefon. Sie zitterte.

Carrie musste die Schlagzeile dreimal lesen, bevor sie einen Sinn ergab.

FRAU DES US-VERTEIDIGUNGSMINISTERS BITTET UM POLITISCHES ASYL IN KANADA
Schießerei während Grenzüberquerung endet mit Krankenhausaufenthalt der achtzehnjährigen Tochter

„Oh mein Gott", sagte Carrie. „Politisches Asyl? Was?"

„Ich muss dorthin", sagte Sarah.

„Nach Kanada?", wollte Carrie wissen.

Sarah nickte. „Wenn Jessica verletzt ist, dann muss ich zu ihr."

Carrie seufzte. „Natürlich". Sie hielt einen Moment inne, las den Artikel quer. Er beschrieb, wie ihre Mutter Sarahs bewusstlosen Zwilling über die Grenze getragen hatte, während ein Schütze versucht hatte, sie beide zu töten. Der Schütze – in der Zeitung stand „der mutmaßliche Schütze" – war von den Grenzpolizisten nach einer Verfolgungsjagd etwa drei Kilometer südlich gefasst worden. Jessicas Verletzungen waren in dem Artikel nicht weiter beschrieben.

Unbewusst zog sie ihre Tochter enger an sich.

Ein einzelnes Klopfen, dann wurde die Tür geöffnet. Zwei Personen betraten den Raum – Krankenschwestern oder Arzthelferinnen. Die erste, eine Frau mit kupferfarbenem Haar, sagte: „Hallo, und wie geht es unserem Baby Rachel heute?"

Sie ging auf Carrie zu und streckte ihre Arme aus, um das Baby auf den Arm zu nehmen. Carrie drückte Rachel enger an sich.

Die Frau hielt inne und sagte: „Tut mir leid – ich bin Melissa, die Oberschwester der Neugeborenen-Intensivstation. Ich werde die Prozedur heute beaufsichtigen. Darf ich das Baby nehmen?"

Carrie fühlte sich unbehaglich und angespannt, aber sie nickte und hielt Rachel ein paar Zentimeter hoch.

Melissa, die Krankenschwester, hob Rachel routiniert in ihre Arme und legte sie in den Plastikstubenwagen. Rachels Arme und Beine zogen sich zusammen und sie stieß ein Schreien aus.

„Oh, du bist so eine Süße", sagte die Schwester mit einer Sing-Sang-Stimme, dabei verzog sie ihre Nase. Rachel gurrte. „Ich wette, deine Mutter und dein Vater sind so stolz auf dich! Ich wette, das sind sie."

Rachel lächelte hoch zu der Schwester, sogar als Carrie zusammen-zuckte.

Eine weitere Schwester betrat den Raum. Routiniert begannen sie, sich um Rachel herum zu bewegen, breiteten Laken und anderes Equipment aus. Die zweite Schwester legte einen Katheter neben eine winzige Nadel, alles war noch in Plastik verschweißt.

Melissa sagte: „Hol bitte eine 25er." Sie begann, das Baby einzuwickeln, dabei ließ sie ihren rechten Arm draußen.

Die zweite Schwester nickte. Melissa sagte: „Das ist Jodi. Sie ist eine unserer Babyschwestern."

Jodi lächelte und nahm die Nadel heraus, die etwas dünner war, als die, die sie zuvor auf den Tisch gelegt hatte. Eine Reihe von Kabeln durchzogen den Raum und verschiedene Geräte wurden angeschlossen. Beide Frauen trugen Handschuhe.

„Mami, wir verbinden die Monitore, um ihren Puls, ihre Atmung und andere lebenswichtige Dinge zu überwachen. Dann werden wir die Infusion setzen. Sie wird am Anfang ein bisschen weinen, ich möchte, dass sie nicht in Panik verfallen."

Carrie nickte und drückte erneut Sarahs Hand. Sie atmete zu schnell und schloss ihre Augen für eine Sekunde, versuchte, sich zu beruhigen.

Es funktionierte nicht. Die zweite Schwester, Jodi, hielt einen Schnuller mit irgendeiner Flüssigkeit darin in Rachels Richtung und Rachel nuckelte glücklich daran, während Melissa etwas an Rachels Arm anschloss und dann verschiedene Dinge damit verband. Dann ließ sie braune Flüssigkeit über Rachels Unterarm laufen.

Mit leiser, konzentrierter Stimme, sagte Melissa: „Setz die Infusion."

Jodi öffnete die Plastikverpackung der dünneren Nadel. Vorsichtig, ihr Gesicht zog sich vor Konzentration zusammen, steckte sie die Nadel in Rachels Arm.

Rachel stieß einen abgewürgten Schrei aus, dann ein Kreischen aus vollem Hals. Carrie zuckte zusammen, als das Baby begann, sich in seiner Umwicklung zu bewegen, während ihr Gesicht hell rot wurde. Das Schreien wurde lauter und Jodi schüttelte ihren Kopf, nur einmal, um nein zu sagen.

„Versuch es nochmal", sagte Melissa mit ruhiger Stimme.

Jodi nickte und zog die Nadel wieder heraus. Oh Gott. Sie hat die Vene verfehlt. Rachels Mund war weit geöffnet, sie schrie lauter, als Carrie sie jemals gehört hatte. Sie schniefte und drückte Sarahs Hand fester. Aber sie weigerte sich, ihre Augen zu schließen oder sie von ihrer Tochter abzuwenden. Sie war stärker als das. Sie hatte hilflos dabei zugeschaut, wie ihr Ehemann in den Tod abgedriftet war. Sie konnte für ihre Tochter da sein.

Nachdem sie eine neue Nadel vorbereitet hatte, steckte Jodi sie wieder in Rachels Arm, während Melissa sie mit einer Hand nach unten drückte und mit der anderen erneut Flüssigkeit von dem Schnuller auf Rachels Mund tropfte.

„Hab es", flüsterte sie. Sie verband den Plastikkatheter routiniert. Rachel schrie lauter und Carries Sicht verschwamm, als ihr Tränen über das Gesicht liefen.

Carrie kämpfte darum, ein Schluchzen zu unterdrücken.

Jodi verband einen Schlauch mit dem Katheter.

„Ativan", sagte Melissa. Sie sah hinauf zu Carrie. „Mami, das ist ein Schmerzmittel. Es wird sehr schnell helfen."

Jodi verband eine Subkutanspritze mit dem Schlauch. Rachel weinte weiter, ihr kleiner Mund und ihre Augen waren weit geöffnet. Tränen liefen über Carries Gesicht, sie spiegelten die ihrer Tochter.

Verdammt, warum kannst du nicht hier sein, Ray? Zum millionsten Mal schrie sie innerlich, warum?

TEIL

EINS

KAPITEL EINS
Seine Hoheit, der Prinz

Dylan. 4. Mai

Dylan Paris fühlte sich immer noch ein bisschen benommen, ein stechender Schmerz pochte in seiner Stirn während er zwischen den beiden Royal Marines ging. Sie trugen schicke Uniformen – gut sitzende blaue Anzüge mit weißen Gürteln, Rangabzeichen auf den Schultern (allerdings standen sie in Dylans Augen auf dem Kopf), und weiße Kappen mit einer Lederkrempe mit einem roten Band. Ihm unbekannte Insignien zierten ihre Krägen und Gürtel, und sie trugen anstatt Abzeichen Medaillen an der Brust. Trotz dieser Pracht hatten sie schussbereite Waffen, böse aussehende, schwarze Glock 17 Pistolen. Diese Typen waren echt. Und sie waren sauer.

Auf Dylan.

Das war in Ordnung. Er war am Leben und anhand der Tatsache, dass er nun in die Botschaft eskortiert wurde, um von Prinz George-Phillip befragt zu werden, vermutete er, dass er die Marines lange genug abgelenkt hatte, damit Andrea es über die Mauer geschafft hatte. Seine Hände waren auf seinem Rücken mit Kabelbindern gefesselt und sein Kopf tat weh, aber er war ziemlich sicher, dass sie es geschafft hatte.

Mission erfüllt.

Die Marines führten ihn nicht zum Hauptgebäude der Botschaft, einem modernen dreistöckigen Gebäude aus Glas und Backstein, dass das Gelände beherrschte. Stattdessen folgte er ihnen (oder besser, wurde von ihnen abgeführt) zu einem dreistöckigen Backsteingebäude, dass er aufgrund der Satellitenfotos als das VIP-Wohngebäude erkannte. Sein Herz klopfte laut. Was, wenn Andrea verwundet war?

Beim Geräusch eines röhrenden Motors schaute Dylan zurück über seine Schulter. Hinter dem Steuer des leuchtend grünen Oldtimers, den er Mendoza abgekauft hatte, saß nun ein Royal Marine. Das Auto wurde auf das Gelände der Botschaft gefahren. Dylan drehte sich wieder um und blickte auf ihr Ziel.

Die Temperatur sank rapide, als sie das große, kaum beleuchtete Foyer des Gebäudes betraten. Dylans Augen schauten sich in dem Raum um, er bemerkte die drei weiteren Ausgänge und die breite Treppe, die an der linken Seite des Raumes entlangführte. Der Boden war auf Hochglanz gebohnert und darauf lag ein sechs Meter breiter Perserteppich, der vermutlich mehr kostete, als Dylan in seinem ganzen Leben verdienen würde.

Der erste Marine sagte: „Bleiben Sie hier", und der zweite griff nach Dylans Arm. Dann ging der erste fort, seine Absätze klackten auf dem Marmorboden.

Das war der erste Spalt in ihrer Rüstung: Echte Soldaten trugen keine Absätze, sie trugen Kampfstiefel. Dylan sah sich weiter im Raum um, bemerkte Fluchtwege und andere nüchterne Details, wie die Profile der Türen. Einen Augenblick später kamen die klackenden Absätze zurück in die Halle und verkündeten mit viel zu lauter Stimme: „Seine Hoheit, der Prinz, wird Sie nun empfangen." Die Wachen griffen jeder nach einem seiner Arme und eskortierten ihn durch die Halle zu einer Szene, die ganz anders war, als er erwartet hatte.

Prinz George-Phillip erkannte er sofort. Vor allem die Ähnlichkeit war bemerkenswert. Er war mindestens 1,98 m groß – so groß wie Ray Sherman. Groß und schlank mit dicken Augenbrauen und einer Hakennase, aber sonst sah sein Gesicht wie das von Carrie und Andrea aus. Seine Augen, die eine tiefe blaugrüne Farbe hatten, wurden etwas feucht.

„Das ist also dein Komplize?"

Andrea, die etwas entfernt stand, nickte. Neben ihr war ein Mädchen – vielleicht sechs oder sieben Jahre alt – und hielt Andreas Hand fest. Das Mädchen sah genau so aus wie Andrea. Dann sagte sie mit argwöhnischer Stimme: „Ja."

„Bitte entfernen Sie die Fesseln", sagte der Prinz zu den Wachmännern. „Bitten Sie Gertrude, uns Kaffee, Getränke und etwas zu Essen zu bringen. Ins Sonnenzimmer. Jane wird uns begleiten – "

Einer der Marines sprach schnell: „Eure Hoheit, ich muss darauf bestehen –"

„Sie werden auf gar nichts bestehen. Ich verstehe, dass ihr Eindringen ungewöhnlich war, aber jetzt sind sie hier." Ohne ein weiteres Wort entließ er die Royal Marines und ging auf Dylan zu. „Ich bin George-Phillip. Und Sie sind?"

„Dylan Paris, ähm… Sir. Ich bin Andreas Schwager."

Der Marine mit den klackenden Absätzen holte eine Schere heraus und schnitt die Kabelbinder durch. Dylan zog sofort seine Hände nach vorne und begann an seinen Handgelenken zu rubbeln. Dann schüttelte er die ausgestreckte Hand von George-Phillip.

Andrea sagte sofort etwas. „Du hast zugegeben, mein Vater zu sein, und du erwartest, dass wir uns jetzt einfach zu einem gemütlichen Mittagessen hinsetzen?" Ihre Stimme war ganz hoch und gespannt wie ein Drahtseil, kurz davor, jeden Moment zu brechen.

„Nein, Andrea. Aber ich möchte die Gelegenheit haben, dich kennenzulernen und dir auch diese Möglichkeit geben."

Ihr Gesichtsausdruck blieb ausdruckslos, zurückhaltend. Sie nickte einmal. Dylan atmete erleichtert auf. Er dachte, dass er ihre Zurückhaltung verstand. Nachdem sie sechzehn Jahre von der Person, von der sie gedacht hatte, dass sie ihr Vater wäre, abgelehnt worden war, war es kein Wunder, dass sie einer unnahbaren Person, von der sie bis gestern noch nie gehört hatte, gegenüber schüchtern war.

„Dylan", sagte Andrea. Ihre Augen waren groß und ihr Kinn angespannt, als sie die Worte aussprach, und ihr Tonfall merkwürdig. Sie war kurz davor, hysterisch zu werden. „Hast du gewusst, dass ich noch eine Schwester habe? Die ich noch niemals getroffen habe? Jane, das ist mein Freund Dylan."

Ihre Augen wurden feucht, aus ihrem geschlossenen Mund hörte man ein Grummeln in ihrem Hals, während sie versuchte, die Tränen zurückzuhalten. George-Phillip sah erschüttert aus, so als hätte er noch niemals zuvor eine Frau weinen sehen, und als hätte er keine Ahnung, was er tun sollte.

Vielleicht wusste er das auch nicht. Dylan sah in an, schaute ihm in die Augen, bewegte dann seinen Kopf in Richtung Andrea, versuchte ihm gedanklich den Befehl zu übermitteln: Umarmen Sie sie, verdammt nochmal.

Dylan wusste nicht, ob George-Phillip die Nachricht aus seinem schlechten Mienenspiel gelesen hatte, oder ob seine menschlichen Instinkte plötzlich ansprangen, aber was auch immer dazu geführt hatte, der Prinz ging mit ausgebreiteten Armen und einem verständnisvollen Gesichtsausdruck zu Andrea.

„Komm, komm", sagte George-Phillip. Er legte seine Hände auf Andreas Schultern. „Es gibt keinen Grund zu weinen. Dies ist einer der glücklichsten Augenblicke in meinem Leben und ich möchte, dass er das für dich auch ist."

Andrea begann heftig zu zittern und sie schluchzte, war nicht in der Lage, ihre Tränen zurückzuhalten. George-Phillip zog sie zu sich und legte seine Arme um sie. Andrea bewegte sich nicht, ihre Arme hingen an ihren Seiten herunter, aber sie konnte das Weinen nicht unterdrücken. Sie schluchzte laut, der aufgestaute Kummer, die Verletzungen eines ganzen Lebens. George-Phillip gab ein paar inhaltslose Laute von sich und Jane legte ihre Arme um Andreas rechtes Bein.

„Warum bist du traurig?", fragte Jane.

Das führte dazu, dass Andrea nur noch mehr schluchzte. Schließlich konnte sie sich zusammenreißen, war in der Lage etwas Verständliches zu sagen, ein einziges Wort, das mit weit mehr Gewicht im Raum hing, als er je erwartet hatte.

„Warum?"

Nachdem sie das Wort gesagt hatte, drückte sie gegen die Brust des Prinzen und zwang ihn damit, sie loszulassen. Sie rieb sich das Gesicht mit dem Ärmel des George Mason University Sweatshirts, das sie vor – wann war das gewesen... zwei Tagen? – gekauft hatten. Dylan hatte den Überblick verloren.

„Andrea... meine Tochter." Als er das Wort Tochter sagte, schienen Prinz George-Phillips Augenbrauen einen Tanz aufzuführen, sie wanderten hoch in seine Stirn. Es war kaum zu glauben, dachte Dylan, dass ein Mann, der absolut kein Pokerface hatte als Chef eines Geheimdienstes eines großen Landes überleben konnte.

George-Phillip fuhr fort: „Fragst du, warum ich dein Vater bin? Oder warum man es dir niemals gesagt hat?"

„Alles", verlangte Andrea. „Ich will alles wissen. Ich will wissen, warum man mich in ein anderes Land abgeschoben hat und ich keines meiner Elternteile je gekannt habe. Ich will wissen, warum... warum..."

Sie hielt inne, versuchte sich zusammenzureißen und sich nichts anmerken zu lassen, dann sagte sie: „Ich will wissen, warum man mich hat glauben lassen, dass ich es nicht wert bin, geliebt zu werden."

George-Phillip sah ernüchtert aus. Dylan war normalerweise gut darin, Menschen einzuschätzen. Für ihn gab es keinen Zweifel, dass der Prinz es ehrlich meinte. Männer waren den Tränen üblicherweise nicht so nahe, außer wenn sie am Boden zerstört waren.

„Es tut mir so leid, Andrea. Es bricht mir das Herz, dass du nicht mit dem Gefühl aufgewachsen bist, geliebt zu werden."

„Du hast meines bereits gebrochen", antwortete sie.

George-Phillip sackte in sich zusammen. „In der Tat. Und Carries auch, vermute ich mal."

„Meine Mutter wäre nicht...", flüsterte sie, „... zusammengeschlagen und vergewaltigt worden, wenn sie nicht mit Carrie schwanger geworden wäre. Es war deine Schuld."

„Das ist das erste Mal neun Monate vor Julias Geburt geschehen", antwortete er mit trauriger Stimme.

Andrea schloss ihre Augen. „Sie haben sich in Spanien kennengelernt. Als sie achtzehn war. Willst du mir sagen, dass er sie damals gezwungen hat?"

George-Phillip seufzte und sagte: „Es tut mir sehr leid, dir das zu sagen, Andrea. Es geschah, als sie sechzehn war. Und ihr Vater ist einige Wochen später gestorben."

„Ich verstehe nicht... warum hat sie ihn geheiratet?"

„Man hat sie dazu gezwungen, Andrea. Ihr Priester und ihre Mutter. Damals waren die Dinge anders, vor allem in Spanien."

Andrea schüttelte heftig ihren Kopf. „Nein. *Abuelita*? Unmöglich. Sie würde niemals ihre Tochter dazu zwingen, einen Vergewaltiger zu heiraten." Sie zischte das nächste Wort heraus. „Niemals."

Dylan hoffte, dass Andrea Prinz George-Phillip nicht soweit verärgern würde, dass man sie rausschmeißen würde. Er wusste nicht, in was für einer legalen Seifenblase sie hier waren – würde man sie, in dem Moment, in dem sie die Botschaft verließen, verhaften? Aber andererseits wusste die Polizei vielleicht gar nicht, wo sie waren.

Er dachte nicht, dass George-Phillip das tun würde. Aber keiner von ihnen kannte ihn wirklich, oder? Und er war der Chef des britischen Geheimdienstes. Man erreichte so eine hohe Position nicht, ohne die Fähigkeit kaltherzige Entscheidungen zu treffen.

Prinz George-Phillip blieb geduldig. Er sagte: „Ich weiß, es gibt vieles, was du nicht weißt, Andrea, und vieles, über das du zu Recht verärgert sein kannst. Ich werde dir so viel wie möglich erzählen, wenn du mich lässt."

Mit einem kurzen, bestimmten Nicken sagte sie: „Ja. Okay. Und ich habe Hunger. Mit deinen Wachen zu kämpfen ist harte Arbeit."

„Dann komm. Ihr beide. Jane, geh und wasch deine Hände und dann kannst du zu uns ins Sonnenzimmer kommen."

Prinz George-Phillip zeigte ihnen, wo sie sich frisch machen konnten – er nannte das Bad ein Wasser-Klosett – und ein paar Minuten später saßen Andrea, George-Phillip, Dylan und Jane an einem gemütlichen Tisch in einem Zimmer, das an drei Seiten große Fenster hatte. Das Sonnenzimmer war umgeben von Gras, dahinter waren Bäume und eine Häuserzeile auf der anderen Seite des Zaunes.

Mit einem schiefen Lächeln sagte George-Phillip: „Wir müssen die Sicherheitsvorkehrungen hier überprüfen. Wenn ihr Attentäter gewesen wärt, wäre ich erledigt gewesen."

Dylan dachte, dass der Prinz natürlich recht hatte. Obwohl Dylan die Marines abgelenkt hatte, hätte eine Sechzehnjährige es niemals ins Gebäude schaffen dürfen.

Eine Frau, die eine zweireihig geknöpfte, knielange Kittelschürze trug, schenkte ihnen allen Tee ein. Leider war kein Zucker in Sicht.

„Sommer Sausage-Rolls, Eure Hoheit, mit Mini-Sandwiches und Cremeküssen."

Janes Gesicht wurde heller, als sie das letzte hörte und sie streckte ihren Arm nach den Süßigkeiten aus.

George-Phillip hielt ihre Hand mit seiner fest. „Iss erst ein oder zwei Sandwiches, Jane."

Das kleine Mädchen machte einen Schmollmund, gehorchte aber. Andrea schaute mit feuchten Augen zu und Dylan – dessen Kindheit eine Katastrophe aus Alkoholikern und Missbrauch gewesen war – verstand genau, warum. Dies war das, was er auch immer hatte haben wollen – ein einfaches Familienleben, mit Eltern, die sich um einen kümmerten.

Andrea sagte nichts – sie schaute einfach zu, ihre Augen wanderten zwischen dem Vater und seiner Tochter hin und her.

„Du musst wissen", sagte George-Phillip im Unterhaltungston, „ich bin zu dem Schluss gekommen, dass mein Beruf mich daran hindert, Zeit mit Jane zu verbringen. Egal, was bei dem aktuellen Skandal herauskommen wird, ich beabsichtige, meinen Chefposten aufzugeben. Ich habe kein Recht, dich hierum zu bitten, Andrea – aber ich möchte, dass du darüber nachdenkst, mit mir nach London zu kommen. Falls du die Gelegenheit dazu hast. Ich möchte, dass wir uns kennenlernen."

Andrea antwortete nicht. Eine peinliche Stille breitete sich am Tisch aus und Dylan lehnte sich vor. Er räusperte sich, zuvor schob er seine geballte Faust vor seinen Mund – hätte er seine Serviette verwenden sollen? Dann sagte er: „Wie rede ich Sie korrekt an… Hoheit? Oder Sir? Oder…"

„In der Öffentlichkeit ist Hoheit oder Euer Gnaden mein Titel, aber hier, bitte nennen Sie mich George-Phillip. Sehe ich das richtig, dass ich mich bei Ihnen dafür bedanken muss, dass meine Tochter noch am Leben ist?"

Dylan schenkte ihm ein schiefes Lächeln. Nicht mal in einer Million Jahren würde er einen königlichen Prinz mit seinem Vornamen ansprechen. „Sir, Andrea hat das ganz allein gemacht. Sie ist einfach die mutigste Person, die ich kenne."

Prinz George-Phillip schenkte seiner Tochter ein warmes Lächeln. „Schlechterdings wäre es besser gewesen, du hättest das nicht erleben müssen. Aber ich bin stolz und verblüfft, wie du damit umgegangen bist."

„Ich habe nur versucht, zu überleben", sagte Andrea, dabei rutschte sie auf ihrem Stuhl herum. Dylan versuchte immer noch, George-Phillips Satz zu analysieren. Schlechter… was?

Ohne weitere Vorrede sagte George-Phillip: „Ich denke, ihr beide solltet erstmal hier bleiben. Ihr seid auf der Flucht und haltet euch versteckt und dies ist der sicherste Ort für euch. Außerdem werdet ihr beide, bis die Untersuchungen der Amerikaner abgeschlossen sind, von der Polizei gesucht werden."

Dylan sah Andrea in die Augen. Sie blieb gelassen. Er nickte ihr so unmerklich wie möglich zu.

Sie nickte zurück, dann schauten ihre Augen zurück zu George-Phillip. Sie spitzte ihre Lippen für einen Augenblick, dann sagte sie: „Ja, wir werden bleiben. Ich habe tausend Fragen an dich."

„Ich werde dir alles sagen, was ich weiß", sagte George-Phillip mit beruhigender Stimme. „Du kannst mich alles fragen. Innerhalb der Grenzen der Vertraulichkeit, die mein Job erfordert, bin ich für dich ein offenes Buch, Tochter."

„Du sagtest, dass mein – die Person, von der ich dachte, sie wäre mein Vater – " Sie flüsterte die nächsten Worte, ihre Augen wanderten dabei zu Jane: „... meine Mutter vergewaltigt hat. Und dass man sie dazu gezwungen hat, ihn zu heiraten?"

George-Phillip nickte. „Sie war siebzehn, als sie geheiratet haben. Deine älteste Schwester Julia wurde ein paar Monate später geboren."

„Wann hast du meine Mutter kennengelernt?"

„Im Winter 1984. Wir haben uns im Februar bei einer Dinner-Party hier in Washington kennengelernt. Ich war neu in der Stadt und sie auch. Richard Thompson ist in diesem Frühjahr oft nach Zentralasien gereist. Deine Mutter und ich haben uns ineinander verliebt."

In Dylans Hinterkopf spielten sich die schlimmsten Dinge ab. Warum, zur Hölle, haben Sie sie dann nicht beschützt? Er sprach die Worte nicht laut aus. Es stand ihm nicht zu. Aber er hoffte, dass Andrea danach fragen würde.

„Und so wurde Carrie gezeugt", sagte Andrea.

„Ja."

„Und was ist danach geschehen?"

„Ich wusste viele Jahre lang nichts von Carrie. Ich... Im Mai 1984... Ich war gerade von einer Reise nach London zurückgekehrt. Adelina hat mit mir Schluss gemacht… ohne weitere Erklärungen. Ich habe sie danach zwölf Jahre nicht gesehen."

Andrea sah ihn mit einem schmerzvollen Blick an. „Hat sie es dir später gesagt?"

„Ja, als wir uns in China wieder getroffen haben. Wir waren zu diesem Zeitpunkt beide schon älter und weiser. Aber Adelina… Es war tragisch. Er hatte ihren Geist zerstört. Die aufgeweckte, mutige Frau, die ich gekannt habe, war zu einem schüchternen Mäuschen geworden, das in der Öffentlichkeit ihrem Ehemann niemals widersprach. Sie hat mir gesagt, der Grund… der Grund…"

George-Phillips Gesicht verzog sich vor Schmerz.

„Ja?", sagte Jane. „Was tut dir weh?"

George-Phillip legte seine linke Hand auf Janes Schulter. Und seine rechte Hand auf seine Brust. „Mein Herz tut mir weh, Jane. Mein Herz."

Gott, dachte Dylan.

George-Phillip sagte: „Jane, ich denke es ist Zeit, dass du zu Adriana gehst."

Janes Augen füllten sich mit Tränen. „Ich will bei meiner neuen Schwester bleiben."

„Ich verspreche dir, dass du nachher wieder zu ihr kannst. Im Moment müssen wir eine Erwachsenenunterhaltung führen."

Sie kletterte von ihrem Stuhl, das sah wie immer gefährlich aus – so, als ob sie jeden Augenblick den Stuhl umwerfen und auf den Boden fallen würde – dann ging sie den ganzen langen Weg um den Tisch herum zu seinem Stuhl, dabei kam sie an Andrea und Dylan vorbei. Sie stellte sich auf ihre Zehenspitzen und küsste den sitzenden George-Phillip.

„Spielst du nachher mit mir?", fragte sie.

Er nickte und sagte: „Ja natürlich."

„Wirst du auch mit mir spielen, Schwester?", fragte sie Andrea.

Andrea mochte George-Phillip misstrauen, aber es war klar, dass sie ihrer sechsjährigen Halbschwester gegenüber keine Vorbehalte hatte. Ihre Augen wurden glasig und sie nickte und sagte: „Ja, sehr gerne."

Ein paar Minuten später, nachdem das kleine Mädchen den Raum verlassen hatte, fuhr George-Phillip fort. „Während ich fort war, hat Adelina bemerkt, dass sie schwanger war. Und sie glaubte, dass Richard sie oder Julia oder vielleicht ihren Bruder Luis umbringen würde, wenn er herausfand, dass sie schwanger war. Sie glaubte, dass er ein totaler Soziopath war. Ich weiß nicht, ob das stimmt oder nicht, aber sie hat ihn dazu provoziert, sich an ihr zu vergreifen. Auf diese Weise konnte sie ihm glaubhaft weismachen, dass Carrie seine Tochter war."

Andrea zuckte zusammen. Sie streckte, anscheinend ohne es zu wollen, ihren Arm aus und griff nach Dylans Hand.

„Ich habe versucht, sie davon zu überzeugen, ihn zu verlassen. Das habe ich. Ich hätte dafür gerne meine Karriere aufgegeben und sie geheiratet. Ich wollte das mehr, als alles andere auf der Welt."

„Aber das hast du nicht", sagte Andrea.

George-Phillip schenkte ihr ein trauriges Lächeln. „Das habe ich nicht. Als wir uns in Peking erneut getroffen haben... waren viele Jahre vergangen. Deine Mutter und ich... nahmen unsere Affäre wieder auf. Aber mit sehr strengen Regeln, die sie festgelegt hatte. Du musst wissen, dass in den Jahren, in denen wir uns nicht gesehen hatten, sehr viel geschehen war. Richard hatte begonnen daran zu zweifeln, dass Carrie seine Tochter war, weil sie so unglaublich groß war. Er nahm sie mit zu einem Untersuchungsinstitut und ließ sie beide testen. Und als er es herausfand, hat er Adelina fast totgeschlagen."

Andrea zuckte zusammen. Sie sagte nichts, hörte einfach nur zu. Sie rührte das Essen nicht an.

„Später hat sie mir erzählt, wie diese Jahre gewesen waren. Deine Familie ist viel umgezogen – erst war sie in San Francisco, dann drei Jahre in Belgien, danach in China. Dein Vater hatte die perfekte Tarnung – er gehörte zur CIA, aber die Welt kannte ihn als Diplomat. Das gab ihm die Gelegenheit, überall zu operieren. Während die Jahre vergingen, stellte er sicher, dass sie nicht zur Ruhe kam. Hin und wieder terrorisierte er sie – schürte ihre Angst und ihre Verwirrung. Das wurde mit der Zeit immer schlimmer."

Andrea knirschte mit ihren Zähnen. „Sie war verrückt", sagte sie.

„Wie meinst du das?", fragte George-Phillip.

„Du beschreibst ein Opfer, dass von Richard Thompson terrorisiert wurde, aber ich erinnere mich, dass sie verrückt war. Sie brach bei der kleinsten Provokation zusammen. Sie war völlig unberechenbar – dasselbe

Verhalten, das an einem Tag zu einem leichten Schimpfen führte, verursachte am nächsten Tag einen schreienden Ausbruch. Sie hat uns mit ihren Worten gebrochen."

Dylan seufzte. Er wusste, wie das war – sein Vater war ein totales Arschloch und Alkoholiker. Zum ersten Mal verspürte er echte Sympathie für seine Schwiegermutter. Adelina Thompson hatte ihre Töchter terrorisiert. Er hätte niemals gedacht, dass sie so viel hatte durchmachen müssen.

George-Phillips Augen wurden bei Andreas Worten feucht.

George-Phillip. 4. Mai

Sie hat uns mit ihren Worten gebrochen.

Oh Adelina, warum hast du ihn nicht verlassen, als ich dich darum gebeten habe? Als ich gebettelt habe?

Er versuchte, sich die Adelina, die er gekannt hatte, als verletzend vorzustellen. Er konnte es nicht. Sie war freundlich und ehrlich und unglaublich verängstigt gewesen. Sie hatte sehr oft Angst gehabt. Sie hatte ihm erzählt, wie sie versucht hatte, ihre Töchter vor der emotionalen Zerstörung durch ihren Vater zu beschützen.

Er erinnerte sich, wie er irgendwann im April 1984 mit Adelina in einem Vorort von Washington in Maryland in einem Restaurant gesessen hatte.

Es ist nicht Julias Schuld, dass er ihr Vater ist, hatte Adelina gesagt. Sie verdient meine ganze Aufmerksamkeit und Liebe, aber manchmal zucke ich vor ihr zurück.

George-Phillip hatte geseufzt, hatte mit seinen Händen leicht gegen seine Schläfen gedrückt. Bitte verlass ihn, Adelina. Ich flehe dich an. Du hast so viel Besseres verdient.

Adelina hatte gelächelt, ein breites, falsches Lächeln, das ihre glasigen Augen nicht hatte verbergen können. Weißt du, was er mir neulich geschickt hat, George-Phillip? Er ist irgendwo in Pakistan, aber er hat einen Zwischenstopp in Spanien eingelegt, um ein Bild von meinem Bruder zu machen. Das war eine Drohung.

George-Phillip hatte geschaudert. Ein paar Wochen später hatte sie sich von ihm getrennt.

Er schüttelte seinen Kopf, kam zurück in die Gegenwart. Im Moment war Adelina nicht das Problem. Ihre Tochter – *seine Tochter!* – davon zu überzeugen, dass sie ihm vertrauen konnte – darum ging es jetzt. Er sah Andrea in die Augen und sagte: „Es tut mir so leid. Ich wusste nicht, dass es so schlimm geworden ist."

Andrea schüttelte ihren Kopf, zog einen Mundwinkel nach oben, ihr skeptischer Gesichtsausdruck brach ihm das Herz. „Natürlich wusstest du das nicht", sagte sie. „Du warst ja nicht da."

Er war erschüttert und verbarg es, in dem er einen Schluck von seinem Tee nahm. Das gab ihm ein paar Sekunden, sich zu sammeln. Schließlich sagte er: „Natürlich hast du recht. Ich war nicht da. Und es ist egal aus welchem Grund– es gab viele Gründe, aber es gibt keine wirkliche Entschuldigung."

Andrea sah zu Boden. Dann sagte sie: „Aber du bist nach Spanien gekommen. Als ich zum ersten Mal mit Carrie dort war."

George-Phillip lächelte: „Das bin ich. Auch noch weitere Male. Ich war bei deinem Konzert vor zwei Jahren. Du hast eine sehr schöne Singstimme."

Andrea wurde rot. „Du warst da?"

„Natürlich. Ich schaffe es nicht oft, musst du wissen, nicht, ohne dass es verdächtig wird. Aber es gab Gelegenheiten, die unauffällig waren – ich habe versucht, sie zu nutzen."

In Calella gab es in der Altstadt im Sommer Freitagabends immer Livekonzerte. Als er erfahren hatte, dass Andrea bei einem auftreten würde, war er unauffällig nach Spanien gereist. Er erinnerte sich, wie er hinten in der Menge gestanden hatte, die sich auf dem Platz versammelt hatte, und an Andreas Nervosität, als sie auf die Bühne gekommen war. Sie hatte zunächst gezögert und zu einer Frau geschaut, erst jetzt realisierte er, dass es ihre *Abuelita*, ihre Großmutter, gewesen sein musste. Dann hatte sie gelächelt, ein wunderschönes Lächeln und begonnen a cappella zu singen.

Er hatte die Worte nicht verstanden – George-Phillip sprach fließend Französisch, aber kein Spanisch – doch anhand ihres Ausdrucks, ihrer Intonation wurde ihm klar, dass sie das musikalische Talent ihrer Mutter geerbt hatte. Seine Augen begannen erneut, feucht zu werden.

„Verzeih mir", sagte er. „Ich scheine meine Gefühle heute nicht unter Kontrolle zu haben. Ich frage mich – hast du von ihr gehört? Hast du eine Ahnung, wo sie sein könnte? Deine Mutter?"

Dylan und Andrea sahen sich an, bevor sie etwas sagten, in dem Blick lag eine tiefe Bedeutung.

Dylan lehnte sich vor: „Sir... Ich habe ganz kurz mit ihr gesprochen. Am 30. April. Direkt bevor die Schießerei begann."

George-Phillip seufzte. „Zu dem Zeitpunkt habe ich auch das letzte Mal mit ihr gesprochen."

Dylan neigte seinen Kopf nach rechts und hob eine Augenbraue. „Ich habe gedacht, Sie sprechen nicht miteinander."

„Das haben wir auch nicht", sagte George-Phillip. „Aber nachdem ich gehört habe, dass Andrea zurück in die Vereinigten Staaten fährt, habe ich die Familie so gut wie möglich verfolgt. Es gibt da ein paar Leute mit sehr großen Geheimnissen, die sie bewahren möchten. Ich denke, sie dachten, wenn herauskommt, dass Richard seine Frau vergewaltigt hat, dann würde seine ganze berufliche Laufbahn untersucht werden. Und damit bestünde das Risiko, dass die Geschehnisse in Wakhan aufgedeckt würden."

Dylan zuckte zusammen. „Wakhan? In der Badakhshan Provinz?"

„Kennen Sie sie?"

Dylan verzog das Gesicht. „Ich war während meiner Zeit in Afghanistan in Badakhshan stationiert. Wir sind allerdings nicht bis zum Wakhan-Korridor vorgedrungen. Er ist zu abgelegen – nicht mal die Taliban waren an diesem Ort interessiert. Was wollen die Leute geheim halten? Und was hat Richard Thompson damit zu tun?"

George-Phillip seufzte. Dann sagte er: „Was ich euch jetzt sage, unterliegt der strengsten Geheimhaltung. Aber der *The Guardian* hat die Story gerade heute herausgebracht, also ist die Geheimhaltung kaum noch etwas wert. Im Jahre 1983 hat eine Gruppe der Afghanischen Miliz Nervengas über ein Dorf in Wakhan ausgeschüttet. Zwei CIA-Agenten und ein Geheimdienstagent aus Saudi-Arabien haben das Nervengas aus den russischen Vorräten beschafft. Richard Thompson war einer davon."

„Heilige Scheiße", sagte Dylan. Dann wurde er rot, eine unangenehme Röte breitete sich über seine Wangen und seinem Hals aus. „Bitte entschuldigen Sie, ähm... Hoheit... ähm... Sir."

George-Phillip kicherte. „Wirklich Mann, ich war bei den Royal Marines. Es ist nicht das erste Mal, dass ich Kraftausdrücke höre. Jedenfalls, war ich nach Andreas Entführung in höchster Alarmbereitschaft." Er drehte sich um und schaute zu seiner Tochter, dachte einen Moment darüber nach, wie unglaublich mutig sie gewesen war. „Du bist wirklich etwas Besonderes", sagte er. „Jeder Mann wäre stolz, dich seine Tochter zu nennen."

Sie sah zum Tisch herunter. Sie vertraute ihm natürlich immer noch nicht. Das würde Zeit brauchen. Er hoffte nur, dass er diese Zeit bekommen würde.

„Jedenfalls", sagte er, „haben wir die Kommunikation bestimmter Leute überwacht, von denen wir wussten, dass sie mit Tariq Koury in Verbindung standen."

„Haarige Brust", sagte Andrea.

George-Phillip hob seine Augenbrauen.

Sie antwortete: „So habe ich ihn gedanklich genannt. Er saß während des ganzen Fluges neben mir und hatte sein Hemd nur halb zugeknöpft. Es war widerlich."

„Verstehe", sagte George-Phillip. „Du musst wissen, dass Koury ein Geheimdienstmitarbeiter mit fast zwanzig Jahren Erfahrung war. Er hat beim saudiarabischen Mukhabarat begonnen, dann aber freiberuflich weitergemacht. Er war sehr gefährlich. Du musst eine sehr einfallsreiche junge Dame sein, wenn du ihm entkommen konntest."

„Ich habe ihn nicht getötet", sagte sie. Ihre Augen füllten sich mit Tränen, als sie die Worte aussprach.

George-Phillip legte seinen Kopf zur Seite.

Sie fuhr fort. „Die Polizei hat ihn und seinen Partner getötet. Ich habe nur – darum gekämpft, zu überleben. Die Zeitungen schrieben, dass ich beide Männer mit bloßen Händen getötet hätte. Das ist nicht wahr."

„Leider schreiben die Zeitungen oft Dinge, die nicht wahr sind", sagte George-Phillip.

Dylan runzelte die Stirn und murmelte: „Leider die traurige Wahrheit."

Der Butler des Gästehauses erschien in der Tür. „Eure Hoheit, der Botschafter möchte Sie sehen."

An einem Sonntag? Es musste wegen des Tumults sein. Er stand auf, wischte sich seinen Mund mit der Stoffserviette ab und sagte: „Andrea, Dylan. Bitte entschuldigt mich einen Moment."

Er ging zur Tür und schaute einmal zurück. Andrea und Dylan hatten ihre Köpfe zusammengesteckt und waren schon am Reden. Er ging durch die Tür.

Stephen Easton war eine jüngere Version des tattrigen alten Trottels, der Botschafter in China gewesen war, als George-Phillip dort Mitte der 1990er eingesetzt gewesen war. Wie sein älterer Bruder Ronald hatte Easton seinen guten Namen und seinen Reichtum dafür verwendet, im diplomatischen Corps aufzusteigen. Keiner der Brüder hatte jemals wirklich etwas bewirkt. Nur Ronalds Sohn Harry – im Moment ein Attaché hier in der Botschaft – hatte in seinen jungen Jahren einen Skandal nach dem anderen verursacht.

Easton lehnte sich auf seinen Stock, als George-Phillip auf ihn zukam. Er war fast siebzig Jahre alt und sah auch genauso aus, dank der Tatsache, dass er sein Leben lang gut gegessen, am Schreibtisch gesessen und zu viel Wein getrunken hatte.

„Eure Hoheit", sagte Easton.

„Botschafter."

„Eure Hoheit, ich muss protestieren. Man hat mir berichtet, dass zwei Eindringlinge das Gelände der Botschaft betreten haben und anstatt sie den Wachleuten zu übergeben, haben Sie sie hereingebeten und ihnen etwas zu essen angeboten? Was ist in Sie gefahren, Sir?"

Eastons Gesicht wurde bereits rot. George-Phillip nahm sich vor, Easton nicht zu sehr zu verärgern – der alte Wichtigtuer könnte jeden Moment einen Herzinfarkt bekommen.

„Botschafter, einer der beiden Eindringlinge ist meine lang vermisste Tochter."

Eastons Augen wurden groß. „Heiliger Gott, ist das wahr?"

„Ja, das ist es, Botschafter. Sie hat eine schlimme Woche hinter sich. Man hat versucht, sie umzubringen, und ich habe vor, sie hier zu behalten, wo sie sicher und geschützt ist. Darüber werde ich nicht diskutieren."

Easton schüttelte seinen Kopf, wedelte vage mit seiner Hand durch die Luft. „Sicher wäre ein Hotel in der Nähe mit guter Security…"

George-Phillip hob seine Augenbrauen. „Das kommt nicht in Frage."

„Stimmt es, dass beide von den amerikanischen Behörden gesucht werden? Ist Ihnen klar, was für einen internationalen Eklat Sie verursachen könnten?"

„Es wird keinen internationalen Eklat geben, wenn die Amerikaner nicht erfahren, dass sie hier sind. Nicht wahr?" George-Phillip hob seine Augenbrauen und lehnte sich vor, er unterdrückte seinen Wunsch, den Mann verbal fertig zu machen. Sie ist meine Tochter.

„Eure Hoheit, sie dürfen nicht mehr als ein paar Tage hierbleiben. Ich werde es nicht gestatten."

George-Phillip seufzte. In ein paar Tagen konnte viel geschehen, und er konnte wenig tun, um es zu verhindern. Er wusste immer noch nicht, wo Adelina war und er hatte auch noch nicht mit Carrie gesprochen. Und von dem schrecklichen Artikel im *The Guardian* ganz zu schweigen.

„In Ordnung Botschafter. Ich sollte innerhalb von ein paar Tagen in der Lage sein, etwas anderes zu arrangieren."

Stephen Easton begann, sich abzuwenden, aber dann drehte er seinen Kopf zurück zu George-Phillip, seine kurzsichtigen Augen sahen durch die dicken Brillengläser, die er trug, sehr groß aus. „Eure Hoheit… wieviel hat das alles mit dem Artikel im Guardian zu tun?"

George-Phillip seufzte und sagte: „Es hat mehr damit zu tun, als mir lieb ist. Aber ich kann Ihnen versichern, dass die Anschuldigungen gegen mich falsch sind und ich werde es zu gegebener Zeit beweisen."

Easton hob seine Augenbrauen und schüttelte sorgfältig seinen Kopf. Der alte Mann war skeptisch. „Tja, dann", sagte er und drehte sich um.

George-Phillip wollte gerade wieder zurück zum Sonnenzimmer gehen, aber dann sah er seinen Assistenten, der seit dreißig Jahren für ihn arbeitete. Oswald O'Leary war Ire, klein und hatte das Gesicht eines Boxers. Er nahm kein Blatt vor den Mund, war unkonventionell und brillant. Er hatte George-Phillip seit Jahrzehnten unermüdlich gedient, er war die einzige Person, der George-Phillip voll vertraute. Jetzt stand er in der Tür und sah grimmig aus.

„Was ist los, O'Leary?"

„Er hat recht, müssen Sie wissen, Hoheit. Es kann nichts Gutes dabei herauskommen, wenn Sie sie hier behalten."

„Jemand versucht, meiner Tochter etwas anzutun", sagte George-Phillip.

„Sie sollte den amerikanischen Behörden übergeben werden. Dort wird sie sowieso sicherer sein."

George-Phillip murmelte einen Fluch in sich hinein und sagte dann: „Ich danke Ihnen für Ihren Rat. Aber sie wird hier bleiben. Was haben Sie sonst noch für mich, O'Leary?"

„Hoheit, Adelina Thompson ist aufgetaucht."

„Lieber Gott, wo? Mexiko?"

„Nein, Sir. In Kanada. Sie und ihre Tochter haben die Grenze zu Fuß überschritten. Es scheint, als gäbe es an der kanadischen Grenze nicht mal einen Zaun. Sie sind über die Grenze gerannt, während jemand auf sie geschossen hat."

„Ist ihre Tochter immer noch bei ihr?"

„Ja, Sir, Jessica Thompson ist im Krankenhaus, Sir."

Alarmiert sagte George-Phillip: „Wurde sie angeschossen? Geht es Adelina gut?"

O'Leary schüttelte seinen Kopf. „Nicht angeschossen, Sir. Ich kenne noch keine Details – außer dem, was die Nachrichten berichtet haben. Wir haben noch niemanden dort. Aber die kanadischen Medien berichten, dass Adelina Thompson politisches Asyl verlangt."

George-Phillip schenkte O'Leary ein grimmiges Lächeln. „Das wird auch Zeit", sagte er. „Ich muss zurück – danke für das Update, O'Leary."

George-Phillip ging an O'Leary vorbei, griff nach der Tür, als O'Leary seinen Arm berührte.

„Hoheit? Bedenken Sie, dass Adelina Thompson nicht mehr das neunzehnjährige Mädchen ist, in das Sie sich verliebt haben. Sie ist…"

„Was ist sie, O'Leary? Alt? Das sind wir beide."

„Nein, Hoheit, das habe ich nicht gemeint. Sie ist… nicht gesund. Psychisch."

Wut durchfuhr George-Phillip. „Tja, vielleicht ist es an der Zeit, dass sie die Gelegenheit bekommt, sich zu erholen." Er drängte sich an O'Leary vorbei.

KAPITEL ZWEI
Er wird nicht aufhören, bis ich tot bin

Adelina. 4. Mai

„**M**rs. Thompson?** Ich bin Liam Tremblay von der Einwanderungsbehörde. Ich bin für Ihren Asylantrag zuständig."

Adelina stand auf. Tremblay war ein unscheinbarer Mann um die dreißig. Er hatte eine schiefe, flache Nase, die aussah, als wäre sie während einer Schlägerei gebrochen worden, aber er trug einen ordentlich aussehenden Anzug.

„Soweit ich informiert bin, wird Ihre Tochter gerade wegen schwerwiegender gesundheitlicher Probleme behandelt, also werde ich Sie heute nicht weiter belästigen, wenn Sie keine Zeit zum Reden haben."

Adelina zuckte hilflos mit ihren Schultern. „Meine Tochter wird im Moment behandelt, ich habe ganz viel Zeit."

„Ich hoffe, ihre Aussichten sind gut..." Er hob seine Stimme am Ende des Satzes leicht, so als würde er eine Frage stellen.

Adelina sah zu Boden. Wie sollte sie das beantworten? Ihre Tochter war abhängig von Chrystel Meth. Sie hatte ihrem Körper und ihrem Gehirn irreparablen Schaden zugefügt. Sie würde vermutlich den Schlaganfall überleben, aber es war sehr wahrscheinlich, dass es noch weitere Gesundheitsprobleme geben würde.

„Alles, was wir tun können, ist beten", sagte Adelina. Das war bitter. Sie hatte ihr Leben lang gebetet, ohne Erfolg.

Tremblay seufzte. „Verstehe", sagte er mit sanfter Stimme. „Es tut mir leid."

„Bitte, Mr. Tremblay. Was kann ich für Sie tun?"

„Na ja, Mrs. Thompson, ich bin der vorläufig zuständige Mitarbeiter für Ihren Asylantrag. Ich kann entscheiden, ob Ihr Asylantrag sofort abgelehnt wird, wenn ich der Meinung bin, dass er einer Grundlage entbehrt, oder ich kann ihn an eine Kommission weiterleiten, die nach einer Anhörung darüber entscheiden wird."

Sie nickte. „Mein Antrag ist begründet", sagte sie mit überzeugter Stimme.

„Das mag schon sein, aber das Verfahren muss eingehalten werden."

„Wie lange dauert es?" Sie brauchte Zeit. Wenn Kanada sie nicht aufnehmen würde, würde das Vereinigte Königreich es vielleicht tun. Irgendwo. Sie brauchte Zeit, um herauszufinden, warum Richard ihr und Jessica einen Mörder hinterhergeschickt hatte.

„Na ja. Ma'am, wenn ich Ihr Verfahren befürworte, dann wird Ihre Anhörung in sechzig Tagen stattfinden."

„Und wie lange dauert es, bis Sie Ihre Entscheidung treffen?"

Er lächelte sie an. „Das kann ich anhand einer simplen Befragung machen, hier und jetzt."

Sie atmete erleichtert auf.

„Bitte. Bitte, fahren Sie fort."

„Also gut. Ich werde Ihnen ein paar Fragen stellen. Ich möchte Ihnen vorab mitteilen, dass wir grundsätzlich keine Asylanträge von Personen annehmen, die zu uns über die Grenze der USA gekommen sind."

Angst durchschoss sie. „Warum nicht?"

Er schenkte ihr ein freundliches Lächeln und hielt seine Hand mit der Handfläche nach oben in die Luft. „Normalerweise", sagte er. „Die Tatsache, dass jemand auf Sie geschossen hat, als Sie über die Grenze gekommen sind, ändert die Dinge. Der Grund für die übliche Vorgehensweise ist, dass die Vereinigten Staaten und Kanada ein Abkommen haben, nachdem Flüchtlinge, die über unsere Grenzen kommen, im ersten Land, das sie erreichen, einen Asylantrag stellen müssen."

Sie nickte. „Okay. Ich verstehe. Das ergibt Sinn. Aber ich bin aus den Vereinigten Staaten geflüchtet."

„Damit könnten Sie die Erste sein, Ma'am. Ich möchte Ihnen also ein paar Fragen stellen, um die Richtigkeit Ihres Antrags zu überprüfen und ich werde Ihnen auch ein paar grundsätzliche Fragen stellen. Bitte antworten Sie so knapp wie möglich und wahrheitsgemäß."

Er holte ein Notizbuch und einen Stift heraus, dann setzte er eine Lesebrille auf die Spitze seiner flachen Nase. Die Lesebrille saß ein wenig schief.

„Mrs. Thompson, zunächst einmal, wo sind Sie geboren?"

„Spanien."

„Haben Sie die spanische Staatsangehörigkeit?"

Sie schüttelte ihren Kopf. Ein weiterer Stich des Verlustes durchfuhr sie. „Nein. Ich habe meine spanische Staatsangehörigkeit aufgegeben, als ich die US-Staatsbürgerschaft erhielt. Das war 1987."

„Verstehe. Warum haben Sie nicht beide Staatsbürgerschaften behalten?"

„Mein Ehemann war ein amerikanischer Diplomat."

„Wann und wo haben Sie geheiratet?"

„In Calella, Spanien. April 1981."

„Warum hat es so lange gedauert, bis Sie die US-Staatsbürgerschaft erhielten?"

Adelina starrte den Mann an. Sie fragte sich, ob sie einen Fehler beging. Sie hatte Richards Geheimnisse dreißig Jahre für sich behalten, um ihre Kinder zu schützen, um ihren Bruder zu schützen. Aber dann erinnerte sie sich. Richard hatte Killer engagiert, um ihre Tochter Andrea zu entführen. Er hatte ihr und Jessica Killer hinterhergeschickt. Er war nun wirklich verrückt geworden. Geheimnisse wahren kam nicht mehr in Frage.

Mit flacher, tonloser Stimme antwortete sie: „Weil Richard nicht wollte, dass irgendjemand erfuhr, dass er bei einer Vergewaltigung ein Kind gezeugt hatte. Also haben wir gewartet, bis ich einige Jahre älter als achtzehn war."

Tremblay hustete, seine Augen traten leicht aus ihren Höhlen. „Bitte erläutern Sie das."

„Ich war sechzehn, als Richard Thompson mich vergewaltigt hat. Er war damals als Diplomat in Spanien eingesetzt. Danach hat er einige Wochen später meinen Vater ermordet, als er begann etwas zu ahnen. Meine Mutter und mein Priester haben mich gezwungen, ihn zu heiraten, als sie bemerkten, dass ich schwanger war."

„Heiliger Gott", sagte Tremblay. „Und trotzdem sind Sie mehr als dreißig Jahre bei ihm geblieben."

„Ich konnte ihn nicht einfach verlassen, so einfach war das nicht. Ich bin geblieben, um meine Kinder und meinen Bruder zu beschützen", sagte sie. „Sie sind eine lebenslange Folter wert."

„Warum sind Sie jetzt geflohen?"

„Meine jüngste Tochter, Andrea, ist nicht von ihm. Als er erfahren hat, dass sie zurück in die Vereinigten Staaten kommt, hat er ihr Killer hinterhergeschickt. Und mir auch."

„Andrea Thompson", sinnierte er. „Ich habe in den Nachrichten viel über sie gesehen. Und Sie haben Angst, dass Sie, falls Sie zurück in die Vereinigten Staaten gehen, weitere Anschläge fürchten müssen?"

Mit bitterer Stimme sagte sie: „Er wird nicht aufhören, bis ich tot bin."

Tremblay schloss sein Notizbuch und holte dann ein Blatt aus seiner Tasche. „Warten Sie bitte einen kurzen Moment. Ich werde die Genehmigung für die Weiterbearbeitung Ihres Antrags erteilen, was zu einem Skandal führen wird, weil Sie aus den USA kommen. Sie werden vermutlich einen Medienrummel ertragen müssen. Das tut mir leid."

Adelina keuchte auf. Er wählte eine Nummer und einen Augenblick später, sprach er mit jemandem. „Ja. Ja. Ich brauche ein Datum. Okay…"

Tremblay legte auf und kritzelte ein Datum in den oberen Teil eines Formularsatzes.

„Ihre Anhörung wird am 26. Juni stattfinden. In der Zwischenzeit müssen Sie diese Formulare vollständig ausfüllen. Sie haben fünfzehn Tage Zeit, um das zu erledigen und sie mir zurückzugeben. Ich werde Ihnen und Ihrer Tochter ein zweimonatiges Visum ausstellen. Willkommen in Kanada."

Adelina brach in Tränen aus. Tremblay sah hilflos drein, also fuhr er peinlich gerührt fort, die Formulare auszufüllen und schaute weg, während sie versuchte, sich zu fassen.

„Ich muss Ihre Pässe anschauen, Ma'am. Haben Sie den Ihrer Tochter auch?"

„Das habe ich", sagte sie. Sie suchte in ihrer Handtasche und gab ihm ihre persönlichen Pässe. Tremblay scannte sie mit seinem Telefon und machte dann Bilder von den Fotoseiten. Einen Augenblick später stempelte er beide ab.

„Danke", flüsterte sie.

„Gern geschehen, Ma'am. Haben Sie einen Ort zum Übernachten, solange Sie hier sind?"

„Noch nicht, aber ich habe Geld, um ein Zimmer zu mieten. Im Moment werde ich im Krankenhaus bleiben, bis es Jessica besser geht."

Er lächelte und gab ihr eine Visitenkarte. „Hier ist meine Nummer, falls Sie mich erreichen müssen. Mein Büro ist draußen in der Grenzstation in Abbortsfort – die Station, an der Sie vorbeigerannt sind, als Sie das Feld überquert haben. Ich hoffe, Sie gestatten mir, Ihnen zu helfen, falls Sie irgendwas benötigen."

Sie schenkte ihm ein Lächeln, und er ging fort. Ihr Herz schlug sehr heftig, ein Gefühl, das sie viel zu gut kannte. Eine heftige Panikattacke war im Anmarsch. Sie schloss ihre Augen und begann zu beten. Wenn diese Attacken erstmal begannen, konnte sie sie nicht mehr stoppen. Es war jedes Mal so. Ihr Herzschlag würde immer schneller werden, dann Schmerzen in der Brust und unerträgliche Angst in ihrem Körper.

Sie musste keinen Grund dafür haben. Es hatte angefangen, als sie in Belgien gewesen waren, vor mehr als zwanzig Jahren, als Richard sie unbarmherzig mit seinen Worten und Drohungen gefoltert hatte. Das hatte dazu geführt, dass sie unausgeglichen und total verängstigt geworden war.

Du weißt ja, hatte er einmal gesagt, die Fahrt nach Calella dauert nur zwölf Stunden. Und ich habe den kleinen Luis nie kennengelernt. Wie alt ist er jetzt, dreizehn?

Lass ihn in Ruhe!

Dann benimm dich, hatte er zurückgeschnauzt.

Mit diesen willkürlichen Grausamkeiten hatte er begonnen, nachdem er erfahren hatte, dass Carrie nicht seine Tochter war. Er musste nicht drohen. Er hatte sie mit seinem schrecklichen Angriff im Februar 1990 genug eingeschüchtert, als er sie mit Alexandra geschwängert und mit lebenslangen Narben gezeichnet hatte.

Sie starrte die Tür an, hinter der die Ärzte Jessica behandelten. Sie hasste sich dafür, dass sie ihn nicht schon vor dreißig Jahren verlassen hatte. Er hatte immer damit gedroht, dass er ihre Kinder verletzen würde, dass er sie verletzen würde, dass er Luis umbringen würde. Falls sie sich „falsch verhielt". Aber jetzt hatte er es trotzdem getan und Jessica war im

Krankenhaus und sie konnte niemanden außer Richard und sich selbst dafür verantwortlich machen.

Die Schmerzen in ihrer Brust wurden schlimmer. So war es immer. Als es im Jahr 1991 zum ersten Mal geschehen war, war sie sofort ins Krankenhaus gefahren, sie hatte gedacht, dass sie einen Herzinfarkt hätte. Nein, hatten ihr die Ärzte mitgeteilt. Sie war völlig gesund. Sie hatten ihr Paroxetin empfohlen, ein starkes Antidepressivum.

Sie hatte es versucht, aber sie hatte sich damit gefühlt, als ob unter ihrer Haut ganz viele kleine Käfer krabbelten. Während der nächsten zwanzig Jahre hatte sie viele verschiedene Medikamente gegen Angststörungen und Depressionen genommen. Ihre Ärzte waren ratlos gewesen.

Aber sie erinnerte sich daran, was Dr. Thornton einmal, nicht lange nachdem Julia ans College gegangen war, gesagt hatte. *Keine noch so großen Mengen an Medikamenten werden eine Angst stoppen, die von etwas in Ihrem Leben geschürt wird, Adelina. Gibt es etwas, das ich wissen müsste?*

Sie hatte sich ordentlich verhalten. Sie hatte es abgestritten, den Arzt gewechselt und weiterhin schreckliche Angst gehabt.

Sie presste ihre Faust gegen ihre Brust und stöhnte. Die Schmerzen waren heftig.

„Mrs. Thompson – geht es Ihnen gut?"

Sie schaute auf, hatte Tränen in den Augen. Es war eine Krankenschwester. „Panikattacke", flüsterte sie. „Ich habe sie früher schon gehabt. Normalerweise nehme ich Lorazepan, wenn ich welche dabei habe, aber ich habe keine."

„Lassen Sie mich Sie zu einem Untersuchungsraum bringen", sagte die Krankenschwester.

„Nein! Ich muss bei Jessica bleiben."

Die Krankenschwester lächelte. „Jessica wird wieder gesund werden. Die Ärztin ist gerade auf dem Weg zu Ihnen."

Plötzlich durchflutete sie Hoffnung. „Was? Wirklich?" Sie schüttelte so heftig ihren Kopf, dass ihre Zähne aufeinander schlugen und es schien eine Stunde zu vergehen, bis die Ärztin auftauchte.

„Mrs. Thompson? Ich bin Linda Gate, die Chefärztin der Neurochirurgie."

Neurochirurgie. Dort war Carries Ehemann Ray auch gewesen… bevor er gestorben war. Eine große Frau mit langen blonden Haaren, die zu einem Pferdeschwanz zusammengebunden waren, stand vor ihr. Sie trug einen weißen Arztkittel mit Blutspuren darauf. Adelina zitterte weiter.

Die Chirurgin fuhr fort. „Also… zunächst einmal, Ihre Tochter erholt sich jetzt. Sie hatte einen Schlaganfall, der durch eine Hirnblutung verursacht wurde. Das bedeutet, dass Blut in ihr Gehirn strömte, als Sie das Krankenhaus erreichten. Nachdem wir das eindeutig festgestellt hatten, wurde sie sofort in den OP gebracht. Ich war zu dem Zeitpunkt, als sie hineingefahren wurde, gerade auf dem Flur. Wir haben das Meiste des Blutes abgesaugt und das verletzte Blutgefäß geschlossen."

„Wird sie sich vollständig erholen?", fragte Adelina.

„Es ist zu früh, um das zu sagen, Mrs. Thompson. Ihre Tochter hatte einen lebensgefährlichen Schlaganfall. Soweit ich weiß, hat sie regelmäßig Crystal Meth genommen?"

Adelina nickte. War beschämt. „Ja."

„Das tut mir so leid", sagte Dr. Gate. „Das ist herzzerreißend." Sie streckte ihren Arm aus und berührte Adelinas Schulter. „Panikattacke?", fragte sie.

Adelina nickte schnell. Tränen liefen über ihr Gesicht.

„Sie hat gesagt, sie hatte schon früher Panikattacken", sagte die Krankenschwester. „Und sie nimmt Lorazepan."

„Na ja. Haben Sie keine dabei? Haben Sie jemanden, der sie Ihnen bringen kann?"

Adelina schüttelte ihren Kopf. „Wir sind… Flüchtlinge, nehme ich mal an. Sie hatte den Schlaganfall in dem Moment, in dem wir angegriffen wurden, während wir über die Grenze nach Kanada geflüchtet sind. Ich habe einen Asylantrag gestellt."

„Oh Gott. Tja… dann werde ich Ihnen ein Rezept für Lorazepan ausstellen. Viel Glück mit Ihrem Antrag."

Adelina sank zurück in ihren Stuhl. Gleich drei Leute hintereinander waren unglaublich freundlich zu ihr gewesen. Sie dachte daran, wie isoliert sie normalerweise war. Sie hatte seit den 1980ern keine Freunde mehr gehabt. Richard hatte das verhindert, er hatte darauf bestanden, dass sie, außer in die Kirche und zu Schulfesten, nirgendwo allein hinging.

Ich möchte nicht, dass du weiterhin Zeit mit den Rainleys verbringst. Chuck schaut dich immer ganz genau an und Brianna auch.

Sie sind meine Freunde, hatte sie geantwortet.

Du hast kein Recht auf Freunde, Adelina. Du ziehst deine Töchter groß, gehst in die Kirche und benimmst dich. Verstanden?

Im Laufe der Jahre hatte sie Richard Thompson immer mehr gehasst.

Bear. 5. Mai

„Scott Kelly am Apparat", sagte die raue Stimme am anderen Ende der Leitung.

„Hier ist Bear."

„Bear! Wann kommen Sie zurück?"

„Hahaha, sehr witzig. Ich bin suspendiert, Sie Arschloch."

„Häh?"

„Haben Sie Zeit, sich mit mir zu treffen? Ich habe ein paar Fragen an Sie. Es geht um Ihre Schwestern", Kelly hatte keine Schwestern, und Bear wusste das.

„Schwestern? Ja, klar. Wo?"

Bear dachte einen Moment nach. Hmmm. Er kannte einen guten Ort mit einem lauten Springbrunnen. Der International Monetary Fund hatte ein großes Gebäude in der 19. Straße, Ecke Pennsylvania, das weder vom Außenministerium noch von Bears Wohnung zu weit entfernt war.

„Treffen Sie mich an der 19. zur L. am Coffee Shop in der Lobby des IMF-Gebäudes."

„Ich werde in zwanzig Minuten da sein", sagte Kelly. „Sie geben einen aus."

„Ich bin arbeitslos, Sie Arschloch."

Kelly lachte und legte auf.

Achtzehn Minuten später betrat John „Bear" Wyden das Erdgeschoss des hellbraunen Stein- und Glasbaus des Hauptquartiers des International Monetary Fund. Außerhalb war das Gebäude, wie alle staatlichen oder fast-staatlichen Gebäude in Washington, von Betonpfosten und Pflanzen umgeben, die dekorativ aussahen, aber so designt waren, um Autobomber vom Gebäude fernzuhalten.

Drinnen war nur kleiner Teil für die Öffentlichkeit zugänglich, ein Coffee Shop im Erdgeschoss und eine Cafeteria im zweiten Stock, die man über eine Rolltreppe erreichen konnte. Ansonsten war das Gebäude ziemlich abgesichert, mit bewaffneten Wachleuten, die die Zugangsberechtigungen der Menschen prüften, und Metalldetektoren.

Bear ging zu dem Coffee Shop und fluchte leise. Kelly war schon da. Was bedeutete, dass Bear einen ausgeben musste.

Kelly stellte sich mit ihm an. In einem Umgangston sagte er: „Sie werden nicht glauben, mit wem ich heute Morgen als erstes gesprochen habe."

„Ach ja? Mit wem?"

„Einem ganz bestimmten Vietnam-Veteran, der erst Senator und danach Minister wurde. Er hat mich hinaufbeordert, um mir mitzuteilen, dass ich offiziell das Außenministerium bei der Untersuchung vertreten werde, – dass Sie bis auf Weiteres suspendiert wurden. Er hat mir außerdem inoffiziell gesagt, dass ich mit Ihnen kooperieren soll. Was ich sowieso getan hätte."

Bear kicherte. „Ich wette, das hat Ihre Aufmerksamkeit erregt."

„Was ist los, Bear? Die Finanzbehörden und das Justizministerium sind mir gerade in den Arsch gekrochen. Sie mischen sich total in diese Ermittlung ein. Der diplomatische Sicherheitsdienst ist nur noch ein Handlanger. Ich bin abgestellt worden, Dokumente für den unabhängigen Ermittler zu kopieren."

Sie waren ganz vorne in der Schlange angekommen. Bear bestellte einen starken Mokka mit Sahne und ein Schokoladencroissant, das war eine seiner vielen Schwächen. Kelly schnaubte, als Bear die Bestellung aufgab und sagte: „Geben Sie mir einen Kaffee und einen Donut."

Zwei Minuten später saßen sie neben dem lauten Springbrunnen in dem zehnstöckigen Atrium. „Okay, wer schmeißt die Sache jetzt wirklich?"

„Ein Typ namens Rory Armitage. Der unabhängige Ermittler, er wurde vom Justizministerium beauftragt, er hat eine riesige Anzahl Helfer und Ermittler und ein fast unbegrenztes Budget."

„Das muss man auch haben, wenn man hinter dem Verteidigungsminister her ist."

„Tja, er hat jetzt keinerlei Chance mehr, als Verteidigungsminister bestätigt zu werden. Seine Anhörungen beginnen morgen und ich denke, der
Präsident wird schon vorher die Notbremse ziehen."

„In Ordnung. Wer noch?"

„Die nächste Größe ist ein Typ von den Finanzbehörden... Smith...
nein... verrückter Name... Schmidt. Wolfram Schmidt. Aus Texas, nicht zu
fassen. Die Leute vom Justizministerium arbeiten mit der Drogenbekämp-
fungsbehörde zusammen, um die Drogenkontakte aufzuklären, wegen der
Drogen, die man in der Wohnung der Schwestern gefunden hat. Die Finanzbehörden versuchen, die Geldgeschäfte aufzudecken. Sie haben einige
Konten auf Thompsons Namen auf den Cayman Inseln gefunden. Dort liegen Unsummen, und erst kürzlich wurden große Summen dorthin transfe-
riert."

„Das ist verrückt", sagte Bear. „Was noch?"

„Haben Sie gehört, dass Adelina Thompson und ihre Tochter Jessica aufgetaucht sind? Sie sind zu Fuß über die Grenze nach Kanada gerannt, während ein Arschloch mit einem Gewehr auf sie geschossen hat. Die Tochter
ist jetzt im Krankenhaus. Und jetzt kommt's: Adelina Thompson – die Frau
des Verteidigungsministers – hat in Kanada einen Antrag auf politisches
Asyl vor den Vereinigten Staaten gestellt, sie behauptet, ihr Ehemann hat
Killer auf sie angesetzt."

„Wow", sagte Bear. „Was ist mit dem Schützen geschehen?"

„Er hat versucht zu fliehen, aber die Bellingham Polizei hat ihn gefasst.
Und jetzt gibt es einen großen juristischen Disput, weil der Schütze in Bellingham verhaftet wurde, aber das Justizministerium und die Grenzbehörden ihn gleichermaßen haben wollen."

„Ach", sagte Bear. „Wie heißt er?"

„Nick Larsden. Er ist ein... ein Gauner. Ein kleiner Kopfgeldjäger aus
LA, er lebt davon, entflohene Häftlinge zu finden. Er tut groß, weil er ein
Veteran ist, aber er war nur ein Mitarbeiter im Personalbereich in Deutschland, als er bei der Army war. Er scheiterte als Privatdetektiv, dann wurde
er Kopfgeldjäger."

„Das ist eine große Hilfe, Kelly. Wirklich. Larsden ist derjenige, mit
dem ich sprechen möchte."

„Viel Glück. Jeder will ein Stück von ihm. Warum Sie? Warum machen Sie allein an der Sache weiter?"

„Lassen Sie mich einfach sagen, dass etwas an dieser offiziellen Geschichte stinkt. Richard Thompson mag ein Arschloch sein, aber ich glaube nicht, dass seine Töchter seine Kuriere oder Komplizen sind. So eine Scheiße. Das ist verrückt."

Kelly zuckte mit den Schultern. „Ich habe schon Verrückteres erlebt."

„Na ja, ich mache weiter, weil ich denke, dass das alles ganz andere Gründe hat. Zum einen haben die Schwestern soweit ich weiß in seinem Büro Dokumente über das Wakhan-Massaker gefunden, und zwar kurz bevor das Haus zerstört wurde. Und dann bringt der Sonntags-Guardian einen Spezialreport, in dem er Thompson mit dem Massaker in Verbindung bringt. Ich will wissen, wie das alles zusammenhängt und wer sonst noch daran beteiligt war."

Bears Gedanken kehrten zurück zu dem Bild in Thompsons Personalakte. Das Foto, das man aus seiner Wohnung gestohlen hat, zusammen mit den restlichen Dokumenten. Er erinnerte sich, wer auf dem Foto zu sehen war. „An diesen Personen bin ich interessiert… Prinz Roshan von Saudi Arabien. Leslie Collins. Prinz George-Phillip von England."

Kellys Augen wurden groß. „Sie denken in großen Maßstäben."

„Darum nennt man mich Bear."

„Quatsch. Man nennt Sie so, weil Sie so behaart sind."

„Mal ehrlich. Ich muss so viel wie möglich über diese vier Personen wissen."

„Sie wollen alles. Dokumente über die Geheimdienstchefs von drei Staaten, inklusive unserem eigenen. Zugang zu einem Kriminellen, um den sich die Behörden streiten."

„Ja. Können Sie das arrangieren?"

Kelly starrte ihn an. Dann sagte er: „Ich werde tun, was ich kann."

„Ich werde also nach Westen reisen, mit dem billigsten Flug."

„Ach ja? Machen Sie Urlaub?"

„Ich dachte an den Bundesstaat Washington."

„Schön. Wir bleiben in Kontakt, Bear."

Bear stand auf und streckte sich. Während er das Gebäude verließ, dachte er scharf nach. Wie zur Hölle könnte er an Larsden herankommen?

Und wer hatte ihn beauftragt? Richard Thompson? Das ergab keinen Sinn, außer dass er eine Blutfehde gegen seine Frau führte. Was möglich war. Er hatte niemals zwei Personen gesehen, die so wenig zueinander passten.

Er brauchte mehr Informationen und er hatte keine Möglichkeiten. Als er die 19. Straße zurück zum DuPont Circle ging, drehten sich seine Gedanken im Kreis. Dann fand er einen eleganten Ausweg: Er kannte jemanden, der Zugang zu hochrangigen Personen, viele Mitarbeiter und Informationen hatte, und es würde auch kein Problem für denjenigen sein, überall hin zu fliegen, um an Informationen zu gelangen. Es war gegen jeden Instinkt, den Bear hatte, was bedeutete, dass es eine schreckliche Idee war – oder eine brillante.

Er runzelte die Stirn. Dann holte er sein Telefon raus und wählte die Nummer der Auskunft.

„Die *Washington Post* bitte. Redaktion, nicht Aboservice."

Sechzig Sekunden später hatte man ihn durchgestellt. Es dauerte noch ein paar Minuten, um ein paar Vorzimmerdamen zu überzeugen, aber dann hatte er direkt Anthony Walkers Mailbox dran.

„Ja – Walker. Hier ist Bear Wyden. Rufen Sie mich an." Er sagte seine Nummer und legte auf.

Während er weiterging, seufzte er. Heute fühlte er sich zum ersten Mal seit einer Woche – seit dem 28. April, dem Tag, an dem Andrea Thompson in den Vereinigten Staaten gelandet war – etwas ausgeruht. Leahs Zustand wurde langsam besser, und sie war wach und so mürrisch wie immer. Man musste den Kindern sagen, dass sie wegen der Löcher in ihrem Körper nicht auf ihr herumklettern durften. Teenager – sie waren wie Kleinkinder.

Leah, dachte er. Es ist Zeit loszulassen, Bear. Sie hat wieder geheiratet.

Ja, das wusste er.

Sein Handy klingelte. Es war eine 202-Vorwahl – Washington, DC. Er ging ran.

„Mister Wyden? Hier ist Anthony Walker."

„Bitte nennen Sie mich Bear."

„In Ordnung. Nennen Sie mich Anthony. Was kann ich für Sie tun?"

„Ich denke, Sie und ich haben im Moment einiges gemeinsam. Wollen wir zusammenarbeiten?"

„Klar. Ich bin im Moment in der Wohnung der Thompsons. Die Spurenermittlung hat die Wohnung an Carrie zurückgegeben."

„Dann werde ich die rote Linie nehmen und Sie dort treffen. Ich muss auch mit den Schwestern reden."

„Dann bis bald."

KAPITEL DREI
Der Weg in die Hölle

Andrea. 5. Mai

Andrea lehnte sich auf ihrem Stuhl zurück und genoss das seltene Gefühl der Entspannung. Die Morgensonne schien durch die Scheiben des Sonnenzimmers, und zum ersten Mal, seit sie vor einer Woche in Spanien aufgebrochen war, hatte sie die Nacht durchgeschlafen.

Sie vertraute George-Phillip immer noch nicht. Vielleicht würde sie das nie. Aber sie fühlte sich zumindest sicher.

Direkt vor der Glastür des Sonnenzimmers saß Dylan auf einer Bank. In seiner rechten Hand hatte er eine Zigarette und in der anderen hielt er einen Stift, mit dem er sehr schnell in ein kleines Notizbuch schrieb, das Andrea zuvor noch nicht gesehen hatte. Sie wusste nicht, worüber er schrieb, aber er hatte einen schmerzvollen, manchmal auch wütenden, Gesichtsausdruck. Dylan war, direkt nachdem er aufgewacht war, fast unzivilisiert gewesen, hatte sich sofort einen Kaffee eingeschenkt und war nach draußen verschwunden. Er hatte Andrea und Prinz George-Phillip – ihren Vater – allein gelassen.

„Dein Freund ist ganz schön launisch", bemerkte George-Phillip.

Andrea zuckte mit den Schultern. „Er war in Afghanistan eingesetzt. Und Ray Sherman war sein bester Freund."

George-Phillips Gesichtsausdruck wurde weich. „Carries Ehemann."

„Ja", antwortete Andrea.

„Ich möchte sie kontaktieren." Während er die Worte sagte, bewegten sich seine Augenbrauen wie verrückt. Andrea versuchte ihren Tanz zu deuten, aber sie konnte es nicht.

„Warum?", fragte sie.

George-Phillip blinzelte. „Was meinst du mit warum? Sie ist meine Tochter, genau wie du."

Andrea setzte sich auf und sah ihn genau an. Dann sagte sie: „ Versuche nicht, uns irgendwelche Gefallen zu tun."

„Ich wünschte wirklich, dass ich dir nicht so wehgetan hätte." Er seufzte, als er die Worte aussprach.

„*El camino al infierno esta empedrado de buenas intenciones*", murmelte Andrea. *Der Weg in die Hölle ist gepflastert mit guten Absichten.*

George-Phillip hob eine Augenbraue.

„Mach dir darüber keine Gedanken", sagte sie. „Es ist nur… das ist alles ein Schock. Ich wünschte nur, ich könnte dir vertrauen."

George-Phillip seufzte. „Das wünschte ich auch. Es wird einige Zeit brauchen, aber ich verspreche dir, ich werde dir und deiner Schwester beweisen, dass man mir vertrauen kann."

„Und wie geht es jetzt weiter?", fragte sie.

„Ich habe heute Vormittag ein Treffen mit eurem Präsidenten und einige weitere Treffen mit dem Botschafter und anderen Leuten heute Nachmittag. Heute Abend würde ich gerne mit dir und Dylan zu Abend essen. Und – ich würde auch gerne deine Schwestern dazu einladen, Carrie auf jeden Fall, aber auch die anderen, wenn sie kommen möchten."

„Ich denke, Alexandra wird kommen", sagte Andrea. „Dylans Frau."

„Ja. Ich werde ihnen eine Einladung zukommen lassen. Meinst du, dass sie in der Wohnung sind?"

„Ich habe keine Ahnung. Das letzte Mal, als ich dort war, hat jemand versucht, uns umzubringen."

„Stimmt. Ich werde herausfinden, wo sie sind. Gibt es etwas, das du in der Zwischenzeit brauchst?"

„Ich muss meinen Onkel und meine Oma in Spanien anrufen."

„Natürlich. Du kannst das Telefon im Salon benutzen, gleich hinter dieser Tür."

Er stand auf und sie tat es ihm nach. Sie fühlte sich komisch. Sie wusste nicht mal, wie sie ihn ansprechen sollte. „Ähm... ähm... Eure Hoheit?"

George-Phillips Augenbrauen bewegten sich unkontrollierbar. Es war fast lustig. Seine Worte waren allerdings ernüchternd. „Ich würde mich sehr freuen, wenn du eines Tages darüber nachdenkst, mich Vater zu nennen. Aber in der Zwischenzeit wird George-Phillip es tun. Bitte keine Titel. Nicht zwischen uns."

Andrea schluckte. Dann sagte sie: „George-Phillip also... ich... ich weiß, ich muss dir sehr undankbar ... oder so?... vorkommen." Sie wollte vor Frust mit dem Fuß stampfen. Andrea war nicht auf den Mund gefallen. Sie bewegte ihre Augen in Richtung Decke, denn sie spürte plötzlich Tränen darin. Dann sagte sie: „Ich habe mir immer einen Vater gewünscht, der mich liebt. Der sich für mich interessiert. Und ich habe niemals verstanden, warum er es nicht getan hat. Ich habe niemals verstanden, warum sie mich fortgeschickt haben. Also bitte verzeih mir, wenn du zu schön bist, um wahr zu sein." Dann hielt sie ihren Atem an und blinzelte, bemühte sich, nicht zu weinen.

Er sah sie mit einem liebevollen Blick an und sagte: „Nimm dir soviel Zeit, wie du brauchst, Andrea. Ich verstehe, dass ich mir dein Vertrauen erst verdienen muss."

Dann war er weg. Sie überlegte, zu Dylan hinauszustürmen. Herumzuschreien. Etwas gegen die Wand zu werfen. Sie wusste nicht, was sie denken sollte, wie sie reagieren sollte, wie sie sich verhalten sollte. Sie wusste nicht, was sie glauben sollte. Es gab keine Zweifel daran, dass das, was er sagte, wahr war. Er war ihr Vater.

Aber alles andere? Konnte sie ihm wirklich glauben, dass ihre Mutter ihm gesagt hatte, er solle sich von ihr fernhalten? Dass sie ihn sogar darum angefleht hatte? Dass er sich gewünscht hatte, Kontakt mit ihr zu haben, dass er sie die ganze Zeit hatte treffen wollen, dass er irgendwie über sie gewacht und aufgepasst hatte, und bei dem Festival gewesen war, bei dem sie gesungen hatte.

Warum hatte Abuelita ihr nie etwas gesagt?

Adelina. 5. Juli 1994

„In Ordnung", sagte Bear Wyden. „Sie können jetzt fahren, aber ich möchte, dass Sie sich bei mir melden, wenn Sie die Grenze nach Frankreich überschreiten und nochmals, wenn Sie nach Spanien kommen. Haben Sie mich verstanden? Ich weiß, dass Washington der Meinung ist, dass die Bedrohung gegen Sie vorbei ist, aber ich möchte trotzdem sicher gehen."

„Ich danke Ihnen, Bear", sagte Adelina. „Sie haben ja gar keine Ahnung, wie viel mir das bedeutet."

„Ich kann es mir vorstellen", murmelte er, während er an den Gurten auf dem Dach des Fiat Tempra zog, ein Fahrzeug, das Adelina hasste. Die Koffer waren immer noch genauso festgezurrt, wie die letzten fünfzehn Male, bei denen er daran gezogen hatte.

„Mädchen, steigt bitte ins Auto", sagte sie. „Julia!", rief sie. Julia war am anderen Ende der Garage, sie saß auf der Motorhaube eines auf Hochglanz polierten Fiat-Oldtimer. Normalerweise wäre sie entsetzt gewesen, wenn sich eine ihrer Töchter so verhalten hätte, aber Adelina hatte Corporal Barry Lewis, den strammen jungen Marine, der zu Julias Bodyguard ernannt worden war, in ihr Herz geschlossen. Die zwölfjährige Julia war ziemlich verknallt in ihren Bodyguard – immer wenn er in der Nähe war, wurde sie rot und sie begann herumzustottern. Lewis nahm es mit Humor und verbrachte sehr viel Zeit mit ihr, sogar wenn er nicht im Dienst war. Auf eine bestimmte Weise war er eine Art Ersatzvater für Julia geworden. Einen Vater, den sie brauchte, da ihr wirklicher Vater emotional völlig abwesend war.

„Julia! Komm!"

„Los, Prinzessin", sagte Lewis. „Wir sehen uns in ein paar Tagen."

Julia wurde bei dem Wort Prinzessin hellrot. Dann sprang sie von der Motorhaube des Autos und rannte durch die Garage. Carrie war schon dabei, sich anzuschnallen. Adelina stöhnte ein wenig, als sie die fast vierjährige Alexandra in ihren Sitz hob und begann, ihr den Gurt anzulegen. Sie hatte Richard erneut verärgert, dieses Mal, weil sie sich nicht an den genauen militärischen Rang des dänischen Militär Attachés hatte erinnern können. Er verwendete nur noch selten physische Gewalt gegen sie, er bevorzugte es, sie ständig zu verängstigen.

Wie auch immer er gerade drauf war, er hatte ihr erlaubt, dass sie mit ihren Töchtern für einen einwöchigen Urlaub nach Spanien fuhr. Es würde seit ihrer Hochzeit ihr erster Besuch zu Hause sein.

Adelina setzte sich ans Steuer. Julia schnallte sich neben ihr an und schob ihre Unterlippe vor. Während Adelina das Auto anließ und einen Gang einlegte, sagte sie: „Was ist los, Julia?"

Einen Augenblick später fuhr sie vom Gelände der Botschaft und auf die Straßen von Brüssel in Belgien. Von allen Städten, in denen sie bisher gelebt hatte, war vermutlich Brüssel nach Washington diejenige, die sie am wenigsten mochte. In San Francisco hatte sie sich meistens frei fühlen können – zumindest bis zu der Nacht, in der Richard sie fast umgebracht hätte (die Nacht in der Alexandra gezeugt worden war, flüsterte ihr Unterbewusstsein – sie verdrängte den Gedanken). Washington war fast nur schrecklich gewesen. Belgien war instabil. An einem Tag war er unglaublich nett, am nächsten grausam und launisch. Sie lebte in ständiger Anspannung und Angst, und die Panikattacken wurden mit der Zeit immer schlimmer.

Während sie sich in den Verkehr einfädelte, überlegte sie, ob sie umdrehen sollte. Was, wenn sie während der Fahrt eine Panikattacke hatte?

Sie sah hinüber zu Julia. Tränen liefen über das Gesicht des Mädchens und verschmierten ihr Mascara. Ihr Mascara? Wann hatte sie begonnen, sich zu schminken? Sie dankte Gott, dass Lewis ein ehrenhafter Mann war und Julia als seine Tochter betrachtete, denn das Mädchen war, was ihn anbelangte, völlig kopflos.

„Warum weinst du, Julia?"

„Ich will nicht in das doofe Spanien fahren. Ich will bei Daddy bleiben."

Bitterkeit durchfuhr Adelina erneut, aber sie schluckte sie herunter. „Wir werden in einer Woche zurück sein, Liebes. Dein Vater hat diese Woche ein paar wichtige Treffen" – mit Prostituierten und seiner Sekretärin, zweifellos – „er wird nicht da sein, um sich um dich zu kümmern."

Julia schüttelte ihren Kopf und sah zum Fenster hinaus. Sie murmelte etwas in sich hinein.

„Was hast du gesagt?", fragte Adelina.

„Ich habe gesagt, das ist nichts Neues. Außer Corporal Lewis kümmert sich niemand um mich." Ihr Tonfall war mürrisch.

Adelina schaute in den Rückspiegel. Carrie hatte sich bereits in ein Buch vertieft. Steel Beach von John Varley. Sie verstand weder Carrie, noch die verrückten Dinge, die sie las. Vorwiegend Science Fiction, aber auch etliche Liebesgeschichten. Das Mädchen war für ihr Alter sehr schlau und sie hatte im Alter von neun Jahren aufgehört, Jugendbücher zu lesen.

Sie sah George-Phillip so ähnlich, dass es Adelina manchmal das Herz brach. Es brach ihr das Herz, dass sie ihn niemals wiedersehen würde, und es brach ihr das Herz, dass er seine Tochter nicht kannte. Sie wünschte sich oft, dass sie seinen Forderungen nachgekommen wäre – dass sie mit ihm durchgebrannt wäre, dass sie nachgegeben hätte. Aber wenn sie das dachte, wanderten ihre Gedanken immer wieder zu Richards Drohungen. Die Letzte davon war geschmacklos gewesen. Sie war in ihr Schlafzimmer gegangen und hatte ein Foto auf ihrem Kissen vorgefunden. Es zeigte einen jungen Mann auf einem Schwarz-Weiß-Foto – fünfzehn oder sechzehn Jahre alt, mit einem Fadenkreuz, das mit einem Edding über sein Gesicht gemalt worden war.

Es war ihr jüngerer Bruder Luis.

Sie war wirklich verblüfft gewesen, dass Richard ihr erlaubt hatte, diese Fahrt zu unternehmen. Aber er war abgelenkt gewesen, hatte sich auf den bevorstehenden NATO-Gipfel vorbereitet und seinen festen Griff für einen Moment gelockert. Sie hatte das sofort ausgenutzt.

Sie hatte die Karte an das Armaturenbrett geklebt, die Corporal Lewis genauestens mit einem Rotstift markiert hatte. Daneben waren noch handschriftliche Anweisungen, die ebenfalls ans Armaturenbrett geklebt waren. Lewis und Bear waren fast schon fanatisch, wenn es um den Schutz von Adelina und ihren Töchtern ging, so, als ob sie spüren würden, dass in der Familie etwas ganz und gar nicht stimmte, sie aber nicht genau wussten, was es war.

Julia hatte sich Kopfhörer aufgesetzt und eine Kassette in ihren Walkman gesteckt. Er war eines ihrer Weihnachtsgeschenke gewesen und sie benutzte ihn ständig. Sie wollte nie Klavier üben, aber es gab keinen Zweifel daran, dass sie Musik liebte. Obwohl Adelina so ihre Zweifel über einen Teil der „Musik" hatte, die Julia hörte. Im Moment klang es, als ob aus ihren Kopfhörern das Quaken von Fröschen zu hören war.

„Julia", sagte sie. „Mach das leiser."

Anstatt es leiser zu machen, machte sie es lauter. Es klang wirklich wie das Quaken von Fröschen, mit einer jammernden Geige im Hintergrund.

„Julia", sagte sie erneut.

Keine Antwort.

„Julia!", sagte sie scharf.

Julia starrte sie an, dann sagte sie: „Lass mich in Ruhe", und drehte ihren Kopf schnell von Adelina weg. Ihr braunes Haar flog dabei herum. Sie rollte sich zusammen, lehnte sich gegen das Fenster und starrte hinaus.

Andrea. 5. Mai

Warum hatte Abuelita ihr niemals etwas gesagt?

Sie konnte das Telefon sehen, das George-Phillip gemeint hatte, wenn sie durch die Tür nach draußen schaute. Es war eine Kuriosität, eine Antiquität; ein Telefon mit Wahlscheibe und einem Hörer aus Elfenbein mit einem goldenen Inlay. Es glänzte und sie traute sich fast nicht, es anzufassen. Das Telefon stand auf einem edel aussehenden Tisch mit einer Marmorplatte und Beinen aus Mahagoni. Zwei luxuriöse Stühle mit hohen Lehnen, die ein Polster aus saphirfarbenem Brokat hatten, standen am Tisch.

Andrea hatte noch niemals ein Scheibentelefon benutzt, aber sie verstand das Prinzip. Sie sank auf einen der Stühle, der viel bequemer war als er aussah, und hob unbeholfen den Hörer von der Gabel. Sie streckte ihre Hand aus und begann zu wählen.

011... Die erste Nummer dauerte ewig, die Wählscheibe bewegte sich bis ans Ende, dann drehte sie sich zurück, während gewählt wurde, kam aus dem Hörer ein komisches Klicken. Es war schwer, sich vorzustellen, wie die Menschen diese Apparate regelmäßig benutzt hatten, ohne sich die Haare zu raufen. Während sie zuschaute, wie sich die Scheibe drehte, spürte sie, wie ihre Angst größer wurde und ihr Magen sich verkrampfte.

34... Die Ländererkennung für Spanien. Sie wusste seit sie zehn Jahre alt gewesen war, wie man eine internationale Nummer wählte. Sie wusste nicht, ob das ein Wissen war, das man als Zehnjährige haben musste.

937... Sie wählte die neun Ziffern der Telefonnummer ihrer Großmutter. Und während sie das tat, spannte sie ihre Kieferknochen an und hielt den Hörer so fest, dass ihre Knöchel ganz weiß wurden.

Nachdem sie zu Ende gewählt hatte, hörte sie für einen Moment nichts, dann mehrere Klicks und Zischen. Sie benutzte normalerweise keine Festnetztelefone und ganz sicher keine antiken Telefone. Aber einen Augenblick später begann das Telefon am anderen Ende zu klingeln, zwei schrille Töne, Pause, zwei Töne, Pause.

„*Diga.*" *Sprechen Sie.* Es war *Abuelita*s Stimme.

Andrea konnte für einen Augenblick nicht atmen. Sie schniefte, schämte sich, dann sagte sie: „*Abuelita*, ich bin's, Andrea."

„*¡Gracias a Dios!* Gott sei Dank, dass du anrufst. Ich habe mir solche Sorgen um dich gemacht!" Ihre Großmutter hielt für einen Moment inne – Andrea wusste, dass sie das tun würde – dann ergoss sich ein Wortschwall. „Warum hast du mich nicht angerufen? Du bist schon eine Woche weg und alles, was sich sehe, sind Schlagzeilen, dass man dich angegriffen und entführt hat, und dass du auf der Flucht bist. Hast du den Verstand verloren? Andrea, ich möchte, dass du noch heute nach Hause fliegst! Heute, hast du mich verstanden?"

Andrea hörte einen dumpfen Schlag und dann rief ihre Großmutter: „Luis! Luis! Komm sofort her! Andrea ist am Telefon, sag ihr, dass sie sofort nach Hause kommen muss."

Luis war dort? Es war Montagmorgen; er sollte in Barcelona sein.

„Luis!", schrie ihre Oma.

„*¡Abuelita!*", rief Andrea in das Telefon. Ohne es zu bemerken, stand sie auf und begann herumzulaufen, dabei vergaß sie, dass das Telefon mit einem Kabel an der Wand befestigt war. Die hübsche, goldene Basis des Telefons fiel vom Tisch, das Kabel spannte sich und zog Andrea in Richtung Boden. Unbeholfen fiel sie auf ihre Knie und griff mit ihrer freien Hand nach der Basis, versuchte zu verhindern, dass sie auf die Gabel fiel und die Verbindung unterbrach. Ihre Großmutter schrie immer noch im Hintergrund, also hatte Andrea die Gelegenheit, das Telefon wieder ordentlich auf den Tisch zu stellen, dann setzte sie sich wieder auf die Kante des Stuhls.

Einen Augenblick später war ein gehetzt klingender Luis dran. ¡Muñequita! Ich bin so froh, dass es dir gut geht, wir hatten schreckliche Angst."

„Danke, tío", sagte sie. „Ich muss mit *Abuelita* reden."

„Was? Du fragst nicht mal, wie es deinem armen Onkel geht?"

„Ich werde gleich fragen", sagte Andrea mit kalter Stimme. „Im Moment habe ich andere Fragen."

„Ich mag deinen Tonfall nicht, Muñequita. Sag mir, was los ist. Madre hat ein schwaches Herz."

„Ich muss mit ihr reden, Luis."

„Okay. Okay! Und wenn deine arme, alte Großmutter einen Herzinfarkt hat, dann wirst du dir für den Rest deines Lebens Vorwürfe machen. Ja? Ist es das, was du willst?"

„Luis, ich flehe dich an." Ihre Stimme zitterte, als sie die letzten Worte sagte.

Er sagte nichts mehr. Einen Augenblick später war ihre Großmutter wieder am Apparat.

„Andrea, es ist Zeit, mit dem Unsinn aufzuhören. Ich habe dich nicht dazu erzogen, dich zu widersetzen, ich erwarte, dass du – "

Andrea unterbrach sie. „Warum hast du mir niemals erzählt, dass meine Mutter vergewaltigt worden ist? Und dass Richard Thompson nicht mein Vater ist?"

Ihre Oma sagte: „Erzählt deine Mutter wieder diese Lügen? Sie hat mich so enttäuscht. Sie wurde nicht vergewaltigt. Ihr Vater, er hat zugelassen, dass dieser Mann sie berührt hat – "

„Stopp!", flüsterte Andrea. Heiße Tränen rannen über ihr Gesicht, plötzlich hatte sie vor Enttäuschung ein großes Loch in ihrem Herz. „Hast du sie gezwungen, ihn zu heiraten? Hast du das?"

„Natürlich nicht. Das würde ich niemals tun. Sie hat sich ihm selbst in die Arme geworfen."

„Du lügst", rief Andrea aus. Jetzt liefen die Tränen nur so. „Er hat sie vergewaltigt, *Abuelita*. Das hat er."

„Das ist nicht wahr! Deine Mutter lügt dich an! Du weißt, dass du ihr nicht trauen kannst."

„Sie hat es mir nicht gesagt", flüsterte Andrea. „Sie nicht. Mein Vater war es. Mein wirklicher Vater. Und der Polizeibericht. Er hatte es erneut getan. Nachdem sie verheiratet waren. Mehr als einmal."

Ihre Großmutter keuchte. „Wo hast du diese verrückten Ideen her? Dein wirklicher Vater? Ich weiß nicht, wovon – "

„Hast du gewusst, dass er kommen würde? Als er bei Miguels Hochzeit war? Und am Strand? Zu meinem Konzert?"

Abuelita antwortete nicht. Am anderen Ende der Leitung ging ihre Atmung keuchend. „Andrea…", flüsterte sie schließlich.

„Warum?", sagte Andrea.

„Sie hat gelogen." Ihre Großmutter wiederholte die Worte immer wieder, so, als ob das dazu führen würde, dass sie stimmten. Als ob die Worte auszusprechen wie ein Talisman war, der sie davor beschützte, was sie ihrer eigenen Tochter angetan hatte. „Sie hat gelogen."

„Nein, Oma", sagte Andrea. „Das hat sie nicht. Und das verändert alles. Es hat ihr Leben ruiniert, und auch das Leben all ihrer Töchter beeinflusst."

„Nein", flüsterte ihre Oma. Andrea hörte, wie das Telefon einen Kontinent entfernt auf den Tisch fiel. Sie wartete, dachte, dass Luis es aufheben würde. Sie wartete, aber niemand nahm es. Nach fünf Minuten schnitt das messerscharfe Geräusch des Besetztzeichens durch die Stimme in ihrer Brust und durchschnitt damit das Band zur einzigen Familie, der sie je getraut hatte.

Adelina. 5. Juli 1994

Es war fast Mitternacht, als Adelina die letzten Häuserblocks bis zur Wohnung ihrer Mutter in Calella entlang fuhr. Obwohl sie seit mehr als einem Jahrzehnt nicht mehr hier gewesen war, kam ihr die Gegend um die Wohnung bekannt vor. Es gab auch ein paar gute Erinnerungen an diese Gegend.

Adelina war zu ihrer Mutter gezogen, nachdem Juan Ramos, vermutlich von dem Mann, mit dem sie jetzt verheiratet war, ermordet worden war. Sie hatte in diesen Wochen großen Schmerz und Trauer empfunden, manchmal hatte sie stundenlang am Strand gesessen oder war ihn entlanggelaufen. Sie konnte immer noch die Bitterkeit ihrer Tränen aus dieser Zeit im Mund schmecken. Es hatte jahrelang gedauert, bis sie auch nur irgendeine Form von innerem Frieden mit der Rolle ihrer Mutter beim Zustandekommen ihrer Ehe gefunden hatte. Wenn man überhaupt von innerem Frieden sprechen konnte. Was für ein innerer Frieden das auch immer gewesen war, in dem Moment, in dem sie diese Straßen entlangfuhr, wurde er zerstört.

Alle drei Mädchen schliefen. Julia lehnte sich immer noch zusammengerollt gegen das Fenster, ihre Kassette war schon lange zu Ende. Carrie hatte sich soweit es ging auf der Rückbank ausgestreckt und Alexandra schlief in ihrem Kindersitz mit einem Schnuller im Mund. Adelina hielt einen halben Block von der Wohnung ihrer Mutter entfernt an. Mit müden Augen schaute sie hinauf zu den Fenstern, die um diese Jahreszeit ganz sicher geöffnet waren, um die Brise hineinzulassen. Die Fenster waren dunkel – alle schliefen, vermutete sie, obwohl sie wussten, dass Adelina kommen würde.

Das war ein bitterer Gedanke. Sie hatte ihre Mutter oder ihren Bruder seit zwölf Jahren nicht mehr gesehen. Das Mindeste, was sie tun konnten, war lange aufbleiben. Aber dann sah sie, wie sich ein Schatten hinter dem Fenster bewegte und ein Licht flackerte. Sie waren also doch zu Hause und wach, aber die Lichter auf dieser Seite der Wohnung waren nicht angeschaltet.

Sie wollte immer noch nicht nach oben gehen. Was würde sie sagen? Sie bereute, diese Reise unternommen zu haben. Die Unterhaltung, die sie vor zwei Tagen mit ihrer Mutter gehabt hatte, war, um es milde auszudrücken, schwierig gewesen. Sie hatten wenig Gemeinsamkeiten und sich wenig zu sagen. Adelina hatte nach Miguel und Luis gefragt und ihre Mutter hatte nach Richard gefragt, was zu einem sauren Geschmack in Adelinas Mund geführt hatte. Aber sie konnte die Gelegenheit, für eine ganze Woche aus Richards Haus zu entkommen, nicht verstreichen lassen und die Mädchen verdienten es, ihre Großmutter kennenzulernen.

Sie wusste nicht, ob ihre Großmutter es auch verdiente, sie kennenzulernen.

Sie seufzte und parkte das Auto auf dem kleinen Parkplatz hinter dem Wohnhaus. Sie wusste nicht, welcher Parkplatz ihrer Mutter gehörte. Sie würde es schon noch erfahren – sie fuhr in die einzige Lücke, die frei war, und stellte den Motor ab. Trotz der späten Stunde ertönte aus einer Bar in der Nähe laute Musik bis auf die Straße und sie konnte Menschen reden und lachen hören. Es war Juli in einer Feriengegend am Mittelmeer – die nächtlichen Geräusche würden bis zwei oder drei Uhr nachts zu hören sein. Trotzdem konnte sie das Brechen der Wellen am Strand hören und das Geräusch versetzte sie sofort nach Ocean Beach, wo sie während ihrer zu kurzen Zeit in San Francisco morgens oft spazieren gewesen war.

Julia bewegte sich auf ihrem Sitz. Adelina lehnte sich zu ihr und berührte sie an der Schulter. „Julia, wach auf, wir sind da. Carrie, du auch."

Beide Mädchen grummelten, aber sie schaffte es, dass sie sich bewegten. Alexandra begann zu weinen, als Adelina sie aufweckte, um sie aus ihrem Sitz zu heben, aber dann kuschelte sie sich in Adelinas Arme, während sie den Parkplatz verließen und den Weg zur Vorderseite des Gebäudes entlangliefen. Ein Mann stolperte auf sie zu, er befand sich zum Teil im Schatten einer Straßenlaterne, und Adelina zog instinktiv ihre Töchter näher an sich. Und in dem Moment traf sie die Erkenntnis.

Adelina war sechzehn gewesen, als Richard sie vergewaltigt hatte. Jetzt war ihre Tochter fast in dem Alter.

Ohne Vorwarnung begann ihr Herz zu rasen, sie hörte ihren Puls laut in ihren Ohren, sie hatte einen scharfen Schmerz in der Brust, Horror schnürte ihr die Kehle zu und benebelte ihre Sinne. Sie stolperte, griff sich an die Brust und Julia schrie auf: „Momma?"

Ungewollte Tränen begannen über Adelinas Gesicht zu laufen, während das Gefühl in ihrer Brust von den noch stärker werdenden Schmerzen immer beklemmender wurde. „Madre dos dios", flüsterte sie, sie bemerkte nicht, dass sie auf ihre Knie gefallen war, dabei hatte sie Alexandra immer noch auf dem Arm. „Hilf mir."

„Momma!", kreischten die Mädchen, sie hatten schreckliche Angst. Momma!

***

Träume.

Adelina schwebte und es war friedlich. Sie saß am Strand von North Beach, die Sonne schien auf sie wie die Liebe Gottes.

Aber sie wusste, dass Richard bald nach Hause kommen würde. Der Himmel wurde dunkler, dunkle Wolken zogen auf. Sie spürte einen Regentropfen, so wie Öl, erst einen, dann einen weiteren, die dicken Tropfen trafen auf den Ozean, trommelten, pochten, krachten schmerzhaft, wie ein Hammer auf einem Metalldach und sie war wieder in dem Blumenladen, aber nicht mit ihrem Vater. Richard war da und sie war nur ein Mädchen, das für das National Jugendorchester bestimmt war und er nahm ihr alles weg.

Sie schrie.

***

„Sie wacht auf.“

Ihre Augenlider öffneten sich, ihre Sicht war verschwommen. Sie schaute auf. Ihre Mutter saß dort neben Luis. Luis war ein großer, starker Sechzehnjähriger mit einem breiten Grinsen.

„Hey, große Schwester“, sagte er. Adelinas Augen wurden wieder schwer.

Adelinas Augen bohrten sich in die ihrer Mutter. „Warum hast du mich dazu gezwungen, meinen Vergewaltiger zu heiraten?“, verlangte sie zu wissen, ihre Stimme war schwer.

„Ich habe dich nicht dazu gezwungen, wen auch immer zu heiraten, Adelina. Wovon redest du? Wie kannst du es wagen?“

„Geh weg. Du hast mein Leben zu einer einzigen Hölle gemacht!“, schrie Adelina. „Geh weg!“

Sie schrie noch lange nachdem sie gegangen waren, bis ihr Hals ganz rau war und die kalte Medizin durch ihre Adern floss und sie wieder in einen tiefen Schlaf versetzte.

***

„Herr Botschafter, wir empfehlen Ihnen, sie jetzt nicht mitzunehmen. Ihre Frau hat einen schrecklichen Schock erlitten und benötigt Medikamente und Behandlung.“

„Sie wird in einem Krankenhaus mit amerikanischen Ärzten behandelt werden. Sie hätte diese ganzen Probleme erst gar nicht gehabt, wenn sie nicht nach Spanien gekommen wäre. Niemand von ihnen wird jemals an diesen Ort zurückkehren. *Niemals.*“

KAPITEL VIER
Was für eine Anhörung?

Leslie Collins. 5. Mai

Montagmorgen war niemals etwas Nettes für Leslie Collins, aber nach der längsten Woche seiner beruflichen Laufbahn, war dieser Montag der schlimmste, den er sich vorstellen konnte. Wie immer war er um vier Uhr morgens aufgestanden, hatte seinen Tag damit begonnen, Kaffee zu trinken, als er sich die Zusammenfassungen des Tages durchschaute, die der Geheimdienst erstellt hatte. Es war immer dasselbe. Die Gewalt in der Ukraine nahm zu, während Nationalisten und Pro-Russische-Kämpfer gegeneinander vorgingen. Die deutsche Zeitung *Bild am Sonntag* hatte irgendwie Wind davon bekommen, dass die USA dem ukrainischen Parlament Spezialisten des FBI und CIA zur Verfügung gestellt hatte, um die Rebellion in Kiew zu stoppen. Leslie machte sich eine Notiz, jemanden darauf anzusetzen, herauszufinden, wo die Information durchgesickert war. Im Irak war gerade der blutigste Monat innerhalb eines Jahres zu Ende gegangen, mehr als 750 Iraker waren im April getötet worden, die meisten davon waren Zivilisten gewesen. Wie immer sträubte sich Leslie gegen die Schlussfolgerung, dass die Agency dort mehr tun sollte. Wenn der Congress und der Präsident ihm die entsprechenden Ressourcen zur Verfügung stellen würde, könnte er etwas tun. Aber im Moment hatte der Präsident die Agency eingeschränkt.

Zumindest erging es ihnen nicht wie der NSA. Edward Snowdens Enthüllungen über die Spionagetätigkeiten der NSA hatten in den letzten Monaten viel Aufmerksamkeit von der CIA abgelenkt. Und obwohl sie technisch gesehen alle auf der gleichen Seite standen, hatte Leslie bei einem kleinen Machtkampf zwischen den Agencys Spaß. Collins war zu der Überzeugung gelangt, dass seine berufliche Laufbahn die seines Vorgängers George H. W. Bush spiegeln würde, der erst Direktor der CIA gewesen war, dann zum Vizepräsidenten aufgestiegen und dann Präsident geworden war. Er hatte das Können. Er war ambitioniert. Eines Tages würde er am Ruder stehen und er würde Al-Quaida zerstören und die Sicherheit seines Landes sicherstellen.

Nachdem er mit der Durchsicht der offiziellen Berichte fertig war, befasste er sich mit seinen nicht so offiziellen Berichten. Und erstarrte.

Man hatte auf Adelina Thompson geschossen, während sie die Grenze nach Kanada überquert hatte? Und sie hatte um politisches Asyl gebeten? Asyl war das Verrückteste, das er je gehört hätte. Und er hatte Danny McMillan sehr klar gesagt, dass es keinerlei weitere Gewalt gegen die Thompsons geben durfte. Er hatte mehr als genug Fährten installiert, um sicherzugehen, dass Thompson zerstört werden würde, und mehr Gewalt würde nur zu mehr Verdacht führen. Im Moment brauchte er vor allem eine Anklage gegen Richard Thompson durch den unabhängigen Ermittler und das Geschworenengericht. Thompsons Name musste durch den Dreck gezogen werden bis nichts, was er sagte, mehr glaubhaft war, und zwar bevor man mit Wakhan an die Öffentlichkeit ging und irgendwie versuchte, Collins dafür verantwortlich zu machen.

Gott, dachte er. Wenn seine Rolle bei der Wakhan-Geschichte – oder auch nur bei Andrea Thompsons Entführung – herauskam, konnte er seine Ambitionen vergessen. Wollte Danny ihn sabotieren? Danny musste wissen, dass er ersetzbar war – immerhin hatte er sich um Mitch Filner gekümmert, der früher mal Collins engster Vertrauter gewesen war.

Er griff nach dem Telefon und begann zu wählen, obwohl es erst 4.30 Uhr in der Nacht war.

Das Telefon klingelte – einmal, zweimal, dreimal. Dann ging eine verschlafene Stimme ran. „Hallo.“

„McMillan. Hier ist Collins.“

Am anderen Ende der Leitung hörte man einen gemurmelten Fluch und ein Herumtasten. Dann sagte die träge Stimme: „Wissen Sie, wie spät es ist?"

„Es ist mir egal, wie spät es ist. Was zur Hölle ist gestern an der Grenze geschehen?"

„Die Grenze nach wo?"

„Nach Kanada, Sie Idiot. Warum haben Sie jemanden damit beauftragt, Adelina Thompson anzugreifen? Ich dachte, ich hätte mich klar ausgedrückt, dass ich keine weitere Gewalt will."

Für eine kurze Sekunde herrschte Stille, dann sagte McMillan: „Collins, ich weiß nicht wovon Sie zur Hölle nochmal sprechen. Ich habe niemanden hinter ihr hergeschickt. Wir haben versucht, sie zu finden, und das war's. Ich habe nicht einmal einen Hinweis, wo sie ist. Sie ist aufgetaucht?"

„Sie ist aufgetaucht, als sie versucht hat, die Grenze zu überqueren, verfolgt von einem ehemaligen Soldaten, dann hat sie um politisches Asyl ersucht. Was sie vermutlich nicht erhalten wird, das ist immerhin Kanada. Aber ich garantiere Ihnen, dass das einen mächtigen Medienrummel geben wird."

„Ich weiß nicht, was das alles zu bedeuten hat, Collins."

Leslie dachte heftig nach. Wenn McMillans Leute nicht auf Thompsons Frau geschossen hatten, wer dann? Und warum? Es ergab keinerlei Sinn.

Richard Thompson. 5. Mai

Ich verstehe, Richard. Das tue ich wirklich. Aber die politische Belastung ist im Moment enorm. Und wir können keinen Verteidigungsminister gebrauchen, der am Vorabend seiner Vereidigung in einen Skandal verwickelt ist.

Richard Thompson knirschte vor Wut mit seinen Zähnen, während er auf dem Rücksitz des Autos saß, das ihn zurück zur Militärbasis Fort Myers brachte. Wie immer war der Verkehr in und um Washington dicht. Zumindest hatte er es nicht weit, Fort Myers war gleich auf der anderen Seite des Flusses. Er nahm an, dass er ein paar Tage Zeit haben würde, um seine persönliche Habe aus den Häusern dort fortzubringen. Viel schlimmer war, was der Präsident ihm gerade eröffnet hatte. So als hätte er keinerlei Vertrauen darin, dass Richard diesen Sturm überleben würde.

Er würde überleben. Aber zuerst musste er die nächsten paar Tage überstehen. Und die würden schwierig genug werden.

Die letzte Woche hatte aus nichts als einem Schock nach dem anderen bestanden. Zunächst die Nachricht, dass Adelinas Tochter Andrea in die Vereinigten Staaten kommen würde, nachdem er Adelina ausdrücklich angewiesen hatte, sie fernzuhalten. Es war schlimm genug, dass Carries Größe ihn ständig daran erinnerte, dass Senator Chuck Rainsley mit Adelina zusammen gewesen war – Senator Chuck Rainsley, ausgerechnet – aber, dass sie auch noch eine zweite Tochter von ihm hatte, war noch viel schlimmer. Es führte dazu, dass ihm schlecht wurde.

In Wirklichkeit hatte er versucht, für beide ein guter Vater zu sein. Aber bei der zweiten Tochter hatte er es einfach nicht verkraften können. Er vermutete, dass es daran lag, dass er von Anfang an gewusst hatte, dass sie nicht von ihm war. Carrie hatte er als sein Baby angesehen, und es war so geblieben, bis er den Bluttest hatte machen lassen, als sie sechs gewesen war. Bei Andrea hatte er es von Anfang an gewusst – er wusste auf die sicherste Art und Weise, dass er nicht der Vater war, denn er hatte diese Hexe seit der Nacht, in der er sich in einer betrunkenen Dummheit über sie hergemacht und die Zwillinge gezeugt hatte, nicht mehr angefasst.

Richard trank nicht mehr bis zur Trunkenheit.

Sein Telefon klingelte. Richard drückte fast auf ignorieren, denn er erkannte die Nummer. Es war Joseph Bergmann, der Bürovorsteher des Streitkräftekomitees des Senats. Bergmann war ihm schon in den Wochen, in denen er sich auf die Anhörungen für seine Vereidigung vorbereitet hatte, ein Dorn im Auge gewesen – Anhörungen, die eigentlich heute Morgen hätten fortgesetzt werden sollen, die aber jetzt zwecklos waren. Aber Tatsache war, dieser Skandal würde nicht anhalten. Er würde schnell genug entlastet werden und dann hoffentlich in der Lage sein, seine berufliche Laufbahn ohne großen Schaden fortzusetzen.

„Richard Thompson am Apparat", sagte er, als er ans Telefon ging.

„Botschafter Thompson, hier ist Joseph Bergmann."

Botschafter Thompson, nicht Minister Thompson. Bergmann hatte die Neuigkeiten also schon gehört.

„Ich vermute, Sie haben die Rücknahme der Nominierung durch den Präsidenten gehört?", fragte Richard.

„Das habe ich, es tut mir leid, das zu hören, Botschafter. Bitte gestatten Sie mir, mein Bedauern auszudrücken. Ich bin mir sicher, wenn das alles geklärt ist, werden Sie wieder ganz oben stehen."

„Danke, Joseph", antwortete Richard in einem herablassenden Ton. Er brauchte keine Sympathie von einem einfachen Mitarbeiter des Senats. „Wenn es weiter nichts gibt, dann werde ich – "

„Botschafter, eigentlich habe ich angerufen, um sicherzugehen, dass Sie erfahren haben, dass die Anhörung wegen des großen Andrangs der Medien in den großen Saal des Hart Gebäudes verlegt worden ist."

„Wie bitte?", sagte Richard. „Was für eine Anhörung? Warum sollte man eine Anhörung abhalten, wenn meine Nominierung zurückgezogen wurde? Was soll das, Mann?"

Bergmanns Ton wurde kalt. „Es gibt keinen Grund, unhöflich zu werden, Botschafter. Tatsache ist, das Senator Rainsley darauf bestanden hat, Anhörungen durchzuführen, um Ihre Verbindung zur CIA und ganz speziell zu den Ereignissen in Badakhshan, Afghanistan im Jahre 1993 zu untersuchen."

Zum ersten Mal seit Jahren war Richard sprachlos. Er saß in dem Sitz, hatte das Telefon an seinem Ohr und war nicht in der Lage zu sprechen, nicht in der Lage, darüber nachzudenken, was er sagen sollte. Ihre Verbindung zur CIA? Er war niemals offiziell mit der Agency in Verbindung gebracht worden, außer in den ganz frühen 1970ern. Einige Personen in der Regierung wussten über seine Rolle in der Agency und dem Außenministerium Bescheid, aber es waren sehr wenige.

Chuck Rainsley, der Bastard, der seine Frau verführt hatte, war eine dieser Personen.

Richard Thompson kam die Galle hoch. Er wollte unbedingt jemandem sehr wehtun. Niemand nahm etwas, das ihm gehörte. Und Chuck Rainsley hatte Richards Ehe und seine Karriere mehr als dreißig Jahre lang untergraben.

„Botschafter? Sind Sie noch dran?"

Richard schüttelte seinen Kopf, war sich plötzlich der Tatsache bewusst, dass Bergmann immer noch in der Leitung war. „Natürlich bin ich noch dran. Und ich habe keinerlei Ambitionen bei Ihrer Fischexpedition zu erscheinen. Wie es aussieht, bin ich nicht länger Mitglied dieser Regierung."

„Botschafter, das würde ich Ihnen nicht empfehlen. Wenn Sie zurück im Fort Myers sind, werden Sie dort eine Vorladung vorfinden. Senator Rainsley hat ziemlich schlechte Laune und ich vermute, wenn Sie nicht erscheinen, wird der Kongress Sie mit Missachtung strafen."

Richard schloss seine Augen. Er antwortete so ruhig, wie es ihm möglich war. „Also gut. Ich sehe Sie dann morgen."

Bergmann legte ohne einen weiteren Kommentar auf. Richard dachte über die abstoßenden Ereignisse der letzten paar Tage nach. Andrea entführt – höchstwahrscheinlich von Typen, die für Leslie Collins arbeiteten. Dieser unfähige Hurensohn tat alles, was er konnte, um Richard zu untergraben und zu verhindern, dass er Verteidigungsminister wurde. Aber er war noch nicht das Schlimmste. Seine Frau – seine dumme Gans von Frau – hatte ihn auf internationaler Ebene lächerlich gemacht. Niemand bat um politisches Asyl vor den Vereinigten Staaten. Die Menschen kamen her, um frei zu sein. Sie flüchteten nicht. Und trotzdem hatte diese Hure ihre Tochter über die Grenze gezerrt und um politisches Asyl gebeten.

Es war auf allen Nachrichtenkanälen. Ehefrau des Verteidigungsministers flüchtet, behauptet, dass er versucht, sie zu ermorden. Am Montagmorgen war ein Bild von ihm und Adelina auf der Titelseite der *Washington Post* gewesen. Die Schlagzeile lautete: „Bedrängte Ehefrau des designierten Verteidigungsministers flieht aus dem Land und behauptet, missbraucht worden zu sein."

Er wollte seine Hände um ihren Hals legen und dabei zusehen, wie sie langsam blau wurde. Er wollte dabei zusehen, wie ihre Augen aus ihren Höhlen traten. Er wollte ihre Angst spüren. Er hatte nicht versucht, sie umzubringen, aber das konnte sich ja in Zukunft noch ändern. Und ihr dummer Bruder Luis sollte anfangen, seine Tage zu zählen. Er hatte sie gewarnt. Dreißig Jahre lang hatte er sie gewarnt.

Und nicht nur sie. Chuck Rainsley. Er erinnerte sich, wie er damals im Jahre 1984 in ihre Wohnung gekommen war, selbstherrlich und schick in seiner Marine Corps Uniform, voller Lächeln und lautem Angeben über seine Heldenqualitäten. Als ob man ein Held wurde, wenn alle deine Männer ermordet worden waren.

Er wusste, was zu tun war. Er holte sein Telefon wieder heraus und wählte. Einen Augenblick später ging jemand dran.

„Richard!" Die kultivierte, reiche Stimme von Prinz Roshan Al Saud war freundlich.

„Roshan, wie geht es dir? Soweit ich weiß, bist du in den Vereinigen Staaten?"

„Nur für ein paar Tage. Ich hatte eigentlich vorgehabt, dich zum Abendessen einzuladen, aber ich weiß, dass du in den letzten Tagen einige Herausforderungen zu meistern hattest."

Richard wedelte mit seiner Hand. „Es ist alles okay. Allerdings würde ich dich gerne kurz treffen, wenn du Zeit hast."

„Hast du heute Vormittag Zeit? Ich komme gerade von einem Meeting in der Botschaft. Ich werde in zwanzig Minuten wieder zu Hause sein."

„Das ist perfekt."

Er lehnte sich vor und sagte. „Fahrer, meine Pläne haben sich geändert. Wir fahren nach Langley. Virginia."

Zwanzig Minuten später fuhr das Auto vor Prinz Roshans Haus in Virginia, das eher einem Palast glich. Er wartete, bis der Fahrer ihm die Tür öffnete, dann stieg er aus, dabei hielt seine Brieftasche in der Hand.

Roshan traf ihn an der Tür. Er trug einen konservativ aussehenden grauen Anzug und eine rote Krawatte mit einem Pin mit der saudiarabischen Fahne am Revers. Das reflektierte die seit dem 11. September 2001 quasi vorgeschriebene Washingtoner Uniform, die verlangte, dass jeder Mann in einer Regierungsposition eine amerikanische Flagge tragen musste, so als ob sie damit ihre Loyalität beweisen würden. Roshans grauwerdende Haare und sein Bart trugen dazu bei, dass seine dunkle Haut stärker auffiel. Sein fetter, aufgedunsener Körper mit runden Wangen und einem gewaltigen Bauch war eine Karikatur seines früheren selbst.

Richard wog nicht mehr, als er 1983 gewogen hatte, als sich die zwei Männer kennengelernt hatten. Für ihn war Roshans Gewichtszunahme ein Zeichen für fehlende Selbstdisziplin.

Natürlich war das nicht das einzige Zeichen von fehlender Disziplin. Die endlose Parade von Call-Girls war ein Weiteres, so wie Roshans Trunkenheit am Steuer vor zwei Jahren. Roshan war betrunken gewesen, als er seinen Maserati durch die Scheiben eines alten Stadthauses in der 16.

Straße gefahren hatte. Das Außenministerium hatte enorme Anstrengungen unternehmen müssen, um den Vorfall zu vertuschen und die Behörden und die alte Witwe, der das Haus gehörte, zu bestechen.

Im Moment sah Roshan allerdings gut aus, wenn man von seinen geröteten Augen mal absah. „Wie geht es dir Richard?"

„Gut, gut!" Die beiden schüttelten sich die Hände, dann griff Roshan nach seiner Schulter und grinste: „Komm bitte rein."

Einen Augenblick später servierte Roshan Richard einen Gin-Tonic, ohne zu fragen, was er wollte. Er schenkte den Gin aus einer Flasche Hendricks ein. Richard nippte. Roshan hatte den Drink stark gemacht.

„Wie ich höre, stehen die Dinge gerade nicht so gut für dich, mein Freund", sagte Roshan mit ernster Stimme.

Richard nickte. „Ein bisschen, aber es nicht so schlimm wie es aussieht. Darf ich ganz direkt sein?"

Roshan nickte.

„Leslie Collins steckt hinter vielem. Die finanziellen Geschichten, die Konten auf den Cayman-Inseln? Das ist alles sein Werk. Das kann niemand anderes gewesen sein."

Roshan lehnte sich vor und sagte: „Wir haben einige gemeinsame Probleme. Collins ist eines davon, da stimme ich zu. Er ist eine tickende Bombe. Aber das ist noch nicht alles. Hast du den Report im *The Guardian* gesehen? Es wird jetzt überall darüber berichtet. Und du wirst darin erwähnt, zusammen mit Prinz George-Phillip. Du weißt, wie schief das laufen kann. Ich erwarte, dass euer Kongress innerhalb einer Woche eine Untersuchung einleiten wird."

Richard verzog das Gesicht. „Das ist schon geschehen. Und ich wette, du kannst dir ausdenken, wer dahinter steckt."

Roshan legte einen Zeigefinger gegen seine Wange. „Rainsley?"

Richard nickte. „Er war nicht damit zufrieden, meine Frau zu ficken. Jetzt will er mich zerstören. Aber das werde ich nicht zulassen."

„Was wirst du tun, um es zu verhindern?"

Richard nahm einen Schluck von seinem Drink. Er liebte Hendricks Gin. Mit trockener Stimme gab er seine Gedanken zum Besten. „Roshan, du und ich, wir wissen, dass wir alles getan haben, um Collins in Afghanistan unter Kontrolle zu halten. Ich war so angewidert, wie man nur sein kann, von den Verbrechen, die er dort begangen hat."

„Ja, Richard", sagte Roshan mit der unnatürlichsten Stimme, die Richard je gehört hatte. „Es ist uns beiden so gegangen. Aber wie können wir es beweisen?"

„Glaub es oder nicht, Collins hat einen offiziellen Verweis erhalten. Er war natürlich vertraulich. Aber es ist nicht unwahrscheinlich, dass er jetzt ans Licht kommt, so wie die Dinge im Moment stehen. Vielleicht erhält der Spezialermittler ihn, das würde ihn von mir ablenken."

Roshan kicherte. „Ich bin nicht überrascht, dass du, was Collins betrifft, eine Art Versicherung hast, Richard. Ich frage mich, ob du sowas auch für mich hast."

Richard lächelte. „Ich vertraue dir, Roshan."

Roshan nickte. Richard wusste, dass er seine höfliche Lüge nicht glaubte.

„In Ordnung, Richard. Ich werde mich um unseren gemeinsamen Freund kümmern. Du kümmerst dich um Rainsley und stellst sicher, dass das Dokument in die richtigen Hände gelangt."

Marky Lovecchio. 5. Mai

Die Death Metal Musik, die aus den Lautsprechern von Marky Lovecchios 2014er Dodge Challenger kam, war laut genug, dass der Rückspiegel bei jedem Ton des Basses vibrierte. Er liebte die Musik. Sie vertrieb die hässlichen Gedanken, und Marky hatte viele hässliche Gedanken, ob es nun die Erinnerungen an seinen ersten Einsatz (Somalia) oder seinen letzten (Sunnitisches Dreieck) war, ob es seine gescheiterte Ehe oder der Buchhalter war, der seine Frau verführt hatte, während er im Irak gewesen war. Manchmal waren seine hässlichen Gedanken Erinnerungen ans Gefängnis, wo er gelandet war, nachdem er den besagten Buchhalter fast zu Tode geprügelt hatte, und ihm dann damit gedroht hatte, seiner Frau ins Gesicht zu schießen. Für ein paar Minuten war die Situation sehr hässlich gewesen, während die Polizei ihn umzingelt hatte, dann hatte er schließlich seine Waffe fallen gelassen. Sich von Cops umbringen zu lassen war nicht sein Stil.

Drei Jahre später war er entlassen worden. Er hatte nicht zurück zum Militär gekonnt, nicht als Vorbestrafter, aber das bedeutete nicht, dass er nicht einen Job bei einem privaten Vertragsunternehmen für das Militär hatte annehmen können, die sowieso besser zahlten. In letzter Zeit hatte er kleinere und größere Jobs für den mysteriösen Oz, einen (vermutlich) irischen Gentleman, angenommen, die ihn für mehr als ein Jahr beschäftigt hatten. Einige waren interessant gewesen, einige nicht.

Der letzte Job war ein Problem. Man hatte ihn beauftragt, eine Frau und ihre Tochter zu finden. Es hätte einfach sein sollen. Das Haus der Frau in San Francisco war in die Luft gejagt worden (er wusste nicht von wem) und es stellte sich heraus, dass sie ziemlich schlau war, sie war einfach von der Bildfläche verschwunden. Lovecchio war südlich aus San Francisco herausgefahren und hatte überall wo er konnte Bilder gezeigt. Bis heute Morgen, an dem er das Bild der Frau auf der Titelseite einer Zeitung gesehen hatte. Sie war davongekommen, hatte es über die Grenze nach Kanada geschafft.

Das war ein Problem, aber nicht so groß wie das nächste. Als sie über die Grenze gerannt waren, war Nick Larsden hinter ihnen her gewesen und hatte Schüsse über die Grenze auf sie abgegeben, was ein absolutes No-Go war, was die Polizisten auf beiden Seiten der Grenze anging. Dann hatte Nick die unrühmliche Ehre gehabt, gefasst zu werden.

Er und Nick hatten zusammen die Grundausbildung absolviert, damals im Jahre 1984, und als Nick Marky erzählt hatte, dass er nach Arbeit suchte, hatte Marky ihn mit Oz bekannt gemacht.

Großer Fehler. Jetzt wartete Marky auf einen Telefonanruf und er hatte eine ziemliche Ahnung, worum es dabei gehen würde.

Im Moment saß er in seinem Auto an einem Aussichtspunkt und schaute den Ozean von oben an. Er liebte den Pazifischen Ozean. Aber nicht so sehr, wie er es liebte, in die Scheiße zu greifen. Irgendwann während seiner Zeit im Irak hatte er Gefallen daran gefunden. Er fühlte sich unbesiegbar – er war bei fünf Kampfeinsätzen gewesen, in drei verschiedenen Kriegen. Kleinere Männer waren um ihn herum durch Bomben oder Kugeln, Krankheiten oder Selbstmord umgekommen. Marky hatte einfach weitergemacht.

Manchmal dachte er, er wäre immun. Es musste so sein. Im Oktober 1993 waren er und seine Truppe vom Rest der Bravo Kompanie, den 75. Rangers in Mogadischu, getrennt worden, und sie hatten sich durch ein halbes Dutzend Blöcke umgeben von sprichwörtlich Tausenden verärgerten Somalis hindurchgekämpft. Achtzehn Amerikaner waren gestorben, achtzig waren verwundet worden, es hatte mehr als dreitausend somalische Opfer gegeben und er war ohne einen einzigen Kratzer davongekommen. Zwölf Jahre später war er als Stabs-Sergeant bei der speziellen Einsatztruppe kurz von den Fallujah im Sunnitischen Dreieck gefangen genommen worden, nur um kurz darauf von einer Truppe Marines befreit zu werden, die schnell und geräuschlos an das Gebäude herangeschlichen waren, in dem er gefoltert worden war. Das Ergebnis waren zufällig vier tote Hadschis und ein freier Marky gewesen.

In letzter Zeit begann er sich allerdings einiges zu fragen. Dinge wie, ob es da noch mehr im Leben gab, als all diesen Mist. Er mochte es nicht, herumzurennen und auf Leute zu schießen, und das war es, was die Jobs von Oz bedeuteten, zumindest in den letzten paar Wochen. Das war Mist.

Aber er wusste auch, dass, wenn man erstmal an Oz' Haken war, ein nein nicht zählte. Darum saß er hier am Steuer und wartete darauf, dass das Telefon klingelte.

Warten. Warten.

Die Musik war so laut, dass er zusammenzuckte, als sie plötzlich vom Klingeln seines Telefons durch die Autolautsprecher unterbrochen wurde. Er drehte den Lautstärkeregler leiser, dann ging er ran.

„Lovecchio."

„Mister Lovecchio, hier ist Oz." Oz – oder wie auch immer sein Name war – klang nicht glücklich. Wie immer war seine Stimme rau, der irische Akzent war voller Ärger.

„Hallo, Sir."

„Wir haben ein Problem, Lovecchio."

„Ja, Sir. Nick Larsden?"

„Richtig. Erst hat er die Frau in Sichtweite und lässt sie über die Grenze kommen. Dann lässt er sich auch noch gefangen nehmen. Wenn er in Haft ist, wird er reden."

„Ja, Sir."

„Sie werden diese Situation bereinigen. Habe ich mich klar ausgedrückt?"

Marky nickte langsam, obwohl er wusste, dass Oz ihn nicht sehen konnte. Er hatte so ein Gefühl gehabt, dass es dazu kommen würde. Marky schuldete Larsden einige Loyalität – immerhin hatten sie beide zur gleichen Zeit in der Army gedient, auch wenn Larsden nichts anderes als ein Schreibtischhengst gewesen war. Aber er schuldete ihm nicht so viel. Larsden hatte es vermasselt und man konnte nicht zulassen, dass er damit weitermachte.

Das Schlimmste war, dass Larsden Markys Namen kannte.

„Ich werde mich um ihn kümmern, Sir."

„Gut. Geben Sie mir Bescheid, wenn es erledigt ist. Es muss schnell gehen, bevor er der amerikanischen Polizei etwas sagt. Habe ich mich klar ausgedrückt?"

„Ja. Er ist im Gefängnis in Bellingham. Ich weiß, was ich tun muss."

„Dann die Frau und ihre Tochter."

„Ja?", fragte Marky.

„Ja. Sie sind in einem Krankenhaus in Abbotsford. Sobald Sie sich um Larsden gekümmert haben, erhalten Sie weitere Informationen."

„Ich kümmere mich darum, Sir."

Oz legte auf, ohne ein weiteres Wort zu sagen. Sekunden später schaltete sich das Telefon ab und man hörte erneut laute Death Metal Musik, die den Rückspiegel zum Vibrieren brachte. Marky startete das Auto und fuhr aus seiner Parklücke. Die Fahrt nach Bellingham dauerte vier Stunden.

KAPITEL FÜNF
Er ist nicht mein Vater

Bear. 5. Mai

Als Bear im 18. Stock aus dem Aufzug trat, sah er sofort zwei bewaffnete und uniformierte Wachleute, die im Flur standen. Ein Dritter stand am anderen Ende. Alle drei trugen Kampfwesten und hatten sowohl Pistolen als auch Gewehre.

Die Bewohner der drei weiteren Penthäuser mussten begeistert sein.

Bear ging den Flur in Richtung Carrie Shermans Wohnung entlang und einer der Wachmänner kam sofort auf ihn zu. Ein weiterer stand im Hintergrund, die Hand an seiner Hüfte, während der erste sagte: „Sind Sie hier, um Mrs. Sherman zu besuchen? Ihren Ausweis bitte."

Er nahm den Ausweis und die Marke, die ihn als Mitglied des Diplomatischen Sicherheitsdienstes auswiesen, heraus und zeigte sie dem Wachmann. Ihre Gründlichkeit gefiel ihm. Die Männer trugen das Logo des Pinkerton Security Services, eine Firma, die schon vor dem Bürgerkrieg Sicherheitsdienste zur Verfügung gestellt hatte und private Ermittlungen durchführte. Julia Wilson, die ohne Zweifel hierfür bezahlte, machte keine halben Sachen.

Einen Augenblick später durfte er die Wohnung betreten.

Bears erster Eindruck war totales Chaos. Er war Freitagnacht hier gewesen, ein paar Stunden nach dem Angriff. Das Team der Forensik war das
ganze Wochenende hier gewesen, sie hatten die ganze Wohnung durchsucht
und ein totales Durcheinander hinterlassen. Sie hatten sich nicht bemüht,
die Blutspuren in der Nähe der Tür zu entfernen, wo Dylan Paris einem der
Angreifer mit einem Fleischermesser die Hand abgeschnitten und dann dem
anderen in einem kurzen und extrem brutalen Handgemenge ein Messer in
den Rücken gestochen hatte.

Er ging weiter in die Wohnung.

Carrie Sherman stand in der Mitte des Chaos'. Überall lag Papier. Der
Wohnzimmertisch lag auf dem Kopf. Bücherregale waren leergeräumt, die
Bücher lagen in einem Haufen auf dem Boden. Der Schnickschnack vom
Kaminsims war entfernt und – irgendwo liegen gelassen worden. Carries
Gesicht war angespannt und wütend.

Auf der anderen Seite des Raumes schob Anthony Walker einen Stapel
Papier und andere Dinge zusammen. Er konnte die anderen hören – Sarah
und Alexandra, vermutete er – die in einem anderen Raum miteinander redeten.

Als Carrie ihn entdeckte, sagte sie: „Waren das Ihre Leute, die das getan
haben?"

Bear schüttelte seinen Kopf. „Forensik des FBI. Normalerweise räumen
sie hinter sich auf. Dies war – überzogen."

„Na ja, Sie können helfen aufzuräumen."

Bear grunzte. „Klar. Ich muss Ihnen ein paar Fragen stellen und ich
muss mit Anthony Walker reden. Warum sind Sie überhaupt hier?"

Anthony zuckte mit den Schultern. „Ich hatte auch Fragen, aber als ich
durch die Tür kam, hat Carrie mich zur Arbeit eingeteilt."

Bear kicherte.

Carrie starrte den Kaminsims an. Sie murmelte: „Der gottverdammte
Kopf fehlt."

„Der was?"

„Mein Vater hat diesen dummen Kopf aus Indonesien oder sonst wo
mitgebracht. Er stand seit dreißig oder mehr Jahren auf diesem Kaminsims.
Er ist weg."

„Das Forensik-Team sollte Ihnen eine Liste der Dinge geben, die sie aus der Wohnung entfernt haben", sagte Bear.

Carrie murmelte etwas in sich hinein und verließ das Zimmer.

„Sie ist sauer", sagte Bear.

„Wären Sie das nicht?", antwortete Anthony.

Bear schaute sich erneut im Zimmer um und runzelte die Stirn. „Doch."

Anthony richtete sich auf und sah Bear an. „Also, was soll das alles?"

Bear sagte: „Zunächst einmal, was ich Ihnen sagen werde, ist nicht offiziell."

„In Ordnung", sagte Anthony.

„Ich wurde vom Minister zeitweilig suspendiert." Er machte Anführungsstriche in die Luft, als er das Wort suspendiert aussprach. „Der DSS ist offiziell raus aus der Ermittlung."

„Verstehe. Aber Sie versuchen, alleine etwas herauszubekommen?"

„Genau. Irgendetwas an dieser Untersuchung stinkt. Ich versuche herauszufinden, was."

„Also, was wollen Sie von mir?"

Bear zuckte mit den Schultern. „Ich helfe Ihnen, Sie helfen mir."

Anthony nickte. „Informationen."

„Richtig", sagte Bear.

„Einverstanden."

„Was halten Sie davon, wenn wir uns setzen. Ich möchte das, was wir wissen, durchgehen. Was Sie wissen, was ich weiß. Wer was getan hat und wann."

„Lassen Sie uns ins Esszimmer gehen", sagte Anthony. „Ich möchte Platz haben."

Das formelle Esszimmer war etwa acht Meter lang und in ihm stand ein Tisch, an dem sechzehn Menschen Platz fanden. Auf Hochglanz poliertes Parkett und ein ausladendes Kranzprofil führten dazu, dass es luxuriös und reich aussah.

Bear sagte: „Ich habe ein Bild dieses Raumes gesehen. Die Thompsons haben hier früher Dinner-Partys gegeben. Eine davon geht mir nicht mehr aus dem Kopf."

Anthony hob eine Augenbraue.

Bear sagte: „Die Gäste waren Prinz George-Phillip. Prinz Roshan al Saud. Leslie Collins. Chuck Rainsley."

„Meinen Sie das ernst? Wann war das?"

„Im Februar 1984."

Carrie, die den Flur entlang gelaufen war, hielt an und stellte sich in die Tür. Hinter ihr berührte Julia ihren Arm. Sie hörten beide zu.

Anthony sagte: „Februar 1984, das war nicht mal drei Monate nach dem Wakhan-Massaker."

„Was hat das mit uns zu tun?", unterbrach Julia. „Warum hatte Dad Fotos und Akten darüber?"

Bear starrte sie an, war verblüfft. „Er hatte Bilder? Von Wakhan?"

„Ja", sagte Anthony mit grimmiger Stimme. „Es war unverkennbar."

Bear sagte: „Bevor Thompsons Personalakte gestohlen wurde, habe ich sie gelesen. Es ist ziemlich eindeutig, dass Thompson 1983 in Afghanistan stationiert war. So wie auch Leslie Collins. Und – Prinz Roshan war zu dieser Zeit auch in Afghanistan."

Anthony sagte. „Ich möchte eine Idee äußern."

„Nur zu", sagte Bear.

„Okay, also… Richard Thompson geht nach Afghanistan. Lasst uns annehmen, nur so als Spekulation – dass es nicht die Russen waren, die dieses Dorf vergast haben. Wir werden annehmen, dass der Guardian recht hat und es die afghanische Miliz war, die von Thompson unterstützt wurde. Und nicht nur von ihm, sondern dass Collins und Roshan auch beteiligt waren."

„Okay? Aber was hat das jetzt mit uns zu tun?"

„Dazu komme ich noch", sagte Anthony. „Erstens – nach dem Guardian und auch einigen meiner Kollegen bei der Post, war Prinz George-Phillip für die britische Untersuchung der Sache verantwortlich. Zweitens – er ist Andreas und Carries Vater."

Bear schüttelte seinen Kopf und sagte: „Ist das jetzt bestätigt?"

Carrie nickte. „Andrea und Dylan sind letzte Nacht aufgetaucht, nachdem Andrea über die Mauer in die britische Botschaft geklettert ist."

Bear kicherte. „Das Mädchen hat mehr Mumm als ein Basketballteam."

„Ich habe eine Einladung des Prinzen für heute zum Abendessen erhalten."

„In Ordnung. Also – er ist Ihr Vater. Was bedeutet, dass er und Ihre Mutter eine Affäre – wann – hatten?"

„Im Frühjahr 1984."

Bear nickte. „Und dann, irgendwann später, kamen sie wieder zusammen. Wann? Wo?"

Julia sagte: „In China 1996."

Bear sagte: „Was ich nicht verstehe, ist das: Wer hat versucht, Andrea zu entführen? Und warum?"

Anthony sagte: „Um… die Sache geheim zu halten? Wer würde sowas tun? Ich vermute George-Phillip."

„Vielleicht. Der Guardian schrieb, er hätte die Ergebnisse der Untersuchung vertuscht. Warum? Hatte es etwas mit ihr zu tun? Mit Richard Thompson? War sonst noch jemand beteiligt?"

„Vielleicht wurde er irgendwie bedroht?", sagte Julia.

„Oder sie", sagte Carrie.

„Wir wissen, dass er irgendeinen Grund dafür gehabt haben muss", sagte Bear. „Wir wissen, dass Ihre Mutter eine lang anhaltende Affäre mit Prinz George-Phillip hatte. Und anhand des Polizeiberichts wissen wir, dass Ihre Mutter und Ihr Vater sich nicht mehr geliebt haben."

Carrie sagte: „Er ist nicht mein Vater."

Julia schloss ihre Augen und seufzte. „Er ist meiner. Aber je mehr ich über ihn erfahre, desto schlimmer finde ich es. Ich habe den Polizeibericht, von dem wir hier reden, gesehen. Er hat eine Menge Fragen hervorgerufen. So wie ihr Tagebuch."

Bear sagte: „Ihr Tagebuch?"

Julia nickte. „Ja. Es ist – in Spanisch – in schwer lesbarer Handschrift. Aber es ist eindeutig, dass sie sich wie eine Gefangene gefühlt hat."

Bear setzte sich auf einen der bestickten Esstischstühle. „Ich verstehe das nicht", sagte er. „Irgendetwas fehlt noch. In Ordnung… wer ist unser Verdächtiger?"

Anthonys Augen wanderten schnell zu Carrie und Julia. Dann sagte er: „Ich denke nicht, dass wir Richard Thompson ausschließen können."

Bear spürte, wie sich sein Magen verkrampfte. „Ja. Ja, das denke ich auch. Vor allem, wenn er wusste, dass Carrie und Andrea nicht seine Kinder sind."

Carrie seufzte und setzte sich an den Tisch. Julia trat hinter sie und legte ihre Hände auf Carries Schultern.

Carrie sagte: „Er wusste es. Er hat mir gesagt, dass Chuck Rainsley mein Vater ist. Aber Rainsley hat nein gesagt und … na ja, Sie wissen ja."

„Okay, also ist Thompson eine Möglichkeit. Was wäre sein Motiv?"

„Rache?", sagte Anthony. „Er ist immer noch sauer, dass seine Frau eine Affäre hatte. Es war okay für ihn, bis Andrea in die Staaten kam."

„Okay. Wer noch?", fragte Bear.

„Leslie Collins", sagte Anthony.

„Okay", unterbrach Carrie. „Wer ist dieser Collins-Typ?"

„Er ist der Leiter der Abteilung Operationen der CIA", sagte Julia. „Er ist quasi der Zweite in der Hierarchie. Ich erinnere mich ein wenig an ihn. Er kam früher her und hat sich mit Dad getroffen. Mom war immer komisch, wenn er da war."

Carrie hob ihre Augenbrauen. „Wie lange ist das her?"

Julia zuckte mit den Schultern. „Als ich in der High School war. Manchmal kam er her und er und Dad haben sich stundenlang in seinem Büro eingeschlossen. Mom und Dad haben Collins und seine Frau auch hin und wieder zum Essen eingeladen. Ich erinnere mich nicht an ihren Namen. Mary? Meredith? Ich denke, ich habe ihn vermutlich auch davor schon gekannt, als ich noch sehr jung war. Ich bin mir nicht sicher."

Bear grunzte. „Okay. Also sind Richard Thompson und Leslie Collins beides Verdächtige. Wer noch? Wer würde sonst noch Ihre wahren Eltern geheim halten wollen?"

„Mom?", fragte Julia.

Carrie schüttelte ihren Kopf. „Nein… aber was ist mit meinem Vater? Meinem echten Vater?"

Anthony nickte. „Es wäre ein schrecklicher Skandal. George-Phillip ist in der Thronfolge nicht weit oben, aber er ist ein Prinz. Und außerdem ist er der Chef des SIS. Er hat gute Gründe, seine Vaterschaft geheim zu halten, Carrie. Ich wäre vorsichtig. Vor allem, wenn Sie zum Abendessen in die Botschaft gehen."

Carrie sah Anthony nachdenklich an. Dann nickte sie einmal langsam. „Das werde ich. Meine Tochter braucht mich. Ich werde vorsichtig sein."

Bear sah zwischen Carrie und Anthony hin und her. Sie trauerte natürlich immer noch, auch wenn es schon fast ein Jahr her war, seit Ray Sherman gestorben war. Aber eines Tages würde sie geheilt sein. Und Anthony Walker könnte es weit schlechter treffen als Carrie Sherman. Er schaute sie wie ein trauriger Welpe an. Sie war gleichgültig, oder zumindest immer noch zu sehr im Schmerz versunken, um auf irgendeinen Reiz, außer ihrem Beschützerinstinkt ihrer Tochter gegenüber, zu reagieren. Aber irgendetwas in Bear wollte sie beide beschützen.

Im Moment hatte er aber wichtigere Dinge, über die er nachdenken musste. Zum Beispiel den Hurensohn zu finden, der seine Ex-Frau niedergeschossen hatte.

„Okay, okay. Also haben wir drei Verdächtige. Sonst noch jemand? Dann ist da noch derjenige, der gestern an der Grenze auf Ihre Mutter geschossen hat."

Anthony sagte: „Ich denke Richard Thompson könnte bei allen drei Anschlägen ein Verdächtiger sein. Wenn er Andrea aus dem Weg haben wollte. Aber Carrie hat denselben Vater... und anscheinend weiß er es."

„Und", sagte Bear, „die Drogen und das Geld wurden von jemandem hier deponiert. Und sie wurden von dem Spezialstaatsanwalt als Waffe für die Kampagne gegen Thompson verwendet. Vergessen Sie nicht, dass sich das Geschworenengericht bald zusammensetzt."

Anthony nickte. „Also wurden die Drogen und das Geld von jemand anderem deponiert. Um Thompsons Ruf zu schädigen?"

Carrie sah zwischen ihnen hin und her. „Was, wenn es Leslie Collins war. Er und Dad... Ich meine... Wie auch immer wir ihn nennen... Er und Richard Thompson waren bei dem Vorfall in Afghanistan beteiligt. Jetzt will er meinen Dad zum Schweigen bringen, seinen Ruf schädigen, was auch immer. Also inszeniert er etwas, um ihn unglaubwürdig zu machen."

Julia nickte sehr schnell. „Das könnte die mysteriösen Konten auf den Cayman-Inseln erklären, von denen ich immer wieder höre. Eventuell."

„Also, wie finden wir heraus, wer es ist?", fragte Anthony.

Bear antwortete: „Na ja, wir haben zwei Gefangene. Joe Paretsky steht unter Arrest der Bundesbehörden – er war einer der Schützen in Bethesda letzten Dienstag, als Sie zum Abendessen unterwegs waren. Der, den

Dylan Paris überwältigt hat. Wir haben ihn identifiziert, aber wir wissen nicht, für wen er arbeitet und er redet nicht."

„Und der andere Gefangene?", fragte Anthony.

„Nick Larsden. Er ist im Stadtgefängnis von Bellingham und die Bundesbehörden bemühen sich, ihn unter ihre Gewalt zu bekommen. Sie wissen, dass er mindestens einen Mord in Kalifornien begangen hat, der Besitzer eines Campingplatzes außerhalb von Redwood City. Er ist der Typ, der auf Mrs. Thompson und Jessica geschossen hat, als sie gestern versucht haben, die Grenze zu überqueren."

Anthonys Augenbrauen zogen sich zusammen. „Ich denke, das ist unser Mann. Und außerdem kenne ich jemanden im Bellingham Polizeirevier."

„Ja?", sagte Bear.

Anthony nickte. „Ja – Sie müssen wissen, dass ich als Reporter im Irak war. Einer der Leute aus der Einheit, mit der ich gereist bin, er arbeitet für die dortige Maßregelungseinheit. Oder er hat es getan."

„Rufen Sie ihn an. Ich denke, ich sehe eine Reise an die Westküste in meiner Zukunft."

KAPITEL SECHS
Hier ist deine Mutter

Carrie. 5. Mai

Wie so oft, war der Verkehr an der Embassy Row in Richtung der Innenstadt von Washington DC dicht. Carrie brauchte normalerweise das Gefühl von Kontrolle – und deshalb bevorzugte sie es, selbst zu fahren – aber heute war sie dankbar, dass einer der Pinkerton Security Männer am Steuer des schwarzen Suburban saß. Sie saß zusammen mit Alexandra auf dem Rücksitz, sie war unruhig und nervös.

Ein weiterer schwarzer SUV – der Wachmann hatte ihn als Nachhut bezeichnet – fuhr dicht hinter ihnen. Carrie schaute immer wieder auf die Einladung. Cremefarbenes Papier mit goldenen und schwarzen Buchstaben darauf.

*Sie und Ihre Gäste sind eingeladen, am
5. Mai 2014 um 16.00 Uhr mit seiner
Hoheit Prinz George-Phillip
in der Botschaft des Vereinigten Königreichs zu speisen.*

Seine *Hoheit*, Prinz George-Phillip war anscheinend ihr Vater. Und diese Einladung kam ihr viel zu formell vor. Zu distanziert. Auf der anderen Seite, was hätte er sonst tun können? Sie anrufen und sagen: „Hey, ich bin dein leiblicher Vater. Wollen wir uns treffen?"

Das ergab ganz offensichtlich keinen Sinn. Und obwohl ein Teil von ihr George-Phillip kennenlernen und erfahren wollte, was zwischen ihm und ihrer Mutter geschehen war – ein anderer Teil wollte sich abkehren. Sie hätte dabei nichts zu verlieren – im Moment hatte sie keinen Vater. Und George-Phillip nicht zu treffen, würde das nicht ändern.

Auf der anderen Seite, ihn kennenzulernen – das beinhaltete ein anderes Risiko. Das Risiko erneut verletzt zu werden. Sie hatte ihren Ehemann und ihren Vater verloren. Sie wollte nicht erneut etwas verlieren.

Aber dann fielen ihre Augen auf ihre Schwester. Alexandra. Das mittlere Kind. Sie war sich ihrer selbst nie wirklich sicher, hatte niemals das Selbstvertrauen, dass Carrie und Julia hatten, niemals die glänzende Brillanz, die Sarah und Jessica hatten. Aber was sie hatte, war Stärke und Loyalität. Sie würde vor keinem Risiko zurückschrecken. Sie hatte das Risiko gewählt, sie hatte einen Mann gewählt, der durch Krieg und Trauma tief gezeichnet war. Und trotz des Schmerzes, der damit verbunden war, war sie dadurch reicher geworden.

Carrie schloss ihre Augen. Sie hatte auch gewählt. Ray war jetzt schon länger tot, als sie ihn gekannt hatte. Neun Monate waren es vom Tag, an dem sie sich kennengelernt hatten, bis zu seinem Todestag gewesen. Das waren die härtesten, schwierigsten und trotzdem die besten Monate ihres Lebens gewesen. Selbst wenn sie könnte, sie würde nicht zurückgehen und sie ändern. Sie würde nicht mal ein Körnchen des Kummers und des Verlustes missen wollen, wenn es bedeuten würde, dass sie auch nur die kleinste Erinnerung an Ray verlieren würde.

Ray – immer mutig, immer ehrenhaft, hätte gekichert und sie aufgefordert, weiterzuleben.

Also tat Carrie, anstatt in Panik zu geraten oder sich zurückzuziehen, das Einzige, das sie tun konnte, das, wozu sie bestimmt war, was definierte, wer sie war. Sie streckte ihren Arm aus, griff nach Alexandras Hand und drückte sie leicht, um ihr Sicherheit zu geben. „Mit Dylan wird alles in Ordnung sein", sagte Carrie.

„Danke", flüsterte Alexandra. „Ich weiß es. Ich weiß, dass mit ihm alles okay ist."

Carrie lehnte sich in ihrem Sitz zurück und starrte ins Leere. Alles stand Kopf und war durcheinander. Sie dachte an das Telefongespräch, das sie vorhin geführt hatte, als sie versucht hatte, ein bisschen Ordnung in das Chaos in der Wohnung zu bekommen. Es war das Festnetztelefon, das geklingelt hatte, und sie war zu ihm gerannt, hatte nicht bemerkt, dass die Vorwahl 604 gelautet hatte.

„Hallo?", hatte sie gesagt.

„Carrie, hier ist deine Mutter."

„Mom?", sie hatte fast gekreischt. „Was ist passiert? Ich habe die Nachrichten gesehen – du bist in Kanada? Geht es Jessica gut? Was ist mit ihr geschehen?"

„Mach langsam, Carrie", hatte ihre Mutter gesagt, währenddessen hatten sich die anderen Schwestern um Carrie versammelt. Dann hatte ihre Mutter begonnen zu sprechen, aber Carrie hatte die ersten Worte verpasst, weil irgendetwas an ihrer Mutter anders gewesen war. Sie hatte nicht angespannt oder panisch geklungen. Carrie wusste nicht, wie sie geklungen hatte.

„… also sind wir im Moment gleich außerhalb von Vancouver und ich denke, wir werden eine Weile hierbleiben. Jessica liegt auf der Intensivstation."

„Was ist passiert? Ist sie angeschossen worden? Ich habe gehört, es hat eine Art Schießerei gegeben?"

Ihre Mutter hatte geseufzt. „Nein. Deine Schwester ist sehr krank, Carrie. Sie – irgendwie hat sie angefangen, Meth zu nehmen. Sie ist süchtig."

Carrie war zusammengezuckt und fast gestürzt. Ohne es zu wollen, hatte sie mit einer Hand ihren Bauch festgehalten. Julia hatte alarmiert eine Hand auf Carries Schulter gelegt. Carrie hatte mit ihrer Hand gewedelt, dann hatte sie gesagt: „Mutter, wie – wann – ich verstehe das nicht."

„Es ist diesen Winter geschehen, während dein Vater sich in seinem Büro eingeschlossen hat."

Carrie war kalt geworden. „Er ist nicht mein Vater."

Für einen Moment hatte Stille geherrscht. Carries Schwestern, Julia, Alexandra und Sarah waren blass geworden. Sie erwarteten alle das gleiche wie Carrie – eine wütende, hysterische Antwort.

Stattdessen hatte ihre Mutter einfach gesagt. „Nein, das ist er nicht. Dein Vater ist Prinz George-Phillip."

Carrie hatte ihre Hand auf ihren Mund gelegt und geschluchzt. Dann hatte sie geflüstert: „Warum hast du uns angelogen?"

Ihre Mutter hatte die merkwürdigste Antwort gegeben, eine Antwort, die keinen Sinn ergab, eine Antwort, die sie nicht verstand. Sie hatte geantwortet: „Um eure Leben zu retten."

Jetzt, Stunden später, verstand sie es immer noch nicht. Und sie wusste nicht, ob sie das je würde.

Carrie rutschte unbewusst tiefer in ihrem Sitz, als sie zwei Zeitungs-Vans vor der britischen Botschaft geparkt und die Menge an Reportern und Kameras auf dem Bürgersteig aufgereiht sah. Sie wusste, dass sie nicht in den SUV hineinschauen konnten – die getönten Fenster waren so dunkel, dass man seine Nase gegen die Scheibe drücken musste, um irgendetwas zu erkennen. Aber trotzdem, der Anblick der Kameras und Reporter – er versetzte sie zurück.

Der Fahrer fuhr in die Zufahrt der Botschaft, beachtete die Reporter gar nicht, die aus dem Weg hüpfen mussten.

„Heiliger Gott", murmelte Alexandra, unbewusst wiederholte sie Dylans Worte.

Der Aufruhr außerhalb des Autos war verrückt. Der Security-Mann öffnete das Fenster ganz leicht, nur ein paar Zentimeter. Er sprach mit dem Royal Marine, der das Tor bewachte, einen Augenblick später wurde das Tor geöffnet. Der SUV und die Nachhut fuhren auf das Gelände der Botschaft und hielten vor einem dreistöckigen roten Backsteingebäude. Ein halbes Dutzend Royal Marines in Uniform standen vor dem Gebäude. Zwei von ihnen kamen auf sie zu, einer öffnete die Autotür fast sofort, nachdem sie angehalten hatten.

„Dr. Sherman? Mrs. Paris? Hier entlang bitte. Schnell, wir sind immer noch in Sichtweite der Reporter."

Alexandra stieg auf ihrer Seite aus und Carrie rutschte hinter ihr her. Schnell folgten sie dem Marine die Treppen hinauf. Fast hundert Mann standen hinter dem Zaun, sie konnte sie rufen hören. Die Reporter riefen ihren Namen.

Sie eilte hinein, betrat einen gut eingerichteten, klimatisierten Raum. Das Vorzimmer hatte auf Hochglanz gewienerte Böden, in der Mitte des Raumes lag ein schöner persischer Teppich. Auf der anderen Seite des Raumes stand ihr George-Phillip gegenüber, er hielt ein ungewöhnlich großes sechs- oder achtjähriges Mädchen mit schwarzem Haar und blaugrünen Augen an der Hand. Eine ältere Version des Mädchens – Carries Schwester Andrea – stand ein paar Zentimeter entfernt.

Alexandra wartete nicht auf Vorstellungen. Sie warf sich in Dylans Arme. Er keuchte, als er sie berührte, er hatte den Gesichtsausdruck eines ertrinkenden Mannes, der gerade nach seinem Lebensretter griff.

„Ich habe dich vermisst", schluchzte Alexandra. „Gott, ich habe dich so vermisst."

Zur selben Zeit rannte Andrea auf Carrie zu und die zwei Frauen umarmten sich. Carrie hielt Andrea sehr fest, so als ob sie an der Berührung feststellen konnte, ob es Andrea gut ging oder nicht. George-Phillip schenkte Alexandra und Dylan ein kurzes, freundliches Lächeln. Sofort fand Carrie ihn etwas sympathischer. Dann sah er zurück zu Carrie.

„Carrie", sagte er zurückhaltend. „Ich bin George-Phillip."

Carries Augen flogen zu dem kleinen Mädchen, dann zu Andrea.

„Du bist mein Vater", sagte Carrie.

Er nickte langsam. „Das bin ich. Es tut mir so leid, dass ich dir das nicht früher sagen konnte."

Sie ging näher auf ihn zu, so als ob sie ihn studieren wollte. „Wir haben uns am Tag meiner Diplomierung an der Columbia-Uni die Hand geschüttelt."

„Das haben wir", sagte er. „Es war einer der stolzesten Tage meines Lebens."

Carrie fühlte sich, als ob sie in unkontrollierbaren Gewässern schwamm. Sie hatte früher einmal gedacht, sie stünde ihrem Vater näher als ihrer Mutter. Aber so viele Dinge hatten keinen Sinn ergeben. Seine zurückhaltende Art. Seine langen Abwesenheiten, entweder, weil er gereist war oder sich in seinem Büro eingeschlossen hatte.

Sie erinnerte sich, wie sie mit ihrer Mutter über Rays Verhandlung geredet hatte und wie ihr Vater gesagt hatte: Vielleicht können wir ein angemesseneres Thema für unsere Unterhaltung finden. Ich finde es ziemlich qualvoll für den Hochzeitstag meiner Tochter. Sie erinnerte sich daran, wie sie herausgefunden hatte, dass ihr Vater Detektive angeheuert hatte, um einen Hintergrund-Check über Dylan und seine Mutter zu erstellen. So vieles hatte niemals einen Sinn ergeben.

Abrupt sagte sie: „Ich weiß nicht, ob ich auf weitere schreckliche Eröffnungen vorbereitet bin. Es war eine harte Woche."

Er streckte eine Hand aus. „Das verstehe ich, Carrie, und ich möchte – ich weiß noch nicht mal, wo ich beginnen soll."

Carrie nahm seine Hand. Die Hand war warm und hatte ein paar Altersflecken. Seine Augen waren müde, aber es waren ihre Augen. Sie lächelte ihn an, versuchte, ihn zu beruhigen, und sagte: „Warum beginnen wir nicht mit einem Drink, und dann können wir reden."

Dankbarkeit erschien offen in seinen Augen. Sie schaute über ihre Schulter zu Alexandra und Dylan. Sie waren auf eine Couch gesunken, flüsterten miteinander, bemerkten die anderen im Raum gar nicht. Carrie drehte sich zurück zu Andrea und zog ihre Schwester in eine weitere Umarmung.

„Ich bin so froh, dass du in Sicherheit bist", flüsterte sie. „Wir hatten solche Angst um dich."

Andrea zitterte in ihren Armen.

Nach einem Augenblick trennten sie sich und sie sagte: „Und wer ist das?"

Sie kniete sich vor das kleine Mädchen.

„Ich bin Jane", sagte das kleine Mädchen. Sie trug ein blaues Kleid und Lackschuhe, viel zu schick für ein Mädchen in dem Alter.

Jane, Carrie wiederholte den Namen in ihrem Kopf.

„Ich mag dein Kleid, Jane. Ich bin Carrie."

„Daddy sagt, wir sind Schwestern. Du und ich und Andrea." Sie stolperte über Andreas Namen. „Ich hatte niemals eine Schwester."

„Na ja", sagte Carrie und unterdrückte plötzlich ein Schluchzen. Allerdings konnte sie ihre Augen nicht davon abhalten, feucht zu werden. Sie versuchte es. Jedes Mal, wenn sie weinte, dachte sie, ihr würden die Tränen ausgehen. Aber da waren immer noch mehr. „Jetzt hast du viele Schwestern. Jetzt und für immer, wenn – wenn dein Vater sein Okay dazu gibt."

„Ich möchte nichts mehr auf dieser Welt", sagte George-Phillip mit leiser Stimme.

„Darf ich dich hochheben?", fragte Carrie Jane.

Jane nickte und Carrie stand auf. Sie streckte ihre Arme aus, hob Jane hoch und setzte sie auf ihre Hüfte. „Ich habe auch ein kleines Mädchen. Obwohl sie um einiges kleiner ist als du."

„Kleiner? Das gefällt mir. Ich bin immer die Kleinste", sagte sie, ihre Stimme klang traurig. „Wie heißt sie?"

„Rachel", antwortete Carrie.

George-Phillip lächelte und führte sie ins Sonnenzimmer. Während sie hinein gingen, sagte er zu Dylan. „Wir sind hier drinnen, wann immer Sie zwei dazustoßen möchten."

Dylan sah auf und sagte: „Danke, Sir." Seine Stimme war rau.

Jane fragte: „Ist Rachel eine Schwester?"

Carrie lächelte und setzte sich auf eine Rattancouch, dabei behielt sie das kleine Mädchen auf ihrem Schoß. „Nein, sie hat noch keine Schwestern. Ich bin ihre Mommy."

Jane sagte: „Meine Mommy ist jetzt im Himmel."

George-Phillip sah bekümmert aus, seine Augen waren düster. Er flüsterte: „Bauchspeicheldrüsenkrebs."

„Das tut mir so leid", sagte Carrie. Sie sah zurück zu Jane und flüsterte: „Manchmal können Schwestern auch wie Mommys sein."

Andrea setzte sich neben sie und sagte zu Jane: „Das stimmt. Manchmal gehen sie mit dir in den Zoo. Oder geben dir ein Pflaster, wenn du dich verletzt hast. Oder sie kaufen dir Eis und umarmen dich und kümmern sich um dich, wenn du weinst. Manchmal machen ältere Schwestern solche Sachen."

Andrea schenkte ihr ein bedeutsames Lächeln, so als ob sie sagen wollte, ich erinnere mich. Dann sagte sie: „Carrie war das für mich, als ich noch so jung war wie du. "

Gottverdammt, dachte Carrie und unterdrückte neue Tränen.

„Ihr müsst wissen, ich habe niemals geglaubt, euch – euch alle drei – zusammen in einem Raum zu sehen. Wenn nur eure Mutter hier wäre", sagte George-Phillip.

Carrie sah zu ihm auf. „Kannst du mir von ihr erzählen?"

George-Phillip legte seinen Kopf zur Seite. „Wie meinst du das?"

Carrie nahm, ohne überhaupt darüber nachzudenken, Andreas Hand in ihre. „Was ich meine, ist … was wir wissen, ist, dass unsere Mutter…

sprunghaft war. Psychisch krank. Manchmal war ihre Wut so groß, dass sie total ausrastete. Sie hat uns angeschrien, und uns... selten... auch geschlagen. Ich möchte wissen, warum. Warum hast du dich in sie verliebt? Wer war sie... bevor das alles geschah?"

George-Phillips Gesicht wurde so mutlos, wie sie es noch niemals bei einem Mann gesehen hatte. Jane bewegte sich auf ihrem Schoß und sagte: „Dad, darf ich spielen gehen?"

„Natürlich Jane. Lass uns Miss Adriana suchen." Er stand auf und sagte: „Bitte entschuldigt mich für einen Moment."

Während er den Raum verließ, sagte Andrea: „Ich bin mir nicht sicher, ob ich wissen will, wie sie war."

Carrie seufzte. „Ich bin mir nicht sicher, was ich will. Außer der Wahrheit. Ich möchte die Wahrheit wissen. Die ganze Wahrheit."

„Denkst du, er wird sie uns sagen?"

Carrie zuckte mit den Schultern. „So viel wie jeder andere auf der Welt. Ihre Augen wanderten zu dem Fenster und dem Gelände davor. „Also... bitte sag mir... wie bist du eigentlich hergekommen?"

Andrea zuckte mit den Schultern. „Alexandra hatte Dylan geschrieben, dass wir George-Phillip googlen sollen. Das haben wir gemacht – und dann sind wir hergefahren. Dylan hat sein Auto in das Tor gefahren, um die Wachleute abzulenken, und ich bin über die hintere Mauer geklettert."

„Es ist gut, dass du kein Attentäter warst", sagte Carrie.

Andrea sagte: „Sie haben mich gefasst, bevor ich zu ihm gelangt bin. Aber ich habe laut genug geschrien, dass er kam und nach mir geschaut hat."

Die Tür öffnete sich und George-Phillip kam wieder rein. Er lächelte und sagte: „Der junge Dylan und seine Frau sitzen immer noch auf der Couch. Sie lieben sich sehr, nicht wahr?"

Carrie lächelte: „Das tun sie."

Er setzte sich und sagte: „Sie erinnert mich auch ein bisschen an ihre Mutter. Obwohl Alexandra auch ihrem Vater ähnlich sieht."

Carrie schaute zu Andrea, dann zurück zu George-Phillip. „Er hat sie vergewaltigt, musst du wissen. Als er herausfand, dass ich nicht seine Tochter bin. Er hat sie fast totgeschlagen und sie vergewaltigt."

George-Phillip zuckte zusammen. „Ich hätte alles dafür getan, um das zu verhindern", sagte er. „Ich wusste das sehr lange nicht. Sie hat sie als eine

Art Seitenhieb Alexandra genannt. Eure Mutter ist eine mutige Frau, aber sie war auch für viele Jahre eine Gefangene. Ich habe versucht, sie dazu zu überreden, ihn zu verlassen, aber sie war immer davon überzeugt, dass Richard eine von euch verletzen würde oder ihren Bruder."

„Luis?", fragte Andrea.

George-Phillip nickte. „Ich weiß nicht, ob die Angst berechtigt war oder nicht. Aber sie war groß genug, um sie weiterhin gefangen zu halten."

„Verstehst du, wie schwierig das ist?" sagte Carrie. „Alles, was wir je geglaubt haben, steht Kopf."

Er nickte. „Ich werde versuchen, euch alles nur Mögliche zu erklären. Ich kann mir nicht mal vorstellen, wie schwer das für euch ist."

„Wann hast du sie kennengelernt?"

Er lächelte. „Wir haben uns im Februar 1984 kennengelernt, nur ein paar Wochen, nachdem eure Mutter nach Washington DC gekommen war. Ich war damals hier in der Botschaft eingesetzt. Allerdings wohnte ich damals nicht in einem so luxuriösen Quartier." Er sagte die letzten Worte mit einem trockenen Lächeln. „Mein Büro war damals neben dem Boiler im Erdgeschoss."

Er lächelte. „Eure Mutter hatte zu einer Dinner-Party eingeladen – dort haben wir uns kennengelernt. Für eine Neunzehnjährige war sie unglaublich selbstsicher. Alle haben natürlich geglaubt, sie wäre älter. Ich erinnere mich, dass sie bei allen Aufmerksamkeit erregt hat. Ehrlich gesagt dachte ich, Colonel Rainsley würde sich blamieren."

„Rainsley war dabei? Senator Rainsley?"

Er nickte. „Ja das ist richtig. Am Ende wurde eure Mutter eine gute Freundin von Brianna, obwohl ich nicht denke, dass sie ihr jemals die Wahrheit über ihre Ehe gesagt hat. Aber sie hatten die Musik als Gemeinsamkeit."

„Und warum bist du am Ende mit einer verheirateten Frau zusammengekommen?", fragte Carrie.

Er seufzte. „Das war natürlich mein Untergang. Ich konnte während der Party erkennen, dass etwas zwischen ihnen nicht stimmte. Er war so viel älter als sie und sie hatte schreckliche Angst vor ihm. Aber ich hatte keine Ahnung, wie schlimm es war. Denkt daran, dass sie damals nicht viel älter als Andrea war."

Fasziniert von einem Blick auf ihre Mutter, den sie niemals verstehen würde, lehnte sich Carrie vor und sagte: „Wie… war sie?"

George-Phillip lächelte, seine Augen glänzten. „Sie war leidenschaftlich. Passioniert. Eure Mutter liebte Musik… Habt ihr gewusst, dass sie für das Nationale Jugendorchester gespielt hat? Sie hat gelächelt, sogar dann, wenn sie innerlich zusammenbrach. Sie hat euch Mädchen leidenschaftlich beschützt. Als wir uns zum ersten Mal trafen, gab es natürlich nur Julia. Was für ein kleiner Frechdachs. Zwei Jahre alt und voller Feuer. Ich denke, eure Mutter wäre in die Hölle und zurück gegangen, um sie zu beschützen. Adelina ist die stärkste Frau, die ich jemals gekannt habe."

Carrie schüttelte ihren Kopf. „Es fällt mir schwer, das zu glauben. All das."

„Kannst du dir einen anderen Grund vorstellen, warum sie die ganzen Jahre bei ihm geblieben ist? Einen anderen, als euch zu beschützen?"

„Erzähl mir mehr", Carries Worte waren verlangend. Sie verspürte den dringenden Wunsch, diese Frau, die sie niemals gekannt hatte, zu erforschen.

George-Phillip zuckte mit den Schultern. „Wir waren damals nicht lange zusammen. Ein paar kurze Monate. Richard war in dem Frühjahr immer wieder in Afghanistan und Pakistan und versuchte, alle Spuren des Wakhan Massakers zu beseitigen, bevor sie ihn zerstörten. Wir haben das ausgenutzt. Wann immer wir in der Öffentlichkeit waren – was nicht oft vorkam – war Julia unsere Anstandsdame. Ich habe schließlich ein Studio-Apartment in Chevy Chase gemietet, nicht weit von deiner Wohnung entfernt. Dort konnten wir uns diskret treffen. Sie hatte schreckliche Angst, dass Richard es herausfinden und ihrem Bruder oder Julia etwas antun würde."

Er schloss seine Augen. Seine Stimme zitterte, als er die nächsten Worte aussprach: „Ich habe viele Jahre später geheiratet, aber ich habe niemanden jemals so geliebt wie sie. Ich habe mein ganzes Leben lang bereut, dass ich sie mir nicht – einfach genommen habe. Dass ich nicht hart genug um sie gekämpft habe, oder stark genug war, um sie von ihm wegzubringen. Wenn ich daran denke, wie sehr er ihr wehgetan hat, wie verändert sie gewesen war, als ich sie in China wieder sah, so viele Jahre später…"

Er schüttelte seinen Kopf, brachte seine Hand vor seinen Mund. „Ich würde alles tun. Alles. Um es rückgängig zu machen. Sie zu beschützen."

„Warum bist du gegangen? Lag es daran, dass sie herausgefunden hat, dass sie schwanger war?" Carrie sagte die Worte mit mir nicht. Aber sie hallten trotzdem in dem Raum wider.

George-Phillip schüttelte seinen Kopf. „Nein… Carrie. Adelina hat sich von mir ohne jede Erklärung Ende April 1984 getrennt. Ich schwöre dir, ich wusste bis 1996 nichts von deiner Existenz."

„Erzähl es mir. Was ist in China geschehen?" Carries Aufforderung war scharf.

George-Phillip. Mai 1996

Zu dem Zeitpunkt, als Prinz George-Phillip das Flugzeug in China verließ – natürlich ein Linienflug – und durch den Zoll war, war er bereits seit mehr als siebzehn Stunden unterwegs gewesen, dank eines unnötigen Aufenthalts in Paris. Ihm war heiß, er war müde und er brauchte dringend eine Nacht Schlaf.

Das war ihm aber leider nicht vergönnt. Eine junge Frau, vielleicht fünfundzwanzig Jahre alt, wartete am Ende des Terminals mit einem Kartonschild auf ihn, auf dem diskret „GP" stand. Man hatte ihm angekündigt, dass sie ihn erwarten würde. Wendy Li war britische Staatsbürgerin, in Cambridge geboren, aber ihre Eltern waren Chinesen. Sie sprach fließend Mandarin. Sie war eine vermeintliche Kommunikationsmitarbeiterin in der Botschaft – tatsächlich war sie jedoch die stellvertretende Chefin des dortigen MI6-Postens. Sie war außergewöhnlich jung für diese Aufgabe, aber eine Kombination aus internen Scherereien und ihren eigenen Fähigkeiten hatte ihre Karriere günstig beeinflusst.

„Hallo, Eure Hoheit", sagte sie. „Ist das Ihr ganzes Gepäck?" Sie beorderte einen Assistenten, das Gepäck zu nehmen. „Hier entlang."

„Danke. Miss Li, richtig?"

„Ja, Sir."

George-Phillip war dreiunddreißig Jahre alt und seine eigentliche Aufgabe in China war es, Chef des dortigen MI6-Postens zu werden – der höchste Posten, den man ihm bisher anvertraut hatte. Seine „offizielle" Position war der eines Senior-Attachés beim diplomatischen Dienst, ein Job, der so unspezifisch war, dass er quasi alles tun konnte, was er wollte. Wie Wendy – und alle anderen, die für den Geheimdienst arbeiteten – brauchte er eine offizielle, diplomatische Deckung für seinen eigentlichen Job, der natürlich bedeutete, China auszuspionieren.

Es war nicht der glamouröse Job, den die Leute vermuteten. Spionage beinhaltete typischerweise, Menschen in wichtigen Positionen zu finden, ihre Schwäche zu erkennen und sie auszunutzen. Manchmal waren die Schwächen einfach – Habgier, sexuelle Jugendsünden und andere Möglichkeiten, die Leute gegen ihr Land auszuspielen. Manchmal war es komplexer: Menschen, die ihr Land verkauften, weil sie dachten sie wären Patrioten. Der nützlichste Informant, den der MI6 in der chinesischen Regierung hatte, war im Geheimen ein Christ, der für das chinesische Außenministerium arbeitete. Die chinesische Regierung unterdrückte Christen natürlich, wie auch alle anderen Religionen. Diese Unterdrückung gab Spionen einen Ansatzpunkt.

Als sie sich in das Auto mit Chauffeur setzten, sagte sie: „Bitte verzeihen Sie, Hoheit, wir haben ein Problem. Sind Sie, was die Spannungen zwischen China und den Vereinigten Staaten angeht, auf dem Laufenden?"

„Ja, außer es ist etwas geschehen, während ich in der Luft war." Sie meinte natürlich den Spionageskandal, der gerade in den USA an die Öffentlichkeit gekommen war, und der die Beziehungen nach Peking sehr strapazierte. Chinas Geheimdienst hatte signifikante Nuklearinformationen der USA gestohlen und bisher wusste niemand, wie groß der Schaden war.

„Nichts Neues, Sir. Außer, dass der amerikanische Botschafter heute ein extrem… angespanntes… Treffen mit dem chinesischen Premierminister hatte. Es gibt Bedenken, dass die Chinesen auf irgendeine Weise zurückschlagen werden, also werden die meisten der NATO-Alliierten heute Abend zu einem Empfang der US-Botschaft zusammenkommen. Als Zeichen der Solidarität, Sir. Ich weiß, wie lange Sie in der Luft waren – aber der Botschafter möchte, dass sie daran teilnehmen."

Er runzelte die Stirn und sagte dann: „In Ordnung. Ich muss mich duschen und rasieren, und jemand muss einen meiner Anzüge bügeln. Sie werden sicherlich zerknittert sein. Und vielleicht noch etwas Kaffee." George-Phillip trank normalerweise keinen Kaffee. Aber er war jetzt schon so lange wach, dass es notwendig war.

„Natürlich, Sir."

„Wer ist eigentlich der US-Botschafter? Ist er nicht neu im Amt?"

„Richard Thompson, Sir. Davor war er der US-Botschafter bei der NATO."

George-Phillip spürte ein Schaudern. Er antwortete nicht, murmelte nur: „Hmmmm."

„Sir? Kennen Sie ihn?"

Verdammt. Sein Gesichtsausdruck hatte ihn verraten. „Das tue ich. Aber es ist viele Jahre her. Wie ist Ihr Eindruck?" George-Phillip stellte die Frage nur, damit sie redete und er es nicht musste.

„Ehrlich gesagt, Sir, irgendetwas an ihm... beunruhigt mich. Normalerweise bin ich ziemlich gut darin, Leute einzuschätzen. Aber aus ihm werde ich nicht schlau. Er ist kalt wie ein Stein."

„Ist er verheiratet?" George-Phillip hörte auf zu atmen, nachdem er die Frage gestellt hatte.

„Ja, Eure Hoheit. Eine jüngere Frau, ihr Name ist Adelina. Sie haben fünf Kinder."

„Fünf? Das ist eine ganze Menge, oder nicht?" Fünf? Sie hat weitere vier Kinder von ihm bekommen? Was zur Hölle?

„Ich glaube die letzten beiden waren Zwillinge, sie wurden diesen April geboren. Im Vertrauen, Sir... ich denke, sie hat Angst vor ihm."

„Seine Frau?", fragte er. Er hob eine Augenbraue, versuchte, überrascht auszusehen.

Wendy sah nicht aus, als hätte er sie getäuscht. Sie hob genauso wie er skeptisch eine Augenbraue. „Ja. Seine Frau. Ich denke, sie hat Angst vor ihm. Sie kennen Sie auch, nicht wahr, Sir?"

George-Phillip runzelte die Stirn. „Ihnen entgeht nicht viel, oder Miss Li?"

Sie schüttelte ihren Kopf. „Sehr wenig. Gibt es etwas, worüber wir uns Sorgen machen müssten?"

George-Phillip grunzte. Einerseits war es keine angemessene Frage für eine Untergebene. Andererseits – hatte sie natürlich recht. „Nein. Es hätte da vor vielen Jahren etwas geben können. Aber das ist lange vorbei."

Der besorgte Blick verschwand nicht von Wendys Gesicht. Aber sie war weise genug, um die Unterhaltung von Adelina wegzuführen. „Thompson ist seit letztem Oktober Botschafter. Es war eine schwierige Zeit, die Beziehungen zwischen China und den USA werden schnell schlechter."

„In der Tat", sagte George-Phillip. „Spionage ist eines. Nukleare Geheimnisse etwas anderes. Es ist schwer, den Amerikanern ihre Antwort vorzuwerfen."

„Ja, Sir."

Neunzig Minuten später erreichten George-Phillip und Wendy Li das Gelände der US-Botschaft und wurden durch das Tor gelassen. Er fühlte sich nach der Dusche etwas erfrischt, aber nichts außer einer Menge Schlaf würde wirklich helfen. Den würde er vermutlich in den nächsten paar Tagen nicht bekommen. Dann war es eben so. Er hatte einen Job zu erledigen, und Schlaf stand nicht in der Stellenbeschreibung.

George-Phillip und Wendy waren spät dran, aber nicht sehr. Es war sowieso niemals schlecht, fast zu den Letzten zu gehören, die ankamen. Als er den Ballsaal der Botschaft betrat, scannten seine Augen den Raum und die sechzig oder mehr Gäste, die in mehreren Kreisen und Gruppen zusammenstanden.

Er erkannte sofort einige Gesichter. Rick Smith, der australische Botschafter in China und natürlich Ronald Easton, der neben seinem amerikanischen Gegenpart stand – Richard Thompson.

Thompson stand seitlich zu George-Phillip. Sein Gesichtsausdruck war ernst, während er und Easton miteinander sprachen. Richard war älter geworden, sein Haar war ergraut in den vergangenen Jahrzehnten, seit sie einander begegnet waren. Er musste jetzt Mitte vierzig sein.

Adelina stand nicht bei Thompson, was gut war. Nach einem Augenblick fand George-Phillip sie. Sie stand in der Nähe der hinteren Wand des Ballsaals und sprach mit einem jungen Mädchen. Adelina hatte George-Phillip den Rücken zugedreht. Sie sah fast noch genauso aus, ihr Rücken war immer noch straff, das zeigte ein rückenfreies Kleid. Nach fünf Kindern hatte sich ihr Körper natürlich verändert – breitere Hüften und größere Brüste. Sie war hübsch. Er erstarrte, war nicht in der Lage, klar zu sehen, während er die junge Frau anschaute.

Vierzehn, vermutete er. Lockiges braunes Haar, große, schöne Augen. Julia. Sie würde sich natürlich nicht mehr an ihn erinnern – als er sie das letzte Mal gesehen hatte, war sie ein Kleinkind gewesen. Sie hatte sich in eine hübsche, junge Frau verwandelt.

Einen Moment lang gab er sich der Fantasie hin, dass sie seine Tochter wäre und das Adelina und er Kinder hätten haben können. Aber das war natürlich unmöglich. Fünf Kinder. Er fragte sich, ob sie sich schließlich ihrem Ehemann emotional ergeben hatte.

Während des letzten Jahrzehnts und noch länger hatte seine Mutter ihm in den Ohren gelegen. Heirate. Bekomm ein Kind. Aber er hatte sich die ganze Zeit lang der falschen Hoffnung hingegeben, dass ein Wunder geschehen würde und er mit der Frau, die er liebte, würde zusammen sein können. Aber in dem Moment, in dem er sie zum ersten Mal wiedersah, spürte er dieses Verlangen nicht, er spürte die Liebe nicht. Was er spürte, war Wut und Schmerz und Kummer, von denen er nicht gedacht hätte, dass er dazu fähig war.

„Eure Hoheit. Willkommen in Peking."

Aufgeschreckt wandte George-Phillip seine Augen von Adelina und Julia ab, nur um Ronald Easton und dem US-Botschafter, Richard Thompson, gegenüberzustehen.

Automatisch erschien ein Lächeln auf George-Phillips Gesicht, aber es war nicht ehrlicher als das Lächeln, das Thompsons Gesicht zeigte.

„Botschafter Easton! Botschafter Thompson! Ich freue mich, Sie beide wiederzusehen!"

Easton lächelte. „Prinz George-Phillip, ich freue mich so, dass Sie hier sind. Sie kennen Richard also?"

Während er sich zwang, seine Gedanken von Adelina abzuwenden, sagte er: „In der Tat. Botschafter Thompson hatte mich zu einem sehr interessanten Abendessen in seiner Wohnung in Washington DC eingeladen."

Julia entfernte sich nun von Adelina. Vermutlich verließ sie den Empfang, sie war zu jung, um einem solchen Ball beizuwohnen. Adelina drehte sich um und ihre Augen sahen in seine. Der Schock war offensichtlich. Ihre Augen wurden groß und feucht und eine Hand bedeckte ungewollt ihren Mund. Allerdings erschien fast sofort eine Maske auf ihrem Gesicht, sie ließ ihre Hand an ihre Seite fallen und schaute weg.

„Vielleicht können Sie dann eine freundliche Wette zwischen uns klären", sagte Easton. Er stank nach Whiskey. „Richard hier behauptet, dass die Fortschritte, die John Hawkins im Schiffsbau gemacht hat, es den Engländern erlaubt haben, in Amerika zu siedeln. Aber ich habe die korrekte Antwort – es war der Sieg über die Spanische Armada im Jahre 1588. Was meinen Sie?"

Easton war ein Trottel. Aber er war der Botschafter. „Beide Antworten sind gleichermaßen richtig, Botschafter – der Sieg über die Spanische Armada wäre nicht möglich gewesen, ohne die Fortschritte im Schiffsbau."

„Sie sind ein wahrer Diplomat, Eure Hoheit", sagte Thompson. Seine Augen waren kalt und seine Stimme leise. „Sie haben eine Menge Worte gebraucht und die Beantwortung der Frage vollständig vermieden. Bravo."

Thompson war ausgesprochen unfreundlich. Ahnte er George-Phillips Affäre mit seiner Frau? Oder war etwas ganz anderes? Hatte er irgendwie George-Phillips Beteiligung an der Untersuchung des Wakhan-Massakers geahnt? Was auch immer es war, sogar Easton bemerkte es, sein Gesicht wurde nüchtern, als er Thompsons Ton hörte.

Die drei Männer fuhren mit Smalltalk fort, unerträglichem Smalltalk, während George-Phillip überall hinsah, nur nicht zu Thompsons Frau, die wie eine gute Gastgeberin von einer Gruppe zur nächsten ging: unterhaltsam, freundlich, aber nicht zu freundlich, immer mit einem Lächeln im Gesicht.

Schließlich schaffte George-Phillip es, sich zu entschuldigen und sich von den zwei Botschaftern zu entfernen. Er war nicht in der Lage, noch weitere nichtssagende Unterhaltungen zu führen, er ging hinaus in den Flur, musste ein paar Minuten allein sein. Seine Augen wanderten den Flur entlang und suchten nach der Toilette.

Er war fast am Ende des Flures, als er ihre Stimme hinter sich hörte.

„George-Phillip."

Er erstarrte, sein Rückgrat war angespannt. Er konnte sein Gesicht nicht zeigen. Er konnte es nicht. Er schloss seine Augen und holte tief Luft. „Adelina."

Er hörte ihre Schritte, Absätze, die auf dem Marmorfußboden klickten, als sie näher kam. Er drehte sich langsam um.

„Ich… ich…" Ihre Stimme verstummte.

„Hast du mich vermisst?", fragte er. „Tut es dir leid, dass du dich ohne jede Erklärung von mit getrennt hast? Tut es dir leid, dass du mein Herz gebrochen hast? Was ist es?"

Ihre Augen füllten sich mit Tränen. „Es tut mir leid", flüsterte sie.

Seine Schultern sanken nach unten. „Was soll ich sagen?"

„Sag mir einfach... dass es dir gut geht."

George-Phillip spürte, wie sich seine Augenbrauen bewegten und er kniff ein Auge zusammen, versuchte, die Welle der Emotionen zurückzuhalten, die ihn durchflutete. Er schaute hinauf zur Decke, war nicht in der Lage, seinen Kummer zu kontrollieren. „Ich muss gehen, Adelina. Bitte... lass einfach..."

„Ich hatte keine Wahl." Der Schmerz in ihrer Stimme war greifbar.

George-Phillip knirschte vor Wut, von der er nicht wusste, dass sie in ihm war, mit seinen Zähnen. „Du hattest keine Wahl? Ich hätte dich beschützt, Adelina. Ich hätte deine Tochter beschützt."

Er drehte sich um und stolperte fast gegen die Wand. Sie rannte hinter ihm her, rief seinen Namen. Dort. Eine Tür, auf der Herren stand. Er drückte sie auf, ging hinein und lehnte sich gegen die Wand.

KAPITEL SIEBEN
Bevormunde mich nicht

Carrie. 5. Mai

Zurückblickend konnte sich Carrie vage an den Abend, von dem George-Phillip redete, erinnern. Sie hatte mit elf Jahren nur zwei oder drei diplomatische Empfänge besuchen dürfen. Aber sie war eine selbstsichere Elfjährige gewesen und ihre Mutter hatte ihr erlaubt, Julia während der ersten Stunde des Empfangs zu begleiten. Sie hatte ihn vermutlich nur um ein paar Minuten verpasst.

Erinnerte sie sich daran, George-Phillip gesehen zu haben? Sie war sich nicht sicher. Der Raum war voller Erwachsener gewesen, fast alle waren kleiner als sie gewesen und sie war immer in der Nähe der Wand geblieben, Julia an ihrer Seite, bis ihre Mutter sie weggeschickt hatte. Sie waren zu dem Zeitpunkt schon seit Monaten in Peking gewesen, aber es war das erste Mal, dass sie von bewaffneten Männern begleitet worden waren.

„Ich erinnere mich an den Empfang, von dem du sprichst", sagte sie. „Die Zwillinge waren ein oder zwei Monate zuvor geboren worden und Mom war – extrem schwierig gewesen. Es ist nicht so, als würde sie die Zwillinge nicht lieben – aber ich denke nicht, dass sie geplant hatte, sie zu bekommen. Ich denke nicht, dass sie überhaupt geplant hatte, Kinder zu bekommen."

George-Phillip nickte. „Nein. Aber trotzdem hat sie euch alle als Geschenk Gottes angesehen."

„Sie hat sich aber nicht so verhalten", sagte Andrea. Ihre Stimme war bitter.

„Nein. Aber ich glaube nicht, dass ihr versteht, wieviel es sie gekostet hat."

„Wie könnte ich?", erwiderte sie. „Ich kenne sie nicht. Sie hat niemals mit mir geredet. Sie hat mich weggeschickt."

George-Phillip schloss seine Augen. „Natürlich nicht. Es tut mir leid."

„Erzähl es mir", sagte Andrea. „Sie konnte es nicht. Also musst du es tun."

Er nickte und begann erneut zu sprechen. „Ich habe sie danach etliche Wochen nicht mehr gesehen. Die diplomatische Gemeinde ist natürlich klein, aber nicht so klein, dass man die Leute regelmäßig trifft, außer man ist befreundet. Und Richard Thompson und ich waren niemals Freunde."

„Das kann ich mir vorstellen", sagte Carrie.

Seine Lippen verzogen sich zu einem sarkastischen Lächeln. „Wie auch immer. Es waren… vier oder sechs Wochen, Ende Mai hielt die Botschaft einen Empfang zum Memorial Day ab." Er hielt für einen Moment inne. „Das ist kein Feiertag, den wir im Vereinigten Königreich feiern, aber unser Remembrance Day im November ist im Grunde dasselbe. Auf jeden Fall ist es üblich, dass die alliierten Botschaften bei solchen Feierlichkeiten dabei sind, vor allem in einem Land wie China, wo die diplomatische Gemeinde so isoliert ist. Also bereitete ich mich darauf vor, das Vereinigte Königreich dabei zu repräsentieren."

Er lehnte sich zurück, sein Gesichtsausdruck war gedankenverloren, und er sagte: „Ich wusste natürlich, dass eure Mutter aller Wahrscheinlichkeit nach bei der Feier dabei sein würde. Und ich wusste, dass ich mich von ihr fernhalten musste. Aber ich konnte es nicht. Sobald ich dort ankam, traf ich auf Richard und Adelina. Es war ein schlechter Tag für sie gewesen. Ich habe sie niemals so verloren gesehen, ihre Augen wanderten nervös umher und sie bewegte unaufhörlich ihre Hände."

Carrie sprach mit einer sanften, drängenden Stimme. „Es war schrecklich. Ich erinnere mich an den Tag. Julia hatte es irgendwie geschafft, kleine Stellen auf ihrem Kleid auszubleichen, und Mutter hat sie angeschrien. Es war verwirrend und irritierend und… verängstigend, wirklich. Als unser Vater die Wohnung betrat, wurde sie auf einmal still. Sie flüsterte Julia mit drängender Stimme zu, dass sie ein anderes Kleid anziehen sollte, etwas Geeigneteres, und dass sie sich beeilen sollte."

George-Phillip schüttelte seinen Kopf. „Sie hatte schreckliche Angst", murmelte er.

„Ich denke, das stimmt", sagte Carrie. „Aber uns kam es total verrückt vor."

Carrie konnte den Schmerz und die Reue, die George-Phillip ausstrahlte, fast spüren, als er seine Augen schloss und auf ihre Worte nicht antwortete. Immerhin waren Schmerz und Reue die Gefühle, die sie am besten kannte. Es war leicht, eine verwandte Seele zu erkennen, die verletzt war. Sie fuhr fort: „Wie auch immer, sie beruhigte sich ein wenig, als Julia sich umgezogen hatte und wir unterwegs waren. Aber... weißt du, woran ich mich erinnere?"

Oh Gott, dachte sie. Sie begann ein wenig zu zittern.

„An was?", fragte George-Phillip.

„Er lehnte sich im Auto immer wieder zu ihr rüber. Während er fuhr. Und er flüsterte. Ich dachte, es wäre romantisches Flüstern, verstehst du? Sie... zitterte weiter und zuckte vor ihm zurück. Sie hatte eine Gänsehaut im Nacken. Alles, woran ich denken konnte, war, wie sauer ich war, weil sie Julia wie Dreck behandelt hatte und hier war sie nun..." Carrie schloss ihre Augen. Sie erinnerte sich daran, was sie gedacht hatte. Die Worte kamen ihr ungewollt in den Sinn. Ich hasse sie. Ich hasse sie. Ich hasse sie.

„Du konntest es nicht wissen", sagte George-Phillip. „Du warst ein Kind."

Sie seufzte. „Ich weiß. Aber ich wünschte trotzdem, dass ich es verstanden hätte. Ich wünschte, ich könnte den ganzen Hass, den ich ihr gegenüber verspürt habe, zurücknehmen. Sie hat ihn nicht verdient. Erzähl mir, was sonst noch passiert ist."

George-Phillip nickte. Seine Augen waren tausende von Kilometern entfernt. „Am Ende saß ich neben eurer Familie – Adelina saß zwischen mir und Richard. Du saßt auf seiner anderen Seite."

Carrie dachte zurück, versuchte, sich zu erinnern, ob sie George-Phillip damals gekannt hatte. Sie erinnerte sich vage an einen Mann, der neben ihrer Mutter gesessen hatte, aber es war wirklich zum Verrückt werden, zu wissen, dass ihr Vater dort gewesen war und sie es nicht bemerkt hatte. Natürlich hatte sich keiner der Erwachsenen dazu bequemt, die Kinder irgendjemandem vorzustellen. Die Feierlichkeiten hatten ewig gedauert – sie

erinnerte sich, dass sie müde und frustriert gewesen war und Julia zuge-
flüsterte hatte: „Nimmt das jemals ein Ende?" Natürlich hätte sie sowas
niemals zu ihrer Mutter oder ihrem Vater gesagt – verdammt! Sie tat es
immer noch. Richard Thompson war nicht ihr Vater und sie hatte keine
Ahnung, wie sie ihn nennen sollte. Sie verpasste George-Phillips nächste
paar Worte, brachte sich aber so schnell sie konnte, gedanklich wieder in
die Gegenwart.

„… ich wusste, dass etwas ganz und gar nicht stimmte. Aber ich konnte nichts tun. Also saßen wir die ersten fünfundvierzig Minuten der, wie
es mir vorkam, schrecklich langen Zeremonie nur da. Schließlich wurde
Richard aufgefordert, etwas zu sagen."

Carrie nickte. Daran erinnerte sie sich. Es war mörderisch heiß gewesen. Zu dem Zeitpunkt, an dem Richard zum Podest gegangen war, hatte
ihr Kleid bereits an ihrem Rücken geklebt, und trotz des breiten Schlapp-
huts, den sie aufgehabt hatte, hatte ihre Haut begonnen, sich sehr heiß
anzufühlen.

„Während er dort oben war – es dauerte nicht länger als zwanzig Minuten – war ich in der Lage, sehr kurz mit ihr zu sprechen. Obwohl ich gerade
erst erfahren hatte, dass es dich gibt, Carrie, liebte ich sie immer noch. Und
ich habe mir Sorgen gemacht. Große Sorgen."

„Warum?"

„Sie klang nicht wie sie selbst. Die Frau, in die ich mich verliebt hatte,
war – lebhaft gewesen. Voller Energie. Sogar während ihrer schrecklichen
Ehe war sie immer noch eine optimistische, heitere und beseelte Person
gewesen. Aber als ich mit ihr in der Botschaft gesprochen hatte, und danach wieder am Memorial Day, war mir klar, dass man sie zutiefst verletzt
hatte. Ihre Stimme und ihre Reaktionen waren langsamer. Müde. Traurig."
Seine Stimme wurde zu einem Flüstern. „Ich hasste es, sie so zu sehen. Sie
war so eine freundliche und fürsorgliche Seele. Zu sehen, dass man sie so
missbraucht hatte, dass ihre Seele zerstört worden war… ich wollte Richard
Thompson umbringen."

Carrie schloss ihre Augen. Es war zu viel. Zu viel, sich vorzustellen,
was für ein Leben ihre Mutter geführt hatte. Carrie hatte wegen des Verlustes ihres Ehemanns während der letzten neun Monate den unerträg-
lichsten Schmerz durchlebt. Aber zumindest hatte Carrie immer noch ihre

Schwestern. Sie hatte immer noch die Erinnerung an Ray. Sie hatte seinen besten Freund.

Aber Adelina hatte alles verloren. Und nicht nur neun Monate lang. Nicht nur neun Jahre lang. Sie war vor dreiunddreißig Jahren gezwungen worden Richard Thompson zu heiraten.

Carrie spürte, wie ihr eine Träne über die Wange lief. Sie flüsterte: „Ich habe sie mein Leben lang gehasst. Ich habe immer geglaubt, dass mein Vater der vernünftige war. Ich habe immer geglaubt, dass sie gehässig war, aber das war ganz falsch. Sie wurde gefoltert."

Andrea stand auf und begann hin und her zu laufen.

Erinnerungen durchfluteten Carrie. Julia, die schrie: „Ich will Daddy!" Ihre Mutter, wie sie auf dem Bürgersteig zusammengebrochen war und ihre Angst, bis der Krankenwagen gekommen war. Ihre Mutter, wie sie ausgerastet war, nachdem Maria Clawson begonnen hatte, über die Familie zu schreiben: Woche für Woche bösartige Dinge über Julia und ihre Eltern, die sie in ihrem Blog veröffentlichte und damit die Stationierung ihres Vaters in Russland hinausgezögert hatte. Sie erinnerte sich, wie ihre Mutter am Valentinstag 1990 auf der Couch gelegen hatte, ihr Gesicht war rot und geschwollen gewesen. Carrie unterdrückte ein Schluchzen. Sie hatte einen Trotzanfall bekommen, weil ihre Mutter sie nicht zur Valentinstagsfeier der Kirche gebracht hatte.

Sie wusste um den Schaden, den ihre Mutter angerichtet hatte. Die Ausraster, der Schmerz, das Herumschreien und die grausamen Dinge, die sie gesagt hatte. Aber sie erinnerte sich auch daran, wie ihre Mutter an ihre Seite geeilt war, nachdem Rays Mutter nach dem Unfall verrückt geworden war. Sie erinnerte sich, wie sie nach Rays Tod in der Wohnung gewesen war, nicht in der Lage zu verstehen, wie sie dort hingelangt war, und wie ihre Mutter sich neben sie gelegt und sie festgehalten hatte, während sie so lange geweint hatte, dass es ihr wie Tage vorkam.

„Selbst wenn ich in meinem Leben nichts anderes mehr tun werde", sagte sie. „Ich werde mich mit ihr versöhnen. Das werde ich." Sie sah hinauf zu Andrea. Andrea nickte zustimmend.

Andrea. 5. Mai

„Was wird aus uns?", fragte Andrea. Während sie die Frage stellte, wedelte sie mit ihrer Hand in Richtung George-Phillip.

„Wie meinst du das?", erwiderte Carrie.

George-Phillip lehnte sich vor. „Vielleicht könnte ich…"

Carrie nickte antwortend. Andrea wartete darauf, zu hören, was er sagen würde.

„Ich war ganz offensichtlich… überhaupt kein Vater für euch. Für keine von euch. Und ich weiß, es gibt nichts, was ich tun könnte, um zurückzugehen und das zu ändern. Trotzdem… ich möchte euch beide kennenlernen. Und ich würde gerne… versuchen… es wiedergutzumachen. Ich habe die Absicht, von meinem Posten zurückzutreten, wenn die aktuellen Unannehmlichkeiten vorüber sind. Vielleicht könntet ihr darüber nachdenken, nach London zu kommen?"

Carrie nickte langsam. „Es wäre möglich. Ich habe natürlich Verpflichtungen, was die Arbeit angeht, das Timing könnte also ein Problem werden."

Andrea zuckte mit den Schultern, wusste nicht, was sie antworten sollte. „Ich weiß nicht. Ich muss mit meiner Großmutter darüber sprechen." Ihre Antwort kam ganz automatisch, aber ein Stechen aus Kummer und Sorge traf sie. Sie wusste nicht, wie ihre Beziehung zu *Abuelita* jetzt war. Ihre Großmutter hatte sie angelogen. Und es war nicht um eine Kleinigkeit gegangen. „Ich weiß nicht mehr, was ich denken soll", fuhr sie fort. „Niemand – nicht meine Mutter, nicht meine Großmutter und du auch nicht – hat mir jemals die Wahrheit gesagt. Darüber, wer ich bin oder warum man mich nicht wollte. Warum sollte ich dir jetzt glauben? Und was hat das alles damit zu tun, dass jemand versucht hat, mich umzubringen?"

George-Phillip nickte. „Das ist eine sehr gute Frage."

Verärgert sagte Andrea. „Bevormunde mich nicht."

Er schüttelte als Antwort seinen Kopf. „Das habe ich nicht vor. Es ergibt alles keinen Sinn."

„Sag uns, was du weißt. Oder was du vermutest."

„In Ordnung. Zunächst einmal glaube ich, dass deine Entführung ursprünglich von Leslie Collins geplant wurde, dem Chef der Abteilung

Operationen der CIA. Es war natürlich keine offizielle Operation, musst du wissen. Aber er hat das eingefädelt."

„Warum?" fragte Andrea.

„Ich denke er hat gedacht, dass deine Anwesenheit und vor allem die Bluttests schließlich dazu führen würden, dass aufgedeckt wird, was in Wakhan geschehen ist."

„Das ergibt überhaupt keinen Sinn."

„Das tut es, wenn man weiß – und er weiß es – dass ich für die ursprüngliche Untersuchung des Geschehens durch die Briten zuständig war. Du musst wissen, dass Collins und Richard Thompson zusammen mit dem aktuellen saudiarabischen Geheimdienstchef die drei Hauptdrahtzieher waren, die die chemischen Waffen der afghanischen Miliz geliefert haben. Alle drei haben sich seitdem beruflich gegenseitig gefördert. Aber ihre Kooperation basiert auf Geheimhaltung."

Carrie setzte sich vor. „Und du hast das alles gewusst? Die ganze Zeit? Warte mal... seit wann?"

„1984."

Carrie ließ sich zurück in ihren Stuhl sinken. „Warum hast du... Wenn du wusstest, dass er dafür verantwortlich war, warum hast du ihn nicht gemeldet?"

„Das habe ich. In meinem offiziellen Bericht habe ich vorgeschlagen, dass man die Angelegenheit vor den Rat der Vereinten Nationen bringt. Man hat mir jedoch etwas anderes befohlen."

„Ich verstehe nicht, warum."

„Carrie, das war der Kalte Krieg. Die Sowjets waren in Afghanistan einmarschiert und ihre Besetzung war brutal. Damals haben die Vereinigten Staaten und das Vereinigte Königreich Wakhan als unglaubliche Propagandamöglichkeit gegen die Sowjets verwendet."

Andrea verstand es nicht. „Okay... also, nachdem ich den Entführern entkommen bin... Das hat die Aufmerksamkeit der Medien auf meine Familie gelenkt. Es kommt mir so vor, als ob es damit noch viel wahrscheinlicher wurde, dass alles herauskommt."

„Genau", sagte George-Phillip. „Als du entkamst, kamen viele Räder ins Rollen. Wir haben letzten Freitag einige Telefonate abgehört. Soweit ich weiß, hat Collins entschieden, dass ihm als letzte Möglichkeit nur noch bleibt, Thompson total unglaubwürdig zu machen. Er hat einen Agenten beim Diplomatischen Sicherheitsdienst eingeschleust, der die Drogen und das Geld in der Wohnung deponiert und den Angriff auf dich durchgeführt hat. Wie ihr vielleicht wisst, hat jemand fast zur gleichen Zeit Schüsse auf mein Haus abgefeuert. Auf mich, um genauer zu sein."

Andrea setzte sich zurück, war schockiert. „Das wusste ich nicht."

„Jetzt ist die Frage, was haben sie als nächstes vor? Thompsons Rolle in Wakhan ist nun dank des Guardian publik geworden. Aber wer auch immer ihnen die Story geliefert hat, hat sie genug verändert, um auch mich zu gefährden. So, wie der Guardian es berichtet, war ich daran beteiligt, das Ganze zu vertuschen. Ich glaube, dass Collins aller Wahrscheinlichkeit nach, auch dafür verantwortlich ist. Auch diesmal, weil es die Glaubwürdigkeit aller, die gegen ihn vorgehen könnten, untergräbt."

Carrie sagte. „Ich kann nicht glauben, dass er das alles innerhalb weniger Tage getan haben soll."

George-Phillip antwortete: „Das ist unmöglich. Ich vermute, er hat begonnen, das alles vorzubereiten, als euer Vater als neuer Verteidigungsminister ins Gespräch kam."

„Aber das ist auch erst drei Wochen her."

„Nein, Carrie, das ist schon Monate her. Der Präsident wusste, dass der frühere Verteidigungsminister sehr krank war. Man hat euren Vater bereits im Dezember 2013 auf den Posten angesprochen."

„Vor sechs Monaten", Carries Gesicht war grimmig, als sie die Worte sagte.

Andrea sagte: „Und wer hat versucht, unsere Mutter umzubringen? Jemand hat sie bis an die Grenze verfolgt und dort auf sie geschossen. Collins? Warum?"

George-Phillip lehnte seinen Kopf gegen seine Hände. „Ich bin mir nicht sicher. Die Medien spekulieren, dass es irgendeine Verbindung zu einem Drogenkrieg gibt. Vielleicht dachte Collins, er könnte damit diese Geschichte stärken? Der Schütze wurde übrigens gefangen."

Carrie sagte: „Richtig. Nick Larsden. Bear und Anthony haben vorhin darüber gesprochen, sie wollen nach Washington fliegen und sehen, ob sie ihn befragen können."

„Bear und Anthony?"

„Bear Wyden – er gehört zum Diplomatischen Sicherheitsdienst. Und Anthony Walker ist ein Reporter der *Washington Post*." Während Carrie die Worte sagte, wurde ihr Gesicht ein bisschen rot. Nur ein ganz klein wenig. Aber genug, dass Andrea es auffiel. George-Phillip schien nichts zu merken und Andrea dachte, es wäre das Beste, nichts zu sagen.

„Ich kenne Walker", sagte George-Phillip. „Er hat mich vor ein paar Jahren mal interviewt. Ich mochte ihn ganz gern."

Andrea sagte: „Okay, also dieser Collins-Typ hat versucht, mich und meine Mutter zu töten. Und dich. Er will das Haus in Brand setzen, bevor jemand bemerkt, dass er an dem Massaker beteiligt war. Wie kommen wir ihm zuvor?"

George-Phillips Augenbrauen zogen sich zusammen. „Ich denke, wir müssen öffentlich beweisen, dass er beteiligt war."

„Würde das nicht nur nach Verteidigung aussehen?", fragte Andrea. „Dass du oder... Richard Thompson... versuchen, die Sache so verworren, wie nur möglich, zu machen."

„Das kann schon sein", sagte George-Phillip. „Aber der Bericht, den ich geschrieben habe, war unmissverständlich, und die Beweise, die Collins beschuldigen, ziemlich eindeutig."

„Dieser Bericht muss veröffentlicht werden."

„Leider ist er streng vertraulich. Ich muss, bevor ich ihn herausgeben kann, mit dem Premierminister reden."

„Kannst du das tun?", fragte Carrie.

„Ja", antwortete George-Phillip. „Aber erst einmal glaube ich, dass das Abendessen fertig ist. Warum sammeln wir nicht eure Schwester und euren Schwager ein und essen?"

Andrea nickte. Sie hatte riesigen Hunger und musste sich ein wenig ausruhen. Sie verstand immer noch nicht alles, was gerade geschah. Aber kleine Wurzeln des Vertrauens begannen in ihr zu wachsen. George-Phillip schien es ehrlich zu meinen. Und die Wahrheit war, sie wollte ihm glauben. Sie war es überdrüssig, immer wieder verletzt zu werden. Sie hatte es satt, mit dem Wissen herumzulaufen, dass ihr angeblicher Vater, sie nicht haben wollte.

Ein paar Minuten später kamen Alexandra und Dylan zu ihnen an den großen runden Tisch in einem großen Esszimmer. Während sie sich hinsetzten, wanderten Dylans Augen schnell zwischen George-Phillip und seinen Töchtern hin und her.

„Moment Mal, mir ist da gerade etwas eingefallen. Wenn er euer Vater ist", sagte Dylan und wedelte mit seiner Hand in George-Phillips Richtung. Er grinste. „Seid ihr zwei dann nicht... Prinzessinnen?"

„Dylan", sagte Carrie. „Das ist... lächerlich."

„Das ist es nicht wirklich", sagte George-Phillip. „Ich bin ein Prinz, weil Georg VI. mein Großvater war. Aber ich stehe in der Thronfolge sehr weit unten. Jane wird nicht als Prinzessin bezeichnet, aber sie wird den Titel der Herzogin erben. Ich weiß ehrlich gesagt nicht, welchen Titel ihr zwei führen werdet. Ein bisschen hängt es auch davon ab, wie Ihre Majestät entscheiden wird, wenn wir eure Vaterschaft öffentlich machen. Ihr müsst auf jeden Fall nach London kommen."

Andrea schüttelte langsam ihren Kopf. „Keine von uns hat die Staatsangehörigkeit des Vereinigten Königreichs."

George-Phillip lächelte. „Ich verspreche euch, dass wir uns darum kümmern werden. Ich bin mir aber noch nicht sicher, ob wir jetzt schon mit der Information an die Öffentlichkeit gehen sollten."

„Warum nicht?", fragte Dylan.

„Ich möchte sicher gehen, dass ihr alle zuerst in Sicherheit seid. Andrea und Dylan, ich glaube, dass ihr beide die nächste Zeit hier bleiben solltet, zumindest bis wir geklärt haben, ob man euch in Verbindung mit dem Angriff in der Wohnung anklagen wird."

Andrea nickte. Das ergab Sinn.

„Carrie – soweit ich weiß, stehst du nicht mehr unter dem Schutz des Diplomatischen Sicherheitsdienstes?"

Sie nickte.

„Ich habe vor, den Präsidenten diskret darüber zu informieren, dass ihr beide meine Kinder seid. Und ich werde darum bitten, dass man euch von offizieller Seite beschützt, bis dies alles geklärt ist. Und ich kann vielleicht auch noch Hilfe von einem speziellen Wachservice erhalten, aber sie werden eine offizielle Erlaubnis brauchen."

„Danke", antwortete Carrie.

Der Rest des Abends kam Andrea fast... normal vor. Was auch immer das war. Zum ersten Mal seit sie in Spanien lebte, ertappte Andrea sich dabei, wie sie lachte und die Zeit genoss. Nach dem Abendessen gingen sie in den Salon und Jane rollte sich auf Carries Schoß zusammen, während sie sich alle unterhielten. George-Phillip erzählte ihnen von seiner Frau Anne, und Carrie erzählte ihm von Ray. Für eine kurze Zeit fühlte Andrea die Wärme einer richtigen Familie, egal wie komisch sie auch war.

George-Phillip schickte Jane um acht Uhr ins Bett. Ein paar Minuten später sagte Carrie. „Ich muss auch langsam gehen. Es ist nicht fair, Rachel so lange bei Julia zu lassen. Aber ich frage mich… George-Phillip… kann Alexandra vielleicht hier bei Dylan bleiben?"

Alexandra warf ihr einen dankbaren Blick zu und George-Phillip stimmte zu. Kurz danach trennten sie sich und Andrea ging zurück in ihr Zimmer im 2. Stock, von wo aus sie den Rasen sehen konnte, über den sie vor nur einem Tag gerannt war.

Sie wühlte in ihrer Tasche und holte eines der Wegwerftelefone heraus, die sie und Dylan vor ein paar Tagen gekauft hatten. Sie machte das Licht aus und ging ins Bett, dann schickte sie erst Luis und dann Sarah eine SMS.

Die Antwort von Sarah kam fast sofort.

Hey, was geht? Bist du in der Botschaft?

Andrea antwortete. **Müde. Bin noch hier. In Sicherheit. Carrie ist auf dem Weg zurück in die Wohnung.**

Sarah: **Ich bin nicht dort. Hab mich an den Wachen vorbeigeschlichen. Bin in Eddies Wohnung.**

Andrea lächelte. Eddie war Sarahs Freund, ein muskulöser Sanitäter, der ein Medizinstudium an der George Washington Universität absolvierte.

Andrea: **Gut! Hast du was von Mutter gehört? Oder Jessica?**

Sarah: **Jessica ist wach und erholt sich. Mom ist komisch.**

Andrea: **Wie das?**

Sarah: **Sie ist nett. Ich verstehe es nicht. Ich verstehe sie nicht.**

Andrea: **Wir haben von George-Phillip einiges erfahren. Ich denke, er liebt sie immer noch.**

Sarah: **Details?**

Andrea schrieb einige Details, die George-Phillip erzählt hatte. Während sie die Geschichte auf dem kleinen Handy tippte, bemerkte sie nicht, dass sich der Türknauf bewegte.

Andrea: **Also, George-Phillip denkt, dass es Collins war, der die Angreifer geschickt hat. Und dass wir immer noch**

Andrea hatte kaum eine Sekunde, sich zu bewegen, als sie mehr spürte
als sah, dass sich die Tür hinter ihr öffnete. Sie sprang auf und blieb dabei
an ihrer Decke hängen, aber es war zu spät. Ihre Sicht wurde schwarz, sie
sah Sternchen, als eine schwere Faust sie auf den Hinterkopf schlug. Sie
fiel nach vorne auf die Matratze, dann spürte sie, wie plötzlich ihr eigenes Kissen von hinten gegen ihren Kopf gepresst wurde. Ein Knie drückte
gegen ihren Rücken, das Gewicht eines schweren Mannes lastete auf ihr.
Sie kämpfte darum, ihn loszuwerden, drückte erst nach links, dann nach
rechts.

Dann eine Stimme. Nah bei ihrem linken Ohr, gedämpft von dem Kissen, die Stimme sagte in einem verzerrten Ton: „Das ist ein Geschenk von
deinem Vater."

In ihrem Rücken spürte sie einen schrecklichen Schmerz, als der Mann
darauf kniete. Sie versuchte zu schreien, aber die Matratze drückte gegen
ihren Mund, das Kissen wurde fest gegen ihren Kopf gepresst. Sie kämpfte
verzweifelt dagegen an, ihre Hände versuchten nach irgendetwas zu greifen.

Ihre Hand schloss sich um etwas. Es war aus Metall und zylindrisch
geformt. Ein Stift?

Sie schloss ihre Faust darum und bewegte sie dann so kräftig sie konnte
nach unten.

Der Mann heulte auf, als der Stift ihn traf und in seine Haut eindrang.
Sie zog die Hand zurück und stach erneut zu, dann sah sie Sternchen, als
er sie schlug.

„Renn weg", sagte er. „Renn schnell, oder du wirst sterben."

Dann war er weg, die Tür schloss sich hinter ihm. Sie hörte, wie sich auf
dem Flur die Schritte entfernten und sie rollte sich zusammen, schnappte
nach Luft, ihr Herz raste, der Puls pochte in ihren Ohren.

Wer auch immer er war, er hatte einen Schlüssel. Hatte George-Phillip
ihn geschickt? War alles eine Lüge und er wollte sie nur beschwichtigen,
damit sie ihm vertraute? War da noch etwas anderes?

Sie bemerkte ein sich wiederholendes Summen. Vibration.

Das Telefon. Es stand auf lautlos, aber es vibrierte. Sie griff danach und rief die Nachrichten auf.

Sarah: **Bist du noch da? Details?**

Sarah: **Andrea? Geht es dir gut?**

Sarah: **Andrea! Ruf mich an!**

Das Telefon zeigte zwei verpasste Anrufe von Sarahs Nummer. Sie wählte, ohne nachzudenken.

„Hallo? Andrea? Geht es dir gut?"

„Nein", keuchte sie. „Jemand hat mich angegriffen. In meinem Zimmer."

„Heilige Scheiße", sagte Sarah.

Ihre Gedanken rasten. Andrea wusste, dass sie gehen musste. Jetzt sofort. „Ich muss Dylan aufwecken – warte mal…"

Sie hielt inne. Dylan wurde immer noch wegen des Angriffs auf die Wohnung von den Bundesbehörden gesucht. Einer der Angreifer war immerhin ein Bundesagent gewesen. Er war hier sicher, zusammen mit Alexandra.

„Nein… er wird hier sicher sein. Kannst du… kannst du ein Auto auftreiben? Kannst du mich abholen? Ich muss einen Ort finden, wo ich mich verstecken kann."

„Wo? Bin schon unterwegs."

„Gegenüber der Botschaft ist ein Park. Gib mir Bescheid, wenn du in der Nähe bist. Ich werde mich irgendwie herausschleichen."

„Bin bald da, Schwester. Ich liebe dich. Achte auf deine Sicherheit."

„Das werde ich", sagte Andrea.

Nur um sicher zu gehen, zog und zerrte sie das schwere Bett vor die Tür, um den Durchgang zu versperren. Dann begann sie ihre Tasche zu packen, mit dem Bargeld, den Telefonen, dem falschen Ausweis und den VISA-Geschenkkarten. Sie begann sich anzuziehen. Es war Zeit, sich wieder zu verstecken.

Dann wartete sie. Eine Minute wurde zu fünf, und fünf zu zwanzig. Dreiunddreißig Minuten nachdem sie Sarah angerufen hatte, vibrierte ihr Telefon erneut.

SMS.

Sarah: **5 Minuten entfernt**

Das war es. Andrea stand auf und warf sich den Rucksack auf ihren Rücken. Sie öffnete das Fenster. Ein paar Zentimeter vom Fenster entfernt verlief ein langes Metallgitter bis zum Boden. Sie lehnte sich aus dem Fenster und griff nach dem Gitter, dann ließ sie ihren Körper zu ihm schwingen. Langsam rutschte sie zu Boden.

Es würden immer noch Wachen dort draußen sein. Es waren etwa zwanzig Meter bis zum Zaun, der im Schatten einer Baumreihe lag. Aber die Dunkelheit würde ihr nichts nutzen – sie war sich sicher, dass die Royal Marines, die das Gelände bewachten, Nachtsichtgeräte hatten. Sie würde einfach rennen müssen.

Sie holte tief Luft und rannte dann auf die Baumreihe zu. Das Gute war, dass sie nicht damit rechnen würden, dass jemand flüchtete.

Sie hatte etwa die halbe Strecke hinter sich gebracht, als sie hörte, wie ein Hund bellte, dann noch einer. Weitere fünf Meter bevor sie den Baum erreichen würde, der dem Zaun am nächsten stand. Sie holte Anlauf, griff nach einem Ast und zog sich nach oben. Sie rutschte den Stamm entlang nach oben, und griff nach einem weiteren Ast.

Rufe und Schritte. Ein Hund und ein Mann, die auf den Zaun zu rannten. Ein Ruf. „Wer rennt da!"

Sie zog sich einen weiteren Ast hinauf, dann noch einen. Sie war jetzt über dem Rand des Zauns. So schnell sie konnte, stellte sie sich auf einen Ast, der in Richtung des Zaunes zeigte und griff nach einem weiteren über ihrem Kopf. Sie arbeitete sich nach außen vor.

„Halt." Ein Ruf von unten. Eine Wache. Eine Weitere und mehr waren im Anmarsch.

Sie hatte keine Zeit. Sie reckte sich, griff nach der Spitze des Zauns und schwang sich darüber, dann rutschte sie ihn hinunter, kam außerhalb zum Stehen und schaute zwei Marines ins Gesicht.

„Sagen Sie dem Prinz, es tut mir leid", sagte sie. „Aber es ist nicht sicher." Dann rannte sie.

Sie rannte so schnell sie konnte durch ein Gebüsch in Richtung Massachusetts Avenue. Sie konnte den dichten Verkehr, der auf beiden Seiten der Straße fuhr, sehen. Es ist kurz vor Mitternacht, dachte sie. Schließlich erreichte sie die Straße. Eine Lücke im Verkehr – sie rannte hindurch, hielt an der doppelten gelben Linie an. Hupen ertönten, während die Fahrer auf beiden Seiten an ihr vorbeifuhren. Dann eine weitere Lücke und sie war drüben. Sie hörte Schreie auf der anderen Seite der Straße und in der Ferne eine Sirene.

Dann hörte sie Sarahs Stimme. „Andrea! Hier!"

Sie drehte sich in diese Richtung. Etwa zwanzig Meter entfernt stand im Park ein Denkmal, eine Steinwand mit einem merkwürdig körperlosen Kopf darauf. Sie sah den Namen Khalil Gibran, als sie auf Sarah zu rannte, die lustigerweise auf einer großen Harley Davidson saß. Ihre kurzen Beine reichten kaum bis an die Kupplung und der Helm, den sie aufhatte, schien viel zu groß zu sein.

„Willst du mich verarschen?", schrie Andrea. „Wie hast du das Ding überhaupt gefahren?"

„Kannst du ein Motorrad fahren?"

„Ja. Rutsch nach hinten!"

Sarah reichte ihr einen weiteren Helm von hinten. „Es ist Eddies", sagte sie. „Er weiß nicht wirklich, dass ich sein Bike genommen habe. Ich habe ihm eine Nachricht hinterlassen. Los! Ich höre Sirenen!"

Andrea setzte sich den Helm auf und setzte sich auf das Motorrad. Sie ließ es an, der Motor erwachte unter ihr zum Leben.

„Fertig?", fragte Andrea. Als Sarah nickte, fädelte Andrea sich in den Verkehr ein und fuhr in nördlicher Richtung von der Botschaft davon.

„Wo fahren wir hin?", schrie Sarah.

Andrea überlegte für eine kurze Sekunde. Dann sagte sie: „Willst du mit mir kommen, um Mom und Jessica zu besuchen? Ich habe Fragen, auf die ich eine Antwort brauche."

Sarah dachte kurz nach. Dann schrie sie. „Zur Hölle, ja!"

Andrea nickte. „Dann los!"

KAPITEL ACHT
Rogue

Anthony. 6. Mai

„**I**ch denke, Sie sollten mir das Reden überlassen", sagte Bear mit leiser Stimme. „Ich bin ein Cop. Ich kenne diese Typen, auch wenn ich die hier nicht persönlich kenne."

Anthony schüttelte seinen Kopf, während er den Mietwagen auf den Parkplatz des Polizeipräsidiums von Whatcon County lenkte. „Hören Sie mir zu – Sie mögen ein Cop sein, aber ich kenne Sergeant Coyle."

„Wie das?", fragte Bear.

„Kampfteam der 81. Brigarde. Coyle gehörte zur Nationalgarde, er war der Schütze auf einem Bradley Kampffahrzeug. Ich war Teil seiner Einheit. Es war mein erster Einsatz in Übersee."

„Ach ja? Wann war das?"

„2004. Sie haben während ihres Einsatzes dort eine Menge Männer verloren. Ich bin drei Monate lang mit Coyles Kompanie durch den Irak gezogen."

„Kapiert. Okay, Sie übernehmen das Reden."

Anthony nickte, griff nach dem Zündschlüssel und machte den Motor aus. Er zog den Schlüssel heraus. „Ich habe während der letzten Jahre den

Kontakt zu diesen Männern gehalten. Coyle ist 2009 nochmals dort gewesen."

Anthony stieg aus dem Auto. Es war kühl draußen, die Sonne war noch nicht aufgegangen. Ihre Maschine war, nach einem Flug, der so turbulent gewesen war, dass man hätte erbrechen können, um sechs Uhr morgens am Bellingham International Flughafen gelandet. Und dann hatte Bear darauf bestanden, nach einem Zeitungsstand zu suchen. Er fühlte sich immer noch nicht ganz sicher auf den Beinen, als er das Auto abschloss und neben Bear die Straße überquerte.

Vor dem Gebäude öffnete Anthony die Tür für Bear, der hineinging und sofort dem Cop am Eingang seinen Ausweis zeigte. „Bear Wyden. Diplomatischer Sicherheitsdienst der USA. Dies ist mein Partner Anthony Walker. Wir sind hier, um Sergeant Coyle zu sehen."

Der Cop am Schreibtisch, der nicht älter als achtzehn aussah, schien verunsichert, als Bear den DSS erwähnte. Guter Schachzug, dachte Anthony. Der junge Cop griff nach dem Telefon auf seinem Schreibtisch und wählte.

Fünf Minuten später öffnete sich eine Tür im hinteren Teil der Lobby und ein großer Mann, der total kahl war, kam heraus. Er trug die braune Uniform eines Deputy-Sheriffs.

„Walker!", rief er. Er kam herüber und umarmte Anthony brüsk. Anthony tat es ihm gleich und schlug Coyle dabei auf den Rücken. „Kommt rein!", sagte Coyle. Der Junge am Empfang sah verblüfft aus.

Zwei Minuten später hatte Coyle die beiden Männer zu seinem Schreibtisch geschoben, und ohne sie zu fragen, zwei Tassen mit Kaffee vor sie gestellt. Er lehnte sich nah genug an Anthony, dass dieser den penetranten Geruch von Coyles Kautabak riechen konnte.

„Die wichtigen Dinge zuerst", sagte Anthony. „Wie geht es Rogue?"

Coyle schüttelte seinen Kopf. „Scheiße. Es geht ihm nicht gut. Er war dieses Jahr für ein paar Monate im VA-Krankenhaus. Er hat eine Schlägerei mit einem Cop angefangen."

Anthony schüttelte seinen Kopf. Während ihres Einsatzes in 2004 war Rogue – sein wahrer Name war ausgerechnet Manfred – mit siebzehn Jahren das jüngste Mitglied der Einheit gewesen. Seine Mutter hatte ihre schriftliche Einwilligung dazu geben müssen, damit er der Nationalgarde beitreten konnte. Nach sechs Monaten im Irak saß er auf dem im hinteren Teil eines Jeeps, als er von einem IEG – *einem improvisierten explosiven* Geschoss – getroffen worden war. Dieser Vorfall hatte dazu geführt, dass die Soldaten der Einheit gelernt hatten, Anthony zu vertrauen. Während sie zu einem Schutzring um den Jeep ausgeschwärmt waren, um die angreifenden Rebellen abzuwehren, hatte Anthony seine Kamera in den Dreck fallen lassen, Rogue bandagiert und dann seine Hand gehalten, um ihn zu beruhigen, während die Rebellen auf sie geschossen hatten. Er würde den Augenblick, in dem Sergeant Mumsford zu ihm gekommen war, seine Faust geballt und ihm leicht auf die Brust geschlagen hatte, nie vergessen. „Sie mögen ein Reporter sein, aber… das war okay, Mann.“

Leider hatten Rogues schwere Verletzungen dazu geführt, dass er viele Schmerzmittel hatte nehmen müssen. Morfin, und später im Krankenhaus Valium und Oxycontin, nachdem er in die Staaten zurückgekehrt war. Als die Army es ihm nicht mehr gegeben hatte, hatte er es sich illegal besorgt. Nachdem man ihn erwischt hatte, hatte die Army ihn wegen schlechten Benehmens hinausgeworfen, was bedeutete, dass er keinen Anspruch mehr auf die Veteranenversorgung hatte.

Mumsford – der zu diesem Zeitpunkt bereits in Rente gewesen war – und Coyle hatten Anthony kontaktiert, was dazu geführt hatte, dass Rogues Geschichte, und wie die Army ihn behandelt hatte, auf der Titelseite erschienen war. Seine Veteranenversorgung wurde ihm wieder zugesprochen, aber seine psychische Gesundheit war immer noch eine Katastrophe.

„Oh Mann“, antwortete Anthony. „Wie hat er es geschafft, nicht ins Gefängnis zu kommen?“

Coyle schüttelte seinen Kopf und zeigte mit einem Daumen auf sein Gesicht. „Ich kenne den Mann. Wir haben lange darüber gesprochen, er wollte keine Anzeige, aber wir haben ihn runter zum VA-Krankenhaus gefahren und ihn eingewiesen. Er hatte mehr als einmal gesagt, dass er sich umbringen wollte.“

„Gott“, sagte Anthony. Er wünschte, es gäbe etwas, das er für das arme Kind tun konnte.

„In Ordnung. Also was ist das Besondere an diesem Larsden? Warum willst du ihn sehen? Warum wollen alle anderen ihn sehen?“

Anthony und Bear sahen sich an. Bear zuckte mit den Schultern. Anthony sagte: „Also gut, das muss unter uns bleiben, Coyle, okay? Menschenleben hängen davon ab."

„Alles klar, sprich weiter."

„Hast du letzte Woche die Nachrichten verfolgt? Als die Tochter des Verteidigungsministers entführt wurde? Danach wurde sein Haus in die Luft gejagt und die Wohnung seiner Tochter angegriffen, und jetzt wird dieser Typ verdächtigt, auf seine Frau geschossen zu haben?"

Coyle nickte.

„Wir versuchen herauszufinden, für wen er arbeitet."

„In den Nachrichten wurde berichtet, dass rivalisierende Drogenkönige oder so ein Scheiß dahinterstecken."

Anthony schüttelte seinen Kopf. „Ausgerechnet du solltest doch wissen, wie Dinge von Reportern falsch verstanden werden."

Coyle nickte nachdenklich. Es hatte Monate gedauert, bis irgendjemand in seiner Einheit Anthony getraut hatte, vor allem weil frühere Reporter, mit denen sie zusammengearbeitet hatten, so viel falsch verstanden hatten.

„Wenn es keine Drogenkönige sind, wer ist es dann?"

Bear lehnte sich vor und sagte: „Wissen Sie, wer ich bin?"

„Diplomatischer Sicherheitsdienst. Außenministerium, richtig?"

Bear nickte. „Wir sind ziemlich sicher, dass die Person hinter all diesen Dingen für eine Drei-Buchstaben-Agentur arbeitet."

Coyles Augen wurden groß. „Meinen Sie das ernst? Es ist eine Bundesbehörde?" Er sah zu Anthony, um sich zu versichern.

Anthony nickte. „CIA."

„In Ordnung. Das FBI wird um zehn Uhr hier sein, um ihn zu befragen. Ihr habt bis acht Uhr Zeit, dann müsst ihr hier raus sein. Okay? Ich möchte meinen Job gerne behalten."

Anthony atmete erleichtert auf. Endlich würden sie vielleicht ein paar Antworten erhalten. Coyle stand auf und führte sie den Flur hinunter. Etwa in der Mitte öffnete er eine Tür.

„Ihr beide könnt hier warten. Wir werden ihn in fünf Minuten herbringen."

Also warteten sie. Bear legte die Zeitung mit dem Titelblatt nach unten auf den Tisch und setzte sich auf einen der schmalen Holzstühle, die um den Tisch standen. Er lehnte den Stuhl gegen die Wand, verschränkte seine Arme vor seiner Brust und schloss seine Augen. Anthony verspürte irrationale Verärgerung. Wie konnte er nur so schnell einschlafen? Im Gegensatz dazu stand er aufrecht, wippte auf seinen Fußballen hin und her und lief herum. Der Raum sah nicht aus, wie er erwartet hatte – kein großer Spiegel, durch den man von der anderen Seite hindurchschauen konnte. Stattdessen hatte er eine hohe Decke, und eine schwarze Kugel war an ihr angebracht – eine Kamera.

Nach zwei Minuten sagte Bear: „Anthony, beruhigen Sie sich. Sie wollen doch nicht total nervös sein, wenn Larsden kommt. Sie haben die Oberhand. Nicht der Täter."

Anthony verstand, dass Bears Aussage gut gemeint war, aber emotional war er immer noch angespannt. Er wollte Antworten. Er wollte wissen, wer auf Carrie und ihre Familie schoss. Larsden hatte diese Antworten.

Seine Augenbrauen zogen sich zusammen. Es war interessant, dass sich seine Gedanken um Carrie und ihre Familie drehten.

Es war nicht so, als ob er Carrie nicht mochte. Das tat er. Und sie schien diejenige zu sein, die sich um eine undefinierbare Zahl von Schwestern kümmerte. Aber sie war auch erst gerade Witwe geworden, was bedeutete, dass sie tabu war. Und außerdem war sie das Subjekt in einer laufenden Ermittlung, was bedeutete, dass sie doppelt tabu war, und mal ehrlich, was tat er eigentlich, in dem er an sie dachte, wenn er doch eigentlich an –

Die Tür öffnete sich. Coyle betrat wieder den Raum, seine Hand war mit einer Handschelle am muskulösen Oberarm eines großen Mannes mit einem ziemlichen Bürstenhaarschnitt, festgemacht. Der Mann – Nick Larsden, nahm er an – hatte ein ganzes Netz von Tattoos auf seinen Armen. Interessant, dachte Anthony. Er erkannte das Motto der US-Army Spezialeinsatztruppe – De oppresso liber – das auf Larsdens Oberarm tätowiert war. Aber Larsden war nicht bei der Spezialeinsatztruppe gewesen. Er war lediglich ein Personalsachbearbeiter gewesen. Vielleicht war das ein Ansatzpunkt. Ein Veteran, der wie Coyle zweimal im Krieg gewesen war, würde davon auch nicht viel halten.

„Setzen Sie sich", sagte Coyle. Um das zu unterstreichen, drückte er Larsden auf einen der Stühle. Nachdem Larsden saß, öffnete Coyle eine der Handschellen und schloss sie dann um eine Vorrichtung am Stahltisch.

Erst nachdem er dieses Ritual vollendet hatte, sagte er: „Mister Larsden."
Seine Betonung auf das Wort Mister war unheilvoll. „Erlauben Sie mir, Ih-
nen meine Kollegen aus Washington DC vorzustellen, Mister Wyden und
Mister Walker."

„Meinen Sie das verdammt nochmal ernst?", sagte Larsden. „Sind das
Lauren und Hardy?"

Bear lehnte sich vor und schlug mit seiner Faust so laut auf den Tisch,
dass es Anthony in den Ohren wehtat. „Sie wollen sich nicht mit mir anlegen. Ich gehöre zum Diplomatischen Sicherheitsdienst und normalerweise
verhöre ich Killer, die von Al-Qaida ausgebildet wurden, und nicht daher-
gelaufene Personalsachbearbeiter wie Sie."

Larsden verspannte sich sofort, sein Gesicht wurde rot. „Ich bin kein
Personalsachbearbeiter - "

„Halten Sie die Klappe", brüllte Bear.

Anthony verhielt sich absolut still. Er hatte niemals zuvor ein Polizeiver-
hör gesehen, außer im Fernsehen. Er hatte keine Ahnung, ob Bears Metho-
den normal waren oder nicht. Aber im Raum wurde es sehr still.

Bear lehnte sich vor und sagte: „Ich möchte es Ihnen ganz klar sagen,
Sie Scheißkerl. Die Frau, auf die Sie geschossen haben, war die Frau des
Verteidigungsministers der Vereinigten Staaten. Haben Sie verstanden, was
ich gesagt habe?"

Bear drehte die Zeitung um. Direkt auf der Titelseite war ein Farb-
bild von Richard und Adelina Thompson, darunter stand die Schlagzeile:
„ATTENTÄTER SCHIESST AUF FRAU DES VERTEIDIGUNGS-
MINISTERS". Und darunter stand, in kleineren aber immer noch fettge-
druckten Buchstaben „Adelina Thompson verlangt politisches Asyl in Kanada."

„Wichser", murmelte Larsden. „Niemand hat erwähnt, dass sie... was
zur Hölle?"

„Sie haben sich hier in eine ziemliche Scheiße eingemischt, Larsden.
Das ist etliche Nummern zu groß für Sie. Wieviel haben sie Ihnen geboten?
Fünfzigtausend? Eine Million? Wie hoch die Summe auch war, sie ist den
elektrischen Stuhl nicht wert."

Larsden zuckte auf seinem Stuhl zusammen. „Elektrischer Stuhl! Zur
Hölle, nein, ich habe sie nicht getroffen, sie ist entkommen, richtig?"

Bear brüllte: „Ihre Tochter ist im Krankenhaus, Sie Scheißkerl!"

Anthony sagte kein Wort. Was Bear sagte, stimmte im Grunde. Jessica war im Krankenhaus, allerdings nicht wegen einer Schusswunde. Larsden musste das nicht wissen.

„Was wollen Sie von mir?", wollte Larsden wissen.

„Ich will wissen, für wen Sie arbeiten. Ich weiß, dass Sie sich diese dumme Operation nicht selbst ausgedacht haben."

„Ich weiß es nicht!", schrie er. „Das sollten Sie besser wissen, Arschloch."

„Bear", sagte Anthony.

„WAS?" schrie Bear Anthony an.

„Kann ich ihm vielleicht ein paar Fragen stellen?"

Bear brüllte: „Wir fragen ihn überhaupt keinen Scheiß, bis er mir einen Namen genannt hat!" Aber während er brüllte, anscheinend außer Rand und Band war, zwinkerte sein rechtes Auge, welches gerade so außerhalb von Larsdens Sichtweite war, Anthony an.

Gott, Bear war ein wahnsinnig guter Schauspieler.

„Wirklich, lassen Sie es mich versuchen", sagte Anthony.

„Wenn er nicht redet, ist er tot", schrie Bear. „Wissen Sie, was sie mit Leuten, die kleine Mädchen umgebracht haben, im Gefängnis machen?"

„Ich werde reden!", sagte Larsden. „Ich werde Ihnen alles sagen, was ich weiß. Aber ich habe Oz niemals getroffen! Ich kenne seinen Namen nicht!"

Bear wirbelte zu Larsden herum. „Oz? Wer zur Hölle ist Oz?"

„Ich weiß es nicht", sagte Larsden. „Ein Engländer oder vielleicht Ire. Ein echter Bastard. Dieser Job sollte wirklich einfach sein, ein paar Flüchtlinge verfolgen. Dann, als ich sie gefunden hatte, sollte ich sie ermorden. Und der Bastard hat gesagt, wenn ich nicht gehorche, dann würde er sicherstellen, dass ich tot ende."

Anthony sagte mit ruhiger Stimme: „Also haben Sie sich dafür entschieden, eine Frau und ihr Kind zu ermorden, um ihre eigene Haut zu retten?"

„Hätten Sie das nicht?", sagte Larsden. „Mal ehrlich. Ich habe diesen Job angenommen, aber ich wusste nicht, dass er so eine Wendung nehmen würde."

„Was war die Bezahlung?", fragte Anthony.

„Eine Million", antwortete Larsden. „Als er verkündet hat, dass ich sie töten müsste, um zu verhindern, dass sie die Grenze überqueren, habe ich ihm gesagt, er müsse auf drei erhöhen. Er hat nicht mal gezuckt."

Bear sagte: „Haben Sie Oz persönlich getroffen?"

„Nein", erwiderte Lardsen. „Nur per Telefon. Ein alter Armykamerad hat den Kontakt zu ihm hergestellt."

„Was für ein alter Armykamerad?", fragte Bear.

„Marky Lovecchio. Ich kenne ihn aus Deutschland."

Anthony lehnte sich vor. „Wieviel Jobs haben Sie für diesen Typen erledigt?"

„Oz? Das war der Erste. Und lassen Sie mich Ihnen sagen, ich bereue es."

„Dafür ist es ein bisschen zu spät", sagte Bear. „Darüber hätten Sie nachdenken sollen, bevor Sie ihr Gewehr ausgepackt und auf Menschen geschossen haben."

„Ja…"

„Woher kommt Marky Lovecchio?", fragte Bear.

„Boston."

Anthony sagte: „Haben Sie eine Telefonnummer gesehen? Als Oz angerufen hat?"

Larsden schüttelte seinen Kopf. „Nein. Es war immer eine unbekannte Nummer."

„Englischer Akzent?", sagte Anthony.

„Ich weiß es nicht. Englisch. Vielleicht Schottisch. Irisch. Ich weiß es nicht. Er klang wie dieser Schauspieler… der alte… Liam Neeson?"

Das ist nicht sehr hilfreich, dachte Anthony. „Was hat er Ihnen noch gesagt? Irgendetwas?"

„Er war sauer, weil sie der Grenze so nah gekommen war. Ich müsste alles tun, um sicherzustellen, dass sie nicht nach Kanada gelangte."

„Tja, das haben Sie vermasselt, Wichser", sagte Bear.

„Also, was kommt jetzt? Bekomme ich Immunität, wenn Sie ihn fangen?"

Bear schnaubte. „Meinen Sie das ernst? Sie haben uns noch gar nichts gegeben. Immunität ist etwas, wofür Sie geben müssen."

„Ich habe Ihnen alles gesagt, was ich weiß."

„Ach ja? Ich glaube Ihnen nicht."

Zum ersten Mal während des Verhörs unterbrach Coyle. „Anthony. Die Zeit ist rum."

„In Ordnung, Arschloch", sagte Bear. „Man wird Sie durch die Mangel drehen. Die Finanzbehörden, FBI und Grenzpolizei und ich weiß nicht wer sonst, alle wollen einen Teil von Ihnen. Sie werden Sie soweit bringen, dass Sie sich nicht mal mehr an Ihren eigenen Namen erinnern werden. Also denken Sie besser nach. Wir sind die einzigen, die Sie beschützen können. Sie haben besser ein paar Antworten. Wir werden morgen wiederkommen."

Adelina. 6. Mai

Adelina Ramos Thompson öffnete langsam ihre Augen. Sie saß in einem Liegestuhl, ihre Beine zeigten in die Luft und sie fühlte sich mehr als nur ein bisschen erschöpft.

Wie immer schaute sie sofort zu ihrer Tochter.

Jessica war gestern Abend für etwa drei Stunden wach gewesen. Sie war bei klarem Verstand, erkannte ihre Umgebung und sie war ziemlich gehässig. Adelina hatte dem verbalen Angriff fast eine Stunde lang standgehalten, bevor sie hinaus in den Warteraum gegangen war. Aufgrund der Medikamente war Jessica wieder eingeschlafen. Erst danach war Adelina wieder in das Zimmer ihrer Tochter gegangen.

Sie fühlte sich wie ein Feigling. Sie hätte bleiben sollen, egal was Jessica gesagt hatte. Aber… sie war auch nur ein Mensch.

Ich hasse dich, hatte Jessica gesagt. Du warst eine Hure. Du hast unseren Vater betrogen. Ich glaube deine Lügen nicht.

Es war immer so weiter gegangen, bis sich Jessica schließlich von ihr abgewandt hatte. Es war etwas Zeit vergangen und dann hatten die verbalen Attacken erneut begonnen. Adelina hatte dort gesessen, hatte die Tränen, die ihr über das Gesicht gelaufen waren, nicht verborgen, aber auch in keiner Weise geantwortet. Jessicas Worte hatten wehgetan. Sie hatten sie verletzt, waren blutige Stichwunden gewesen, die man nicht verbunden hatte, aber Adelina hatte sich selbst daran erinnert, dass Jessica nicht wusste, was sie sagte. Sie kannte die Fakten nicht, und sie hatte schreckliche und schmerzvolle Entzugserscheinungen. Schlimmer noch, ihre Aussprache war lallend, die linke Seite ihres Mundes hing fast unmerklich nach unten.

Während Jessica schlief, hatte Adelina in der Ecke des Raumes niedergekniet und für Jessicas Genesung gebetet. Sie betete darum, dass ihre Töchter eines Tages in der Lage sein würden, ihr zu vergeben – oder, falls sie das nicht konnten, dass sie zumindest Frieden finden würden.

Schließlich war sie in einen unruhigen Schlaf gefallen, während sie immer noch gekniet hatte. Eine Krankenschwester hatte sie so gefunden und ihr geholfen aufzustehen, ihre Knie hatten ihr wehgetan. Sie war zu dem Liegestuhl gestolpert und darauf zusammengesunken.

Jetzt sah Jessica besser aus. Ihre Haut war nicht mehr so bleich und ihre Atmung ging ruhiger als die Nacht zuvor. Und das war ein Segen. Zum ersten Mal seit Tagen wusste sie, wo alle ihre Töchter waren. Julia, Carrie und Sarah waren letzte Nacht wieder in die Wohnung gezogen und hatten bewaffnete Männer zu ihrem Schutz engagiert. Alexandra und Andrea waren in der britischen Botschaft in Washington DC, zusammen mit Dylan. Sie wagte nicht zu hoffen, dass sie George-Phillip wiedersehen würde – dafür hatte sie ihn viel zu sehr verletzt – aber sie wusste, dass er, falls er sich in den letzten sechzehn Jahren nicht total verändert hatte, alles dafür tun würde, um ihre Töchter zu beschützen.

Adelina würde diese Monate niemals vergessen. Niemals. In Belgien hatte sie alle Hoffnung verloren, jemals ein eigenes Leben zu haben. Ihr Krankenhausaufenthalt in Spanien, der zunächst nur ein paar Tage gedauert hatte, war in Belgien auf mehrere Wochen ausgedehnt worden, nachdem sie mit einer Panikattacke aufgewacht war und die Ärzte sie hatten festbinden müssen, um zu verhindern, dass sie sich selbst die Haut vom Leib riss. Sie hatte Wochen benebelt von Medikamenten verbracht, während man verschiedene antipsychotische Medikamente probiert hatte. Clozapin, in den ersten drei Tagen war ihr davon schwindelig geworden und am vierten Tag hatte sie einen epileptischen Anfall bekommen. Risperidon, was zwar die Angst verschwinden ließ, aber zu unkontrollierbarem Zittern und Schlaflosigkeit und der schlimmsten Migräne geführt hatte, die sie je gehabt hatte. Es hatte vier Wochen gedauert, bis ihr Zustand sich mit Imipramin und einer niedrigen Dosis von Risperidon stabilisiert hatte. Das hatte die Angst reduziert, sie aber auch lustlos und abwesend gemacht und sie hatte ständig gezittert. Besser als eine weitere Panikattacke.

Fast zehn Wochen, nachdem man sie ins Krankenhaus eingeliefert hatte, war sie Mitte September in die Botschaft in Brüssel zurückgekehrt. Julia war bei ihrer Rückkehr kalt gewesen, hatte ihre Nase in die Luft erhoben und war davonstolziert. Carrie, die immer das liebste aller Kinder gewesen war, war zu ihr gekommen, hatte sie umarmt und geflüstert: „Ich habe dich vermisst, Mommy." Alexandra, die fast vier gewesen war, hatte lauter unsinnige Fragen gestellt.

An die Monate nach ihrem Krankenhausaufenthalt erinnerte sich Adelina nur verschwommen. Vage erinnerte sie sich daran, wie sie gepackt hatte, nachdem der Einsatz in Brüssel beendet gewesen war, aber die Erinnerungen waren durcheinander und unklar. Sie hatte versucht, sich Julia zu nähern, aber das arme Mädchen war so verletzt und durcheinander gewesen, dass sie jeglichen Kontakt mit ihr vermieden hatte. Sie hatte all ihre Zeit in der Garage mit Corporal Lewis verbracht, Adelina hatte Gott jeden Tag für ihn gedankt. Zumindest einer hatte sich um sie gekümmert, denn es war klar, dass Richard während ihres Krankenhausaufenthalts sich fast nie um die Kinder gekümmert hatte.

Der benebelte Zustand hatte während der Monate, die sie 1995 in Washington DC verbracht hatten, angehalten. Monate, an die sie sich jetzt kaum noch erinnern konnte, außer dass es eine der wenigen Zeiten während ihrer Ehe gewesen war, in denen Richard darauf bestanden hatte, dass sie mit ihm schlief. Diese wenigen Male, nicht öfter als alle paar Wochen, hatten Adelina mit Wut und Selbsthass gefüllt, als sie dort gelegen, sich nicht bewegt und sich innerlich distanziert hatte. Eines Nachts im Mai hatte sie in dem Zimmer in der Wohnung gelegen und während des schmerzvollen Geschlechtsverkehrs gewimmert.

Du bist eine verwelkte alte Hure, hatte er gesagt, als ihr Körper nicht in der Lage gewesen war, genug Feuchtigkeit zu produzieren.

Mein Körper wäre vielleicht in der Lage, anders zu reagieren, wenn ich dich nicht mit jeder Faser meines Seins hassen würde.

Er hatte sofort und brutal geantwortet. Aber seine Versuche, Sex mit ihr zu haben, waren immer weniger geworden, und das letzte Mal war im September 1995 gewesen, kurz bevor sie nach China aufgebrochen waren.

Zu dem Zeitpunkt hatte sie bereits gewusst, dass sie mit Zwillingen schwanger war.

Die Kinder hatten im Herbst die Schule wechseln müssen, als Richard zum Botschafter in China ernannt worden war. Die Panikattacken und die Angst waren mit voller Wucht zurückgekehrt, als sie wegen der Schwangerschaft aufgehört hatte, die Medikamente zu nehmen.

Der Flug nach Asien war schrecklich gewesen. Richard war schon allein vorgeflogen, wie er es oft tat, und hatte es Adelina überlassen, sich um die Reise mit den Kindern zu kümmern. Eine vierundzwanzigstündige Reise, davon siebzehn Stunden in der Luft, mit einem Teenager, einem Kind und einem Kleinkind, das war der Stoff, aus dem Albträume gemacht wurden. Sie war während des Fluges ein halbes Dutzend mal auf der Toilette gewesen, um sich zu erbrechen. Julia war mürrisch gewesen, hatte fast niemals ihre Kopfhörer abgenommen, um zu helfen. Carrie war ein Geschenk Gottes gewesen, sie hatte die damals vierjährige Alexandra festgehalten, während Adelina bei ihrem Umstieg in Los Angelos mit dem Gepäck gekämpft hatte. Dann war von einer Sekunde auf die andere am Narita International Airport in Tokio alles schiefgegangen. Sie waren von einem Laufband in ein volles Terminal gekommen, hunderte Menschen bewegten sich in alle Richtungen. Adelina war zu dem Zeitpunkt bereits mehr als vierundzwanzig Stunden wach gewesen, und sie war gestolpert, hatte die Taschen abgestellt und auf einer Informationstafel nach ihrem Anschlussflug geschaut.

Dann war es ihr eiskalt über den Rücken gelaufen, als Carrie geschrien hatte: „Alexandra! Momma, ich kann sie nicht finden!"

Adelina hatte gerufen: „Was?"

Carrie hatte mit großen, panischen Augen dagestanden. Sie waren umgeben von Menschen und Alexandra war nirgends zu sehen gewesen. Julia hatte sich an eine Mauer gelehnt, die Kopfhörer immer noch auf den Ohren.

„Alexandra!" Adelina hatte den Namen so laut geschrien, dass man es am anderen Ende des Terminals noch hatte hören können. „Alexandra!"

Sie hatte sich zu Julia gedreht und ihr den Kopfhörer von den Ohren gezogen. „Hilf mir, deine Schwester zu finden!"

Julia, der die Situation nicht klar gewesen war, hatte gerufen: „Lass mich in Frieden!"

Eine Mischung aus Panik und Wut war Adelina überkommen. Sie hatte ihren Arm ausgestreckt und Julia ins Gesicht geschlagen. Julias Gesicht war dabei zurückgezuckt und Adelina hatte geschrien: „So redest du nicht mit mir. Hilf mir, deine Schwester zu finden."

Julia hatte total verblüfft ausgesehen. Es war das erste Mal gewesen, dass Adelina eines ihrer Kinder geschlagen hatte und Reue und Horror hatten sie sofort danach durchflutet.

„Alexandra!" hatte Carrie gerufen und nicht mitbekommen, was hinter ihr geschehen war. Eine rote Stelle war auf Julias Gesicht erschienen. Adelina hatte sich weggedreht und erneut Alexandras Namen gerufen.

Es hatte fünfundvierzig Minuten gedauert, bis die Flughafen-Security sie gefunden hatte. Sie war in eine der Raucherlounges gewandert, wo sie Angst bekommen und in einer Ecke gesessen und geweint hatte.

Sie hatte ihren Anschlussflug verpasst.

Die nächsten paar Monate waren ein Albtraum für Adelina gewesen. Diese Schwangerschaft war anders als ihre ersten drei gewesen. Sie war natürlich auch schon älter, dreiunddreißig, aber das war noch nicht zu alt, um ein Baby zu bekommen. Aber es war ihre vierte Schwangerschaft und Zwillinge und sie hatte starke antipsychotische und antidepressive Medikamente abgesetzt. Fast sofort nachdem sie die Medikamente abgesetzt hatte, waren Ängste und Panik zurückgekehrt, ihre Gedanken hatten sich nur noch um sich selbst gedreht, die Angst verstärkt. Sie hatte damit begonnen, in die leeren Zwischenräume in ihrer Bibel zu schreiben und mit einer ziemlich krakeligen Schrift in ihr Tagebuch zu schreiben, sie hatte jede Seite bis zum Rand beschrieben, verzweifelt versucht, die unkontrollierbaren Emotionen in Schach zu halten, die sie innerlich zerrissen hatten.

Sie erinnerte sich, wie sie Charlotte Kelly aufgesucht hatte, die einzige westliche Geburtshelferin in Peking.

Diese Schwangerschaft wird anders als Ihre bisherigen sein, Adelina. Die Hormone sind doppelt so hoch, vielleicht sogar noch höher. Und im Laufe der Zeit werden Sie viel an Gewicht zunehmen. Ich möchte, dass Sie sich so viel wie möglich ausruhen. Machen Sie das?

Adelina hatte gelacht. *So gut, wie man das als Elternteil von drei Kindern kann. Meine Jüngste ist vier.*

Holen Sie sich Hilfe. Sie werden sie brauchen. Ich möchte, dass sie alle zwei Wochen zur Kontrolle kommen. Wir müssen davon ausgehen, dass das eine Risikoschwangerschaft ist.

Risikoschwangerschaft. Alles an ihrem Leben war ein Risiko gewesen. Sie war nicht bereit für ein weiteres Kind gewesen, schon gar nicht für zwei. Sie hatte gewusst, dass sie eine schreckliche Mutter war – jedes Mal, wenn sie die finstere Wut in Julias Gesicht sah, hatte sie es gewusst. Julia hatte sich so sehr bei schulischen Aktivitäten engagiert, dass Adelina sie selten gesehen hatte. Es war ihr vorgekommen, als ob Julia sich mehr und mehr zurückzog, aber sie hatte nicht mit ihrer Mutter darüber geredet und Adelina hatte keine Ahnung gehabt, wie sie ihr hätte helfen können. Sie war überfordert und verängstigt gewesen.

Sollte die morgendliche Übelkeit nicht vorüber sein? Sie hatte Dr. Kelly das gegen Ende des fünften Monats, kurz vor Weihnachten gefragt.

Das kann man nicht immer so genau vorhersagen, schon gar nicht bei Mehrlingsschwangerschaften.

Vorhersagen. Es hatte sich angefühlt, als ob sie den halben Tag mit erbrechen verbrachte.

Eines Abends Ende Januar war Julia nach der Schule nicht nach Hause gekommen. Zunächst hatte sich Adelina keine Sorgen gemacht. Julia war in diesem Jahr schon oft spät heimgekommen und meistens wurde sie von ihren Freunden heimgebracht – Lana, der Tochter des australischen Generalkonsuls und Harry Easton, dem Sohn des britischen Botschafters. Aber an diesem Abend tauchte sie überhaupt nicht auf.

Sie hatte Lanas Eltern angerufen: Ihre Tochter war schon seit Stunden zu Hause gewesen. Ronald Easton hatte das Telefon abgehoben und ihr mitgeteilt, dass Harry zu Hause war und Julia, seit er die Schule an diesem Tag verlassen hatte, nicht gesehen hatte.

Wo war sie? Und außerdem, wo war Richard? Wie so oft war er auch an diesem Abend nicht nach Hause gekommen. Normalerweise war sie froh gewesen, wenn er seine Aufmerksamkeit anstatt ihr, den Huren und Massage-Damen widmete, denn es bedeutete, dass sie ihre Ruhe hatte. Aber da ihre älteste Tochter vermisst wurde, standen die Dinge anders. Adelina hatte auf der Couch gelegen, hatte ihre Hände in ihre Brust gekrallt, war nicht in der Lage gewesen zu atmen, ihr ganzer Brustkorb war angespannt.

Was, wenn sie die Babys verlieren würde? Was, wenn Julia nicht nach Hause käme? Was, wenn Richard schließlich doch durchgedreht war und ihrer Tochter etwas angetan hatte? *WO WAR SIE?*

Um zehn Uhr nachts war Julia hereingestolpert, sie war halb mit Schnee bedeckt gewesen, ihre Augen waren nass von Tränen. Sie war blass und zugedröhnt, als hätte sie Drogen genommen, ihre Pupillen waren vergrößert gewesen. Adelina war aufgestanden, war kaum noch in der Lage gewesen, sich unter dem Gewicht der Zwillinge zu bewegen – halb war sie aufgestanden und halb von der Couch gerollt.

„Wo warst du?", hatte sie geschrien. „Julia! Wo warst du?"

Julia hatte große Augen bekommen und sie hatte sofort zurückgeschrien. „Warum fragst du mich nicht, wie es mir geht, Mutter? Ist es dir egal? Bin ich dir egal?"

Adelina hatte zurückgeschrien: „Du kannst nicht einfach gehen, wohin du willst, Julia! Du kannst nicht einfach tun, was du willst! Es ist gefährlich! Du kannst mir nicht einfach den Rücken zudrehen!"

Im Nebenzimmer hatte Alexandra begonnen zu weinen – erst ein wenig, dann ein lautes Kreischen.

„Sieh, was du angerichtet hast, du Hexe!", hatte Julia gerufen: „Lass mich in Frieden!"

Ohne nachzudenken war Wut durch Adelina geflutet. Zum zweiten Mal als Mutter hatte sie eines ihrer Kinder geschlagen – ein lauter, schmerzender Schlag hatte Julia zu Boden gebracht.

Total verblüfft hatte Julia sie angestarrt, ihr Gesicht war voller Horror und schrecklichem Kummer gewesen. Dann hatte sie gekreischt: „Ich hasse Dich! Ich hasse Dich!" Sie war auf die Füße gestolpert und aus dem Zimmer gerannt, hatte die Tür zu ihrem Zimmer so laut zugeschlagen, dass der Rahmen gezittert hatte. Am nächsten Morgen hatte sie Fieber gehabt und war eine Woche nicht in die Schule gegangen.

Sieben Jahre waren vergangen, bis sie erfahren hatte, was mit Julia an diesem Abend geschehen war. Julia hatte sie in ihrem Esszimmer in San Francisco damit konfrontiert und verlangt zu wissen, warum Adelina während des schlimmsten Moments im Leben ihrer Tochter nicht für sie da gewesen war, als die vierzehnjährige Julia nach einer Abtreibung in einer Hinterhofklinik nach Hause gekommen war.

Der Winter 1995/1996 war der Höhepunkt von jahrelangem Leiden gewesen. Schließlich waren am ersten April die Zwillinge geboren worden. Sie hatte ihre erste Dosis Risperidon weniger als zwanzig Minuten nach der Geburt genommen. Die emotionale Achterbahnfahrt hatte fast sofort aufgehört.

Anfang Mai war dann George-Phillip zum zweiten Mal in ihrem Leben aufgetaucht und erneut hatte sich alles geändert. Sein Auftauchen war nicht viel anders als ein Sonnenaufgang nach einer langen Nacht gewesen, und trotz all ihrer Probleme hatte Adelina sich schnell erneut in ihn verliebt. Er war alles, was sie immer gewollt hatte oder was ihr wichtig gewesen war – liebevoll, kümmerte sich, respektvoll. Er fragte sie nach ihrer Meinung und war wirklich an ihrer Antwort interessiert.

Sie hatte nicht vorgehabt, ihn wieder zu sehen. Sie hatte nicht geplant, sich erneut in ihn zu verlieben. Als sie ihn bei dem Empfang in der Botschaft gesehen hatte, hatte sie zunächst geplant, sich vollständig von ihm fernzuhalten. Adelina hatte mit dem Rücken zum Saal gestanden und mit Julia und Carrie geredet. Beide Mädchen hatten gut sitzende Kleider getragen, um ihre Frisuren und ihr Make-up hatte sich ein Profi gekümmert. Es war Carries erster offizieller Auftritt bei einem Empfang gewesen.

„Ihr habt euch beide heute Abend sehr gut verhalten", hatte Adelina gesagt. Sie hatte gewusst, dass Julia ihre Worte ignorieren würde, sie hatte während der letzten sechs Monate kaum ein Wort mit ihr gesprochen. Aber Carrie hatte bei ihren Worten gestrahlt.

„Bedeutet das, dass ich beim nächsten Mal wieder dabei sein darf?", hatte Carrie gefragt.

Adelina hatte nicht geantwortet. Sie hatte sich verspannt, ihr Herz hatte plötzlich wie verrückt geschlagen, trotz der heftigen Medikamente, die sie seit der Geburt der Zwillinge nahm. Sie war erstarrt, hatte in den Spiegel geschaut, der am Eingang der Halle hing. George-Phillip war dort, es war trotz der Dutzend Jahre, die sie sich nicht gesehen hatten, unverkennbar gewesen. Er war von einer nur etwas jüngeren chinesischen Frau begleitet worden. Eine Freundin? Es war ihr unwahrscheinlich vorgekommen – sie hatte mehr den Anschein einer Kollegin als einer Freundin erweckt.

„Mutter?", hatte Carrie gefragt.

Adelina hatte nicht geantwortet. Ihre Augen hatten zu dem Mann, den sie liebte, geschaut – und dann fort. Die Erinnerungen waren immer noch frisch gewesen. Wie sie herausgefunden hatte, dass sie schwanger gewesen war. Wie sie Richard dazu provoziert hatte, sie zu vergewaltigen, damit er den Seitensprung nicht ahnte. Dann hatte sie George-Phillip fortgeschickt, war nicht in der Lage gewesen, mit der schrecklichen Scham, der wiederholten Vergewaltigung, ihres Seitensprungs und ihrem hässlichen Leben umzugehen.

Ihre Ausrede hatte mehrere Jahre funktioniert, aber Carrie hat Richard so gar nicht ähnlich gesehen, und sie war im Alter von acht Jahren schon so groß gewesen, dass er im geheimen einen DNA-Test hatte machen lassen. Er war in dem Jahr vor dem Valentinstag ein paar Tage nicht zu Hause gewesen, dann war er am Valentinstag plötzlich aufgetaucht. Mit Blumen. Sie hatte sie genommen, war aber argwöhnisch gewesen, aber die Wut, die danach kam, hatte sie nicht verstanden. Als sie an den Blumen gerochen hatte, war seine Faust aus dem Nichts aufgetaucht und hatte sie zu Boden geworfen. Als es vorbeigewesen war, hatte sie zwei gebrochene Rippen gehabt und sie war erneut schwanger gewesen.

Sie hatte sich eingeredet, dass sie über George-Phillip hinweg war. Dass sie ihn nicht mehr liebte. Dass sie ihn vielleicht sogar niemals wirklich geliebt hatte.

Aber ein einziger Blick auf ihn durch den Spiegel wischte alle diese Lügen fort.

„Mutter?", hatte Carrie erneut gefragt.

„Was?", hatte sie geantwortet.

„Oh vergiss es!", hatte Carrie gesagt, ihre Augen waren feucht geworden. Julia hatte leicht ihren Kopf geschüttelt. Man musste Adelina den verabscheuenden Blick, den ihre älteste Tochter ihr geschenkt hatte, nicht erläutern.

„Geht", hatte Adelina gesagt. „Geht einfach."

Die zwei Mädchen waren davongegangen und Adelina hatte sich vorgenommen, sich von ihm fernzuhalten, sich aus der Gefahrenzone zu halten, dass sie ihr Herz nicht erneut riskieren würde. Ihre Zurückhaltung hatte weniger als zwanzig Minuten gehalten, bis sie gesehen hatte, dass er den Flur entlang ging.

Einen Monat später hatte sie ihn erneut getroffen, und dieses Mal hatte sie etwas getan, von dem sie gewusst hatte, dass es falsch war.

„Ich vermisse dich", hatte sie gesagt.

Er hatte seine Augen geschlossen. Dann hatte er geflüstert: „Du hast mir das Herz gebrochen, Adelina."

„Ich habe meines auch gebrochen", hatte sie geantwortet, ihre Stimme war tonlos gewesen.

Zwei Wochen später hatte sie dem Kindermädchen gesagt, dass sie spazieren gehen würde, hatte ein öffentliches Telefon aufgesucht und die Britische Botschaft angerufen.

„Ich muss dich sehen", hatte sie gesagt.

„Ich denke nicht, dass das eine gute Idee ist", hatte er geantwortet und seine Stimme war voller Schmerz gewesen.

„Ich flehe dich an", hatte sie geflüstert. „Es gibt Dinge, die du nicht weißt."

Und so hatte es erneut begonnen. Jetzt – sechzehn Jahre später – fragte sie sich manchmal – bereute sie es? Irgendetwas davon? Was, wenn sie Richard Thompson niemals getroffen hätte? Was, wenn sie niemals vergewaltigt worden wäre und zu dem Vorspiel beim Nationalen Jugendorchester gegangen wäre? Was, wenn ihr Vater nicht gestorben wäre?

Das Problem war, alle diese Träume bedeuteten, dass es ihre Töchter niemals gegeben hätte. Und während sie Jessica ansah – krank, schwach, in Gefahr – wusste sie, dass sie sie niemals eintauschen würde. Sie waren alles wert.

Ihre Gedanken wurden von einem Klopfen an den Rahmen der Krankenhaustür unterbrochen. Ihre Augen wanderten zur Tür.

Ein großer Mann mit einem gutsitzenden Anzug, der aber trotzdem von der Stange war, stand in der Tür. „Mrs. Thompson?"

„Ja?"

„Mein Name ist Wolfram Schmidt. Ich bin ein Special-Agent der Finanzbehörden und ich möchte Ihnen ein paar Fragen stellen."

KAPITEL NEUN
Ist das nicht offensichtlich?

Adelina. 6. Mai

„**Entschuldigung, wer** sind Sie? Von wo?" Adelinas Antwort war nicht besonders hilfreich, aber sie genügte, um ihr einen Moment zu geben, um sich zu sammeln.

„Mein Name ist Wolfram Schmidt. Ich bin ein Special-Agent der Finanzbehörden."

Adelinas Herz klopfte wie verrückt. Sie starrte Schmidt an. Sie war verblüfft darüber, dass er überhaupt da war. Immerhin befand sie sich außerhalb der Grenzen der Vereinigen Staaten. Er hatte hier keinerlei Befugnisse.

„Was kann ich für Sie tun, Mr. Schmidt?"

Schmidt verstand ihre Frage als Einladung. Er betrat den Raum und sie stand schwankend auf, bevor er etwas sagen konnte.

„Lassen Sie uns hinaus gehen", sagte sie, „ich möchte meine Tochter nicht wecken."

Er stimmte zu und sie verließ das Zimmer direkt hinter ihm. Sobald sie draußen waren, ging er auf die andere Seite des Flures. Adelina folgte ihm und hielt dabei etwa eine Armlänge Abstand.

„Mrs. Thompson… zunächst einmal, mir sind die Schlagzeilen bekannt, ich weiß, dass Sie in Kanada um Asyl gebeten haben. Ich möchte deutlich sagen, dass ich hier keinerlei Befugnisse habe. Ich kann Sie nicht festnehmen oder Sie dazu zwingen, zurückzukommen. Ich kann Ihnen gar nichts vorschreiben. Sie können die Polizei rufen, wenn ich Sie belästige."

Sie beobachtete ihn. Seine kleine Rede sollte sie ganz offensichtlich besänftigen, ihr Vertrauen gewinnen. Das Problem war, es funktionierte, zumindest ein wenig.

„Ich bin noch nicht soweit, die Polizei zu rufen. Warum genau sind Sie hier?"

„Na ja, ich hoffe, dass Sie freiwillig kooperieren werden. Wie Sie vielleicht wissen, hat das Justizministerium einen Spezialstaatsanwalt beauftragt, die Aktivitäten Ihres Mannes zu überprüfen. Unter anderem sind das FBI und die Finanzbehörden Teil der Untersuchung – ich führe die Ermittlungen für die Finanzbehörden."

„Sie ermitteln auch gegen meine Töchter."

Schmidt nickte langsam. „Gegen eine von ihnen. Um genau zu sein, gegen Julia Wilson und ihren Ehemann."

„Sagen Sie mir, warum?"

Schmidt sagte: „Zunächst einmal, ich denke, Sie wissen, dass der Präsident Ihren Ehemann schon – "

Adelina unterbrach ihn. „Bitten nennen Sie ihn nicht so."

Schmidts Augen wurden groß und seine Nasenflügel bebten leicht. Er war überrascht, dachte Adelina. „Okay", fuhr er fort. „Der Präsident hat Botschafter Thompson schon im Dezember kontaktiert, um die Möglichkeit seiner Ernennung zum Verteidigungsminister zu erörtern. Es war damals schon klar, dass der Gesundheitszustand seines Vorgängers immer schlechter wurde."

Adelina nickte und munterte ihn damit auf, weiterzusprechen.

Er sagte: „Die ursprünglichen Hintergrundchecks über ihn waren natürlich in Ordnung, obwohl es ein paar merkwürdige Lücken in seinem Lebenslauf gibt. Diese wurden aber schnell geklärt, als man erfuhr, dass Botschafter Thompson viele Jahre für die CIA gearbeitet hat. Im Grunde war er nur an das Außenministerium ausgeliehen gewesen."

Was? CIA? Adelina war total verblüfft. Sie schüttelte langsam ihren Kopf. „Ich – wie ist das möglich?"

„Sie wussten das nicht?"

„Ich weiß praktisch nichts über ihn, außer den wenigen Dingen, die er über die Jahre preisgegeben hat. Wir stehen uns nicht nahe."

„Sie haben es zumindest geschafft sechs Kinder von ihm zu bekommen."

„Nicht mit meinem Einverständnis", sagte sie mit flacher Stimme.

Schmidt war sprachlos – er bekam große Augen und seine Nasenflügel bebten etwas. „Verstehe. Sie müssen wissen, dass es für die Untersuchung bedeutungslos ist."

Sie zuckte mit den Schultern. „Das ist Ihre Untersuchung, nicht meine."

„Sie könnte natürlich Ihre werden." Er runzelte die Stirn. „Immerhin steht Ihr Name auf der Steuererklärung."

„Mein Name, aber Sie werden meine Unterschrift ganz sicher nicht darauf finden. Ich habe niemals in meinem Leben eine Steuererklärung unterschrieben. Mister Schmidt – sagen Sie mir, was ich tun kann, um zu helfen. Ich verspreche Ihnen, Richard ist nicht mein Freund, und auch nicht mein Ehemann. Jetzt wo ich endlich vor ihm in Sicherheit bin, werde ich so schnell wie möglich die Scheidung einreichen. Ich werde sehr gerne gegen ihn aussagen, wenn es das ist, was Sie brauchen. Aber ich kann Ihnen versichern, dass Julia nichts mit seinen Geschäften zu tun hat."

„Mrs. Thompson – Ihr Ehemann hat ein halbes Dutzend Konten auf den Cayman Inseln und es gibt vermutlich noch weitere irgendwo anders, die wir noch nicht entdeckt haben. Er hat auf diesen Konten zusammen zehn Millionen Dollar, die nicht versteuert wurden."

„Das überrascht mich nicht", antwortete sie. „Er ist eine falsche Schlange und ein Lügner."

„Wussten Sie von diesen Konten?"

„Nein", antwortete sie.

Schmidt lehnte sich vor und sah ihr direkt in die Augen. „Mrs. Thompson – bitte antworten Sie sorgfältig. Letzten Freitag haben Sie, kurz bevor bewaffnete Männer die Wohnung angegriffen haben, dort angerufen. Dieser Anruf dauerte weniger als dreißig Sekunden und er fand genau in dem Moment statt, in dem die ersten Schüsse fielen. Sagen Sie mir, warum Sie angerufen haben."

Adelina spürte, wie ihr Herz laut pochte. Natürlich hatten sie inzwischen die Telefonprotokolle gesichtet. War der ankommende Anruf an ihrem Telefon auch protokolliert worden? Vielleicht ja, vielleicht nein. Sie war sehr überrascht gewesen, als sie vor vier Jahren erfahren hatte, dass George-Phillip seinen Posten als Groß Britanniens Botschafter bei den Vereinten Nationen aufgegeben hatte und Chef des Secret Intelligence Service geworden war. War er etwa die ganze Zeit ein Geheimdienstagent gewesen?

So wie Richard?

Sie schluckte und sagte: „Das kann ich jetzt noch nicht beantworten."

Schmidt hob seine Augenbrauen. „Warum nicht?"

„Ich kann nicht."

„Mrs. Thompson, anhand der Telefonate scheint es so, als ob man Sie vorab vor dem Angriff gewarnt hat, und dass Sie versucht haben, Ihre Tochter zu warnen. Ist das richtig?"

Sie schüttelte ihren Kopf. Sie hatte nicht geplant, George-Phillip zu kontaktieren, aber jetzt hatte sie keine Wahl mehr.

„Mrs. Thompson. Verstehen Sie, wie das aussieht?"

„Fragen Sie mich morgen nochmal."

„Ich verstehe nicht."

„Nicht alle Geheimnisse sind meine, und ich kann sie nicht enthüllen, Mr. Schmidt."

„Wollen Sie von ihrem Recht Gebrauch machen, die Aussage zu verweigern, Mrs. Thompson?"

„Wir sind außerhalb der Grenzen der Vereinigten Staaten, Mr. Schmidt. Sie haben hier keinerlei Befugnisse. Ich verspreche Ihnen, ich werde es Ihnen sagen, wenn ich kann."

„Warum haben Sie um Asyl ersucht?", fragte er.

Sie lächelte bitter. „Weil mein Ehemann bewaffnete Killer auf mich gehetzt hat. Wie Sie wissen, ist er ein hohes Tier in der Regierung. Ich habe keine Möglichkeit, mich zu verteidigen, außer zu fliehen."

Schmidt seufzte. Er griff in seine Tasche und holte eine Visitenkarte heraus. „Ich habe heute Nachmittag etwas in Bellingham zu erledigen. Der Mann, der auf Sie geschossen hat, sitzt dort im Gefängnis und ich werde ihn heute Nachmittag befragen. Wenn es in der Zwischenzeit etwas gibt, dass ich wissen sollte – rufen Sie mich an."

„Das werde ich. Danke, Mister Schmidt."

Er drehte sich um und ging fort. Adelinas Schultern sackten nach unten. Sie musste jetzt George-Phillip anrufen. Sie hatte keine Wahl. Es war Zeit, mit den Krankenschwestern zu reden, und herauszufinden, wo Sie telefonieren konnte. Aber als sie sich umdrehte, hörte sie die Worte „Momma?"

Adelina rannte zurück in Jessicas Zimmer. George-Phillip und die Finanzbehörden konnten warten.

Sarah. 6. Mai

Sarah grinste. Der Himmel färbte sich langsam von Schwarz zu Rosa, erhellte die Bäume zu einer Silhouette, während sie weiter die Interstate 79 entlangfuhren. Sie war erschöpft und reif für einen Zwischenstopp. Sie konnte die Vibrationen des Motorrads in ihren Knochen spüren.

Dort. Die erste Ausfahrt in Ohio. Sie waren fünf Stunden lang gefahren, hatten nur zum Tanken und für einen Kaffee angehalten, ihr Ziel war, soviel Abstand wie möglich zwischen sich und Washington DC zu bekommen. Als sie auf die Ausfahrt zufuhren, fädelte sie sich rechts ein und reduzierte die Geschwindigkeit auf etwa 80 km/h. Sie hatten darauf geachtet, dass sie immer etwa 10 km/h schneller als erlaubt fuhren und Gebiete mit viel Verkehr gemieden, schließlich wollten sie nicht unter einen LKW kommen. Aber während der letzten zwei Stunden hatten sie den Highway fast für sich allein gehabt.

Sarah wollte nicht bei einem Motorradunfall ums Leben kommen. Aber als sie die Ausfahrt hinauf fuhr und dann anhielt, frohlockte sie ein wenig. Eddie würde nicht glücklich darüber sein, dass sie sein Motorrad gestohlen hatte, aber er würde es verstehen. Und sie war endlich frei. Für mehr als zehn Monate war sie entweder auf ein Krankenhaus oder die Wohnung beschränkt gewesen. Ein Krüppel. Sie hatte aufgrund der Verletzungen und den folgenden Infektionen fast ihr Bein verloren, das hatte sie für Monate an einen Rollstuhl gefesselt, und danach nochmals Monate an Krücken. Aber seit März war sie wieder auf den Beinen und sie trainierte jeden Tag, machte die Übungen, die ihr Physiotherapeut ihr gezeigt hatte und wiederholte sie dann nochmal.

Carrie würde natürlich einen Herzinfarkt bekommen. Sie fuhr seit dem Unfall einen riesigen, gepanzerten SUV, das größte und schwerste Fahrzeug, das sie hatte finden können. Sarah verstand es, natürlich tat sie das. Angst konnte dazu führen, dass man sich merkwürdig benahm. Für Sarah bedeutete es, dass sie sich immer wieder Gefahren aussetzte. Für Carrie bedeutete es, dass sie ihr Leben so sehr strukturierte, dass nichts die Mauern, die sie wie ein kleines Gefängnis um sich selbst gebaut hatte, zu Fall brachte.

Sarah konnte keinerlei Mauern akzeptieren, nicht Carries, nicht die ihrer Mutter, nicht mal ihre eigenen.

Andrea, die hinter ihr auf dem Motorrad kauerte, zeigte nach rechts. Auf einem Schild, das eindeutig irgendwann in den 1970ern aufgestellt worden war, stand Pamela's Diner. Die Lampe im Buchstaben E war durchgebrannt. Hinter dem Diner war ein Motel 6. Sie würden mit Sicherheit Bargeld akzeptieren. Sie bewegte das Motorrad vorwärts, balancierte dabei mit ihren Füßen auf dem Boden, bis sie schnell genug waren, dass sie das Gleichgewicht von allein halten konnten. Sie war fast zu klein, um das Motorrad fahren zu können, aber Eddie hatte es ihr eine Woche, bevor Andrea in die Vereinigten Staaten gekommen war, gezeigt.

Ich wette, das bereut er jetzt, dachte sie, ihre innere Stimme war dabei ein wenig selbstzufrieden.

Als sie den Motor abstellte, war plötzlich Stille um sie herum. Es war merkwürdig, die Stille schien lauter zu sein, als der 1340 Kubik-Motor des Motorrads, ein 2003 Sportster in blaumetallic und Chrom. Andrea stieg hinter ihr ab, streckte ihre unglaublich langen Glieder, während Sarah vom Motorrad rutschte. Beide zogen ihre Helme ab.

„Wir haben schon ein großes Stück des Weges hinter uns gebracht", sagte Andrea.

„Ja. Aber es ist immer noch ein weiter Weg." Sarahs Antwort war ein bisschen steif. „Lass uns was frühstücken."

Andrea nickte und drehte sich in Richtung des Restaurants. Sarah folgte ihr, ihre Gedanken drehten sich plötzlich darum, dass sie nicht wusste, was sie mit Andrea reden sollte. Sie hatten sich vor ein paar Tagen über ihre Freunde unterhalten – bevor die Killer die Wohnung angegriffen hatten und Andrea geflüchtet war. Bevor sie gewusst hatten, dass ein englischer Prinz Andreas Vater war (manchmal dachte Sarah, das wäre echt lächerlich).

Aber sie kannte ihre Schwester nicht wirklich. Andrea hatte nicht mehr bei ihnen gelebt, seit Sarah in die zweite Klasse gegangen war, und ihre Besuche zu Hause waren immer weniger geworden. Sie wusste, dass Jessica und Andrea sich früher sehr nahe gestanden hatten. Aber jetzt? Sie dachte nicht, dass irgendwer Andrea nahe stand.

Sie konnte es Andrea nicht verdenken, dass sie einen dicken Schutzpanzer hatte. Sarah konnte sich nicht vorstellen, wie es sich anfühlte, wenn man glaubte, seine Eltern wollten einen nicht haben. Sie wusste, dass Julia und Carrie kürzlich viele Dinge über ihre Mutter aufgedeckt hatten... dass sie über ihr Alter gelogen hatte, und dass sie praktisch vergewaltigt und aus ihrem Zuhause entführt worden war. Aber trotzdem hatten ihre beiden Eltern eine Menge Fragen zu beantworten, wenn es um Andrea ging.

Sarah hielt inne, um sich erneut zu strecken, bevor sie das Restaurant betraten. Ihre Muskeln fühlten sich zusammengepresst an und ihre Beine hatten noch nicht aufgehört zu vibrieren. Schlimmer noch, ihr linkes Bein – das während des Unfalls schwer verletzt und gebrochen worden war – tat so weh, wie schon lange nicht mehr. Natürlich hatte sie mehr Metallteile in ihrem Bein als ein Baumarkt. Mit all den Stiften und Schrauben, die durch das Motorrad durchgeschüttelt worden waren, war es kein Wunder, dass sie Schmerzen hatte.

Andrea öffnete die Tür für sie, und Sarah humpelte in das Restaurant. Dann warteten sie beide an der Tür.

Sofort sah sie sich in dem großen Spiegel in der Nähe des Tresens am Eingang. Sie hatten beide dunkle Haare, fast schwarz mit Strähnen, Sarahs waren weiß und Andreas türkisfarben. Beide trugen fast nur schwarz, obwohl Sarah einen karierten Rock über einer Leggings anhatte. Im Spiegel sahen sie ein bisschen lustig aus – Andrea war einen ganzen Kopf größer als Sarah.

Andrea grinste Sarah durch den Spiegel an, während die Hostess sie zu einem Tisch führte. Während der nächsten paar Minuten schauten sie sich die Karte an, bestellten Essen und Getränke, dann lehnten sie sich zurück und sahen sich an.

Sarah sagte: „Ich komme mir ein bisschen komisch vor. Ich meine, wir sind Schwestern, aber wir kennen uns nicht wirklich gut, oder?"

Andrea nickte, ihr Gesichtsausdruck war ein bisschen traurig.

Sarah sagte: „Danke, dass du jede Woche angerufen hast, nachdem ich verletzt wurde. Das hat mir viel bedeutet."

Andrea zuckte mit den Schultern. „Du hast es gebraucht. Das habe ich gespürt."

„Ich habe mich so allein gefühlt. Vor allem zu Beginn, als ich gedacht habe, ich würde mein Bein verlieren. Und manchmal habe ich gedacht, ich würde verrückt werden, nur ich und Carrie und Mutter in der Wohnung. Deine Anrufe haben mir geholfen, runterzukommen."

Andrea sagte: „Ich wünschte, wir hätten mehr Zeit miteinander verbringen können. Du weißt schon – als wir aufgewachsen sind."

Sarah sagte: „Ich auch."

„Erinnerst du dich, wie wir in den Zoo gegangen sind? Als wir noch klein waren?"

„Ja. Carrie ist immer mit uns dorthin gegangen. Und in den Golden Gate Park." Sarah beobachtete ihre Schwester einen Moment lang. Sie hatten beide die Gesichtszüge ihrer Mutter – die schmale, etwas nach oben zeigende Nase, die grünen Augen und das fast schwarze Haar. Aber Andrea und Carrie hatten auch das Riesen-Gen von ihrem Vater geerbt.

Es fühlte sich merkwürdig an, dieses Wort zu sagen und jemand anderen als ihren eigenen Vater zu meinen. „Wie war es? Das Treffen mit… deinem Dad?"

Andrea seufzte. „Ich weiß es wirklich nicht. Er schien sehr nett zu sein. Aber man kann ihm nicht trauen, oder?"

Sarah sagte: „Ich weiß es nicht. Vielleicht muss man manchmal einfach jemandem trauen."

Andrea starrte ihre Schwester an, ihre grünen Augen waren groß dabei. Dann nickte sie, nur einmal. „Vielleicht hast du recht. Aber woran erkennt man, wann?"

Sarah zuckte mit den Schultern. „Ich habe eine Menge Fragen an unsere Mutter."

„Ich auch."

„Es gibt eine Menge Dinge, von denen ich denke, dass ich sie über dich wissen sollte. Was ist deine Lieblingsfarbe?"

„Blau", antwortete Andrea. „Und deine?"

„Ist das nicht offensichtlich?", fragte Sarah und zeigte auf ihre schwarzen Klamotten.

Andrea kicherte. „Wie kommt es, dass ihr, also du und Jessica, jetzt so verschieden seid?"

Sarahs Mund verzog sich zu einem halben Lächeln. „Das waren wir schon immer. Mir kommt es so vor, als ob sie meinte, etwas kompensieren zu müssen… irgendetwas. Ich weiß nicht, was. Es war, als ob ich immer mehr Ärger machte, während sie immer sittsamer wurde."

Andrea sagte: „Ich verstehe nicht, wie sie in die Drogengeschichte geraten konnte."

Sarah schüttelte ihren Kopf. „Ich auch nicht. Mir kommt es vor, als ob ich etwas Entscheidendes nicht mitbekommen habe, und es ärgert mich total. Wir haben uns während der letzten paar Jahre nicht gut verstanden, aber sie ist immer noch mein Zwilling. Ich hätte es wissen müssen."

Die Kellnerin kam mit ihrem Frühstück. Sie sagten nichts, während ihr Essen vor ihnen platziert wurde, dann meinte Andrea: „Ich möchte nicht lange anhalten. Lass uns ein paar Stunden schlafen und dann weiterfahren, okay?"

Sarah nickte. „Ja. Es ist ein langer Weg, bis wir dort sind."

„Du hättest ein etwas praktischeres Transportmittel wählen können", sagte Andrea.

„Praktischer als eine Harley?", sagte Sarah. Sie grinste. „In was für einem Land lebst du?"

Zwei Stunden später fuhren sie weiter nach Westen.

George-Phillip. 6. Mai

Es war etwas später als vier Uhr morgens, als George-Phillip aufwachte, er war hellwach, obwohl es immer noch stockdunkel war. Er war sowieso ein Frühaufsteher und in Verbindung mit dem Jet-Lag bedeutete das nicht ausreichend Schlaf während der nächsten paar Tage. Er stolperte aus dem Bett und begann mit seinem Morgenprogramm, dann warf er einen Blick in Janes Zimmer. Seine Tochter – jüngste Tochter – konnte glücklicherweise immer und überall schlafen. Sie würde noch für ein paar Stunden im Land der Träume weilen.

Er schloss die Tür, dann verließ er die Suite, um nach unten zu gehen und eine Tasse Kaffee zu trinken, eine Angewohnheit, die er seit seines ersten Aufenthalts in Washington DC vor dreißig Jahren hatte.

Ein Captain der Royal Marines wartete zusammen mit O'Leary auf ihn, als er nach unten kam.

„Eure Hoheit", sagte der Captain, der in Hab-Acht-Stellung ging.

„Guten Morgen, Captain", sagte George-Phillip, seine Augen wanderten fragend zu O'Leary.

„George-Phillip, ich fürchte, ich habe schlechte Nachrichten", sagte O'Leary.

„Sir, die junge Dame ist gestern Nacht geflüchtet. Sie ist über den Zaun geklettert und davongerannt."

Total verblüfft fragte George-Phillip: „Welche junge Dame?"

„Andrea Thompson, Sir", sagte O'Leary.

George-Phillip schüttelte seinen Kopf. „Wann ist das geschehen?"

„Kurz nach Mitternacht, Sir."

„Und das sagen Sie mir erst jetzt?", schrie George-Phillip.

Der Captain sah O'Leary verwundert an. O'Leary sah unbehaglich aus. „Sir, das war mein Befehl – wir konnten sie nicht einholen, es hat jemand mit einem Motorrad auf sie gewartet und sie war weg, bevor auch nur einer unserer Männer durch das Tor war. Und wir hätten sie auch nicht zwingen können – sie war ja schließlich keine Gefangene."

„Sie ist meine Tochter!", rief George-Phillip.

Die Augen des Captains wurden groß und er trat einen Schritt zurück. Im Gegensatz dazu trat O'Leary einen Schritt vor und legte eine Hand auf George-Phillips Arm. „Eure Hoheit, das ist mir sehr bewusst. Aber Sie sind auch der Chef des Secret Intelligence Service. Sie dürfen nicht zulassen, dass Ihre persönlichen Interessen das beeinflussen."

Wut durchflutete George-Phillip. Seine Antwort kam mit eisiger Stimme: „Sie nehmen sich zu viel heraus, Oswald. Ich kann mir nicht mal vorstellen, was Sie sich dabei gedacht haben. Haben Sie irgendeine Ahnung, wo sie hin ist? Wer sie abgeholt hat? Warum sie gegangen ist?"

Der Royal Marine schüttelte seinen Kopf. „Nein, Eure Hoheit. Ihr Zimmer war von innen abgeschlossen und obwohl ihr Bettzeug total verknittert war, gibt es keine Anzeichen eines Kampfes. Sie hat ihre Tasche genommen und ist aus dem Fenster gestiegen, Sir, dann ist sie zum Zaun gerannt."

George-Phillip sagte zu dem Marine Captain: „Gehen Sie und wecken Sie Dylan Paris. Und ich möchte das Video der Überwachungskameras sehen. Hat man das schon dem Botschafter gemeldet?"

O'Leary sagte: „Halten Sie das für weise, Sir?"

George-Phillip sagte: „Eine sechzehnjährige hat nun schon zum zweiten Mal unsere Security überlistet. Denken Sie darüber nach, O'Leary. Ich will wissen, warum sie geflohen ist. Wir haben gestern zusammen zu Abend gegessen und waren uns darüber einig, dass sie auf dem Gelände der Botschaft am sichersten sein würde."

Er drehte sich schon halb von O'Leary weg, aber dieser griff nach seinem Arm. „Sir – haben Sie erwogen, dass vielleicht etwas von dem, was in den Nachrichten über sie berichtet wird, wahr sein könnte?"

George-Phillip sagte: „Ich weiß ganz genau, dass Sie gegen meine Verbindung mit Adelina Ramos – "

„Thompson, Eure Hoheit. Ihr Nachname ist Thompson."

George-Phillip drehte sich zurück zu O'Leary und rammte seinen Zeigefinger in O'Learys Brust. „O'Leary, wir sind seit dreißig Jahren Freunde und Kollegen. Aber ich sage Ihnen, jetzt gehen Sie zu weit."

„Ja, Eure Hoheit. Natürlich."

„Sie können jetzt gehen. Ich will sobald wie möglich Informationen. O'Leary – enttäuschen Sie mich nicht. Ich will, dass meine Tochter gefunden und beschützt wird."

O'Leary sagte: „Ja, Eure Hoheit." Dann drehte er sich weg. Er stolperte einmal, als er davonging.

„Oswald? Geht es Ihnen gut?"

O'Leary blickte zurück. „Natürlich, Sir. Ich habe mir, als ich mir die Stelle angeschaut habe, an der sie über den Zaun geklettert ist, den Fuß umgeknickt."

KAPITEL ZEHN
Reich des Bösen

Richard. 6. Mai

Der zentrale Verhandlungssaal im Hart-Senate-Bürogebäude war der größte Verhandlungssaal auf dem Capitol Hill, er hatte Plätze für mehrere hundert Zuschauer. Das Siegel des Senats der Vereinigten Staaten, auf dem eine Flagge mit dreizehn Sternen und ein Band mit den Worten *E Pluribus Unum* zu sehen war, hing über der Wand am Kopfende des Raumes hinter dem Podium, auf dem dreizehn Senatoren saßen. Auf beiden Seiten der holzvertäfelten Wände gab es Plätze, an denen sich Reporter mit Kameras auf die Anhörung vorbereiteten.

Der Raum war voll, jeder einzelne Platz belegt. Anders als bei den typischen Anhörungen des Senats, bei denen nur ein oder zwei Senatsmitglieder anwesend waren, um ein paar Kommentare für die Kameras abzugeben, saß diesmal jeder einzelne Senator auf seinem Stuhl und war bereit. Die Anhörung konnte anfangen.

„Die Anhörung beginnt jetzt, Sir", sagte der namenlose Praktikant, der Richard Thompson in das Vorzimmer geleitet hatte. „Sie können jetzt hineingehen."

Richard machte sich nicht die Mühe zu antworten. Stattdessen ging er mit geradem Rücken und aufrechtem Kopf durch den Gang in der Mitte des Verhandlungssaals. Ein Raunen ging durch den Saal, als die vielen Zuschauer bemerkten, dass er auf den Zeugenstand zuging, der gegenüber des Podiums der Senatoren stand. Genau wie vor vierzehn Jahren, als Senator Chuck Rainsley Vorsitzender des Ausschusses für Auslandsbeziehungen gewesen war und Richards Ernennung zum Botschafter in Moskau blockiert hatte, war er nun Vorsitzender des Senatsausschusses für die Streitkräfte. Der Verräter hatte sogar die politische Wende im Jahre 2003, als die Republikaner von den Demokraten gleich nach der Invasion im Irak abgelöst worden waren, überlebt. Und trotz seiner offensichtlichen linken Ausrichtung hatte er es geschafft, sich seinen Weg zum Vorsitzenden des wichtigsten und mächtigsten Ausschuss im Kongress zu bahnen. Richard erinnerte sich nur zu gut an den politischen Zirkus seiner Bestätigungsanhörungen als Botschafter in Russland vor mehr als zehn Jahren. Rainsley hatte ihm so viele Steine, wie nur möglich, in den Weg gelegt, hatte tief in seiner Personalakte gegraben und ihn dann mit nichtöffentlichen, vertraulichen Anhörungen überrascht, in denen seine Laufbahn bei der CIA durchleuchtet worden war.

Richard hasste diesen beklemmenden, schrecklichen Raum und den Vorsitzenden, der den entsprechenden Platz am Tisch einnahm. Seit dreißig Jahren war Chuck Rainsley sein Erzfeind. Richard erlaubte sich nicht zu blinzeln, während er den Gang entlangging, er schaute Rainsley herausfordernd in die Augen. Trotz des Blitzlichtgewitters – es waren bestimmt hunderte Kameras – ging Richard, ohne anzuhalten oder die Menge auch nur zu bemerken, durch den Gang nach vorne. Keiner der Leute dort draußen war wichtig. Dies war nur zwischen ihm und Rainsley.

„In Ordnung", sagte Rainsley, er zog seinen abstoßenden texanischen Tonfall für die Kameras in die Länge. Er schaute zu den anderen Senatoren und sagte: „Sind Sie soweit?"

Als er keine Antwort bekam, schlug er mit dem Richterhammer auf den Tisch. „Guten Morgen, meine Damen und Herren. Dieser Ausschuss hatte diesen Termin ursprünglich angesetzt, um die Ernennung von Botschafter Richard Thompson zum Verteidigungsminister zu erörtern. Wie Sie sicherlich alle wissen, hat der Präsident gestern die Nominierung widerrufen. Wie auch immer, dieser Ausschuss hat dennoch etwas mit Richard Thompson zu klären. Für den Moment werden wir die Berichte über Drogengeldwäsche und Korruption und auch die Informationen über Millionen Dollar auf den Caymans außen vor lassen."

Richard kochte bei Rainsleys Worten. Mit einem einzigen Satz hatte Rainsley eine mögliche Diskussion über die Lügen, die man ihm vorwarf, verhindert, und dabei trotzdem in der Öffentlichkeit geäußert, dass er sie glaubte. Rainsley, der früher einmal ein offener und ehrlicher Marine gewesen war (zumindest behauptete er das), hatte die gerissenen und schlüpfrigen Wege gelernt, die man in Washington ging. Er machte Richard so krank, dass er hinausgehen und seine Hände waschen wollte.

„Heute", sagte Rainsley, „werden wir uns um den Bericht kümmern, der vorgestern vom *The Guardian* in London veröffentlicht wurde."

Rainsley machte eine Pause, ganze zwanzig Sekunden, um den Reportern die Möglichkeit zu geben, ihre Kameras besser auszurichten. Dann sagte er so dramatisch wie möglich: „Vor dreißig Jahren, während eines der blutigsten Vorfälle der Invasion der Sowjets in Afghanistan, wurde ein Dorf ganz am Rande der am weitesten von der afghanischen Hauptstadt entfernten Provinz mit Sarin begast, dem tödlichsten Nervengas, das man je entwickelt hat."

Richard spürte, wie seine Lippe sich vor Abscheu vor Rainsley nach oben bewegte. Er zog sie herunter. Es war außerordentlich wichtig, dass er seine diplomatische Fassade aufrechterhielt.

„Für die unter Ihnen, die sich mit dem Militär nicht so auskennen", sagte Rainsley, und wies damit (für die drei Personen im naturbelassenen Alaska, die es noch nicht wussten) darauf hin, dass er mal ein Marine gewesen war, „schon ein einziger Tropfen Sarin ist tödlich genug, um einen Menschen sofort zu töten. Bei diesem Vorfall in Afghanistan haben zwei Helikopter die chemische Waffe mitten in der Nacht ausgeflogen und sie auf ahnungslose Dorfbewohner ausgeschüttet. Nach Angaben von Human Rights Watch wurden mehr als zweihundertdreißig Männer, Frauen und Kinder getötet. Sogar die Hunde starben, wie auch ein Ermittler von Human Rights Watch, der drei Monate später mit dem Gift in Berührung kam."

Im Raum herrschte Stille. Rainsley hatte seine Zuhörer im Griff, seine Worte waren gut artikuliert und überzeugend. Diese Worte wurden in der ganzen Nation und der Welt gesendet. Wenn Richard ihnen nicht effektiv kontern konnte, dann war es egal, was er sonst noch tat. Seine Karriere würde für immer vorbei sein.

Rainsley sprach weiter, dieses Mal mit lauter, wütender Stimme. „Ladys und Gentleman, Kollegen im Senat – dreißig Jahre lang haben wir geglaubt, dass die Sowjetunion für dieses Massaker an Unschuldigen verantwortlich war. Wer erinnert sich nicht daran, dass Präsident Reagan das Massaker erwähnt hat, als er die Sowjetunion als Reich des Bösen bezeichnet hat. Und nun… wie schockiert würden wir alle sein, wenn wir herausfänden, dass es gar nicht die Sowjetunion war, die für das Massaker verantwortlich war. Stattdessen – ein skrupelloser CIA-Mitarbeiter, der mit nur sehr wenig oder gar keiner Weitsicht operierte.“

Richard hatte seine Gesichtszüge und Bewegungen normalerweise vollständig unter Kontrolle. Aber bei den Worten „skrupelloser CIA-Mitarbeiter“ schüttelte er voller Verachtung seinen Kopf.

Rainsley zeigte mit einem Finger auf ihn. „Nach einem Bericht, der diese Woche einer britischen Zeitung zugespielt wurde, war dieser Mann, ein früherer Botschafter und erst kürzlich als designierter Verteidigungsminister tätig, für die Beschaffung der Waffen verantwortlich. Er war dafür verantwortlich, dass man sie der afghanischen Miliz geliefert hat, die sie dann auf ahnungslose Zivilisten abwarf. Statt die Zivilisten von Afghanistan zu beschützen, haben wir das Gegenteil getan. Wir haben unseren Abfall über sie geschüttet.“

Rainsley schüttelte traurig seinen Kopf. Dann, nur für den Fall, dass es keiner wusste, sagte er: „Als ich im Marine Corps gedient habe, kannten wir eine andere Form von Krieg. Wir haben gelernt, unseren Feinden ins Gesicht zu schauen. Wir haben gelernt, unschuldige Zivilisten zu schützen. Bei der tödlichsten Mission, bei der ich dabei war, war es unser Job, den Frieden zu bewahren, nicht die Dinge zu verschlimmern.“

Rainsley war dabei, sich in einen seiner berüchtigten Wutausbrüche zu reden, sein Gesicht wurde leuchtend rot. Irgendwann würde er einen Schlaganfall bekommen. Richard hoffte, dass er, wenn es soweit war, dabei sein würde, um Rainsley dabei zu helfen, auf die andere Seite zu gelangen. Im Moment kämpfte er darum, nicht die Augen zu verdrehen.

„Ich muss fortfahren“, sagte Rainsley. „Meine Wut kennt keine Grenzen.“

Deine Moral kennt keine Grenzen, dachte Richard, und starrte den Mann an, der ihm seine Frau ausgespannt hatte, sie geschwängert hatte, nicht einmal, sondern zweimal. Er hätte darauf bestehen müssen, dass Andrea abgetrieben wurde. Adelina hätte sich geweigert, aber genügend Beruhigungsmittel hätten sie dazu gebracht, zuzustimmen.

Rainsley übergab das Wort an das in der Rangfolge nächste Mitglied, ein Niemand aus der unterrepräsentierten Partei. Diese Tea-Party mochte die Mehrheit im Repräsentantenhaus haben, aber hier im Senat hatten liberale Demokraten alles im Griff, ganz besonders den mächtigsten Ausschuss. Richard hörte sich Lewis Eröffnungs-Statement mit völliger Gleichgültigkeit an. Dieser Ausschuss mochte denken, er wäre wichtig, aber im Grunde bestätigte er nur die Nominierungen des Präsidenten. Statt zuzuhören, sah Richard hinauf zur Decke. Der Raum hatte Rillen in der Decke, um sicherzustellen, dass die Menschen im hinteren Bereich alles hörten. Anders als die alten Verhandlungssäle in den anderen Bürogebäuden des Capitol Hill, war dieser modern, aalglatt, wie auch das Gebäude, in dem er lag. Derjenige, der dieses Monster aus Glas und Beton in Auftrag gegeben hatte, hätte besser erschossen werden sollen.

Eine endlose Zeit später sah Richard auf seine Uhr. Es war fast elf Uhr morgens, und die Mitglieder des Ausschusses hatten ihre Eröffnungsreden noch nicht beendet. Er erinnerte sich selbst daran, dass der ganze Grund dieser Anhörung war, der Wählerschaft zu Hause zu zeigen, dass die Senatoren etwas taten. Darum nahmen sie sich so viel Zeit. Er sah für einen Moment hinter sich, in die große Menge.

Richard blinzelte. In der ersten Reihe, in den für die Journalisten reservierten Reihen... saß die Hexe Maria Clawson. Sie war nicht länger die zu dünne, aufsteigende Klatschkolumnistin, jetzt war sie alt, wütend und bitter. Als sie sah, dass Richard sie anschaute, hob sie ihr Notizbuch in die Luft, nur ganz leicht, dann lächelte sie ihn an, so als wollte sie ihm sagen, Ich werde dich erneut durch den Dreck ziehen. Ja, er erinnerte sich an sie. Er erinnerte sich an ihre vergiftete Schreibe, ihren Blog, in dem sie ihn beschuldigt hatte, Julia zu einer Abtreibung gezwungen zu haben. Als ob er überhaupt gewusst hatte, dass das Mädchen sich hatte schwängern lassen. Er hatte Adelina schon vor dreißig Jahren gesagt, dass sein Name niemals wieder in einer von Clawsons Kolumnen auftauchen sollte, und sie hatte dabei versagt, es zu verhindern. Er hatte sichergestellt, dass Adelina diesen Fehltritt bereute. Aber die Genugtuung sie zusammenzucken zu sehen, die Freude an ihrer Kapitulation, hatte nichts dazu beigetragen, seine schäumende Wut und die Dunkelheit, die in ihm wütete, zu besänftigen.

Er drehte sich zurück nach vorne und wandte seine Augen von der grässlichen Frau ab.

Endlich. Richard kam zurück in die Realität, als Rainsley sagte. „Richard Isaiah Thompson, heben Sie Ihre rechte Hand und sprechen Sie mir nach. Schwören Sie, die Wahrheit zu sagen…"

Richard wiederholte die Worte mechanisch. Er wiederholte seinen zweiten Vornamen nicht. Der Name Isaiah war Feuer und Eis, er war Mord, er war etwas Privates. Niemals in seinem Leben hatte er seinen zweiten Vornamen verwendet. Er wusste nicht mal, woher Rainsley ihn kannte, außer Adelina hatte ihn ihm während eines ihrer Stelldicheins verraten.

„Haben Sie zu Beginn etwas zu sagen, Mister Thompson?", sagte Rainsley. Dabei ignorierte er alle Ehrentitel.

„Das habe ich, Senator." Richards Stimme war kalt, als er die Worte aussprach.

„Bitte fahren Sie fort."

Richard starrte zum Podium hinauf. Rainsley saß in der Mitte. Rechts und links von ihm saßen jeweils sechs Senatoren. In diesem Ausschuss waren alle Mitglieder weiß, männlich und reich. Aber er konnte die Tatsache nicht ignorieren, dass sieben von dreizehn Mitgliedern des Ausschusses Demokraten waren, die ihn gerne den Wölfen vorwerfen würden, wenn es bedeutete, dass sie der Regierung damit auch nur einen Dollar abtrünnig machen konnten. Die Republikaner im Auschuss waren auch nicht seine Verbündeten – sie waren schwach, ineffektiv, in sich gespalten und hatten schreckliche Angst, ihre Sitze an die Aufständischen der Tea-Party zu verlieren.

„Herr Vorsitzender, ehrenwerte Mitglieder des Ausschusses, bitte erlauben Sie mir, zunächst einmal zu betonen, dass die Anklage, ich wäre in irgendeiner Weise am Wakhan-Massaker beteiligt gewesen, nicht nur unbegründet, sondern auch sehr ungerecht ist. In meinen folgenden Erläuterungen werde ich Ihnen beweisen, dass ich nicht nur unschuldig bin, sondern im Gegenteil sogar versucht habe, das Massaker zu verhindern und es, nachdem es geschehen war, über die offiziellen Kanäle gemeldet habe. Zweitens werde ich Ihnen beweisen, dass die lächerlichen Anschuldigungen, die derzeit von einem großen Geschworenengericht und dem Spezialermittler untersucht werden, von dem Mann, der für das Massaker verantwortlich ist, eingefädelt wurden. Er versucht nun, mich zu zerstören, um sein eigenes Gesicht zu retten."

„Das wird ein wahres Fest werden, Mister Thompson", sagte Rainsley. „Wie auch immer, Ihre Geldwäschegeschichten oder auch Nicht-Geldwäschegeschichten, sind für dieses Ausschusses ohne Belang. Ich bin mir sicher, das Geschworenengericht wird sich darum kümmern. Dieser Ausschuss ist an Dingen interessiert, die die nationale Sicherheit der Vereinigten Staaten beeinflussen. Ganz eindeutig fällt die Weitergabe von Waffen, die von der Genfer Menschenrechtskonvention verboten wurden, an Terroristen unter diese Dinge. Sie werden Ihre Antworten darauf beschränken."

Terroristen? Rainsley schaffte es wirklich mit jedem Wort, das er von sich gab, weiter zu übertreiben. Die Mudschaheddin der frühen 1980er waren Alliierte der Amerikaner gewesen, egal, welche Grausamkeiten sie in 2001 auch begangen hatten. Richard lehnte sich vor und sagte: „Senator, die offizielle Anweisung in den 1980ern war, den Mudschaheddin zu helfen. Und obwohl wir niemandem chemische Waffen gegeben haben, können Sie sie im Nachhinein kaum als Terroristen bezeichnen."

Rainsley lächelte, so als ob er Schachmatt sagen wollte. „Mister Thompson, die gleichen Alliierten, von denen Sie sprechen, haben am 11. September tausende Amerikaner getötet. Nennen Sie sie wie Sie wollen, aber Tatsache ist, dass diese Amerikaner tot sind."

„Herr Vorsitzender", sagte der in der Rangfolge nächste Senator Lewis. „Können wir im Hinblick auf die Zeit diese Wortspielchen unterlassen und uns weiter um die Fakten kümmern."

Rainsley nickte. „Natürlich Senator. Ich werde an Sie übergeben – bitte stellen Sie die erste Frage."

Lewis nickte, dann lehnte er sich vor. Aufgrund der Eröffnungsstatements schien es, als ob die Republikaner ihn zaghaft unterstützten – vermutlich vor allem deshalb, weil es ihnen eine Möglichkeit gab, gegen die Regierung zu sein, die ihn hatte fallen lassen wie eine heiße Kartoffel. Lewis'

Brille hing auf seiner Nasenspitze, sein kahler Kopf glänzte unter dem hellen Licht. Seine blauen Augen sahen Richard über seine Brille hinweg an.

„Botschafter Thompson… ich möchte damit beginnen, dass alle Mitglieder dieses Ausschusses sich über ihre langen und ausgezeichneten Dienste für dieses Land im Klaren sind. Und auch wenn andere Mitglieder dieses Ausschusses es vergessen haben, ich erinnere mich daran, dass die Vereinigten Staaten die Mudschaheddin mit speziellen Waffen ausgerüstet haben, um gegen die Invasion der Sowjetunion vorzugehen. Trotzdem sind chemische Waffen eine ernste Angelegenheit. Bitte beantworten Sie dem Ausschuss die folgende Frage. Waren Sie, in irgendeiner Weise an der Bereitstellung von chemischen Waffen an die afghanische Miliz beteiligt?"

Das war ein flacher Ball, dachte Richard. Perfekt. „Das war ich nicht, Senator."

Lewis nickte, seine Augen wanderten über ein Blatt Papier. Dann sah er wieder hoch zu Richard. „Wissen Sie, wer es war?"

„Ja, Senator. Ich habe das Verbrechen im Jahr 1983 gemeldet. Der Täter war Leslie Collins, der aktuelle Chef der Abteilung Operationen der CIA."

Julia. 6. Mai

Martin Barrymore war der Topanwalt der reichen Oberschicht von Long Island. 1,70 m groß, graue Haare, kahl werdend und ganz tief in seinem sehr kleinen Herz hatte er etwas von einem Mörder. Als Generalanwalt von Morbid Enterprises, Inc., Julias und Cranks Holding Firma, hatte er viele Probleme gelöst. Copyright- und Markennamensverletzungen, Vertragsverhandlungen, Fusionen und Akquisen. Steuern waren niemals ein Problem gewesen, denn die Firma achtete penibel darauf, sie zu zahlen. Aber jetzt nahm er den Vorsitz eines Teams aus Steueranwälten ein, die sich darauf vorbereiteten, sich mit dem Finanzamt zu unterhalten, und Julia war ihm dankbar.

Die beiden fuhren zusammen mit den Steueranwälten, die an Barrymore berichteten, im Aufzug in den neunten Stock des Hauptquartiers der Finanzbehörden in Washington DC. Julia war froh, dass Crank nicht mitgekommen war – er hätte höchstwahrscheinlich einen gedankenlosen

Kommentar abgegeben, dass sie das Gebäude vielleicht nicht lebend verlassen würden.

Trotzdem hatte er darauf bestanden, etwas Sinnvolles zu tun.

Sieh mal, Julia – es kommt mir so vor, als ob ich mich nicht genug einbringe. Alles was ich mache, ist, Songs zu schreiben und zu singen. Du machst alles für uns.

Aber Crank, hatte sie gesagt, *so war das doch schon immer. Das ist okay für mich, ich möchte, dass du in der Lage bist, Musik zu schreiben und dir keine Sorgen machen musst.*

Er hatte das Gesicht verzogen und gesagt: *Das hier ist eine Krise, Babe. Du kümmerst dich unglaublich gut um mich. Aber du musst mich helfen lassen.*

Also hatten sie darüber geredet und Crank war heute Morgen gleich in der Frühe nach Boston geflogen. Er würde sich mit den Mitarbeitern ihres Büros in Boston treffen und ihnen das Gehalt für drei Wochen ausbezahlen – in bar. Mehr Geld hatten sie auf ihrem Privatkonto nicht, und die Gefahr, dass Schecks platzen konnten, hatte dazu geführt, dass von ihrem Konto eine Menge Geld eingezogen worden war. Dies war vielleicht das einzige Geld, das ihre Mitarbeiter bekommen konnten, es sei denn, Barrymore konnte die Finanzbehörden dazu bringen, etwas von ihrem Geld freizugeben.

Crank würde das gut machen. Er hatte es nicht bemerkt, aber im Laufe der Jahre war er zu einer natürlichen Führungskraft geworden. Selbstbewusst, unerschrocken, aber auch warm und zugänglich. Alle trauten sich, auf ihn zuzugehen – egal ob es Radiomoderatoren, übermütige Fans oder die Roadies waren, mit denen er während einer Tour eine Woche lang zusammenarbeitete. Manchmal hatte sie sich vor ihn stellen müssen, damit er ein paar Songs schreiben konnte. Er mochte es nicht, nein zu sagen, er mochte es nicht, Leute zu enttäuschen.

Bei diesem Auftrag würde alles gut gehen. Sie spürte etwas Angst in ihrer Magengrube. Wenn sie kein Geld locker machen konnte, würden ihre fünfzig Mitarbeiter und ihre Familien kein Glück haben. Keine Abfindung, rein gar nichts. Das war unglaublich unfair, und nach dem was Barrymore gesagt hatte, war es auch illegal. Sie rechnete mit seiner Fähigkeit, diese Situation schnell zu regeln. Er hatte bereits eine Klage vorbereitet, die er beim Finanzgericht einreichen wollte, wenn ihre Besprechung schlecht ausging.

„Hier entlang bitte", sagte ihre Begleitung, eine jung aussehende Frau, die sich als Jayna McCloud vorgestellt hatte. Vermutlich war sie eine Praktikantin; Julia schätzte sie auf höchstens einundzwanzig.

Sie führte Julia, Barrymore und die Steueranwälte zu einem Konferenzraum am Ende des Ganges. Der Raum war billig eingerichtet. Gestrichene Wände, ein Pressspan-Konferenztisch (hübsch und funktional, aber billig gemacht), Stühle, die ganz ordentlich aussahen, aber nicht ergonomisch geformt waren. Sie vermutete, dass es da draußen viele Menschen mit Rückenproblemen gab, wenn sie diese Stühle im ganzen Hauptquartier verwendeten.

Am Tisch saßen drei Personen. Julia erkannte die Erste am Kopfende. Emma Smith war eine der Agenten gewesen, die sie in San Francisco befragt hatten. Es kam ihr vor, als wäre das vor einer Ewigkeit gewesen, dabei war es erst ein paar Tage her.

„Mrs. Wilson, danke, dass Sie heute zu uns gekommen sind. Bitte lassen Sie mich Ihnen Cliff Shriver vom FBI vorstellen."

Rechts von ihr saß Shriver, ein Mann in einem ordentlich sitzenden Anzug. Sein Jackett war geöffnet und seine Waffe, eine glänzende, schwarze Pistole in ihrem Schultergurt, war gut sichtbar. An seinem Revers hing ein Ausweis.

„Und das ist Scott Kelly vom diplomatischen Sicherheitsdienst. Scott ist nicht in offizieller Mission hier, aber er hat darum gebeten, bei diesem Treffen dabei sein zu dürfen, weil er meint, dass er Informationen hat, die für uns alle hilfreich sein könnten. Es liegt an Ihnen, ob er bleiben darf oder nicht."

„Freut mich, Sie kennenzulernen", sagte Kelly mit einem eindeutigen Bostoner Akzent. Er hatte tiefe Augenringe, die Art, die man bekommt, wenn man jahrelang nicht genug schläft. Er erinnerte sie sehr an ihren Schwiegervater Jack, einen pensionierten Bostoner Polizisten.

„Ich denke, das ist okay", murmelte Julia.

„Julia?", fragte Barrymore leise.

„Es ist okay", sagte sie. „Ich möchte das hier so schnell wie möglich aufklären."

Emma Smith nickte zustimmend. „Dann setzen Sie sich bitte."

Julia setzte sich ans Ende des Tisches, gegenüber von Smith, und schaute ihre Gegnerin genau an. Ihr erster Eindruck der Frau, den sie sich um zwei Uhr nachts gemacht hatte, hatte sich nicht geändert – ihre Haut war weich, makellos und ohne Make-up. Sie sah aus, als wäre sie Ende zwanzig oder hätte so ausgesehen, wenn ihr Haar nicht weiß wäre. Es war nicht gebleicht, nicht blond, es war vorzeitig grau und weiß. Interessant, dachte Julia.

Smith sagte: „Mrs. Wilson, dies ist ein formloses Treffen. Es ist keine Anhörung und Sie können jederzeit gehen. Ihr Anwalt ist hier, um Sie über Ihre Rechte zu unterrichten, aber ich möchte klarstellen, dass Sie das Recht haben zu schweigen, sollten Sie dennoch etwas sagen, werden wir es für unsere Untersuchung verwenden."

Julia lehnte sich zu Barrymore, der sagte: „Das ist normal. Ich werde auf Sie achtgeben." Sie nickte.

„Danke", sagte Julia. Barrymore antwortete Smith: „Wir freuen uns darauf, diese Angelegenheit zu klären."

„In Ordnung. Ich möchte mit den Konten auf den Cayman Inseln beginnen."

Julia nickte, sagte aber nichts. Sie hatte die Berichte der Medien gehört, aber das war alles, was sie wusste. „Ich bin mir nicht bewusst, dass es solche Konten gibt."

Smith öffnete eine Akte und schob ein halbes Dutzend Blätter über den Tisch. Barrymore nahm sie entgegen und zeigte sie Julia.

„Das sind Vollmachten, die der HSBS, Butterfield Bank, Cayman National Bank, First Caribean und der Royal Bank of Canada vorliegen, sie alle operieren auf der Grand Cayman Insel. Sie bevollmächtigen Sie, Konten auf den Namen Ihres Vaters zu eröffnen. Erkennen Sie sie wieder?"

Julia schüttelte ihren Kopf. Das waren tatsächlich Vollmachten. Und was noch schlimmer war, auf allen war ihre Unterschrift. Sie waren alle auf den 19. oder 20. Dezember 2013 datiert. Das war alarmierend. Sie und Crank hatten diese Nacht auf einer Reise von Europa nach Washington DC dort verbracht.

„Ich habe diese Papiere noch niemals gesehen", sagte sie. „Das sieht aus wie meine Unterschrift, aber ich habe diese Dokumente nicht unterschrieben."

„Wo waren Sie am 19. und 20. Dezember, Mrs. Wilson?"

„Ich vermute, Sie kennen die Antwort auf diese Frage", antwortete sie.

„Waren Sie zusammen mit Ihrem Ehemann auf der Grand Cayman Insel?"

„Ja. Wir waren auf dem Weg in die Staaten, um Weihnachten mit meinen Schwestern zu verbringen."

„Wie erklären Sie sich Ihre Unterschrift auf diesen beglaubigten Papieren?"

„Ich kann sie mir nicht erklären. Dies ist das erste Mal, dass ich davon höre."

Smith nickte.

Kelly lehnte sich vor und sagte: „Können Sie sich irgendeinen Grund vorstellen, warum jemand so viel Aufwand betreiben würde? Nachdem diese Konten eingerichtet worden waren, wurden dort mehr als zwanzig Millionen Dollar eingezahlt. Wir waren nicht in der Lage, festzustellen, von wo das Geld kam."

Julia runzelte die Stirn. Dann sagte sie: „Wissen Sie, wann man zum ersten Mal auf meinen Vater wegen des Jobs als Verteidigungsminister zugegangen ist?"

Die drei Bundesagenten sahen sich gegenseitig verwirrt an.

Julia nickte einmal. „Soweit man mir gesagt hat, war das im Dezember 2013. Etwa zur selben Zeit, als diese Dokumente unterschrieben wurden."

Bear. 6. Mai

Weder Anthony Walker noch Bear Wyden waren es gewöhnt, in luxuriösen Hotels zu übernachten. Also schlug Bear, nachdem sie das Gefängnis verlassen hatten, vor, im Days Inn hier in Bellingham einzuchecken und es zu ihrer Operationsbasis für die nächsten Tage zu machen.

„Klar", sagte Anthony. Eine Stunde später hatten sie eingecheckt. Anthony begann, an seinem Laptop zu arbeiten, telefonierte und mutierte damit zur Nervensäge.

Irgendwann sah er von seinem Laptop auf, hatte seine Augenbrauen zusammengezogen und eine Linie zog sich über seine Stirn. „Haben Sie nicht gesagt, Sie haben in den Neunzigern die Security für die Thompsons organisiert?"

„Ja", antwortete Bear.

„Wie waren die Mädchen damals? Julia und Carrie?"

Bear zuckte mit den Schultern. „Kinder. Julia war die Älteste; sie war eine typische Mittelstuflerin. Hasste die Welt und vor allem ihre Mutter. Carrie war ein Schatz. Warum fragen Sie?"

Anthony zuckte mit den Schultern. „Ich habe mich nur gewundert."

„Tja, wundern Sie sich leise." Bear, der ein nichtkurierbares Schlafdefizit hatte, legte sich nieder, um ein Nickerchen zu machen. Er schloss seine Augen und ließ sich vom Klicken der Tastatur von Anthonys Laptop einlullen.

Zur Abwechslung war es mal ruhig und Bear driftete kurz nach Mittag in den Schlaf. Umso schlimmer war es, als sich die Tür des Hotelzimmers plötzlich nach innen öffnete und jemand schrie: „Stillgestanden, FBI!"

Bear erstarrte. Anthony tat es ihm nach, seine Finger lagen immer noch auf dem Laptop und er hatte sein Handy am Ohr.

Fünf Sekunden später war der Raum voll mit bewaffneten und verärgerten Bundesagenten. Bear wurde rau auf den Boden geworfen, wo man ihm seine Hände mit Kabelbindern auf den Rücken fesselte und ihm seine Waffe abnahm. Anthony lag ebenfalls mit dem Gesicht nach unten auf dem Teppich, sein Telefon lag mit dem Display nach unten neben ihm. Bear ertappte sich sofort dabei, sich zu wundern – war es immer noch mit demjenigen verbunden, mit dem Anthony telefoniert hatte? Hoffentlich schlossen sie ein Aufnahmegerät an.

Schritte. Er verdrehte seinen Hals so weit, wie es ging, aber er konnte nur ein paar gut geputzte Schuhe und eine graue Anzughose erkennen.

„Lassen Sie ihn aufstehen", sagte eine Stimme.

Er wurde an seinen Armen nach oben gezogen und kam gegenüber von einem großen Mann zum Stehen, der grauwerdendes Haar und eine Hakennase hatte.

„Agent Wyden", dröhnte der Mann. „Ich bin Wolfram Schmidt. Finanzbehörde – ich führe die Thompson-Ermittlungen."

Scheiße. Das war schnell.

„Hey", sagte Bear und schenkte Schmidt ein entwaffnendes Lächeln. „Es ist toll, Sie endlich zu treffen."

Schmidts Augen zogen sich zusammen. „Es ist nicht so schön, Sie zu treffen, Wyden. Sie sind suspendiert. Und nicht länger mit der Ermittlung betraut. Was bringt Sie nach Washington?" Seine Augen wanderten zu Anthony. „Und auch noch in Begleitung eines Journalisten, wie ich sehe."

„Tja, Sie wissen ja, man kann sich seine Freunde nicht immer aussuchen…"

„Halten Sie den Mund. Was zur Hölle tun Sie hier, Wyden?"

„Offiziell?", sagte Bear.

Schmidt verdrehte seine Augen. „Ja."

„Nichts. Offiziell rein gar nichts. Ich bin suspendiert. Aber, die Sache ist die – "

„Halten Sie den Mund."

„Es ist schwer, Ihre Fragen zu beantworten, wenn ich den Mund halten soll."

„Gott", sagte Schmidt. „Entfesseln Sie ihn. Wyden, setzen Sie sich."

Ein Agent durchschnitt den Kabelbinder, der seine Handgelenke zusammenhielt. Bear diskutierte nicht – er setzte sich auf das Ende eines Bettes. Anthony wurde neben ihn manövriert und Wolfram Schmidt setzte sich ihnen gegenüber.

„Mal ernsthaft, Wyden. Hören Sie auf herumzualbern, und beantworten Sie meine Frage oder ich werde Sie wegen Behinderung der Behörden festnehmen lassen. Sie sind vor allen anderen hier aufgetaucht, um Larsden zu befragen, und jetzt ist er tot."

KAPITEL ELF
Der arme Junge

Anthony. 6. Mai

Sie sind *vor allen anderen hier aufgetaucht, um Larsden zu befragen, und jetzt ist er tot.*

Was zur Hölle? „Was ist mit ihm geschehen?", platzte er heraus.

Anthonys Hirn war voller Fragen. Wenn Larsden tot war, war ihre einzige Verbindung zu Oz Marky Lovecchio, und sie hatten ihn bisher noch nicht identifiziert. War das überhaupt sein richtiger Name? Falls ja, sollten sie in der Lage sein, ihn über Google oder irgendwelche öffentlichen Kanäle zu finden. Facebook, oder andere soziale Netzwerke, Kreditkartenabrechnungen. Niemand war völlig unsichtbar.

Schmidt schenkte Anthony einen vernichtenden Blick. „Ich weiß nicht mal, warum Sie sich in diese Unterhaltung einmischen. Dies ist eine laufende Ermittlung und –"

Bear unterbrach Schmidt. „Ja, verstehe, eine laufende Ermittlung, wir dürfen nichts sagen, blah, blah, blah. Was zur Hölle ist mit Larsden geschehen? Vor ein paar Stunden war er noch das blühende Leben."

Schmidt sagte: „Im Vertrauen, jemand hat ihn erstochen und natürlich hat niemand etwas gesehen. Er ist in einem Gefängnis verblutet, bevor irgendjemand es auch nur bemerkt hat."

Bear sah Anthony an und sie sagten beide zur gleichen Zeit: „Oz."

Schmidt blinzelte. Seine Antwort war sarkastisch. „Oz? Machen wir eine Reise?"

Bear sah Schmidt an. „Ich werde Ihnen alles sagen, was wir wissen. Ich meine wirklich alles. Aber Sie müssen wissen, dass ich sicher weiß, dass die Schwestern in nichts, was hier läuft, verwickelt sind. Ihr Vater ist ein totaler Schleimbeutel, aber sie sind nicht daran beteiligt."

„Ach ja? Was ist mit Julia Wilson? Sie hat großen Anteil an dem, was hier vor sich geht."

Anthony schüttelte seinen Kopf. Er war sich sicher, dass Carrie und ihre Schwestern nicht beteiligt waren. „Ich würde meinen Ruf darauf verwetten, dass sie es nicht sind. Man hat das eingefädelt. Ich frage mich, wann haben Sie mit Ihrer Untersuchung begonnen? Wann wurde die Sache ins Rollen gebracht?"

Schmidt sah zwischen Bear und Anthony hin und her. Dann änderte sich seine Haltung, nur ganz leicht – seine Schultern sanken nur ein paar Millimeter, so als würde er sich ein bisschen entspannen. Seine Augen wanderten erneut schnell zwischen Bear und Anthony hin und her. „Für's Protokoll, unsere Untersuchung begann offiziell im Januar."

„Was war der Anlass?"

Schmidt sagte: „Banken sind verpflichtet, auffällige Aktivitäten zu melden. Wir haben im Januar eine Meldung erhalten, dass ein merkwürdiges Muster von Transaktionen von ein paar Geschäftskonten in Atlanta ausging. Wir sind dem nachgegangen und was wir fanden, war Geldschinderei. Kleine Ein- und Auszahlungen von weniger als hundert Dollar bis zu ein paar Tausend, aber immer viele an einem Tag. Jemand hat eine Riesenmenge Geld durch diese Konten geschleust. Die Firma, die wir im Auge hatten, existierte nicht wirklich. Eine Briefkastenfirma, die wiederum einer Scheinfirma gehört und keiner der Vertreter und Geschäftsführer ist eine real existierende Person."

Bear fragte: „Wann wurden diese Konten eröffnet?"

„Alle im Dezember und Januar."

„Und wo ist die Verbindung zu Thompson?"

„Aktiengeschäfte. Es gab ein halbes Dutzend Eigenverkäufe auf einem von Julia Wilsons Konten, das bereits von den Finanzbehörden überwacht wurde, allerdings nur zur Bestätigung. Aber dann sahen wir eine große Menge Geldtransfers auf einem von Wilsons Firmenkonten auf den Cayman Inseln. Daraufhin haben wir dort Protokolle angefordert und sie passten dazu. Die Konten auf den Caymans waren das Ziel der Geldtransfers von Atlanta. Aber die einzige Verbindung, die wir hatten, war Julia Wilson. Und es war nicht genug, um der Sache nachzugehen."

Anthony fragte: „Und wie kam es dann zum Einfrieren ihrer sämtlichen Konten und zur Beschlagnahmung?"

„Genug", sagte Schmidt. „Ich habe Fragen an Sie. Was ist Oz? Oder wer?"

Bear sagte: „Oz ist ein Brite oder Ire. Wir wissen nichts weiter über ihn, außer dass er Larsden engagiert hat." Bear fasste die Befragung für Schmidt zusammen, inklusive der Neuigkeit, dass Larsden Oz von einem Armykumpel namens Marky Loveechio empfohlen worden war."

„Es sollte einfach genug sein, das nachzuverfolgen", sagte Schmidt. „Wir wissen, wann und wo Larsden in der Army war – von dort müssen wir nur das Ausschlussprinzip anwenden. Er kann mit nicht vielen Personen mit dem Namen Loveechio zusammen gearbeitet haben."

Bear sagte: „Also, jetzt wo wir zusammenarbeiten –"

Schmidt schüttelte seinen Kopf. „Niemand arbeitet zusammen. Ich führe eine Ermittlung. Sie behindern die Rechtsfindung."

„Bockmist", sagte Bear. „Sie haben nichtmal nach einem Warum gesucht. Warum würde jemand mit einer erfolgreichen Firma, die vierzig Millionen Dollar wert ist, sich an billiger Geldwäscherei beteiligen? Und im Übrigen, warum würde Richard Thompson das tun?"

„Super. Nichts einfacher als das. Wer zur Hölle weiß schon, warum Menschen sowas machen?"

Anthony schüttelte seinen Kopf. „Nicht Thompson. Er ist hungrig nach Macht – nicht nach Geld. Ich denke, Sie müssen sich fragen, was hier geschieht. Denn für mich sieht es so aus, als ob Sie von jemand instrumentalisiert werden, um Thompson unglaubwürdig zu machen."

Schmidt schüttelte seinen Kopf. „Das kaufe ich Ihnen nicht ab. Ich bin gewillt, dieser Idee nachzugehen, aber ich glaube sie nicht. Was wir wissen, Wyden, ist, dass Sie nicht mehr mit dieser Sache betraut sind. Und ich möchte nicht mehr hören, dass Sie meine Zeugen befragen oder Ihren Dickkopf in diese Untersuchung stecken. Larsden war ein wesentlicher Zeuge und jetzt ist er tot. Ich neige dazu, Sie jetzt verhaften zu lassen."

Bear grunzte. „Sie tun besser daran, Ihre Mittel darauf zu verwenden, herauszufinden, wer ihn, zur Hölle, hat umbringen lassen."

„Ich habe genau das vor. Aber Sie halten sich besser tausende Kilometer von dieser Untersuchung fern. Haben Sie mich verstanden?"

„Ja, Schmidt. Ich verstehe. Sagen Sie uns nur erst noch eines."

„Was?"

„Was hat sich Ihre Mutter dabei gedacht, als sie Sie getauft hat?"

Schmidt stand auf, Ärger stand auf seinem Gesicht. „Mein Vater und auch mein Großvater hießen Wolfram, vielen Dank. Noch mal, Wyden, ich danke Ihnen, dass Sie sich um Ihre eigenen Angelegenheiten kümmern." Er sah seine Kollegen an und sagte: „Lasst uns gehen."

Schmidt und seine Schar aus Agenten der Finanzbehörden und des FBI verließen den Raum. Ein übermäßig enthusiastischer FBI-Agent zeigte Bear auf dem Weg nach draußen den Stinkefinger. Bear schüttelte seinen Kopf.

So viel zur Kooperation zwischen den Behörden, dachte Anthony. „War das schlau?"

Bear zuckte mit den Schultern: „Das ist das Finanzamt. Was kann man sonst tun?"

Anthony kicherte, dann schüttelte er seinen Kopf. „Was nun? Larsden war unsere beste Spur. Wer, zur Hölle, ist Oz?"

Bear seufzte. Dann sagte er: „Ich denke, wir werden jetzt zu Adelina Thompson fahren. Ansonsten habe ich keine weiteren Ideen."

Anthony dachte daran, wie Carrie und ihre Schwestern jedes Mal reagierten, wenn ihre Mutter erwähnt wurde – eine fast greifbare Anspannung. Er war noch nicht in der Lage gewesen herauszufinden, warum sie alle so sensibel waren, wenn es um ihre Mutter ging. Aber jetzt sah es so aus, als ob er die Chance bekommen würde, es zu erfahren.

„Klingt gut", sagte er.

Anthony dachte zurück an das letzte Mal, als er Carrie gesehen hatte, als sie ruhig durch das Desaster ihrer durchwühlten Wohnung gegangen war, ihr Baby hatte dabei in einer Schlinge an ihrer Seite gehangen. Sie war ruhig, gefasst und organisiert vorgegangen, sogar inmitten eines totalen Chaos'. Sie hatte ein paar Stress- und Kummerfalten um ihre Augen, aber sie war eine schöne Frau.

Er schüttelte seinen Kopf. Er hatte keine Zeit, an Carrie zu denken, und sie würde auch gar nicht interessiert sein inmitten ihrer Trauer und der Sorge um ihre Tochter.

Aber trotzdem.

Alexandra. 6. Mai

Dylan drehte sich, nachdem er zum fünfhundertsten Mal im Raum hin und her gelaufen war, um. Sein Rücken war eine gerade Linie aus Anspannung und Ärger, sein Haar war immer noch vom Schlaf zerzaust.

„Was ich nicht verstehe, ist, warum sie nichts gesagt hat. Oder eine Nachricht hinterlassen hat. Sind Sie sicher, dass nichts geschehen ist?"

Alexandra sank auf einen Stuhl, als George-Phillip Dylans Fragen beantwortete. George-Phillip saß auf dem Stuhl, der Alexandra gegenüber stand. „Natürlich bin ich nicht sicher. Wie könnte ich das sein? Alles was ich weiß, ist, dass sie kurz vor ein Uhr nachts aus dem Fenster gestiegen, über das Geländer geeilt, auf einen Baum geklettert und über die Mauer gesprungen ist, bevor jemand sie fassen konnte."

„Irgendetwas muss geschehen sein", sagte Dylan. „Haben Sie keine Überwachungskameras?"

„Draußen schon. Aber nicht innerhalb des Gebäudes. Aber es war nichts Ungewöhnliches zu sehen. Es ist niemand gekommen oder gegangen."

„Dann muss es jemand innerhalb des Gebäudes gewesen sein, Sir. Das ist die einzige Möglichkeit. Sie würde nicht einfach so fliehen." Dylans Stimme war scharf, unangenehm. „Ich muss losziehen und sie finden."

„Das würde ich Ihnen nicht empfehlen", sagte George-Phillip. „Sie werden immer noch von den Behörden gesucht. In dem Moment, in dem Sie die

Botschaft verlassen, wird man Sie bis zum Abschluss der Untersuchung ins Gefängnis werfen. Sie haben einen Bundesagenten getötet."

Dylan schüttelte seinen Kopf. „Ich kann nicht einfach hier bleiben und nichts tun."

„Dylan", sagte Alexandra. Warum musste er nur so stur sein? Es gab nichts, was er tun konnte. Sie machte sich genauso Sorgen um Andrea wie er, aber irgendjemand musste einen kühlen Kopf behalten.

„Hör auf", sagte er. „Ich muss etwas tun. Kannst du dir vorstellen, dass Ray einfach hier rumsitzen würde?"

„Dylan", flüsterte Alexandra, ihr wurde das Herz schwer. „Hör auf. Wenn Ray hier wäre, könnte er auch nichts tun. Wir haben nicht genug Informationen. Sie könnte überall sein."

Dylan hörte auf, hin und her zu laufen und starrte die Decke an, dann seufzte er. „Das ist so frustrierend", stöhnte er.

„Da stimme ich zu", sagte George-Phillip. „Aber ich sage Ihnen, ich habe alle nur möglichen Agenten darauf angesetzt, sie zu finden, und die Suche wird direkt von meinem Assistenten geleitet, der der kompetenteste Mann ist, den ich kenne. Wenn jemand sie finden kann, dann O'Leary. Und es gibt nichts, was Sie tun können, um Andrea oder Alexandra oder ihren Schwestern zu helfen, wenn Sie im Gefängnis sind."

Dylan nickte. „Ich weiß", sagte er mit angespannter Stimme. Dann atmete er aus und mit langsamerer und tieferer Stimme sagte er: „Ich weiß. Was kann ich in der Zwischenzeit tun?"

„Ich möchte, dass Sie mit O'Leary reden. Sagen Sie ihm so viel wie möglich darüber, was sie weiß, wo sie hingegangen sein könnte. Sie beide waren für einen kurzen Zeitraum zusammen auf der Flucht - haben Sie Bargeld verwendet? Wie haben Sie sich mit den anderen in Verbindung gesetzt?"

„Bargeld, Gutscheinkarten, Wegwerftelefone. Wenn sie will, kann sie unbemerkt bleiben, sie weiß, wie man es macht. Aber es ist gefährlich dort draußen."

Alexandra seufzte. „Du vergisst, dass Sarah bei ihr ist."

Dylan sagte: „Sarah ist ein Kind. Das sind sie beide."

„Ich würde keine der beiden unterschätzen, Dylan."

„Es geht nicht darum, sie zu unterschätzen. Du hast die Leute, die hinter ihr her waren, nicht gesehen, Alex. Das waren Killer." Seine Stimme war leidenschaftlich, die Spannung zwischen seinen Worten war so scharf wie eine Rasierklinge.

Sie schloss ihre Augen. Würde sie jemals ihren Ehemann zurückbekommen? Es war, als hätte der Krieg sich nach ihm ausgestreckt und ihn wieder vereinnahmt, so wie er es auch mit Ray gemacht hatte. Er war hier und stand vollständig unter Strom und war in Hab-Acht-Stellung. Aber er war es auch nicht. Während sie ihn beobachtete, dachte sie an die langen Monate, in denen seine Wunden geheilt waren. Wie sie spazieren gegangen, und später neben ihm im Central Park gerannt war, während sein Körper heilte. Aber seinen Geist zu heilen, war etwas völlig anderes. Das würde nicht in einer Woche oder einem Monat oder in einem Jahr erledigt sein. Sie konnte fast sehen, dass er kurz vor einem Zusammenbruch stand.

Alexandra erhob sich und legte ihre Hände auf seine Schultern, damit stoppte sie ihn quasi mitten im Gehen.

„Dylan", sagte sie.

„Schau, ich kann nicht einfach nichts –"

„Dylan!", sagte sie. „Hör auf. Es wird ihr nichts geschehen. Du kannst nichts tun. Bitte lass los." Dann umarmte sie ihn so fest sie konnte.

Für eine Sekunde bewegte er sich nicht. Dann sackten seine Schultern nach unten und er legte seine Arme um sie und sagte: „Es tut mir leid. Scheiße. Es tut mir leid."

Für ein paar Augenblicke standen sie einfach nur da und schwankten ein bisschen, beruhigten sich langsam. Dann bewegte sie sich, als sie hörte, wie sich jemand hinter ihr räusperte.

Scheiße! George-Phillip stand immer noch dort.

„Bitte verzeiht", sagte George-Phillip.

„Nein… bitte verzeihen Sie mir", sagte Dylan. „Ich bin es nicht gewohnt herumzusitzen."

George-Phillip schenkte ihm ein entwaffnendes Lächeln. „Das verstehe ich völlig. Sie haben eine sehr schlaue Frau Dylan. Hören Sie auf sie."

Dylan ließ seinen Kopf hängen. „Ja. Sir."

„Ich muss jetzt wirklich gehen", sagte George-Phillip. „Ich verspreche, ich gebe euch Bescheid, sobald ich etwas weiß."

„Danke, Eure Hoheit", sagte Alexandra. Sie wusste, dass solche Worte in Dylans Ohren merkwürdig klingen würden, aber sie war in diplomatischen Kreisen aufgewachsen. Titel gehörten dazu. Sie wartete bis George-Phillip das Zimmer verließ, dann drehte sie sich zurück zu Dylan.

„Ich liebe dich, Dylan."

„Ich liebe dich", flüsterte er zurück.

Carrie. 6. Mai

Carrie schaute das Telefon an, das vor ihr lag. Vor vierzig Minuten hatte sie Rachel, die anscheinend leichtes Fieber hatte, hingelegt, damit sie ein wenig schlief. Rachel war teilnahmslos und wollte nichts trinken, deshalb hatte Carrie geschwollene und schmerzende Brüste. Sie würde in ein paar Minuten die Milch abpumpen, aber im Moment versuchte sie zu entscheiden, was sie mit ihrem Handy machen sollte. Im Hintergrund lief im Fernsehen CSPAN, wo man Richard Thompson live sehen konnte, der vor dem Senatskomitee für die Streitkräfte aussagte.

Sie hatte, während sie Rachel schlafen gelegt hatte, zwei Anrufe verpasst. Einen von Sarah, die letzte Nacht nicht nach Hause gekommen war. Sie hatte außerdem eine SMS geschickt: **Ich bin mit Andrea auf dem Weg nach Westen. Mach dir um uns keine Sorgen.**

Der andere Anruf kam von einer unbekannten Nummer, aber die Sprachnachricht war von ihrer Mutter.

Sie seufzte und schloss ihre Augen. Kümmere dich erst um Sarah. Sie setzte sich auf die Couch, zog ihre Füße ein und schaute zu dem auf stumm geschalteten Fernseher. Die Kameras waren auf Senator Chuck Rainsley gerichtet, sein graues Haar sah unter dem hellen Licht weiß aus. Wann hatte sie ihn getroffen? Vor zwei Tagen? Drei?

Sie fragte sich, ob Richard sie angelogen hatte, was Rainsley anging, oder hatte ihre Mutter ihn belogen? Saß er nun vor diesem Ausschuss und dachte, der Mann der ihn an der Nase herumgeführt hatte, war derselbe, der ihn nun befragte?

Carrie zuckte mit den Schultern. Das Geflecht aus Lügen war so verstrickt, dass sie keine Ahnung hatte, was sie denken sollte.

Du warst fünf, als ich es herausfand. Wir hatten bereits... eine Bindung aufgebaut.

Das bedeutete natürlich auch, dass er, hätte er gewusst, dass sie nicht seine Tochter war, sie weggeschoben, nicht beachtet und vielleicht sogar genauso wie Andrea fortgeschickt hätte.

Richard Thompson verdiente ihre Aufmerksamkeit nicht. Sie hob die Fernbedienung hoch und schaltete den Fernseher aus, dann wählte sie Sarahs Nummer.

Der Anruf wurde direkt an die Sprachbox weitergeleitet. Natürlich. Carries Magen rebellierte ein wenig, als sie bemerkte, dass sie den nächsten Anruf nicht weiter aufschieben konnte. Sie dachte an das letzte Mal, als sie ihre Mutter gesehen hatte. Vor fünf Monaten. Noch niemals in ihrem Leben hatte sie sie so lange nicht gesehen, aber sie hatten regelmäßig miteinander telefoniert. Sie war ihrer Mutter niemals nahe gestanden – ein ganzes Leben voller Schmerz hatte das verhindert. Aber sie hatte niemals vergessen, wie ihre Mutter ihr im Krankenhaus zur Seite gestanden hatte, wie sie Ray umarmt und in Tränen ausgebrochen war, als sie von ihrer geheimen Hochzeit erfahren hatte. Sie würde diese schwarzen Tage, nachdem er gestorben war, niemals vergessen, als sie das Bett nicht hatte verlassen können. Tage, in denen sie hatte sterben wollen. Trotz der schmerzvollen Vergangenheit, ihrer Konflikte und manchmal auch ihres Hasses, war ihre Mutter für sie und Sarah da gewesen.

Ihre Hand zitterte, als sie ihren Arm ausstreckte und das Handy erneut hochhob. Sie wählte langsam die unbekannte Nummer, jede Ziffer fiel ihr schwerer, bis es sich anfühlte, als ob sie die letzte Ziffer nicht wählen konnte. Aber dann tat sie es.

Sie hob das Telefon ans Ohr, versuchte, das Gefühl in ihrer Magengrube zu ignorieren. Sie kannte die Frau, die sie anrief, nicht. Außer, dass sie unaussprechlich gelitten hatte und Carrie – und auch alle ihre fünf Schwestern – hatten es nicht gewusst, hatten es nicht geahnt und hatten ihrer Mutter ihr Leben lang dafür Vorwürfe gemacht.

Ein Klingeln. Dann ein Zweites. Klick. Dann die Stimme, die sie so gut kannte, ziemlich hoch, der ganz leichte spanische Akzent. „Hallo? Carrie?"

Carries Kehle schnürte sich zusammen und sie lehnte sich vor, hatte die linke Hand auf ihren Magen gelegt. Sie versuchte, etwas zu sagen. Irgendetwas. Aber es kamen keine Worte aus ihrem Mund.

„Carrie? Geht es dir gut?"

„Mutter", flüsterte sie.

„Carrie, was ist los?"

„Es tut mir so leid", flüsterte Carrie. Tränen begannen unkontrollierbar über ihr Gesicht zu laufen. Gottverdammt! Sie hatte nicht vorgehabt, zusammenzubrechen. „Es tut mir so, so leid, Mutter."

„Was? Was tut dir leid? Carrie, du musst mir sagen, was los ist."

Carrie schniefte und blinzelte mit den Augen, schaute zur Decke und versuchte, die Tränen unter Kontrolle zu bringen. Aber sie konnte es nicht, sie liefen einfach weiter. Sie fühlte sich unglaublich traurig. Sie flüsterte: „Julia hat den Polizeibericht gefunden, Mutter. Und die Fotos. Vom Valentinstag."

Ihre Mutter holte keuchend Luft und Carrie sprach weiter. „Sie hat das Tagebuch gefunden. Wir wären nicht mal in einer Million Jahre auf die Idee gekommen, hinein zu schauen, wenn du nicht vermisst gewesen wärst."

„Madre de Dios", flüsterte Adelina.

Carrie sagte: „Ich wusste es nicht. Wir wussten es nicht. Wir dachten… wir dachten, du wärst… verrückt. Dass du uns gehasst hast. Wir dachten… wir dachten, er wäre der Vernünftige."

Adelina flüsterte. „Alles, was ich jemals wollte, war, euch zu beschützen."

Carrie schluchzte. „Das hast du. Du hast dein Bestes gegeben. Mom… ich habe meinen Vater kennengelernt. Meinen wirklichen Vater. Er scheint ein guter Mann zu sein. Er hat mir… von dir erzählt. Davon… was dir in Spanien passiert ist. Wir hatten einfach keine Ahnung. Es tut mir so leid. Es tut mir leid, dass ich dich gehasst habe."

„Carrie, du musst nicht – "

„Kannst du mir verzeihen?", flüsterte Carrie.

„Natürlich. Carrie, du bist meine Tochter. Ich bin diejenige, die… ich bin diejenige, die um Verzeihung bitten muss. Euch alle."

„Nein", sagte Carrie. „Es ist..." Sie schloss ihre Augen. Ihre Mutter klang – sie klang, als ob das Gewicht ihrer Reue sie zu Fall bringen würde. „Ich verzeihe dir. Du hast dein Bestes gegeben, Mom. Und... du weißt ja gar nicht, wieviel es mir bedeutet hat. Nachdem Ray gestorben ist. Du hast mir das Leben gerettet. Ich wollte sterben. Und du hast mir den Mut gegeben, weiterzuleben."

Sie hörte, wie die Stimme ihrer Mutter am anderen Ende der Leitung stockte, dann ein Schniefen. Noch mehr Tränen. Sie wartete, holte tief Luft.

Carrie fühlte sich... leer. Ausgelaugt. Die Tränen liefen ihr immer noch über das Gesicht, aber es waren keine Tränen des Kummers. Dies waren nicht die trostlosen, schrecklichen Tränen und die Leere und Leblosigkeit, die sie nach Rays Tod gefühlt hatte. Dies waren Tränen der... Erleichterung. Der Vergebung. Der... Freude? Sie hatte viel verloren... aber sie hatte auch etwas dazugewonnen. Einen Vater, den sie niemals gekannt hatte. Und eine Mutter, die sie auch niemals gekannt hatte.

Sie brauchten beide etwas Zeit, um sich wieder zu fassen. Adelina war die erste, die sprach.

„Du hast also Prinz George-Phillip getroffen? Wo?"

„Er ist in Washington, Mutter. Ich weiß nicht genau, warum, aber soweit ich das verstanden habe, hatte er ein Treffen mit dem Präsidenten."

Am anderen Ende der Leitung war Stille, außer, dass man ihre Mutter atmen hörte.

„Mutter, was ist los?"

Ihre Mutter schniefte. Dann sagte sie: „Ich habe niemals aufgehört, ihn zu lieben, musst du wissen. Ich hätte alles dafür gegeben, ein Leben zusammen mit ihm zu haben. Außer euch Mädchen. Das war der einzige Preis, den ich nicht zahlen konnte."

Carrie schloss ihre Augen. Die Tränen drohten wieder überzulaufen. Sie dachte an das unaussprechliche Leid, dass ihre Mutter durchlebt hatte, um ihre Töchter zu beschützen. Um Carrie zu beschützen. Sie flüsterte: „Es ist nicht zu spät."

Mit trauriger Stimme sagte Adelina: „Ich habe sein Herz gebrochen, Carrie. Zweimal."

Carrie schloss ihre Augen. Dann sagte sie mit so drängender Stimme, wie ihr möglich war: „Mutter. Es ist nicht zu spät."

Adelina seufzte. Dann wechselte sie das Thema. „Sag mir – wo sind deine Schwestern. Ich habe zu lange keinen Kontakt zu ihnen gehabt."

„Du zuerst", sagte Carrie. „Wie geht es Jessica?"

Adelina seufzte. „Ihr Zustand ist stabil und sie erholt sich. Es war... du kannst es dir nicht vorstellen, Carrie. Du bist jetzt eine Mutter... aber zu sehen, wie deine Tochter das durchmacht, das... sie war süchtig nach Crystal Meth, Carrie."

Carrie atmete keuchend ein. „Wie?"

„Trauer und Vernachlässigung und die falsche Gesellschaft. Nachdem sie und Richard letzten Herbst zurück nach San Francisco gekommen sind, hat er sich in ein Büro verzogen und sie mehr oder weniger ignoriert. Was er nicht wusste... was keiner von uns wusste... war, dass ihre Freundin sich umgebracht hat."

„Oh nein", keuchte Carrie. „Was für eine Freundin? Wer?"

„Ihre Freundin, Carrie. Jessica hat das arme Mädchen geliebt."

„Oh...", sagte Carrie.

Adelina schluchzte, dann sagte sie: „Sie hatte Angst, es mir zu sagen. Sie dachte, ich würde sie hassen, weil sie lesbisch ist. Meine eigene Tochter. Da siehst du, wie sehr ich versagt habe?"

„Du hast nicht versagt", sagte Carrie. „Mutter... das hast du nicht. Du bist ein Mensch und wir alle haben Grenzen. Und... keine von uns war für sie da. Keine von uns."

Plötzlich erinnerte sich Carrie an das vorletzte Weihnachtsfest. Als sie sich in Ray verliebt hatte (ein Stich durchfuhr ihr Herz, weil sie niemals zusammen Weihnachten gefeiert hatten) und an den Morgen, als sie die Treppe hinunter gegangen war und ihre Mutter weinend vorgefunden hatte.

War ich für euch Mädchen eine so schlechte Mutter?

Carrie erinnerte sich, dass sie nicht in der Lage gewesen war, etwas Besänftigendes zu sagen. Sie hatte lediglich gesagt: Deine Anspannung ist im Laufe der Jahre sehr viel milder geworden. Als ob das irgendetwas bewirkt hätte, außer die Wunden tiefer zu machen. Ein paar Minuten später hatte Adelina gesagt: Ich weiß, dass du dich immer um deine Schwestern gekümmert hast, du hast immer versucht, alles in Ordnung zu bringen.

Und ich bin dankbar dafür... Besonders... für die Zeiten, in denen ich keine gute Mutter sein konnte. Du warst wie eine Mutter für sie.

Carrie seufzte. Jetzt ergab das alles einen Sinn, es ergab einen schrecklichen, herzzerreißenden Sinn.

„Also... Jessica hat sich verliebt. Und das Mädchen hat sich umgebracht. Und sie war ganz allein und ist in Kontakt mit Drogen geraten." Diese Zusammenfassung brachte ihre Mutter zurück zum Thema.

Adelina begann erneut zu sprechen. „Als ich nach San Francisco kam, habe ich für sie einen ambulanten Therapieplatz besorgt. Aber ich habe bis vor ein paar Wochen nicht bemerkt, wie schlimm es war. Sie ist spät nach Hause gekommen, nachdem sie ohne meine Erlaubnis ausgegangen war. Sie hatte von einem Fall Blut auf ihrer Stirn und sie begann, sich zu erbrechen. Carrie... ich war... zunächst unglaublich wütend. Habe sie angeschrien. Aber dann hatte sie einen epileptischen Anfall."

Bei diesem letzten Wort wurde Adelinas Stimme zu einem gequälten Flüstern und sie fuhr fort. „Sie ist auf den Boden gefallen und ihre Arme und Beine bewegten sich unkontrollierbar, und... es war das beängstigendste, was ich jemals gesehen habe. Ich habe den Notruf angerufen und ein Krankenwagen ist gekommen und hat sie in die Notaufnahme gebracht."

Carrie schloss ihre Augen. Das erklärte die Szene, die Julia vom Haus erzählt hatte. Es war einfach keine Zeit gewesen, sauber zu machen.

„Wo ist der Rest meiner Töchter, Carrie?"

Carrie seufzte. „Julia und Crank werden die nächste Zeit hier bei mir in der Wohnung wohnen, aber Crank musste heute Morgen noch Boston fliegen. Das Finanzamt hat... na ja, sie haben alle ihre Konten eingefroren. Er ist hochgeflogen, um ihre Mitarbeiter in bar zu bezahlen, und Julia ist hier und kümmert sich um die Finanzbehörden. Sie wird heute Nachmittag zurück sein, denke ich."

Adelina seufzte, dann sagte sie: „Ich habe den Hauptermittler der Finanzbehörden getroffen. Er schien vernünftig zu sein."

Carrie hob eine Augenbraue. „Wirklich? Wann?"

„Er ist vor ein paar Stunden gegangen."

Carrie atmete aus und sagte: „Ich werde Julia informieren."

„Und die anderen?", fragte Adelina.

„Na ja, Dylan sitzt im Moment in der britischen Botschaft fest. Also ist Alexandra bei ihm. Ich weiß allerdings nicht, wie lange dieser Zustand andauern wird. Die Medien haben heute Morgen davon berichtet. Er… na ja, es gibt keine Möglichkeit es abzuschwächen. Als die Wohnung am Freitag angegriffen wurde, hat er zwei der Schützen umgebracht. Einer davon war ein Bundesagent."

Als Carrie die Worte aussprach, blickten ihre Augen, ohne es zu wollen, auf den Boden des Flurs. Der Teppich war dort von der Forensik des FBI herausgerissen worden. Sie vermutete, weil er voller Blut gewesen war.

Adelina seufzte. „Der arme Junge. Er hatte sowieso schon eine schwere Bürde auf seiner Seele."

Carrie flüsterte: „Ja. Das hat er. Also bleiben noch Andrea und Sarah. Andrea war auch in der britischen Botschaft, aber anscheinend ist sie letzte Nacht geflüchtet – sie ist über den Zaun geklettert. George-Phillip hat mich heute Morgen angerufen."

„Warum?", rief Adelina aus.

„Ich weiß es nicht", sagte Carrie. „Aber Sarah hat Eddies Motorrad gestohlen und hat anscheinend Andrea eingesammelt. Sarah hat mir eine SMS geschickt, in der steht, dass ich mir keine Sorgen machen soll. Aber sie ist nicht ran gegangen, als ich sie angerufen habe. Ich werde es sobald wie möglich wieder versuchen."

Carrie schaute sich um und sagte: „Es ist wirklich sehr merkwürdig. Rachel schläft. Dies ist das erste Mal, dass ich seit August allein bin. Seit… na ja, seit Ray gestorben ist."

Adelina sagte schnell: „Du bist allein? Hast du irgendwelchen Schutz?"

Carrie nickte. „Julia hat Bodyguards engagiert. Ich denke wir haben den besten Schutz, der möglich ist."

Adeline schniefte erneut. Dann sagte sie: „Schickst du diese Nummer den anderen Mädchen? Es ist ein Pre-Paid-Handy."

„Ja, natürlich", sagte Carrie.

„Und küss deine liebe Tochter von mir", sagte Adelina. „Es tut mir leid, dass ich sie noch nicht persönlich sehen konnte."

Carrie nickte, weitere Tränen begannen, ihr über das Gesicht zu laufen. „Das werde ich. Und Mutter, bleib in Sicherheit. Ja? Kann Julia dir Bodyguards schicken?"

„Wir werden sehen. Ich denke, im Moment bin ich hier sicher. Es ist unwahrscheinlich, dass selbst Richard jemand findet, der bereit ist, öffentlich einen Mord in einem Krankenhaus zu begehen."

Selbst Richard? Dachte ihre Mutter, dass er derjenige war, der sie angegriffen hatte?

Sie verabschiedeten sich und Carrie verließ das Zimmer, um nach Rachel zu sehen. Ihre Tochter sah ein bisschen rot aus und hatte feuchte Haare. Sie berührte Rachels Stirn. Sie war heiß. Besorgt ging Carrie ein Thermometer holen.

KAPITEL ZWÖLF
Die vollkommene Liebe vertreibt die Furcht

Sarah. 6. Mai

Während sie Richtung Nordwesten fuhren, ging die Sonne in einem Lodern aus Rot- und Gelbtönen unter. Sarahs Augen brannten und sie spürte den schweren Schleier der Müdigkeit auf sich. Sie waren sechzehn Stunden lang gefahren und hatten dazwischen nur zwei Stunden geschlafen. Und sie war kurz vor dem Einschlafen.

Um sie herum waren nichts als Bäume, Gras, Grün und nochmals Grün. Die Luft war eindeutig kühler und nicht so schwül wie im Spätfrühling in Washington DC, und sauberer war die Luft auch. Aber sogar die kühle Luft, die neue Umgebung und das konstante Vibrieren des Motorrads unter ihr waren nicht in der Lage, sie wachzuhalten.

Sie tippte Andrea auf die Schulter. Ihre jüngere Schwester war fast den ganzen Tag gefahren und schien unbegrenzte Energie zu haben. Aber obwohl es schon neun Monate her war, war Sarah immer noch dabei, sich von ihrem schrecklichen Unfall zu erholen.

Und dann war da noch die Sache mit dem Jeep.

Es war geschehen, kurz nachdem sie um zwei Uhr mittags gewechselt hatten. Andrea war fast den ganzen Vormittag gefahren, mit zwei Toilettenpausen und einem schnellen Mittagessen in einem Fast-Food-Restaurant.

„Ich werde fahren", hatte Sarah gesagt.

„Bist du sicher?", hatte Andrea gefragt. „Du siehst müde aus."

„Mir geht's gut", hatte sie geantwortet. Sie war müde gewesen, aber sie war auch nicht bereit gewesen, ihre jüngere Schwester die ganze Anstrengung dieser Fahrt alleine schultern zu lassen, egal, ob sie nun eine Verletzung hatte oder nicht. Seit dem Autounfall waren Monate vergangen. Sie sollte inzwischen in der Lage sein, das zu bewerkstelligen. Also war sie auf das Motorrad gestiegen, bereit ihren Anteil zu leisten.

Die ersten zwanzig Minuten waren völlig ereignislos gewesen. Der Verkehr war nicht sehr dicht und es war ein schöner Tag. Sarah hatte sich sicher und glücklich gefühlt.

Und dann war da der Jeep.

Er war groß, waldgrün mit einem Chromkühlergrill und er war in ihrem Rückspiegel aufgetaucht. Das Nummernschild war blau und rot, fast genauso wie das Nummernschild aus Virginia mit den Buchstaben GR8 DAD – großartiger Vater – darauf, das sie in Erinnerung hatte. Sarah hatte gespürt, wie es ihr die Kehle zugeschnürt hatte, die Muskeln in ihren Armen und in ihrer Brust hatten sich verspannt. Sie hatte begonnen, schnell zu atmen und einen Schmerz in der Mitte ihrer Brust gespürt.

Sie hatte Gas gegeben und die Spur gewechselt, um sich von dem Jeep zu entfernen, als sich unaussprechliche Angst in ihr ausbreitete. Sie hatte gewusst, dass es nicht der Jeep war, der Rays Leben und fast auch ihr eigenes beendet hatte. Sie hatte gewusst, dass er es nicht sein konnte. Schließlich war Sergeant James Hicks, der Mann, der mit Mordgedanken hinter dem Steuer dieses Jeeps gesessen hatte – er war tot.

Aber das hatte es nicht einfacher gemacht. Denn sie hatte Tränen in ihren Augen gespürt und ihr Blick war verschwommen.

Der Jeep war erneut aufgetaucht. Auf der Spur neben ihr, nicht weiter als drei Meter von ihr entfernt. Sarah hatte Panik bekommen, hatte das Motorrad leicht zur Seite gelenkt und damit fast einen LKW zu ihrer Linken gerammt. Das hatte die Panik nur verstärkt, ihr Herz hatte plötzlich wie wild geschlagen und sie hatte am Gashebel in ihrer rechten Hand gedreht.

Das Motorrad hatte sofort reagiert und sie waren nach vorne geschossen. Sarah hatte sich nach vorne gebeugt, auch als Andreas Arme sich fester um ihre Taille gelegt hatten. Sie war schneller gefahren, hatte die Spur gewechselt, dann erneut, und war um die Autos vor ihnen herumgeschlängelt.

Andrea hatte ihr fest auf die Schulter getippt und dann in ihr Ohr geschrien: „Was machst du da?"

Sarahs Panik war nicht verschwunden. Der Jeep war nicht länger im Spiegel zu sehen gewesen, aber die Panik war immer noch in ihrer Brust und sie war auf den Standstreifen gefahren, hatte das Motorrad die letzten paar Meter ausrollen lassen und es dann abgestellt.

„Was ist los?", hatte Andrea gefragt.

Sarah hatte nicht geantwortet, war nur so schnell sie konnte vom Motorrad gestiegen und auf das Rasenstück neben der Straße gegangen.

Dann war ihr ein Gedanke gekommen. Was, wenn ihre Mutter sich jahrelang so gefühlt hatte? Wenn dem so war, war es kein Wunder, dass Adelina einem verrückt vorkam, denn Sarah konnte nicht atmen.

Andrea hatte sich neben sie gekniet und eine Hand auf ihre Schulter gelegt. „Was ist passiert?", hatte sie geflüstert.

„Nichts", hatte Sarah gesagt, dabei waren ihr unerwünschte Tränen in die Augen gestiegen. „Gar nichts. Alles."

„Es ist okay", hatte Andrea geantwortet.

Danach war Andrea weitergefahren.

An ihrem nächsten Halt, gerade außerhalb von Minneapolis, setzten sie sich hin und redeten über die weitere Reise.

„Es sind immer noch sechsundzwanzig Stunden Fahrt", sagte Sarah mit deprimiertem Gesicht. Sie sah zu Andrea auf und sagte dann: „Ich kann es nicht. Nicht ohne ganz viel Rast. Es tut mir leid, Andrea. Ich bin einfach nicht – "

„Das ist okay", antwortete Andrea. „Du bist immer noch nicht vollständig genesen. Was haben wir für Möglichkeiten?"

„Ich denke Amtrak hat eine nördliche Route. Ich weiß nicht, ob sie hier halten. Oder wir könnten fliegen?"

Andrea schüttelte ihren Kopf. „Mein Ausweis ist eine Fälschung. Und ich habe nicht mal einen Reisepass, die Polizei hat ihn an sich genommen, als ich entführt wurde."

Sarah seufzte. Sie zog die Augenbrauen zusammen, dann sagte sie: „Was ist mit einem Charterflug? Wieviel Geld hast du noch?"

„Ich habe keine Ahnung, was das kostet", sagte Andrea.

„Eine Menge", antwortete Sarah. „Denke ich. Julia und Crank haben einen Rahmenvertrag dafür abgeschlossen, sie sagen einzelne Flüge zu buchen, ist viel zu teuer."

Andrea zuckte zusammen. „Dann also per Zug."

Sie hatten Glück. Um zehn Uhr nachts stiegen sie in den Amtrak Empire Builder in Richtung Westen mit Endstation Seattle, Washington. Sie würden am Dienstag um zehn Uhr morgens dort sein, um einiges schneller – und viel ausgeruhter – als wenn sie die ganze Strecke mit der Harley gefahren wären.

Sarah schickte Eddie eine SMS: Bitte verzeih mir. Ich habe die Harley in Minneapolis gelassen. Ich verspreche Dir, dass ich sie zurückbringen werde.

Sie wartete nervös. Dreißig Sekunden später schrieb er zurück. Du willst wirklich, dass ich mich zwischen dir und meinem Motorrad entscheiden muss?

Sarah stieß ein nervöses Lachen aus. Wenn er Witze machte, konnte es nicht so schlimm sein. Sie schrieb zurück: Gibt es an der Wahl einen Zweifel?

Dieses Mal dauerte es länger, bis er antwortete. Lang genug, um sie nervös zu machen. Aber dann kam sie: Nein. Ich würde dich wählen.

Na ja, scheiße, dachte sie. Unbekannte Gefühle durchfuhren sie. Zuneigung. Vielleicht sogar Liebe. Wenn sie an Eddie dachte, dann bekam sie manchmal eine Gänsehaut.

Er hatte einmal zu ihr gesagt, ich denke, ich habe mich in dem Moment, in dem ich dich sah, in dich verliebt. Das war ein gemeiner Trick, denn als er sie zum ersten Mal gesehen hatte, war sie bewusstlos gewesen und ihr Bein war zwischen dem Fahrersitz und der Tür von Carries Mercedes eingeklemmt gewesen.

Eddie hatte sie in ihren schlimmsten Augenblicken gesehen, als sie vor Wut und Schmerz geflucht hatte, wenn die Wirkung des Morphins nachgelassen hatte, dreckig und bedeckt mit Erbrochenem und mit solchen Schmerzen, dass sie die Welt gehasst hatte. Sie verstand nicht, dass er trotzdem bei ihr geblieben war. Und wenn sie ihn gefragt hatte, hatte er mit den Schultern gezuckt und gesagt: Es ist alles gut, ich habe nichts anderes zu tun.

Das war natürlich Mist. Er studierte Medizin an der George Washington Universität und arbeitete nebenher als Sanitäter, und er beteiligte sich zusätzlich auch stark an Studentenaktivitäten.

Na ja, sie würde sich nicht beschweren.

So erschöpft, wie sie beide waren, schliefen Andrea und Sarah fast sofort ein, nachdem der Zug losgefahren war. Der Wagon schaukelte ein wenig, während die Räder auf den Gleisen ratterten. Sarah spürte, wie ihre Augenlider schwerer und schwerer wurden, und dann träumte sie auf einmal.

Sie befand sich immer noch in dem Zug und Andrea hatte sich schlafend neben ihr zusammengerollt, ihre langen Beine waren fast bis an ihre Brust hochgezogen. Aber sonst war niemand in dem langen Wagon. Sarah stand auf und sah sich um. Draußen war es dunkel, der Himmel war schwarz, es gab keine Lichter oder vorbeiziehende Häuser oder Straßen. Nichts. Der Wagon schaukelte ungleichmäßig unter ihren Füßen, und sie ging vorsichtig den Gang entlang zum nächsten Wagon. Anstatt der schwarzen Gummimatte, die sie am Boden des Zuges erwartete, war der Boden kalt, harter Stein oder Marmor, auf Hochglanz poliert. Die Reflexion des Bodens erinnerte sie irgendwie an ein Versprechen, dass sie gegeben hatte, aber sie konnte sich nicht erinnern, was es war.

Sie kniete nieder, berührte den harten Boden mit ihren Fingerspitzen. Was hatte sie versprochen?

Sie wusste es nicht. Es fühlte sich an, als wäre es schon eine Million Jahre her. Sie stand auf und ging den Flur entlang auf die Schiebetüren zu. Es war ruhig in dem Krankenhausflur, die Wände hatte dieselbe leichte Tönung, an die sie sich vom letzten Sommer erinnerte, an den Wänden hingen in regelmäßigen Abständen Malereien, die so gestaltet waren, dass niemand sie abstoßend fand.

Hinter der Tür würde es einfacher aussehen, die Wände würden einfach weiß sein, der Warteraum vor der Intensivstation. Sie wollte nicht dorthin gehen – zu viele schlechte Erinnerungen. Zu viel Angst. Aber trotzdem fühlte sie sich zu den Schiebetüren hingezogen. Sie spürte, wie sie schauderte. Es war kalt – die Art von Kälte, die einem in die Knochen geht und einen nicht losließ, egal, wie sehr man sich dagegen wehrte. Sie wollte an jeden anderen Ort, nur nicht an diesen antiseptischen Ort mit Gerüchen, die ihre Nase beleidigten und sich in ihr Hirn brannten.

Aber sie ging weiter. Als sie näher kam, öffneten sich die Türen und ein kleiner Junge mit einem Spider-Man T-Shirt und einer blau und orangenen

Baseballkappe kam auf sie zugelaufen. Sie drehte sich um, um etwas zu sagen, aber er war schneller verschwunden, als sie Luft holen konnte.

Sarah schauderte. Etwas an dem Jungen war wichtig. Aber was? Sie wusste es nicht. Sie schüttelte ihren Kopf und drehte sich zurück zu den Türen, dann ging sie hindurch.

Ihre Augenbraue hob sich. Es war überhaupt nicht so, wie sie erwartet hatte. Anstatt der antiseptischen Intensivstation war der Raum dahinter... na ja... kein Raum. Es war fast ein Dschungel. Überall waren üppige tropische Pflanzen, die im hellen Sonnenschein wuchsen. Auf dem Boden saßen Spatzen, die an ihnen pickten und hoch oben in einem der Bäume hing ein Faultier an einem Ast und sonnte sich.

Dann sah sie ihn. Auf einer Lichtung, die von einem halben Dutzend Bäumen umgeben war, stand ein Liegestuhl aus Holz, dessen weiße Farbe abblätterte. Ray Sherman saß auf dem Stuhl und trug unerklärlicherweise eine kurze Hose und ein graues Army-T-Shirt. Seine Füße, die auf einem Baumstumpf lagen, waren nackt. Ein weiterer höherer Baumstumpf fungierte als Tisch und ein grünes Getränk in einem Martini-Glas stand darauf. Ray hatte einen Schlapphut aus Stoff auf dem Kopf und las ein Buch.

Verwirrende Gefühle durchfluteten Sarah, als sie bemerkte, dass das ein Traum sein musste. Ray war immerhin tot und es war wirklich nicht fair, dass Sarah ihm im Traum begegnete. Das hätte Carrie zugestanden.

Nicht, dass das irgendeinen Sinn ergab. Es war ja nicht so, als ob sie den Inhalt ihrer Träume bestimmen konnte. Aber sie stand da und beobachtete ihn trotzdem ganz genau. Er sah anders aus als beim letzten Mal, als sie sich gesehen hatten. Vor allem sah er entspannt aus und trug zivile Kleidung anstatt seiner Tarnuniform.

Das ergab keinen Sinn. Sarah hatte ihn niemals in seiner normalen Uniform gesehen, nur in seiner Ausgehuniform, die er zur Hochzeit angehabt hatte. Oder doch? Warum würde sie erwarten, dass er sie anhätte? Sie schüttelte ihren Kopf, denn sie verstand es nicht. Aber er war eindeutig dort, und an seinen Bartstoppeln sah man, dass er sich heute Morgen nicht rasiert hatte. Er streckte seine Hand aus und nahm einen Schluck aus seinem Martini-Glas.

Sie schüttelte ihren Kopf erneut und räusperte sich dann.

Ray sah von seinem Buch auf und lächelte.

„Hey", sagte er. „Ich habe mich schon gefragt, wann du vorbeikommen würdest."

„Vorbeikommen? Was ist das für ein Ort?"

Er zuckte mit den Schultern. „Ich weiß es nicht genau. Aber es ist ein guter Ort. Magst du dich setzen?"

Sie begann zu sagen: „Hier sind keine weiteren Stühle", aber bevor die Worte aus ihrem Mund kamen, sah sie, dass ein weiterer Liegestuhl mit Fußbank und auch ein Getränk dort standen.

Verwirrt setzte sie sich. Der Stuhl war stabil.

Sie seufzte und sagte: „Carrie vermisst dich schrecklich. Es ist sehr schwer für sie gewesen."

Er nickte. „Ich weiß. Ich vermisse sie auch. Im Himmel ist es schön und so... aber mal ehrlich, es wird nicht genug sein, bis ich weiß, dass sie in Sicherheit ist. Bis dahin werde ich einfach hier warten. Ich habe angefangen, meine ungelesenen Bücher zu lesen. Du... du kannst dir nicht vorstellen, wie schön es hier ist."

„Ach ja?", fragte sie und kam sich vor wie eine Idiotin.

„Ja. Du weißt wie das ist, man hat niemals genug Zeit, alles zu lesen, solange man lebt. Aber jetzt habe ich alle Zeit der Welt."

Ray mochte ja tot sein, aber er war immer noch komisch.

„Du weißt, dass in letzter Zeit alles ziemlich verrückt war. Rachel ist krank. Und sie wissen nicht, ob sie jemals gesund werden wird."

Bei diesen Worten sah er bekümmert aus. „Ich weiß", sagte er. „Manchmal wünschte ich, ich könnte... du weißt schon... etwas tun. Aber ich kann es nicht... na ja... es ist kompliziert. Am Ende wird alles gut werden. Mit uns allen."

Sarah schloss ihre Augen. Er verstand es nicht. Sie befanden sich alle in höchster Gefahr. „Ray... die Dinge stehen sehr schlecht."

Er nickte. „Ich weiß. Aber du weißt, was du tun musst. Das hast du schon immer gewusst."

Sie schüttelte ihren Kopf. „Das weiß ich nicht. Kannst du dich Carrie zeigen? Wenn auch nur in einem Traum?"

Er seufzte. „Das... das kann ich nicht. Es macht es für sie nur noch schwerer. Du musst wissen, dass ich letzten Herbst versucht habe, bei euch zu bleiben. Ich habe sehr lange durchgehalten. Du hast deine Mutter terrorisiert." Sein Gesicht wurde ernst. „Carrie war so traurig, es hat mir das Herz gebrochen. Aber irgendwann kam der Tag, an dem ich wusste, dass es Zeit war. Ich habe mich verabschiedet, als ihr im Zoo wart."

Was er sagte, ergab überhaupt keinen Sinn. Sarah wollte ihn schütteln. „Ray… was soll ich tun?"

Er hob seine Füße von dem Baumstumpf, lehnte sich vor und stellte seine nackten Füße auf den Boden. Er sah ihr genau in die Augen und schaute sie einen Moment lang an. Es war nervenaufreibend, seine Augen bohrten sich in ihre. Das hier fühlte sich überhaupt nicht wie ein Traum an, und ihr Herz begann schneller zu schlagen, fast so, als ob eine Panikattacke im Anmarsch war. Sogar der Gedanke daran führte dazu, dass sie ihre Muskeln anspannte.

„Es ist okay", flüsterte er. Er hob eine Hand auf ihre Schulter. „Was du tun musst, ist lieben." Er schaute sich um und wedelte vage mit seinen Händen in Richtung der Bäume und dem Dschungel, der sie umgab. „Dies alles… wir alle… alles. Du liebst. Du… vergibst."

Sie holte tief und zitternd Luft. Sie dachte erneut an ihre Mutter und die Panikattacken und wie sehr sie sie verletzt und verängstigt hatten.

„Ich habe Angst, Ray. Ich habe Angst."

Er lächelte und sagte: „Tja, die vollkommene Liebe vertreibt die Furcht, Sarah." Er streckte seine Hand aus und berührte mit seinen Fingerspitzen leicht ihre Wange. „Du kannst das. Alles was du brauchst, ist gleich hier. In deinem Herzen."

Sie schloss ihre Augen. Für eine kurze Sekunde führte der Hauch einer Erinnerung sie zurück in das Krankenhaus, zu einem kritischen Moment, in dem Ray ihr das Leben gerettet hatte.

Sie verstand es nicht. Das war niemals geschehen. Sie driftete ab und öffnete ihre Augen, Ray war verschwunden und sie saß auf ihrem Sitz im Zug, wurde hin und her geschüttelt, während die Gleise unter ihr ratterten. Und sie hörte seine Worte, die vollkommene Liebe vertreibt die Furcht.

Sie ließ ihre Augen wieder zufallen und fiel in einen tiefen Schlaf.

KAPITEL DREIZEHN Ruf mich an. Dringend.

Julia. 6. Mai

„**M**rs. Wilson,** ich möchte Ihnen mitteilen, dass ich Ihre Kooperation zu schätzen weiß. Ich werde der Bank mitteilen, dass sie Ihr Geschäftsgirokonto freigeben sollen, damit Sie Ihre Mitarbeiter bezahlen können."

Julia sank vor Erleichterung in ihrem Stuhl zusammen. Das Geschäftsgirokonto würde nicht lange reichen – vielleicht drei Monate – aber sie würde zumindest in der Lage sein, ihre Mitarbeiter zu bezahlen. Sie schloss für einen Augenblick ihre Augen, rieb sich mit zwei Fingern und ihrem Daumen über die Nasenwurzel, dann schaute sie auf. „Danke, Miss Smith."

Barrymore – Julias Anwalt – lehnte sich zurück und sagte: „Wir haben Ihnen alle finanziellen Unterlagen der Firma zur Verfügung gestellt – mit allen Informationen, die Sie eventuell brauchen werden. Was können wir sonst noch tun, um Ihnen zu helfen? Wie ich heute Morgen schon gesagt habe, ist meine Klientin unschuldig, sie hat nichts Falsches getan und wir möchten genauso wie Sie, dass diese Untersuchung erfolgreich abgeschlossen wird."

Die Ermittlerin des Finanzamts, Emma Smith, sagte: „Ich werde mein Team anweisen, die Dokumente zu sichten und danach werden wir uns wieder bei Ihnen melden. Ich weiß Ihre Mitarbeit zu schätzen."

Smith stand auf, gefolgt von Kelly und Shriver vom Diplomatischen Sicherheitsdienst und dem FBI. Julia und Barrymore und ihre weiteren Anwälte taten es ihnen nach. In einer merkwürdigen Geste übergaben Smith, Kelly und Shriver Julia und Barrymore jeweils ihre Visitenkarten, dann schüttelten sie sich alle die Hände. Es war wie bei einem normalen Business-Meeting oder einer Vertragsverhandlung. Nicht nahe an einer Apokalypse. Während Emma Smith Small-Talk machte, wanderten ihre Gedanken für einen Moment ab.

Julia hatte niemals viel für belanglose Unterhaltungen übrig gehabt. Aber sie konnte ihre Frustration nicht äußern, solange sie noch im Hauptquartier der Finanzbehörden waren. Im Aufzug sagte sie: „Marty, soll ich Sie zurück zu Ihrem Büro fahren?"

„Nein", sagte er. „Ich bin hergelaufen, es sind nur ein paar Blocks."

Während er das sagte, schaltete er sein Telefon wieder an. Er schenkte ihr einen seitlichen Blick und öffnete seinen Mund, als ob er sie fragen wollte, was während der kurzen Zeit, die sie allein mit den Ermittlern verbracht hatte, geschehen war. Julia begann, ihr Telefon anzuschalten, und ignorierte damit geflissentlich seine unausgesprochene Frage. Dann bemerkte sie, dass sie immer noch die Visitenkarten in der Hand hatte. Sie starrte sie an. Normale Visitenkarten von Mitarbeitern des öffentlichen Dienstes – das Wappen der Behörde, für die sie arbeiteten, Name, Telefonnummer. Aber auf der Rückseite der Karte von Scott Kelly stand eine handgeschriebene Nachricht. „Rufen Sie mich an, wenn Sie irgendetwas brauchen." Eine Telefonnummer mit einer 703-Vorwahl war von Hand darunter geschrieben. 703 war Nord Virginia – Kelly pendelte vermutlich aus Virginia nach DC. Das musste also seine Handynummer sein. Sie steckte die Karte in ihre Tasche. Verbündete waren wichtig, egal, wo man sie fand.

Die Aufzugtür öffnete sich, als ihr Handy gerade fertig gebootet hatte, und während sie das Gebäude verließen, konnte man das Summen mehrerer eintreffender SMS hören. Sie ignorierte sie und rief stattdessen ihren Chauffeurdienst an. Einen Augenblick später fuhr der Wagen vor. Ein Bodyguard sprang aus der Beifahrertür und öffnete ihr die Tür. Julia stieg ins Auto und drehte sich zu Marty, der draußen stand.

„Zumindest sind Sie gut geschützt", sagte er.

„Es kostet auch genug. Ich werde mich später bei Ihnen melden. Geben Sie mir Bescheid, wenn Sie irgendetwas hören." Er winkte und ging davon, der Bodyguard schloss die Tür. Sie schaute nach den SMS auf ihrem Telefon. Vier davon waren normale Geschäftsnachrichten. Eine war von Crank: Alles okay in Boston! Das Team hat Vertrauen. Bin auf dem Rückweg, wir sehen uns gegen Neun. Liebe dich, Babe.

Sie lächelte schief, als sie ihm zurückschrieb. Finanzamt ist gut gelaufen. Später mehr, aber im Moment können wir weiterarbeiten.

Dann schaute sie auf die letzte Nachricht. Sie war von Mike deMint, dem PR-Fachmann der Band. RUF MICH AN. DRINGEND.

Mike übertrieb nicht, und wenn er dringend schrieb, dann war es das auch. Sie wählte seine Nummer.

„Julia?", er ging sofort ran. „Probleme."

„Mike, was ist los?"

„Okay, du wirst dich ärgern. Sitzt du?"

„Ja. Mike, ich sitze. Was ist los?"

„Es sieht so aus, als ob Maria Clawson ein Comeback hat. Sie ist schon den ganzen Nachmittag als offizielle Kommentatorin der Anhörung deines Vaters, die nicht gut verläuft, auf Fox News zu sehen."

Julia stieß Flüche aus, die sogar Crank zum Erröten gebracht hätten, wenn er sie gehört hätte. Als sie sich beruhigt hatte, sagte sie: „Was noch?"

„Das ist noch nicht das Schlimmste. Sie versucht, die Anhörung mit der Untersuchung deiner Firma durch die Finanzbehörden in Verbindung zu bringen. Wir müssen irgendwie reagieren."

Sie ertappte sich dabei, wie sie ihren Kopf schüttelte, als das Auto sich in den Verkehr einfädelte.

„Ich werde auf überhaupt nichts reagieren, Mike. Nicht ohne mehr Informationen. Was genau hat sie gesagt?"

„Sie hat heute einen langen Blog-Post veröffentlicht. Darin geht sie zurück bis zu den Anhörungen deines Vaters bei der Ernennung zum Botschafter in Russland um das Jahr 2000. Und sie erwähnt dich… und deine Vergangenheit. Als du an der High School warst."

Eine weitere Reihe Flüche von Julia.

„Wie auch immer… es sieht so aus, als versucht sie ein Comeback – auf deine Kosten. Der Blog-Post war… sensationslüstern. Dumm. Kurz vor einer Verleumdung, es wird schwer werden, irgendetwas dagegen zu tun. Und er war aufsehenerregend genug, dass die Leute ihr nun folgen."

Julia schloss ihre Augen und holte Luft, dann sagte sie: „Lass mich den Blog anschauen, ich muss mich auf den neusten Stand bringen."

Sie legte auf. Augenblicke später war sie auf Maria Clawsons Homepage, die zuvor drei Jahre lang inaktiv gewesen war.

Nun stand dort ganz oben eine sensationelle Schlagzeile.

Oh, oh: Richard Thompson und Julia Wilson
Zurück in den Nachrichten mit einem
neuen und schlimmeren Skandal:
Wilson äußert sich nicht zu den Vorwürfen der Drogengeldwäsche

Julia spürte, wie ihr die Magensäure hochkam. Auf der Index-Seite, die designt war wie die Geocities-Seiten der späten 1990er, mit blinkenden Icons und Text in verschiedenen Farben, waren zwei Fotos nebeneinander, eines zeigte ihren Vater mit erhobener Hand am Zeugentisch und daneben war ein unvorteilhaftes Bild von Julia und Crank, das vor zwei Monaten auf dem Cover des National Enquirer erschienen war. Auf dem Foto von ihr und Crank war sie gerade dabei, sich nach unten zu beugen, um ihr Handy aufzuheben, das sie auf den Gehweg hatte fallen lassen. Das Arschloch von Fotograf hatte es geschafft, ihr genau in diesem ungünstigen Augenblick in den Ausschnitt zu fotografieren.

Crank hatte vor zehn Jahren damit aufgehört, Reporter zu verprügeln, aber es gab Zeiten, da wünschte sie, er würde wieder damit anfangen.

Die ersten drei Absätze des Blogs enthielten keine Überraschungen – es war eine Zusammenfassung der Anhörung. Sie las sie, war daran interessiert zu erfahren, wie es gelaufen war, aber sie war immer noch unglaublich verärgert wegen der Lügen ihres Vaters. Nach dem Ton des Artikels zu urteilen, hatte der Ausschuss ihrem Vater ganz schön die Leviten gelesen.

Aber im dritten Absatz wurde es interessant.

Es ist nicht überraschend, dass jemand aus dem Büro des Sonder-
staatsanwaltes, der nicht genannt werden möchte, Julia Wilson (Frau und
Managerin des anstößigen Rockers Crank Wilson) als wichtigste Kom-
plizin ihres Vaters benannt hat. Sie hat geholfen, Millionen Dollar durch

ein Netzwerk aus Scheinfirmen und verdeckten Konten auf den Cayman Inseln zu schleusen.

Langjährige Leser werden sich daran erinnern, dass es nicht das erste Mal ist, dass die beiden in einen Skandal verwickelt waren. Der Verdacht, dass Thompson für sein damals vierzehnjähriges Party-Girl eine geheime Abtreibung arrangiert hat, hat dazu geführt, dass seine Ernennung zum Botschafter in Russland verzögert wurde.

Party-Girl. Der Vorwurf hatte nicht mehr die gleiche Wirkung, die er früher auf sie gehabt hatte. Während ihrer ersten Kampagne gegen ihren Vater war Julia noch unter achtzehn gewesen und Clawson hatte niemals ihren Namen genannt. Aber ein Foto, das niemals hätte gemacht werden dürfen, war damals im Internet erschienen – ein Foto der vierzehnjährigen Julia, die auf dem Schoss von zwei Jungen lag.

Sie war vierzehn gewesen, eingeschüchtert, missbraucht und unglaublich einsam und verängstigt. Harry Easton, der nun ein Attaché der Britischen Botschaft in Washington DC war, war damals ihr wesentlich älterer Freund gewesen.

Sie schloss ihre Augen und schob die alten Ängste und die Verbitterung gedanklich beiseite. Sie hatte jetzt keine Zeit dafür. Sie konnte es sich nicht erlauben zusammenzubrechen. Carrie und ihre anderen Schwestern brauchten sie. Ihre Mitarbeiter brauchten sie.

Sie verließ den Blog-Post und öffnete die Seite der *Washington Post*.

Auf der Startseite war das gleiche Bild von ihrem Vater im Zeugenstand. Sie durchsuchte den Artikel und zuckte zusammen. Im zwölften Absatz – ziemlich weit unten, aber immer noch sichtbar – wurde Maria Clawson erwähnt.

Medien-Kritikerin Maria Clawson hat die derzeitigen Vorkommnisse mit vergangenen Skandalen um die Thompson-Familie in Verbindung gebracht. Unter anderem auch mit dem Vorwurf, dass Botschafter Thompson für seine damals vierzehnjährige Tochter eine geheime Abtreibung arrangiert hat. In einem Interview mit Fox News sagte Clawson: „Bevor sie begann, ihre drogenfördernde, subkulturelle Punkband zu managen, hat Julia durch ihre Alkohol- und Drogenexzesse Skandale über die diplomatische Gemeinde gebracht. Es ist ein offenes Geheimnis, dass die überprivilegierten Kinder der Reichen und Berühmten fast

immer verrückt sind. **Es ist wirklich eine Schande, denn in ihrer Stellung könnte Julia Wilson wirklich etwas Gutes für die Welt tun.**

Julia wollte jemanden umbringen. Beginnend mit der Hexe Clawson.

Sie rief Mike DeMint zurück. Er ging beim ersten Klingeln ran.

„Mike, ich will eine Strategie. Wir müssen zurückschlagen, und zwar hart. Was soll ich tun?"

Er zögerte nicht. „Gib ein Fernsehinterview. Geh direkt auf sie ein. Erzähl deine Seite der Geschichte, vor allem, welchen Einfluss ihr Blog auf dein Leben hatte. Ich würde jemanden wie Barbara Walters vorschlagen. Sie wird in ein paar Wochen altersbedingt aufhören, ich wette, sie macht es. Du bist ein guter Fang."

Julia schüttelte ihren Kopf, ihr war schlecht. Dann sagte sie: „In Ordnung. Arrangiere das und gib mir Bescheid. Wir werden alles öffentlich machen. Lass mich das Einverständnis meiner Schwestern einholen. Ein Teil der Geschichte betrifft auch sie."

„Ja, wie auch immer. Gib mir nur schnell Bescheid. Deine Zeit für einen Rückschlag ist kurz."

„Wie kurz?"

„Bei der aktuellen Geschwindigkeit der Medien? Ich denke, wir müssen noch heute etwas unternehmen und vielleicht morgen das Interview geben. Ich werde heute Abend einen kurzen Kommentar abgeben und auf unserer Webseite und in den sozialen Netzwerken veröffentlichen."

Julia schloss ihre Augen und zählte bis fünftausend. Oder vielleicht auch nur bis fünf. Sie hasste es, mit den Medien zu tun zu haben. „In Ordnung", sagte sie. „Tu dein Bestes."

Sie legte auf. Es war ungewöhnlich wenig Verkehr für DC. Natürlich hatte ihre Besprechung mit den Finanzbehörden sehr lange gedauert, es war eine Marathon-Besprechung gewesen. Die Uhr im Armaturenbrett zeigte 20.30 Uhr, das war nach der Rushhour. Während der Fahrer schnell die Wisconsin Avenue in Richtung Bethesda entlangfuhr, schrieb sie allen ihren Schwestern eine SMS und informierte sie über ihre Pläne. Wenn sie dies alles überleben wollten, würden sie auf eine Weise füreinander da sein müssen wie noch niemals zuvor.

Fünfzehn Minuten später hielt der SUV vor der Wohnung.

„Warten Sie einen Augenblick", sagte der Fahrer. Der Bodyguard stieg aus und ging zu den zwei weiteren, die in der Lobby waren.

Es fühlte sich an wie dreißig Minuten, dauerte aber in Wirklichkeit nur dreißig Sekunden, dann öffnete einer der Männer die Tür. „Mrs. Wilson, ich werde Sie hineinbegleiten."

Während sie aus dem Auto stieg, begann ihr Telefon zu klingeln. Sie holte es raus und ging, ohne auf die anrufende Nummer zu achten ran, dabei folgte sie dem Bodyguard zur Eingangstür.

„Julia." Sie spürte, wie ihr eiskalt wurde. Es war ihr Vater. Ihre instinktive Reaktion war, sofort aufzulegen.

Du hast niemals etwas anderes gemacht, als mich zu belügen.

Das waren die letzten Worte gewesen, die sie ihrem Vater gesagt hatte. Wann war das gewesen... vor vier Tagen? Er hatte versucht, sich herauszureden, die Verantwortung für das, was er ihrer Mutter angetan hatte, von sich zu schieben. Ihre Mutter. Adelina Thompson war der abscheulichste Mensch in ihrem Leben gewesen. Außer sich. Oft verrückt. Brüllanfälle, wütend und bitter, verletzende Kommentare.

Erklär mir, warum ich dich, nachdem ich aufgestanden bin, auf Maria Clawsons Homepage gesehen habe! Auf der Startseite. Auf einem Foto, auf dem du fast Sex mit einem Drogenabhängigen hast!

Julia hatte geantwortet: Mutter, wir hatten keinen Sex, wir haben uns geküsst. Glaub mir, Mutter, ich kenne den Unterschied.

Da bin ich mir sicher. Die spitze Antwort ihrer Mutter war verletzend gewesen.

Ich habe dich nicht zur Schlampe erzogen.

Die Worte taten immer noch weh, egal, wie viele Jahre vergangen waren.

Alexandra, die sie im Flughafen verloren hatten. Kannst du gar nichts richtig machen?

Alexandra, die sich verletzt hatte, als sie die Stufen hinunter gefallen war. Ich kann dir nicht mal für dreißig Sekunden den Rücken zudrehen.

Ja, die Wunden taten immer noch weh, aber sie sah jetzt auch neue Szenen, hörte neue Worte. Die sechsjährige Carrie, die einen Trotzanfall bekommen hatte, weil ihre Mutter nicht mit ihnen spielen konnte. Adelina

war grün und blau gewesen. Sie war tagelang nicht von der Couch aufgestanden.

Der Polizeibericht.

Die Worte waren eindeutig. Unglaublich schädigend.

Prellungen am Hals.

Die dritte, vierte und fünfte Rippe auf der rechten Seite gebrochen.

Stumpfe Gewalteinwirkung.

Ihr Vater war der Verdächtige gewesen. Der Übergriff war einen Tag
nachdem der Bericht kam, aus dem hervorging, dass Carrie nicht mit ihm
verwandt war, geschehen.

Sie ging auf die Lobby des Apartmenthauses zu, ihre Absätze klickten
auf dem Boden und es kam ihr so vor, als wäre sie bei einem Spießrutenlau-
fen.

Seine Stimme war durcheinander. Erschöpft.

„Hallo Vater", sagte sie. Vorsichtig.

„Julia, Liebling."

Sie blinzelte, dann sagte sie: „Was willst du?"

„Ich möchte mit meinen Töchtern reden. Und Carrie geht nicht ran,
wenn ich anrufe."

Sie seufzte. „Und du denkst, ich werde es tun?"

„Du bist meine älteste Tochter, Julia. Wir haben uns immer verstanden."

Sie holte Luft. „Ich denke, du setzt mehr voraus, als du solltest. Ich denke, du hast viel zu erklären."

„Natürlich", sagte er. „Und ich werde jede deiner Fragen beantworten.
Julia… du und die anderen Mädchen… ihr seid alles, was ich habe."

Sie atmete aus. „Mutter nicht?"

„Deine Mutter ist labil. Du weißt das."

„Ich weiß nicht, was ich dir glauben soll."

Seine Antwort war bestimmt. „Glaub mir dies. Heute war der schlimmste Tag in meinem Leben. Ich habe mich der brutalsten Anhörung des Senats
gestellt, die man sich vorstellen kann. Und ich bin am Boden zerstört, weil
ihr Mädchen ihr mehr glaubt als mir. Nach allem… was sie… getan hat. Julia… bitte. Alles, worum ich dich bitte, ist, zuzuhören. Triff mich auf einen
Drink und wir reden. Du wirst sehen. Du bist die Einzige, die mir zuhören
wird."

Ihre Gedanken wanderten zu den Fotos in dem Polizeibericht. Ihre Mutter grün und blau geschlagen. Die DNA-Analyse. Die Lügen über das Alter ihrer Mutter. Aber sie wusste auch, dass er bei einigen Dingen recht hatte. Ihre Mutter war labil. Ihre Mutter hatte sie alle belogen, immer und immer wieder. Und er war ihr Vater. Er war immer der Verlässliche gewesen. Was, wenn es eine wirkliche Erklärung gab?

„Ich weiß nicht, wozu das gut sein soll."

„Julia, du bist meine Tochter. Du und ich… wir standen uns immer am nächsten. Ich flehe dich an. Hör mich an."

Sie seufzte. Dann sagte sie langsam: „In Ordnung. Lass mich nur Crank Bescheid sagen und dann treffen wir uns. Wo?"

KAPITEL VIERZEHN

Ein zwei Meter tiefes Loch

Julia. 6. Mai

Die Lounge des Bethesda Hyatt Regency war klein und elegant, sie lag seitlich des offenen Atriums, das sich über ihnen erhob. Auf der anderen Seite der Bar spielte ein junger Mann, der vielleicht fünfundzwanzig Jahre alt war, auf einem auf Hochglanz polierten Flügel. Es war Dienstagabend, also war die Lounge nicht sehr voll, aber es war relativ dunkel. Julia und ihr Vater saßen an einem Tisch in der hinteren Ecke, weit entfernt von den anderen Besuchern.

„In Ordnung", sagte sie, als die Kellnerin davon ging, nachdem sie ihre Getränkebestellung – einen doppelten Whiskey für ihren Vater und eine Club Soda für Julia - entgegengenommen hatte. Es verlangte ihr sehr nach einem Drink. Aber jetzt war nicht der richtige Zeitpunkt dafür. „Du wolltest reden. Ich höre."

Er runzelte die Stirn und lockerte seine Krawatte. Julia blinzelte und warf schnell einen Blick zu ihrer Handtasche, die auf dem Stuhl links neben ihr stand. Ihr Vater war einer der steifsten und formalsten Menschen, die sie kannte. In der Öffentlichkeit etwas so Menschliches zu tun, wie seine Krawatte zu lockern, zeigte eine so große Menge an Unbehagen, dass sie verblüfft war. Aber sie behielt diese Reaktion für sich. Julia hatte von ihren beiden Elternteilen viel gelernt, vor allem wusste sie, wie sie ihren reichen

Oberschicht-Vater verunsicherte. Sie ließ sich nichts davon anmerken, dass sie sein Unbehagen bemerkt hatte.

„Zunächst einmal – Julia… Ich möchte, dass du weißt, dass ich enttäuscht bin. Enttäuscht, dass du, nach allem, was ich für dich getan habe… so nahe wie wir uns stehen… dass du das schlimmste annimmst, ohne mir auch nur die Gelegenheit zu geben, die Dinge zu erklären oder mich zu verteidigen."

Julia antwortete nicht. Wie konnte er denken, dass er seine Handlungen verteidigen konnte? Was könnte er schon sagen?

„Und?" fragte er.

Sie zuckte kurz mit den Schultern. „Was soll ich dazu sagen? Ich habe den Polizeibericht gesehen. Ihr habt beide gelogen, was das Alter von Mutter angeht. Und du hast über Carries und Andreas leiblichen Vater gelogen. Dad… der Polizeibericht… sie hatte gebrochene Rippen. Man hat sie geschlagen und vergewaltigt."

Richard schloss seine Augen und atmete aus. Er antwortete nicht sofort, aber die Haut zwischen seinen Augen formte eine Falte direkt über seiner Nase. Er massierte mit seinem Daumen und Zeigefinger seine Nasenwurzel. Julia schaute weg. Sie war sich sehr bewusst, dass sie genau die gleiche Angewohnheit hatte, wenn sie mit extremem Stress zu tun hatte.

„Zunächst einmal – ja, deine Mutter und ich haben über ihr Alter gelogen. Wir waren… jung und verliebt. Und in Spanien war es völlig egal, dass sie siebzehn war, als wir geheiratet haben. Aber ich wusste sehr genau, dass man uns, nachdem wir in die Vereinigten Staaten zurückkehren würden, schief von der Seite anschauen würde. Also haben wir die Ziffern für die Öffentlichkeit etwas verschoben. Es ist mir niemals in den Sinn gekommen, dass das einmal ein großes Problem werden würde. Wer hat schon ahnen können, dass so viel in unserem Leben schief laufen würde, Julia?"

„Und Carrie und Andrea? Dad… das ist nicht gerade eine kleine Lüge. Sie hatte eine Affäre mit einem britischen Prinzen? Für mehr als fünfzehn Jahre? Dad, ich kann nicht für den Rest meiner Schwestern sprechen, aber ich fühle mich betrogen. Warum haben wir das niemals erfahren? Und der Polizeibericht? Was ist geschehen? Warum?" Sie schüttelte ihren Kopf, war sprachlos. Beim Wort Prinz wurden seine Augen etwas größer.

„Was war das über einen Prinzen?"

Sie hob ihre Augenbrauen. „Sicherlich…"

Richard schüttelte verächtlich seinen Kopf. „Siehst du? Das ist nur ein weiteres Beispiel für ihre Lügen. Sie hat mir geschworen, dass Senator Rainsley der Vater ist. Es hat fast unsere Ehe zerstört musst du wissen. Ich meine… ich war nicht perfekt. Und wie ich dir schon mal erzählt habe, als wir in China waren… hatte ich eine kurze Affäre mit einer anderen Frau. Ich habe es wieder gutgemacht. Aber das… ich nehme an, du meinst Prinz George-Phillip?"

Julia nickte langsam.

Seine Antwort war leidenschaftlich. „Das hat sie mir niemals erzählt. Sie hat mich angelogen und gesagt, sie hätte eine Affäre mit jemand anderem. Oder vielleicht hat sie mit beiden geschlafen. Ich würde ihr alles zutrauen. Julia, ich weiß nicht, wie du hier sitzen und mich beschuldigen kannst, wo du doch weißt, wie labil sie ist."

Julia zuckte zusammen. Natürlich wusste sie, dass ihre Mutter labil war. Nicht nur labil, sondern manchmal total verrückt. Sie schloss ihre Augen, ihre Gedanken wanderten zurück zu der schrecklichen Nacht in Spanien, als ihre Mutter zusammengebrochen war, und vor Angst Kauderwelsch geredet hatte. Carrie und Alexandra waren zu jung gewesen, um etwas zu tun, sie waren beide in Panik geraten. Sie waren spät in Calella angekommen, es war dunkel und die Straßen waren voller Männer und Frauen gewesen, die gefeiert und getrunken hatten. Julia hatte nicht gewusst, was sie tun sollte. Sie hatte die Adresse ihrer Großmutter nicht gekannt, sie hatte kein Spanisch gekonnt, sie hatte gar nichts gewusst. Ihre Mutter war nicht in der Lage gewesen, ihre Töchter zu beschützen, damals nicht und auch sonst niemals.

Warum sollte ich das wissen wollen. Warum sollte ich nachfragen, warum meine älteste Tochter eine betrunkene Schlampe geworden war?

Es war egal, wieviel Zeit seitdem vergangen war oder wie oft sie sich freitags nachmittags am Telefon nett unterhalten hatten. Es war egal, wieviel Adelina Thompson nach dem Unfall für Carrie und Sarah getan hatte. Diese Worte konnten nicht zurückgenommen werden, niemals. Sie glaubte ihrem Vater nicht, aber sie glaubte ihrer Mutter auch nicht. Sie glaubte überhaupt nichts.

Julia nickte langsam. „Ja. Ich weiß, dass sie labil ist. Aber wie soll ich diesen Polizeibericht sonst interpretieren? Und es ist einen Tag, nachdem du die Wahrheit über Carrie herausgefunden hast, geschehen."

„Julia, ja, ich habe einen Vaterschaftstest durchführen lassen. Ich hatte schon lange die Vermutung gehabt, dass deine Mutter eine Affäre mit Chuck Rainsley hatte. Als er das erste Mal bei uns zu Besuch war, ist sie die ganze Zeit rot geworden und hat sich ständig mit ihm unterhalten. Ich habe in diesem Frühjahr viel Zeit in Übersee verbracht, vor allem in Pakistan und Afghanistan – "

„Anthony Walker hat gesagt, dass du vermutlich zur CIA und nicht zum Außenministerium gehört hast. Ist das wahr?"

Ihr Vater blinzelte und sein Mund verzog sich. „Der Reporter der Post?"

Sie nickte.

„Er ist sehr scharfsinnig. Ich war viele Jahre Mitarbeiter der CIA, Julia, als Diplomat getarnt. Das ist nicht unüblich. Und fang nicht damit an, dass ich Dinge vor dir geheim gehalten habe. Kein Agent erzählt seinen Kindern, womit er sein Geld verdient. Das hätte euch alle in große Gefahr gebracht."

„Warum erzählst du es mir jetzt?"

Er zuckte mit den Schultern. „Ich bin vor zwanzig Jahren pensioniert worden. Ich kann über bestimmte Operationen weder mit dir noch mit sonst jemandem sprechen, aber meine Zugehörigkeit zur CIA wird morgen der breiten Öffentlichkeit bekannt werden. Sie wurde heute während der Anhörung publik gemacht."

„Also zurück zu… der Affäre. Und dem Polizeibericht."

„Richtig", sagte er und holte tief Luft. „Also, ich habe vermutet, dass sie eine Affäre hat. Es waren die kleinen Dinge. Ungewöhnliche Stimmungsschwankungen. Wusstest du, dass sie einmal ihre Geige zerschmettert hat? Und die Teile dann auf meinem Kopfkissen platziert hat?"

Ein plötzlicher Erinnerungsfetzen, einer von Julias frühesten. Carrie war noch ein Baby gewesen, hatte in ihrem Hochstuhl gesessen und geweint, ihr Gesicht war hell rot gewesen. Sie war damals vielleicht ein Jahr alt gewesen? Julia war… vier? Sie hatte in einer Ecke gesessen und Seiten aus einem Buch gerissen, das sie gefunden hatte. Julia wusste nicht, ob sie damals ein Kindermädchen gehabt hatten, aber an diesem Tag war es nicht da gewesen, denn Adelina hatte sie gesehen und geschrien.

Julia, was tust du da? Der Schrei hatte sie aufgeschreckt und dann hatte Adelina ihr das Buch aus der Hand gerissen. Julia erinnerte sich, wie plötzlich Blut an ihren Händen gewesen war, das aus zwei ihrer Finger geflossen war. Sie hatte begonnen zu schreien, und Carrie kreischte auch und ihre Mutter hatte sie an ihrem Handgelenk ergriffen und in Richtung der Küchentür gezerrt, wo Carries Hochstuhl gestanden hatte. Die Schreie waren lauter geworden und irgendwie hatten sie sich bewegt und Julia konnte sich immer noch daran erinnern, wie der Hochstuhl mit Carrie darin wie in Zeitlupe nach hinten gekippt war, an den schrecklichen Knall, als er auf dem Boden aufkam.

Julia schauderte. Ja. Sie konnte sich gut vorstellen, dass ihre Mutter eine kaputte, zerschmetterte Geige auf dem Kopfkissen ihres Ehemannes platziert hatte. Adelina Thompson war ihr ganzes Leben lang gefährlich labil gewesen. Rückblickend realisierte sie, dass es wirklich Glück gewesen war, dass Carrie sich an diesem Tag keine Schädelfraktur zugezogen hatte.

Sie widmete ihre Aufmerksamkeit wieder ihrem Vater, der immer noch sprach.

„… als das Ergebnis ankam, habe ich deine Mutter damit konfrontiert. Sie hat mich angelogen, Julia. Jahrelang. Natürlich habe ich sie damit konfrontiert. Adelina war hysterisch… sie ist ausgerastet. Sie hat mich angeschrien und mit Dingen um sich geworfen. Julia, ich schwöre dir, ich würde niemals Hand an deine Mutter anlegen. Ich habe sie geliebt. Ich habe sie immer geliebt. Und das weißt du auch. Ich bin bei ihr geblieben, obwohl sie jahrelang untreu gewesen ist. Die Sache ist, Adelina ist psychisch krank. Das war sie schon immer. Was für ein Ehemann wäre ich, wenn ich sie verließe, wo sie doch krank ist?"

Julia verzog das Gesicht, bewegte sich unbehaglich. Was ihr Vater sagte, stimmte. Ihre Mutter war eindeutig psychisch krank. Julia hatte zu viele Jahre lang Panikattacken und durch Angst verursachte Ausbrüche mitangesehen, um zu einem anderen Ergebnis zu gelangen.

„Also, was ist geschehen?", flüsterte sie.

„Sie ist davongelaufen. Zur Tür hinaus und auf die Straße. Ich gebe zu, ich dachte, sie wäre einfach zu sauer und würde eine Runde spazieren gehen,

um sich zu beruhigen. Manchmal hat sie das getan... Adelina ist eine lei-
denschaftliche Frau, aber niemand, der mit persönlichen Konfrontationen
gut umgehen kann."

Wohl wahr.

„Als sie nach einer Stunde nicht zurückkam, habe ich Melissa Brewer
angerufen und euch Mädchen zu ihr geschickt, und dann bin ich losgefahren, um nach ihr zu suchen. Damals hatten wir natürlich keine Handys,
also war das Einzige, das ich tun konnte, zwischendurch immer wieder
nach Hause zu fahren, um zu schauen, ob sie nach Hause gekommen war.
Ich war verzweifelt."

Während er die Geschichte erzählte, ertappte Julia sich dabei, dass sie
nickte. Leider war sie bisher vollständig glaubwürdig.

„Also... um zehn Uhr nachts begann ich, panisch zu werden. Ich habe
die Polizei gerufen, aber sie haben mir gesagt, dass sie nichts tun könnten,
bevor sie nicht vierundzwanzig Stunden vermisst wurde."

„Also, was ist geschehen?", fragte Julia.

„Um ein Uhr nachts klingelte das Telefon. Es war Adelina. Sie rief an
von... einem Münztelefon in Tenderloin."

Julia holte Luft. Ihr Vater sah fahl aus, während er weitererzählte.

„Ich bin sofort zu ihr gefahren. Ich weiß nicht, ob du weißt, wie es
damals war – das heutige San Francisco unterscheidet sich sehr von dem
San Francisco von vor fünfundzwanzig Jahren. Damals war der gesamte
Bezirk... Massage-Salons und Cabarets. Huren und Zuhälter und Dro-
gendealer. Obdachlose Männer schliefen in den Eingängen. Junkies und
Transvestiten und Hilflose. Ich habe deine Mutter an einer Bushaltestelle
in einer dreckigen Straßenecke gefunden. Ihre Kleidung war zerrissen und
ihre Augen waren glasig und rot – betrunken oder unter Drogen oder weiß
was ich was. Sie war zusammengeschlagen und voller Blutergüsse und..."

Er hörte auf zu sprechen, und starrte ins Leere. Julia reagierte nicht.

Er schluckte und sah zurück zu ihr. „Ich sage dir das nicht, um dich
zu verarschen, Julia. So war es. Ihr Zustand war schlecht. Ich habe sie
ins Krankenhaus gebracht und wir haben stundenlang in der Notaufnahme
gewartet. Schließlich hat man sie untersucht und das dauerte weitere Stunden. Es war etwa drei Uhr nachts, als die Polizei mich befragt hat. Es war

alles Routine – sie befragen immer den Ehemann, wenn eine Frau verletzt wird."

Er seufzte und zuckte mit den Schultern. „Es war schrecklich. Einfach nur... schrecklich. Julia... ich liebe deine Mutter. Und ich habe meine Entscheidung jahrelang hinterfragt. Hätte ich es einfach auf sich beruhen lassen sollen und sie nicht damit konfrontieren sollen? Ich habe mich verantwortlich gefühlt. Es war ja nicht so, dass ich nicht gewusst habe, dass sie labil ist. Und es wurde nur schlimmer. Wir sind nach Belgien gezogen... und... na ja... du erinnerst dich an ihren Krankenhausaufenthalt."

Julia starrte den Tisch an. Natürlich erinnerte sie sich. Sie erinnerte sich an jede Ohrfeige, an jedes bittere Wort.

„Julia, ich schwöre dir, ich habe niemals Hand an deine Mutter gelegt. Und ich würde alles dafür tun, damit sie wieder gesund wird. Wir haben uns früher geliebt... das weißt du sicher. Sie war... so wunderschön, als wir uns kennengelernt haben. Jung und glücklich und voller Leben. Ich weiß, dass die Dinge schlimm waren, als du ein Teenager warst, aber erinnerst du dich, wie es war, als du klein warst? Sie hat dich mit in die Kirche genommen und manchmal haben wir danach zusammen zu Mittag gegessen?"

„Ich erinnere mich", sagte Julia. Ihre Augen wurden feucht.

Richard. 6. Mai

Als Julias Augen feucht wurden, wusste er, dass er sie an der Angel hatte. Julia war immer die Tochter gewesen, die ihm am Nächsten gestanden hatte, die loyalste. Schon seit sie ein Kleinkind gewesen war, hatte er alles dafür getan, um sich ihre Loyalität und Liebe zu sichern. Und er hatte genauso viel dafür getan, dass sie nichts als Angst vor ihrer Mutter hatte.

„Natürlich erinnere ich mich." Sie starrte auf den Tisch, so als ob sie in Gedanken die Erinnerung erneut durchlebte. Und er wusste, dass er sie in vielen dieser Erinnerungen umarmte. Wie er sie in die Luft geworfen hatte und sie gelacht hatten. Wie er sie umarmt hatte, nachdem sie nach ihrem ersten Klaviervorspiel von der Bühne gekommen war.

„Denkst du, sie ist deshalb so verrückt und distanziert geworden, als wir in Belgien und China waren? Wegen des Übergriffs?"

Er zuckte mit den Schultern, er war voller Freude. Er brauchte Julia als Verbündete, und es war klar, dass er sie für sich gewonnen hatte oder zumindest dabei war. „Ich weiß es nicht. Ihre Psychiater meinten, dass es eine Art posttraumatische Belastungsstörung sein könnte. Aber sie war auch davor schon etwas labil."

Julia seufzte. „Was ist mit Andrea?"

„Was ist mit ihr?"

Julia zuckte zusammen. „Warum hat man sie... warum hat sie, während sie aufgewachsen ist, so viel Zeit in Spanien verbracht?"

Vorsichtig. Julia und ihre Schwestern waren fast fanatisch loyal zueinander. Wenn sie auch nur einen kleinsten Hinweis von Feindseligkeit gegenüber Andrea spüren würde, würde er sie verlieren. Also schaufelte er weiter an Adelinas Grab. „Ich hätte das niemals zulassen sollen. Adelina wollte es so. Sie sagte, dass zumindest eine ihrer Töchter mit Spanisch als Muttersprache aufwachsen sollte. Es war völlig irrational."

„Aber du hast Carrie gesagt, dass es... dass du... zu Andrea keine Bindung aufgebaut hattest."

Er lehnte sich vor und sah sie mit ernstem Gesicht an. „Das ist die Wahrheit, denke ich, auch wenn ich mich dafür schäme, es zuzugeben. Hätte ich Adelina erlaubt, sie wegzuschicken, wenn sie meine Tochter gewesen wäre? Ich denke... das hätte ich nicht. Aber es war das, was deine Mutter wollte. Und ich denke, die Wahrheit ist, manchmal fand ich es leichter, ihr nachzugeben, als Monate lang ihre Hysterie zu ertragen."

Er fuhr mit seiner Hand durch sein Haar, er wusste, dass diese Geste der Unsicherheit ihm dabei helfen würde, sie zu überzeugen. Und dass seine Selbstvorwürfe ehrlich rüberkommen würden. Es würde ihre Zweifel zerstreuen.

Sie schüttelte ihren Kopf, dann sagte sie: „Hast du uns deshalb nie vor ihr beschützt? Weil es... einfacher war?"

Er schloss seine Augen. Er nahm besser diesen Schlag hin und gewann sie für sich. Er sprach mit leiser Stimme. „Ich denke, das war es. Und ich werde es bis ans Ende meiner Tage bereuen."

„Ich weiß, du hast dein Bestes gegeben.", sagte sie. Ausgezeichnet. Sie fuhr fort. „Aber ich habe immer noch Fragen. Warum die Entführung? Die Untersuchung der Finanzbehörden? Was zur Hölle geht hier vor? Und

warum hattest du diese Akte in deinem Büro? Die mit den Bildern, den...
Leichen in Afghanistan?"

Er verfluchte sich für den Instinkt, der dazu geführt hatte, dass er diese Fotos behalten hatte, dass er die Akte behalten hatte. Nichts davon war vertraulich gewesen. Nichts darin hatte nicht auch schon in der Zeitung gestanden. Aber diese Bilder – sie zeigten eine Macht, die ihn beeindruckte. Eine einzige Flasche, gut gesichert in einem Stahlbehälter. Das war alles, was nötig gewesen war, um das ganze Dorf zu töten. Und diese Macht hatte er in seinen Händen gehalten. Aber das war etwas, dass er niemals zugeben durfte. Er durfte sein Hochgefühl nur insgeheim spüren – genauso, wie er sich gefühlt hatte, als der LKW, den er gesteuert hatte, den Körper von Manuel Ramos zerstört hatte, den Körper des schwulstigen Mannes, und der seinen Kopf hatte aufplatzen lassen wie eine Wassermelone.

„Du hättest das niemals sehen sollen. Es ist zwar nicht mehr als vertraulich eingestuft, aber das sollte es sein. Im Jahre 1983 hat die afghanische Miliz ein Dorf mit chemischen Waffen überfallen und alle getötet."

„Ich weiß von dem Vorfall. Und habe einiges darüber gelesen."

Natürlich hatte sie das. Sie war viel mehr seine Tochter als Adelinas, und er wusste, sie würde sich nicht auf ein solches Treffen einlassen, ohne sich darauf vorzubereiten. Aber er war ihr zehn Schritte voraus – egal, wie schnell sie war, sie würde es nicht schaffen, die Oberhand zu gewinnen.

Er sagte: „Dann weißt du vermutlich, dass die Vereinigten Staaten damals die Sowjetunion dafür verantwortlich gemacht hat. Aber was niemand wusste, ist, dass Leslie Collins dafür verantwortlich ist."

„Leslie Collins? Der Leslie Collins, der immer bei uns zum Abendessen zu Besuch war?"

„Ja. Ich habe das natürlich erst viel später erfahren, und sobald ich es wusste, habe ich es gemeldet. Aber die Höherrangigen in der Agency haben damals entschieden, es lieber zu vertuschen. Denn es war im Interesse der nationalen Sicherheit."

„Und damit hast du dich zufrieden gegeben?"

„Ich hatte keine Wahl, Julia."

„Also, warum geschieht das Ganze jetzt?"

Er sah seine Tochter erneut an. Es war Zeit einen Samen zu säen, der einen Keil zwischen seine Töchter und George-Phillip treiben würde. Der

Gedanke an den Mann brachte ihn zur Weißglut. Wie zur Hölle hatte Adelina es geschafft, dass all diese Jahre vor ihm geheim zu halten? Er erinnerte sich an die etlichen Male, in denen er während der letzten drei Jahrzehnte mit George-Phillip zusammengetroffen war. Sie hatten bei Botschaftsempfängen in verschiedenen Ländern bei einem Drink miteinander gesprochen. Wie oft er seine Hände berührt hatte. Richard wollte sich bei dem Gedanken daran übergeben. Er wollte töten. Stattdessen sagte er mit ruhiger und sachlicher Stimme.

„Ich denke, hier gehen zwei Dinge vor sich. Und du hast mir das letzte Stück des Puzzles geliefert."

„Welches Stück?", fragte sie und hob dabei ihre Augenbrauen.

„Na ja, zunächst denke ich, dass Leslie Collins wusste, dass, wenn ich Verteidigungsminister werde, dass ich dann irgendwann die Vertuschung von Wakhan aufdecken würde. Das würde seine Karriere beenden und ihn vermutlich ins Gefängnis bringen. Ich glaube, er hat die geheimen Konten eingerichtet, um mich unglaubwürdig zu machen. Und du bist leider eine unschuldige Leidtragende. Ich hatte vermutet, dass er auch hinter der Entführung steckt. Es hätte die Drogengeldwäschegeschichte sicherlich glaubwürdiger gemacht. Aber jetzt frage ich mich, ob Andrea nicht etwas ganz anderes passiert ist."

„Was?" Sie legte ihren Kopf zur Seite. Er hatte sie am Haken.

„Prinz George-Phillip natürlich. Kannst du dir vorstellen, was für einen Skandal es gäbe, wenn bekannt wird, dass er eine jahrelange Affäre mit Adelina hatte? Mit zwei Kindern? Der einfachste Weg damit umzugehen, ist sicherzustellen, dass diese Kinder nicht mehr existierten, nicht wahr?"

Julia zuckte zusammen, zwischen ihren Augenbrauen erschien eine ganz leichte Falte. Sie griff in ihre Handtasche und holte ein zerfleddertes, gebundenes Buch heraus.

„Noch eines. Was ist hiermit, Dad? Es ist Mutters Tagebuch. Und darin steht, dass du sie vergewaltigt hast."

Gott, die verrückte Hexe hat Tagebuch geführt? Er verfluchte sich. Wie hatte er das übersehen können? Er wusste genau, dass sie in den Achtzigern keines geführt hatte – er hatte ihr Zimmer, während sie in der Kirche gewesen war, genau durchsucht, mehr als einmal. Vorsichtig legte er seinen

Kopf zur Seite. Dann sagte er: „Das ist ganz offensichtlich nicht wahr. Kann ich es sehen?"

Sie starrte ihn an, ihr Gesicht war eindeutig zurückhaltend.

„Komm schon Julia. Ich bin es. Du kennst mich", sagte er.

Sie schloss ihre Augen und seufzte. „Ich denke nicht, dass du das lesen solltest", sagte sie. „Es ist privat."

„Julia, du weißt, dass ich nur das Beste will. Ich mache mir große Sorgen um sie."

Ihre Hände zitterten, als sie ihm das Buch gab. Er sah es sich an. Schwarzer Ledereinband. Es war alt, das Papier war leicht vergilbt, das ganze Buch war verzogen, so als ob es in einer Vase oder so etwas aufbewahrt worden war. Wo hatte sie es versteckt?

Er sah Julia an und hob eine Augenbraue. Ihr Gesichtsausdruck war skeptisch. Aber er war auch gierig. Julia brauchte Antworten, die einen Sinn ergaben. Ihr Bedürfnis nach einer Ordnung im Leben, ihr Bedürfnis nach Anerkennung – es war ganz offensichtlich. Genauso offensichtlich war, dass er der Einzige war, der diese Bedürfnisse befriedigen konnte. Ihr Niemand von einem Ehemann konnte es nicht. Sie hatte ihn geheiratet, weil sie ihn kontrollieren konnte. Crank war ihr weder in Entschlossenheit noch intellektuell ebenbürtig und seine Bildung war schlechter als minderwertig. Nur sein verrücktes Talent mit der Gitarre und das betriebliche Management, das sie von ihrem Vater gelernt hatte, führten zu Cranks großem Erfolg, den er so gar nicht verdiente.

Richard öffnete das Tagebuch. Er verzog das Gesicht. Das Tagebuch war dicht mit Worten beschrieben, es begann gleich auf der ersten Seite, die Handschrift war sehr schräg und kaum lesbar. Heiliger Gott.

„Es ist schlimmer, als ich dachte", murmelte er.

„Was?", fragte Julia.

„Ist das nicht offensichtlich? Es gibt keine Absätze. Keine Ränder. Das ist das Tagebuch einer Verrückten." Er blätterte durch die ersten Seiten. Richard sprach fließend Spanisch – immerhin war er dort eingesetzt gewesen und hatte dabei geholfen, den Putsch des 23. Februars zu organisieren.

Er stoppte auf der sechsten oder siebten Seite, die Worte sprangen ihn an. Richard hat meinen Vater umgebracht. Er blätterte weiter. Seitenweise

Geschwafel über Gott und den Teufel. Er drehte das Tagebuch zu Julia, von der er wusste, dass sie spanisch nicht flüssig lesen konnte.

„Schau mal hier", sagte er. „Sie schreibt seitenweise über den Teufel. Ich frage mich, ob sie Halluzinationen hatte."

Julia schüttelte traurig ihren Kopf. Richard zog das Buch zu sich zurück und blätterte weiter. Ein Eintrag über ihren Krankenhausaufenthalt. Auf einer anderen Seite hatte sie geschrieben: Ich hasse mich dafür, dass ich George-Phillips Herz gebrochen habe. Aber was hätte ich sonst tun können? Er grunzte vor Abscheu und gab Julia das Tagebuch zurück.

Sie hätte tun sollen, was man ihr gesagt hat. Richard wollte nichts mehr, als sie zu bestrafen. Stattdessen sah er zu Julia auf und sagte: „Julia. Ich weiß, dass du – du hast in der Vergangenheit eine schwierige Beziehung zu deiner Mutter gehabt. Aber ich brauche deine Hilfe."

Er lehnte sich näher zu ihr und sah ihr so ehrlich wie möglich in die Augen. „Julia, ich weiß nicht, ob du ihr vergeben kannst. Aber du musst erkennen, dass sie krank ist. Wir müssen deiner Mutter helfen, Julia. Wir müssen sie zurück in die Vereinigten Staaten bringen. Ich… ich zögere, das zu sagen… aber ich denke, es ist Zeit, dass wir über eine Einweisung nachdenken."

Julia zuckte zusammen. „In… in die Psychiatrie?"

In ein zwei Meter Tiefes Loch im Boden. „Ja. Sie benötigt kompetente medizinische Betreuung und ich habe niemals geglaubt, dass der Quacksalber, zu dem sie geht, weiß, was er tut." Er schaute zum Tisch hinunter und fuhr sich erneut mit der Hand durchs Haar. Er wollte es nicht übertreiben. Aber er wusste auch, dass die Unterhaltung unerlässlich war. Er sah zurück zu Julia und sagte: „Julia. Kannst du deiner Mutter verzeihen? Wirst du mir helfen?"

Sie schaute ihm in die Augen. Er konnte die Verletzlichkeit in ihren Augen sehen. Das verzweifelte Bedürfnis nach Anerkennung, das Grundlage ihrer Karriere und ihres Lebens war. Sie würde tun, worum er sie bat. Das würde sie.

Dann nickte sie: „Natürlich werde ich helfen."

KAPITEL FÜNFZEHN
Nein, Ma'am.
Er ist tot.

Bear. 6. Mai

Die Krankenschwester an der Theke sah verärgert aus, als Bear nach Adelina Thompson fragte. Sie wedelte in Richtung des Flures und sagte: „Sie finden sie am Ende des Flures, wo die Wachleute sind. Zimmer 201."

Bear lächelte und sagte: „Danke, Ma'am." Er ging weiter, Anthony war links neben ihm. Sofort war klar, welches das richtige Zimmer war. Zwei Männer in schwarzer Quasi-Militär-Uniform flankierten die Tür in einem ungeraden Dreieck mit einem Beamten der Royal Canadian Mounted Police.

Einer der Männer sah sie kommen und ging auf sie zu. Seine Waffe war sichtbar in ihrem Schulterhalfter. Das war unüblich für Kanada.

„Kann ich Ihnen helfen?", fragte der Mann.

Anthony sagte: „Wir sind hier, um Adelina Thompson zu sehen."

„Und Sie sind?"

„Sie können ihr sagen, es ist ein alter Freund", warf Bear ein. „Bear Wyden. Sie wird sich an mich von Belgien erinnern. Und sagen Sie ihr, dass wir mit Neuigkeiten von Carrie und Julia kommen."

Der Wachmann sah ihn skeptisch an und schaute auf ein Blatt Papier. Dann sagte er: „Ihr Name ist nicht auf der Liste der zugelassenen Besucher. Warten Sie hier." Dann winkte er dem anderen Wachmann zu, der im Flur eine Absperrposition einnahm, während er zurück zur Tür ging.

Die Abzeichen auf der Uniform sahen fast offiziell aus, außer man sah genauer hin. In der Mitte war ein Auge, wie das des Columbia Broadcast System, mit einer dreieckigen Aussparung, die von links zum Zentrum zeigte. Wie ein allsehendes Auge. Unheimlich. Auf dem Abzeichen stand Pinkerton Security Services.

Bear wartete ungeduldig. Es war ein unglaublich langer Tag gewesen, der mit einem Flug an die Westküste in aller Frühe begonnen hatte. Sobald sie hier fertig waren, würden sie von Vancouver zurück nach Washington DC fliegen. Gott sei Dank zahlte die *Washington Post* für den Flug. Endlich kam der Wachmann zurück.

„In Ordnung, Sie dürfen passieren. Haben Sie Ihre Waffe dabei?"

Bear schüttelte seinen Kopf. Er war nicht offiziell im Dienst. Das Letzte, was er brauchte, war, seine Dienstwaffe über eine internationale Grenze mitzunehmen.

Der Wachmann betastete sie beide – nicht nur pro forma, er überprüfte sie wirklich auf Waffen. Schließlich winkte er sie hinein.

Innerhalb des Raumes lag ein ausgemergelter Teenager im Krankenbett, das Bett war so eingestellt, dass sie bequem sitzen konnte. Ihre Augen waren leer, aber Bear konnte erkennen, dass sie richtig hübsch aussehen würde, wenn sie etwas zunahm. Jetzt war sie eindeutig nicht gesund. Er erkannte sie anhand des Porträts in Richard Thompsons Büro im Pentagon, und auch anhand der Fotos, die in Carries Wohnung hingen. Jessica war geboren worden, nachdem Bear Adelina Thompson das letzte Mal gesehen hatte.

Seine Augen wanderten von der Tochter zur Mutter. Adelina war immer noch eine attraktive Frau. Er schätzte, dass sie jetzt fünfzig war. Im Laufe der Jahre hatte sie etwas zugenommen und die sechs Geburten hatten ihren Körper signifikant verändert. Aber sie hatte immer noch große Augen, ihr schwarzes Haar war lose über ihren Schultern zu einem Knoten gebunden. Sie stand auf, als Bear und Anthony den Raum betraten.

„Bear", sagte sie und kam mit einem halben Lächeln auf ihn zu.

Er lächelte sie an. „Sie erinnern sich an mich", sagte er. „Es ist lange her."

„Es ist lange her, aber wie könnte ich den Mann vergessen, der meine Familie und meine Töchter beschützt hat?"

„Sie sind immer noch so freundlich wie früher", antwortete er.

Adelina sagte: „Jessica, das ist Bear. Er hat unseren Begleitschutz organisiert, als wir in den Neunzigern in Belgien gelebt haben Es muss fast zwanzig Jahre her sein."

„Fast genau", erwiderte er. „Das ist Anthony Walker. Er ist ein Freund von Julia und Reporter der *Washington Post*."

Adelinas Augen wurden groß. „Ein Reporter? Ein Freund von Julia? Das… überrascht mich."

„Freunde ist vielleicht etwas übertrieben", sagte Anthony. „Aber wir arbeiten zusammen. Julia freundet sich mit der Idee an, mit dem, was in Ihrer Familie so vorgeht, an die Öffentlichkeit zu gehen."

Adelinas Augen bewegten sich schnell zwischen den beiden Männern hin und her. Dann sagte sie: „Sie haben meine ungeteilte Aufmerksamkeit. Ich hätte niemals damit gerechnet, dass Sie hier auftauchen würden. Was genau bringt Sie nach Kanada?"

Bear sagte: „Ich weiß, dass Sie nicht dabei waren, und dass Sie vermutlich die genauen Details nicht kennen. Aber als Ihre Tochter Andrea letzten Montag in die Vereinigten Staaten kam, wurde ich damit beauftragt, ihre Entführung aufzuklären. Ich gehöre natürlich immer noch zum Diplomatischen Sicherheitsdienst. Ich habe einen Begleitschutz für Ihre Töchter eingerichtet, aber sie wurden Freitagnacht erneut angegriffen. Ich tue alles, um herauszufinden, wer für die Angriffe verantwortlich ist. Unsere beste Spur war Nick Larsden, der Mann, der auf Sie und Ihre Tochter geschossen hat, während Sie über die Grenze gerannt sind."

„Was?", fragte sie nervös. „Er ist nicht auf freiem Fuß, oder?"

„Nein, Ma'am. Er ist tot."

Adelina erbleichte.

Er fuhr fort: „Jemand hat ihn im Gefängnis erstochen. Wir wissen nicht, wer es war oder ob er engagiert war oder ob es einfach nur Zufall war. Anthony und ich haben ihn heute Morgen befragt, aber wir hatten keine Gelegenheit, die Befragung zu beenden."

„Warum nicht?"

Bear sah Anthony an, so als ob er nach seiner Meinung fragte. Sollte er ihr die Wahrheit sagen? Anthony hob eine Augenbraue. Das war alles andere als hilfreich. Er drehte sich zurück zu Adelina und legte die Karten auf den Tisch.

„Wir sind nicht in offizieller Mission hier, Adelina. Minister Perry hat mich vor ein paar Tagen offiziell vom Dienst suspendiert."

Sie hob eine Augenbraue. „Und inoffiziell?"

„Inoffiziell hält er die ganze Geschichte… für sehr merkwürdig. Als also die Finanzbehörden und der Spezialermittler die Untersuchung von uns übernahmen, hat er mich freigestellt, um so viel wie möglich in Erfahrung zu bringen."

Sie nickte langsam und sagte dann: „Das klingt nach ihm. Ich weiß ihre Offenheit zu schätzen."

„Sie kennen den Minister?"

„Natürlich", sagte sie. „Er und Chuck Rainsley sind sehr enge Freunde. Und ich war früher mal mit Brianna Rainsley befreundet. Also haben wir uns in den 1980ern oft getroffen."

Bear und Anthony sahen einander an. Tja, das erklärte eine Frage. Aber sie hatten immer noch eine Menge anderer. „In Ordnung", sagte Bear. „Werden Sie mit uns reden?"

„Das werde ich gerne tun. Offiziell oder inoffiziell. Wenn Anthony meine Geschichte in der *Washington Post* veröffentlichen will, wäre ich höchsterfreut."

Anthony grinste. „Ich würde ihre Geschichte unglaublich gerne bringen."

„In der Zwischenzeit", sagte Bear, „habe ich ein paar ganz spezifische Fragen, bei denen Sie uns hoffentlich helfen können."

Sie nickte. „Bitte fahren Sie fort."

„Möchten Sie lieber irgendwo reden, wo es privater ist?" Er nickte bedeutungsvoll in Richtung Jessica.

Adelina sah ihre Tochter an. Zwischen ihnen vollzog sich ein unausgesprochener Wortwechsel, dann schaute Adelina zurück zu Bear. „Es ist okay. Wir können vor Jessica reden."

Bear hob seine Augenbrauen. „In Ordnung. Ich möchte mit Nick Larsden beginnen. Haben Sie schon mal von ihm gehört? Oder hatten Sie irgendeinen Kontakt zu ihm?"

„Nein." Als sie die Frage beantwortete, war ihre Antwort flach.

Anthony sagte: „Mrs. Thompson… ich war bei Julia, als sie in das Büro Ihres Ehemanns eingebrochen ist. Ich habe den Polizeibericht gesehen. Und… auch Ihr Tagebuch."

Adelina zuckte zusammen. Dann sagte sie. „Dann wissen Sie, was er mir angetan hat."

Anthony nickte. „Es stimmt also?", fragte er.

„Ja. Ich war sechzehn, als er mich das erste Mal vergewaltigt hat."

„Haben Sie jemals von jemandem gehört, der auf den Namen Oz hört?", fragte Anthony.

Adelina erstarrte, als sie den Namen hörte. Ihre Augen wurden groß und ihre Haut blass. „Oz?", fragte sie.

Adelina. 6. Mai

Oz.

Natürlich. Warum hatte sie das nicht schon früher kapiert? Der Name verursachte ihr eine Gänsehaut.

Jessica sah sie an, genauso wie die beiden Männer, und es war offensichtlich, dass sie ihre Reaktion sehen konnten.

Sie seufzte und sagte: „Ja, ich kenne den Namen. Wie haben Sie von ihm gehört?"

Anthony und Bear sahen einander an, dann sagte Bear: „Nick Larsden hat gesagt, er wäre von jemandem mit dem Namen Oz angeheuert worden."

Adelina schwankte ein wenig, dann sagte sie: „Ich muss mich hinsetzen." Sie stolperte durch das Zimmer zu einem der Stühle und ließ sich darauf fallen. Anthony und Bear folgten ihr und setzten sich auf die zwei Besucherstühle aus Holz.

„Mrs. Thompson? Was können Sie uns sagen?"

Das erste Mal, als sie die Stimme gehört hatte, hatte sie nicht gewusst, dass der Mann sich so nannte. Es war einfach eine Stimme gewesen. Eine kehlige, gemein klingende Stimme. Es hatte sich angehört, als ob der Besitzer dieser Stimme die Hände ausstrecken und jemanden durchschütteln wollte. Es war eine Stimme, der man nicht begegnen wollte. Und damals hatte Adelina sowieso ständig, vierundzwanzig Stunden am Tag, schreckliche Angst gehabt. Sie hatte keine weiteren Ängste gebraucht. Aber sie hatte sie trotzdem bekommen.

Es war im Jahre 1984 geschehen. Ein paar Tage davor hatte sie Richard dazu gebracht, die Geduld zu verlieren. Dazu gebracht, sie zu vergewaltigen. Ihre Absicht war natürlich gewesen, eine Erklärung für ihre Schwangerschaft zu haben, denn die beiden hatten sich, seit sie nach Washington gezogen war, nicht angefasst.

Sie hatte sich niemals zuvor so dreckig gefühlt. Nicht mal, als er es das erste Mal getan hatte. Denn dieses Mal war es, um eine Lüge zu verheimlichen. Eine Lüge, für die sie verantwortlich war. Und egal, was der Grund war, egal, wie schrecklich es war, in ihrem Herzen war es ihr vorgekommen, als wäre sie diejenige, die etwas Falsches tat. Sie war diejenige, die entehrt wurde. Sie war diejenige, die Gott strafen würde.

Sie hatte sowieso beschlossen, George-Phillip nicht wieder zu treffen. Das hatte sie nicht gekonnt. Sie liebte ihn mehr, als sie jemals jemanden geliebt hatte. Jedes Mal, wenn sie an ihn dachte, tat ihr das Herz weh – ihr ganzer Körper schmerzte. Aber wenn sie ihn wiedersah, würde es immer noch im Geheimen sein. Es würde immer noch verrucht sein und irgendwann, das wusste sie, würde Richard die Wahrheit herausfinden. Und dann würde er sie umbringen oder das Baby, das sie in sich trug.

Sie hatte sich bereits entschieden, aber dann kam Oz.

Es war fast zwei Uhr nachts, als es geschah. Richard war für ein Meeting nach London geflogen und sie und Julia waren glücklich allein in der Wohnung. Als das Telefon klingelte, war das Klingeln empfindlich laut in der Dunkelheit.

Sie stolperte aus dem Bett und in die Küche, griff nach dem Telefon, ihr Herz klopfte wie verrückt. Niemand rief um zwei Uhr nachts an. Ganz sicher nicht Richard. Es musste etwas Schlimmes geschehen sein. War Luis etwas geschehen? Hatte der Bastard nun doch seine Drohung wahr gemacht und ihrem kleinen Bruder etwas angetan?

„Hallo? Hier ist die Wohnung der Thompsons", keuchte sie in das Telefon.

„Mrs. Thompson", sagte eine Stimme. Eine Stimme, die klang wie der Schotter am Ende einer langen Straße. Irischer Akzent.

„Wer ist da?"

„Ein Freund", kam die Antwort. „Wir haben einen gemeinsamen Freund. Der Prinz kehrt nach Washington zurück, Adelina. Halten Sie sich von ihm fern. Haben Sie mich verstanden? Sie halten sich von ihm fern, oder Sie müssen dafür bezahlen."

Wut durchfuhr sie. Es war egal, dass sie sich bereits entschieden hatte, ihm auf Wiedersehen zu sagen. Plötzlich wach und alarmiert spie sie in das Telefon: „Wer ist da?"

„Sie haben meine Warnung gehört, Adelina. Halten Sie sich von ihm fern. Gehen Sie nicht ans Telefon, wenn er anruft. Sehen Sie ihn nicht wieder. Oder Sie und ich werden ein Problem miteinander kriegen."

Außer sich vor Wut sagte Adelina: „Und was genau wird das Problem sein?"

„Warum schauen Sie nicht in Julias Zimmer nach?"

Adelina warf das Telefon auf den Boden und rannte in Julias Zimmer, ihre Füße rutschten auf dem Küchenboden aus. Sie schrie leise auf, als sie zu Boden fiel. Sie rappelte sich wieder auf, rannte den Flur entlang, öffnete Julias Zimmertür und hob ihre Tochter schnell aus dem Bibo-Kinderbett, das Richard ein paar Wochen zuvor für sie gekauft hatte. Julia begann sofort zu kreischen, sie war mitten in der Nacht aus dem Tiefschlaf geweckt worden.

„Ist schon gut", flüsterte sie und presste Julia an sich.

Ihre Augen sahen zur Wand.

An der Wand hing ein großes weißes Plakat… direkt über dem Kinderbettchen. Mit plumpen Strichen war darauf Bibo, Julias Lieblingsfigur aus der Sesamstraße, gezeichnet worden.

Ein rotes X war auf die Brust der Figur gemalt. In roten Blockbuchstaben stand etwas unter der Kinderfigur. Die Nachricht besagte:

BEACHTE MEINE WARNUNG. OZ.

Während Adelina jetzt die Geschichte Anthony und Bear erzählte, überkam sie das ganze Gewicht ihrer Angst erneut und sie begann zu zittern. „Wer auch immer Oz ist… er oder jemand, der für ihn gearbeitet hat, war in der Wohnung und hat das Poster aufgehängt, bevor er mich angerufen hat. Sie hätten uns umbringen können. Oder Julia mitnehmen können. Sie hätten alles tun können. Ich wäre nicht in der Lage gewesen, irgendetwas gegen sie zu unternehmen."

„Was haben Sie getan?", fragte Bear.

„Das Einzige, was ich tun konnte. Ich habe mich von George-Phillip getrennt. Ich habe es ihm nicht erklärt – ich habe ihm nicht mal die Gelegenheit gegeben, darüber zu reden. Ich habe sein Herz gebrochen."

Zu ihrer Linken saß Jessica im Bett und hörte mit großen Augen zu. Adelina hatte ihr noch nicht von Oz erzählt, oder warum sie sich von George-Phillip getrennt hatte. Jetzt saß ihre Tochter da und Tränen liefen ihr über das Gesicht.

Bear fragte: „Haben Sie jemals wieder von ihm gehört?"

„Einmal", sagte Adelina. „Im November 1996. Ich war damals mit Andrea schwanger."

„Was ist geschehen?", wollte Bear wissen.

„Das letzte Mal, das ich George-Phillip gesehen habe, war bei einem Essen in der Botschaft in China. Mehrere Monate lang haben wir uns im Geheimen getroffen. Er… kam mit falschen Papieren am helllichten Tag auf das Gelände der Botschaft und wir sind zusammen fortgegangen. Ich habe mir eingeredet, dass alles gut werden würde, dass man uns nicht erwischen würde, dass ich irgendwie meine Töchter beschützen könnte und trotzdem mit ihm zusammen sein könnte. Aber dann sind zwei Dinge geschehen."

Das Erste war natürlich, dass ihre Periode ausgeblieben war. Sie waren vorsichtig gewesen und hatten trotz Adelinas religiöser Bedenken verhütet, aber wegen der vielen Medikamente, die Adelina schon nahm, hatte ihr Arzt ihr die Pille schlicht und einfach nicht verschrieben.

Sie hatte es gewusst. Ihre letzte Schwangerschaft mit den Zwillingen war sehr schwierig gewesen und sie hatte genau gewusst, wie sich die morgendliche Übelkeit anfühlte. Drei Wochen lang war ihr schlecht gewesen, aber sie hatte es verdrängt, hatte es ignorieren wollen, hatte gewollt, dass es irgendetwas anderes war. Sie hatte einen Schwangerschaftstest gekauft und das Ergebnis war positiv gewesen.

Adelina war schwanger gewesen und es war unmöglich, dass das Baby von Richard war. Sie wäre lieber gestorben, als ihr Baby umzubringen, und sie hatte absolut nicht das Bedürfnis gehabt, Richard jemals wieder zu berühren. Auch er hatte keinerlei Interesse mehr an ihr gehabt.

Die Woche nachdem sie die Schwangerschaft bemerkt hatte, war sie wie betäubt gewesen. Sie hatte George-Phillip nicht zurückgerufen. Sie hatte nachgedacht, in ihr Tagebuch geschrieben und gebetet. Nutzlose Gebete, das hatte sie damals gedacht. Aber sie hatte sich nicht für immer verstecken können und ein paar Tage später hatte die US-Botschaft ihre Kollegen von der Australischen und der britischen Botschaft zu einem Abendessen eingeladen. Solche Partys waren üblich und als Frau des Botschafters hatte sie keine Entschuldigung gehabt fernzubleiben.

Das Protokoll platzierte Richard am Kopfende, sie zur Linken ihres Mannes, direkt gegenüber von George-Phillip. Während des Essens sprach sie kaum und schaute zu ihrem Teller hinunter.

Irgendwann sagte Richard in einem Tonfall, den nur sie als sehr sarkastisch erkennen würde. „Geht es dir nicht gut, Liebling?"

Sie schüttelte einfach ihren Kopf. Er lehnte sich zu ihr herüber, griff nach ihrem Arm und sie zuckte zusammen.

„Dein Job ist es, unsere Gäste zu unterhalten, Adelina", flüsterte er.

Sie versuchte zu lächeln, dann stand sie auf und sagte: „Bitte entschuldigen Sie mich."

Sie versteckte sich auf der Toilette, aber das konnte sie natürlich nicht lange machen. Bald war sie wieder im Saal und versuchte vergeblich, sich mit den Gästen zu unterhalten. Nachdem sie einer Unterhaltung mit dem australischen Generalkonsul entkommen war, hörte sie George-Phillips Stimme hinter sich.

„Hallo, Adelina, wie geht es dir?"

Seine Stimme führte dazu, dass ihr das Herz schwer wurde. Tagelang hatte sie darüber nachgedacht, was und wieviel sie ihm erzählen sollte. Sie sah ihn an und spürte, wie ihre Augen feucht wurden. Wie sehr wollte sie sich einfach nur in seine Arme fallen lassen, in seiner Liebe versinken. Sie wollte unglaublich gern mit ihm durchbrennen.

„Du hast nicht zurückgerufen", sagte er. Seine Augenbrauen waren vor Betroffenheit zusammengezogen.

Sie wollte eine Entschuldigung vorschieben. Sie wollte ihm sagen... dass sie beschäftigt gewesen war, dass sie sich hatte um die Kinder kümmern müssen. Stattdessen platzte sie flüsternd heraus. „Ich bin schwanger."

Sein Adamsapfel hüpfte in seinem Hals, als er schluckte. „Ist das mein Baby?"

„Natürlich. Ich würde ihn niemals anfassen, außer er zwingt mich dazu."

Er sah so traurig aus, dass es ihr das Herz brach. „Adelina, du musst ihn verlassen. Er zerstört dich und deine Kinder."

Sie dachte an die Bilder, die sie jedes Jahr an Luis' Geburtstag erhielt. Fotos, die heimlich geschossen worden waren. Luis in der Schule. Luis, der Eis aß. Luis bei seinem ersten Job als Kellner. Die Party zu seinem achtzehnten Geburtstag. Jedes Jahr befand es Richard für nötig, sie zu erinnern. Und dann war da noch der Mann, den er vor all den Jahren aus London geschickt hatte. Oz. Wenn es Richards Ziel gewesen war, sie einzuschüchtern und zu verängstigen, dann war es ihm gelungen.

„Du weißt nicht, worum du mich bittest. Wenn du es wüsstest, würdest du es nicht tun. Ich würde meine Kinder verlieren. Ich würde alles verlieren." Angst durchfuhr sie, als Richard hinter George-Phillip näher kam.

„Natürlich, mir hat die Show sehr gut gefallen! Ich hoffe, dass wir Julia auch mal mitnehmen können, Sie müssen wissen, sie liebt Musik."

Richard schlug George-Phillip kumpelhaft auf die Schulter. Seine Stimme war heiter, er ahnte nichts. „Ich bin während des Essens gar nicht dazu gekommen, Ihnen zu sagen, wie sehr ich mich freue, Sie wiederzusehen."

„Ganz meinerseits, Botschafter", sagte George-Phillip.

Er lächelte ein unehrliches, diplomatisches Lächeln. Adelina wusste, wie sein echtes Lächeln aussah. Und sie hatte schreckliche Angst, es niemals wieder zu sehen.

„Bitte entschuldigen Sie mich", sagte sie. „Ich muss nach Julia schauen."

In dieser Nacht konfrontierte sie Richard in seinem Büro damit. Alle ihre fünf Töchter waren zu Hause, das bedeutete, es war am sichersten. Er würde sie kaum angreifen, wenn Julia und Carrie in Hörreichweite waren. Er sah verblüfft auf, als sie eintrat. Sie kam sonst niemals in sein Büro.

„Was ist los, Liebling?", sagte er mit boshafter Stimme.

Ihr Hals verengte sich, Schmerz zog wie Rauch in ihrer Brust nach oben und sie wurde kurzatmig.

Richard hob das Kinn. „Was ist, Adelina? Du unterbrichst mich. Erklär mir das."

Sie schloss ihre Augen. Und dann sagte sie die Worte, die eventuell mit ihrem Tod enden könnten. „Ich bin schwanger."

Er stand auf, sein Gesicht war plötzlich rot, er hatte große Augen und sein Mund war vor Zorn verzogen. „Schwanger", sagte er, seine Stimme war ein Fluchen. „Ich würde sagen, dass das biologisch unmöglich ist."

Er ging um seinen Schreibtisch herum. Ihre Augen folgten ihm, sie schaute nicht weg, denn er hielt einen Brieföffner aus Messing in der Hand. Als er ihre Seite des Tisches erreichte, begann sie zu zittern. Dann sah sie es. Er zitterte auch. Aber nicht vor Angst oder Wut. Es schien, als wäre es vor Freude.

Ihre Augen folgten dem Brieföffner. Er hielt ihn gegen ihren Magen und drückte zu. Nicht fest. Gerade genug, dass es etwas wehtat.

„Ist das eine unbefleckte Empfängnis, Adelina? Hat Gott dir ein Baby geschenkt, um uns alle zu retten?" Seine Zunge fuhr leicht über seine Unterlippe, während er die Worte aussprach. Vorfreude. Er würde ihrem Baby wehtun.

Dann lehnte er sich nah an sie, seine Lippen waren direkt an ihrem Ohr. „Oder hat Senator Rainsley dir auch dieses Baby geschenkt? Ist das der Ort, zu dem du in letzter Zeit immer verschwindest, anstatt dich um unsere Töchter zu kümmern? Ich dachte nicht, dass er lange genug in China war, um dich zu schwängern."

Er brachte seine Stirn ganz nah an ihre, lehnte sich dagegen. „Wie würdest du es mit deinen armseligen, katholischen Moralvorstellungen vereinbaren, wenn ich dir vorschreiben würde, dein verdammtes Baby abzutreiben? Wenn ich dir sagen würde, du musst es aus dir herausschneiden lassen? Was würdest du tun, wenn ich, falls du es nicht tun würdest, Carrie nehmen und an den Meistbietenden verkaufen würde? Ich bin mir sicher ein paar von den Perversen in der Yakuza würden eine zwölfjährige lieben, oder? Würdest du dieses Baby umbringen, um das andere zu retten?"

Adelina schauderte. Ohne dass sie es verhindern konnte, liefen ihr Tränen über das Gesicht. Sie schloss ihre Augen. Sie durfte keine Schwäche zeigen. Er ernährte sich von Angst. Er ernährte sich von Schwäche. Er war böse.

„Antworte mir, du fremdgehende Hure", verlangte er. „Soll ich dir das Baby gleich hier rausschneiden?" Er drückte den Brieföffner erneut gegen sie, fest genug, dass es wirklich wehtat.

„Nein",

Abrupt drehte er sich weg. Er entfernte sich von ihr und stellte sich hinter seinen Schreibtisch. „Krieg dein Baby", sagte er. „Vielleicht werde ich es im Schlaf ersticken. Vielleicht ist es Zeit, dass ich Luis einen Besuch abstatte. Oder vielleicht foltere ich dich einfach so lange, bis du dir endlich dein nutzloses Leben nimmst. Verschwinde aus meinem Büro."

Sie tat, wie ihr befohlen wurde. Aber das war noch nicht das Ende gewesen. Denn zwei Tage später, erwachte sie in ihrem Schlafzimmer mit einer Hand über ihrem Mund. Sie kämpfte dagegen an, aber sie bemerkte, dass sie irgendetwas festhielt. Sie konnte keines ihrer Gliedmaßen bewegen.

Heißer, übel riechender Atem wehte ihr ins Gesicht, es roch nach Fäulnis, Matsch und Tabak. Dann sagte der Eindringling etwas. Sie erkannte die Stimme wieder, auch noch nach so vielen Jahren. Es war Oz.

Er sprach mit einem kehligen, irischen Akzent. „Ich habe Ihnen gesagt, Sie sollen sich vom Prinzen fernhalten. Und Sie haben mir nicht gehorcht."

„Bitte, tun Sie mir nichts", flüsterte sie.

„Dies ist Ihre letzte Chance. Ich werde Sie dieses Mal nicht umbringen. Aber wenn Sie ihn noch einmal wiedersehen, werden Sie und Ihre Töchter sterben."

Das Gewicht wurde von ihr gehoben. „Letzte Chance, Adelina. Treffen Sie die richtige Entscheidung."

Dann war er aus dem Zimmer gerannt. Augenblicke später war sie aus dem Bett gestiegen, um so schnell wie möglich nach ihren Töchtern zu sehen.

Sie hatten in ihren Betten gelegen und waren in Sicherheit gewesen.

Während sie die Geschichte erzählte, schüttelte Bear seinen Kopf. „Haben Sie jemals herausgefunden, wer Oz war?"

„Nein", antwortete sie.

„Haben Sie jemals mit George-Phillip darüber gesprochen?"

Sie schloss ihre Augen. Dann flüsterte sie. „Ich habe niemals wieder mit ihm gesprochen. Ich musste meine Töchter beschützen."

Sie hörte das Mitgefühl in Anthonys Stimme, als er die nächste Frage stellte. „Hat Richard seine Rache bekommen, Adelina?"

Sie nickte langsam und Tränen liefen ihr über das Gesicht. „Das hat er. Ich möchte nicht darüber reden, was er getan hat. Er hat mein Leben lange

Zeit zur Hölle gemacht. Und je älter Andrea wurde, umso deutlicher wurde es, dass sie nicht seine Tochter war. Schließlich habe ich sie zu ihrer eigenen Sicherheit weggeschickt. Ich hatte Angst, dass er eines Tages ausrastet und sie umbringt."

Sie öffnete ihre Augen. Dann sagte sie: „Es war am schlimmsten, als wir nach unserer Rückkehr aus China in Bethesda gelebt haben. Ein paar Mal hat er mich körperlich verletzt. Vor allem, als Maria Clawson begonnen hatte, regelmäßig über ihn zu schreiben. Über uns zu schreiben. Die arme Julia war in China in ein paar schlimme Sachen verwickelt und ein Foto wurde in Schülerkreisen verschickt. Sie hat es in die Finger bekommen."

Sie sah auf den Boden. Sie war unfähig, es zu sagen. Unfähig, sich selbst zu vergeben. Sie flüsterte: „Er... hat mich gefoltert. Jedes Mal, wenn sie eine neue Kolumne schrieb, wurde er... Er wurde giftiger. Mehr Schmerz. Mehr Drohungen. Ich habe mehr als einmal darüber nachgedacht, vom Balkon zu springen."

Anthony sagte: „Adelina, ich weiß nicht, ob Sie jemals ein offizielles Urteil gegen ihn erwirken können. Aber ich möchte ihn begraben. Ich möchte, dass er so tief fällt, dass er niemals wieder hochkommt. Ich möchte Ihre Geschichte veröffentlichen."

Adelina schauderte. Sie sagte nichts, aber neben ihr zu ihrer Linken sagte eine unerwartete Stimme: „Tun Sie es. Begraben Sie ihn. Lassen Sie nicht zu, dass er ihr jemals wieder wehtut."

Anthony sah auf seine Uhr. „Wir haben noch etwa vier Stunden, bis wir gehen müssen. Bear, ist das okay für Sie?"

Bear zuckte mit den Schultern. „Tun Sie, was Sie tun müssen. Wir bekommen sowieso keinen früheren Flug."

Anthony sagte: „Zunächst einmal, müssen Sie verstehen – ich brauche Menschen, die Ihre Geschichte bestätigen können oder zumindest Teile davon. Wird George-Phillip die Affäre zugeben?"

„Ich weiß es nicht. Sie werden ihn fragen müssen."

Anthony nickte. „Ihre Töchter werden sich an einige Dinge erinnern. Was ist mit Chuck Rainsley?"

Adelina schluckte. „Vielleicht Brianna Rainsley. Aber sie wusste nicht alles. Aber es gibt eine Person, die es wusste, wenn er noch am Leben ist und Sie ihn finden können."

„Wer?“

„Pater Dennis von der Saint Jane Frances de Chantal Kirche in Bethesda. Ich bin mir sicher, er ist jetzt irgendwo anders eingesetzt.“

„Wird er reden?“

„Ich werde Ihnen einen Brief von mir an ihn mitgeben, in dem ich ihm die Erlaubnis erteile.“

„Okay. Noch eines. Gibt es irgendjemanden, von dem Sie annehmen, dass er weiß, was in Afghanistan geschehen ist?“

Sie schüttelte ihren Kopf. „Leslie Collins, da bin ich mir sicher. Und Prinz Roshan. Wenn ich raten müsste, es waren die drei zusammen. Sie waren in den Achtzigern eng befreundet. Sie haben gedacht, ich wäre zu dumm, um zu verstehen, was vor sich ging.“

„Noch jemand?“, fragte Anthony.

„Da war noch ein Name… Karat… Karak…“

„Karatygin? Vasily Karatygin?“

„Ja! Ich bin mir sicher, dass das der Name ist. Kennen Sie ihn?“

„Das tue ich“ sagte er. „Er war ein Major der Russischen Spezialeinheit, er ist zum Islam konvertiert und in der 1980ern übergelaufen, dann war er für lange Zeit der stellvertretende Kommandeur der Afghanischen Miliz. Er ist immer noch dort… hält sich bedeckt. Ich denke, jetzt ist er in Opiumschmuggelei verwickelt.“

Sie nickte. „Ich weiß, dass ich seinen Namen mehr als einmal gehört habe. Aber ich kann nicht garantieren, dass er es ist. Und ich weiß auch nicht, ob er mit Ihnen reden wird.“

„Na ja, das werden wir herausfinden müssen. Können Sie mir einen Gefallen tun?“

„Ja?“

„Ich muss Prinz George-Phillip treffen. Ich habe ihn schon einmal interviewt, aber wenn ich dafür über offizielle Kanäle gehe, wird das Wochen dauern. Können Sie veranlassen, dass ich ihn treffen kann?“

Sie sah bekümmert aus. „Wir haben uns seit siebzehn Jahren nicht mehr gesehen. Ich bin sicher, dass er mich hasst. Ich habe sein Herz gebrochen und niemals erklärt, warum.“

Anthony schüttelte seinen Kopf. „In Ordnung. Vielleicht kann eine Ihrer Töchter das arrangieren. Ich denke Carrie hat ihn gestern getroffen.“

Adelina flüsterte: „Ja. Sie hat es mir erzählt."

„In Ordnung. Dort werde ich anfangen. Kann ich Ihnen jetzt ein paar Fragen stellen?" ·

„Ja. Nur noch eines."

Anthony hob eine Augenbraue. „Ja?"

Sie flüsterte: „Wenn Sie mit ihm reden, sagen... sagen Sie ihm... dass es mir leidtut."

Marky Lovecchio. 7. Mai

Das Klingeln des Telefons war laut in Marky Lovecchios Ohren. Wer rief ihn, zur Hölle, um sechs Uhr morgens an?

Er nahm seine Hände vom Busen der Stripperin, die er letzte Nacht mit nach Hause gebracht hatte. Er hatte in dem Club mehrere hundert Dollarscheine aufblitzen lassen, genug, um die Aufmerksamkeit von einigen der Mädchen zu erlangen. Dann hatte er sich für eine entschieden und sie in ein billiges, hässliches Hotelzimmer gebracht.

Sie war heiß, aber eine Niete im Bett. Scheiß Vortäuschung falscher Tatsachen. Er beschloss, sie mit Sex aufzuwecken, ob es ihr nun gefiel oder nicht.

Er entwand sich aus ihrem Griff und ging ans Telefon.

„Was?"

Es war Oz. „Lovecchio. Ich nehme an, Sie genießen es, mein Geld auszugeben?"

„Es ist jetzt mein Geld. Ich habe mich um ihn gekümmert, oder nicht?"

„Das haben Sie. Und es war gute Arbeit. Aber ich habe einen weiteren Job für Sie."

Lovecchio fluchte leise. Das Mädchen bewegte sich; Hellblondes Haar hing in Strähnen über ihren Rücken.

„Ich bin gerade nicht verfügbar, Oz. Ich brauche etwas Zeit, um mich zu erholen."

„Sie können sich erholen, wenn Sie fertig sind, Lovecchio. Die Frau, die Larsden hat entkommen lassen? Sie ist mit ihrer Tochter im Krankenhaus in Abbotsford."

„Kanada?", platzte Lovecchio heraus.

Das Mädchen wurde nun eindeutig wach. Sie schlüpfte aus dem Bett und ging in Richtung Bad.

„Ja, Lovecchio. Kanada. Die Frau ist in Zimmer 201. Es ist mir egal, was mit der Tochter geschieht, aber töten Sie die Frau."

Gott. Er sagte: „Wieviel?"

„Ich würde sagen eine halbe Million. Das hätte ich Ihrem Freund auch gezahlt, bevor er es vermasselt hat."

„Wie auch immer. Okay. Ich werde es tun. Wie schnell?"

„Heute Nacht."

Er begann, etwas zu antworten, aber Oz legte auf.

„Hey", rief er dem Mädchen im Bad zu. „Komm her!"

Sie murmelte irgendetwas Unverständliches. Er sah sich um. Ihr Fetzen von einem Kleid lag auf dem Boden.

Eine Sekunde später kam sie aus dem Bad. Er sah sie an, seine Augen weideten sich an ihren offensichtlichen Implantaten, an der Form ihrer Hüfte. Es war ihm egal, dass sie nicht ficken konnte. Er würde die Arbeit erledigen. „Komm her", sagte er.

Sie schüttelte ihren Kopf, eine Zigarette hing in ihrem Mundwinkel. Sie griff nach ihrem Kleid. Hure. Er stand auf und ging auf sie zu. „Du bist noch nicht fertig."

TEIL ZWEI

KAPITEL SECHZEHN
Hier ist meine Theorie

Anthony. 7. Mai

„**Sie sehen** müde aus." Da Carrie ihm gerade eine weitere Tasse Kaffee einschenkte, während sie das sagte, beschloss Anthony, ihr zu verzeihen.

„Wir sind mit dem Nachtflug zurückgekommen", sagte er. „Ich bin direkt vom Flughafen hergefahren."

Sie nickte. „Milch und Zucker sind hier. Wir sehen uns dann auf dem Balkon, es ist ein schöner Tag."

„Okay", sagte er.

Er tat zu viel Zucker in seinen Kaffee, dann bemerkte er die Tasse. Auf ihr war das Logo der US-Army, was Anthony erneut daran erinnerte, dass Carrie eine Witwe war, und zwar erst seit recht kurzer Zeit. Auf den Regalen und an den Wänden waren einige Fotos, auch zwei von Carries und Rays Hochzeit. An ihren Gesichtern konnte man erkennen, dass sie sich sehr geliebt hatten. Und er war nur ein paar Monate später gestorben.

Anthony lehnte sich ein bisschen vor, um durch die Küche auf den Balkon zu sehen. Carrie und Julia saßen zusammen an dem Eisentisch. Er ging durch den Flur zum Bad und schlüpfte hinein. Aus Neugier und noch etwas anderem öffnete er den Medizinschrank.

Auf dem obersten Ablagefach standen mehrere verschreibungspflichtige Medikamente, darunter auch eine Packung Xanax, die erst vor ein paar Tagen für Carrie verschrieben worden war. Er schloss die Tür des Schranks. Er sollte sich um seine eigenen Angelegenheiten kümmern. Er war Reporter, aber er war auch ein Mensch und er musste andere Menschen mit Respekt behandeln.

Zwei Minuten später gesellte er sich zu Julia, Carrie und Rachel nach draußen. Die Frauen saßen sich gegenüber und nippten an ihrem Kaffee. Während er sich setzte, konnte er nicht anders, als den Kontrast zwischen ihnen zu bemerken.

Ihr Aussehen war natürlich sehr unterschiedlich. Julia war eine durchschnittlich große Frau, etwa 1,65 m. Er war es inzwischen gewohnt, ihre Haare zu einem geschäftsmäßigen Zopf zusammengebunden zu sehen. Aber hier im Zuhause ihrer Familie hatte sie die Haare offen, sie fielen ihr über beide Schultern. Sie trug abgenutzte Jeans und ein Trampled by Turtles-T-Shirt. War das irgendeine Rockband? Er wusste es nicht. Ihr Haar hing locker herunter, aber sie schien nicht locker zu sein. Ihr Rücken war aufgerichtet, die Füße standen flach auf dem Boden und hin und wieder klopfte sie mit ihren Fingern gegen die Tasse.

Carrie dagegen saß zusammengesunken auf ihrem Stuhl. Das Baby lag auf dem Stuhl neben ihr, und sie hatte ihre Knie vor sich hochgezogen. Ihre dunklen, fast schwarzen Haare, fielen über ihre Schultern.

„Erzählen Sie mir von Ihrer Reise. Haben Sie etwas in Erfahrung bringen können?" Carrie hob ihre Kaffeetasse an ihre Lippen, nachdem sie den Satz ausgesprochen hatte. Sie schloss ihre Augen und atmete den vollen Kaffeegeruch ein, dann nippte sie leicht daran, ihre leicht rosafarbenen Lippen berührten die Tasse.

Anthony zwang sich dazu, seine Augen von ihr abzuwenden. „Na ja... wir haben einen Namen. Aber er ist mit ziemlicher Sicherheit ein Pseudonym. Oz. Ihre Mutter ist ihm schon zweimal begegnet, einmal in den Achtzigern, und dann erneut, als Sie in China gelebt haben. Wir haben gute Gründe zu glauben, dass der gleiche Mann Nick Larsden engagiert hat, um Ihre Mutter umzubringen. Leider konnten wir Larsden nicht erneut befragen... er ist tot."

Julia sagte: „Ich dachte, man hätte ihn gefasst. Die Nachrichten haben nichts darüber gebracht, dass er verwundet war."

„Er ist bei seiner Festnahme nicht verwundet worden, er ist im Gefängnis erstochen worden. Ich bezweifle, dass das ein Zufall war. Er hatte uns aber schon von Oz erzählt. Wir werden herausfinden, wer er ist."

Carrie holte keuchend Luft. „Also… ich verstehe das nicht."

„Tja, hier ist meine Theorie", sagte Anthony.

„Ihre Theorie?", fragte Julia.

Er nickte. „Wir haben zwei unterschiedliche Killer, die zwar verschiedene, aber trotzdem vergleichbare Motive hatten. Einer hat versucht zu verhindern, dass heraus kommt, wer in den Achtzigern hinter dem Wakhan Massaker steckte. Wer auch immer das war – meine Annahme ist hier, dass es Leslie Collins von der CIA war, oder eventuell der Chef des saudiarabischen Geheimdienstes – hat sich jetzt, nachdem sein Name nicht mehr als Verteidigungsminister im Spiel ist, darauf verlegt, den Ruf Ihres Vaters zu schädigen."

„Okay", sagte Carrie. „Und der Zweite?"

„Oz. Ich vermute, er hat mit den ersten Killern nichts zu tun. Wer auch immer Oz ist, er hat, außer Sie umzubringen, schon zweimal alles dafür getan, um Adelina von George-Phillip fernzuhalten. Ich denke, diese Angriffe und Andreas Entführung waren ein Versuch, Ihren leiblichen Vater geheim zu halten, Carries und Andreas Vater."

Carrie setzte sich gerade auf, auf ihren Wangen erschien Farbe. „Es ist nicht George-Phillip."

Er schüttelte seinen Kopf. „Nein. Ich bin mir sicher, dass er es nicht ist. Außerdem, warum hätte er ihr drohen müssen, sich von ihm fernzuhalten?"

„Also Richard", sagte sie. Anscheinend hatte sie sich jetzt entschlossen ihn so, anstatt Vater zu nennen.

„Das denkt Ihre Mutter auch", sagte Anthony.

Julia begann zu sprechen, hielt inne und schien es sich dann anders zu überlegen. Schließlich sagte sie: „Wie sah Jessica aus?"

Anthony hob seine Augenbrauen. „Wollen Sie meine ehrliche Meinung hören?"

Julia biss sich auf die Lippe. Dann nickte sie. „Ja."

„Sie ist sehr krank. Sie ist viel zu dünn und sie sieht… ausgebrannt aus. Ich denke, ihre Genesung wird sehr lange dauern."

„Und Mutter?", fragte Carrie.

„Mein Eindruck?", fragte Anthony. „Das ist eine Frau mit einer Mission und ich würde im Moment nicht Richard Thompson sein wollen."

Bei seiner Antwort verzog Julia ein bisschen ihre Lippen. Ihre Reaktion war irgendwie unpassend und Anthony verstand sie nicht. Er hielt aber seinen Mund.

„Und was kommt jetzt?", fragte Carrie. Er sah ihr in die Augen. Blaugrün. Groß und von langen Wimpern umrahmt. Kein Wunder, dass sich ihr Soldat in sie verliebt hatte.

„Na ja, das hängt von Ihnen ab. Ich muss George-Phillip treffen. Es gibt etliche Punkte in Adelinas Geschichte, die er bestätigen kann. Ich brauche mindestens zwei Informanten, wenn ich diese sensible Geschichte veröffentlichen soll. Ich werde versuchen, den Beichtvater Ihrer Mutter aus den 1980ern ausfindig zu machen. Sie hat mir einen Brief für ihn mitgegeben, in dem sie ihm die Erlaubnis erteilt, mit mir über sie zu reden. Und dann werde ich nach Kabul fliegen, um Vasily Karatygin zu treffen, der vielleicht in der Lage sein wird, mir Informationen darüber zu geben, was in Wakhan geschehen ist."

„Sie fliegen nach Afghanistan?", fragte Carrie mit leicht schriller Stimme.

„Ja. Ich brauche Bestätigungen, ich kann diese Story nicht aufgrund von Spekulationen veröffentlichen."

Sie sah von ihm weg, ihre Lippen waren fest verschlossen. Als sie sich ihm wieder zuwandte, hatten ihre Augen ihre Wärme verloren. Anthony runzelte die Stirn, fühlte sich plötzlich durcheinander. Er sagte: „Sie haben eine Menge schlechte Assoziationen mit Afghanistan."

Sie schüttelte angewidert ihren Kopf. „Afghanistan hat seine Fühler ausgestreckt und mein Leben zerstört. Es hat mir meinen Mann genommen und seinen besten Freund zerstört. Es kommt immer noch zurück. Mit all den Neuigkeiten ist Ray wieder in den Nachrichten. Hat er es getan oder nicht? CNN hat mich um Mitternacht angerufen und gefragt, ob ich einen Kommentar zu einem Bericht über Kriegsverbrechen in Afghanistan abgeben werde. Sie bringen Ray mit Robert Bales in Verbindung, der im Jahre 2012 all diese Zivilisten umgebracht hat, und sie wollen auch eine Story über Wakhan bringen. Als ob Ray für etwas verantwortlich sein könnte, das geschah, bevor er überhaupt geboren wurde. Ich hasse sie!"

Sie sagte die letzten Worte mit solch wilder Inbrunst, dass sich Rachels Augen neben ihr weit öffneten. Das Baby begann sofort, mit lauten gurgelnden Geräuschen zu protestieren.

„Ich muss gehen", Carries Stimme brach, als ob sie kurz davor war, zu weinen. Sie hob schnell das Baby hoch und ging in die Wohnung.

Anthony atmete aus. Er hatte nicht bemerkt, dass er während ihres kurzen Monologs aufgehört hatte zu atmen. Er war erschüttert von der Macht ihrer Gefühle – und auch von seiner eigenen Reaktion darauf.

Dann sagte Julia mit leiser, drohender Stimme. „Ich weiß nicht, was Sie hier für ein Spiel spielen, Anthony. Aber wenn Sie meine Schwester fertigmachen, werde ich Sie zerstören." Dann stand auch sie auf und ließ Anthony allein auf dem Balkon zurück.

Carrie. 7. Mai

Im Zimmer, das sie einst mit Ray Sherman geteilt hatte, setzte sich Carrie auf ihr Bett und sah herunter zu ihrer Tochter. Carrie hatte Tränen in ihren Augen, ungewollte Tränen, die sie nur wütend machten.

Rachel lag auf dem Rücken auf dem Bett. Sie war heute Morgen immer noch heiß und schien teilnahmslos zu sein. Carrie seufzte. Sie würde gleich bei Rachel Fieber messen. Sie lehnte sich vor und bemutterte ihr Baby, dann küsste sie es auf die Wange.

Rachel schenkte ihr ein zahnloses Lächeln. Carrie lächelte zurück, ignorierte die Tränen, die drohten überzulaufen, und küsste Rachels andere Wange. Rachel stieß ein kleines Lachen aus. Das führte zu weiteren Küssen und lautem, glücklichen Gurgeln.

Carrie seufzte. Sie war frustriert und verwirrt und mehr als nur ein bisschen sauer. Sauer, weil sie auf Anthonys Mitteilung, dass er nach Afghanistan ging, nicht so hätte reagieren sollen. Er war Journalist und sie kannte ihn kaum, und es ging sie auch wirklich nichts an. Aber ihre erste Reaktion zu diesen Neuigkeiten war – Angst. Angst, dass ihm etwas zustoßen würde.

Sie seufzte ein bisschen, während sie ihre Tochter auf den Arm nahm und damit weiteres Gurgeln auslöste.

Anthony Walker.

Sie schüttelte ihren Kopf. Er war ein Auslandskorrespondent, um Himmels willen, was ungefähr genauso gefährlich – oder sogar noch gefährlicher war – als Soldat zu sein. Sie hatte Anthonys Kriegsberichte gelesen, die er geschrieben hatte, während er mit einer US-Army Einheit unterwegs gewesen war. Sein Leben war gefährlich, kein Leben für jemanden mit Familie und außerdem sah er noch nicht mal gut aus. Ray war noch nicht mal ein Jahr tot und es fühlte sich unglaublich illoyal an, auch nur über Anthony nachzudenken.

Ray war noch nicht mal ein Jahr tot! Was war nur mit ihr los?

Sie hob Rachel an ihre Brust und ließ den Tränen freien Lauf. Sie wusste genau, was mit ihr los war. Sie war schrecklich einsam. Sie hatte ihren Seelenverwandten getroffen, ihn geheiratet und verloren, und das alles innerhalb von neun Monaten. Und nichts würde je wieder so sein, wie es war.

KAPITEL SIEBZEHN
Kleiner Durchbruch

Bear. 7. Mai

Bear grummelte in sich hinein, als er ein paar Meter vorfuhr und dann wieder anhalten musste. Die I-66 aus Richtung Washington kommend war ein einziger großer Parkplatz. Soweit er das überblicken konnte, gab es keinen Unfall – es war einfach die normale Verkehrssituation so früh am Morgen, einfach nur ein weiterer Tag in Washington.

Bear hasste Washington. Aber er wusste auch, dass er niemals wegziehen würde, denn seine Kinder lebten hier. Und er würde sowieso für einige Zeit hier festsitzen. Noch war sein Wechsel zur Gemeinschaftlichen Terrorbekämpfungsgruppe durch seine Suspendierung oder den Verlust vertraulicher Daten nicht gefährdet – aber das hieß nicht, dass das nicht noch kommen konnte.

Ein paar weitere Meter. Bei dieser Geschwindigkeit würde er nicht vor zehn Uhr oder halb elf Uhr bei Leahs Haus sein. Er war erschöpft und trug zerknitterte Kleider, seine Augenlider waren schwer nach dem Nachtflug nach Washington. Aber was sollte er sonst tun? Nach ihrer Ankunft am Washington Reagan National Airport um sechs Uhr morgens, waren er und Anthony getrennte Wege gegangen – Bear war kurz in seine Wohnung gefahren, um zu duschen und sich umzuziehen, dann war er wieder losgefahren.

Sein Telefon klingelte. Er griff danach.

Scott Kelly.

Er ging ran. „Kelly, was ist los?"

Kellys Boston-Irischer Akzent kam aus den Autolautsprechern. „Wie ich höre, sind Sie gestern auf die Agenten der Finanzbehörden gestoßen?"

Bear kicherte. „Ja, so könnte man es ausdrücken. Schmidt ist nicht glücklich darüber, dass ich an der Sache arbeite. Gar nicht glücklich. Was ist bei Ihnen so los?"

„Wir haben einen kleinen Durchbruch. Oder vielleicht auch einen großen."

„Erzählen Sie es mir."

Auf der rechten Spur fuhr ein rostiger, roter Pickup etwas vor. Der Fahrer, der nun rechts von Bear war – und der ausgerechnet einen Prius fuhr – starrte auf sein Telefon, vermutlich schaute er sich einen Porno an oder las einen russischen Roman. Auf jeden Fall bewegte sich das Fahrzeug nicht schnell genug. Bear lenkte sein Auto in die Lücke und kam damit immerhin etwa zwölf Meter auf einmal weiter.

Kelly jammerte weiter, war sich nicht darüber bewusst, in welch einem tödlichen Kampf sich Bear gerade befand.

„In Ordnung. Zunächst einmal, erinnern Sie sich an den zweiten Entführer? Der, von dem Andrea Thompson gesagt hat, dass er Amerikaner war?"

„Ja. Sie sagte, er hätte sich Dan genannt."

„Richtig. Wir konnten keinerlei Übereinstimmung seiner Fingerabdrücke ermitteln. Nicht in der Datenbank des FBI, und sonst auch nirgendwo. Egal, am Donnerstag hat die Polizei von Pocatello in Idaho eine Vermisstenanzeige herausgegeben. Ein einunddreißigjähriger Army Veteran wurde vermisst. Seine Mutter hatte dort angerufen, aber die dortige Polizei brauchte achtundvierzig Stunden, um die Vermisstenanzeige herauszugeben. Sie hatten gedacht, er wäre jagen gegangen oder etwas ähnliches.

„Ja?", fragte Bear. Seine Antwort war gespickt mit Sarkasmus. „Das ist unser Mann? Ein Typ, der in der Army war, hat sich mit den gefährlichsten Söldnern der Welt zusammengetan, um Andrea Thompson zu entführen? Ich brauche mehr Infos, Kelly?"

Kelly schlug zurück. „Lassen Sie mich die Geschichte zu Ende erzählen, Bear."

Der Typ im Prius hupte. Bear zeigte ihm nicht den Stinkefinger, auch wenn er es gerne getan hätte. Aber er sah zu, dass er weiterfuhr. Morgendliches Gerangel zwischen Pendlern konnte man nur mit einem Herz aus Stahl und gutem Jagdinstinkt gewinnen. Bear lachte über seine eigene Blödheit.

„In Ordnung", sagte Kelly. „Also haben wir uns an die Army gewandt. Übereinstimmung. Die Bilder stimmten überein. Aber die Army ist sauer, denn die Fingerabdrücke des Entführers Dan waren nicht in ihrer Datenbank. Und seine DNA passte auch nicht."

„Er war also doch nicht in der Army?"

„Doch, das war er. Jetzt wird's interessant. Sein Name ist Tyler Coleman. Ich habe mich mit seinem Kompaniechef getroffen und mit ihm geredet. Jemand hat die Daten gelöscht, Bear. Sie haben die Computerdaten gelöscht, aber es gibt immer noch Papierakten über seinen Dienst. Dieser Typ ist ganz sicher unser Mann. Er war von 2001 bis 2005 bei der Spezialeinsatztruppe. Danach ist er verschwunden und hat anscheinend seine digitale militärische Akte mitgenommen."

Bear krallte sich ans Lenkrad. „Scheiß CIA."

„Genau. Emma Smith – sie ist die Stellvertreterin bei der Finanzbehörde – hat seine Sozialversicherungs- und Steuerakte angeschaut. Von 2006 bis 2011 hat er angeblich als technischer Spezialist für eine Firma namens Brennan Holdings in Nord Virginia gearbeitet."

„Scheißdreck", sagte Bear.

„Ja, genau. Brennan Holdings ist eine Scheinfirma der CIA. Wir versuchen herauszufinden, welche Arbeit er für sie geleistet hat, aber während dieser fünf Jahre ist er laut den Grenzbehörden zwei Dutzend mal aus den Vereinigten Staaten aus- und eingereist. Und in 2011 hat er für ein großes Haus in Idaho bar bezahlt, ein paar Kampfhunde gekauft und sich praktisch zur Ruhe gesetzt."

Bear grunzte. Er fuhr jetzt immerhin etwa 10 km/h – vielleicht sogar 15 km/h. „Mit Mitte zwanzig? Ich arbeite für die Falschen."

Er durchdachte die Dinge. Tyler Coleman hatte sich im Jahr 2011 von der CIA „verabschiedet". Irgendetwas stank hier. „Was sagen die Finanzbehörden über sein Einkommen seit 2011?"

Kelly antwortete: „Er hat in den Jahren 2012 und 2013 weniger als dreißigtausend Dollar versteuert. Die Finanzbehörden hätten das vielleicht niemals bemerkt – wir reden hier vom ländlichen Idaho, das Durchschnittseinkommen ist dort ziemlich niedrig. Aber hier kommt der Hammer, Bear. Ich habe mit dem dortigen Sheriff gesprochen. Coleman ist im Laufe der letzten drei Jahre mehrere Male wegen Störung der öffentlichen Ordnung, Trunkenheit und Belästigung verhaftet worden. Er hat jemanden in einer Bar verprügelt und dafür drei Monate im dortigen Gefängnis gesessen. Seine Fingerabdrücke sollten also eigentlich in der Nationalen Verbrecherdatenbank vorhanden sein, Bear. Aber diese Daten wurden auch gelöscht. Und das war, nachdem er die Agency verlassen hatte."

Bear hielt das Lenkrad mit beiden Händen fest. Er war jetzt schon richtig schnell, fast so schnell wie ein Fahrradfahrer. Bergauf. Mit einem platten Reifen.

Vielleicht auch nicht. Vor ihm leuchteten erneut Bremslichter auf. Bear seufzte, als er zum Stoppen kam. Er war nur noch den Bruchteil eines Kilometers von der Ausfahrt entfernt. Er könnte schneller zu Fuß gehen.

„Okay. Also war die CIA irgendwie an der Entführung von Andrea Thompson beteiligt. Oder vielleicht jemand ohne jegliche Skrupel innerhalb der CIA. Was sonst noch?"

Kelly sagte: „Dieser Teil wird Ihnen nicht gefallen."

„Mir hat der letzte Teil auch nicht gefallen. Was ist es?"

„Der Mann, den Leah neulich geschnappt hat, bevor – ", Kelly beendete den Satz nicht. Bevor sie angeschossen wurde.

„Ja", sagte Bear. „Sprechen Sie weiter." Kelly redete über das bizarre Handgemenge, das am Tag bevor die Wohnung angegriffen worden war, in Bethesda auf der Straße geschehen war. Ein britischer Tourist war angeschossen worden, und einer der Schützen war getötet worden. Der andere war von Dylan Paris zu Fall gebracht und dann vom Diplomatischen Sicherheitsdienst verhaftet worden.

Kelly sagte: „Zwei Sachen. Erstens, der britische Tourist? Er war kein Tourist."

„Wer war er?"

„Er heißt Charlie Frazier. Wir sind sicher, dass er zum MI6 gehört."

Bear stieß einen Fluch aus. „Was zur Hölle?"

„Ja, genau. Und jetzt wird es wirklich verrückt, Bear."

„Es ist noch nicht verrückt?"

„Der Schütze gehörte zum saudiarabischen Mukhabarat."

Bear antwortete nicht. Er saß einfach nur da und atmete. In seinem Kopf sah er wieder das Foto. 1983. Leslie Collins, Prinz Roshan, Richard Thompson. Sie waren alle drei zusammen in Afghanistan gewesen.

„Kelly. Hören Sie mir zu. Ich hab's. Ich weiß jetzt, was hier los ist."

„Tja, dann behalten Sie es nicht für sich."

„Es ist nicht nur eine Gruppe böser Jungs am Werk, Kelly. Es sind zwei. Oder mehr. Die eine Seite sind Collins und Roshan und Thompson. Sie waren am Wakhan Massaker beteiligt. Kelly, ich wette, sie haben es ausgeheckt. Und nun bringt ihre gegenseitige Paranoia sie zu Fall. Collins dachte, wenn herauskommt, wer Andrea Thompsons Vater ist, wäre der Skandal groß genug, um die ganze Geschichte ans Licht zu bringen. Aber seine Handlungen haben das noch begünstigt, anstatt es zu vertuschen."

„Was hat ihr Vater damit zu tun? Sie ist das uneheliche Kind eines Prinzen. Das ist nicht unüblich."

„Ihr Vater hat die offizielle Untersuchung über Wakhan für die Britische Regierung durchgeführt, Kelly."

Bear fehlte noch ein Punkt. Wer zur Hölle war Oz? Arbeitete er für Thompson, wie Adelina vermutete? Oder noch schlimmer, arbeitete er für George-Phillip? Vielleicht hatte Adelina ein völlig falsches Bild von ihrem früheren Liebhaber? Vielleicht würde er seine eigenen Kinder umbringen, um einen Skandal zu verhindern.

„Kelly, haben Sie jemals von einem Geheimdienstmitarbeiter gehört, der sich Oz nennt?"

„Oz? So wie der Zauberer?"

„Ja."

„Nein."

Ja! Bear hatte freie Fahrt in Richtung Ausfahrt. Oder zumindest fast. Weniger als zweihundert Meter entfernt, wenn er über den Standstreifen fuhr. Er lenkte das Auto auf den Standstreifen und gab Gas, 20 km/h, dann 30, dann sogar 50, die Autos neben ihm flogen nur so vorbei.

Bear sagte wieder etwas. „Kelly, gehen Sie der Sache nach. Dieser Typ ist böse und er versucht schon seit dreißig Jahren, Adelina von Prinz George-Phillip fernzuhalten. Ich weiß nicht, was er sonst noch getan hat, aber dieser Mann ist derjenige, der den Schützen beauftragt hat, der an der Grenze hinter ihr her war."

„In Ordnung. Ich kümmere mich darum."

Blaulicht. Scheiße! Bear sah die Lichter im Rückspiegel, während er die Ausfahrt hinausfuhr. Die Polizei fuhr fast bis auf seine Stoßstange auf. Verdammt. Es sah aus wie ein State Trooper.

„Kelly, die Polizei hat mich gerade herausgewinkt."

Am anderen Ende der Leitung stieß Kelly ein lautes Lachen aus. Dann hielt er sich für einen kurzen Moment zurück, nur um dann erneut loszulachen.

„Halten Sie die Klappe, Kelly." Bear hielt an, dann griff er nach seiner Brieftasche und holte seinen Ausweis und die Marke des Diplomatischen Sicherheitsdienstes heraus.

Dann wartete er. Der Cop saß immer noch am Steuer, vermutlich sah er erst noch das Ende des Filmes an, den er im Auto anschaute.

Bear wartete eine weitere lange Minute, dann öffnete er die Autotür und begann auszusteigen.

„Sir! Gehen Sie zurück ins Auto!"

„Ich gehöre zum Diplomatischen Sicherheitsdienst –" Er hob seine Hände in die Luft, in einer hielt er die Dienstmarke.

„Es ist mir egal, für wen Sie arbeiten, steigen Sie – ist das eine Waffe?"

Sofort wurde die Situation ernster. Der State Trooper zog seine Waffe und zielte auf Bear. Bear bewegte keinen Muskel.

„Ich möchte, dass Sie Ihre Hände auf das Autodach legen, Sir. Machen Sie keine schnellen Bewegungen."

Bear verdrehte die Augen, dann drehte er sich langsam zu seinem Auto und legte seine Hände darauf. „Ich bin nicht gefährlich, Officer. Ich bin Agent des Diplomatischen Sicherheitsdiensts. Mein Ausweis und meine Marke sind in – "

„Halten Sie den Mund."

„Na ja, das ist nicht gerade höflich", murmelte Bear.

Der Polizist zog Bears Pistole aus seinem Schulterhalfter, danach nahm er ihm den Ausweis und die Marke aus der rechten Hand.

Dann ließ er Bear dort stehen und ging zurück zu seinem Auto. Bear begann zu grummeln, aber dann fuhr ein weiteres Polizeifahrzeug mit Blaulicht vor. Was zur Hölle?

Vom Innenraum des Autos war Kellys Stimme zu hören.

„Bear, leben Sie noch?"

Bear wagte es nicht, sich zu bewegen. Aber er rief ins Auto. „Ich denke, ich bin verhaftet!"

Kelly antwortete nicht, stattdessen lachte er los. Schon wieder.

Bear seufzte. Dann rief er in das Auto: „Gehen Sie Oz nach, ja? Ich bin auf dem Weg zu Leah, falls die Cops mich jemals gehen lassen."

„Ich bin dabei!", antwortete Kelly kichernd.

Wer brauchte bei solchen Freunden noch Feinde?

George-Phillip. 7. Mai

Die Mittwochmorgenausgabe des *Guardian* hatte eine riesige Schlagzeile.

DAS AFGHANISCHE PARLAMENT ERHEBT ANKLAGE VOR DEM INTERNATIONALEN GERICHTSHOF
Premierminister sagt Guardian „Die Tatsache, dass Prinz George-Phillip Angehöriger des Königshauses ist, wird ihn nicht vor einer Anklage schützen."

Der Artikel war voller falscher Tatsachen. Einige waren einfach auf Ignoranz zurückzuführen – zum Beispiel wurde der Internationale Gerichtshof mit dem Internationalen Strafgerichtshof verwechselt – zwei unterschiedliche Gerichte mit sehr unterschiedlicher Rechtsprechung. Aber manche der Fehler in dem Artikel waren eindeutig anderer Natur. Wer auch immer dem *The Guardian* die Informationen zugespielt hat, hatte eine Kopie von George-Phillips Bericht aus dem Jahre 1984, aber eindeutig gespickt mit Fehlern.

George-Phillip überlegte, ob er ihnen den korrekten Bericht zukommen lassen sollte. Er war sich nicht sicher, was er sonst tun könnte, um die Luft zu reinigen. Und er würde seine Töchter nicht wirklich schützen können, wenn er vor Gericht gestellt würde.

Er legte die Zeitung auf dem großen Schreibtisch ab. Das Büro in dem Quartier in der Botschaft war recht schön, größer als George-Phillips Büro in London und ganz eindeutig wesentlich traditioneller eingerichtet. Er stand dem Gebäude des MI6 aus Glas und Stahl leidenschaftslos gegenüber. Durch das Fenster der Botschaft konnte er die Menge der Demonstranten außerhalb des Zaunes sehen. Es waren Dutzende und jede Minute wurden es mehr.

Gerechtigkeit für die Afghanischen Zivilisten, stand auf einem Schild. Das Blut von Zivilisten klebt an Ihren Händen!, stand auf einem weiteren.

Er sah die Demonstranten eine Weile genauer an. Sie waren jung und alt. Groß und klein. Eine Menge aus Menschen, die ehrlich entsetzt darüber waren, dass man den Mord an hunderten Zivilisten so viele Jahre lang vertuscht hatte. Sie waren ihm sympathisch. Er war genauso entsetzt. Er erinnerte sich an den Tag im Büro von Miss Thatcher. Er hatte gezittert.

Das ist ein Fehlurteil. Premierministerin, wenn wir das nicht öffentlich machen, wird die Welt denken, wir befürworten es.

Premierministerin Thatcher hatte lediglich ihren Kopf geschüttelt. *Nein, Eure Hoheit. Im Moment denkt die Welt, die Sowjets wären dafür verantwortlich. Wenn sie die Wahrheit erfahren, wird das ein großer Erfolg für Chernenko sein.*

Chernenko ist ein alter Mann!, hatte George-Phillip geantwortet. *Er wird vermutlich das nächste Jahr nicht überleben.*

Die Sowjetunion wird es immer noch geben, Eure Hoheit. Im Moment muss die Wahrheit geheim gehalten werden.

George-Phillip war auf einen Stuhl gesunken. Mit leiser Stimme hatte er gesagt: *Und was ist mit Richard Thompson und Leslie Collins? Prinz Roshan und Vasily Karatygin? Sie bleiben nach so einem unglaublichen Verbrechen auf freiem Fuß?*

Sie hatte mit den Schultern gezuckt und gesagt: *Gott wird sich um sie kümmern.*

Vielleicht würde Gott das, dachte George-Phillip. Aber er dachte auch, dass Gott sich vor allem der Menschen dafür bediente.

Es klopfte an der Tür. George-Phillip sah von den Demonstranten weg und sagte mit lauter Stimme. „Kommen Sie herein."

Die Tür öffnete sich. Es war Oswald O'Leary.

„Kommen Sie rein, alter Freund", sagte George-Phillip. „Ich vermute, Sie haben die Neuigkeiten schon gehört, dass ich zurück nach London berufen worden bin."

„Das habe ich Eure Hoheit. Ganz sicher werden Sie der ganzen Sache ein Ende setzen, wenn Sie dort ankommen."

„Sehen Sie die da draußen?", fragte er und zeigte mit dem Arm zur Straße.

O'Learys Nase verzog sich, so als würde er etwas Schlechtes riechen. „Das hat nichts zu bedeuten. Es gibt in Washington jeden Tag Demonstrationen."

„Es hat schon etwas zu bedeuten", sagte George-Phillip. „Diese Menschen in dem Dorf. Ihr Blut schreit vom Boden auf."

„Sehr poetisch, Sir. Aber nicht praktisch."

George-Phillip schüttelte seinen Kopf. „Immer der Praktiker, mein Freund. Ich kenne Sie seit dreißig Jahren und es hat sich wenig geändert."

„Immer der Idealist, Sir. Ich schütze Sie schon seit Jahren vor sich selbst, müssen Sie wissen. Was werden Sie jetzt tun?"

„Ich werde die Wahrheit sagen. Meine Tochter hat mich vor nicht allzu langer Zeit angerufen. Sie hat mich gebeten mit einem Reporter der *The Washington Post* zu sprechen."

O'Learys Augen wurden groß. „Ihre Tochter, Sir?"

„Carrie natürlich."

„Ich würde Ihnen davon abraten, Sir. Wirklich. Ich weiß, das Carrie und Andrea Ihre Töchter sind, aber Andrea will es eindeutig nicht sein. Sie ist davon gerannt, als Sie ihr Schutz geboten haben. Und die andere… sie war mit einem Kriegsverbrecher verheiratet."

„Oswald" sagte George-Phillip, seine Stimme hatte dabei etwas Schärfe.

„Sir, Sie wissen, dass ich Ihre Affäre mit Adelina Thompson niemals gutgeheißen habe. Die Queen würde, wenn sie es wüsste – "

„Sie gehen zu weit, Oswald."

O'Leary sah ihn ohne mit der Wimper zu zucken an. „Ich habe nur Ihr Bestes im Sinn, Eure Hoheit. Das habe ich schon immer gehabt. Ihnen ist schon klar, dass die ganze Geschichte kein Problem wäre, wenn Sie keine Affäre mit ihr gehabt hätten. Sir, ich flehe Sie an. Reden Sie nicht mit dem Reporter."

George-Phillip schüttelte seinen Kopf. „Ich bewundere Ihre Überzeugung, aber ich muss diesen Weg gehen. In der Zwischenzeit habe ich eine Aufgabe für Sie, O'Leary. Und es gibt nichts Wichtigeres."

O'Leary seufzte schwer. Dann sagte er: „Ja, Sir. Was ist es?"

„Oswald, ich möchte, dass Sie nach British Columbia fahren und Adelina meine besten Grüße ausrichten. Ich möchte, dass sie und ihre Töchter – alle, wenn sie möchte – zu mir nach London kommen. Und wenn sie ja sagt, möchte ich, dass Sie sie eskortieren und für ihre Sicherheit sorgen."

O'Leary sah total verblüfft aus. „Sir? Das können Sie nicht ernst meinen –"

„Es war mir niemals ernster, Oswald. Ich weiß, dass Sie nicht mit ihr einverstanden sind. Ich weiß, Sie sind nicht meiner Meinung. Aber Sie sind auch mein engster Verbündeter. Der Freund, dem ich am meisten vertraue, Oswald."

O'Leary schloss seine Augen. Dann nickte er einmal. „Natürlich, Eure Hoheit. Was immer Sie wünschen."

KAPITEL ACHTZEHN Lassen Sie sie in Ruhe!

Adelina. 7. Mai

Adelina Thompson starrte ihr derzeitiges Handy an, als ob es eine Schlange wäre, die dabei war, sie zu betrügen. Es lag auf dem Krankenhaustisch aus Plastik inmitten der Reste von Jessicas Frühstück. Adelina hatte Kaffee und ein Croissant im Coffee-Shop in der Krankenhauslobby gekauft. Nach einigen Tagen hier im Krankenhaus war sie reif für ein Hotelzimmer, ein Bett und eine Dusche. Aber sie würde Jessica nicht hier alleine lassen. Nicht, nach allem was geschehen war.

Jessica wusste es natürlich nicht zu schätzen. Sie war achtzehn und welches achtzehnjährige Mädchen wusste seine Mutter schon zu schätzen? Von Adelinas Töchtern eindeutig keine. Außer Sarah. Sarah, die sie überrascht hatte. Sarah, die solch unglaublichen und schrecklichen Schmerz hatte durchleben müssen und dadurch eine stärkere Frau geworden war.

Sarah… die ihrer Mutter, bevor Adelina nach Weihnachten zurück nach Kalifornien gegangen war, ins Ohr geflüstert hatte: „Ich werde dich vermissen, Mom. Danke für alles."

Eines Tages würde Jessica es jedoch verstehen. Jessica wollte nichts mehr, als allein gelassen zu werden. Aber Tatsache war, dass man sie zu lange allein gelassen hatte, viel zu lange.

Also würde sie erstmal hier bleiben. Sie hatten die Wachleute, die Julia engagiert hatte, und Jessica konnte sich jetzt an einem sicheren Ort erholen. Zumindest körperlich sicher. Alle paar Minuten schaute sie wieder zu dem Telefon.

Carrie hatte ihr eine SMS geschickt. Sie war kurz und brachte es auf den Punkt.

Mom. Prinz George-Phillip möchte mit dir reden.

Nach dem Satz folgte eine Telefonnummer. Eine 202 Vorwahl. Washington, DC. George-Phillip wohnte in der Botschaft. Ihre Töchter hatten ihn besucht.

Sie wollte anrufen. Sie wagte es nicht.

Außer dem Telefonat, bevor sie aus Kalifornien geflohen war, hatten sie seit vor Andreas Geburt kein Wort miteinander gewechselt. Was hatte er jetzt für einen Grund, sie anzurufen? Und was würde sie ihm zu sagen haben? Sie liebte ihn immer noch, aber was hatte das schon zu bedeuten, wo sie ihn doch vor so vielen Jahren abgewiesen hatte, um ihre Töchter zu beschützen?

Er hatte geheiratet. Adelina hatte es von der Ferne beobachtet. Sogar bei weniger bekannten Mitgliedern des Königshauses wurde öffentlich über eine Hochzeit berichtet – ganz besonders, wenn sie auch noch bekannte Diplomaten waren. Über seine Hochzeit mit Anne Davies war in allen Magazinen und Klatschkolumnen geschrieben worden und Adelina hatte jedes Wort gelesen, jedes Bild genau angeschaut.

Lady Anne war viel jünger als George-Phillip gewesen. Sie hatte blonde Haare und blaue Augen und sah Adelina überhaupt nicht ähnlich. Sie sah… mustergültig aus. Hübsch, von guter Herkunft und ganz sicher gut gebildet. Adelina hatte eine schmerzliche Mischung aus Gefühlen gespürt, als sie die Fotos angeschaut hatte. Schmerz. Ein vages, warmes Gefühl des Glücks für George-Phillip, dass er endlich jemanden gefunden hatte, den er lieben konnte. Aber auch stechenden Schmerz. All die Jahre war er Single geblieben… mehr als zwanzig Jahre, nachdem sie sich kennengelernt hatten. Aber eine Hochzeit. Eine Hochzeit bedeutete, dass er aufgegeben hatte. Dass er sein Leben weiterlebte. Dass er schließlich ihren gemeinsamen Traum aufgegeben hatte. In seiner Hochzeitsnacht war Adelina, nachdem sie stundenlang online die Fotos angeschaut hatte, auf ihr Bett gefallen und hatte geweint, denn das war das Ende gewesen. Sie hatte alle Hoffnung verloren.

Zweieinhalb Jahre später war die arme Frau an Bauchspeicheldrüsenkrebs gestorben. Eine schreckliche und aggressive Krankheit.

Es musste ihm das Herz gebrochen haben. Und die Medien hatten berichtet, dass sie eine Tochter hatten, Jane. Aber sie hatte nirgendwo auch nur ein Bild des Mädchens finden können. George-Phillip musste sie gut unter dem Radar gehalten haben.

Adelina griff nach dem Telefon. Sie drehte es in ihrer Hand, versuchte, sich zu entscheiden. Sie sollte anrufen. Sie wollte anrufen. Aber sie hatte schreckliche Angst. Würde er nur mit ihr reden, weil er sich ihr gegenüber wegen ihrer gemeinsamen Vergangenheit verpflichtet fühlte? Sie konnte sich nicht vorstellen, dass es anders war. Aber sie konnte nicht zulassen, ihr Leben weiter durch Angst bestimmen zu lassen. Sie wählte 1-2-0-2-

Dann klopfte einer der Wachmänner an die Tür. Einen Augenblick später steckte er seinen Kopf in das Zimmer.

„Mrs. Thompson? Hier sind zwei junge Damen, die sagen, sie wären Ihre Töchter."

Adelina keuchte und stand auf. „Lassen Sie sie bitte herein."

Ein paar Sekunden später betraten Andrea und Sarah das Zimmer. Andrea trug eine enge Jeans und ein T-Shirt. Sie hatte ihr Haar gefärbt, schwarz und türkisfarben. Sarah trug wie üblich schwarz, mit einer Netzstrumpfhose und Kampfstiefeln.

Die drei standen sich gegenüber, waren erstarrt, die beiden Mädchen schauten ihre Mutter an. Seitlich von ihnen, aber nicht vergessen, schlief Jessica.

„Hallo, Mutter", sagte Andrea.

Adelina schniefte, versuchte Tränen zurückzuhalten. Sie ging auf Sarah und Andrea zu und sagte: „Ich bin so froh, dass ihr hier seid. Ich habe euch so sehr vermisst."

Sarah ging auf sie zu und legte ihre Arme um Adelina. „Ich habe dich auch vermisst, Mom."

Adelina legte ihre Arme ganz fest um Sarah. Dann sah sie zu Andrea hoch. Ihre jüngste Tochter. Die Tochter, die mehr als all die anderen den Preis für Richards Verrücktheit und Gewalttätigkeit und Adelinas Angst hatte zahlen müssen. Sie flüsterte: „Andrea."

Andrea kam zu ihr und legte ihre Arme um Sarah und ihre Mutter. Sie blieben lange in dieser Haltung, schwankten leicht, bis Andrea die Umarmung löste und einen Schritt zurück trat. Sarah folgte.

„Setzt euch", sagte Adelina. „Wie seid ihr hergekommen?"

Die zwei Mädchen schauten sich an und wechselten einen geheimnisvollen Blick. Dann sagte Sarah. „Die erste Hälfte auf einer Harley, aber für die zweite Hälfte haben wir den Zug genommen."

Adelina schaute Andrea an. „Soweit ich weiß, warst du sicher in der britischen Botschaft. Warum bist du gegangen?"

„Jemand hat mich angegriffen... und... ich hatte eine Menge Fragen."

Adelina setzte sich auf. „In der Botschaft?"

Andrea nickte. „Ja. Ich war gerade dabei, ins Bett zu gehen und habe Sarah eine SMS geschrieben. Ein Mann kam herein und versuchte – ich weiß nicht, ob er mich verletzen oder umbringen wollte oder was sonst. Aber ich habe ihn wegschubsen können und Sarah hat mich abgeholt."

Adelina schloss ihre Augen. „Es tut mir so leid, Andrea. Alles. Aber vor allem, dass du in so großer Gefahr warst. Alles, was ich je getan habe, war, euch Mädchen zu beschützen. Aber ich war nicht besonders gut darin, oder? Erzähl mir von dem Angriff."

Andrea begann zu erzählen, was geschehen war. Wie der Raum ausgesehen hatte. Der Geruch des Mannes. Dann sagte sie: „Er hatte einen irischen Akzent. Tiefe Stimme."

„Oz", flüsterte Adelina.

„Was?", fragte Sarah.

Adelina erklärte es. Nachdem sie die Geschichte zu Ende erzählt hatte, sagte sie: „Ich habe immer gedacht, dass er für Richard arbeitet. Aber jetzt beginne ich, daran zu zweifeln."

Andrea sagte: „Denkst du, dass es vielleicht der Prinz war? Das hat der Mann gesagt."

George-Phillip? Nein. Adelina schüttelte ihren Kopf. „Nein, ich denke nicht, dass es möglich ist, dass er sich so sehr geändert hat."

„Na ja, er kam irgendwo her", unterbrach Andrea. „Und es gibt nicht so viele Leute, die Zugang zur königlichen Suite in der Botschaft haben."

Adelina seufzte. „Der Mann, der an der Grenze auf uns geschossen hat, hat für Oz gearbeitet. Ich befürchte, er wird nicht ruhen, bis ich tot bin."

„Das verstehe ich nicht", sagte Andrea. Ihre Augen wurden feucht und sie flüsterte dabei. Für einen kurzen Moment sah das distanzierte, zurückhaltende Mädchen aus, wie das kleine Mädchen, das es einmal gewesen war und es fühlte sich an, als ob jemand mit einem Dolch in Adelinas Herz stieß. „Ich verstehe das alles nicht. Ich wünschte, nichts davon wäre je passiert."

Marky Lovecchio. 7. Mai

Über die Grenze zu kommen war einfach gewesen. Marky hatte seinen Führerschein vorgezeigt und die kanadischen Grenzbeamten hatten ihn durchgewinkt. So einfach war das. Sie hatten seinen Challenger nicht mal durchsucht, es war fast schon eine Enttäuschung, wo er doch sogar seine Waffen zu Hause gelassen hatte. Natürlich war es nicht nötig, unnötige Risiken einzugehen, und er kannte jemand in Vancouver, der ihm eine Pistole besorgt hatte. Sie war nicht ideal – eine .32 APC, eine Spielzeugpistole. Aber für den Job sollte sie genügen.

Er war enttäuscht, dass er nicht in der Lage gewesen war, länger in Seattle zu bleiben. Die Stripperin war gut gewesen, und er hätte gerne ein oder zwei weitere Tage mit ihr in dem Hotelzimmer verbracht. Aber so viel Glück hatte er nicht gehabt. Er würde sich nicht mit Oz anlegen.

Das Krankenhaus sah nicht aus, wie die privaten Krankenhäuser in den Vereinigten Staaten, oder zumindest nicht wie die Krankenhäuser, in denen Marky schon gewesen war. Dies sah mehr aus wie ein VA- oder ein Army-Krankenhaus – es funktionierte, alles Notwendige war vorhanden, aber es gab keine teuren Teppiche oder Kunstobjekte. Marky war dankbar, dass der Morgen recht kühl war. Es war Mai und eine Jacke zu tragen, hätte nur Fragen aufgeworfen, wenn es warm gewesen wäre. So war es ihm ein Leichtes, seine Waffe unter seiner Jacke zu verbergen.

Er ging die Flure durch die Krankenhausflügel des zweiten Stocks entlang, seine Sneakers quietschten dabei hin und wieder leise auf dem Linoleumfußboden. Er kam an der Krebs- und der Kinderstation vorbei. Vor ihm lag ein ziemlich umlagerter Schwesternstützpunkt. Seine Zielperson war in Zimmer 201, das lag, wenn er richtig informiert war, weiter den Flur entlang auf der linken Seite.

Da. Der Schwesternstützpunkt lag in der Kreuzung zwischen zwei Fluren. Auf beiden Seiten waren Krankenzimmer. Vor ihm ging der Flur weiter und dort lagen vermutlich auch weitere Zimmer.

Marky hatte schon früher solche Situationen gemeistert. Alles, was man tun musste, war, so auszusehen, als ob man wüsste, was man tat. Niemand hielt einen an, wenn man selbstsicher und kühn aussah. Er bog nach links ab. Am Ende des Ganges befanden sich zwei Wachmänner. Einer saß auf einem Stuhl, hatte sein Telefon in der Hand und verschickte eine SMS. Der Andere stand ihm auf der anderen Seite des Ganges gegenüber und lehnte sich an einen Türrahmen. Eine Krankenschwester lief auf Marky zu und hinter ihr ging ein Mädchen mit schwarzen und türkisfarbenen Haaren. Sie war scharf und er warf ihr einen lüsternen Blick zu, während sie an ihm in entgegengesetzter Richtung vorbei ging. Er hatte keine Zeit zu vertrödeln. Er sah wieder zu den Wachleuten. Keiner von ihnen hatte sich bewegt, der an der Tür schaute gelangweilt in seine Richtung.

Das würde sich als grober Fehler erweisen. Marky war nicht gelangweilt und er war auf diese zwei Männer vorbereitet. Er sollte in der Lage sein, den Ersten zur Strecke zu bringen, bevor der Sitzende und SMS-schreibende überhaupt merkte, was los war. Er ging an einem weiteren Zimmer vorbei, aus dem Raum kam der Geruch von Ammoniak und darunter etwas Erdiges. Vielleicht starb dort gerade ein alter Mensch?

Als er etwa fünfundzwanzig Meter von den Wachleuten entfernt war, schob Marky ganz nebenbei seine Hand hinten in seinen Gürtel,. Der Stehende bewegte sich, aber es war schon zu spät. Marky zückte die Pistole und schoss dem Mann eine .32er-Patrone direkt ins Auge.

Sarah. 7. Mai

Als Andrea das Zimmer verließ und dabei fast weinte, begann ihre Mutter aufzustehen.

„Lass sie gehen", sagte Sarah. „Ich denke, es wird einige Zeit dauern. Alles was sie wusste, hat sich geändert."

Ihre Mutter seufzte, dann sank sie zurück in ihren Stuhl. Jessica begann, sich zu bewegen.

„Du musst wissen, ich hätte alles dafür getan, sie bei mir zu behalten. Außer ihr Leben zu riskieren. Richard hätte sie umgebracht. Das hat er mir gesagt und ich habe ihm geglaubt."

Sarah zuckte mit den Schultern. Die Worte führten dazu, dass sie sich – niedergeschlagen fühlte. Innerlich leer. „Ich habe in den letzten zwei Wochen viel erlebt und gelernt, Mutter. Ich habe erfahren, wie ihr, du und Dad, euch getroffen habt… was er dir angetan hat. Ich habe erfahren, dass zwei meiner Schwestern einen anderen Vater haben. Ich habe viel erfahren. Aber… es macht das alles nur noch schwerer, verstehst du das? Was früher mal einen Sinn ergab, ergibt nun keinen mehr."

Ihre Mutter nickte, ihr Gesicht war voller Falten. Adelina sah traurig aus. Alt.

Sarah streckte ihren Arm aus und griff nach der Hand ihrer Mutter. Dann sagte sie: „Ich weiß eines, Mutter. Wir alle sind deine Töchter. Es mag nicht einfach sein… aber das wird sich niemals ändern."

Die Augen ihrer Mutter liefen über. Sarah wusste nicht, wie es weiter gegangen wäre, denn sie erstarrte, als sie von außerhalb des Zimmers ein lautes Pop hörte, laut genug, dass ihre Ohren sofort anfingen zu klingeln. Ein zweites Geräusch, dann ein drittes. Schüsse. Es konnte nichts anderes sein. Sarah kämpfte gegen ihre sofort aufkommende Panik.

Jessica fuhr in ihrem Bett hoch. Sarah ergriff sie an der Hüfte und hob sie vom Bett, als wäre sie eine Gummipuppe, sogar noch als ihre Mutter kam, um ihr zu helfen. Sie ließen die nun schreiende Jessica auf den Boden gleiten.

Der Türknauf drehte sich. Sarah hörte nicht auf nachzudenken. Sie hüpfte über das Bett, griff nach der Tür und lehnte sich dagegen.

„Sarah!", kreischte ihre Mutter.

Die Tür wurde nach innen gedrückt, und schob Sarah zur Seite. Sie stieß ein Heulen aus, ihre Stiefel pressten sich in den Boden, während sie versuchte, die Tür zu schließen. Sie versuchte es mit aller Kraft, schaffte es aber nicht. Dann wurde plötzlich der Druck von der Tür genommen und sie flog nach vorne, verlor ihren Halt. Ihr wurde schwarz vor Augen, als ihr Kopf gegen die schwere Holztür fiel. Sie wurde zurückgeschleudert, als die Tür aufging.

Sarah landete auf ihrem linken Bein, dem Bein, das letztes Jahr verletzt worden war und sie brach sofort zusammen, die Muskeln in diesem Bein waren nicht stark genug, um das abzufangen.

Ein Mann in einer Jeans, einem Black Sabbath-T-Shirt und einer schwarzen Jacke stand in der Türschwelle und hob eine Pistole, die auf ihre Mutter zielte.

Adelina. 7. Mai

„Was...", fragte Jessica mit einem halben Schreien, während sie versuchte, auf die Beine zu kommen.

Adelina drückte ihre Tochter nach unten. „Bleib unten!", schrie sie.

Der Raum füllte sich mit Rauch und Geräuschen. Sarah heulte auf, es klang nach Wut und Adelina drehte sich gerade in dem Moment zurück zur Tür, in dem sie sich öffnete. Sarah wurde mit einem lauten Krachen gegen das Bett geschleudert.

Schreckliche Angst durchfuhr Adelina in diesem Moment, Angst dass sie nicht in der Lage sein würde, ihre Töchter zu beschützen, dass sie nicht mehr in der Lage sein würde, zu sehen wie sie aufwuchsen und heirateten und das Leben lebten, dass sie alle verdienten. Angst, dass sie nicht in der Lage sein würde, reinen Tisch mit ihren Töchtern zu machen, dass sie nicht mehr lange genug leben würde, um sie um Verzeihung anzuflehen.

Der Mann in der Tür war groß und muskulös. Er trug eine schwarze Lederjacke über einer Jeans und einem T-Shirt. Rauch von Schüssen, die bereits abgegeben worden waren, zog in das Zimmer, aber das war nichts gegen die große schwarze Mündung der Pistole, die hochgehalten wurde und direkt auf Adelina zeigte.

Alles schien sich zu einer Art krankhafter Zeitlupe zu verlangsamen. Jessica begann, sich erneut zu bewegen, und Adelina hielt ihre linke Hand hoch, als ob sie sagen wollte, Bleib, wo du bist.

Dann wurden plötzlich zwei Arme und Beine von hinten um den Killer gelegt, eine Hand griff nach seiner Waffe. Ein Blitz aus Schwarz und Türkis, Arme und Beine bewegten sich überall und Adelina verstand, dass Andrea von hinten auf den Killer gesprungen war. Ihre Tochter stieß einen ungezähmten Schrei aus und kreischte: „Lassen Sie sie in Ruhe!"

Andrea hatte eine Hand auf dem Schussarm des Mannes und die andere krallte sich in sein Gesicht. Die Pistole zeigte leicht in Richtung Decke und sie ging los. Einmal, zweimal, dann rannte Sarah mit dem Kopf vorweg in den Mann, sie traf ihn mit ihrem Kopf im Bauch. Er stieß einen lauten Schrei aus, als einer von Andreas Fingern sich in sein linkes Auge bohrten, Blut spritzte heraus und lief ihm über sein Gesicht. Dann stand Sarah vor ihm und griff mit beiden Händen nach seiner Waffe, sie trat ihm hart gegen das Knie.

Er brach mit einem Schrei zusammen, während Adelinas Töchter über ihn herfielen. Andrea nahm ihm seine Waffe ab, dann fesselte sie seine Arme auf seinen Rücken.

Erst danach schaute Andrea, die immer noch mit ihren Armen und Beinen am Boden war, auf und rief: „Mutter! Geht es dir gut? Und Jessica?"

Adelina sank auf ihren Stuhl.

KAPITEL NEUNZEHN
Realpolitik

Richard. 7. Mai

D

as erste, was Richard Thompson bemerkte, als er zum zweiten Tag in Folge den zentralen Verhandlungssaal des Senats betrat, war, dass er an diesem Tag noch voller war, als gestern. Geschäftige Helfer des Senats hatten weitere Stuhlreihen aufgestellt, ganz bis zu den großen Türen im hinteren Teil des Raumes. Fernsehcrews standen auf beiden Seiten an den Wänden und zusätzliche Kameras befanden sich auf dem Boden zwischen dem Podium und dem Zeugenstand.

Das war ein offizieller Medienzirkus. Die Morgenausgaben der Zeitungen waren deutlich genug gewesen. Die *The New York Times* – man konnte sich immer darauf verlassen, dass sie liberal war – hatte für Thompson und Leslie Collins eine öffentliche Gerichtsverhandlung gefordert. Im Gegensatz dazu hatte die konservative *Washington Times* sich hinter Thompson und Collins gestellt und sie beide als Helden im Krieg gegen die Sowjetunion bezeichnet. CNN und Fox News sprachen über nichts anderes, sie hatten Experten auf beiden Seiten, die sich gegenseitig Verräter, Liberale und noch ganz andere Dinge nannten. Die Berichte in den Medien waren allgegenwärtig, die Reporter stürzten sich auf alles, was sie über ihn finden konnten, seine Vergangenheit, die Vergangenheit seiner Familie.

Die Medien gruben Archivmaterial von seiner Senatsanhörung im Jahre 2000 aus, über seine diplomatische Mission im Irak vor der Invasion im Jahre 2003 und sogar Material über den Putschversuch am 23. Februar. Linke Kommentatoren spekulierten öffentlich darüber, dass Thompson und die CIA hinter den rechtsgerichteten Militärs steckten, die die spanische Hauptstadt besetzt hatten. Seine gesamte berufliche Laufbahn wurde genauestens durchkämmt, genauso wie Julias. Er hatte auch Berichte über sie gesehen – Morbid Obesitys erster Fernsehauftritt, ihr erstes Album, das Platinstatus erreicht hatte, Julia, die mit Reportern aus Hollywood und Moskau sprach. Die Reporter nahmen die Vorwürfe der Finanzbehörden für bare Münze und es war klar, dass jemand aus dem Senat der Presse Informationen zuspielte.

Keinem der Berichterstatter lagen allerdings wirkliche nennenswerte Fakten vor.

Aber die brauchten sie auch nicht, oder? Richard wusste das nur zu gut von dem Debakel seiner Ernennung zum Botschafter in Russland.

Konsequenterweise betrat Richard den Verhandlungssaal mit einem bangen Gefühl, aber er ging erhobenen Hauptes durch die Menschenmassen. Im vorderen Teil des Raumes saßen die Funktionäre, Journalisten und Lobbyisten, die es sich leisten konnten, Leute zu engagieren, die stundenlang vor der Anhörung einen Platz für sie freihielten. In der Mitte und im hinteren Teil des Raumes waren Leute aus der Öffentlichkeit, die Glück gehabt hatten und einen Platz im vorderen Teil der Schlange ergattern konnten. Es war vermutlich eine Mischung aus Aktivisten und anderen Personen, die linksgerichteten Organisationen positiv gegenüber standen. Aber zwischen der Menge saßen auch mindestens ein Dutzend Personen in Militäruniformen. Vielleicht Leute, die in Afghanistan eingesetzt gewesen waren? Wer wusste schon, wer all diese Menschen waren.

Er war etwa in der Mitte des Ganges angelangt, als zwei Männer aufstanden. Beide trugen lächerlich aussehende weite Sweatshirts und Hosen, ihre Haare waren ungekämmt. Sie hielten ein Banner hoch, auf dem stand: „Gerechtigkeit für afghanisches Blut."

Neben ihnen stand eine junge Frau auf. Wenn sie es für nötig gehalten hätte zu duschen, wäre sie vielleicht attraktiv gewesen, aber so sah ihr Haar etwas fettig aus, ihr Gesicht war voller Narben mit Pusteln und Narben von alten Pusteln. Sie rief: „Gerechtigkeit!", dann griff sie in ihre Tasche und wedelte mit ihrer linken Hand, als ob sie ein Baseballwerfer wäre, dann warf sie etwas durch den Raum direkt auf Richard zu.

Er zuckte zurück und weg von dem Wurfgeschoss, als die Menge auf-
schrie und seine Augen das Objekt verfolgten. Ein Ballon. Ein Wasserbal-
lon. Er klatschte rechts von Richard in die Menge und dunkle rote Flüssigkeit ergoss sich auf ein halbes Dutzend Leute, die begannen zu rufen und
zu schreien.

Die Capitol-Polizei rannte in die nun aufgewühlte Menge und schob
die Aktivisten fort, während andere denen halfen, auf die sich die Flüssigkeit ergossen hatte.

Blut. Echtes Blut. Richard konnte es riechen. Ein paar Tropfen hatten
auch ihn getroffen, ein paar sein Gesicht und seine Hände und vermutlich
ein paar weitere seinen Anzug. Er zog sein Taschentuch heraus, wischte
sich Gesicht und Hände ab und drehte sich dann wieder zum vorderen Teil
des Verhandlungssaals, wo der Zeugentisch den sich nun versammelnden
Senatoren gegenüber stand.

Der Geruch war schrecklich. Er hatte fast den vorderen Teil des Raumes erreicht, als seine Augen auf Maria Clawson fielen.

Diese Hure.

Richard war sich sicher, dass sie irgendwann mal etwas mit Chuck
Rainsley gehabt hatte. Nichts anderes konnte ihre so lange anhaltende Bos-
haftigkeit gegen ihn erklären. Er hatte große Schadenfreude empfunden,
als Julia das Gerichtsverfahren finanziert hatte, das Clawsons Karriere beendet hatte. Aber jetzt war die Hexe zurück. Sie machte ihr Comeback auf
Richards Kosten.

Schande.

Das war das Wort, das sein Vater, Cyrus Thompson, einst verwendet
hatte. Richard schauderte und lief weiter auf dem Weg zu seiner Exekution
den Gang entlang.

Er grunzte, als er die erste Reihe erreichte. Auf der rechten Seite saß
drei Plätze vom Gang entfernt Leslie Collins. Leiter der Abteilung Operationen der CIA. Sein früherer Freund. Richard fand es lächerlich, dass
Collins persönlich hier auftauchte, um zuzusehen, wie Richard zu Fall gebracht wurde und verbrannte. Zwei Sitze neben Collins saß ein dreißigjäh-
riger Saudi in einem schwarzen Anzug und mit einer traditionellen, weißen
Kufiya. Er erkannte den Mann, Prinz Roshans ältester Sohn Ahmed.

Ahmed hatte den Mut, Richard zuzunicken. Mehr Mut, als die falsche Schlange Collins zeigte. Richard drehte sich zurück zum vorderen Teil des Raumes. Die Senatoren saßen inzwischen alle und warteten auf ihn, sie hatten ihre Krallen ausgefahren und brannten darauf, ihn blutig zu reißen.

Richard mochte vielleicht am Verlieren sein, aber er würde einige von ihnen mitreißen.

Das war etwas, das Cyrus Thompson ihm beigebracht hatte. Sogar als der alte Bastard im Sterben lag, hatte er an seinem Groll und seiner Gehässigkeit, seiner Verachtung festgehalten, inklusive seines Hasses und seiner Verachtung seinem Sohn gegenüber.

Richard setzte sich auf den Stuhl am Tisch und sah auf seine Armbanduhr. Wenn sie pünktlich waren, würde die Anhörung in drei Minuten beginnen. In der Zwischenzeit setzte er sich auf, sein Rücken war gerade, Stolz zeigte sich in jeder Linie seines Körpers.

Schande.

Ja, das hatte sein Vater gesagt. Schande.

Das Wort war seine Antwort auf den Tod von Cyrus Thompson IV. – Richards älteren Bruder – gewesen.

Es war im Sommer nach Richards erstem Jahr in Harvard gewesen. Cyrus war ihm zwei Jahre voraus, er würde sein letztes Jahr beginnen. Irgendetwas an Cyrus war anders gewesen. Er war dünner als Richard, schmaler. Als Richard während ihrer Zeit in Exeter Rugby und Lacrosse gespielt und Teil des Ruderteams geworden war, war sein älterer Bruder ein Büchernarr und introvertiert gewesen.

Ein paar Wochen vor Cyrus' Tod hatten sie eines Nachts vier Blocks südlich des Harvard Yards auf dem Dach von Kirkland House gesessen.

„Du weißt, dass Vater mich hasst", hatte Cyrus gesagt.

Richard war ruhig geblieben, er hatte einfach nur zu den Sternen aufgeschaut.

„Es stimmt", hatte Cyrus gesagt. „Ich bin nur ein Witz. Er wollte jemanden, der sein Geschäft und sein Leben weiterführt. Ich bin schlaksig und lese Bücher und was ich wirklich will, ist Professor zu werden. Genau hier. Aber sogar hier… Vater hat Kirkland House ausgewählt. Das Sportler-Haus, so als ob ich hierher passen würde. Er war hier, also müssen wir auch hierhin gehen."

Richard hatte geseufzt und einen Schluck aus seinem Flachmann genommen. Es hatte ein warmes Glühen in seinem Magen verursacht.

„Ich gebe ihm einfach, was er will", hatte Richard gesagt. „Das ist einfacher."

„Für dich ist das leicht, das zu sagen. Du willst die gleichen Dinge wie er."

Richard hatte seinen Kopf geschüttelt. „Nein. Ich werde fortgehen. Weit weg. Scheiß auf ihn. Ich werde am anderen Ende der Welt sein, und Vater kann sich jemand anderen suchen, um seine Metallrasierer oder was zur Hölle er sonst noch herstellt, zu übernehmen."

Cyrus hatte sich verblüfft aufgesetzt. „Wo wirst du hingehen?"

Richard hatte gesagt: „Kann ich dir ein Geheimnis verraten? Ein wirkliches Geheimnis – etwas, dass du niemand erzählen darfst?"

„Natürlich."

Richard hatte über seine Schulter geschaut, obwohl er gewusst hatte, dass sonst niemand auf dem Dach war. Er hatte geflüstert: „Letzten Monat habe ich mich mit einem Anwerber für die CIA getroffen."

„Was?"

Richard hatte genickt. „Sie werden natürlich nichts tun, bis ich den Abschluss habe. Aber er hat gesagt, dass sie Leute suchen, die sprachlich talentiert sind und die sich zwischen reichen Menschen bewegen können. Diplomaten. Was auch immer."

Cyrus war entgeistert gewesen. „Aber… aber… was, wenn du in einem Ort wie Vietnam endest?"

Richard hatte mit den Schultern gezuckt. „Besser mit der CIA, als als Wehrpflichtiger. Wo wir gerade davon sprechen… wie sind deine Noten?"

Cyrus war während des ersten Semesters auf akademische Bewährung gesetzt worden. Ein weiterer Kurs, den er nicht bestand, und er würde aus Harvard ausgeschlossen werden – und dadurch würde er seine Wehrzurückstellung verlieren. Es gab natürlich immer Wege, solche Dinge zu umgehen, aber Richard und Cyrus hatten gewusst, dass ihr Vater sie nicht nutzen würde. Er würde seinen ältesten Sohn lieber in einen Dschungel schicken, damit er dort getötet wurde, als zuzugeben, dass er nicht sein Klon war.

Cyrus hatte bei der Frage geseufzt. Dann hatte er geflüstert: „Ich falle durch."

„Warum?", hatte Richard gesagt. „Du bist genauso schlau wie ich. Schlauer."

Cyrus hatte mit den Schultern gezuckt und weggeschaut. „Ich weiß es nicht. Manchmal fällt es mir einfach schwer, mich aufzuraffen."

Drei Wochen später waren die endgültigen Noten bekannt gemacht und es war offiziell geworden. Cyrus war ausgeschlossen worden. Seine Wehrkennziffer war bereits ausgelost worden, und nur der Studienaufschub hatte ihn vor der Army bewahrt.

Sie waren nach Hause nach San Francisco zurückgekehrt und beide Brüder waren in das Büro ihres Vaters zitiert worden – das gleiche Büro, das Richards Büro geworden war, nachdem der alte Bastard gestorben war. Ihr Vater hatte Richard umarmt und ihn angelächelt, er hatte ihn zu seinen Noten beglückwünscht und auch zu seiner Lacrosse-Trophäe.

Dann hatte er sich zu seinem älteren Sohn umgedreht. „Ich schäme mich für dich, Cyrus. Du bist… eine Schande für die Familie."

„Vater… was soll ich tun?"

Cyrus Thompson III. hatte seine Nase in die Luft gestreckt und von seinem Sohn weggesehen. „Ich denke, du musst in den Krieg ziehen. Vielleicht wird dich das endlich zu einem Mann machen. Geh mir aus den Augen. Du widerst mich an."

Cyrus war geflohen. Richard hatte dort gestanden, ohne etwas zu sagen. Ihr Vater hatte sich zu ihm umgedreht und gesagt: „Dein Bruder ist nicht mal in der Lage, eine Horde Mäuse aus einer Papiertüte zu führen. Du wirst das Geschäft übernehmen, wenn ich in Rente gehe."

Richard hatte mit den Schultern gezuckt. „Ich würde nicht darauf zählen, Vater. Ich habe andere Pläne."

Das Gesicht seines Vaters war rot geworden und er hatte gedonnert: „Du wirst planen, was ich will und sonst nichts!"

Am nächsten Morgen hatte Richard seinen Bruder erhängt auf dem Speicher gefunden.

Tage später, bei der Beerdigung, hatte sein Vater die Worte noch einmal gesagt, aber auf eine neue und noch abscheulichere Art: „Sein Tod war genauso eine Schande wie sein Leben."

Richard hatte sich das Wort gemerkt. Er hatte sich daran erinnert, es für sich behalten, es benutzt, es gefühlt. Während des nächsten Jahrzehnts hatte er das Flehen seines Vaters, nach San Francisco zurückzukommen, ignoriert und sich stattdessen um seine berufliche Laufbahn beim Auswärtigen Dienst und seine weit geheimere berufliche Laufbahn bei der CIA gekümmert.

Sie hatten üblicherweise an Weihnachten und Ostern miteinander gesprochen. Aber Richard war nicht nach San Francisco zurückgekehrt. Er hatte den Verfall seines vierstöckigen Elternhauses in San Francisco nicht miterlebt. Er hatte auch den langsamen Verfall seines Vaters nicht miterlebt. Erst im Jahre 1983, mehr als zehn Jahre nach dem Tod seines Bruders, war er in die Stadt zurückgekehrt, die er früher einmal sein Zuhause genannt hatte.

Es war bei einem kurzen Heimurlaub während seiner Zeit in Spanien gewesen. Er hatte unter großem Druck von seinen Vorgesetzten gestanden – wegen des misslungenen Putschversuchs, der eine sympathisierende Regierung an die Macht gebracht hätte, und wegen seiner Verbindung zu der minderjährigen Tochter eines abgesetzten Marquis'. Die Position der Agency war klar gewesen – keine weiteren Wellen schlagen. Nichts mehr tun, das die Aufmerksamkeit auf die Agency lenken konnte. Das Mädchen heiraten und ihre Familie zum Schweigen bringen.

Das hatte er getan. Und als er in San Francisco ankam, war es, um Vorbereitungen zu treffen, seine frischgebackene Frau nach Hause zu schicken. Er hatte seinen Vater bettlägerig vorgefunden. Seine Gesundheit war durch die Syphilis ruiniert worden, die unbehandelt und unbemerkt geblieben war, bis es zu spät gewesen war. Er war teilweise gelähmt und blind gewesen, die inneren Organe des alten Mannes gaben nach und nach auf, und er hatte nur noch ein paar Wochen zu leben gehabt.

Du bist verheiratet?, hatte sein Vater getobt. Mit einer spanischen Schlampe?

Richard hatte geringschätzig geantwortet. Sie ist die Tochter spanischer Adeliger, falls es dich interessiert, Vater. Mir ist es egal. Was mir nicht egal ist, sie wird hierher kommen, um hier zu wohnen, während ich wieder in Übersee bin. Ich kann keine schwangere Siebzehnjährige mit um den Globus schleifen.

Sein Vater hatte giftig geantwortet. „Ich werde das nicht erlauben. Ich werde dich sogar enterben, wenn du das Mädchen hier ablädst. Du undankbarer kleiner Bastard. Du bist genauso eine Schande für die Familie, wie es dein Bruder war!"

Richards Antwort war voller Wut gewesen. Aber nicht die Art von Wut, die Adelina später in ihm hervorrief. Nein, es war eine kalte Wut, eine Wut, die zu einer Antwort geführt hatte, die seines Vaters würdig gewesen war. Nach ein paar Telefonaten und einer Menge Schmiergeld war Cyrus Thompson III, der frühere Fabrik- und Exportmagnat, für unzurechnungsfähig erklärt und seine Betreuung seinem liebenden Sohn übertragen worden.

Es tauchte niemals ein Testament auf, in dem Richard Thompson enterbt wurde. Als er nach Spanien zurückkehrte, hatte er ein reines Gewissen und war sicher, dass sein Vater in ein paar Wochen tot sein würde.

Eine schreckliche Schande.

Ein paar Monate später hatte Richard dafür gesorgt, dass seine junge Ehefrau und seine Tochter in das vierstöckige Haus zogen, in dem seine Mutter und sein Bruder gestorben waren. Das Schlafzimmer seiner Mutter wurde zu Adelinas. Vielleicht würden ja die dortigen Geister die abergläubische Hexe verfolgen. Und er hatte das Dachgeschoss ausbauen lassen, es wurde erst Julias Zimmer und viel später Sarahs.

Während er jetzt seine Hände vor sich faltete und darauf wartete, dass die Anhörung begann, dankte Richard dem Schicksal oder wem auch immer, dass er Frieden mit Julia geschlossen hatte. Er hatte viel zu viel Zeit und Energie investiert, um ihre Loyalität sicherzustellen, jetzt zahlte sich das aus. Heute Morgen hatten sie, bevor die Anhörung begann, ihre Strategie besprochen. Irgendwann hatte sie ihn über den Tisch hinweg direkt angeschaut.

„Dad... Ich möchte, dass wir auf gleicher Höhe miteinander umgehen. Ich weiß, dass damals der Kalte Krieg war, und dass schlimme Dinge geschehen sind. Ich weiß, dass Menschen Dinge haben tun müssen, die heutzutage schlimm erscheinen. Hast du es getan? Hast du ihnen die chemischen Waffen gegeben?"

Richard hatte schnell innerlich die richtige Antwort kalkuliert. Dann war er zu dem Ergebnis gekommen, dass er Julia noch näher an sich binden musste. Seine anderen Töchter würden sich auf die Seite ihrer Mutter stellen, da war er sich sicher. Aber seine Julia war zu sehr verletzt worden, um jemals die Seite ihrer Mutter einzunehmen.

Er hatte genickt. „Das habe ich. Es war schrecklich. Aber es war auch notwendig."

Sie hatte ihre Augen geschlossen und tief eingeatmet, ihre Wangen waren blass geworden.

„Julia… du kennst dich besser als alle anderen mit Auslandspolitik aus. Du weißt, wie die Dinge laufen. Ich wollte das nicht tun und ich wusste ganz sicher nicht, dass sie es an unschuldigen Dorfbewohnern testen würden. Wir hatten der Miliz und einem Berater, einem sowjetischen Überläufer, der zum Islam konvertiert war und sich auf die Seite der Mudschaheddin geschlagen hat, Satellitenfotos eines russischen Trainingscamps zugespielt. Aber sie haben es nicht gegen das Militär verwendet… sondern an Zivilisten. Ich hätte alles dafür getan, das zu verhindern."

Sie hatte ihm einen wissenden Blick zugeworfen. „Aber da es geschehen war, musstet ihr es den Sowjets zuschieben. Realpolitik."

Er hatte das Gesicht verzogen. „Leider ja."

Sie hatte angebissen. Also hatte er jetzt zumindest eine Verbündete. Julia hatte versprochen, ihre Anwälte auf die Finanzbehörden anzusetzen – sie hatte sich gestern mit ihnen getroffen. Und sie hatte versprochen, sich um Maria Clawson zu kümmern. Richard würde sich in der Zwischenzeit um Leslie Collins und das Streitkräftekomitee des Senats kümmern.

Seine Aufmerksamkeit wanderte schnell in den vorderen Teil des Raumes, als Senator Chuck Rainsley mit dem Richterhammer schlug.

„Mister Thompson, haben Sie überhaupt ein Wort von dem, was ich gesagt habe, gehört? Ich habe Ihnen eine Frage gestellt." Rainsleys Gesicht war rot.

Richard seufzte. Dann tat er etwas, von dem er dachte, dass er damit vielleicht einen Teil der Medien und der Öffentlichkeit, die Rainsley für einen riesigen Angeber hielten, für sich gewinnen konnte.

„Es tut mir leid, Senator. Ich habe wirklich nicht bemerkt, dass Sie etwas gesagt haben. Was war es?"

Im Raum war es einen langen Augenblick lang still, nur das Klicken von Digitalkameras war zu hören. Erst kam ein Kichern vom hinteren Teil des Raumes, dann ein lautes Lachen und dann lachte das ganze Publikum.

Rainsley war stinksauer. „Vielleicht hören Sie besser, wenn Ihnen der Kongress seine Geringschätzung ausspricht."

Richard starrte Rainsley an, er wusste, dass zum jetzigen Zeitpunkt nur die Meinung der Öffentlichkeit und des Geschworenengerichts zählte. Dieser Senatsausschuss war nicht der Rede wert.

„Ich werde meine Frage wiederholen, Mister Thompson. Sie behaupten, dass der stellvertretende Abteilungsleiter der CIA, Leslie Collins für das Massaker verantwortlich war und dass sie es gemeldet haben. Haben Sie dafür Beweise? Kopien des Berichts? Haben Sie es irgendjemandem erzählt, zum Beispiel, als es um seine Beförderung auf den Posten ging?"

„Die Information war vertraulich. Natürlich habe ich keine Kopien des Berichts bei mir behalten – vertrauliche Informationen privat zu lagern ist ein Verbrechen."

Rainsley lehnte sich vor, sein Gesicht begann rot zu werden. „Mister Thompson, stimmt es, dass Sie einer der CIA-Agenten waren, die die Organisatoren des Putschversuchs in Spanien 1983 angestiftet und ihnen geholfen haben?"

Sein Gesichtsausdruck war kalt, als Richard antwortete: „Ich kann in einer öffentlichen Anhörung nicht über vertrauliche Informationen reden, Senator."

„Dann sagen Sie mir eines!", donnerte Rainsley. „Sie haben Ihre damals sechzehnjährige Frau während des Putschversuchs in Spanien kennengelernt. Warum verlangt sie nun politisches Asyl in einem mit uns verbündeten Staat?"

Richard spürte, wie sein Gesicht rot wurde. Diese. Verdammte. Hure.

Anthony. 7. Mai

„Hier entlang", sagte der Berater. Er war eindeutig mehr als ein Diener oder ein Türsteher. Der Mann um die fünfzig hatte das Gesicht eines Boxers und einen schweren irischen Akzent. „Mein Name ist Oswald O'Leary, ich bin der persönliche Berater des Prinzen. Er ist oben in seinem Büro."

Anthony folgte dem Mann eine Marmortreppe hinauf. „Sein persönlicher Berater? Welche Aufgaben gehören dazu, wenn ich fragen darf?"

O'Leary kicherte. „Alles, was notwendig ist, um die Krone zu schützen, Sir. Ich war vor vielen Jahren einmal ein Teil der Sicherheitseskorte der Queen, dann persönlicher Berater von Prinz George-Phillip."

Irgendetwas an O'Leary gefiel Anthony nicht. Er versuchte, es aus seinen Gedanken zu verbannen. Adelinas Aussagen über Oz beunruhigten ihn, aber er konnte ja wohl nicht jeden Mann mit einem irischen Akzent verdächtigen.

Andererseits stand O'Leary dem Prinzen sehr nahe.

„Wie haben Sie den Prinzen kennengelernt?"

Ohne zu Zögern sagte O'Leary: „Ich wurde ihm bei seinem ersten richtigen Einsatz für den MI6 zugeteilt, um ihm zu helfen. Das muss... oh... es muss im Frühjahr 1984 gewesen sein. Wir waren hier in Washington DC."

Anthony fühlte, wie er schauderte. Vorsichtig sagte er: „Und Ihre Zuteilung wurde von der Queen veranlasst? Ist das nicht unüblich?"

Er stellte die Frage, während sie den zweiten Stock erreichten und begannen, einen langen Flur entlangzugehen.

O'Leary grinste. „Nicht wirklich. Meine primäre Aufgabe war es, die Krone vor Skandalen zu bewahren. Das waren raue Jahre – Prinzessin Margaret und Lord Snowden hatten Affären, die sich fast an der Öffentlichkeit abspielten und ließen sich dann scheiden, Prinz Andrew hat sich mit einem amerikanischen Mädchen eingelassen, von dem sich herausstellte, dass sie ein Porno-Star war. Man hatte Bedenken, dass die Monarchie selbst zu Fall kommen würde. Wir sind da."

Anthony hatte keine Zeit zu reagieren, während O'Leary die Tür öffnete. Sein Hirn verarbeitete O'Learys Worte. Bedenken, dass die Monarchie selbst zu Fall kommen würde? George-Phillip im Jahre 1984 zugeteilt, um auf ihn aufzupassen? Das war das Jahr, in dem George-Phillip und Adelina sich kennengelernt hatten.

Das war, als Oz zum ersten Mal aufgetaucht war.

Anthony sah zurück zu O'Leary, behielt seinen Gesichtsausdruck dabei unnatürlich unter Kontrolle, war angespannt, denn er wollte nicht preisgeben, was er realisiert hatte. Der Mann mit dem Boxergesicht sah ihn an. War das Oz? Der Mann, der Adelina bedroht hatte? Der in ihre Wohnung eingedrungen war? Es würde einiges erklären. Inklusive des Angriffs auf

Andrea, der in der Botschaft stattgefunden hatte, wo sonst niemand Zugang haben sollte.

Er musste sich zwingen, seine Aufmerksamkeit von O'Leary auf Prinz George-Phillip zu lenken, der von seinem Schreibtisch aufstand und auf ihn zukam, seine rechte Hand war ausgestreckt.

„Anthony Walker. Es freut mich sehr, Sie wiederzusehen. Ich habe Ihre Karriere seit unserem ersten Interview mit Interesse verfolgt."

Anthony ergriff George-Phillips Hand. Die Ähnlichkeit mit Carrie und Andrea war beeindruckend. Er wunderte sich, dass ihm das nicht schon früher aufgefallen war. „Dann wissen Sie sicher auch über mein Exil Bescheid."

George-Phillip kicherte. „Das tue ich tatsächlich. Ich bewundere Menschen, die alles für ihre Überzeugung riskieren. Bitte setzen Sie sich. Carrie Sherman... na ja, ich vermute Sie wissen, dass sie meine Tochter ist... hat mich gebeten, Sie zu treffen. Ich möchte gerne wissen, worum es geht."

Anthony nahm auf dem angebotenen Stuhl Platz, einem von zwei Queen-Anne-Stühlen mit rotem Lederbezug, die sich an einem kleinen Tisch gegenüberstanden. Auf dem Tisch stand bereits Tee.

„Bitte... nehmen Sie sich einen Tee, Mister Walker."

Anthony lächelte. „Anthony, bitte, Eure Hoheit."

George-Phillip lächelte. „Dann Anthony. Und Sie nennen mich George-Phillip."

Anthony blickte zurück zur Tür. O'Leary war verschwunden. Aber wie groß war die Wahrscheinlichkeit, dass er hören konnte, was im Zimmer gesprochen wurde?

Groß, dachte Anthony. Sehr groß.

„Bitte", sagte George-Phillip. „Erzählen Sie mir mehr von Ihrem Auftrag."

Anthony nickte. „Es gibt verschiedene Teile der Geschichte. Zunächst einmal müssen Sie wissen, dass ich ursprünglich eine unbedeutende Story über Morbid Obesity schreiben sollte. Kennen Sie die Rock Band?"

„Nicht mein Musikgeschmack, aber ich kenne sie. Carries ältere Schwester hat eine ziemlich große Firma, soweit ich weiß."

„Stimmt. Aber die Story entwickelte sich schnell weiter, als die Finanzbehörden und das Geschworenengericht ihre Ermittlungen gegen Minister Thompson aufnahmen."

Als Richard Thompsons Name erwähnt wurde, nahm George-Phillip einen sauren Gesichtsausdruck an. Das war keine Überraschung. Anthony fuhr fort: „Mein Interesse an der Geschichte hat sich erweitert. Sie wissen vielleicht, dass ich letztes Jahr einen Bericht über die Geschichte des Wakhan Korridors geschrieben habe."

„Ich habe ihn gelesen. Und Sie hatten mit fast allem recht."

Anthony machte ein saures Gesicht. „Außer natürlich bei den Tätern. Wie alle anderen dachte auch ich, dass es die Sowjets waren."

„Ich werde ganz offen zu Ihnen sein, Anthony. Ich weiß sehr genau, was geschehen ist und wer verantwortlich war."

Anthony nickte. „Das habe ich mir gedacht. Ist die Story des *The Guardian* auch nur ansatzweise korrekt?"

„Teilweise", antwortete George-Phillip. „Denn ich habe damals empfohlen, die Geschichte öffentlich zu machen. Die Premierministerin und der Chef des MI6 haben angeordnet, dass meine Untersuchungsergebnisse unter Verschluss gehalten wurden. Trotz meines Status' als Mitglied des Königshauses, war ich damals in der bürokratischen Hierarchie sehr weit unten. Aber heute Morgen wurde der Vertraulichkeitsvermerk von meiner Untersuchung entfernt. Ich werde Ihnen eine Kopie zur Verfügung stellen."

Anthony schloss seine Augen. Das war mehr, als er zu hoffen gewagt hatte. „Danke, Sir. Ich habe noch mehr Fragen."

George-Phillip hob seine Augenbrauen. „Ja?"

Anthony schluckte. Wenn er falsch lag und George-Phillip nicht der Mann war, von dem er annahm, dass er es war – Anthony könnte jetzt rausgeschmissen werden und jede Möglichkeit, die Story zu bringen, verlieren.

Er glaubte nicht, dass er falsch lag. „Eure Hoheit, gestern Morgen habe ich Adelina Thompson interviewt. Unter anderem hat sie mir erzählt, wie es dazu kam, dass sie Richard Thompson geheiratet hat, und darüber, wie ihre dreißigjährige Ehe war. Sie hat mir eine Menge über Ihre Affäre erzählt."

George-Phillip wedelte vage mit einer Hand. „Ich habe das Wort nie gemocht. Ich habe Adelina geliebt, wie niemand anderen sonst in meinem Leben."

„Nicht mal Lady Anne?"

George-Phillip schloss seine Augen. „Anne und ich haben uns gut verstanden. Und waren glücklich. Aber wir hatten niemals diese… diese

Leidenschaft. Wir haben ein ruhiges und glückliches Leben miteinander gehabt, und eine wundervolle Tochter."

„Mein Beileid", sagte Anthony. „Eure Hoheit, ich habe die nötigen Details, um es zu tun. Ich stelle eine riesige Story zusammen. Aber ich brauche Bestätigungen. Ich brauche weitere Details. Werden Sie an die Öffentlichkeit gehen? Werden Sie mir Ihre Geschichte erzählen?"

Während der nächsten drei Stunden, saßen sich Anthony und George-Phillip gegenüber, während der Tee kalt wurde und sie die Erfrischungsgetränke, die Botschaftsmitarbeiter brachten, ignorierten. Als George-Phillip die Wakhan Akte hervorholte, wanderten sie zum Schreibtisch, wo George-Phillip die Inhalte ausbreitete und seine Schlussfolgerungen erläuterte.

Dann fuhren sie fort. George-Phillip erzählte, wie er Adelina kennengelernt hatte. Wie schnell sie sich verliebt hatten. Während er redete, erschien ein wehmütiges Sehnen auf seinem Gesicht. Er sah Anthony an und sagte: „Ich habe niemals etwas Ähnliches erlebt. Ich hätte alles für sie getan. Alles. Aber sie wollte es nicht. Sie hat mich verlassen, ohne Erklärung."

„Das muss schwierig für Sie gewesen sein", sagte Anthony, sein Tonfall war unverbindlich.

„Es hat mich am Boden zerstört."

Anthony zuckte zusammen. Anders als George-Phillip, wusste Anthony genau, warum sie ihn verlassen hatte. Sie hatte ihm von ihrer Scham wegen Richards Vergewaltigung erzählt. Den Selbsthass, denn sie verspürt hatte. Und dann war da noch Oz.

Er seufzte. „Eure Hoheit – "

„George-Phillip", korrigierte der Prinz.

„Normalerweise würde ich das nicht machen. Aber... ich weiß, warum sie Sie verlassen hat. Damals und auch später in China."

„Heiliger Gott, Mann. Warum?"

Anthony holte tief Luft. Dann erzählte er George-Phillip, was er von Adelina erfahren hatte. Der nächtliche Besuch und die Nachricht, die in Julias Zimmer hinterlassen worden war. Der Angriff, der Jahre später erfolgt war. Und jetzt, die Killer, die angeheuert worden waren, um Adelina umzubringen, inklusive des Angriffs im Abbotsford Krankenhaus vor ein paar Stunden.

Während er redete, wurde der Gesichtsausdruck von George-Phillip wütend.

„Weiß sie, wer diese Person ist?"

„Wir wissen, dass er einen irischen Akzent hat. Und… wir wissen, dass er seit mehr als dreißig Jahren in diese Sache verwickelt ist. Wer auch immer er ist, er wollte, dass sich Adelina von Ihnen fernhält und er ist inzwischen bereit, dafür zu töten. Und… wir wissen, dass er Zugang zum Gelände dieser Botschaft hat… zu diesem Gebäude."

„Was?", George-Phillips Ton war scharf. „Erklären Sie das", befahl er.

„Andrea Thompson wurde in ihrem Zimmer hier in der Botschaft angegriffen. Darum ist sie geflüchtet. Der Mann, der sie angegriffen hat, sagte, dass er ihr ein Geschenk von ihrem Vater geben würde. Dann hat er versucht, sie zu erwürgen. Sie hat mit einem Stift auf ihn eingestochen und ist dann geflüchtet."

George-Phillips Gesicht wurde blass vor Schock. Dann sagte er: „O'Leary… er war von Anfang an gegen meine Verbindung mit Adelina. Und er ist die einzige Person, die seit damals in meiner Nähe ist. Er hat gehumpelt, nachdem sie verschwunden war…"

Er hob das Telefon an seinem Schreibtisch ab und wählte eine Nummer. „Captain, hier ist Prinz George-Phillip. Ich gebe Ihnen jetzt einen Befehl und ich erwarte, dass er sofort und ohne Aufsehen ausgeführt wird. Ergreifen Sie O'Leary und bringen Sie ihn zu mir." George-Phillip war für einen Moment ruhig und hörte zu. Dann sagte er. „Ich werde es später erklären. Es ist unerlässlich, dass Sie ihn jetzt festhalten."

Er legte auf und drehte sich mit wütendem Gesicht zu Anthony. „Ich habe nur noch zwei Stunden Zeit, bis mein Flug nach London geht. Ich werde O'Leary mitnehmen und der Sache auf den Grund gehen. Es kann niemand anderes gewesen sein."

KAPITEL ZWANZIG
Plan B

Leslie Collins. 7. Mai

Leslie Collins saß steif auf seinem Platz, er starrte stur geradeaus und versuchte, dabei niemandem in die Augen zu schauen. Mit seiner linken Hand hielt er sein rechtes Handgelenk fest... ganz diskret zählte er seinen Puls, wie sein Arzt es ihm gezeigt hatte. Im Moment war sein Puls bei 160, gefährlich hoch für einen Mann in seinem Alter und seinem Zustand. Die Anhörung würde bald zu Ende sein, Gott sei Dank.

Er hatte etliche Textnachrichten aus dem Büro erhalten – zuerst ein paarmal von seiner Sekretärin. Dann vom Direktor der CIA persönlich, das waren keine Anrufe, die man ignorierte – aber er hatte es getan. Der letzte Anruf war schließlich vor zwanzig Minuten aus dem Weißen Haus gekommen.

Er hatte auch ihn ignoriert.

Während die Anhörung im Laufe des Tages weitergegangen war, war Collins in Gedanken alles durchgegangen, was er wusste, alles was er getan hatte. Es würde nicht mehr lange dauern, bis das Geschworenengericht auch hinter ihm her sein würde. Einige der Ermittler hatten Wind von Tyler Colemans Identität bekommen, was sie zu Brennan Holdings geführt hatte, eine Scheinfirma, die Leslie seit zehn Jahren betrieb, um seine Aktivitäten zu verbergen. Aktivitäten, die für die nationale Sicherheit notwendig, aber nicht genehmigt worden waren, weil die Politiker nicht das nötige Rückgrat dafür hatten.

Es würde nicht mehr lange dauern, bis Brennan Holdings sie direkt zu Leslie Collins führen würde. Es würde ihm wie Richard ergehen – blass und schwitzend würde er tagelang Senatsanhörungen über sich ergehen lassen müssen, gefolgt von einer Gerichtsverhandlung und vermutlich einer Inhaftierung. Bei der Untersuchung könnte auch herauskommen, welche Rolle er bei der Eröffnung der geheimen Konten auf Thompsons Namen gespielt hatte. Wenn das geschehen sollte, wäre es das Worst-Case-Szenario: Thompson würde entlastet und Collins für alles bestraft werden.

Wenn er überhaupt so lange überleben würde. Es war ihm nicht entgangen, dass Ahmed al-Saud – Prinz Roshans ältester Sohn – auch bei der Anhörung anwesend war, er saß zwei Plätze neben Leslie, lehnte sich zu ihm herüber und sagte: „Mein Vater hat mich gebeten, Sie zu fragen, wie es Ihnen geht, Mister Collins."

Alles war außer Kontrolle. Collins hatte Andrea Thompsons Entführung angeordnet, um zu verhindern, dass die Geschichte aufgedeckt wurde, aber seine Mitarbeiter hatten alles total vermasselt. Aber jetzt bemerkte er, dass er nicht der einzige Spieler bei diesem Spiel gewesen war. Wer hatte versucht, Prinz George-Phillip zu erschießen? War es Thompson gewesen, weil er herausgefunden hatte, dass der Prinz eine Affäre mit seiner Frau gehabt hatte? War es Prinz Roshan gewesen, der versuchte, jeden Hinweis darauf zu verbergen, der dazu führte, dass er als einer der Verantwortlichen des Wakhan Massakers auffflog?

Und außerdem, wer hatte Adelina Thompson verfolgt und versucht, sie nicht einmal, sondern sogar zweimal, umzubringen? War Thompson ihrer endlich überdrüssig geworden und hatte entschieden, sie umbringen zu lassen? War es noch undurchschaubarer und er versuchte, Collins reinzulegen?

Alles zerfiel. Collins stand auf und zog damit unausweichlich die Aufmerksamkeit der ganzen Legion von Reportern und Fotografen auf sich, die zwischen dem Podium und Richard Thompson standen.

Inzwischen war es egal. Er zitterte, während er den Verhandlungssaal verließ. Er musste die Situation irgendwie unter Kontrolle bringen. Vielleicht war es an der Zeit, Roshan zur Rede zu stellen. Oder ihn umbringen zu lassen, bevor er sich aus dem Staub machte und versuchte, Collins für seine Aktivitäten verantwortlich zu machen.

Außerhalb des Anhörungssaals wurde er von Reportern bedrängt, die ihm inakzeptable Fragen zuriefen.

Waren Sie für das Massaker in Wakhan verantwortlich?

Wer hat Andrea Thompson entführt?

Welche Rolle haben Sie bei der Vertuschung gespielt, Direktor?

Collins zwängte sich durch sie hindurch. Wie konnten sie es wagen? Sie verstanden einfach nicht, dass wo gehobelt wurde, auch Späne fielen. Man kann keine Nation schützen, ohne Dinge zu tun, die die einfachen Leute in ihren Wohnzimmern nicht verstehen würden. Direkt nach dem 11. September hatten die Amerikaner nach Blutrache geschrien. Aber sie waren nicht stark genug, und wenn sie wirklich Blut sahen, dann schreckten sie davor zurück.

Es brauchte Männer von Collins Stärke, die bereit waren zu tun, was zu tun war, um die Nation zu schützen.

Er ließ die Reporter hinter sich und ging zur Tiefgarage. Er würde nach Hause fahren und sich ausruhen. Er würde Pläne schmieden. Er würde den Rest dieser schrecklichen Woche überstehen und würdevoll weitermachen.

Aber er würde auch beginnen, über einen Plan B nachzudenken.

George-Phillip. 7. Mai

Die kleine zweimotorige Maschine hob von der Startbahn des Washington Reagan National Airports ab, durch die Fenster fiel brillantes, rotes und oranges Licht. Über Washington DC ging die Sonne unter und der Ausblick aus der Luft war atemberaubend.

Jane war begeistert. Diesmal saß sie auf einem Fensterplatz und schaute nach unten, während das Flugzeug eine Rechtskurve flog und weiterhin Kurs über dem Potomac River hielt.

George-Phillip lehnte sich neben ihr nach vorne und zeigte auf das Washington Monument und das Weiße Haus. Jane klatschte in die Hände und hüpfte auf ihrem Sitz herum. Vor ihnen konnte er durch die offene Tür zum Cockpit sehen, wie die Crew die Instrumente bediente.

Die Freude über die schöne Aussicht half ihm, den Stich zu mildern, den O'Learys Betrug und seine Flucht in ihm hinterlassen hatten.

Weniger als zehn Minuten nachdem er O'Learys Ergreifung angeordnet hatte, war der Captain der Royal Marines mit Neuigkeiten zurückgekommen. Oswald O'Leary hatte das Gelände der Botschaft weniger als eine Minute, bevor George-Phillip ihn hatte suchen lassen, verlassen. Wohin war er verschwunden? Und warum? Warum das alles? Die Geschichte, die Anthony Walker erzählt hatte, die geheimen Anrufe und Bedrohungen, Angriffe mitten in der Nacht – war extrem alarmierend. Er hätte O'Leary niemals verdächtigt, er hatte ihm mehr als dreißig Jahre lang vertraut.

O'Leary hatte niemals einen Hehl aus seinem Missfallen Adelina gegenüber gemacht. Damals im Jahre 1984 hatte er gesagt: Halten Sie sich von der Thompson Frau fern. Es würde der Queen nicht gefallen. Aber Missfallen war etwas ganz anderes als Mord.

George-Phillip lehnte sich erneut vor zum Fenster. Er konnte unter sich den dichten Washingtoner Verkehr sehen, es sah aus wie lebende Adern. Verstopfte Adern eines von Krankheit gezeichneten Mannes.

Die Stewardess, eine junge Frau, die vermutlich gerade erst die Mittelstufe beendet hatte, näherte sich ihnen. „Bitte bleiben Sie weiterhin angeschnallt, bis wir unsere Reiseflughöhe erreicht haben. Kann ich Ihnen in der Zwischenzeit einen Drink anbieten, Sir?"

„Orangensaft für uns beide, bitte."

„Warum trinkst du Saft, Daddy?", fragte Jane.

„Weil ich es gerne möchte", antwortete er in normalem Tonfall. Jane war in einer Verfassung, in der sie viele unsinnige Fragen stellte.

Die Stewardess drehte sich weg und begann, zum vorderen Teil des Flugzeugs zu gehen, als ein plötzliches Zucken des Flugzeugs sie kurz vom Boden hob, dann landete sie flach auf dem Boden. George-Phillip spürte, wie die Schwerkraft auf seinen Magen wirkte, während das Flugzeug schwer nach rechts zog. Unter ihnen konnte George-Phillip sehen, wie die Landschaft von Nord Virginia senkrecht zum Flugzeug stand. Sie flogen fast vertikal. Er drehte seinen Kopf, versuchte zu erkennen, was los war, und dann sah er es.

Hinter ihnen, es kam schnell auf sie zu. Ein helles Licht mit einem weißen Schweif.

Eine Rakete.

Adriana und Jane schrien auf.

Dylan. 7. Mai

Dylan Paris schaute von seinem Fachbuch, in dem er gelesen hatte, auf, als der Captain der Royal Marines den Raum betrat. Nachdem er sich nun schon vier Tage praktisch in der Botschaft versteckte, war er unruhig und trotz aller Vorzeichen hielt er an der Hoffnung fest, dass er und Alex rechtzeitig für die Abschlussprüfungen zurück an der Columbia-Uni sein würden.

Diese Wahrscheinlichkeit wurde allerdings immer geringer. Trotzdem hatte sie sich gestern in die Metro gesetzt und ihm seine Fachbücher in die Botschaft gebracht. Im Moment befand er sich immer noch in legalem Niemandsland. Er war kein offizieller Flüchtling oder Asylbewerber – und er war auch nicht gewillt, einer zu werden. Er war für sein Land in den Krieg gezogen, und alles, was er letzten Freitagabend getan hatte, war, seine Familie vor Angreifern zu beschützen.

Es war allerdings auch eine Tatsache, dass einer dieser Angreifer ein bewaffneter Bundesagent gewesen war. Es war egal, dass Ralph Myers von einer sich schützenden Bundesagentin, Leah Simpson, erschossen worden war. Es war egal, dass Dylan Paris die anderen beiden Angreifer – beides Kriminelle – mit nichts weiter als einem Messer zur Strecke gebracht hatte. Tatsache war, dass Dylan verdächtigt wurde, einen Bundesagenten umgebracht zu haben, und wenn er die Botschaft verließ – falls er es tat – würde er verhaftet werden.

Alex war vor einer Stunde gegangen, nicht lange, nachdem Prinz George-Phillip in aller Eile zum Flughafen aufgebrochen war. Er wusste, sie würde später wiederkommen, aber im Moment waren ihre Ausflüge nach draußen ihre einzige Verbindung zur Außenwelt.

Ich denke, ich werde nur für ein paar Tage in London bleiben. Nur solange ich brauche, um die Dinge zu klären. Sie sind hier sicher.

Aber war er das wirklich? Ein Killer hatte erst heute Morgen Adelina und drei ihrer Töchter an einem so weit entfernten Ort wie Abbotsford, British Columbia, angegriffen. Erst danach hatte er erfahren, warum Andrea so plötzlich – und im geheimen – vor ein paar Tagen aus der Botschaft geflüchtet war. Sie war in ihrem Zimmer von einem Mann angegriffen worden, der seit vielen Jahren George-Phillips persönlicher Berater war.

Warum?

Dylan wusste es nicht. Aber er wusste, dass er rastlos war. In der Botschaft festzusitzen, mit keiner Aufgabe und keiner Möglichkeit rauszugehen, machte ihn verrückt.

Deshalb schaute er mit mehr als nur ein bisschen Interesse auf, als der Marine Captain den Raum betrat. Im Laufe der letzten Tage hatte Dylan ein paar der Royal Marines kennengelernt, einige von ihnen waren in Afghanistan eingesetzt gewesen. Sie sprachen die gleiche Sprache wie er.

„Mister Paris", sagte der Captain.

„Hey", antwortete Dylan.

Sichtbar beunruhigt sagte der Captain: „Es tut mir Leid, aber der Botschafter hat Ihre Entfernung aus der Botschaft angeordnet, Sir. Wenn Sie bitte Ihre Sachen zusammenpacken und mir folgen würden, wäre ich Ihnen sehr dankbar."

George-Phillip. 7. Mai

Als die alte Stinger-Rakete die rechte Turbine des Jets traf, fühlte es sich an, als ob ein Riese das Flugzeug wie ein Spielzeug mit seiner Faust gepackt hatte und es dann zu Boden warf. George-Phillip spürte, wie die Kräfte an seinem Hals zerrten und sein Hinterkopf krachte gegen den Sitz, ihm wurde für einen Augenblick schwarz vor Augen.

Die Turbine, die am rechten Flügel der Maschine angebracht war, explodierte sofort und hunderte kleiner Metallteile flogen gegen den hinteren Teil der Kabine. George-Phillip griff nach seiner Tochter, als ein Splitterteil nicht mehr als einen Meter von ihnen entfernt ein faustgroßes Loch in die Haut der Kabine riss. Das Schreien von Adriana und Jane hörte nicht auf, als sich das Flugzeug überschlug. Erst war der Boden über ihren Köpfen, dann unter ihnen, dann begann das Flugzeug gefährlich zu kreiseln und in Richtung Boden zu fallen.

Die Stewardess schrie nicht. Sie war von der enormen Schwerkraft auf den Boden der Kabine geschleudert worden und ihr Genick war gebrochen.

Die Luft donnerte durch die Kabine, wie das wütende und schmerzvolle Schreien eines wilden Tieres. Das Flugzeug widerstand nur knapp den

Kräften, die es zu zerstören drohten, während sie rasend schnell dem Boden entgegenstürzten. George-Phillip japste nach Luft. Neben ihm hatte Jane ihren Kopf nach vorne gekippt und ihre Hände bedeckten ihr Gesicht. Sie kreischte mit kurzen, sehr hohen Aufschreien und keuchte zwischendurch nach Luft.

Er lehnte sich zu ihr herüber, legte seine Arme um sie, und begann das erste Lied zu singen, das ihm einfiel. Ein Schlaflied, das sein Kindermädchen ihm früher vorgesungen hatte, um ihn zu beruhigen.

Wer hat die schönsten Schäfchen?
Die hat der goldne Mond,
der hinter unsern Bäumen
am Himmel droben wohnt.
Er kommt am späten Abend,
wenn alles schlafen will,
hervor aus seinem Hause
zum Himmel leis uns still.

Die Worte kamen ganz natürlich aus ihm heraus und er sang sie mit fester Stimme, wollte verzweifelt die schreckliche Angst überwinden, die Jane fest im Griff hatte. Sie schrie auch weiterhin, aber die Schreie wurden leiser, während er den Text sang, so laut er konnte.

Dann fielen die Atemmasken aus der Decke und wurden sofort von dem schrecklichen Wind hin und her geweht, das Flugzeug wurde immer noch nach allen Seiten geschleudert. George-Phillip konnte sehen, wie der Boden näher und näher kam, aber er drehte sich nicht länger unter ihnen. Vielmehr hatte das Flugzeug sich mehr oder weniger stabilisiert, es trudelte aber immer noch wie betrunken hin und her. Janes Schreie wurden leiser, die von Adriana nicht.

Aber der Boden kam näher und näher, Bäume, Häuser und Swimming-Pools, Schulen und Geschäfte flogen unter ihnen vorbei, erst auf der einen Seite des Flugzeugs, dann auf der anderen. George-Phillip dachte, dass er erbrechen würde, aber dann wurde die Kabine mit einem lauten Donnern erneut herumgeschleudert.

Dylan. 7. Mai

Dylan war ruhig, aber seine Gedanken rasten, während er seine Bücher, sein Geld und seine Medikamente in eine Tasche packte. Der Captain hatte ihn bereits darüber informiert, dass am Tor zur Botschaft Bundesagenten darauf warteten, Dylan in Gewahrsam zu nehmen.

Nachdem er seine Tasche gepackt hatte, drehte er sich zu dem Captain um.

„Darf ich meine Frau anrufen?"

„Natürlich." Der Gesichtsausdruck des Captains war hin- und hergerissen. Er sah zur Tür, dann zum Fenster und dann zu Dylan. Er schaute Dylan in die Augen. „Versprechen Sie mir, dass Sie nicht versuchen werden, zu flüchten? Dass Sie nicht versuchen werden, aus dem Fenster zu steigen?"

Dylan sah ihm in die Augen. Dann nickte er. „Ja."

„Dann werde ich Ihnen ein bisschen Privatsphäre geben." Er ging hinaus in den Flur und schloss die Tür hinter sich.

Dylan holte sein Handy heraus und wählte Alex' Nummer. Er wurde sofort auf die Mailbox umgeleitet. Sie war bestimmt immer noch in der Metro.

„Alex, hier ist Dylan. Hör mir gut zu. Die Botschaft übergibt mich den Bundesbehörden. Das Ganze geschieht jetzt sofort. Ich werde dich anrufen, sobald ich etwas weiß, aber ich weiß nicht, wie lange das dauern wird. Bitte sag Carrie, sie soll Bear und Prinz George-Phillip so schnell wie möglich anrufen."

Er hielt inne, seine Augen sahen zum Fenster. Er hatte es versprochen.

„Ich liebe dich", sagte er. Dann legte er auf und öffnete die Tür.

Der Captain stand dort und wartete auf ihn. Sein Gesichtsausdruck war nicht deutbar, aber Dylan war dankbar, dass man ihm die Gelegenheit gegeben hatte, zu telefonieren.

„Ich bin soweit", sagte Dylan.

Er fühlte sich trostlos, während er dem Royal Marine aus dem Gebäude und in Richtung des vorderen Tors folgte. Es war der umgekehrte Weg, den er erst vor ein paar Tagen entlang eskortiert worden war.

Außerhalb des Tores sah er einen Mann und eine Frau, er trug einen Anzug, sie ein Kostüm. Der Mann auf der linken Seite war korpulent, sein

Gesicht war fast wie gemeißelt, ein unverkennbar irisches Gesicht. Die Frau neben ihm war größer und hatte fast weißes Haar.

„Dylan Paris?", sagte der Mann, als der Marine das Tor geöffnet und ihn nach draußen eskortiert hatte.

Dylan sagte: „Ja."

„Ich bin Scott Kelly. Diplomatischer Sicherheitsdienst. Sie stehen unter Arrest."

George-Phillip. 7. Mai

George-Phillips Zähne trafen aufeinander, als das Flugzeug mit einem lauten Donnern nach oben schwenkte, und Blut ergoss sich in seinem Mund. Er hatte sich auf die Zunge gebissen. Draußen schwankte die Welt wie wild hin und her, während das Flugzeug immer noch von einer Seite auf die andere gewirbelt wurde.

„Wir werden versuchen, eine Notlandung zu machen. Stellen Sie sicher, dass Sie alle gut angeschnallt sind. Nehmen Sie die Notfallhaltung ein, Hände über den Kopf, lehnen Sie sich vor und berühren Sie den Sitz vor sich, die Füße flach auf den Boden stellen. Wir landen in ein paar Sekunden."

George-Phillip schob Jane nach vorne, half ihr in die richtige Position, dann lehnte er seinen eigenen Kopf gegen den Sitz vor sich. Das Flugzeug ging in die Waagrechte und er sah die Welt außerhalb an sich vorbeiziehen. Der Himmel über ihnen war immer noch rosa, aber so dicht am Boden war es merklich dunkler. Dann verschwanden die Lichter und er konnte Wasser sehen, das unter dem Jet vorbeirauschte.

Er spürte einen unmenschlichen Druck, als das Flugzeug das Wasser berührte, sie wurden fast aus ihren Sitzen geschleudert, es war egal, dass sie Sicherheitsgurte trugen. Ein Krachen, ein zweites, dann hüpfte das Flugzeug über das Wasser wie ein Stein auf der Oberfläche eines Sees.

Das Flugzeug berührte das Wasser erneut, drehte sich nach rechts, während die Nase nach links schwang. Einen Augenblick später wurde das Flugzeug gestoppt.

Sofort war der Pilot im Gang zu sehen. „Alles zur vorderen Tür."

Vor ihm löste Adriana ihren Gurt und kam auf ihn zu. „Jane!", rief sie.

George-Phillip hatte bereits Janes Gurt gelöst und schwang sie auf seine Hüfte. „Es geht ihr gut. Wir müssen raus, bevor es sinkt."

Wasser drang bereits durch die dutzend oder mehr Löcher der Kabine. Der Körper der Stewardess war inzwischen fast vom Wasser bedeckt.

Der Pilot öffnete die vordere Tür und einen Augenblick später füllte ein großes gelbes Floss die Luft direkt unter der Tür.

„Kommen Sie!", rief der Pilot. „Los! Los! Steigen Sie ins Boot!"

Adriana ging als erste, dann streckte sich George-Phillip, um ihr Jane herüberzureichen. Jane bewegte sich nicht, sie schien fast katatonisch zu sein, sie hatte weit geöffnete Augen, ihr Gesicht war erstarrt. Er lehnte sich vor, hob das Mädchen durch die Tür hinaus ins Floss. Für einen Moment bewegte eine Welle das Floss und unter Jane war eine Lücke des schwarzen Flusses zu sehen, gerade in dem Moment, als er losließ.

Dann war Adriana da, sie legte ihre Arme ganz fest um das kleine Mädchen. Sie sank in der Mitte des Bootes auf die Knie.

George-Phillip ging als nächstes an Bord, gefolgt vom Navigator, zwei weiteren Crew-Mitgliedern und schließlich dem Piloten.

„Rudern Sie, Sir, Rudern Sie." Das war der Pilot, der George-Phillip ein Ruder hinhielt. Der Prinz ergriff das Ruder und begann, gegenüber des Crew-Mitgliedes, das ihm gegenüber saß, zu paddeln. Nicht weit entfernt den Flusslauf entlang, war eine große Brücke und links vor ihnen konnte George-Phillip Rettungsfahrzeuge und Blaulicht am Flussufer sehen. Der Pilot hatte es nicht nur geschafft, sie zum Fluss zu manövrieren, sondern auch zurück in Richtung Flughafen.

Hinter ihnen versank das Flugzeug im Fluss, man sah nur noch eine Menge dicker Blasen, als das Wasser vollständig in die Kabine eindrang.

KAPITEL EINUNDZWANZIG
Er war der Teufel

Adelina. 8. Mai

Träume.

Adelina wusste, dass es mitten in der Nacht war und auch, dass sie träumte, sogar, als sie in den Nebel starrte, der ihre Welt umgab. Sie hatte nicht gut geschlafen, Albtraumversionen ihrer Töchter, die von hinten einen Killer angriffen, tauchten immer wieder vor ihr auf.

Andrea. Sarah. Die beiden Mädchen waren instinktiv und brutal vorgegangen, um ihre Mutter und ihre Schwester zu beschützen.

Sie drehte sich hin und her, ihr steifer Nacken nahm titanische Ausmaße an, wie in einer roten, pulsierenden Ader flutete Wut von ihrem Herz in ihre Seele.

Die Wut würde niemals verschwinden. Sie würde sich niemals zerstreuen lassen oder dahinschmelzen. Dreißig Jahre war zu lang, um die Lügen für sich zu behalten. Dreißig Jahre waren zu lang, um die Wut zu kontrollieren. Jetzt war die Zeit, damit aus ihrer Wut Rache wurde.

Ein Gedankenfetzen.

George-Phillip im Alter von einundzwanzig Jahren. Quasi noch ein Baby, jünger als drei ihrer Töchter heutzutage. Er hatte sie in den Arm genommen. Sie waren unglaublich leichtsinnig gewesen, irrsinnig offen.

Das Kirschblüten-Festival im Frühjahr 1984. Sie hatte ein Tuch über ihrem Haar getragen, und er hatte eine Sonnenbrille aufgehabt, aber keiner von ihnen hatte sonst irgendwelche Vorkehrungen getroffen, um ihre Identität zu verbergen. In einem Nebel aus Liebe waren sie um das Flutbecken in der Nähe des Jefferson Memorial gegangen, Hand in Hand, während die weißen und pinkfarbenen Blütenblätter auf sie herabgeregnet waren. Er hatte ihr eine Blüte ins Haar gesteckt, und sie hatten dort gestanden und auf das Wasser hinausgeschaut.

In ihrem Traum legten sie sich ins Gras und er fuhr mit seinem Finger durch ihr Haar. Sie schloss die Augen, als er sie geküsst hatte, hatte sie vom Nacken abwärts eine Gänsehaut bekommen.

Ahnungslos. Dumm.

Denn es war ein solcher Ausflug gewesen, der ihnen Oz' Aufmerksamkeit eingebracht hatte.

George-Phillip verschwand und sie ging barfuß den kaputten Bürgersteig in Bethesda entlang. Die Wohnung, die sie so sehr gehasst hatte, war über ihr zu sehen. Ihr Gefängnis. Der Ort, an dem sie sich ihrer Verzweiflung hingegeben hatte. Sie ging die Stufen des Gebäudes hinauf, ihre Füße bewegten sich durch Schlamm und Dreck, bis sie das Stockwerk des Penthouses erreichte. Während sie den Flur entlangging, hinterließen ihre Füße dicke schwarze Spuren auf dem Teppich.

Die Tür war offen und sie betrat die Wohnung, als wäre es das Tor zur Hölle. Julia saß auf dem Boden, sie war zwei Jahre alt, ihr lockiges, braunes Haar hing ihr in die Augen, sie kreischte und ihr Gesicht war rot. Über ihr hing eine Nachricht an der Wand, die mit einem Steakmesser befestigt worden war.

Ich habe Dir gesagt, du sollst dich von ihm fernhalten!

Ohne Übergang befand sie sich in ihrem formalen Esszimmer in ihrem Zuhause in San Francisco. Julia war jetzt älter, sie stand Adelina gegenüber, ihr Gesicht war vor Wut verzogen, ihre Zähne sichtbar.

Doch, das musst du! Du hast mich acht Jahre lang wie Dreck behandelt! Ihr Schrei war wie ein Messerstich. *Als ich von dieser abscheulichen Abtreibungsklinik in Peking nach Hause kam, hast du mich nicht mal gefragt, was los war oder wo ich gewesen war! Hast du das viele Blut auf den Laken nicht bemerkt, Mom? Hast du nicht bemerkt, wie krank ich wurde? Ich brauchte eine Mutter und alles, was ich hatte, war…*

Adelina wollte herausschreien, *Ich hatte keine Ahnung! Ich hatte keine Ahnung!*

Ihre älteste Tochter, die erste Person, die sie wirklich geliebt hatte, schüttelte ihren Kopf. *Nichts. Du warst nicht ein einziges Mal da, als ich dich brauchte. Als Lana das Bild verschickte, hast du mir keine Hilfe angeboten. Du hast mich nicht in die Arme genommen und mir gesagt, dass es wieder gut werden würde. Irgendjemand an der Bethesda Chevy Chase High School hat das Bild vervielfältigt und in die Schließfächer der anderen gepackt. Sie haben mich gefoltert, Mutter. Bis zu dem Punkt, dass ich keinen anderen Ausweg als Selbstmord sah. Und was ich bis heute nicht verstehe, ist, warum? Warum hast du mir nicht geholfen? Warum warst du nicht da, als ich dich brauchte?*

Jedes Wort fühlte sich an, wie ein Stich mitten ins Herz. Adelina starrte ihre Tochter schockiert an. Selbstmord? Sie hatte schon gewusst, dass es Julia nicht gut ging, dass sie einsam gewesen war, aber jedes Mal, wenn Adelina auf sie zugegangen war, war sie zurückgezuckt. Ihr kleines Mädchen hatte versucht, sich umzubringen! Wegen ihr. Weil sie eine Versagerin war. Weil sie, während sie versucht hatte, ihre Töchter zu beschützen, jeder einzelnen wehgetan hatte.

Adelina begann zu weinen. *Ich...,* flüsterte sie. *Ich wusste nicht, dass es so schlimm für dich war. Du bist meine Tochter. Ich wollte nur... ich wollte, dass du besser bist.*

Bitter antwortete Julia, *du wolltest dich selbst schützen.*

Adelina schüttelte ihren Kopf, legte ihre Hand auf ihre Brust, versuchte, den Schmerz zu beruhigen, der von ihrem Brustbein ausging. Sie konnte Julia nicht die Wahrheit sagen. Richard würde – nein... sie konnte nicht mal daran denken, was er tun könnte. Er könnte Adelina oder einer ihrer Töchter etwas antun. Sie erinnerte sich an seine schreckliche Stimme.

Ich werde Carrie nehmen und sie an den höchsten Bieter verkaufen.

Würdest du dieses Baby umbringen, um das andere zu retten?

Sie rang nach Worten, um zumindest einen Teil der Wahrheit auszudrücken, dabei aber trotzdem die schrecklichen Geheimnisse ihrer Ehe zu verbergen. *Nein... ganz und gar nicht. Dein Vater und ich... wir hatten in Belgien und China eine schlimme Zeit. Wir dachten... wir würden uns nicht mehr lieben. Und er hatte in Belgien eine Affäre. Und... ja. Ich hatte eine in China.*

Julias Gesicht verzog sich vor Ekel und Verachtung und Adelina schwankte. *Also warst du einfach zu beschäftigt.*

Julia... was ist in China passiert?

Dann erzählte ihre Tochter die schreckliche Geschichte, wie sie sich mit Harry Easton, dem Sohn des Britischen Botschafters eingelassen hatte.

Er hatte sie viel zu früh zum Sex überredet, und dann war sie auch noch schwanger geworden. In dieser grauenvollen Nacht, als sie viele Stunden zu spät und voller Schnee nach Hause gekommen war, hatte sie eine Abtreibung gehabt. Die Krankheit, von der Adelina gedacht hatte, es wäre eine Erkältung, war die Nachwirkung von heftigen Blutungen gewesen. Adelina hatte gelernt, ihre Geheimnisse zu wahren, und ihre Tochter auch.

Es war die Hölle, sie konnten beide so viele Worte sagen und gleichzeitig ihre wahre Bedeutung verschleiern.

Dunkelheit überkam Adelina. Sie schluckte alles, jeden Gedanken, jedes Gefühl und sogar ihr Sehvermögen. Denn Julia hatte recht. Niemand hatte ihr geholfen. Niemand war für sie da gewesen. Ihr Soziopath von einem Vater hatte Adelina so effektiv von ihren Töchtern isoliert, dass sie sie hassten.

Das war bestätigt worden, als Carrie, die Tochter, auf die Adelina sich immer verlassen konnte, die von der sie wusste, dass sie immer auf sie zählen konnte, herablassend weggeschaut hatte.

Carrie hatte Julia zugemurmelt: „Du hast jetzt eine Familie. Du hast mich."

Und das stimmte. Denn immerhin war es Carrie gewesen, die sich um Adelinas Töchter gekümmert hatte. Der Kummer, den sie in diesem Moment fühlte, war schlimmer, als alles, was sie jemals zuvor gespürt hatte. Größer als der Verlust ihres Vaters. Größer als der Verlust ihres eigenen Lebens, als Richard sie so einfach versklavt hatte. Denn sie verlor nicht einfach etwas, es waren ihre Töchter. Der Schmerz war so schlimm, dass sie wusste, wenn sie nicht sofort davon lief, würde sie niemals aufhören können zu schreien.

Also rannte sie fort. Adelina rannte vor ihren Töchtern davon, weil sie nicht länger in der Lage war, ihnen in die Augen zu schauen. Sie rannte in ihr Zimmer, vergrub ihr Gesicht in ein Kissen und schrie ihre Wut und ihren Schmerz und ihren Verlust Gott entgegen. Gott antwortete nicht. Sie hatte die Fähigkeit verloren, Ihn zu spüren, und sogar dieser Verlust war kein Vergleich zum Verlust ihrer Töchter.

In ihrem Traum kam Richard irgendwie in ihr Zimmer, er stand über ihr, sein Gesicht war fröhlich, seine Lippen waren zu einem gemeinen Lächeln nach oben gezogen, als er sagte: Siehst du? Keine von ihnen wird dir jemals glauben. Du denkst, sie tun es, aber sie gehören mir. Genau wie du.

In der merkwürdigen Art, wie es nur in Träumen geschieht, wurde ihr Zimmer größer und länger. Es wurde zum Ballsaal in der Botschaft in Peking. Richard stand vor ihr, Hass und Missfallen in seinen Augen. Julia und Carrie waren hinter ihm und sie waren in einem Netz aus Lügen und Intrigen gefangen, während George-Phillip hinter ihr bettelte. Verlass ihn, Adelina.

Verlass ihn!

Ich kann nicht! Ihre Töchter waren hinter Richard und er würde alles dafür tun, sie weiterhin als Sklavin zu halten, er würde alles dafür tun, zu gewinnen. Er drehte sich zu Julia und Carrie und begann, ihnen ins Ohr zu flüstern und zu summen, im gleichen Augenblick kam seine Hand hinter ihm hervor, aus seiner Faust schaute ein gekrümmtes Messer.

Er war der Teufel. Sie war mit dem Teufel verheiratet. Und sie würde niemals frei sein.

Die Heftigkeit ihres Schreis ließ die Wände des kleinen Motel-Zimmers in Abbotsford erzittern und weckte ihre drei Töchter auf. Jessica bewegte sich träge, zog ihre Knie an ihre Brust, ihre Augen waren groß, als Adelina um sich schlug und schreckliche Angst in den Augen hatte. Sie krabbelte ans Kopfende des Bettes, ihre Augen suchten alles nach Richard ab.

Es war Sarah, die zu ihr rannte, bald gefolgt von Andrea. Dann hatten alle drei ihre Arme um sie gelegt und ihr Schreien wurde zu entfesselten Schluchzern.

Bear. 8. Mai

Als Bear das Haus in einem Vorort in Virginia erreichte, war er wie immer erstaunt, wie ordentlich der Garten angelegt war, wie gerade die Blumenreihen und Beete waren, wie genau der Mulch unter den Bäumen lag. Bear war niemals für ein Leben in den Vororten geeignet gewesen, und als er und Leah zusammengelebt hatten, hatte ihr Garten immer ausgesehen, wie etwas, das schon lange nicht mehr beim Frisör gewesen war. Jetzt lebte sie in einem Zuhause, wo der englische Rasen genau die richtige Höhe hatte und wo die Blumen sich zu einer Farbenpracht vereinten.

Es war an Tagen wie diesen, an denen Bear den Mann hasste, der seine Exfrau geheiratet hatte.

Er ging die Stufen hinauf (die ganz offensichtlich heute Morgen gefegt worden waren) und klopfte an die Tür.

Gary Simpson öffnete. Natürlich. Er sah viel besser aus, als beim letzten Mal, als sie sich gesehen hatten. Damals war es erst ein paar Stunden her gewesen, dass Leah angeschossen worden war.

„Bear", sagte Gary.

„Gary. Wie geht es ihr?"

Gary sagte: „Komm rein. Die Kinder haben nach dir gefragt." Er ging ins Haus, für seine große Statur war er bemerkenswert feingliedrig.

Bevor Bear es auch nur durch die Tür schaffte, kam ein Blitz aus braunen Haaren und blauen Augen auf ihn zugesaust, und dann umarmte seine Tochter Rebecca ihn. Er hob sie hoch, legte seine Arme um sie und atmete den Duft ihrer Haare ein.

„Daddy", flüsterte sie.

„Hey, Liebes. Wie geht es dir?"

Er setzte sie ab. Ein paar Meter entfernt schaute Jimmy, ihr vierzehnjähriger Bruder, ihn mit einem skeptischen Gesichtsausdruck an.

„Ich habe dich vermisst", sagte Rebecca.

„Ich habe dich auch vermisst", sagte Bear. Er blinzelte und rieb sich die Augen. Verdammte Allergie. „Wie geht es eurer Mutter?"

„Sie erholt sich", sagte Jimmy mit ernster Stimme. „Hast du die Leute gefasst, die auf sie geschossen haben?"

Bear betrat das Haus und setzte sich auf die Couch. „Ich arbeite daran. Wir kommen der Sache näher."

Jimmy runzelte die Stirn. „Warum bist du dann hier?"

Bear seufzte.

„Lass ihn in Ruhe, Jimmy", Rebeccas Tonfall war verächtlich. „Er ist gekommen, um nach uns zu sehen. Und nach Mom."

„Halt die Klappe", Jimmys Tonfall war barsch.

„Halt du die Klappe."

Bear grinste, dann streckte er seine Arme aus und zog seine beiden über-
lebenden Kinder in eine grobe Umarmung. „Ihr beide haltet jetzt die Klappe. Es gibt keinen Grund zu streiten."

Jimmy kämpfte einen Moment dagegen an, aber Bear gab nicht nach.
Schließlich seufzte der Junge und ließ seine Arme fallen. Erst dann ließ
Bear ihn gehen. Er stand auf und sagte: „Okay. Lasst mich mit eurer Mutter
reden."

„Sie ist im hinteren Teil des Hauses", sagte Rebecca. „Ich werde dir zeigen, wo."

Bear fühlte sich ausgesprochen unwohl, als seine Tochter ihn den Flur
entlang zum Schlafzimmer führte, das Leah mit Gary teilte. Er war nicht
unbedingt erpicht darauf, das Zimmer zu sehen. Aber er wollte wissen, dass
es ihr gut ging. Ex-Frau oder nicht, er wollte, dass es ihr gut ging. Sie hatten
sich ja nicht im Streit getrennt. Ihre Ehe war einfach zusammen mit ihrer
Tochter Leanna gestorben.

Rebecca klopfte an die Tür und öffnete sie, als Leah antwortete.

Leah saß in ihrem Bett, eine ganze Ladung Kissen hielt sie aufrecht.
Neben ihr lag ein Buch mit der Innenseite nach unten auf dem Bett, und
eine Ausgabe von Guns and Ammo lag auf ihrem Nachttisch.

„Hey, Leah. Du hast schon besser ausgesehen."

Sie schnaubte. „Ich habe erst vor ein paar Tagen noch schlechter ausgesehen. Sie haben mich gestern aus dem Krankenhaus entlassen. Aber es
fühlt sich immer noch nicht gut an, ein Loch in meiner Seite zu haben."

„Wann wirst du wieder arbeiten gehen?"

„Die Ärzte haben gesagt, ich muss mindestens dreißig Tage zu Hause
bleiben. Eventuell muss ich eine Physiotherapie machen. Also werde ich in
den nächsten Monaten nur leichte Tätigkeiten erledigen können."

Bears Blick war auf ein großes Gemälde an der Wand fixiert. Es war
1 x 1,20 m groß. Öl auf Leinwand. Ein lodernder Hintergrund, wolkig, so
als wäre es am Horizont. Oder im Himmel. Denn auf der Leinwand war ein
Engel in einer fröhlichen Pose zu sehen, seine Flügel zeigten nach hinten.
Der Engel hatte das Gesicht von Leanne.

Er schluckte und spürte, wie seine Augen feucht wurden. Er schaute
von dem Bild weg, dann wieder zurück. „Ahhh, Scheiße", murmelte er. „Wo
kommt das her?"

Leah sagte, es war fast ein Flüstern: „Rebecca hat es für mich gemalt. Manchmal hilft es. Weißt du. Um mich daran zu erinnern, dass sie jetzt glücklich ist."

„Scheiße", flüsterte Bear. Dann machte er etwas, dass kein anständiger Agent tat. Er unterdrückte ein Schluchzen. Plötzlich lagen die Arme seiner jüngeren Tochter um ihn.

„Wir vermissen sie auch, Dad", flüsterte sie.

„Du hast das gemalt?", fragte er.

Sie nickte, ihr Gesicht war ernst. „Letztes Jahr."

„Na ja." Er holte tief Luft und versuchte, sich zusammenzureißen. Er wischte sich mit seiner Handrückenfläche über die Augen, verwischte eine Träne, bevor sie die Gelegenheit hatte, herunterzurollen. Er sah Leah an. „Du weißt, dass es nicht zu spät ist, den dürren Buchhalter zu verlassen und zurückzukommen."

Leah schenkte ihm ein trauriges Lächeln. „Du weißt, dass es das ist. Fang nicht wieder damit an."

Er nickte. „Ja, ich weiß. Nur Spaß."

„Wie laufen die Ermittlungen?", fragte sie.

Er schüttelte seinen Kopf. „Du wirst es nicht glauben. Hast du die Nachrichten gesehen?"

„Ein bisschen. Ich schaue sie an, aber ich verstehe es nicht. Jemand hat gestern Abend Prinz George-Phillips Flugzeug abgeschossen? Fox News dreht durch, sie reden darüber, Syrien zu bombardieren."

„Schau dir weiter die Nachrichten an. Und lies die Post. Anthony Walker. Ich denke, die ganze Geschichte wird dort bald erscheinen. Aber so viel kann ich dir sagen. Es ist ganz anders, als wir angenommen haben, als das Mädchen vor zwei Wochen entführt wurde. Und es ist ganz sicher nicht das, was die Medien denken."

„Wenn es einer aufklären kann, dann du."

„Ich habe etwas Hilfe", sagte er. Seine Stimme war jetzt stabiler, wo sich die Unterhaltung um die Arbeit und den Fall drehte. „Sieh mal… ich wollte einfach nur wissen, wie es dir geht. Ich werde den Hurensohn, der das getan hat, finden. Das verspreche ich."

Ihre Antwort war ein Flüstern. „Danke."

Er stand auf. Dann legte er für einen Moment seine Hand auf die ihre. Danach zuckte er zurück. Rebecca war immer noch in der Nähe der Tür.

Er sagte: „In Ordnung, Kindchen, ich werde später wieder kommen. Kümmere dich um deine Mutter. Und um deinen Bruder."

„Das tue ich immer", sagte Rebecca, ihre Lippen zogen sich zu einem Grinsen nach oben.

Ihre Verabschiedung war kurz und peinlich berührt, so wie immer. Dann machte er sich wieder auf den Weg zurück in die Stadt. Er hatte immer noch viel zu tun. Aber in seinem Kopf war das Gemälde eingebrannt, das Rebecca von ihrer Schwester im Himmel gemalt hatte.

Richard. 8. Mai

Die Anhörungen waren vertagt worden, sie sollten am Montag wieder aufgenommen werden, an diesem Tag sollte Leslie Collins aussagen. In der Zwischenzeit erhielt Richard Thompson einen Anruf aus dem Weißen Haus, man verlangte seine Anwesenheit bei einem Termin im Außenministerium.

Der Stabschef des Weißen Hauses, Denis McCollough hatte zu ihm gesagt: „Aufgrund der Brisanz der Situation möchten wir Sie bitten, zum hinteren Eingang beim Ladedeck zu kommen. Seien Sie um elf Uhr dort, man wird Sie dort erwarten."

Richard hätte fast abgesagt. Man bat keinen US-Botschafter und früheren amtierenden Verteidigungsminister, zur Hintertür zu kommen, als wäre er ein Krimineller oder Bediensteter. Andererseits war eine Bitte des Weißen Hauses keine Bitte, sondern ein Befehl.

Also fand er sich an diesem Morgen am Ladedeck-Eingang des Außenministeriums ein. Ein junger Mann mit einem einfachen Anzug stand neben den bewaffneten Wachmännern. „Botschafter Thompson? Ich bin Nick Nabors vom Diplomatischen Sicherheitsdienst. Bitte folgen Sie mir."

Richard folgte ihm. Die Rampe entlang und in die höhlenartige Tiefgarage am hinteren Ende des Main-State-Gebäudes. In der Hitze konnte er den Gestank von Abfall riechen, der aus einem großen Container kam. Zwei Liefer-LKWs standen an einer dreckigen Laderampe. Richard spürte, wie die Wut in ihm wuchs, während er dem arroganten, jungen Mann die Stufen zum Ladedeck empor folgte. Sie kamen an einem weiteren Wachmann vorbei, dann folgte er dem Mann durch einen langen Flur im Untergeschoss.

Trotz seiner dreißig Jahre langen diplomatischen Laufbahn war er bisher nur einmal im Untergeschoss des Gebäudes gewesen. Die Innereien des Außenministeriums waren für Funktionäre und Mechaniker, Computeradministratoren und Transportunternehmen reserviert. Für die Zahnräder, die dafür sorgten, dass die Organisation funktioniert, aber nicht für die Leiter, nicht die Männer und Frauen, die die Entscheidungen trafen.

Konsequenterweise war er sauer, als Rick Nabors an einer einfachen Tür, etwa in der Mitte des Flures, anhielt. Richard konnte immer noch den Gestank der Mülltonnen draußen riechen.

Nabors öffnete die Tür und sagte: „Bitte setzen Sie sich. Man wird sich in ein paar Minuten um Sie kümmern. Ich warte draußen, sollten Sie etwas brauchen."

Richard stand da und schaute den winzigen Konferenztisch mit zynischen Augen an. Ein Metall-Konferenztisch, der stahlgrau gestrichen war und in der Mitte des Raumes stand. Sechs billig aussehende Stühle mit Stoffpolstern standen um den Tisch herum. An der Wand stand ein Metallregal in dem etliche Gegenstände gelagert wurden, die Richard noch nicht mal beim Namen nennen konnte. Leiterplatten, Kisten und Kabel. Es war staubig hier drin.

In einer Ecke des Tisches standen ein Krug voll Wasser und vier Gläser.

Das war abstoßend. Es war, als ob das Treffen nur anberaumt worden war, um Richard zu zeigen, dass er nicht länger in der Gunst der Oberen stand. Er holte sein Telefon heraus, war bereit, dem Stabschef des Weißen Hauses eine wütende Mail zu schicken, als er bemerkte, dass er hier drin keinen Handy-Empfang hatte.

Die Tür wurde geöffnet. Er brauchte den Stabschef nicht anrufen.

James Perry, der frühere Senator von Massachusetts, der nun Außenminister war, betrat als erster den Raum. Hinter ihm war Denis McCollough, der Stabschef des Weißen Hauses, der für das politische Überleben des Präsidenten verantwortlich war. McCollough, der korpulent und grauhaarig war, wirkte neben dem schlaksigen James Perry lächerlich. Der dritte Mann, der den Raum betrat, war Admiral Barry McFarlane, der Berater für die Nationale Sicherheit.

Richard stand auf.

McCullough sagte als erster etwas. Seine Stimme war jovial und freundlich, trotz der Tatsache, dass sie sich heimlich im Untergeschoss des Außenministeriums trafen. „Richard! Ich freue mich sehr, dass Sie kommen konnten."

Die Männer schüttelten sich die Hände und McCullough sagte. „Lassen Sie uns beginnen."

Interessant. Von den drei Männern war McCullough technisch gesehen, der mit dem niedrigsten Rang. Die Tatsache, dass er hier den Vorsitz hatte, zeigte, dass es hier mehr um politische Dinge als um die Nationale Sicherheit ging.

„In Ordnung", antwortete Richard.

McCullough lehnte sich vor: „Botschafter Thompson – "

„Richard. Bitte." Richard sagte das ganz automatisch.

„McCulloughs Gesichtsausdruck wurde ein wenig säuerlich. „Botschafter Thompson – wir haben ein paar Dinge, die wir mit Ihnen besprechen möchten. Ich bin mir sicher, dass Sie sich vorstellen können, dass der Präsident, als er Sie als Verteidigungsminister nominiert hat, nicht damit gerechnet hat, dass wir uns bald Untersuchungen wegen Korruption, Entführungen und Mord würden stellen müssen."

Richard lehnte sich vor und sagte: „Das ist wohl kaum meine Schuld – "

McCullough sagte mit bewegungslosem Gesichtsausdruck: „Bitte unterbrechen Sie mich nicht noch einmal." Er zupfte einen imaginären Fussel vom Ärmel seines Jacketts.

Unterbrechen Sie mich nicht noch einmal. Richard fühlte, wie ihm diese Worte wie Gift den Rücken herunter liefen. Wenn ein niedriger politischer Funktionär wie Denis McCullough so mit ihm reden konnte, dann war er geliefert. Es war vorbei.

McCullough redete weiter. „Wie ich schon sagte, hat der Präsident nicht mit diesen Ereignissen gerechnet. Fox News hat es zu ihrem Tagesthema erklärt. Afghanistan hat eine Beschwerde vor dem Internationalen Strafgerichtshof eingereicht. Und der Chef des SIS ist gestern über amerikanischem Territorium abgeschossen worden."

Gute Sache, dachte Richard.

„Um es kurz zu machen, Botschafter Thompson, Sie beschämen den Präsidenten und die Verwaltung. Wir verlieren in allen Umfragen an Zustimmung durch die Bürger. Wir müssen herausfinden, wie wir das stoppen können. Und zwar sofort."

Perry schaute McCullough an, als ob er gerade bemerkte, dass er neben einem riesigen Käfer saß. Seine Nasenflügel bebten und seine Augen zogen sich zusammen. Er drehte sich von McCullough weg und lehnte sich vor. „Ich habe eine Frage an Sie, Thompson. Waren Sie verantwortlich für die Zurverfügungstellung der chemischen Waffen, die gegen die Zivilisten in Afghanistan eingesetzt wurden?"

„Nein. Das war ich nicht."

Admiral McFarlane saß einfach nur da und sagte kein Wort. Es war beunruhigend.

Perry sagte: „Kann das irgendjemand bestätigen? Gibt es Beweise? Sie haben dem Senatsausschuss gesagt, dass Sie einen offiziellen Bericht eingereicht haben. Aber dafür gibt es keinerlei Beweise."

„Collins hat ihn vermutlich schon vor langer Zeit vernichtet. Er ist der stellvertretende Direktor des CIA. Wenn es jemand konnte, dann er."

McCullough unterbrach ihn. „Wir wollen, dass Sie von allen Positionen zurücktreten. Der Präsident garantiert, dass Sie niemals einen Gerichtssaal oder eine Gefängniszelle von innen sehen werden. Aber das Ganze muss ein Ende haben. Wir wollen, dass Sie die volle Verantwortung übernehmen, der Welt sagen, dass Sie gelogen haben, und dass der Präsident nichts wusste."

Richard lehnte sich vor und sagte: „Und was ist mit Gerechtigkeit für diese Zivilisten? Soll Collins einfach so davon kommen?"

Perry schüttelte seinen Kopf. „Sie sind der zynischste Mensch, dem ich jemals begegnet bin, Thompson."

McCullough sagte: „Tun Sie es. Wir werden Ihre Immunität garantieren, Thompson."

Richard schüttelte seinen Kopf, dann sagte er mit lauter werdender Stimme: „Niemals. Diese Bankkonten wurden auf betrügerische Weise von Leslie Collins eingerichtet, und er ist derjenige, der für den Tod der Zivilisten verantwortlich ist. Ich bin seit dreißig Jahren für die Regierung tätig. Ich war Botschafter in China und in Russland und ich war einer der

Gesandten von Präsident Bush im Irak, um den Krieg zu verhindern. Ich habe tausende von Hintergrundchecks hinter mir und es gab niemals auch nur einen Hauch eines Skandals. Wie können Sie es wagen?"

McCullough sah zuerst zu Perry, dann zum Admiral. Beide schüttelten ihre Köpfe.

Dann schaute er zurück zu Richard. „In diesem Fall können Sie sich darauf verlassen, dass der Präsident gegen Sie sein wird, Thompson. Sie werden vernichtet werden und trotzdem für Ihre Verbrechen verantwortlich gemacht werden. Wir sind hier fertig."

Die drei Männer standen auf und Perry war der erste, der hinausging. Richard saß auf seinem Stuhl, war von der plötzlichen Wendung total verblüfft. Wenn er die Republikaner in der Regierung nicht zurück auf seine Seite bekommen konnte, hatte er keinerlei Hoffnung. Im Moment sah es nicht danach aus, als ob das geschehen würde.

Die Tür öffnete sich erneut und der junge Agent des Diplomatischen Sicherheitsdiensts streckte seinen Kopf in das Zimmer. „Botschafter? Ich bin hier, um Sie zur Hintertür zu begleiten."

KAPITEL ZWEIUNDZWANZIG
Legen Sie Ihren Gurt an

Anthony. 8. Mai

Während der zehn Jahre seiner journalistischen Laufbahn hatte Anthony schon viele verwahrloste und chaotische Flughäfen gesehen.

Aber Kabul International Airport nahm eindeutig Platz 1 ein. Innerhalb des Flughafens war es drückend heiß, die Klimaanlage war wohl kaputt. Die Halle war voller Menschen, afghanische Männer und Soldaten aus einem halben Dutzend Nationen nahmen sich gegenseitig den Platz weg. Die meisten Soldaten trugen automatische Gewehre, und zwar mit einer überraschenden Selbstverständlichkeit.

Er kam überraschend schnell durch die Grenzkontrolle. Er hatte nur einmal Wechselwäsche, ein Aufnahmegerät, sein Telefon und sein Laptop dabei. Er würde während der ganzen Reise die gleiche Kleidung tragen, wenn er Glück hatte, würde er in weniger als vierundzwanzig Stunden wieder abreisen.

Falls er nicht im Kriegsgebiet, den Grenzkontrollen oder von den lokalen Behörden aufgehalten wurde. Vorausgesetzt, dass Karatygin sich überhaupt mit ihm treffen würde. Und dass er, falls er es tat, Anthony lebend gehen ließ.

Ziemlich viele Voraussetzungen.

Als er den abgesicherten Bereich verließ und in Richtung der Gepäckausgabe ging, sah er einen Mann, der ein Schild mit seinem Namen darauf hochhielt. Ein Soldat. Oder eher ein früherer Soldat, jetzt arbeitete er für eine private Militärfirma. Seine Uniform war von der Kampfuniform eines US-Soldaten nicht zu unterscheiden, allerdings waren darauf keinerlei Insignien. An seiner Hüfte hing eine Pistole und über seiner Schulter hatte er ein Gewehr hängen. Die kugelsichere Weste, die er trug, sah schwer aus.

„Anthony Walker? Ich bin Iggy Mann. Haben Sie irgendwelches Gepäck?" Die Stimme hatte den schwerfälligen Tonfall von Nord Alabama.

Anthony hob seine Tasche auf seine Schulter und sagte dabei: „Freut mich, Sie kennenzulernen. Das ist alles."

„In Ordnung. Lassen Sie uns gehen. Wir müssen ziemlich schnell nach Charikar kommen, wenn Sie Karatygin sehen wollen. Den Gerüchten nach zu urteilen, ziehen seine Leute heute Nacht weiter."

Anthony fluchte in sich hinein. Er winkte Iggy vor und folgte ihm dann.

Vor dem Gebäude stand ein kleiner Fahrzeugkonvoi. Schwarze Sportwagen mit breitem Radstand und verdunkelten Fenstern.

„Wir sind im mittleren Fahrzeug. Steigen Sie hinten ein."

Anthony folgte ihm. Die *Washington Post* zahlte ein Vermögen für seine Eskorte. Es war unüblich, aber Afghanistan war auch ein sehr gefährliches Land. Er öffnete die hintere Tür des SUV und schob seine Tasche hinein, dann warf er einen letzten Blick auf den Flughafen.

Über den Eingangstüren waren mehrere Schilder angebracht, auf dem größten stand WELCOME TO KABUL in Englisch. Bewaffnete Fahrzeuge mit großen montierten Maschinengewehren standen an jedem Ende des Terminals, und zwei Panzer flankierten die Straße.

„Steigen Sie ein", sagte Iggy vom Beifahrersitz aus. Sein Ton war verärgert. „Ich will nicht, dass Sie noch bevor wir dort ankommen erschossen werden."

Anthony nickte, rutschte auf den Sitz und zog die Tür hinter sich zu. Sofort setzten sich die drei Fahrzeuge in Bewegung. Das erste blieb fünfzig Meter vor ihnen, und als sie den Flughafen verließen, sah er einen Mann, der durch das Schiebedach nach draußen schaute und ein schussbereites Gewehr in der Hand hielt.

„In Ordnung", sagte Iggy. „Ich weiß nicht, wie viel Informationen man Ihnen gegeben hat, bevor Sie die Staaten verlassen haben."

„Gar keine. Ich weiß gar nichts." Anthonys Stimme war nervös.

Iggy schüttelte seinen Kopf. „Super. Wie auch immer. Hier also die Infos. Wenn alles gut läuft, dauert die Fahrt eine Stunde. Wenn nicht, dann kann es auch bis morgen dauern. Sobald wir uns vom Flughafen entfernt haben, nehmen wir die Russia Road durch die Stadt. Das ist der gefährlichste Teil, denn an einigen Stellen haben wir keinerlei Weitsicht oder freie Schussbahn. Wir werden Vollgas geben, uns so schnell es geht, durch den Verkehr bahnen, um so schnell wie möglich aus der Stadt zu kommen. Okay?"

„Ja."

„Legen Sie Ihren Gurt an", sagte Iggy, dabei hatte er ein Grinsen im Gesicht. „Sobald wir aus der Stadt raus sind, haben wir bis wir dort sind freie Fahrt auf der A76."

„Und Karatygin ist immer noch dort?"

Iggy zuckte mit den Schultern. „Letzte Nacht war er das. Ich habe gehört, sie werden unruhig. Die Russen haben immer noch ein Kopfgeld auf Karatygin ausgesetzt und die USA hätten auch nichts dagegen, wenn er tot wäre. Auf dem Highway müssen wir uns Gedanken darüber machen, dass die Taliban auf uns schießen könnten, aber sobald wir in Karatygins Camp sind, sind es US-Dronen. Egal was es sein wird, am Ende werden Sie tot sein. Also hören Sie bei jedem Schritt, den Sie machen, auf mich. Klar?"

Anthony nickte.

Iggy drehte sich nach vorne. „Es muss eine ziemlich große Story sein, wenn Sie soviel dafür riskieren."

Das ist sie, dachte Anthony. Es war die größte Story überhaupt.

In dem Moment, in dem sie das Flughafengelände verließen, wurde der Verkehr dichter. Auf beiden Seiten der Straße waren Gebäude, auf beiden Straßenseiten waren die Gehsteige voller Menschen. Der Eindruck, den er hatte, unterschied sich vor allem farblich nicht sehr von Bagdad – graubraune Gebäude, graubraune Straßen und Menschen in graubrauner Kleidung. An vielen Gebäuden waren farbenfrohe Schilder angebracht, aber der allgemeine Eindruck war der von Verfall. Auf der Straße lag Müll, an manchen Stellen türmte er sich an Gebäudeecken. Es war klar, dass die Stadt, was sanitäre Anlagen anging, nicht auf dem neusten Stand war.

Ein weißer Pritschenwagen fuhr zwischen das erste und das zweite Auto der Kolonne. Vier Männer mit Turbanen und Kalaschnikows saßen auf der Pritsche des Wagens, der keine Kennzeichen hatte.

„Scheißkerle", sagte Iggy. Er griff nach seinem Gewehr und gab Anweisungen über Funk. „Casey, lass den weißen Wagen vorbeifahren."

Nur Augenblicke später fuhr der SUV vor ihnen auf die linke Spur – blockierte damit den entgegenkommenden Verkehr – und ließ den weißen Pritschenwagen vorbeifahren. Sobald er weg war, gaben sie Gas und rasten durch den Verkehr.

Irgendwann während der Fahrt saßen sie auf einem Platz fest, der voller Menschen war. Das Fahrzeug vor ihnen bahnte sich in Schrittgeschwindigkeit einen Weg und hupte, die zwei weiteren schoben sich hinterher. Iggy rutschte ständig auf seinem Sitz herum und versuchte, in alle Richtungen gleichzeitig zu schauen. Er sagte erneut etwas in das Funkgerät. „Casey, du musst ein bisschen schneller fahren. Wir sitzen hier total auf dem Präsentierteller."

Anthony hörte die Antwort nicht. Aber am Fahrzeug vor ihnen waren immer noch die Bremslichter zu sehen. Bis der Mann im Schiebedach sein Gewehr hob. Er gab eine kurze Schusssalve ab, das Stakkatogeräusch hallte über den Platz. Sofort zerstreute sich die Menschenmenge, jeder rannte so schnell er konnte weg von den Fahrzeugen.

Der kleine Konvoi wurde schneller, die Straße vor ihnen war jetzt völlig frei. Auf der rechten Seite wurden es immer weniger Gebäude und dann fuhren sie aus Kabul heraus und in die offene Landschaft von Afghanistan.

„Wie gefährlich ist diese Straße?"

Iggy schaute zu Anthony nach hinten und grinste als Antwort auf die Frage. „An einem Tag ist sie so friedlich wie eine Rinderfarm und am nächsten so gefährlich wie ein Schlangennest. Es kommt einfach darauf an, wie sich die Taliban heute fühlen."

Anthony nickte. „Wie fühlen sie sich heute?"

Iggy zündete sich eine Zigarette an, und füllte damit das Auto mit beißendem Qualm. „Ziemlich launisch, denke ich. Jetzt wo die US-Truppen abziehen, ist es nur noch eine Frage der Zeit. Die Taliban probieren herum, greifen neue Gegenden an. Sie versammeln sich auf den Straßen um Kabul. Sie benehmen sich wie die Aasgeier, die über ihrer Beute kreisen, bereit zuzuschlagen, sobald der Berglöwe weg ist." Er zwinkerte Anthony zu. „Kabul ist der Kadaver."

Anthony schauderte. Iggy hatte mit ziemlicher Sicherheit recht. Es war nicht schwer zu erkennen, was in Afghanistan vor sich ging, und anhand dessen, was er gesehen hatte, waren gewalttätige Vorfälle ungefähr doppelt so hoch wie noch ein Jahr zuvor. Der Hauptunterschied war der anhaltende Abzug der US-Truppen. Vermutlich würde Afghanistan in nicht allzu langer Zeit wieder eine Taliban-Hochburg sein.

„Wie auch immer" fuhr Anthony fort, „wir haben ein ziemlich gutes System. Wir nehmen diesen Highway nicht gerne, nicht wenn wir es verhindern können, aber wenn wir es tun, dann üblicherweise ohne Verluste. Das ist unser Job."

Üblicherweise. Das war ja beruhigend. Anthony entschied sich, seine Notizen für die Story noch mal durchzusehen. Wenn er sich beschäftigte, würde er vielleicht nicht über die Möglichkeit, in Afghanistan in die Luft gejagt zu werden, nachdenken müssen. Die SUVs bewegten sich jetzt schnell, sehr schnell. Aber sie brauchten sich auch keine Sorgen wegen des Verkehrs zu machen, denn es gab keinen.

Anthony holte sein Laptop aus seiner Tasche. Er hatte eine Menge Notizen und eine Menge loser Fäden, die er verfolgen musste.

George-Phillips Interview hatte genau zu Adelina Thompsons gepasst, was unglaublich wertvoll war. Das führte dazu, dass er eine gute Zeitschiene hatte, wann Richard Thompson nicht im Land gewesen war. Außerdem erklärte es die Ereignisse ihrer Ehe und wer Carries und Andreas Vater war. Er hatte eine Kopie des Polizeiberichts, den ihm Julia zur Verfügung gestellt hatte, und einen Scan von Teilen von Adelinas Tagebuch, auch dank Julia. Er hatte ihre kurze Befragung von Nick Larsden vor seinem Tod, der Oz benannt hatte. Er hatte George-Phillips Vermutung, dass Oz Oswald O'Leary war – sein langjähriger Berater und Assistent.

Er schaute seine Notizen durch. George-Phillips ursprünglichem Bericht zufolge war Richard Thompson die treibende Kraft beim Wakhan Massaker gewesen, mit Prinz Roshan, Leslie Collins und Vasily Karatygin als Helfer. Roshan und Collins hatten, sofern die Wahrheit ans Licht kam, alles zu verlieren. Aber Karatygin vielleicht nicht. Er war früher einmal ein Major der Sowjet *Spetznaz,* oder auch Spezialeinheit, gewesen. Er war zum Islam konvertiert und hatte sich Anfang der 1980er den Mudschaheddin angeschlossen. Und weil er die Taktik, das Training und die Ausrüstung der Sowjets kannte, war er in der Miliz von Ahmad Shah Massoud schnell an die Spitze aufgestiegen.

Aber jetzt war Massoud der Gouverneur einer Provinz. Und er hatte sich schon länger von seinem früheren Verbündeten distanziert. Nach der Invasion der USA im Jahre 2001 war Karatygin wieder aufgetaucht. Jetzt betrieb er einen „Import-Export-Handel", Anthony nahm an, das bedeutete Schmuggelei. Vermutlich Waffen und Heroin. Anthony glaubte nicht, dass die Chancen gut standen, dass Karatygin bereit wäre, zu reden. Aber es war eine Möglichkeit. Vielleicht hatte er die letzten dreißig Jahre in der Wüste gesessen und sich in Höhlen vor den Taliban versteckt, während Collins und Thompson und Roshan an die Spitze der Geheimdienste ihrer Länder aufgestiegen waren. Vielleicht war er ein bisschen verärgert. Oder vielleicht machte er sich Sorgen, was geschehen würde, wenn die Taliban wieder die Macht übernahmen. Anthony wusste nicht, worüber er sich Gedanken machen musste, aber er hoffte, dass er, bis er Karatygin die ersten grundsätzlichen Fragen gestellt hatte, einen Eindruck bekommen hatte. Karatygin hatte zugestimmt, ihn zu treffen, aber er hatte das Wakhan Massaker bisher nicht erwähnt – bisher.

Einige Dinge ergaben einfach keinen Sinn. Oswald O'Leary mochte Oz sein, aber *warum?* Er war dreißig Jahre lang George-Phillips Vertrauter gewesen. Warum würde er George-Phillip hintergehen? Was konnte er für einen Grund haben? Hatte er irgendeine Verbindung zu Thompson? Oder war es etwas Hinterhältigeres?

Beim Klang von Schüssen schaute Anthony plötzlich hoch. Das Fahrzeug wich aus, wurde plötzlich schneller.

Iggy drehte sich um, sein Gewehr war schussbereit und seine Augen blickten in alle Richtungen. „Heckenschützen", sagte er. „Vielleicht aus dem Dorf, das links von uns liegt. Machen Sie sich darüber keine Sorgen; die Wahrscheinlichkeit getroffen zu werden ist ziemlich gering. Viel wichtiger ist es, sicherzustellen, dass wir nicht langsamer werden oder in Panik verfallen."

In Anthonys Augen war die überstürzte Fahrt den sich windenden Highway entlang Panik. Aber er war nicht in der Position, irgendetwas zu sagen. Er wusste wenig über dieses Land und noch weniger über die derzeitigen Verhältnisse.

Ein paar Minuten später kam ein undefinierbarer Moment, bei dem Iggy und der Fahrer scheinbar erleichtert waren. In der Ferne konnte Anthony eine Ansammlung von Gebäuden sehen, zu wenig, um als Stadt durchzugehen, aber zu groß für ein Dorf. Gebäude aus Betonsteinen und braunem Naturstein grenzten in einem verwirrenden Durcheinander aneinander. Der einzige Farbklecks war an den Wäscheleinen, die vereinzelt in dem Dorf verteilt waren, brillantes Grün, Rot und Blau wehte durch die Luft, helle Farbwimpel des Widerstands gegen das Chaos und grauenvollen Fundamentalismus, der den Staat wieder vereinnahmte.

Bevor sie das Dorf erreichten, bog der kleine Konvoi auf der Straße leicht nach links ab und fuhr um das Dorf herum. Auf dem Hügel, der einen halben Kilometer von dem Dorf entfernt lag, war ein eingezäuntes Lager.

Iggy zeigte darauf: „Karatygins Camp."

Anthony starrte es fasziniert an. Männer – ganz offensichtlich bewaffnet – waren auf den Mauern und in einem Turm, von dem man die gesamte Gegend überschauen konnte, positioniert. Es war kein Camp; es war ein Fort. Er spürte ein Schaudern, als er darüber nachdachte, ob er dieses Gelände lebend verlassen würde. Das einzige, was ihn schützte, war das GPS-Gerät, das er dabei hatte, und die Tatsache, dass die *Post* jederzeit wusste, wo er sich aufhielt.

Der Konvoi hielt am Tor zu dem Gelände an. Zwei Wachmänner, die mit Gewehren bewaffnet waren, die sehr nach der US-Army Variante des M16 Gewehrs aussahen, bewachten das Tor. Aber diese Männer waren eindeutig keine Amerikaner. Sie trugen Leinenhosen und lose Tuniken mit Kampfstiefeln und keine Helme. Beide hatten lange ungekämmte Bärte. Anthony sah hilflos dabei zu, wie die Wachleute die Männer im vorderen Auto des Konvois befragten. Es gab nichts, was er tun konnte, um die Situation zu beeinflussen. Er konnte nur dasitzen und warten. Und hoffen, dass man sie nicht alle erschoss. Es gab sechs bewaffnete Männer in dem Konvoi, aber Anthony wusste, dass sie nicht lange durchhalten würden, wenn Karatygins Camp voller feinseliger Menschen war.

Das Tor öffnete sich und die Wachmänner winkten sie hindurch. Der Fahrer setzte den SUV in Bewegung und Anthony packte sein Notizbuch weg.

Iggy drehte sich auf seinem Sitz um. „Halten Sie Ihren Mund, bis ich Ihnen sage, dass alles okay ist. Diese Typen sind gefährlich."

Wenn so etwas von Iggy und seiner Mannschaft aus bewaffneten Veteranen kam, hatte das schon was zu sagen.

Innerhalb des Geländes befanden sich ein halbes Dutzend Gebäude, die um ein größeres in der Mitte platziert waren. Als sie anhielten, konnte Anthony sehen, dass die bewaffneten Wachleute um den ganzen Platz herumstanden. Ihre Waffen waren schussbereit. Iggy und der Fahrer stiegen aus. Anthony folgte sofort. Der Boden bestand aus unebenem Gestein.

Die verschiedenen Wachleute bewegten sich, dann wurden sie still, als ein großer Afghane aus dem Gebäude in der Mitte trat. Er trug die traditionelle Kleidung der Paschtunen, lose sitzende Leinenhose und eine Tunika, die bis zu seinen Knien ging. Nichts an seiner Kleidung deutete darauf hin, dass er eine besondere Position hatte. Aber die Wachleute schauten etwas aufmerksamer drein, hielten ihre Waffen etwas höher und gingen ein bisschen näher an den Konvoi heran.

„Wer von Ihnen ist der Reporter?", sagte der Mann.

Anthony schluckte. „Ich."

Der Mann kam auf ihn zu und musterte ihn. „Anthony Walker." Die Worte waren eine Feststellung.

„Ja."

„Kommen Sie hier entlang. Vasily möchte Sie kennenlernen."

Das war es. Anthony schob seine Tasche höher auf seine Schulter und folgte dem Mann in die Dunkelheit des größten Gebäudes. Sie gingen durch ein abgedunkeltes Foyer, dann durch einen Flur und in einen hell weiß erleuchteten Raum. Ein großes Fenster ging zu einem Hof hinaus, in dem Palmen und andere Pflanzen wuchsen. Der Raum hatte Parkettboden – das war für Afghanistan äußerst unüblich – und darauf lagen dicke Perserteppiche. An drei Wänden hingen bunte Wandbehänge mit hellen Mustern.

An der gegenüberliegenden Wand stand eine gepolsterte Couch, ihr gegenüber zwei nackte Holzstühle. Ein Mann lag auf der Couch, sein Rücken wurde von Kissen aufrechtgehalten. Er war blass und ausgemergelt, hatte dünnes weißes Haar und ein Taschenbuch, mit hellen, roten kyrillischen Schriftzeichen darauf, in der Hand. Seine Augen waren eingesunken, darunter waren fast schwarze Augenringe und ein Auge war durch einen Star ganz grau.

Das war eindeutig Vasily Karatygin. Und es war genauso klar, dass er krank war oder im Sterben lag. Seine offensichtliche Krankheit konnte jedoch nicht darüber hinwegtäuschen, dass er ein großer Mann war – er war *extrem* groß und muskulös, seine Lippe war auf einer Seite geschwollen und er hatte eine schiefe Nase. Beides waren eindeutig Resultate von Kämpfen, die vielleicht schon vor Jahrzehnten stattgefunden hatten.

Der Mann sah von seinem Buch auf, als Anthony eintrat. Er sagte ein paar Worte – in Paschto, wie Anthony annahm – zu dem Mann, der ihn hineineskortiert hatte, dieser antwortete in einem unterwürfigen Ton.

Schließlich sagte Karatygin auf Englisch. „Sie sind also der Reporter, der mich über Richard Thompson befragen will. Setzen Sie sich."

Anthony schreckte bei den Worten auf. Nirgendwo in seinem bisherigen kurzen Kontakt mit Karatygins Vertretern hatte er den Grund für seinen Besuch näher erläutert. Er schluckte nervös und hoffte, dass Karatygin nicht geplant hatte, ihn zu ermorden.

Dann setzte er sich und sagte: „Ja. Ich bin Anthony Walker von der *The Washington Post*." Anthony holte sein Aufnahmegerät aus seiner Tasche und zeigte es Karatygin.

Karatygin lächelte, dabei rollte er seine Unterlippe ein und man konnte eine lange schwarze Narbe auf seiner Lippe und mehrere fehlende Zähne sehen. Anthony drückte auf „*Record*".

„Ich bin Vasily Karatygin."

„Ich habe Richard Thompson niemals erwähnt", sagte Anthony. „Warum denken Sie, dass er der Grund dafür ist, dass ich hier bin?"

„Sie wären ganz offensichtlich kein guter Spion, Mister Walker. Es ist eindeutig. Thompson ist in den letzten Tagen die Topmeldung in den Medien – so wie auch das Massaker in Wakhan. Ich kann mir zusammenreimen, dass Sie hier sind, um mich zu beiden Themen zu befragen."

Anthony starrte Karatygin an. Natürlich hatte er recht und im Nachhinein *war* es offensichtlich. Er zuckte mit den Schultern und sagte: „Ja. Deshalb bin ich hier."

Karatygin starrte ihn auch einen Augenblick lang an. Das Lächeln verwandelte sich in ein bedrohliches Zähnefletschen. „Früher hätte ich Sie für Ihre Dreistigkeit einfach umbringen lassen."

Anthony starrte einfach zurück. Er wollte ihn jetzt nicht bedrängen.

Karatygins Lächeln wurde weicher. „Sie sind ein vom Glück begünstigter Mann, Walker. Sogar sehr vom Glück begünstigt."

Anthony antwortete nicht. Stattdessen wartete er einfach ab, er wusste nicht, worauf Karatygin hinaus wollte.

Er musste nicht lange warten. Karatygin sagte: „Als ich ein Junge war, Walker, war die Welt eine andere. Ich war ein guter Kommunist, der von einer guten kommunistischen Familie aufgezogen wurde. Für mich gab es keine Religion. Aber eines Tages war ich in der Schule in einen Faustkampf verwickelt. Ich war damals vierzehn Jahre alt."

Karatygins Gesicht war wehmütig, während er sprach. „Meine Mutter war bei der Arbeit und mein Vater schon lange tot. Also war unsere kleine Wohnung leer, als ich nach Hause kam. Ich weiß nicht, was ich mir dabei gedacht habe, aber ich habe die Gelegenheit genutzt, die Dinge meiner Mutter zu durchsuchen. Vielleicht könnte ich etwas über meinen Vater erfahren. Stattdessen fand ich ein Medaillon meines Namensvetters."

Anthony hob eine Augenbraue. Karatygin antwortete sofort. „Vasily ist der russische Name für Basilius. Sie hatte ein Medaillon des Heiligen Basilius in ihrer Kommode."

„Ich weiß nicht viel über Religion", sagte Anthony.

Karatygin kicherte. „Und Sie denken, ich, der in der Sowjetunion aufgewachsen ist, wüsste mehr? Hahaha. Es hat Jahre gedauert, bis ich irgendetwas herausgefunden hatte. Basilius war der Vater der Kirche – ein Anhänger des Nicänischen Glaubensbekenntnisses. Ein Mann, der die Armen speiste und den Prostituierten und den Dieben half. Ein Heiliger. Das hätte meine Mutter für mich gewollt."

„Und jetzt?"

„Jetzt sterbe ich. Ich habe einen Tumor in meiner Lunge und weitere in meinen Knochen und bald werde ich mehr Tumor als Mann sein."

„Können Sie sich nicht behandeln lassen?"

Karatygin schüttelte kurz seinen Kopf. „Dafür ist es schon viel zu spät. Der Gott meiner Mutter möchte, dass ich nach Hause komme, und ich habe Angst."

Wenn nur die Hälfte der Dinge, die Anthony über Karatygin gehört hatte, stimmten, dann *sollte* er Angst haben. Aber Anthony sagte das natürlich nicht. Stattdessen sagte er: „Sie hatten keine Religion, aber Sie wurden zu einem Überläufer. Wie kam das zustande?"

„Die Invasion in Afghanistan war *durak*... ähm... dumm. Sogar kriminell. Wir haben im großen Stil Zivilisten getötet, wir haben gefoltert und gemordet. Alles, um den Kalten Krieg zu gewinnen. Ich war schon, bevor ich ging, unzufrieden. Sie müssen wissen, nicht lange nachdem ich die Schule verlassen hatte, fand ich eine Biographie des Basilius in einem Antiquariat. Versteckt. Ich habe sie gekauft. Ich wollte wissen, was sich meine Mutter für meine Zukunft gewünscht hatte. Und je mehr ich las, desto unmoralischer wurde der Kampf. Je mehr ich über diesen Mann des Friedens lernte, desto mehr musste ich dabei zusehen, wie mein Land mordete. Aber sogar *das* war nicht das Ende."

Anthony hörte zu, war fasziniert. Er nickte, ermunterte Karatygin weiterzureden.

„Im Jahre 1979 war ich Major des Spetznaz – Sie würden es die Spezialeinsatztruppe nennen oder Kommandotruppe. Wir wurden nicht weit von Fayzabad aus einem Hinterhalt angegriffen. Ich wurde verwundet und man hat mich zurückgelassen, weil man dachte, ich wäre tot. Es dauerte *ein Jahr*, bis ich mich erholt hatte. *Ein Jahr*, um meine Gesundheit wiederzuerlangen. Ich habe überlebt, weil die Dorfbewohner so gastfreundlich waren und Ahmad Massouds Mudschaheddin mich beschützt haben." Karatygin zuckte mit den Schultern. „Ich habe meine Gesundheit wiedererlangt. Ich bin zum Islam konvertiert. Das hielt nicht lange vor. Aber lange genug, um mich zum Feind meines Landes zu machen. Ich habe gegen sie gekämpft, bis sich die Sowjets zurückzogen."

„Und jetzt?"

Karatygin lachte. „Jetzt versuche ich, am Leben zu bleiben. Ich kann von Glück reden, dass diese Leute hier mich nicht einfach verlassen. Stattdessen kümmern und versorgen sie mich jedes Mal, wenn meine Gesundheit schlechter wird, bis es mir wieder besser geht. Sobald Sie meine Geschichte veröffentlich haben, werden sie es nicht mehr tun."

„Warum nicht?"

Karatygin lächelte, die schwarzen Stellen an seinen Zähnen waren ein Albtraum. „Weil ich in meinem Eifer, meine Landsleute zu bekämpfen, gemordet habe. Nicht ein paar Menschen. Nicht ein Dutzend. Hunderte."

Anthony schluckte. Dann fragte er: „Welche Rolle haben Sie beim Wakhan Massaker gespielt?"

Karatygin verzog das Gesicht zu einer Grimasse. Dann sagte er: „Ich war der Verursacher. Ich habe es organisiert. Ich bin zu Thompson gegangen und habe ihn darum gebeten, mir bei der Beschaffung der Waffen zu helfen."

„Dem Sarin?"

Karatygin nickte. „Es war im Lager der Sowjets. Ein Mudschaheddin-Raubzug in der Nähe von Kandahar hatte es erbeutet und am Ende gelangte es in die Hände der CIA. Leslie Collins – ich bin mir sicher, Sie kennen ihn – leitete damals die CIA-Operation von Pakistan aus. Thompson war seine rechte Hand."

„Wie passt Prinz Roshan dazu?"

Karatygin lächelte. „Er war natürlich ihr Vertrauter. Roshan war hochinteressiert an der Wirksamkeit dieser Waffe. Damals hatten alle drei die Idee, man könnte sie im großen Stil gegen die Sowjettruppen einsetzen. Ich war froh, helfen zu können. Aber zuerst mussten wir die Waffe testen, um ihre Wirksamkeit einschätzen zu können."

Anthony schauderte. „Der Vorfall in Wakhan war ein Test?"

Karatygin nickte. Seine Augen waren groß. Beängstigend. „Das war er. Ein erfolgreicher, finden Sie nicht auch? Alle in dem Dorf starben. Sogar die Hunde und die Schafe starben. Als wir uns darüber klar wurden, wie tödlich es war, wollten Collins und Thompson es erneut verwenden, gegen eine Sowjet-Basis. Aber als wir zurück zu unserer Basis kamen, bemerkten wir, dass wir ein größeres Problem hatten."

„Was?"

„Die Waffen waren in einer Höhle in Badakshan gelagert. Nachdem wir die Tanks in den Hubschrauber geladen hatten, waren die Dämpfe durch die Höhle gezogen und hatten alle getötet. Wir haben die Höhle aufgegeben und auch die Männer, die dort waren."

„Gott", sagte Anthony. „Wie viele waren es?"

„Zwanzig oder so. Nicht so viele, wie die Zivilisten, die wir getötet hatten."

„Und was ist mit der Höhle geschehen?"

Karatygin schenkte Anthony ein zahniges Lächeln. „Es ist alles noch da. Die Fässer sind immer noch dort, obwohl sich das Sarin lange verflüchtigt hat. Alles ist noch dort. Sogar die Skelette."

Heiliger Gott, dachte Anthony. Er würde alles dafür tun, sich das anzusehen. Aber diese Reise würde Stunden dauern – oder Tage, wenn man den Zustand der Straßen und die Gewalt bedachte. Wenn er diesen Trip überhaupt überleben würde.

Karatygin lehnte sich vor und sagte: „Sie wollen es sehen. Nicht wahr? Ich kann es spüren."

Anthony nickte. Dann sagte er: „Ich war in dem Dorf. Ich habe für die *The Washington Post* vor drei Jahren eine Story über das Massaker geschrieben. Niemand ist zurückgekehrt, um die Leichen zu begraben. Es liegen Skelette von Kindern auf der Straße."

Karatygin sagte: „Manchmal denke ich, dass diese Kinder zurückkehren werden. Ich sehe sie kommen, wenn ich schlafe."

Anthony starrte den Mann, der ihm gegenüber saß, an. Dieser Mann hatte zusammen mit den anderen ein wirklich grauenhaftes Verbrechen begangen.

Anthony sagte: „Warum erzählen Sie mir das alles jetzt? Ich verstehe es nicht. Warum?"

Karatygin schaute von Anthony fort. Mit leiser Stimme sagte er: „Ich bin nicht so töricht, um jemals um Vergebung zu bitten. Nicht für die Menschen, die ich getötet habe. Aber jemand muss die Wahrheit sagen. Nicht wahr? Wie unterscheiden sich Thompson und Roshan und Collins von den Männern, die mich zum Sterben nach Afghanistan geschickt haben? Sind sie anders?"

Er sah Anthony mit nackter Wut in seinen Augen an. „Sie sind kein Stück anders. Es geht ihnen nur um Macht, Stolz und ihre eigene Position. Jeder von ihnen hat weiter daran gearbeitet, ein mächtiger Mann zu werden. Es ist Zeit, dass sie jemand zu Fall bringt."

Karatygin rief etwas in Paschto. Einen Augenblick später erschien einer seiner Männer. Jeder von ihnen sagte einen Schwall Worte, dann kämpfte Karatygin darum, in eine aufrechte Position zu kommen. Er griff nach einem Gehstock und kam dann schließlich auf die Beine, er torkelte.

Er sah Anthony an und sagte: „Der Hubschrauber ist auf dem Weg. Ich werde es Ihnen zeigen. Sie müssen mitkommen."

Anthony stand auf. Dann nickte er. „Lassen Sie uns gehen."

KAPITEL DREIUNDZWANZIG
Großer Fisch

Bear. 8. Mai

Bears Wohnung sah so aus, wie sie schon seit Tagen aussah. Winzig. Leer. Einsam.

Er ließ sich auf den Stuhl an dem kleinen Tisch fallen, an dem er vor ein paar Tagen Richard Thompsons Personalakte durchgeschaut hatte. Die Akte war gestohlen worden, und er wusste immer noch nicht, wer das getan hatte. Vielleicht Thompson selbst. Oder Leslie Collins. Wer auch immer es gewesen war, der Fall hatte sich weiterentwickelt. Bear wusste nicht mal, wohin er sich wenden sollte oder was er als nächstes tun sollte.

Anthony war am Vorabend nach Afghanistan aufgebrochen, er hatte nur eine Nachricht hinterlassen, in der er mitgeteilt hatte, dass er aus seinem Gespräch mit George-Phillip erfahren hatte, was er wollte. Es wäre hilfreich gewesen, zu wissen, was das war. Marky Loveechio war in Kanada gefasst worden – Bear kannte die Details dazu nicht, er wusste nur, dass er während seines Angriffs auf Adelina Thompson und ihre Töchter geschnappt worden war. Oz – Oswald O'Leary – wurde gesucht. Auf Prinz George-Phillips Bitte hin, hatte das National Crime Information Center eine Suchmeldung herausgegeben, in der lokale Behörden gebeten wurden, nach O'Leary Ausschau zu halten.

Bear seufzte, ging zum Kühlschrank und sah hinein. Kein Bier. Scheiße.

In dem Moment klingelte das Telefon. Er ging zurück zum Tisch und griff nach seinem Handy. Es war eine unbekannte Nummer.

„Bear Wyden."

„Mister Wyden - hier ist Wolfram Schmidt."

Fast eine ganze Sekunde lang dachte Bear, wer zur Hölle ist Wolfram Schmidt? Aber das hielt nicht lange vor. Er musste nur an die Beschämung denken, von den Finanzbehörden verhaftet zu werden.

„Was kann ich für Sie tun, Schmidt? Ist das ein freundschaftlicher Anruf?"

Ein Grunzen am anderen Ende. Dann sagte der pingelige Agent der Finanzbehörden: „Das ist es, Wyden. Eigentlich rufe ich an, weil ich gerade an Bord eines Fliegers zurück nach Washington gehe und mich heute Abend gerne mit Ihnen treffen möchte. Ich denke, wir haben beide Informationen, die interessant sein könnten. Ich gehe mal davon aus, Sie kennen Scott Kelly?"

„Vom DSS? Natürlich."

„Auf Anregung von Agent Kelly, möchten wir Sie wieder in die Ermittlung einbeziehen."

Bears Mund war schneller als sein Hirn. „Ich werde nichts tun, was diese Mädchen vorschnell verurteilen würde. Sie haben schon genug durchgemacht."

Schmidt sagte: „Das werde ich auch nicht. Mir ist klar, dass hier viel mehr dahinter steckt."

Bear holte Luft. Er war schon fast soweit gewesen, dem Agenten der Finanzbehörden etwas Fieses an den Kopf zu werfen und aufzulegen, aber jetzt musste er innehalten. „Ich höre", sagte er.

„Das Geschworenengericht ist... bereit, unsere Ermittlungen näher in Augenschein zu nehmen. Wir sind dabei, Adelina und Andrea Thompson Immunität anzubieten, wenn Sie eine Zeugenaussage machen."

„Ach ja? Eine Aussage gegen wen?"

„Richard Thompson und Leslie Collins."

„Große Fische", sagte Bear. „Vor allem Collins."

„Mister Wyden, für die Finanzbehörden gibt es keine zu großen Fische."

Gott. Bear konnte fast das gemeine Grinsen in Schmidts Gesicht sehen.

„Okay. Also Sie bieten ihnen Immunität an. Sie vergrößern das Ausmaß der Ermittlung. Auf was? Thompsons Vergewaltigung von Adelina, als sie noch ein Kind war? Das Wakhan-Massaker? Was ist Ihr Plan?"

„Sie haben gut aufgepasst", sagte Schmidt.

„Ich habe mich gefragt, ob Sie das auch haben."

„Im Moment haben wir nicht genug Informationen, um uns um Wakhan zu kümmern, zumindest nicht, was Collins angeht. Aber wir haben Beweise für Thompsons Beteiligung."

„Ach ja? Was für Beweise?"

„In Anbetracht der Tatsache, dass einer unserer Verdächtigen der stellvertretende Direktor der CIA ist, möchte ich das nicht am Telefon besprechen."

Bear antwortete nicht. Stattdessen dachte er an die fehlende Akte. Dann sagte er: „In Ordnung. Lassen Sie uns annehmen, er hört gerade zu. Was würden Sie ihm sagen?"

„Ich würde ihm sagen, dass wir ihn schon so gut wie überführt haben."

Bear grinste. „Ich mag Sie, Schmidt. Wann kommt Ihr Flug an?"

„Acht Uhr am National Airport."

„Ich werde mich mit Ihnen treffen. Aber ich habe eine weitere Frage. Was ist mit Julia Wilson? Sie ist von Ihnen gejagt worden. Und ich glaube keine Sekunde, dass sie es getan hat."

Bear gefiel die unangenehme Pause nicht, die danach entstand. Schließlich sagte Schmidt. „Wenn es auf das hinausläuft, was ich vermute, wird Julia vermutlich sowieso entlastet werden. Aber ich kann nichts versprechen."

Bear seufzte. „Ich vermute, mehr kann ich nicht verlangen. Aber ich sage Ihnen eines. Es scheint wenig zu sein."

„Wir werden später weiterreden."

Carrie. 8. Mai

„Ich weiß nicht, was ich tun soll, Carrie! Du weißt, wie es war, als er in New York verhaftet worden ist."

Carrie hörte nur halb zu, während Alexandra sprach. Rachel war heute Nachmittag teilnahmslos, und ihr Fieber war konstant bei 38° C. Sie hatte am Mittwoch mit der Kinderkrankenschwester gesprochen, die Carrie versichert hatte, dass leichtes Fieber nichts Ungewöhnliches war.

„Wenn sich etwas ändert, dann möchte ich, dass Sie mir Bescheid geben."

Carrie hatte auf einen Test bestehen wollen. Sie wollte ihre Tochter ins Krankenhaus bringen, um sicherzustellen, dass alles nur Mögliche getan wurde. Dass die Krankenschwester Rachels Fieber auf die leichte Schulter nahm, machte sie fast wütend. Aber sie hatte sich beruhigt und nichts Beleidigendes gesagt.

Auf rationaler Ebene wusste Carrie, dass die Krankenschwester recht hatte. Kinder bekamen Fieber, Husten und Schnupfen. Sie bekamen Ausschlag und verstopfte Nasen und Durchfall. Man musste gut auf sie aufpassen, sie gut ernähren, sie warm halten, darauf achten, dass sie genug tranken und sie warm einpacken. Aber nicht jedes Fieber deutete darauf hin, dass sie ernsthaft krank waren. Und man musste auch nicht wegen jeder Krankheit ins Krankenhaus.

Carrie wusste das alles auf rationaler Ebene. Immerhin war sie Wissenschaftlerin.

Aber was ihr Herz und ihr Bauch ihr sagten, war etwas ganz anderes. Ihr Bauch wusste, dass eine Abfolge schrecklicher Umstände dazu geführt hatte, dass ihr Mann aus ihrem Leben gerissen worden war, bevor ihre Tochter geboren wurde. Sogar bevor sie sich sicher gewesen war, dass sie schwanger war.

Sie konnte Rachel nicht auch noch verlieren.

Also drehten sich ihre Gedanken sehr um ihre Tochter. Sie war teilnahmslos, aber war sie zu teilnahmslos? Sie hatte Fieber, aber war es zu hoch? Rachel hatte rote Flecken auf ihren Wangen und sie hatte nicht viel getrunken.

Carrie konnte nur das Schlimmste sehen. Was, wenn die Krankenschwester unrecht hatte? Was, wenn sie eine schreckliche, außergewöhnliche Krankheit hatte und die Krankenschwester per Telefon eine falsche Diagnose gestellt hatte? Immerhin hatte sie Rachel ja nicht untersucht, und war sie überhaupt kompetent genug, eine Diagnose für ihre Tochter zu stellen? Wenn sie ihre Augen schloss, war das Einzige, was sie sehen konnte, Ray, sein Körper war blass und mit einem Klacken und Klicken, eines nach dem anderen wurden die Geräte ausgeschaltet und er wurde ihr für immer genommen. Alles, was sie sehen konnte, wenn sie ihre Augen schloss, war, dass sie ihre Tochter verlor.

Sie erinnerte sich, wie sie, kurz bevor er gestorben war, mit Ray gesprochen hatte. Sie hatte eine Menge Versprechen gegeben. Ich verspreche, dass ich eine gute Mutter für unser Kind sein werde. Ich werde für sie da sein und ihr die richtigen Dinge sagen. Ich werde mir ihre Probleme anhören und ihr die ganze Nacht Lieder vorsingen und werde ihr beibringen stark zu sein. Ich werde ihr von dir erzählen. Ich werde ihr sagen, dass ihr Vater das Richtige getan hat, immer. Dass du, wenn es wirklich darauf ankam, die Wahrheit gesagt hast, und dass du auch andere Leute dazu inspiriert hast, das Richtige zu tun.

Das war noch nicht alles, was sie ihm versprochen hatte. Sie hatte versprochen, ihre Tochter nicht mit ihren Ängsten zu erdrücken, weil sie gewusst hatte, dass das geschehen konnte. Und ich verspreche, dass ich nicht so sein werde wie… Ich werde sie nicht unglücklich machen. Ich werde ihr beibringen, dich zu lieben und sich an dich zu erinnern, aber ich werde nicht zulassen, dass es ihr Leben überschattet. Denn ich weiß, dass du das nicht wollen würdest. Du würdest wollen, dass sie stark ist.

Das war viel leichter gesagt als getan. Und Rachel war gerade mal sechs Wochen alt. Wie schwer würde es sein, wenn sie sechs war? Oder sechzehn? Wie würde sie damit zurechtkommen, wenn ihr kleines Mädchen den Führerschein machte oder begann, sich mit Jungen zu verabreden oder – „Hörst du mir überhaupt zu?“

Alexandras Frage ließ Carrie zusammenzucken. Sie hatte nicht zugehört. Sie hatte total vergessen, dass ihre Schwester da war. Alexandra sah – nicht verärgert – sie sah… verletzt aus. Schutzlos und angeschlagen.

„Es tut mir Leid, Alexandra, ich bin nur… Ich mache mir solche Sorgen…“ Die Worte waren noch nicht richtig ausgesprochen, da begann sie schon zu schluchzen. Sie unterdrückte es verzweifelt. Aber sie konnte die Tränen, die bereits draußen waren, nicht zurückholen.

Alexandra seufzte. „Es tut mir leid, Carrie. Es tut mir leid. Ich habe schreckliche Angst. Ich habe wirklich große Angst. Ich habe das FBI angerufen und die Finanzbehörden und die Polizei von DC, aber niemand sagt mir, wo er ist und er hat nicht angerufen und…“ ihr Gesicht sah verzweifelt aus.

Carrie sah ihr in die Augen. Sie musste sich zusammenreißen. Sie flüsterte: „Schau. Wir werden es herausbekommen. Vielleicht weiß Bear etwas. Oder... oder... Scheiße."

Alexandra flüsterte: „Ich weiß nicht, wie viel mehr ich noch aushalten kann."

Dylan. 8. Mai

Dylan Paris fuhr sich mit seinen Händen durchs Haar und sah sich zum gefühlten tausendsten Mal in dem Raum um.

Es waren keine Ausgänge durch Zauberhand erschienen. Stattdessen wartete er auf die Rückkehr der beiden Cops, die ihn befragt hatten. Er wusste nicht, zu welcher Organisation sie gehörten – Justizministerium oder FBI oder CIA oder Finanzbehörde oder was auch immer – aber er wusste, dass er immer und immer wieder die gleichen Fragen beantwortet hatte.

Zumindest war es nicht wie in der schrecklichen Nacht, die er in der Zelle in New York verbracht hatte, wo er zusammen mit Drogendealern und Vergewaltigern und Gott-weiß-wem noch zusammengepfercht worden war. Sie ließen ihn seine Medikamente gegen Zitteranfälle nehmen, was gut war, denn niemand wollte sehen, wie er auf dem Boden herumzuckte und an seinem eigenen Erbrochenen erstickte.

Dylan seufzte. Er wollte nach Hause. Unbedingt.

Die Tür ging auf und zwei Personen kamen herein. Er erkannte sofort einen von ihnen – der Mann, der ihn am Abend zuvor verhaftet hatte. Er sah aus wie Cranks Dad, Jack, irisch mit dunklem Haar und einem freundlichen Gesichtsausdruck. Seine Partnerin sah allerdings nicht so freundlich aus.

Der Mann setzte sich Dylan gegenüber. Die Frau, die ein schwarzes Kostüm trug und silberne Haare hatte, blieb dicht hinter dem Mann stehen. Dylan dachte, dass sie vermutlich vorzeitig ergraut war. Ihre Haut war glatt, nicht faltenlos, aber jugendlich.

„Dylan, wie geht's Ihnen? Ich bin Scott Kelly vom Diplomatischen Sicherheitsdienst. Das ist meine augenblickliche Chefin, Emma Smith. Sie arbeitet für die Hölle. Ich meine die Finanzbehörden."

Die Frau runzelte die Stirn, aber reagierte sonst nicht auf Kellys Witz.

Dylan antwortete nicht.

„Geht es Ihnen gut?", fragte Kelly erneut.

Dylan zuckte mit den Schultern. „Ich bin in einer Gefängniszelle. Wie gut glauben Sie, dass es mir geht?"

Kelly nickte. „Ja. Verstanden. Aber Sie müssen verstehen, wenn man einen Bundesagenten umbringt, dann muss man einige Fragen beantworten."

Dylan schüttelte seinen Kopf. „Ich dachte, der Agent, der gestorben ist war im Flur. Und er wurde von Leah Simpson erschossen."

Kelly nickte. „Schlaues Kerlchen. Das ist die Wahrheit. Leah war diejenige, die ihn erschossen hat."

„Sie mochte mich nicht", sagte Dylan. „Zumindest kam es mir so vor. Was ist mit ihr geschehen? Hatte sie Kinder?"

Kelly sagte: „Das hat sie. Sie wird die Schusswunden überleben. Sie ist sogar schon zu Hause."

Dylan schloss seine Augen. Gut. Gut. Er öffnete sie. „Das erleichtert mich, ich bin froh, das zu hören."

Scott Kellys Gesichtsausdruck wurde sofort weicher. „Na ja, sie ist noch nicht außer Gefahr. Aber ja. Egal. Wir haben ein paar Fragen an Sie."

Ohne Umschweife sagte Dylan: „Nein, ich kenne die Angreifer nicht. Ich weiß nicht, woher die Drogen oder das Geld kamen. Es kann unmöglich Andrea gehören, denn alles, was sie besaß, wurde ihr bei der Entführung abgenommen. Ich weiß nicht, wo sie jetzt ist oder warum sie die Botschaft verlassen hat. Beantwortet das Ihre Fragen?"

Die Frau, die hinter Kelly stand – Emma Smith – sagte: „Mister Paris, ich schlage Ihnen vor, dass Sie kooperieren."

Kellys Antwort kam wesentlich mehr aus dem Bauch heraus. „Seien Sie kein Klugscheißer."

Dylan lehnte sich vor. „Ich bin kein Klugscheißer. Man hat mir seit gestern Abend immer und immer wieder diese Fragen gestellt. Was zur Hölle ist das hier? Warum schauen Sie sich nicht einfach die Aufnahmen an?"

Kelly sagte: „Weil wir wissen müssen, wer zur Hölle nochmal versucht, die Leute aus der Familie Ihrer Frau umzubringen, Sie Arschloch."

Das ließ Dylan sofort ernüchtern. Er seufzte und sagte: „In Ordnung. Tut mir leid. Schauen Sie, ich bin einfach nur frustriert. Ich weiß nicht, warum man mich einsperrt, wo ich doch nichts weiter getan habe, als meine Schwägerin zu beschützen."

Kelly zuckte mit den Schultern. „Es ist, wie es ist. Ich kann dazu nicht viel sagen."

Stille. Dylans Augen wanderten zu Smith, die immer noch hinter Kelly stand. Sie antwortete nicht oder stellte irgendetwas klar, was bedeutete, dass sie dazu etwas sagen könnte. Wie auch immer. Er würde kooperieren.

„Stellen Sie Ihre Fragen. Ich werde sie beantworten."

„Warum haben Sie das Geld mitgenommen?"

„Ich habe etwas von dem Geld mitgenommen", korrigierte Dylan.

„Warum?", verlangte Kelly zu wissen.

„Jemand hat versucht, Andrea umzubringen. Zu diesem Zeitpunkt war sie bereits dreimal angegriffen worden. Ich wusste, dass sie in Gefahr war und es war klar, dass der Diplomatische Sicherheitsdienst uns nicht beschützen konnte. Also habe ich so viel Geld wie möglich genommen, auch eine der Pistolen und mich dann mit Andrea am vereinbarten Treffpunkt getroffen."

„Warum ist sie über den Balkon geklettert? Das war ein Filmstunt."

Dylan zuckte mit den Schultern. „Ist es nicht besser, beim Versuch zu überleben zu sterben? Anstatt sich einfach zu ergeben und sich umbringen zu lassen?"

Kelly nickte, auf seinem Gesicht konnte man eine Art Zustimmung sehen. Seiner Chefin von den Finanzbehörden gefiel das nicht.

Sie lehnte sich vor und sagte: „Wo ist das Geld überhaupt hergekommen?"

Dylan zuckte mit den Schultern. „Ich weiß es nicht. Kurz vor dem Angriff rief Andrea nach mir und zeigte es mir. Sie war verwirrt – sie sagte, das wäre der gleiche Schrank, den sie am Morgen durchgegangen war. Was bedeutet, dass es jemand während des Tages dort platziert hat."

„Wo war sie an dem Tag?", wollte Smith wissen.

Dylan schloss seine Augen und dachte über die Ereignisse nach. Er war in einer Vorlesung gewesen, als Alex ihm eine dringende SMS geschickt hatte und ihm gesagt hatte, dass Andrea entführt worden war. Sie waren an diesem Abend nach Washington gefahren. Der Angriff in Bethesda war in der gleichen Woche geschehen. Adelinas Anruf. Der Angriff auf die Wohnung. Das verruchte Hotel, in dem sie übernachtet hatten, und die Tage danach, die sie auf der Flucht gewesen waren.

Er schüttelte seinen Kopf. „Es ist alles durcheinander. In der letzten Woche ist zu viel geschehen, ich habe ehrlich gesagt keine Ahnung."

Kelly sagte: „Erzählen Sie mir von dem Abend. Beginnen Sie mit dem Geld und den Drogen."

Dylan schloss erneut seine Augen. Er versuchte, sich an die Details zu erinnern. Wie das Zimmer ausgesehen hatte. Wie es gerochen hatte. Die Angst in Andreas Gesicht.

Dylan? Kannst du mal für einen Augenblick herkommen?

Er war den Flur entlang gegangen und hatte das Zimmer betreten, dass sie als Schlafzimmer nutzte. Im Schrank hatte unter einem Haufen Kleidung ein Pappkarton gestanden. Voll mit Drogen und Geld.

Die waren gestern noch nicht hier oder heute Morgen. Ich weiß es – ich habe den Schrank heute Morgen, bevor wir zum Blutprobenehmen gegangen sind, durchgeschaut. Wer war hier drinnen?

Nachdem er mit diesem Teil der Geschichte fertig war, sagte er: „Dann klingelte das Telefon. Das Festnetztelefon."

„Wer war es?", fragte Smith.

„Die Mutter der Mädchen. Adelina Thompson. Sie sagte… sie sagte, dass Andrea in Gefahr schwebte. Sie hat mir gesagt, ich solle sie aus dem Haus bringen. Die Schießerei begann nur Sekunden später."

Smith und Kelly sahen sich an, dann zurück zu ihm. Kelly sagte: „Kannten Sie die Angreifer?"

Dylan schüttelte seinen Kopf. Dann sagte er: „Ich hatte auch keine Gelegenheit, sie mir genauer anzuschauen. Es waren viele Schüsse. Sehr viele. Andrea ist über den Balkon geklettert und ich habe mich hinter der Tür versteckt. Leah schoss auf die Angreifer, aber sie ging zu Boden. Ich hatte ein paar Messer und…"

Er schloss seine Augen. Er wollte nicht daran denken. Er wollte es nicht sehen.

Smith fragte mit harscher Stimme: „Sie hatten ein paar Messer und was?"

„Ruhig, Smith", antwortete Kelly. „Er redet. Lassen Sie ihn erzählen."

Dylan sagte: „Ich hatte ein schweres Fleischermesser und ein langes Küchenmesser. Der Erste kam schnell und ahnungslos herein, er hat überhaupt nicht aufgepasst. Ich habe seine Schusshand mit dem Fleischermesser erwischt. Der Zweite war direkt hinter ihm… er war orientierungslos und ich habe ihm in den Rücken gestochen. Ich bin ziemlich sicher, dass ich seine Wirbelsäule verletzt habe, er ging sofort zu Boden."

Kelly nickte und sagte: „Soweit ich weiß, sind Sie Kriegsveteran? Afghanistan? Irak?"

„Afghanistan."

„Purple Heart? Wie schlimm war es?"

Dylan verzog sein Gesicht. „Ich habe fast mein Bein verloren. Es hat sehr lange gedauert, bis ich wieder laufen konnte."

„PTBS?"

Dylan lehnte sich vor und sagte: „Wollen Sie mir sagen, dass meine mentale Verfassung mich irgendwie dazu veranlasst hat, diese Leute zu verfolgen und umzubringen? Ich versichere Ihnen, ich war mir dessen, was ich getan habe, sehr bewusst."

Kellys Mund zog sich auf einer Seite leicht nach oben. „Was genau haben Sie getan?"

„Mein Zuhause und meine Schwägerin verteidigt. Ich würde es ohne zu Zögern sofort wieder tun."

Kelly sagte: „In Ordnung. Lassen Sie uns fortfahren – "

„Warten Sie", befahl Smith."

„Was?", fragte Kelly.

„Sie haben beide getötet. Was geschah danach? Haben Sie dann die Wohnung verlassen?"

Dylan schüttelte seinen Kopf. „Nein. Erst habe ich so viel Geld genommen, wie in eine Tasche passte. Meine Medikamente, mein Telefon, meinen Geldbeutel und solche Sachen. Dann bin ich geflohen. Die Balkontür war immer noch offen und ich konnte Sirenen hören."

Smith trat neben Kelly und lehnte sich mit beiden Händen auf den Tisch, damit brachte sie Dylan dazu, zu ihr aufzuschauen. „Was ist mit den Drogen? Haben Sie davon auch etwas mitgenommen?"

Dylan zuckte zurück. „Zur Hölle, nein."

„Kommen Sie, Dylan", sagte Kelly. „Sie können es uns sagen. Wir wissen, dass das VA Sie lange mit schweren Medikamenten behandelt hat. Hat Sie das nicht mal in Versuchung geführt?"

Dylan lehnte sich vor und sagte langsam und deutlich: „Nein. Ich habe die Drogen nicht angerührt."

„In Ordnung", sagte Kelly. „Wie haben Sie das Haus verlassen?"

Dylan seufzte. „Durch den Flur in Richtung der Aufzüge. Leah war dort draußen – Ich dachte, sie wäre tot. Genau wie die beiden anderen Typen."

„Kannten Sie Ralph Myers?"

Dylan schüttelte seinen Kopf. „Nein."

„Kannten Sie irgendeine der Personen, da draußen?"

„Leah natürlich. Ich dachte, sie wäre tot. Den Mann, der in der Mitte des Flures lag, kannte ich nicht. Und der, der am nächsten zu den Aufzügen lag, war einer der Wachleute."

„Sind Sie mit dem Aufzug nach unten gefahren?"

Dylan schüttelte seinen Kopf. „Nein. Ich habe die Treppe genommen. Ich habe vermutet, dass die Cops durch die Lobby kommen würden, und die Treppe endet im Hinterhof und nicht in der Lobby."

Smith und Kelly sahen einander an. „Woher wussten Sie das?", fragte Smith.

„Als Ray noch am Leben war, haben wir uns auf diesem Weg rausgeschlichen, um an den Reportern vorbei zu kommen."

Kelly sagte: „Okay. Das erklärt einiges. Was ist –"

Dylan unterbrach ihn. „Wie lange werde ich hier sein?"

„Solange es dauert", antwortete Smith.

„Schauen Sie. Ich möchte Ihnen helfen. Ich möchte, dass, wer auch immer meiner Familie etwas antut, gefangen wird. Aber mich hier gefangen zu halten ist nicht – "

„Wir entscheiden, wann wir Sie gehen lassen", sagte Kelly. „Und es ist nicht jetzt sofort. Sagen Sie mir, was Sie über Richard Thompson wissen."

Dylan rutschte unbehaglich auf seinem Stuhl herum. Dann sagte er: „Er ist ein totaler Bastard."

Zum ersten Mal während der Befragung lächelte Emma Smith fast. Sie sagte: „ Fahren Sie fort. Wann haben Sie ihn zum ersten Mal getroffen?"

Dylan lehnte sich auf seinem Stuhl nach vorne. „Ich denke… vor etwa vier Jahren. Bevor ich zur Army gegangen bin. Alex und ich haben uns bei einem Schüleraustauschprogramm kennengelernt, es war in meinem Abschlussjahr an der High School. Richard hat einen Hintergrundcheck über mich machen lassen. Er hat mich in sein Büro zitiert, um mir mitzuteilen, was für ein Nichtsnutz ich bin. Später, als ich im Krankenhaus lag, hat er mir eine E-Mail geschickt. Er hat mir gesagt, dass ich mich von seiner Tochter fernhalten soll. Ich sollte sie glauben lassen, dass ich in Afghanistan gestorben wäre."

Dylan dachte an diese Zeit zurück. Wie er im Krankenhaus gelegen hatte, sich manchmal gewünscht hatte, er wäre tot, weil der Schmerz so schlimm gewesen war. Er hatte es durchgestanden, aber es war knapp gewesen. Er sagte: „Ohne Alex wäre ich jetzt ein niemand, müssen Sie wissen. Sie war während der größten Zeit meiner Genesung an meiner Seite. Ist mit mir gerannt. Hat mir dabei geholfen, zu trainieren. Sie… sie bedeutet mir alles. Ihrem Dad war das alles scheißegal."

„Was noch?", sagte Smith. „Was wissen Sie sonst noch über ihn?"

„Was? Meinen Sie über seine berufliche Laufbahn? Darüber weiß ich überhaupt nichts. Ich habe, während ich in der Botschaft festsaß, die Anhörungen im Fernsehen angeschaut, also weiß ich, dass er in Wirklichkeit zur CIA gehört hat. Das ist aber auch alles."

„Was ist mit Julia und Crank Wilson? Wie gut kennen Sie sie?"

Dylan seufzte. „Ziemlich gut. Sie gehören zur Familie. Ich meine, sie sind immer unterwegs, aber in den letzten Jahren habe ich sie an Feiertagen gesehen… und bei Tragödien. Als Ray im Krankenhaus lag, hat Julia praktisch die Organisation von allem übernommen. Sie hat auch bei unserer Hochzeit geholfen. Crank ist ein toller Typ. Sie kommen, immer wenn sie in New York sind, zum Essen bei uns vorbei."

„Was ist mit Geld? Denken Sie, dass sie etwas verbirgt?"

„Zur Hölle, nein", sagte Dylan. „Warum sollte sie das? Jedes Album, das Crank rausbringt, hat Platinum-Status erreicht. Sie sind Rockstars. Und sie hat das Geld auf der ganzen Welt investiert. Aber es ist nicht so… so als hätte ich einen Rockstar als Freund. Er ist einfach mein Schwager. Wir hängen zusammen rum und rauchen und reden dummes Zeug."

Kelly sagte: „In Ordnung. Wir machen jetzt eine Pause und essen etwas zu Mittag. Danach kommen wir zurück und stellen Ihnen ein paar weitere Fragen."

Dylan seufzte vor Erleichterung. Die zwei Agenten gingen und man eskortierte ihn zurück in seine Zelle.

George-Phillip. 8. Mai

„Und Sie haben ihn einfach den US-Behörden übergeben?", rief George-Phillip. „Warum? Und warum hat man mich nicht informiert?"

Botschafter Stephen Easton trat einen Schritt an seinem Schreibtisch zurück. Der korpulente alte Dummkopf hatte rote Flecken auf den Wangen, als er sagte: „Eure Hoheit, ich bin hier der Botschafter. Nicht Sie. Sie bestimmen nicht, was mit – "

„Ich habe ein Versprechen gegeben, Botschafter. Es gab für Sie überhaupt keinen Grund, das zu tun."

„Außer dem Gesetz und unseren Beziehungen zu den Vereinigten Staaten. Wenn der Junge unschuldig ist, dann werden sie ihn gehen lassen."

George-Phillip lehnte sich näher an den Botschafter heran. „Verstehen Sie nicht, dass die Person, die diese Angriffe eingefädelt hat, ein hohes Tier in ihrer Regierung ist?"

Easton fuhr sich mit der Zunge über seine Unterlippe. Dann drehte er sich um, ohne zu antworten, und setzte sich in den schweren Lederstuhl hinter seinem Schreibtisch. Als er sich setzte, keuchte er ein wenig.

„Bitte setzen Sie sich, Eure Hoheit. Ich verstehe, dass Sie verärgert sind, aber es gibt Dinge, über die wir reden müssen. Und der Premierminister erwartet in weniger als fünf Minuten unseren Anruf."

George-Phillip wollte den alten Dummkopf durchschütteln. Stattdessen setzte er sich ruhig auf den Stuhl.

„Das ist eine ernste Anschuldigung", sagte Easton.

„Es ist eine ernste Situation."

„Bitte erklären Sie mir Oswald O'Learys Part an dieser Geschichte."

George-Phillip seufzte. „Ich bin mir darüber noch nicht ganz im Klaren. Anscheinend hat er Adelina Thompson – "

„Die Frau, mit der Sie eine verbotene Affäre hatten. Die Frau eines amerikanischen Diplomaten."

George-Phillip starrte Easton an. Dann sagte er einfach: „Ja."

Easton blinzelte mehrere Male. „Fahren Sie fort."

„Anscheinend war O'Leary gegen meine Verbindung zu ihr..."

„Kein Wunder", murmelte Easton.

„Darf ich ohne Unterbrechung fortfahren?"

Easton runzelte die Stirn. Dann wedelte er beiläufig mit seiner Hand. „Reden Sie weiter."

George-Phillip erzählte dem Botschafter, was er über den mysteriösen Oz erfahren hatte. „Ich weiß nicht, was dahinter steckt."

Das Telefon auf Eastons Schreibtisch klingelte und unterbrach George-Phillips Erzählung.

Easton verzog seine Lippen. „Das ist der Premierminister." Er streckte seinen Arm aus und drückte auf einen Knopf am Telefon.

„Hallo?", schrie er fast. „Herr Premierminister? Botschafter Easton und Prinz George-Phillip am Apparat, Sir."

George-Phillip begrüßte Duncon Howard, den englischen Premierminister. Er hatte den Mann noch nie gemocht, der Karrierepolitiker, der sich seine Position auf dem Rücken seiner Freunde erkämpft hatte. Aber George-Phillip musste den Premierminister auch nicht mögen. Alles, was er tun musste, war, ihn zu tolerieren und im Moment mit ihm zusammenzuarbeiten.

„George-Phillip, ich war unglaublich erleichtert zu hören, dass Sie den Flugzeugabsturz überlebt haben."

„Danke, Herr Premierminister. Aber ich sollte eine Kleinigkeit klarstellen – es war kein Absturz. Wir wurden abgeschossen und können von Glück sagen, dass wir das überlebt haben."

Am anderen Ende der Leitung räusperte sich der Premierminister. „Soweit ich weiß, wurde das noch nicht endgültig bestätigt."

„Glauben Sie mir, Herr Premierminister. Es war eine Boden-Luft-Rakete oder sowas."

„Das ist ziemlich interessant", sagte der Premierminister. „Ich habe vor kurzem mit dem Innenminister gesprochen. Die National Crime Agency hat den Mann, der letzte Woche auf Ihr Haus geschossen hat, identifiziert."

George-Phillip rutschte auf seinem Stuhl vor, seine Aufmerksamkeit war plötzlich wieder voll da. Die NCA oder National Crime Agency war die Nationalpolizei, die für Grenzkontrollen und andere Dinge zuständig war. „Ich höre, Herr Premierminister."

„Es scheint, ein saudiarabischer Staatsbürger mit Namen... lassen Sie mich schauen... Hakum Silsilah zu sein. Das ist ein komischer Name. Die Grenzpolizei hat, als er auf dem Weg zum Eurotunnel war, bei einer zufälligen Kontrolle eine versteckte Waffe in seinem Kofferraum entdeckt. Die Waffe passt zu den Kugeln, die man in Ihrem Haus gefunden hat. Also wurde Silsilah verhaftet und befragt. Und ich bin sicher, Sie werden fasziniert sein, von dem, was wir herausgefunden haben."

George-Phillip sagte: „Bitte, Sir. Die Sicherheit meiner Tochter steht auf dem Spiel. Was haben Sie herausfinden können?"

„Eure Hoheit, Silsilah arbeitete für den saudiarabischen Geheimdienst. Nachdem wir ihm Asyl und Immunität angeboten haben, hat er uns verraten, dass man ihm befohlen hatte, Sie umzubringen."

„Wer hat ihm das befohlen?"

„Prinz Roshan von Saudi Arabien."

KAPITEL VIERUNDZWANZIG
Gotteskram

Dylan. 8. Mai

Nachdem das Licht ausgeschaltet wurde, konnte Dylan nur noch das schwache Leuchten der Notausgangsleuchte am Ende des Flures sehen, das durch das rechteckige, vergitterte Loch in der Tür schien. Dylan hatte als Teenager eine denkwürdige Nacht in einer Zelle im Fulton County Gefängnis in Atlanta verbracht, weil er und seine Freunde ein paar dumme Entscheidungen getroffen hatten. Man hatte sie nicht angeklagt. Ein paar Jahre später hatte er eine albtraumhafte Nacht im New York City-Gefängnis verbracht. In diesem Fall war er angeklagt worden: Nachdem ein betrunkener Ex-Freund Alex angegriffen hatte, war Dylan auf ihn losgegangen.

In beiden Fällen waren die Gefängnisse alt gewesen. Sie hatten nach Öl, Fett und Schweiß gerochen. Der Geruch der Männer, die wie Tiere in Käfigen hin und her liefen, gemischt mit Urin und Erbrochenem.

Dieses hier war anders. Vor allem war es sauber. Bevor die Lichter ausgeschaltet worden waren, hatte er sehen können, dass der Zementfußboden und die Stahlwände sauber und ohne Flecken waren, die Wände waren in einem leichten und der Boden in einem dunklen Grau gestrichen. Das Bett war tatsächlich bezogen, auch wenn die Decke nur aus rauer Wolle bestand. So ähnlich wie bei der Army. Damit konnte er leben.

Zumindest war er allein und er hatte mit Alex reden können. Das hatten sie ihm erlaubt. Wie zu erwarten gewesen war, war sie bestürzt gewesen und er hatte nur ein paar Minuten Zeit gehabt, bevor man ihm gesagt hatte, dass er auflegen sollte. Aber er dachte, es war besser als nichts.

Er war rastlos, wütend, dass er nicht da draußen war, um seine Frau und ihre Schwestern zu beschützen. Am Ende der Befragungen war er sicher gewesen, dass sie ihn gehen lassen würden. Kelly war immer freundlicher geworden, seine Körperhaltung hatte verraten, dass er Dylan glaubte. Smith schien zurückhaltender zu sein, aber am Ende der Befragung war sie nicht mehr so boshaft gewesen.

Er musste hier raus. Dylan lief in der Zelle hin und her. Er lief vor und zurück, bis ihm seine Füße wehtaten, dann legte er sich auf das Bett und wälzte sich hin und her.

Was ihn beschäftigte, war nicht das Gefängnis oder die Wut.

Stattdessen wanderten seine Gedanken immer wieder zu der Unterhaltung zurück, die er vor ein paar Tagen mit Alex gehabt hatte.

Vielleicht könntest du zu den Anonymen Alkoholikern gehen, wie deine Mom?

Ich kann diesen ganzen Gotteskram nicht machen. Das weißt du.

Er konnte es nicht. Denn Dylan wollte nichts mit einem Gott zu tun haben, der zuließ, dass Kinder abgeschlachtet wurden. Einem Gott, der Kriege zuließ, der zuließ, dass Terroristen Gebäude zerstörten und tausende Menschen töteten. Dylan wollte den Gott seiner Eltern nicht. Launisch. Manchmal übertrieben hart, manchmal übertrieben großzügig. Sie waren Trinker gewesen, bis seine Mutter sich zusammengerissen hatte. Sie hatte Dylans Dad rausgeworfen und ihn niemals wiedergesehen.

Hin und wieder – vor allem, in der Zeit, als er sich von seinen Kriegsverletzungen erholt hatte – hatte Dylan sich gefragt, was aus seinem Vater geworden war. Aber er war niemals neugierig genug gewesen, um der Sache nachzugehen. Er hatte niemals nach ihm gesucht. Er hatte niemals viel dazu beigetragen, das zu ändern, denn er wusste, dass er immer noch krank war.

So wie Dylan.

Er konnte es nicht mehr verstecken. Er konnte sich nicht mehr davor verstecken. Seit Rays Tod war er langsam in die Besinnungslosigkeit abgeglitten. Zuerst war es ein Drink, dann zwei, zwei Wochen später hatte er getrunken, um seine Angst und seinen Schmerz zu unterdrücken. Er hatte sich nicht betrunken. Er war immer noch in der Lage gewesen, zu funktionieren. Aber nach sechs Monaten hatte er begonnen, hin und wieder auch morgens zu trinken.

Dylan wusste, was das bedeutete. Er war zum Trinker geworden. Er war zu seinem Vater geworden.

Vielleicht könntest du zu den Anonymen Alkoholikern gehen, wie deine Mom?

Es war nicht so einfach. Er wusste ein bisschen was über die Anonymen Alkoholiker. Immerhin war seine Mutter ihnen beigetreten, als er noch ein Teenager gewesen war. Nachdem sie clean geworden war, hatten sie sich oft gestritten – sie hatte gewusst, dass er immer noch trank, und hatte ihn sehr bedrängt, aufzuhören. Schließlich hatte er es getan. Aber er war den AA niemals beigetreten. Ihr Schwerpunkt auf spirituellem Wachstum und Glaube an Gott kam Dylan mehr wie ein Kult vor. Seine Mutter und sein Vater – betrunken und sprunghaft, wie sie gewesen waren – hatten Dylan, bevor sie völlig zusammengebrochen waren, früher mit in die Kirche geschleift. Er erinnerte sich an nicht viel aus dieser Zeit – er war damals noch ziemlich jung gewesen. Aber er erinnerte sich an das Gerede über die Hölle. Sehr viel Gerede über die Hölle. Du wirst wegen diesem oder jenem in die Hölle kommen. Du wirst in die Hölle kommen, wenn du nicht glaubst, du wirst in die Hölle kommen, wenn du nicht genug glaubst oder du wirst in die Hölle kommen, wenn du lügst oder betrügst oder stiehlst oder Sex hast oder dich selbst berührst oder zu viel trinkst oder tanzt, oder wenn du die Demokraten wählst oder dich mit Menschen mit dunkler Haut anfreundest.

Dylan war an einem solchen Gott nicht interessiert und als seine Mutter damit anfing, ständig über Liebe zu reden und darüber, wie ihre „Höhere Kraft" sie aus der Gewalt des Trinkens befreit hatte, hatte er sich einfach abgewandt. Er hatte es nicht hören wollen.

Aber Dylan begann sich langsam Fragen zu stellen. Denn in den vergangenen Wochen hatte er sich immer mehr dabei ertappt, wie er an der Flasche hing. Und während der letzten zwei Wochen, seit er und Alex den Zug nach Washington bestiegen hatten, hatte er sich ständig nach einem Drink gesehnt. Oder auch nach vier. Es war nicht die Anspannung und der Stress. Er hatte in der Army gelernt, damit umzugehen. Man machte einfach weiter, egal, wie sehr es wehtat.

Nein. Das hier war mehr. Er hatte sein ganzes Leben mit dem Gefühl gekämpft, nichts wert zu sein. Dass er niemals gut genug sein würde. Jedes Mal, wenn er Kontakt mit Alex' Familie hatte, verstärkte es dieses Minderwertigkeitsgefühl. Ihre Geschwister waren Wissenschaftlerinnen, führten ihre eigenen Firmen und sogar die jüngsten waren unglaublich talentiert. Es war kein Wunder, dass Alex' Eltern die Nase verzogen, wenn es um ihn ging.

Sein früherer Therapeut am VA-Krankenhaus hatte ihm Achtsamkeitsübungen gezeigt, Meditationen, die er dazu nutzen konnte, still zu sitzen und sich auf sein Inneres zu konzentrieren. Dylan hatte monatelang gebraucht, um das umzusetzen. Er war immer tiefer und tiefer vorgedrungen, hatte immer länger durchgehalten und schließlich hatte er gespürt, dass er durchgestoßen war und seine Mitte sehen konnte.

Was er sah, gefiel ihm nicht. Im Inneren von Dylan Paris war eine klaffende Wunde, ein Loch. Früher hatte er dieses Loch mit Alkohol gefüllt, und später dann, als er zurück zur Schule gegangen war, mit Lerneifer. Er hatte es mit seinem Fokus darauf, ein Soldat zu sein, gefüllt. Und unglücklicherweise hatte er es auch mit einer anderen Person gefüllt. Mit Alex. Als er sie verloren hatte oder zumindest in Afghanistan geglaubt hatte, sie verloren zu haben, war seine Welt zusammengebrochen.

Er liebte Alex und er würde alles für sie tun. Aber langsam wurde ihm klar, dass auch sie dieses Loch nicht stopfen konnte. Und so hatte er angefangen, wieder zu trinken. Er wusste, dass das die klaffende Wunde nicht heilen konnte. Nichts konnte das. Aber es diente ihm als Betäubung, zumindest für eine Weile.

Vielleicht hatten seine Mutter und Alex recht. Aber ihm war nicht klar, wie er es anstellen sollte. Er hatte einfach genug von der Scham und dem Selbsthass. Und dann noch ein wütender, rachsüchtiger Gott obendrauf?

Er legte sich mit dem Rücken auf das Bett und starrte hinauf zur Decke, die nur ganz leicht durch das Licht vom Flur beleuchtet war. In spätestens ein oder zwei Tagen, längstens einer Woche, würde er hier raus sein. Er hatte nichts anderes getan, als seine Familie zu beschützen, und sobald ihnen das klar sein würde, würde man ihn gehen lassen.

Dylan hatte Angst davor. Er hatte Angst davor, was er tun würde, wenn er rauskam. Denn in den vierundzwanzig Stunden, seit man ihn außerhalb der Britischen Botschaft verhaftet hatte, hatte er weniger an Alex, sondern vielmehr daran gedacht, wie er an etwas zu trinken kommen konnte.

Ray wäre angewidert gewesen. Er konnte ihn fast sehen, wie er ihm gegenüber in der Zelle saß, sich vorlehnte und sagte: Steh auf Paris. Dein Mädchen liebt dich und hat etwas Besseres verdient.

Er hatte recht. Aber Dylan hatte keine Ahnung, wie er es allein schaffen sollte.

Er konnte es nicht allein schaffen.

Also stöhnte Dylan Paris, als er sich aus dem Bett wälzte. Und zum ersten Mal in seinem Leben kniete er nieder. Der Boden war kalt, der Zement unnachgiebig und seine Knie und Knöchel taten weh, vor allem die Seite, die in Afghanistan so schwer verwundet worden war.

Dylan schloss seine Augen und flüsterte: „Ich weiß nicht, was ich hier tue, aber wenn du wirklich da bist und wir dir wirklich nicht egal sind, dann, ich... brauche... Hilfe." Er begann zu zittern. Er spürte etwas in seinem Magen und die Wunde in seinem Herzen, das klaffende Loch schien offen zu liegen, nackt. Es fühlte sich dreckig an. Es fühlte sich an wie Schande.

„Bitte", flüsterte er. Dann ließ er sich auf den Boden fallen, war überwältigt von Trauer, Trauer um seine Kindheit, Trauer wegen der Gewalt, die er in Afghanistan erlebt hatte, vor allem Trauer um Roberts und Weber und sogar um Hicks, aber vor allem von der Trauer um Ray Sherman. Sein bester Freund und Vertrauter und die einzige Person, außer Alex, der er vertraut hatte.

Und die Wahrheit war, er hatte Ray mehr vertraut als Alex. Und als der Schmerz ihn völlig überkam, ertappte er sich dabei, wie er zum ersten Mal richtig um seinen Freund weinte.

Sarah. 9. Mai

Sarah Thompson saß in einem Sessel neben dem Fenster des Hotels und sah hinaus auf den Hafen von Vancouver.

Anfangs hatten sie ein paar Probleme gehabt, die Suite zu bekommen. Keine von ihnen hatte eine Kreditkarte gehabt, außer Andrea, die eine ganze Tasche voller Pre-Paid-Geschenkkarten hatte. Nach dem erneuten Angriff wollten sie nicht an einem Ort bleiben, den man zurückverfolgen konnte. Aber nach dem Fiasko mit den Kreditkarten hatte sich der Beamte der

Einwanderungsbehörde, der Adelinas Asylantrag zugelassen hatte, Liam Tremblay, eingeschaltet. Danach hatte das Hotel seine Türen weit geöffnet.

Sie wohnten in einer großzügigen Suite mit einem großen Wohnbereich und zwei Schlafzimmern. Sarah und Andrea schliefen in einem Zimmer, Jessica und Adelina im anderen.

Jetzt ging die Sonne auf, der Himmel über dem Hafen war rosa, die Gebäude reflektierten sich im Wasser unter ihnen. Sarah wartete ungeduldig darauf, dass Eddie aufwachte und ihr eine SMS schickte. Er hatte die Nacht zuvor die dritte Schicht übernommen, also würde es vermutlich noch Stunden dauern, bis es soweit war. In Washington war es nicht mal neun Uhr morgens.

Während sie wartete, spielte sie an ihrem Telefon herum, kommentierte Posts auf Facebook und Instagram von ihren Freunden aus San Francisco; Freunde, die sie im Grunde verloren hatte, als der Unfall geschah. Statt für ihr Abschlussjahr zurück nach Hause zu gehen, war sie an der Ostküste geblieben und zu Hause unterrichtet worden. Sogar dieser Unterricht war auf der Strecke geblieben, als ihre Mutter nach Weihnachten zurück an die Westküste gegangen war. Sarah wusste nicht, ob sie die High School dieses Jahr würde beenden können. Es könnte sein, dass sie das Schuljahr wiederholen musste.

Das war okay. Sie würde trotzdem in Bethesda bleiben. Sie war jetzt achtzehn und ihre Eltern konnten nichts dagegen tun, und sie würde Carrie ganz sicher nicht zurücklassen. Oder Eddie. Wenn sie zurück zur Schule musste, dann an die Bethesda Chevy Chase, wo Julia in ihrem Abschlussjahr auch gewesen war. Und vielleicht würde sie es einigen dort für ihre Schwester heimzahlen.

Das Öffnen und Schließen einer Tür ließ Sarah aufhorchen.

Es war ihre Mutter. Adelina Thompson kam mit einem erschöpften und traurigen Gesicht aus ihrem Schlafzimmer. Sie sah sich um, sah Sarah und kam auf sie zu.

„Kaffee ist fertig", flüsterte Sarah.

Ihre Mutter machte einen Umweg, schenkte sich eine Tasse Kaffee ein, dann setzte sie sich auf den Stuhl neben Sarah.

„Schön, nicht wahr?", sagte ihre Mutter.

„Ja, das ist es."

Für ein paar Minuten saßen sie einfach schweigend da. Es war keine unangenehme Stille, aber trotzdem war es für Sarah ein bisschen komisch. Ihr ganzes Leben lang hatte ihre Mutter alles bestimmt. Setz dich hier hin. Stell dich dort hin. Zieh das an. Spiel dieses Instrument. Manchmal hatte sie sich ihrer Mutter widersetzt, hatte gegen sie gewütet. Aber das war alles irgendwie ausgelöscht worden, als ihre Mutter an Sarahs Bett gesessen und sie festgehalten hatte, als sie vor so heftigen Schmerzen, von ihrem Knie bis zu ihrem Schienbein, geschrien hatte, während sie verzweifelt darauf gewartet hatte, dass sie eine weitere Dosis Morphin nehmen konnte.

Sarah redete als erste. „Wie geht es Jessica?"

„Sie erholt sich. Die Ärzte wollten sie sowieso gestern entlassen, auch wenn wir nicht angegriffen worden wären. Es besteht immer noch die Gefahr eines weiteren Schlaganfalls… aber sie wird sich erholen."

Sarah fuhr sich mit ihren Fingern durchs Haar und sagte: „Nein… ich meine… wie geht es ihr?"

Adelina lächelte. „Du gehst den Dingen immer auf den Grund, oder?"

Sarah schüttelte ihren Kopf. „Nicht immer. Ich hatte keine Ahnung, dass mit Jessica etwas nicht stimmte. Ich hatte… absolut keine Ahnung."

Adelina streckte ihren Arm aus und griff nach der Hand ihrer Tochter. „Es geht ihr besser. In ihrem Herzen. In ihrem Kopf. Sie hasst mich, aber nicht so sehr, wie sie sich selbst hasst. Sie trauert um ihre Freundin. Aber sie hatte keine Chance es richtig zu tun, denn sie war ganz allein."

„Ich denke nicht, dass sie dich hasst."

Ihre Mutter verzog ihr Gesicht. „Es ist nett, dass du das sagst, aber es stimmt nicht. Es ist okay. Ich habe mein Bestes gegeben, um euch alle zu beschützen. Ich bin gescheitert. Aber ich habe alles getan, was ich konnte."

„Ich weiß", sagte Sarah. Sie drückte die Hand ihrer Mutter. „Ich weiß."

Adelinas Augen wurden ein bisschen größer und sie blinzelte heftig.

Sarah redete weiter: „Was kann ich tun? Für sie?"

Die Antwort war nicht das, worauf sie gehofft hatte. „Wir werden beten. Wir werden sie lieben. Ich werde das Immunitätsangebot annehmen. Am Samstag fliegen wir nach Washington. Dann werden wir sie nach Hause bringen und ihr zeigen, wie viel sie uns bedeutet."

Sarah sagte: „Ich hasse, was er dir angetan hat. Ich hasse ihn."

Adelina flüsterte: „Nein. Hasse nicht… wenn es nicht geschehen wäre, hätte ich dich nicht gehabt."

KAPITEL FÜNFUNDZWANZIG
Hey, Dad

George-Phillip. 9. Mai

„**A**ber warum** musst du gehen?", fragte Jane. Sie hatte immer noch ihren Hello-Kitty-Pyjama an, ihre Augen waren vom Schlaf ganz verschleiert. Adriana befand sich in der Nähe der Tür. Es war vier Uhr nachts und George-Phillip trug einen schlecht sitzenden Royal Air Force Flugoverall.

„Weil die Queen und der Premierminister mich darum gebeten haben, und man kann der Queen nicht nein sagen", antwortete George-Phillip. „Ich werde spätestens Sonntagabend zurück sein."

„Aber ich habe große Angst", sagte Jane. Ihr Gesicht war verzerrt. Sie war kurz davor, zu weinen.

George-Phillip kniete sich vor Jane und legte seine Arme um sie. „Adriana wird gut für dich sorgen. Und Captain Forrester auch. Ich werde ganz schnell wieder da sein."

„Kann ich meine Schwestern bald wiedersehen?"

George-Phillip lächelte. „Natürlich. Ich werde, sobald ich wieder zurück in Washington bin, mit Carrie reden."

„Carrie ist traurig wegen dem Baby."

„Das ist sie. Rachel ist sehr krank und deshalb hat ihre Mutter Angst um sie."

Jane schmollte. „Kann sie ihr nicht eine Medizin kaufen?"

„Na ja. Rachel benötigt eine besondere Medizin, die von einem anderen Menschen kommt."

Jane sah verwirrt und skeptisch aus. „Medizin kommt aus Fläschchen."

Adriana kicherte.

George-Phillip lächelte. „Manche Medizin kommt aus Fläschchen. Aber Rachel braucht eine Knochenmarktransplantation. Das ist etwas, dass aus deinen Knochen kommt und es gibt nicht viele Menschen, die ihr geben können, was sie braucht."

„Werden sie sterben? Die Menschen, die ihre Knochen hergeben?"

George-Phillip spürte, wie seine Augen feucht wurden. „Nein, Jane. Sie geben nicht ihre Knochen her, nur einen Teil des Inneren ihrer Knochen. Sie werden nicht sterben. Jane, ich muss jetzt wirklich gehen."

„Ich könnte ihr ein paar meiner Knochen geben."

Er zuckte zusammen. „Nein, Jane. Ich weiß nicht so recht." Er sah Adriana an, dann zurück zu Jane. „Ich muss jetzt gehen. Das Flugzeug wartet auf mich."

Er lehnte sich nah an sie und küsste sie auf die Stirn.

Dreißig Minuten später erreichte er die Joint Base Andrews, die etwas außerhalb von Washington DC lag. Die gesamte Fahrt über hatte er über Janes Erklärung intensiv nachgedacht und sich geärgert. Zum einen war es ziemlich unwahrscheinlich, dass sie eine geeignete Spenderin war. Rachel war seine Enkelin und Jane seine Tochter von einer anderen Frau. Sie hatten nicht viele gemeinsame Gene.

Andererseits würde George-Phillip sicherstellen, dass er sich, sobald er wieder in Washington war, testen lassen würde. Der Fahrer hielt am Tor an und konferierte mit dem Wachmann der US Air Force. Augenblicke später fuhren sie schon wieder und befolgten aufmerksam die Angaben des Wachmanns.

Er wollte diesen Flug überhaupt nicht machen. Ganz sicher nicht ohne Jane. Aber er hatte fast keine Wahl. Er hatte sein Bestes gegeben, um ihre Sicherheit zu gewährleisten, inklusive die Bewachung in der Botschaft drastisch zu erhöhen. Anders als für den Charterflug, den er zuvor nach Washington genommen hatte – und auch für den, der abgeschossen worden war – wurde dieser Flug aus öffentlichen Geldern bezahlt, weil die öffentliche Sicherheit davon abhing. Der versuchte Mord am Chef des Secret Intelligence Service war eine Sicherheitskrise. Die Tatsache, dass vermutlich der Geheimdienst eines anderen Staates dafür verantwortlich war, machte es zu einem Kriegsakt.

Als Reaktion darauf hatte der Premierminister eine Notfallsitzung des Kabinetts einberufen. Er wollte, dass George-Phillip persönlich anwesend war. Ein grimmiger George-Phillip hatte unter einer Bedingung zugestimmt – er würde, nachdem die Sitzung zu Ende war, so schnell wie möglich zurückgeflogen werden.

Das Auto hielt direkt vor dem Haupt-Tower neben der Startbahn. Ein Militäroffizier in Arbeitsuniform stand dort mit einer kleinen Eskorte. Einer der Männer der Eskorte kam auf sie zu und öffnete die Autotür für George-Phillip. Fünfzehn Meter entfernt sah George-Phillip das Flugzeug, das mit ziemlicher Sicherheit seines sein würde – ein Tornado-Abwehrkampfjet, eines der tragenden Säulen des Langstreckenfluges der Royal Air Force.

„Prinz George-Phillip? Ich bin General Hainey, US Air Force. Ich möchte Sie auf der Joint Base Andrews willkommen heißen, ich bin hier der Kommandeur."

„Es freut mich, Sie kennenzulernen, General. Sie hätten nicht so früh aufstehen müssen, nur um mich zu begrüßen."

Der General lächelte. „Ich bin immer so früh wach, Eure Hoheit. Lassen Sie mich Sie zu Ihrem Flugzeug begleiten."

„Natürlich."

George-Phillip drehte sich zu dem Flugzeug um und ging neben dem Air Force General her, der zu sprechen begann: „Wir haben, seit Ihr Flugzeug letzte Nacht abgeschossen wurde, ständig Kampfflugzeuge als Patrouille in der Luft, und das FBI versucht herauszufinden, wer es war. In der Zwischenzeit möchte ich sagen, wie froh wir hier alle sind, dass Sie den Absturz überlebt haben."

„Danke", antwortete George-Phillip.

Sie erreichten den Flieger. Eine Crew machte einige Checks und der Pilot kam näher.

„Eure Hoheit? Ich bin Captain Warfield. Sie werden hier hinten sitzen. Steigen Sie ein, wir beenden gerade unsere letzten Checks."

George-Phillip kletterte die wackelige Leiter zum Flugzeug hinauf. Er war noch niemals so nah an einem Kampfflieger gewesen und deshalb verblüfft, wie groß das Flugzeug aus der Nähe war. Er schwang ein Bein über die Seite, dann das zweite und rutschte in den Schalensitz. Danach begann er, sich mit den vielen Gurten zu befassen.

„Hier, Eure Hoheit, lassen Sie mich helfen."

Captain Warfield lehnte sich über die Seite des Flugzeugs und legte ihm die Gurte an und zog sie fest.

„Setzen Sie Ihren Helm auf, Sir, und dann geht's los. Die Sauerstoffmaske ist hier."

Der Captain zeigte George-Phillip, wie er den Helm und die Maske richtig aufsetzte, dann warnte er ihn noch, keinen der Knöpfe im hinteren Teil des Cockpits zu betätigen. „Das sind die Waffensysteme, Sir, es wäre also nicht gut."

„Ich hatte es nicht vor, Captain."

Der Pilot besaß den Mut, ihm zuzuzwinkern. „Man weiß bei Passagieren nie. Oder bei Zivilisten."

George-Phillip maulte: „Ich erinnere Sie gerne daran, dass ich ein Royal Marine war."

„Sie waren nicht für die Air Force geeignet? Das tut mir wirklich leid, Sir, das muss ziemlich frustrierend gewesen sein." Der Pilot sagte diese Worte mit einer todernsten Stimme, während er sich auf den vorderen Sitz fallen ließ und das Verdeck herunter ließ. Bevor George-Phillip eine passende Antwort einfiel, sagte der Pilot: „Sind Sie schon mal in einer solchen Maschine geflogen, Sir?"

George-Phillip räusperte sich, dann sagte er: „Nein."

„Dann halten Sie sich einfach gut fest, Sir. Es ist ein bisschen so, als ob man mit dem Jet ihren Arsch hochschießt." Dann starteten auch schon die beiden Maschinen, erst mit einem leisen Raunen, dann mit einem lauten, kreischenden Dröhnen, welches das gesamte Flugzeug zum Vibrieren brachte. Eine Sekunde lang verspürte George-Phillip etwas Panik. Er würde den Atlantik in diesem Ding überqueren?

Es war zu spät. Der Pilot fuhr mit seinem Monolog fort, während sie über die Startbahn rollten. „Der Flug wird etwa zweieinhalb Stunden dauern, Sir, wir werden mit etwas über tausendvierhundert Meilen pro Stunde fliegen, außer während der Luftbetankung."

George-Phillip schluckte. „Luftbetankung?" Ihm war das Prinzip bekannt, aber er hatte es noch niemals live gesehen.

„Richtig, Sir. Die Yankies haben derzeit eine Tankflotte über dem Atlantik und sie sind ziemlich gastfreundlich."

In dem Moment hörte George-Phillip die Worte über Funk „Royal Air Force One-oh-five, Sie haben Starterlaubnis."

„Los geht's, Sir", sagte Captain Warfield.

Dann spürte George-Phillip, wie sein ganzer Körper in die dicke Polsterung des Schalensitzes gedrückt wurde, als das Flugzeug nach vorne schoss und der Boden plötzlich rasend schnell unter ihnen wegzog. Das Flugzeug hüpfte wie verrückt auf der Startpiste herum, fünfzehn Sekunden später waren sie in der Luft.

„Wir werden unsere Flughöhe sehr schnell erreicht haben, Sir. Entspannen Sie sich einfach."

Der Winkel des Flugzeugs ging hinten immer weiter nach unten, bis sie sich fast in einem Winkel von sechzig Grad von der Erde entfernten. George-Phillip sah hinaus. Der Boden war jetzt schon sehr weit unter ihnen, und er konnte vor ihnen den Atlantik sehen. In drei Stunden würde er in London sein.

Dylan. 9. Mai

Dylan legte seine Hand auf das Glas und spreizte die Finger. Auf der anderen Seite tat Alex das gleiche.

„Ich denke, sie werden mich bald rauslassen", sagte er. „Die Befragungen – sie können jetzt wirklich nicht mehr glauben, dass ich etwas Falsches getan habe."

Alex schniefte und sagte. „Ich vermisse dich, Dylan."

„Hey... es wird alles gut werden. Ich verspreche es. Ich werde dich nicht enttäuschen."

Sie lächelte.

„Zeit!" Der Gefängniswärter auf der öffentlichen Seite schrie das Wort.

Alex zuckte ein wenig zusammen, und eine Träne lief ihr über das Gesicht. „Ich liebe dich, Dylan."

„Ich liebe dich auch", sagte er.

Sie stand auf, lehnte sich vor und warf ihm eine Kusshand zu. Er schenkte ihr ein schiefes Lächeln.

Nach seinem Zusammenbruch letzte Nacht fühlte er sich irgendwie besser als seit – Monaten. Er fühlte sich ruhig und friedvoll. Und er wusste, was er zu tun hatte, wenn er hier raus kam. Er streckte sich und stand auf, um sich von seinem Stuhl umzudrehen.

„Paris, warten Sie hier. Sie haben einen weiteren Besucher."

Einen weiteren Besucher?

Er konnte sich nicht vorstellen, wer das sein sollte. Man hatte ihm heute Morgen erlaubt, Alex erneut anzurufen, aber er hatte nicht erwartet, dass sie hier auftauchen würde und er kannte auch den üblichen Ablauf bei Besuchen noch nicht. Aber sie hatte die Fahrt zur Untersuchungshaftanstalt des FBI in Greenbelt, Maryland, auf sich genommen, um ihn zu sehen. Sie hatte ihm gesagt, dass die Zeitungen irgendwie Wind von seiner Inhaftierung bekommen hatten und einige über seine Verbindung zum Thompson-Clan schrieben, und welche Schuld er trug, wenn überhaupt.

Er sank zurück auf seinen Stuhl und fragte sich, wer der Besucher wohl war.

Dylans Augen wurden groß, als er seine Antwort darauf bekam.

Er war 1,80 m groß. Das Haar war ein bisschen länger als es heutzutage modern war und an den Schläfen wurde es grau. Sein Gesicht war aufgedunsen, ein Resultat von jahrelangem Trinken und Rauchen, und seine Hände hatten das Aussehen eines Mannes, der handwerklich tätig war. Seine Kleidung war sauber, aber durchgewetzt – entweder sehr alt, oder er hatte sie in einem Second-Hand-Laden gekauft. Ein buschiger Schnurrbart, grau durchzogen, hing über seiner Oberlippe wie eine pelzige Raupe.

Er lächelte peinlich und zeigte damit eine Lücke zwischen zwei seiner Zähne. „Hey, Dylan."

Es war Larry Paris. Dylans Vater.

Es dauerte fast zwanzig Sekunden, bis Dylan die Worte rausbrachte. „Hey, Dad... was machst du hier?"

„Das ist nicht die Art, wie man seinen Dad begrüßt, Dylan."

Dylan begann aufzustehen. „Ich weiß nicht, was du hier willst."

„Warte eine Sekunde – gib mir eine Chance, Junge."

Dylan hielt an. Er spürte eine Wut, die er seit der Nacht, in der Randy Brewer Alex angegriffen hatte, nicht mehr verspürt hatte. Er holte tief Luft. Und dann nochmal. Sein Therapeut am VA-Krankenhaus hatte immer und immer wieder zu ihm gesagt atmen Sie langsam und denken Sie nach, bevor Sie reagieren. Er seufzte, dann drehte er sich um und setzte sich wieder.

„Was willst du, Dad? Ich habe seit fast zehn Jahren nichts von dir gesehen oder gehört. Warum bist du jetzt hier?"

Der Schnurrbart seines Vaters zuckte. Er sagte: „Ich vermisse dich, Junge. Ich habe dich schrecklich vermisst. Aber ich wusste nicht, wo du warst."

Dylan sagte: „Schwachsinn. Du hast niemals einen Brief geschickt. Du hast niemals angerufen."

„Das liegt daran, dass deine Mutter mich rausgeworfen hat. Sieh mal… Dylan. Du bist mein Sohn. Es tut mir leid. Ich wünschte, ich hätte mich gemeldet. Nachdem deine Mutter mich rausgeschmissen hat, war ich für eine Weile im Gefängnis und ich habe mich ein bisschen herumgetrieben. Aber jetzt arbeite ich, ich habe einen Job als Landschaftsgestalter in Manassas. Ich versuche, mein Leben auf die Reihe zu bekommen. Ich habe seit einem Jahr nichts mehr getrunken."

Dylan schnaubte. Es fiel ihm schwer, das zu glauben. Bilder seines Vaters zogen vor ihm auf. Larry Paris war ein fieser Trinker gewesen, ein gemeiner Trinker. Er hatte ganz selbstverständlich und regelmäßig Dylans Mutter geschlagen und manchmal auch Dylan. Stiche, verbogene Arme und Schläge ins Gesicht waren in seinem Zuhause nichts Ungewöhnliches gewesen. Und die Art von Worten, die man nicht zurücknehmen konnte, auch nicht.

Ich habe seit einem Jahr nichts mehr getrunken.

Die Worte klangen hohl, aber sie erinnerten Dylan auch an die Worte, die er Alex gesagt hatte. Dass er sich helfen lassen würde. War Dylan auch nur einen Deut besser als der Mann, der auf der anderen Seite des Glases saß?

„Ich höre", sagte Dylan. Er verschränkte seine Arme vor seiner Brust.

„Ich habe gehört, dass du jetzt in New York lebst. Dass du auf ein schickes College gehst, Columbia? Und du bist verheiratet. Das stand in der Zeitung."

„Ja, ich bin verheiratet. Ich liebe sie."

„Die Zeitungen sagen, sie kommt aus einer reichen Familie – ist sie diejenige, die für das College zahlt?"

„Nein, Dad. Die Army zahlt dafür."

Das Gesicht seines Vaters fiel in sich zusammen. „Du bist in der Army verletzt worden. Die Zeitungen schreiben, du hättest schwere Verletzungen gehabt."

Dylan war es äußerst unangenehm, dass die Nachrichten irgendetwas über ihn brachten. Irgendwie hatte er es geschafft, die Medien während Rays Kriegsgerichtsverhandlung von sich fern zu halten. Aber jetzt wurde alles, was irgendwie mit der Thompson Familie zu tun hatte, von den Medien aufgegriffen.

„Ja, Dad. Eine Straßenbombe. Ich habe fast mein Bein verloren."

„Tja, es ist ein Segen, dass es nicht soweit kam, Sohn. Es ist ein Segen."

Larry Paris sah zu Boden, dann zurück zu seinem Sohn. „Sohn, ich möchte wieder Teil deines Lebens sein, wenn du mich lässt. Ich weiß, dass ich nicht in New York lebe, aber ich könnte hin und wieder zu Besuch kommen. Ich möchte irgendwann deine Frau kennenlernen."

Dylan zuckte mit den Schultern. „Ich denke nicht, dass ich noch lange im Gefängnis sein werde. Es war Notwehr. Aber wenn ich raus komme, dann werde ich wahrscheinlich sofort zurück nach New York fahren. Wir haben die Examen verpasst und wir werden bei der Universität um eine zweite Chance betteln."

„Na ja. Wirst du mich anrufen, wenn du rauskommst? Ich werde dir meine Nummer hinterlassen."

Dylan schluckte. Er versuchte zu ergründen, ob er außer Geringschätzung noch irgendwelche anderen Gefühle für diesen Mann hatte.

War er selbst auch auf dem Weg dorthin? Würde er wie sein Vater werden?

Sein Vater sprach erneut. „Sohn, ich habe eine weitere Frage an dich."

Dylan seufzte. „Welche?"

„Na ja, sieh mal, es ist mir peinlich, aber ich weiß, dass du in eine reiche Familie und so eingeheiratet hast. Ich – habe finanzielle Probleme. Du musst wissen, dass ich letztes Jahr wegen Trunkenheit am Steuer den Führerschein abgenommen bekommen habe. Und ich konnte nicht viel arbeiten – "

„Ich dachte, du hättest einen Job als Landschaftsgestalter."

„Na ja, das hatte ich, bis ich ihn verloren habe. Egal, ich frage mich, ob du vielleicht irgendwie helfen kannst – "

Dylan stand auf. „Dad – "

„Warte – "

„Dad – "

„Dylan, ich bitte nur – "

„Dad! Stopp! Zunächst einmal haben wir im Moment überhaupt kein Geld. Wenn du die Zeitungen genau gelesen hättest, würdest du wissen, dass die Finanzbehörden, alles, was die Familie besitzt, in Beschlag genommen hat. Und zweitens – du hast mich seit zehn Jahren nicht gesehen. Und du tauchst hier auf und fragst nach Geld? In einer Zeit, in der ich in Schwierigkeiten stecke? Warum fragst du mich nicht, wie es mir geht, Dad? Warum fragst du nicht, wie es Mom geht? Warum zeigst du mir nicht, dass es dir nicht egal ist?"

Dylan drehte sich um. Hinter ihm hörte er seinen Vater rufen: „Sohn! Ich bitte dich, mir zu verzeihen. Das ist alles Vergangenheit!"

Dylan sah über seine Schulter zurück. Der Mann, der ihm früher einmal so groß erschienen war, sah jetzt klein aus. Der Mann, der Dylan beigebracht hatte, dass er wertlos war, war zu etwas Lächerlichem zusammengeschrumpft. Der Mann, der Dylan und seine Mutter geschlagen hatte, bat um Verzeihung.

„Natürlich verzeihe ich dir. Du bist mein Vater. Aber … das heißt nicht, dass du mein Leben erneut zerstören kannst." Dylan drehte sich um und ging davon.

Anthony. 9. Mai

Als Anthony in den Rücksitz des Taxis am Dulles International Flughafen in Nord Virginia sank, schloss er seine Augen. Alles verschwamm. Es war neun Uhr abends in Washington und er hatte… neunzehn Stunden?… im Flugzeug gesessen. Er wusste es kaum noch.

„Wohin?"

Anthony schüttelte seinen Kopf. „Tut mir leid. Ähm… Bethesda, bitte. Montgomery und Wisconsin."

Der Taxifahrer fuhr los und gab Gas. Anthony dachte darüber nach, dass er vielleicht in Carries Wohnung nicht willkommen sein würde, zumindest nicht, wenn er so plötzlich auftauchte. Er konnte nicht klar denken. Er war seit Mittwoch total im Stress gewesen, erst damit, Prinz George-Phillip zu interviewen, dann, um für einen zwölfstündigen Aufenthalt in Afghanistan halb um den Globus zu fliegen. Dann der Flug zurück. Er war von den letzten achtundvierzig Stunden sechsunddreißig in der Luft gewesen und er war erschöpft. Er hatte im Flugzeug etwas geschlafen, aber es war nicht genug gewesen. Und es war nicht leicht gewesen, einzuschlafen – die Story war einfach zu viel, viel zu intensiv. Er hatte die meiste Zeit des Fluges mit Planung und Schreiben der Story verbracht. Er hatte die Story noch vom Flugzeug aus Jackson Barlow, dem Lektor, per Mail geschickt.

Jetzt wünschte er sich nur noch zu schlafen. Aber es gab zu viel zu tun. Die Story nahm Formen an – aber er hatte eine alarmierende Zahl an Fragen und er musste sie bis Sonntagmorgen fertig haben. Er wollte unbedingt, dass sie veröffentlicht wurde, bevor das Geschworenengericht sich Montagmorgen versammelte.

Er holte sein Telefon heraus, um Carrie anzurufen. Es war tot.

Verdammt. Er musste einfach darauf hoffen, dass sie da war. Er ging in Gedanken die offenen Fragen durch. Am Morgen musste er mit Bear reden und schauen, ob er in Kontakt mit Wolfram Schmidt treten konnte, der der Chef der Ermittlung war. Von dem, was Anthony über den Mann erfahren hatte – übertrieben skrupellos – würde er weder offiziell noch inoffiziell einen Kommentar abgeben. Aber es war einen Versuch wert. Er musste Julia ein paar Fragen stellen, und Carrie auch.

Seine Gedanken drifteten bei den ganzen Fragen ab, er bemerkte gar nicht, dass er eingeschlafen war, bis der Fahrer ihn wachrüttelte. Groggy bezahlte er dem Fahrer zu viel Geld und ging auf das exklusive Wohnhaus zu.

Innerhalb der Lobby war die Security des Gebäudes durch die bewaffneten Männer, die Julia Wilson engagiert hatte, verstärkt worden. Anthony dachte, dass die anderen Bewohner des Hauses nicht glücklich darüber sein konnten, denn die Wachmänner checkten die Ausweise von jedem, der das Haus betrat.

Anthony identifizierte sich, gab ihnen seinen Reisepass und sagte: „Ich bin hier, um Carrie Sherman zu sehen."

„Bitte warten Sie." Der Wachmann ging in das Büro hinter dem Tresen. Anthony konnte sehen, wie er ins Telefon sprach, aber er konnte nicht hören, was er sagte. Als er zurückkam sagte der Wachmann: „Strecken Sie bitte Ihre Arme aus."

Anthony schwankte ein bisschen, dann fing er sich. Die Wachleute tasteten ihn ab, danach durchsuchten sie seine Tasche. Erst dann sagte einer von ihnen: „Ich werde Sie in den achtzehnten Stock begleiten und Mrs. Sherman wird herauskommen und Ihre Identität bestätigen. Wenn sie ihr Okay gibt, dann können Sie hineingehen. Wenn nicht, wird die Montgomery Polizei Sie mitnehmen."

„In Ordnung", sagte Anthony. Er folgte dem Wachmann in den Aufzug, der sie nach oben fuhr. Carrie winkte ihn hinein.

Als er die Wohnung betrat, schenkte sie ihm ein neugieriges Lächeln. „Ich dachte, Sie wären in Afghanistan. Warum haben Sie nicht angerufen?" Sie ließ ihn eintreten.

„Ich war in Afghanistan, aber nur für ein paar Stunden. Ich habe bekommen, was ich wollte. Mein Telefon ist tot und ich bin direkt vom Flughafen hergekommen." Er schwankte. „Ich habe ein paar weitere Fragen an Sie und Julia."

„Sie müssen total erschöpft sein", sagte Carrie. Sie erwähnte Julia nicht.

Er nickte. „Das bin ich. Nachdem wir fertig sind, werde ich nach Hause fahren und schlafen."

Sie schüttelte ihren Kopf. „Sie sollten sich zuerst ausruhen."

Er lehnte sich vor. „Carrie, das kann ich nicht. Diese Story ist riesig. Ich brauche von Ihnen nur ein paar Bestätigungen. Bitte?"

Sie nickte. Ihre Augen waren groß. „Ja", sagte sie.

„Okay. Ähm… lassen Sie mich meine Notizen herausholen." Er sank auf die Couch, öffnete die Tasche, die er um die ganze Welt geschleppt hatte, und öffnete sein Notizbuch.

Während er in seiner Tasche herumsuchte, kam Alexandra durch den Flur, sie sprach bereits. „Carrie, Dylan hat gerade angerufen. Du wirst nicht glauben, wer bei ihm aufgetaucht ist – "

Sie hörte abrupt auf zu reden, als sie Anthony sah.

„Es ist okay", sagte er. „Lassen Sie sich durch mich nicht stören."

Alexandra sagte: „Hallo." Dann sah sie von ihm fort und zu Carrie. „Egal… Dylans Dad ist im Gefängnis aufgetaucht. Er hat ihn zum ersten Mal seit zehn Jahren gesehen und das Erste, nach dem er fragte, war Geld." Ihr Gesicht verzog sich vor Abscheu.

Carrie runzelte die Stirn. „Geht es Dylan gut?"

„Komisch genug – als ich ihn heute Morgen besucht habe, sah er besser aus, als seit Monaten. Und er klang auch besser, als ich mit ihm telefoniert habe."

„Merkwürdig", antwortete Carrie. „Wir reden nachher weiter, okay? Anthony hat ein paar Fragen."

Alexandra nickte. „Ich werde mich ein bisschen raussetzen. Es ist eine schöne Nacht."

Nachdem er ein paar Minuten herumgesucht hatte, sagte Anthony. „Okay. Also… zuerst… Soweit ich weiß, haben Sie und George-Phillip sich zuvor schon einmal getroffen."

„Sogar mehr als einmal. Aber ich wusste nicht, dass er mein Vater war. Ich habe ihn in China ein paar Mal getroffen. Ich war ein Kind. Und – er war irgendwie gewieft. Er hat bei meiner Abschlussfeier an der Columbia-Uni eine Rede gehalten."

Anthony grinste. „Das gefällt mir irgendwie.

Sie lächelte zurück. „Mir auch. Es… fühlt sich gut an, zu wissen… dass er aufmerksam war, auch wenn er das Geheimnis wahren musste."

„Haben Sie Leslie Collins jemals getroffen?"

Carrie schüttelte langsam ihren Kopf. „Vermutlich habe ich das. Manchmal hatten Dad oder Mom Gäste, aber sie haben sie uns nie vorgestellt. Wir mussten für einen Augenblick antreten, wurden vorgezeigt und dann wieder fortgeschickt. Collins kommt mir bekannt vor, also vermute ich, dass ich ihm schon mal begegnet bin."

„Was ist mit Prinz Roshan?"

Sie nickte, diesmal bestimmter. „Ich erinnere mich an ihn. Er war ein paar Mal hier. Sein Bart hat mich fasziniert."

„Sie haben mir erzählt, dass Sie sich daran erinnern, dass Ihre Mutter am Valentinstag 1990 krank war."

„Nur ein wenig. Ich war noch ziemlich jung. Julia erinnert sich aber daran. Sie hatte… Blutergüsse. Schlimme Blutergüsse. Sie lag tagelang auf der Couch, daran erinnere ich mich."

„Wie war es, mit ihr als Mutter aufzuwachsen?"

Carrie seufzte und lehnte sich zurück, dann zog sie ein Knie an ihr Kinn. „Manchmal… war es… unheimlich. Dad… Scheiße!... Richard… wie auch immer… er war immer zurückhaltend. Blieb in seinem Büro oder auf der Arbeit. Er hat mich mit Dingen überschüttet… Schulungen und Instrumente und Karten für die Oper. Später, als ich am College war, hat er mir riesige Mengen Geld gegeben. Ich habe niemals wirklich verstanden, warum – vielleicht wollte er sich meine Loyalität erkaufen. Was er aber war, er war ruhig. Mutter war…abgelenkt. Ängstlich. Sie brach immer wieder ohne Vorwarnung zusammen. Hat uns angeschrien. Das schlimmste Mal war, als ich… ich weiß es nicht… siebzehn war?"

„Was ist geschehen?"

„Okay, Sie wissen, wer Maria Clawson ist?"

Er nickte. „Ja. Sie macht gerade ihr Comeback, indem sie über Richard Thompson und Julia schreibt."

„Ja, das ist sie. Na ja, damals, 2002, als Julia und Crank sich kennengelernt haben – gab es Anzeichen. Sie haben sich geküsst, in der Nähe des Weißen Hauses. Und es stellte sich heraus, dass Maria ihnen gefolgt war. Sie hat ein Foto gemacht, auf dem eindeutig zu erkennen war, dass Julia Crank küsste und er hatte eine Igelfrisur, trug eine Lederjacke und zerrissene Kleidung. Mutter ist ausgerastet. Schauen Sie – Clawson hatte zu diesem Zeitpunkt schon jahrelang über unsere Familie geschrieben. Richards Ernennung zum Botschafter in Russland war aufgehalten worden, es hatte Senatsanhörungen gegeben. Es war schlimm."

Er nickte. „Fahren Sie fort."

„Egal… als das Foto auf Clawsons Blog erschien, rastete Mom aus. Ich denke… ich denke, es lag an der Anspannung, unter der sie stand. Ich weiß es nicht sicher, aber ich habe über eine Menge Dinge nachgedacht. Wie er sich immer zu ihr rübergelehnt hat, ihr ins Ohr geflüstert hat und sie blass wurde. Wie auch immer, an dem Tag ist sie total verrückt geworden. Schrie herum, warf mit Dingen um sich. Sie kam nach oben und die Zwillinge benahmen sich schlecht – na ja, eigentlich nicht wirklich, aber Sarah war eine

Besserwisserin – und sie ist einfach ausgerastet. Sie hat mich geschlagen. Ich habe zurückgeschlagen. Sie rannte weinend davon. Danach ist das niemals wieder geschehen."

Anthony schüttelte seinen Kopf. Die Details passten zu dem, was Adelina ihm erzählt hatte. Er holte tief Luft und sagte: „In Ordnung. Wir sind fast so weit." Er holte nochmals tief Luft. Er kämpfte darum, seine Augen offenzuhalten. Aber er musste das zu Ende bringen.

„Ist Julia in der Nähe?" fragte er. „Ich habe ein paar weitere Fragen an sie."

Carrie schüttelte ihren Kopf, sie hatte einen besorgten Gesichtsausdruck. „Julia war die letzten Tage in Boston. Ich denke, sie versucht das Chaos zu beseitigen, das die Finanzbehörden ihr hinterlassen haben. Ich habe überhaupt nichts von ihr gehört."

„Ist das ungewöhnlich?"

Sie seufzte. „Normalerweise reden wir jeden Tag miteinander. Aber die Dinge sind… im Moment etwas anders."

Er nickte. „Wann wird sie zurück sein?"

Nachdenklich antwortete sie: „Sonntagmorgen. Sie wissen, dass Muttertag ist, ja? Verrückt. Denn wir werden alle hier sein."

„Adelina kommt zurück nach Washington?"

Sie lehnte sich vor und sagte: „Sie dürfen das bringen, aber nicht vor Montagmorgen."

„Okay."

„Man hat ihr Immunität angeboten. Andrea auch. Sie werden vor dem Geschworenengericht aussagen."

Anthony lächelte. „Also kommt sie mit Andrea, Jessica und Sarah zurück."

Carrie nickte. Ihre Augen wurden ein bisschen feucht. „Es wird das erste Mal seit Langem sein, dass wir alle zusammen sind. Seit Rays Tod."

Er schaute ihr in die Augen. „Es tut weh, ich weiß. Ich vermisse meine Mom immer noch sehr."

„Ihre Mom?"

Anthony murmelte. „Ja. Krebs. Sie ist letzten Frühling gestorben."

„Das tut mir leid. Tja, dann sollten Sie Sonntagmorgen herkommen. Sie können mit Julia reden, und ich werde hier sein."

„Ich würde mich nicht einmischen…"

„Nein… das ist Okay. Crank wird auch hier sein und wir hoffen immer noch, dass sie Dylan entlassen."

Er sagte. „In Ordnung. Das ist im Moment alles. Macht es Ihnen etwas aus, wenn ich diese Aussagen von hier aus maile? Dann werde ich ein Taxi nach Hause nehmen."

Carrie sagte: „Machen Sie. Natürlich."

Er tippte seine Notizen so schnell wie möglich ab, dann ergänzte er sie in seinem Entwurf der Story und mailte sie Jackson. Es waren kleine Details, aber sie machten die Story so viel besser. Die Tatsache, dass Adelinas, Julias, George-Phillips und Carries Geschichten so gut zusammenpassten, half sehr.

Nachdem er sie gesendet hatte, lehnte er sich zurück und schloss die Augen. Nur für eine Sekunde, dann würde er aufbrechen. Am Morgen musste er Bear erreichen.

In dem Moment, in dem er seine Augen schloss, war er auch schon eingeschlafen. Er spürte nicht mal, wie Carrie eine Decke um ihn legte und sein Laptop auf dem Couchtisch abstellte.

KAPITEL SECHSUNDZWANZIG
Hintergedanken

Anthony. 10. Mai

Es war sieben Uhr am Samstagmorgen, als Anthony aufwachte und der Geruch von frischem Kaffee in seine Nase stieg. Er setzte sich auf, rieb sich die Augen und realisierte, dass er in Carries Wohnung eingeschlafen war. Er war sofort alarmiert – Anthony schlief normalerweise gut, war ein Frühaufsteher und trank nicht viel Kaffee. Aber nach dieser Woche, und der langen Reise, war er noch völlig erschöpft.

Die Tür zum Balkon ging auf und Anthony bemerkte, dass Carrie mit Rachel auf ihrem Arm auf der Terrasse stand. Alexandra schob die Tür auf. „In der Küche ist Kaffee."

„Danke", sagte Anthony. Er stolperte über seine Füße den Flur entlang zum Badezimmer und wusch sich das Gesicht. Anschließend ging er zur Küche, nahm sich eine Tasse Kaffee, trat mit der Kaffeetasse in der Hand hinaus auf den Balkon und gesellte sich zu den beiden Schwestern.

„Guten Morgen", sagte Carrie, als er hinaus kam.

Ihr Gesicht sah angespannt aus. Rachel lag auf ihrem Schoß und sah blass und teilnahmslos aus und Carrie zog sie ein bisschen näher zu sich. Alexandra saß ihr gegenüber und lehnte sich auf ihrem Stuhl zurück.

„Morgen", sagte Anthony. Er sank auf einen der Eisenstühle. „Ich hatte nicht vor, hier einzuschlafen. Danke für die Decke."

Carrie schüttelte ihren Kopf. Merkwürdig. Sie schien es zu vermeiden, ihm in die Augen zu schauen. „Ist schon gut. Sie waren erschöpft."

„Ich vermute, Sie haben heute viel vor, um alles vorzubereiten, wenn alle kommen?"

Sie nickte. „Alexandra wird sie heute Abend spät vom Flughafen abholen. Ich werde… Rachel heute nicht mit nach draußen nehmen, sie hat seit ein paar Tagen leichtes Fieber."

„Ist es etwas Ernstes?"

Sie schüttelte ihren Kopf. „Nein… die Krankenschwester hat gesagt, dass ich darauf achten soll, dass sie genug trinkt. Aber es gefällt mir nicht, sie so teilnahmslos zu sehen."

„Wie lange ist ihre Transfusion her?"

„Erst ein paar Tage."

Alexandra sagte: „Ich werde mich darum kümmern, dass alle herkommen, Carrie. Du kümmerst dich nur um Rachel."

Anthony sagte: „Kann ich Ihnen irgendetwas mitbringen?"

„Nein, mir geht es gut. Was haben Sie überhaupt für Pläne?"

„Ich muss Bear anrufen. Ich habe Fragen an ihn und wenn ich ihn treffen kann, dann möchte ich auch mit dem Mann reden, der die Ermittlungen für die Finanzbehörden führt."

Sie sagte: „Sie können gerne von hier aus arbeiten, bis Sie sie treffen. Wir haben viel Platz, das wissen Sie."

Anthony lächelte. „Danke", sagte er. „Ich weiß es wirklich zu schätzen, dass ich letzte Nacht hier schlafen durfte."

Carrie sah gezielt von ihm weg, stattdessen entschied sie sich dafür, zum vierzigsten Mal Rachels Decke zurechtzuzupfen.

Anthony trank seinen Kaffee leer und sagte peinlich. „Tja, dann lassen Sie mich mal diese Anrufe tätigen."

Er fühlte sich extrem unsicher, als er erneut die Tür aufschob und hineinging. Er hob sein Telefon hoch. Verdammt. Er hatte vergessen, es zu laden. Er suchte in seiner Tasche nach seinem USB-Ladegerät und verband es mit seinem Laptop, und dann wartete er, während er seine Mails checkte.

Er hatte eine von Jackson, die als wichtig markiert war.

An: Anthony Walker
Von: Jackson Barlow
Betreff: Karatygin
Anthony,

tolle Arbeit. Habe Ihre aktualisierten Notizen erhalten. Wir werden das auf der Titelseite bringen, mit einer Spezialbeilage. Die Fotos sind unglaublich.

Das waren gute Nachrichten. Anthony dachte, dass das mit Sicherheit bedeutete, dass er durch diese Arbeit nicht mehr in Ungnade stand. Er hatte nur noch ein paar lose Enden zu klären.

Als sein Telefon endlich startete, sah er, dass er ein halbes Dutzend SMS hatte. Er wählte die Mailbox an.

Zwei Nachrichten von Geldeintreibern. Eine von Carrie – das war interessant – die ihm viel Glück in Afghanistan wünschte. Zwei Weitere von Jackson Barlow, der wissen wollte, wann er aus Afghanistan zurück sein würde. Die letzte Nachricht war von Bear. Sie war kurz, eine Adresse in Falls Church, Virginia und eine Uhrzeit: Neun Uhr morgens.

Jetzt war es acht Uhr. Er sprang auf und schob die Tür erneut auf. „Hey Carrie – kann ich kurz bei Ihnen duschen? Und ist es möglich, dass der Concierge mir ein Taxi ruft? Ich muss nach Falls Church."

Carrie sah auf und sagte. „Natürlich. Vielleicht kann eine von uns Sie fahren? Ein Taxi nach Falls Church wird ein Vermögen kosten."

Alexandra sagte: „Ich werde auf Rachel aufpassen."

Carrie sagte: „Ich weiß nicht."

„Carrie, ich kriege das schon hin. Du gehst – du kannst eine Pause brauchen. Und Rachel geht es gut. Ich werde dich anrufen, wenn das Fieber steigt."

Carrie seufzte. Dann sah sie zu Anthony. „In Ordnung. Ich werde Sie fahren."

Damit hatte er überhaupt nicht gerechnet. Aber er nickte und sagte: „Danke. Ich bin in zehn Minuten fertig."

Anthony war überrascht, als er erfuhr, dass Carrie einen riesigen, schwarzen Chevy Suburban fuhr, einen der größten sportlichen Wagen im Straßenverkehr. Aber nachdem er darüber nachdachte, ergab es einen Sinn. Immerhin war Ray Sherman bei einem Autounfall ums Leben gekommen. Es war verständlich, dass sie immer noch Angst hatte, wenn es um Autos ging.

Trotzdem fuhr sie fachmännisch durch die verstopften Straßen von Bethesda und auf den Capitol Beltway. Die Rushhour war noch nicht vorbei und sie brauchten fast fünfundzwanzig Minuten, bis sie die Brücke nach Virginia überquerten.

Anthony sagte: „Ich kann Ihnen gar nicht sagen, wie sehr ich es zu schätzen weiß, dass Sie mich fahren."

Sie sah ihn an und sagte: „Ich habe Hintergedanken."

Für eine Sekunde schien Anthonys Herz auszusetzen. Aber er sah sie so ruhig an, wie er nur konnte, und sagte: „Und die sind?"

Carrie sah ihn nicht an. Sie sagte: „Ich möchte bei dem Treffen dabei sein."

„Ich weiß nicht, ob man Sie lassen wird – "

„Lassen Sie mich versuchen, Sie umzustimmen. Ich habe mit Sicherheit genauso viel Recht darauf wie Sie. Und ich habe vielleicht Informationen, die Sie brauchen."

Anthony öffnete seinen Mund, um etwas zu sagen, dann dachte er nach. Und schloss ihn wieder. Denn sie hatte recht. Sie hatte ein größeres Recht darauf als er. Immerhin war es ihre Familie, die auseinandergerissen wurde.

„In Ordnung. Behalten Sie nur im Hinterkopf, dass Schmidt – das ist der Chefermittler der Finanzbehörden – nicht mal zugestimmt hat, mich zu treffen. Er weiß nicht, dass ich komme. Also wird Ihr auftauchen die Dinge noch verschlimmern."

Carrie war nicht dumm. Sie wechselte das Thema. „Was haben Sie in Afghanistan herausgefunden?"

„Wenige Dinge, die mich wirklich überrascht haben", antwortete er. „Aber ich habe viel Bestätigung bekommen, durch Augenzeugen und Beweise, dass Richard Thompson bei der Beschaffung der Waffen beteiligt war."

„Gott", flüsterte sie. „Ich hatte gehofft, dass es nicht wahr ist."

„Das kann ich Ihnen nicht verdenken", sagte er. „Sie hatten während der letzten Tage – eine Menge schwerwiegender Enthüllungen zu verkraften."

Sie nickte. „Ja. Das stimmt."

„Ich wünschte, es wäre nicht so gewesen", sagte er. Nicht, dass seine Wünsche einen Unterschied machten, oder er Carrie sonst irgendwie helfen könnte. Aber es war die Wahrheit. Er wünschte, dass sie nicht so eine schwere Zeit durchmachen müsste. „Sie sind stark, müssen Sie wissen. Die meisten Menschen wären unter dem Druck, den Sie durchmachen mussten, zusammengebrochen."

Sie schenkte ihm ein schiefes Lächeln. „Meine Mutter hat mir beigebracht, jeder Art von Druck standzuhalten."

Anthonys Bewunderung für Carrie Sherman wurde bei dieser Aussage nur noch größer.

Dreißig Minuten später erreichten sie endlich ein nicht näher gekennzeichnetes Haus in Nord Virginia. Das erste, das Anthony auffiel, waren die sehr genau gestutzten Büsche, die in perfekten Linien getrimmt waren. Sogar der Rasen war frisch gemäht, kein Halm stand hervor. Wer auch immer sich um den Garten kümmerte, war ein Fanatiker.

Carrie hielt den SUV an. Drei weitere Autos standen in der Einfahrt, auch eines mit Regierungsnummernschildern. Sie holte tief Luft.

„Sind Sie bereit?", fragte er.

Sie nickte, nur einmal.

Sie öffneten gleichzeitig die Türen des Suburban und betraten die Einfahrt. Augenblicke später öffnete ein großer Mann, der aussah wie ein ehemaliger Linebacker, die Tür.

„Sie müssen Anthony Walker sein?"

„Ja. Und das ist Carrie Sherman."

„Kommen Sie rein. Ich bin Gary Simpson. Das ist mein Haus, aber ich bin bei dem Meeting nicht dabei. Sie sind ein bisschen spät."

„Verkehr."

Anthony und Carrie gingen auf die Tür zu und es gab einen peinlichen Moment, als er einen Schritt zurücktrat, um sie vorbeizulassen, während sie das gleiche tat und sie zusammenstießen.

Sie unterdrückte ein Lachen und er sagte: „Nach Ihnen. Bitte."

Er folgte ihr. Carrie hielt fast sofort an, nachdem sie das Foyer betreten hatten, ihre Augen sahen zu einem großen Foto, das den Eingang dominierte. Ihre Augen wanderten schnell zu Gary. „Sie sind mit Leah verheiratet?"

„Ja", antwortete er.

Tränen traten in Carries Augen. „Sie wurde angeschossen, als sie meine Schwester beschützt hat. Es tut mir so leid."

Gary holte keuchend Luft, war kurz sprachlos. Dann sagte er: „Danke. Sie wird wieder gesund werden." Er schien Tränen zu unterdrücken, denn er winkte sie schnell weiter. „Ins Esszimmer."

Anthony folgte Carrie in das Zimmer. Das erste, das er sah, war eine Wand, die fast nur aus Fenstern bestand, mit einem herrlichen Blick auf einen Wald und einen kleinen Bach, der am hinteren Ende des Gartens zum Wald floss. Der Garten war genauso sorgfältig gepflegt wie der Vorgarten, inklusive eines Kiespfades zu einer schmalen Holzbrücke, die über den Bach führte.

Im Esszimmer stand ein dunkler, fast schon antik aussehender Tisch mit acht Stühlen.

Am Kopfende des Tisches befand sich Wolfram Schmidt von den Finanzbehörden. Das letzte Mal, als Anthony Schmidt gesehen hatte, hatten die Agenten Anthonys Hände in einem Zimmer an der Westküste mit Kabelbindern gefesselt. Schmidt trug Jeans und ein weißes Hemd, und er stand neben einer großen weißen Tafel. In der Mitte des Tisches saß Bear Wyden. Vor ihm lagen Akten. Neben ihm war eine jung aussehende Frau in einem Kostüm mit fast weißen Haaren und einem verärgerten Gesichtsausdruck.

Leah Simpson saß in einer Ecke auf einem Liegestuhl, sie sah blass aus und ihre Füße waren hochgelegt. Ein weiterer Mann, den Anthony nicht kannte, saß Bear gegenüber. Bear stand auf, als Anthony und Carrie den Raum betraten.

„Leute, ich möchte Ihnen Anthony Walker vorstellen… und Carrie Sherman. Bevor Sie in Panik verfallen, Anthony gehört zur *The Washington Post* und ich habe ihn gebeten herzukommen."

„Haben Sie den Verstand verloren?", fragte die Frau mit den weißen Haaren.

Bear grinste. „Anthony, bitte lassen Sie mich Ihnen Emma Smith von den Finanzbehörden vorstellen. Mir gegenüber sitzt Scott Kelly, vom Diplomatischen Sicherheitsdienst. Er ist ein langjähriger Kollege von mir. In der Ecke sitzt eine grollende – und sich von einer Kugel erholende – Leah Wy – ähm… Leah Simpson."

Leah schaute Bear sauer an.

Schmidt sagte: „Ich weiß nicht, ob es eine gute Idee ist, die Presse zu involvieren."

„Hören Sie mir nur fünf Minuten zu", sagte Anthony. „Wenn Sie uns dann rauswerfen möchten, bitte schön."

Schmidt sah auf seine Uhr, er war die erste Person, die Anthony dieses Jahr sah, die tatsächlich eine trug. „Sie haben fünf Minuten. Reden Sie."

Anthony schluckte. „Ich habe Informationen, die Sie für das Geschworenengericht brauchen. Informationen, die Richard Thompson und Leslie Collins für lange Zeit hinter Gitter bringen wird."

Schmidt antwortete nicht, aber Emma Smith sah skeptisch aus. Anthony fuhr fort: „Zunächst einmal – in den letzten Tagen habe ich Adelina Thompson und die meisten ihrer Töchter interviewt."

Emma zuckte mit den Schultern. „Das haben wir auch getan und vermutlich die gleichen Informationen erhalten."

„Ich vermute, Sie waren nicht in der Lage Prinz George-Phillip zu treffen?"

Emma setzte sich vor und Schmidt sah interessiert aus. „Erzählen Sie mir mehr", sagte er.

„Die Geschichte des Prinzen passt zu der von Adelina. Er ist Carries Vater. Und – hier kommt der Hammer: George-Phillip war für die Untersuchung des Wakhan Massakers durch die Briten verantwortlich. Und seine Ergebnisse und Empfehlungen waren ganz anders, als das, was damals an die Öffentlichkeit kam. Ich habe eine Kopie des Berichts. Und … ich bin letzte Nacht aus Afghanistan zurückgekehrt. Ich habe mich mit Vasily Karatygin getroffen."

Bear grinste, als er die Nachricht hörte. Schmidt hob leicht eine Augenbraue.

Anthony sah die anderen im Zimmer an und sagte: „Am Montagmorgen wird die Post einen Spezialbericht veröffentlichen, der Thompson und Collins zur Strecke bringen wird. Ich habe harte Beweise über ihre Beteiligung an der Beschaffung der chemischen Waffen." Anthony fuhr damit fort, zu erzählen, was er in Afghanistan erfahren und gesehen hatte.

Schmidt sagte: „In Ordnung. Was ist mit ihr? Warum ist sie hier?"

Carrie sagte: „Ich bin die einzige Person, die Ihnen irgendetwas über die Ehe meiner Eltern sagen kann."

„Und", sagte Anthony, „wenn sie nicht bleiben darf, bleibe ich auch nicht."

Emma Smith schloss ihre Augen. „Wolfram, das ist alles – "

„Ja ich weiß. Es ist unüblich. Es ist... alles durcheinander. Auf der anderen Seite haben wir es hier mit der CIA zu tun. Ich denke, wir könnten ein paar unübliche Verbündete brauchen. Walker – ich kann Ihnen nicht alles sagen, was wir haben. Es ist eine laufende Ermittlung, und es gibt Dinge, die wir wissen, die ich Ihnen nicht sagen kann. Aber ich kann Ihnen ein paar Informationen geben, außerhalb des Protokolls natürlich. Im Gegenzug geben Sie mir alles, was Sie haben?"

Anthony sagte: „Ist dies vertraulich? Ich will nicht, dass ich meine Informationen auf CNN wiederfinde."

„Natürlich. Setzen Sie sich." Schmidt hielt für einen Moment inne, dann sagte er: „Sie beide."

Anthony warf Carrie einen Blick zu, die ihm ein Lächeln schenkte. Beide setzten sich an den Tisch.

Bear lehnte sich vor und sagte: „Bevor Sie hereinkamen, waren wir gerade dabei – die Zeitschiene zu bestimmen, denke ich. Wer hat was wann getan. Wir haben hier viele Beteiligte."

Anthony nickte.

Schmidt schrieb mit großen Buchstaben an die Tafel:

- **Wer hat Andrea Thompson entführt? Warum?**
- **Wer hat die Konten auf den Cayman Inseln auf Richard Thompsons Namen eröffnet?**
- **Wer hat Mitch Filner ermordet und warum?**
- **Wer ist Oz?**
- **Für wen hat Ralph Myers gearbeitet?**
- **Wer war an der Schießerei in Bethesda beteiligt?**
- **Wer hat GP angegriffen, wer die Wohnung in Bethesda und das Haus in San Francisco?**

Als er mit dem Schreiben fertig war, sagte Schmidt: „Und die größte Frage überhaupt ist: Warum?"

Bear sagte: „Na ja, ich kenne einige der Antworten auf diese Fragen schon."

Schmidt sagte: „Sollen wir oben beginnen?"

Scott Kelly sagte: „Unsere Kidnapper sind Tyler Coleman und Tariq Koury. Koury ist ein ziemlich bekannter Söldner; er hat im Laufe der Jahre viel für die CIA und den SIS im Irak und in Saudi-Arabien gearbeitet. Coleman war ein Veteran der US-Spezialeinheiten, der bis 2011 für eine Scheinfirma gearbeitet hat. Brennan Holdings."

Emma sagte: „Brennan Holdings ist eine CIA-Scheinfirma. Leslie Collins hat sie Mitte der 2000er gegründet."

Bear sagte: „Haben wir dafür Beweise?"

Emma nickte: „Ja, die haben wir sicher. Die einzige Frage ist, war es Collins persönliche Mission oder hatte er eine offizielle Genehmigung? Im Moment können wir das nicht wissen."

Anthony sagte: „Schlussendlich ist es egal. Die Agency wird es bestreiten, egal, was die Wahrheit ist." Anthony dachte, dass es interessant war, dass keiner der Bundesagenten im Raum ihm widersprach. „Kann ich das verwenden? Außerhalb des Protokolls?"

Schmidt sah Bear an, der mit den Schultern zuckte. Dann sah er zurück zu Anthony. „In Ordnung. Wie schreiben Sie sowas normalerweise? Einer unbekannten Quelle zufolge, die der Ermittlung nahe steht? Ich werde bestätigen, dass die Entführer für Brennan gearbeitet haben und dass Collins die Organisation gegründet hat."

Scott Kelly sagte: „Wir wissen auch, dass Mitch Filner für Collins gearbeitet hat, und für Brennan, und dass er letzte Woche erstochen aufgefunden wurde. Wir haben ein Video, das beweist, dass Filner und Collins am Tag nach der Entführung zusammen zu Mittag gegessen haben."

Anthonys Augen wurden groß. Das waren eine Menge Zufälligkeiten, aber schwerwiegende. Er holte sein Notizbuch heraus und begann, sich Notizen zu machen.

Carrie lehnte sich vor und sagte: „Warum sollte Collins Andrea entführen wollen?"

Anthony sagte: „Ich habe eine Theorie."

Schmidt antwortete in einem seltsamen Ton: „Klären Sie uns auf."

„Okay. Nummer eins – Andreas und Carries leiblicher Vater ist Prinz George-Phillip. Nummer zwei – George-Phillip hat die britische Untersuchung über Wakhan geleitet. Er hat herausgefunden, dass Thompson, Collins und Prinz Roshan die Drahtzieher hinter dem Massaker waren.

Und er hat vorgeschlagen, mit den Ergebnissen seiner Ermittlung an die Öffentlichkeit zu gehen. Ich habe eine Kopie dabei, die er mir persönlich gegeben hat. Nummer drei – Premierministerin Thatcher persönlich hat wegen des Kalten Krieges angeordnet, die Ergebnisse nicht zu veröffentlichen. Beide, die Britische und die Amerikanische Regierung, wollten die maximale Propaganda, um den Sowjets die Schuld an dem Angriff in die Schuhe zu schieben. Ich denke, Collins hat die Entführung angeordnet, in der Annahme, dass sie ohne Probleme durchgeführt werden würde. Andreas Leiche wäre entsorgt worden, ohne dass die Wahrheit über ihre Eltern ans Licht gekommen wäre. Er hat – korrekterweise – angenommen, dass, wenn öffentlich würde, dass Thompson nicht ihr Vater ist, weitere Untersuchungen über sein Leben am Ende die Wahrheit über Wakhan ans Licht bringen würde."

Schmidt nickte. „Also hat ein bekannter Mitarbeiter der Regierung die Entführung und Ermordung einer US-Staatsangehörigen – und einer Minderjährigen – angeordnet, um seine eigene Position zu sichern."

Bear sagte: „Das passt zu allem, was wir wissen."

„Was ist mit den Konten auf den Caymans?"

Emma lehnte sich vor. „In Ordnung, was wir sicher wissen, ist, dass Julia Wilson nichts damit zu tun hat. Nach langem Hin und Her haben wir Videos der fraglichen Banken erhalten. Ja, eine Frau hat die Konten eröffnet, und zwar persönlich. Nein, sie war es nicht. Ich vermute eine weitere Beauftragte von Collins – die Konten wurden nur eine Woche, nachdem das Weiße Haus Thompson als neuen Verteidigungsminister ins Auge gefasst hat, eröffnet. Collins legte die Basis, um Thompson zu diskreditieren, sollte Thompson versuchen, Wakhan Collins in die Schuhe zu schieben – was er bei den Anhörungen diese Woche auch getan hat."

„Einige der Medien scheinen es zu glauben", sagte Scott Kelly.

„Genau", sagte Schmidt. Er sah Anthony an. „Nicht falsch verstehen. All das ist vertraulich, bis ich etwas anderes sage, klar?"

„Ja, ich habe verstanden", sagte Anthony. „Ich werde alles, was ich bringe, mit Ihnen abklären, außer es kommt von einer anderen Quelle. Lassen Sie uns fortfahren, das hatten wir doch schon."

„In Ordnung. Der Nächste ist – Mitch Filner. Was ist mit ihm geschehen?"

Emma sagte: „Wir wissen, dass Filner in Südostasien für Collins gearbeitet hat und dass er seinen Posten bei der CIA wegen des Vorwurfs einer Vergewaltigung verloren hat."

„Das ist übel", sagte Anthony.

„Es ist eine Tatsache und auch beim Ermittlungsteam bekannt. Sie können das veröffentlichen. Er hat seinen Job verloren und dann begonnen, für Brennan Holdings zu arbeiten."

„Schon wieder Collins", sagte Schmidt. „Was, wenn Collins sauer war? Statt einer leisen Entführung und einem verschwundenen Mädchen, hatte Collins jetzt ein riesiges Medienfiasko und eine große Menge an Aufmerksamkeit. Filner zu sehen war eine Bestrafung für ihn."

Bear sagte: „Ja, aber haben wir irgendwelche Beweise?"

Emma sagte: „Bei Filner vermutlich nicht."

Anthony machte sich weiter Notizen. Carrie saß ruhig neben ihm, hörte zu und machte große Augen. Diese gesamte Unterhaltung musste eine Art Offenbarung für sie sein. Sie war durch die Mangel gedreht worden – hatte auch mit dem Mediensturm umgehen müssen. Aber das hier war noch eine Nummer größer.

Bear sagte: „In Ordnung. Was ist mit Joe Paretsky?"

Anthony schaute schnell auf. Er begann etwas zu sagen, aber Carrie kam ihm zuvor. „Wer ist das?"

Bear sagte: „Ihr Schwager Dylan hat ihn neulich zu Fall gebracht. Paretsky hat einen Briten namens Charlie Frazer angeschossen, von dem wir sicher annehmen, dass er zum MI6 gehört. Also hat er für Ihren Dad gearbeitet." Die letzten Worte sagte er, während er Carrie genau ansah.

„Warum? Ich verstehe das nicht", sagte sie.

Leah unterbrach. „Ich glaube, dass Prinz George-Phillip ein paar Agenten dafür abgestellt hat, über Sie zu wachen. Sie haben herausgefunden, dass Paretsky und sein jetzt toter Partner Ihnen zu nahe kamen und griffen ein. Damals haben wir nicht verstanden, was vor sich ging, weil wir nicht alle Mitspieler kannten. Aber meine Vermutung ist, wenn Dylan nicht eingegriffen hätte, wäre eine von Ihnen vielleicht getroffen worden."

Carrie schauderte.

Anthony schüttelte seinen Kopf. „Wenn Collins kein Medienfiasko wollte, warum hat er dann das Haus in San Francisco in die Luft gejagt? Warum die Wohnung angegriffen?"

Emma sagte: „Das hat er nicht."

„Was meinen Sie?"

„Collins hat mit ziemlicher Sicherheit das Haus in die Luft gejagt. Aber wir glauben, dass wir herausgefunden haben, für wen Ralph Myers gearbeitet hat."

Bear setzte sich auf, sein Gesichtsausdruck war unglaublich interessiert. „Für wen?"

„Saudi Arabien. Myers hatte sehr viele Schulden. Studiengebühren für seine Kinder, dann wurde seine Frau vor fünf Jahren krank. Krebs. Er war total verschuldet. Aber vor etwa vier Jahren wurden seine finanziellen Probleme besser. Er bezahlte seine Schulden, brachte sie unter Kontrolle und seitdem war alles gut."

„Okay… er wurde von jemandem rekrutiert. Warum denken Sie, dass es Saudi Arabien war?"

Schmidt antwortete: „Mautprotokolle. Während der letzten vier Jahre fuhr Myers an acht verschiedenen Malen von seinem Haus in Arlington nach Manassas. Jedes Mal nur einen Tag, nachdem Ahmed al-Saud die gleiche Fahrt unternommen hat."

„Roshans Sohn", sagte Anthony. „Ein toter Briefkasten."

„Ein was?", fragte Carrie.

Bear grunzte. „Das ist Spionage-Slang. Eine Person hinterlegt etwas – Bargeld oder Dokumente oder irgendetwas anderes – an einem unauffälligen Ort. Die andere Person holt es zu einer anderen Zeit ab. Auf diesem Weg sehen die zwei sich niemals."

„Aber in diesem Fall haben wir die Verkehrsprotokolle, die ihre Bewegungen protokollieren."

„Vor Gericht würde es nicht halten", sagte Bear. „Nicht ohne Fotos oder irgendeine Bestätigung. Aber zumindest wissen wir, dass die Fahrzeuge den Weg zurückgelegt haben."

Anthony sagte: „Das ergibt Sinn. Roshan hatte die Nase voll davon, dass Collins alles vermasselte. Also beschloss er, dem Ganzen ein Ende zu setzen. Er hat ein Team auf die Thompson Familie angesetzt – auf Sie alle

– und ein weiteres, um George-Phillip zur Strecke zu bringen. Ich frage mich, ob er es weiß."

Carrie sagte. „Er weiß es. Während Sie in Afghanistan waren, hat jemand eine Bodenrakete auf sein Flugzeug geschossen. Es ist in den Potomac gestürzt. Gestern ist er für eine Notfallsitzung des Kabinetts nach London geflogen. Sie haben ihn mit einem Flugjet abgeholt."

Schmidt sagte: „Sie wissen ziemlich viel über seine Bewegungen."

Sie lächelte ihn an. „Er ist mein Vater. Seitdem das bekannt wurde, kommunizieren wir ziemlich oft miteinander. Er hat mir letzte Nacht erzählt, dass die britische Regierung den Mann, der auf sein Haus gefeuert hat, festgenommen hat, und dass sie ihn irgendwie mit Saudi Arabien in Verbindung gebracht haben."

„Also, wer zur Hölle hat die Akten geklaut?", fragte Bear.

Schmidt sah zum ersten Mal kleinlaut drein. „Das war ich. Damals konnten wir niemandem trauen, vor allem weil eine Person beim DSS sich als Verräter herausgestellt hatte. Also haben wir die Beweismittel sichergestellt." Er griff in seine Tasche und holte die Akte heraus.

„Scheißkerl", sagte Bear.

Schmidt lächelte nur.

„Also die letzte Frage", sagte Bear. „Wer ist Oz?"

Anthony beantwortete das. „Wir wissen jetzt, wer es ist. Oswald O'Leary. Prinz George-Phillips Assistent. Was wir nicht wissen, ist, warum."

„Wo ist er jetzt?", fragte Schmidt.

Carrie sagte. „Er ist entkommen. George-Phillip hat mir Fotos und eine Beschreibung gegeben, damit ich sie unseren Sicherheitsleuten geben kann. Für den Fall, dass er auftaucht."

Schmidt sagte: „Also was nun? Adelina Thompson und unser zweiter Hauptzeuge werden am Montag vor dem Geschworenengericht aussagen."

„Ich werde meine Story am Montagmorgen veröffentlichen", sagte Anthony. „Wir haben alles, was wir brauchen. Ich fände es toll, wenn ich ein paar Zitate von Ihnen bekommen könnte, auch wenn sie anonym wären. Aber die Story wird auf jeden Fall veröffentlicht werden, egal was passiert."

Schmidt sagte: „Wir werden Ihnen ein paar Zitate geben. Thompson und Collins sind schuldig, einen Massenmord begangen zu haben, aber Sie und ich wissen, dass die beiden vermutlich niemals ins Gefängnis kommen werden."

Anthony sagte mit ruhiger Stimme. „Ich kann sie trotzdem öffentlich hängen."

„Sie alle vergessen eines", sagte Carrie. „Was ist mit Dylan? Er sitzt im Gefängnis dafür, dass er einen Mann, der seine Familie angegriffen hat, getötet hat."

Schmidt sagte: „Mrs. Sherman – kurz bevor Sie hier ankamen, hatten wir bereits beschlossen, Mr. Paris freizulassen und alle Anklagen gegen ihn fallenzulassen."

Carrie schloss ihre Augen. „Danke", flüsterte sie.

KAPITEL SIEBENUNDZWANZIG
Zeit ist Geld

Dylan. 10. Mai

Dylans Entlassung aus dem Bundesgefängnis ging schnell und im Nachhinein würde er sich kaum daran erinnern. Woran er sich erinnerte, war der Moment, in dem der Wachmann ihn in seinen Alltagsklamotten zum Ausgang eskortierte. Alexandra wartete draußen, zusammen mit Bear Wyden.

Sie flog auf ihn zu, ein Blitz aus braunem Haar und grünen Augen, und dann lagen ihre Arme auch schon um ihn und zumindest in diesem Moment wusste Dylan, dass jetzt alles gut werden würde.

„Gott, ich habe dich so vermisst", flüsterte er, und ignorierte die Menschen, die auf dem Bürgersteig waren, einige von ihnen waren weniger angenehm als andere.

„Los Kinder. Zeit ist Geld." Bears Ton war freundlich, als er die Worte aussprach.

Dylan und Alex lösten sich voneinander und Dylan sagte: „Schulde ich Ihnen was, weil man mich freigelassen hat?"

Bear zuckte mit den Schultern. „Ach nein, ich bin nur der Bote. Sie können den Finanzbehörden danken."

„Oh, na ja, das ist merkwürdig. Bear – danke."

Bear grinste. „Lasst uns gehen."

Fünf Minuten später fuhren sie auf dem Capitol Beltway zurück nach Bethesda. Im Auto plapperte Bear vor sich hin und gab seine Meinung über die Taxis in DC (schlecht), den Dienstwagen, den er fuhr (noch schlechter) und ganz besonders über das immer schwüler werdende Wetter (am schlechtesten) zum Besten. Alex saß auf dem Beifahrersitz und Dylan lehnte sich auf dem Sitz hinter ihr nach vorne, und ließ seine Hand auf ihrer Schulter liegen.

Als Bear Luft holte, sagte Dylan. „Ich bin also entlastet?"

Bear warf Dylan für eine Sekunde einen Blick über seiner Schulter zu, dann sahen seine Augen zurück auf die Straße. „Ja. Sie werden nicht angeklagt werden. Immerhin haben Sie das Richtige getan. Was Sie getan haben, war heroisch und hat mit ziemlicher Sicherheit Andrea das Leben gerettet. Zweimal sogar, weil Sie auch den Typen in Bethesda zu Fall gebracht haben, er hätte mit ziemlicher Sicherheit auf sie oder Carrie geschossen."

Dylan sagte mit leiser Stimme. „Danke."

Die Fahrt dauerte fast dreißig Minuten. Dylan nahm seine Hand die ganze Zeit nicht von Alex' Schulter.

Nach einer längeren Stille sagte Bear. „Sie müssen wissen, Alexandra – wozu das auch immer gut sein mag – es tut mir leid, wie sich die Dinge entwickelt haben. Dass Sie alle diese Dinge über Ihren Dad erfahren mussten."

Dylan spürte, wie Alex' Muskeln steif wurden, während Bear sprach. Dann sackte sie einfach in ihrem Sitz zusammen. „Es ist okay", sagte sie. „Ich habe immer gewusst, dass etwas nicht stimmt. Bisher hatte es niemals einen Sinn ergeben, Andrea wegzuschicken."

Dylan drückte ihren Arm. Der Verkehr wurde dichter, als sie das Zentrum von Bethesda erreichten. Die Sonne ging unter, der Himmel war in brillante Rot- und Orangetöne getaucht.

Sie hielten auf dem Parkplatz am Fuße des Gebäudes, das Dylan, als er es das letzte Mal gesehen hatte, mit Blut an den Händen und auf seinen Schuhen verlassen hatte. Er stieg fast ohne es zu bemerken aus dem Auto aus, und griff, als Alex auch ausstieg, nach ihrer Hand. Er legte seinen Kopf zurück und sah am Gebäude hinauf, zu den Balkonen, bis hoch zum achtzehnten Stock. Er wollte nicht nach oben gehen. Er wollte den Ort, an dem er zwei Männer getötet hatte, nicht betreten.

Er schloss seine Augen, holte tief Luft und sagte: „Lasst uns gehen."

Sie sagten nichts, während sie mit dem Aufzug nach oben fuhren, aber es war eine geladene Stille. Dylan wusste, was er tun musste, aber er hatte Angst. Er hatte Angst, Schwäche zu zeigen. Er hatte Angst, die Kontrolle zu verlieren. Er hatte Angst, Alex gegenüber zuzugeben, dass er erneut versagt hatte. Aber wenn es überhaupt jemanden auf der Welt gab, der es verstehen würde, der für ihn da sein würde, dann war es Alex. Er wusste das.

Er hielt ihre Hand etwas fester und sagte: „Was ist für heute geplant? Wer ist hier?"

„Nur wir und Carrie und Rachel. Julia und Crank fliegen morgen früh von Boston her und – Mutter und die anderen werden heute Abend spät hier eintreffen. Warum? Was brauchst du?"

Dylan schluckte. Dann sagte er: „Ich muss meine Mom anrufen."

„Ja?", sagte sie. Ihre Stimme brach ein wenig.

Er nickte. „Ich muss herausfinden, wo es hier ein AA-Meeting gibt."

Sofort wurden Alex' Augen rot. Sie zog Dylan zu sich und dann sagte sie mit brechender Stimme. „Dylan, ich bin so stolz auf dich."

Anthony. 11. Mai

Nachdem Anthony Walker die Autoschlüssel beim Parkservice am Eingang zur Wohnung abgegeben hatte, drehte er sich um und stand auf einmal Crank und Julia Wilson gegenüber. Sie hatte ein Kleid in A-Linie an, auf dem große rote Blumen aufgedruckt waren. Er trug Jeans und ein schwarzes T-Shirt auf dem in gotischer Schrift stand: „Bullet for my Valentine".

Ihre Augen zogen sich ein bisschen zusammen. „Ich habe nicht erwartet, Sie hier zu treffen, Anthony. Denken Sie nicht, dass Sie am Muttertag darauf verzichten sollten, an der Story zu arbeiten?"

Er grinste. „Ich bin hier, weil ich eingeladen wurde."

Dann folgte er ihr und Crank in das Gebäude, ignorierte das Blitzlicht der Kameras und die gerufenen Fragen der anderen Reporter. Die Wachleute ließen sie alle drei passieren.

Die Fahrt mit dem Aufzug war peinlich. Anthony schluckte unbehaglich, verzog seine Lippen und schaute zur Decke.

Crank schlug ihm hart auf die Schulter. „Kein Grund sich unbehaglich zu fühlen, Anthony. Wenn Carrie Sie eingeladen hat, ist das das Einzige, was zählt."

Anthony hustete und sagte: „Ich denke, sie hatte Mitleid mit mir. Meine Mutter ist letztes Jahr gestorben, also hatte ich keine Pläne für heute Morgen."

„Mein Beileid", sagte Crank.

„Danke."

Die Aufzugtüren öffneten sich. Anthony wartete bis Julia und Crank herausgegangen waren und folgte ihnen dann. Ihre Ausweise wurden erneut von einem weiteren Wachmann überprüft und dann gingen sie den Flur entlang.

Julia klopfte. Anthony hörte ein Rufen und Augenblicke später wurde die Tür geöffnet.

Es war eindeutig Sarah Thompson, die die Tür öffnete, bis hin zur gefärbten Strähne in ihrem Haar. Aber statt der Schwarz- und Grautöne, die sie üblicherweise trug, hatte sie ein hellgelbes Taftkleid an.

Julia und Crank sahen beide verblüfft aus. Sarah ignorierte ihre Gesichtsausdrücke und griff einfach nach Julia, um sie zu umarmen, dann tat sie dasselbe mit Crank. Sie schenkte Anthony einen Blick der nicht zu deuten war – fast so, als würde sie ein Geheimnis haben, dann drehte sie sich um und ging zurück in die Wohnung.

„Kommt rein, es gibt Kaffee und Orangensaft. Das Frühstück ist noch nicht fertig, aber bald."

Der erste Eindruck, den Anthony hatte, war der eines leichten Chaos'. Jessica – die immer noch blass aussah, aber nicht mehr ganz so schlimm, wie vor ein paar Tagen, als er sie in Britisch Columbia getroffen hatte – saß auf der Couch und hatte ihre Füße auf den Couchtisch gelegt. Alexandra saß auf einem Stuhl und hielt das Baby im Arm, das hin und wieder giggelte, aber immer noch blass aussah. Anthony kannte sich mit Babys nicht aus, aber er hatte genug gesehen, um zu wissen, dass Rachel nicht gesund aussah. In der Nähe von Alexandra stand ein stämmiger Mann, der ordentlich rasiert war, aber dessen Haare zu lang waren. Anthony erkannte Dylan Paris aufgrund der vielen Bilder, die er in den Nachrichten gesehen hatte. Es würde nicht lange dauern, bis Dylan wieder ein anonymer Niemand sein würde. Im Moment fingerte er nervös an einem kleinen weißen Tablet herum.

Julia und Carrie umarmten sich sofort. Carrie trug ein türkisfarbenes Kleid, das fast genauso aussah wie Sarahs. Anthony verstand die Worte, die

die beiden miteinander wechselten, nicht, aber Carrie drehte sich fast sofort zu Anthony um und nahm seine Hand. „Ich bin froh, dass Sie kommen konnten", sagte sie. „Ich hoffe, Sie fühlen sich nicht allzu unwohl."

Anthony zuckte mit den Schultern. Natürlich fühlte er sich unwohl – wer würde das nicht, wenn er der Muttertagsfeier einer fremden Familie beiwohnte. Vor allem, wenn es diese Familie mit dieser Mutter war.

Zwei Frauen fehlten auffallend. Andrea. Und ihre Mutter.

Adelina. 11. Mai

Adelinas Nerven waren so angespannt wie eh und je, die Muskeln in ihrem Nacken waren hart, ihre Hände zitterten leicht, während sie ihren Mascara auftrug. Die Angst saß mit einem dicken Kloß in ihrem Hals, der leicht brannte und sich wandte wie ein Kaninchen auf dem Feuer. Sie war zurück in dem Zimmer, das sie während der letzten dreißig Jahre immer wieder bewohnt hatte. Das Zimmer, in dem sie geweint und geschluchzt hatte. Das Zimmer, in dem sie versucht hatte, für ihre Töchter zu sorgen und sie zu beschützen und auch das Zimmer, in dem sie ihre Träume aufgegeben hatte. Das Zimmer, in dem sie nach ihrer Ankunft um ein Uhr nachts gewartet hatte, sich hin und her gewälzt und sich gesorgt hatte, was der Morgen wohl bringen würde.

Sie seufzte. Sie hatte Angst da raus zu gehen. Angst, alle ihre Töchter zu sehen. Sie hatte Angst vor ihrem Urteil und ihrer Wut.

Es ergab keinen Sinn, wirklich nicht. Sie hatte im Laufe der Jahre viele Familienfeiern ausgerichtet. Geburtstage und Abschlussfeiern, Hochzeiten, Weihnachten und Thanksgiving-Essen. Sie war niemals perfekt gewesen, aber sie hatte immer ihr Bestes gegeben.

Aber innerlich war sie voller Scham. Scham, weil sie so lange mit Richard verheiratet geblieben war. Scham, weil sie auf seine Drohungen gehört hatte und seinem Missbrauch hörig gewesen war. Scham, weil sie zugelassen hatte, dass ihre Töchter dem Ganzen ausgesetzt gewesen waren.

Und vor allem Scham, weil sie Andrea weggeschickt hatte. Auch wenn sie es getan hatte, um ihr Leben zu retten.

Also blieb sie in ihrem Zimmer und ärgerte sich über sich selbst. Sie betete und schrieb in ihr Tagebuch, das Julia ihr zurückgegeben hatte. Sie versuchte, den Mut aufzubringen, sich ihnen zu stellen.

Und dann klopfte es an der Tür.

Adelina setzte sich in ihrem Stuhl auf. „Ja?", rief sie. „Ich bin gleich fertig."

Stille. Auf der anderen Seite hörte man Atmen. Dann die Worte. „Mutter, darf ich reinkommen. Ich bin's Andrea."

Adelina schniefte. Sie sah sich selbst im Spiegel an. Sie war stark genug, es zu tun. Sie konnte es tun. Sie musste es tun.

„Komm rein", sagte sie. Ihre Stimme brach dabei.

Die Tür öffnete sich und Andrea kam herein.

Andrea trug eines von Carries Kleidern, ein professionell aussehendes knielanges schwarzes Kleid mit einem weißen Gürtel.

Sie betrat das Zimmer und sagte: „Willst du nicht rauskommen?"

Adelina schluckte. Dann flüsterte sie: „Du musst wissen, ich wollte dich nicht gehen lassen. Aber ich hatte Angst, dass Richard dir etwas antun würde. Er hat mir gesagt, dass er das tun würde, und ich habe ihm geglaubt."

Andrea nickte. „Ich weiß."

„Kannst du mir verzeihen?"

Andrea ging zu ihrer Mutter und legte ihre Hand auf deren Schultern. Dann sagte sie: „Ja. Ich verzeihe dir. Du hast mir mein Leben geschenkt. Und meinen Glauben. Dann hast du mein Leben gerettet und ich wusste es nicht einmal. Es gibt nichts zu verzeihen, Mutter. Ich bin deine Tochter und werde es immer sein." Während Andrea redete, begannen ihr Tränen über das Gesicht zu laufen. Dann flüsterte sie: „Ich wollte immer meine Mutter haben. Und jetzt habe ich sie. Und jetzt komm raus. Der Rest der Familie wartet auf dich."

Adelina flüsterte: „Okay."

Andrea drehte sich um und öffnete die Tür des Schlafzimmers. Adelina folgte bebend vor Besorgnis. Hinaus in den Flur, den Flur, durch den sie im wahrsten Sinne des Wortes schon tausendmal gegangen war. Aber niemals, nicht mal während der schlimmsten Zeiten mit Richard, war sie diesen Flur mit so viel Angst entlanggegangen.

Ihre Töchter waren im Wohnzimmer. Als sie eintrat, stand Julia auf, gefolgt von Carrie. Ihre zwei ältesten Töchter hielten sich an den Händen fest und sahen sie mit besorgten Gesichtern an. Alexandra stand dicht bei ihnen, die Arme ihres Ehemannes lagen um ihre Schultern. Sogar Jessica stand auf, Sarah war neben ihr.

Carries Augen waren feucht. Sie streckte ihren Arm aus und griff nach Adelinas Hand. Julia sagte: „Mom... willkommen zu Hause."

KAPITEL ACHTUNDZWANZIG

Spezialbericht

George-Phillip. 12. Mai

„**W**illkommen zurück,** Eure Hoheit." Der Sprecher war US Air Force General Hainey, der wiederum auf die Joint Andrews Air Force Base gekommen war, um George-Phillip zu begrüßen. Dieses Mal war George-Phillip gerade mit seinem Rückflug gelandet, der die Sonne um die Erde verfolgt hatte. Er hatte London um fünf Uhr morgens verlassen – Mitternacht in Washington – und die Joint Air Base Andrews kurz vor drei Uhr nachts erreicht.

Er gab dem General und seinen Helfern die Hand und stieg dann in das Auto, dass der Botschafter geschickt hatte.

In dem Auto saß Linda Happer. Offiziell war sie eine Übersetzerin der Botschaft, aber eigentlich war Linda die Chefin des MI6-Postens in Washington DC.

„Guten Morgen, Chef", sagte Linda. „Netter Flugoverall."

„Da wäre ich mir nicht so sicher", antwortete er. „Was gibt's Neues?"

„Das ist die Frage aller Fragen, Sir. Es ist ziemlich viel – zuerst einmal das hier." Sie gab ihm eine Ausgabe der The *Washington Post*. In 5 Zentimeter großen Buchstaben stand die Topschlagzeile auf der Titelseite: **KLAGE VOR DEM GESCHWORENENGERICHT ZUR UNTERSUCHUNG VON KRIEGSVERBRECHEN.** Darunter eine weitere Überschrift: Richard Thompson und Leslie Collins in Giftgasmassaker verwickelt. Unter der Überschrift war ein Farbfoto, das die obere Hälfte der Titelseite einnahm, es zeigte das Innere einer Höhle. Davor standen grinsend und Arm in Arm die viel jüngeren Leslie Collins, Richard Thompson und Vasily Karatygin.

„Tja. Das ist ja mal was", sagte er.

Er überflog den Artikel, dann blätterte er auf die zweite Seite und seine Augen wurden groß. Die Überschrift der zweiten Seite lautete: **Ehemaliges Hauptquartier der CIA Mitarbeiter wurde zur Gruft.** Ein Foto zeigte eine Höhle, in der Knochen und Leichen herumlagen. Ein Schrank war umgefallen und Papiere lagen überall verstreut herum.

Die Höhle war nach dem Massaker dreißig Jahre lang versiegelt.

„Wir haben Dynamit verwendet, um den Eingang der Höhle zum Einsturz zu bringen", sagte Vasily Karatygin, ehemaliger Sowjetüberläufer und Verschwörer, der nun im Sterben liegt. „Es war der einzige Weg sicherzustellen, dass es ein Geheimnis blieb. Alle, die uns geholfen hatten, waren gestorben. Aber die Dokumente und die Waffen haben wir zurückgelassen. Es war tödlich, zurück in die Höhle zu gehen."

Als ich letzte Woche die Höhle betrat, hatte sich das Sarin schon lange verflüchtigt, es blieb nur ein Denkmal des Grauens zurück. In der Höhle lagen zweiundzwanzig Leichen, Männer und Frauen, alle haben vermutlich für die Verschwörer gearbeitet. Ich habe außerdem ein Dutzend Dokumente und Papiere fotografiert und untersucht, die alle in diesem Bericht abgebildet sind. Das vernichtendste Beweisstück: ein Brief von Adelina Thompson an ihren Ehemann. Der Brief ist kurz angebunden und wenig gefühlvoll, was bei der Art ihrer Ehe auch nicht zu erwarten war (siehe auch Eine gefälschte Ehe, Seite A6). In dem Brief verlangt sie, dass Thompson Geld zur Verfügung stellt, um das Haus der Thompsons in San Francisco zu renovieren, und, um eine Tagesmutter für ihre Tochter zu zahlen. Der Brief (unten abgebildet) ist der eindeutigste und vernichtendste Beweis, dass Richard Thompson an einem der anrüchigsten Kriegsverbrechen des zwanzigsten Jahrhunderts beteiligt war.

„Sie werden in dem Bericht erwähnt, Eure Hoheit. In der Geschichte über die Ehe der Thompsons. Es wird einiges über Sie geschrieben. Der Botschafter ist wütend."

George-Phillip murmelte: „Da bin ich mir sicher." Er war in Frieden mit sich. Wenn er seinen Posten noch heute aufgeben musste, dann wäre er einverstanden.

Sie grinste.

„Noch eine weitere Nachricht, Sir."

„Ja?"

„Die Virginia State Polizei hat Oswald O'Leary gefasst. Er wird im Moment in Alexandria in Untersuchungshaft gehalten. Der Diplomatische Sicherheitsdienst der Amerikaner ist auf dem Weg, um ihn zu befragen, aber sie waren höflich genug, mich anzurufen."

„Verstehe. Denken Sie, dass wir eingeladen sind?"

Linda nickte. „Ja, Sir. Wenn Sie ihn befragen möchten, können wir gleich hinfahren."

„Dann los. Ich habe um zehn Uhr ein Treffen mit dem US-Außenminister, also müssen wir schnell sein, und dann zurück zur Botschaft. Ich brauche eine Dusche, es war ziemlich eng in dem Cockpit."

Leslie Collins. 12. Mai

Das war ein Desaster.

Leslie Collins saß in seinem Büro, hatte immer noch seinen Bademantel an, und las den Spezialbericht der The *Washington Post*, die ihm vor weniger als zwanzig Minuten zugestellt worden war.

Ein Desaster. Es war schon schlimm genug, dass sein Foto auf der Titelseite zu sehen war. Der Inhalt des Spezialberichts war aber viel schlimmer. Fotos von Leichen. Ihr Hauptquartier in den Bergen von Afghanistan, Leichen, die immer noch in der Höhle lagen, zusammen mit Ausrüstungsteilen und persönlichen Gegenständen, die eindeutig Collins und Richard Thompson gehörten.

Eine Zeitachse über Andrea Thompsons Entführung. Verbindungen zwischen Leslies Holding Gesellschaft und den Entführern.

Er war erledigt. Zerstört.

Er blätterte die Seiten um, wurde mit jedem Wort, das er las, verzweifelter. Seine Kollegen würden heute Morgen den Bericht lesen. Seine Kinder würden ihn lesen. Die Medien würden wie Haie um ihn herumkreisen, nach Schwäche suchen, Blut lecken und sie würden angreifen, ihre Zähne in seine Haut hauen, ihm nach und nach Arme und Beine ausreißen, bis nichts mehr übrig war.

Der Artikel war so vernichtend.

Ein hochrangiger Informant innerhalb der Ermittlung hat der The Washington Post mitgeteilt, dass man inzwischen hartnäckige Beweise dafür hat, dass Collins die Entführung und Ermordung von Andrea Thompson befohlen hat. Man spekuliert, dass Collins befürchtete, dass, sobald publik werden würde, dass Andrea Thompson nicht mit Richard Thompson verwandt war, weiter aufkommenden Fragen schnell ihre Beteiligung am Wakhan Massaker aufdecken würden.

Aufgrund dieser Befürchtung hat Collins auch eine Reihe von Konten auf Richard Thompsons Namen auf den Cayman Inseln eröffnet. Anfangs glaubten die Ermittler, dass diese Konten ihrem Anschein gerecht würden und begannen aufgrund dessen, Ermittlungen gegen Thompson und auch seine älteste Tochter Julia Wilson durchzuführen.

„Die Spur ergab keinen Sinn", sagte der Informant der Post. „Nachdem wir uns Julia Wilsons Kooperation sichern konnten, wurde die Geschichte schnell aufgedeckt."

Hohen Regierungsbeamten zufolge wird Wilson am Montagmorgen vor dem Geschworenengericht aussagen.

Er beugte sich vor und legte seine Stirn auf den Schreibtisch. Es musste einen Weg geben, das zu überleben. Es musste ihn geben. Er hatte schon Schlimmeres überlebt. Er hatte die Leben anderer kontrolliert. Er hatte Agenten in einem Dutzend Länder eingesetzt, er hatte sein Land in seiner vierzigjährigen Berufslaufbahn geschützt. Warum? Das war schrecklich.

Collins zuckte auf seinem Stuhl zusammen, als das Telefon klingelte.

Die abhörsichere Leitung.

Mit zitternden Händen streckte er seinen Arm aus und hob den Hörer ab und legte ihn an sein Ohr. „Collins."

„Leslie, hier ist Ralph Williams."

Collins schloss seine Augen. Ralph Williams war der ehemalige Senator Williams, ehemaliger Chef des Sonderausschusses für Geheimdienstangelegenheiten und jetzt Direktor der CIA. Williams war der höchste Geheimdienstbeamte der Vereinigten Staaten und Collins' Chef.

„Ja, Sir."

„Kommen Sie heute nicht her. Ich werde einen Beamten mit der entsprechenden Sicherheitsstufe bei Ihnen vorbeischicken, um alle Unterlagen abzuholen, die Sie in Ihrem Safe haben."

„Sir?" Collins ließ ein bisschen Wut in seiner Stimme mitschwingen.

„Lassen Sie es mich klar ausdrücken, Collins. Sie werden nicht zurückkehren. Weder jetzt noch jemals wieder. Sie können von Glück sagen, wenn Sie nicht im Gefängnis landen, aber ich garantiere Ihnen, dass Sie niemals wieder in einer Behörde arbeiten werden. Ich schlage Ihnen vor, mit dem Schreiben Ihrer Memoiren zu beginnen, wenn Sie Ihren Ruf auch nur ansatzweise retten wollen."

Williams war nicht einmal höflich. Er legte einfach auf und ließ Collins mit einem Klicken in der Stille zurück.

Collins legte den Hörer auf.

Er nahm einen tiefen Atemzug. Thompson war genauso in die Geschichte verwickelt, in der viel zu viel von den Ereignissen der letzten Jahre offenbart worden war. Es würde Kongressanhörungen geben, und wenn die Story in der Zeitung richtig war, könnte das Geschworenengericht auch Collins anklagen. Aber das war nicht die größte Gefahr.

Prinz Roshan war die größte Gefahr. Collins wusste, dass Roshan, sobald er den Artikel sah, mit größter Wahrscheinlichkeit Killer schicken würde, um zu verhindern, dass Collins oder Thompson ihn mit in die Sache hineinzogen. Roshan hatte Ambitionen – er hoffte darauf, eines Tages König zu sein. Aber es gab mehr als zweihundert königliche Prinzen in Saudi Arabien – er war nur einer davon. Ein Skandal würde seine Chancen ein für alle Mal vernichten.

Die Killer könnten schon auf dem Weg sein.

Gott. Collins schluckte den Kloß in seinem Hals herunter, hob den Hörer ab und wählte eine Nummer.

„Hallo?" Die Antwort am anderen Ende der Leitung klang angespannt.

Leslie räusperte sich und seine Stimme brach, als er sprach. „Hier ist Mister Collins. Ich weiß, es ist spät, aber ich hatte gehofft, dass mich jemand abholen könnte, damit ich meinen Freund besuchen kann."

Am anderen Ende der Leitung herrschte Stille. Der abgemachte Code war einfach. Es war ein Paniksignal, ein Signal, dass er vor vielen Jahren ausgemacht hatte, um ihm eine schnelle Ausreise außer Landes zu ermöglichen, wann immer er es brauchen sollte. Er hatte sich diese Sicherheitsmaßnahme seit mehr als zehn Jahren vorbehalten. Jetzt war es an der Zeit, sie zu nutzen.

Der Mann am anderen Ende sagte schließlich: „Zehn Uhr, Stafford."

Verdammt. Stafford Regional Airport lag fünfundsechzig Kilometer südlich von Washington entfernt, und die Rushhour würde bald beginnen. Sie mussten das Haus sofort verlassen. Er stand auf und verließ sein Büro, dabei rief er: „Meredith! Meredith!"

Er stürmte den Flur entlang zu ihrem Schlafzimmer und rief weiterhin ihren Namen. Sie stieß einen panischen Schrei aus und schaltete das Licht im Schlafzimmer an, dann rief sie. „Was? Was ist los?"

„Pack eine Tasche mit deinen wertvollsten Besitztümern und zieh dir etwas Bequemes an. Bequeme Schuhe. Du hast zehn Minuten Zeit, dann gehen wir."

„Was?", rief sie, sie saß immer noch im Bett.

Er griff nach ihren Schultern und lehnte sich vor, dabei berührten sich ihre Nasen fast. „Pack. Eine. Tasche. Zieh. Dich. An. Ich werde in zehn Minuten verschwinden. Mit oder ohne dich."

Als er sie losließ, sackte sie zurück auf das Bett, in ihrem Gesicht war Horror zu sehen. Es war ihm egal. Er marschierte zu dem begehbaren Schrank, warf den Bademantel von sich und begann, sich anzuziehen. Er trug diese Kleidung selten, aber heute zog er eine Jeans und ein dickes Shirt an. Dann holte er vom obersten Regalboden einen Rucksack und begann, Kleidung hineinzustopfen.

„Leslie, erklär mir sofort, was los ist!", rief Meredith.

„Keine Zeit. Wir sind in Gefahr. Wir gehen."

„Was ist mit den Zwillingen? Was ist mit Susan?"

„Den Kindern wird nichts geschehen. Aber uns schon, wenn wir nicht jetzt sofort verschwinden. Zieh. Dich. An."

Sie begann, sich zu bewegen, zog sich etwas an – ihre Gartenkleidung. Gut. Keine Absätze oder eleg, Kleider. Dann begann sie, eine Tasche zu packen.

George-Phillip. 12. Mai

„Prinz George-Phillip? Ich bin Bear Wyden, Diplomatischer Sicherheitsdienst.“

Der Mann, der auf ihn zukam, war von mittlerer Größe – um einiges kleiner als George-Phillip, und stämmig. George-Phillip vermutete, dass der Spitzname Bear von der großen Körperbehaarung kam, die der Mann anscheinend hatte.

„Hallo Mister Wyden. Soweit ich weiß, hat man arrangiert, dass ich O'Leary sehen kann.“

„Ja, Sir. Aber – zunächst einmal – haben Sie einen kurzen Augenblick Zeit für mich?“

George-Phillip hob seine Augenbrauen. „Ja?“

„Sir, Sie sollten wissen, dass ich von Beginn an für die Ermittlungen bezüglich der Entführung Ihrer Tochter zuständig war. Andreas Entführung. Ich habe sie und Carrie recht gut kennengelernt, genau wie Adelina. Ich habe Adelina früher schon gekannt, in Belgien.“

George-Phillip stieß ein Seufzen aus. „Ja... verstehe. Was kann ich für Sie tun?“

Bear verzog seinen Mund ein wenig. Dann sagte er: „Diese Mädchen verdienen einen guten Vater. Sie haben niemals einen gehabt. Und Adelina Thompson wurde Jahrzehnte lang gefoltert. Ich traue niemandem beim Geheimdienst, aber Sie scheinen anständig zu sein. Ich dachte nur...“

George-Phillip stieß Luft aus, dann streckte er seine Hand aus und legte sie auf Bears Schulter. „Ich werde mein Bestes tun, Mr. Wyden.“

„Bear.“

„Ich werde mein Bestes tun. Das verspreche ich.“

„Wenn das so ist, Sir, werde ich Sie jetzt zu O'Leary bringen.“

Minuten später fand sich George-Phillip zusammen mit Bear in einem Zimmer wieder. O'Leary saß ihnen gegenüber. Seine Füße waren an einen Stahltisch gefesselt. Er hatte einen gelassenen Gesichtsausdruck.

„Oswald“, sagte George-Phillip.

O'Leary nickte. „Eure Hoheit.“

George-Phillip stellte genau eine Frage: „Warum?“

O'Leary schüttelte seinen Kopf. „Sie verstehen es immer noch nicht? Mein Job war es, Sie und die königliche Familie zu beschützen, Eure Hoheit. Das war es immer."

„Mich vor was zu beschützen?"

„Vor einem Skandal, Sir. Das verstehen Sie doch sicher. Prinz Andrew war im Jahr 1982 mit einem Pornostar zusammen und dann ist dieser verrückte Fagan einfach in den Buckingham Palace marschiert und hat sich ans Fußende des Bettes der Queen gesetzt. Prinzessin Margaret und Lord Snowden ließen sich scheiden und Ihr eigener Vater starb, weil er betrunken Auto gefahren war. Ist es ein Wunder, dass die Queen wollte, dass Sie beschützt werden?"

„Die Queen?"

O'Leary nickte heftig. „Natürlich, Sir. Die Queen hat mich persönlich dafür abgestellt, um Sie vor einem Skandal zu beschützen."

George-Phillip sank gegenüber von O'Leary in einen Stuhl. Oz.

„Sie haben selbstständig entschieden, aufgrund dieses Auftrags in Adelinas Wohnung einzubrechen. In 1983?"

„Natürlich, Sir. Um sie zu warnen und zu verscheuchen. Ich hatte keine Ahnung, dass sie mit Ihrem Kind schwanger war, Sir, damals noch nicht. Aber es hätte auch keinen Unterschied gemacht."

„Und Sie haben es 1996 in China erneut getan."

O'Leary nickte. „Ja, Sir. Zu Ihrem eigenen Besten."

„Und Sie haben Killer darauf angesetzt, sie zu töten. Und ihre Tochter."

O'Leary zuckte mit den Schultern. „Ich stehe loyal zur Krone, Sir. Nicht zu einer Hure, mit der Sie geschlafen haben."

Wut durchfuhr George-Phillip. Er stand auf und holte mit seiner Hand aus, um O'Leary ins Gesicht zu schlagen, aber Bear war schneller als er. Er ergriff sein Handgelenk und sagte: „Nein, Sir, ich fürchte, dass können Sie nicht tun."

George-Phillip keuchte auf. Er holte tief Luft, war plötzlich voller Adrenalin. Er konnte nicht glauben, dass die Queen Mord befürworten würde.

„O'Leary. Wann haben Sie das letzte Mal – mit der Queen gesprochen? Oder irgendjemandem aus ihrem Haushalt? Mit irgendjemandem, der mit diesem… Auftrag… zu tun hatte?"

O'Leary sagte: „Warum?… Als Sie von Washington nach London zurückgekehrt sind, Sir. Der Auftrag war damit offiziell beendet."

George-Phillip schloss seine Augen. Niemals zuvor in seinem Leben hatte er sich so sehr gewünscht, jemanden zu verletzen. Der Betrug traf ihn in seinem Innersten.

Er holte tief Luft, seine Stimme zitterte und er sagte: „Sie sind erledigt, O'Leary. Ich werde mit dem Innenministerium reden, dann wird Ihre diplomatische Immunität aufgehoben werden. Dafür, dass Sie diesen Mord beauftragt haben, werden Sie ins Gefängnis gehen." Er drehte sich um, dabei schnappte er immer noch nach Luft.

„Eure Hoheit! Ich habe nur getan, was richtig war! Wozu Sie nicht den Mut hatten!" O'Learys Gesicht war hell rot. „Ich habe alles getan, um Sie zu beschützen."

Ohne eine Antwort zu geben, ging George-Phillip hinaus in den Flur, Bear folgte ihm dicht auf den Fersen.

Draußen im Flur sah er Linda Happer. „Miss Happer. Bitte fahren Sie mich in die Botschaft. Ich muss mich auf mein Treffen mit dem Außenminister vorbereiten."

Bear sagte: „Das Ganze tut mir leid, Sir."

George-Phillip schüttelte seinen Kopf vor Abscheu. „Ich – ich bin entsetzt. Und… unglaublich enttäuscht. Ich kenne O'Leary seit dreißig Jahren."

Bear sagte nichts.

George-Phillip steckte seinen Arm aus, griff nach Bears Hand und schüttelte sie. „Danke, Mister Wyden."

„Ja, Sir."

George-Phillip folgte Happer hinaus aus der Polizeistation.

Leslie Collins. 12. Mai

Zehn Minuten, nachdem er Meredith aufgeweckt hatte, öffnete Leslie Collins die seitliche Tür des Hauses; er hatte den Rucksack über seine Schulter gehängt und ging auf sein Auto zu. Es war dunkel, aber der zunehmende Mond, der tief am Himmel stand, beleuchtete die Einfahrt und die Seite des Hauses. Collins konnte hören, dass die Vögel zu zwitschern begannen, auch wenn sich die Sonne noch nicht zeigte. Der Sonnenaufgang würde schnell genug kommen. Er musste schon ein ganzes Stück von seinem Weg nach Stafford zurückgelegt haben, bis die Sonne aufgegangen war – sonst würde der Verkehr verhindern, dass er rechtzeitig für seinen Flug dort ankam.

Das Auto summte, als er die Alarmanlage ausschaltete und es aufschloss, und dann streckte er seinen Arm nach der Tür aus.

Meredith stieß ein Kreischen aus. Bewegungen. Ein Mann, der aus dem Schatten der unbenutzten Garage trat.

„Mister Collins."

Collins zuckte zurück. Der Mann, der ihm in der Dunkelheit gegenüberstand, war klein. Kurz geschorene Haare. Unrasiert und ungekämmt. Er hatte dunkle Haut. Sein Akzent war arabisch.

„Mister Collins, ich habe ein Abschiedsgeschenk von einem gemeinsamen Freund. Bit-tawfiq." Collins kannte die Worte. Viel Glück auf Arabisch. Der Mann bewegte sich schnell, hob eine Pistole an Collins Stirn.

Der Mann betätigte den Abzug und alles wurde schwarz.

KAPITEL NEUNUNDZWANZIG
Dicke, fette Kugeln

Richard. 12. Mai

Richard Thompson schüttelte sich vor Wut, der schlimmsten Wut, die er jemals verspürt hatte, als er den Spezialbericht weiterlas.

Einer Quelle im Büro des Spezialstaatsanwalts zufolge hat Julia Wilson bei der Ermittlung der Finanzbehörden kooperiert. Sie hat während ihres letzten Treffens mit ihrem Vater eine Wanze getragen und eine Tonaufnahme gemacht, bei diesem Treffen hat er zugegeben, dass er die Waffen für das Massaker beschafft hat. Mrs. Wilson wird am Montagmorgen vor dem Geschworenengericht aussagen, gefolgt von ihrer Mutter.

Wie konnte sie es wagen? Richard tobte vor Wut. Seine Tochter. Die er sich herangezogen hatte. Die Einzige, die er wirklich liebte. Er fühlte einen merkwürdigen, verzerrten Schmerz, ein unbekanntes Gefühl; ein Gefühl, dass er seitdem sein Bruder sich auf dem Dachboden seines Elternhauses erhängt hatte, nicht gespürt hatte.

Trauer.

Er öffnete eine der Schranktüren und holte ein Glas heraus. Er hasste diesen Ort. Der Präsident hatte ihm zwei Wochen Zeit gegeben, um sich eine neue Bleibe zu suchen. Er wurde rausgeschmissen. Auf Nimmerwiedersehen. Dieses von Ratten befallene Quartier war seiner sowieso nicht würdig. Das Gebäude, früher einmal Quartier Nr. 2 im Fort Myers, war, bevor Richard hier eingezogen war, das Zuhause eines Zweisterne-Generals gewesen. Ein großes weißes Gebäude mit Säulen im Südstaatenstil und Fenstern, die bis zum Boden reichten, Richard hasste es. Hasste es. Er holte ein Glas aus dem Schrank, drehte es im Licht und warf es dann durch das Zimmer.

Es zerschmetterte an der Wand, ein eigentümlich befriedigendes Geräusch. Er holte ein weiteres Glas heraus und warf es. Glas flog durch den Raum und ein kleiner Splitter traf seinen Arm.

Auf dem obersten Regalboden stand ein Set aus Weingläsern. Er warf sie alle, eines nach dem anderen, und jedes zersprang. Jetzt lagen überall auf dem Küchenboden Glasscherben.

Es war Adelinas Schuld. Er verlor alles. Er hatte sogar seine Lieblingstochter verloren. Und es war die Schuld dieser spanischen Hure. Er öffnete eine Schublade und sah sich gierig die Küchenmesser an.

Nein. Zu unsicher. Er hatte in seinem Büro eine Pistole, einen 45-Kaliber Colt M1911A1. Dicke, fette Kugeln, um sie ihr in den Kopf zu jagen. Es gab nichts anderes mehr zu tun. Wie sein Vater so schön sagen würde (wenn der alte Bastard noch am Leben wäre), er war eine Schande. *Genau wie sein Bruder.*

Mrs. Wilson wird am Montagmorgen vor dem Geschworenengericht aussagen, gefolgt von ihrer Mutter.

Er stapfte in sein Büro, um seine Pistole zu holen. Die arme Julia würde in ein paar Stunden eine Waise sein.

Carrie. 12. Mai

„Bist du sicher, dass das okay ist?", fragte Carrie zum fünfzehnten Mal.

Alexandra nickte. „Es ist alles gut. Du bleibst bei Julia und Mom, okay? Sie brauchen dich. Ich habe Andrea und die Zwillinge und ich bin mir ziemlich sicher, dass Andrea mit allem fertig wird."

Carries Augen wanderten zu denen ihrer Mutter, dann zu Andreas. Auf Andreas Lippen sah man ein breites Lächeln. So, als würde sie denken, sie könnte wirklich mit allem, egal was, fertig werden. Carrie drehte sich zurück zu Alexandra und gab ihr Rachel. Das Baby bewegte sich nicht mal. Ihre Temperatur war über Nacht auf ein normales Maß gesunken.

„Sie wird vermutlich in zwei Stunden aufwachen. In der Gefriertruhe sind vier und im Kühlschrank ein Fläschchen mit Muttermilch, du kannst sie warm machen –"

„Carrie!", sagte Alexandra. „Ich kriege das schon hin!"

Dylan holte sein Telefon raus und checkte die Uhrzeit. „Mrs. Thompson… Carrie und Julia. Es ist Zeit zu gehen."

Carrie sagte: „Ich denke immer noch nicht, dass es notwendig ist, dass du mitkommst, Dylan. Wir haben bewaffnete Wachleute."

„Carrie", sagte Alexandra. „Sei ruhig. Hör auf, dir einen Kopf zu machen."

Sie schloss ihre Augen. „In Ordnung. Dann lasst uns gehen."

Dylan ging voraus und Adelina und Julia folgten ihm. Carrie sah zurück zu Alexandra und sagte: „Danke. Ich weiß nicht, was zwischen ihm und dir los ist, aber… es ist besser. Es ist besser, oder?"

Alexandra nickte, ihre Augen glitzerten. „Das ist es", flüsterte sie.

Carrie lächelte und ging durch die Tür, folgte ihrer Mutter und ihrer Schwester zum Aufzug. Sie hatten immer noch neunzig Minuten, bis sie bei Gericht sein mussten, aber der Verkehr in Washington war unberechenbar. Die vier sagten nichts, während sie mit dem Aufzug herunter fuhren. Zwei bewaffnete Wachmänner begleiteten sie. In der Lobby übernahmen zwei andere Wachleute die Aufgabe und eskortieren sie nach draußen. Vom rötlichen Himmel schien blasses Licht.

Sie kletterten in einen großen SUV, Adelina saß in der Mitte der Rückbank, ihre Töchter jeweils neben ihr, und Dylan nahm auf dem Beifahrersitz Platz. Die Wachleute bestiegen ein weiteres Fahrzeug. Sie überließen nichts dem Zufall. Der kleine Konvoi fuhr los, der Verkehr war dicht. Rushhour.

Carrie starrte aus dem Fenster, während Julia und ihre Mutter leise miteinander redeten. Sie hörte nur mit halbem Ohr zu. Mutter und Tochter erzählten sich die Ereignisse der letzten zwei Wochen. Jessicas Gesundheit, die Mordversuche, die Untersuchung der Finanzbehörde. Julia hatte geheim gehalten, dass sie sich hatte verwanzen lassen und sich dann mit ihrem Vater getroffen hatte.

Carrie seufzte. Warum hatte sie es geheim gehalten? Sie sah hinüber zu ihrer Schwester. Julias Haar hatte wieder seine normale Farbe, das hatte es schon seit einer Weile. Es war schulterlang und die braunen Locken umrahmten ihr Gesicht. Sie sah traurig aus.

Dann wurde es ihr auf einmal klar. Sie dachte darüber nach, was sie über ihre Schwester wusste. Über Julias Erfahrungen in der High School, in China und auch in Bethesda. Die Belästigungen und die Lästereien. Ihr Selbstmordversuch.

Julia hatte nichts gesagt, weil sie sich geschämt hatte. Geschämt, dass ihre Schwestern irgendwie schlecht von ihr denken würden. Geschämt, dass sie vielleicht das Falsche getan hatte.

Carrie holte tief Luft. „Du hast das Richtige getan, das weißt du", sagte sie.

Julia sah sie an, ihre Augen waren plötzlich geweitet. „Was?"

„Du hast gehört, was ich gesagt habe. Du hast das Richtige getan. Ich weiß, dass er dein Vater ist. Aber du hast das Richtige getan."

Julia schluckte, auf ihrem Gesicht waren ganz viele Emotionen zu sehen.

Adelina nahm Julias Hand in ihre linke und Carries in ihre rechte Hand und sagte: „Das wird alles bald vorbei sein."

George-Phillip. 12. Mai

Von außen sah Blair House aus wie vier Stadthäuser, die gegenüber des Weißen Hauses lagen. Das Mittlere war aus weißen Steinen und hatte Säulen vor dem Eingang. George-Phillip wusste allerdings, dass das Innere der vier Häuser miteinander verbunden war. Mit einem Dutzend Zimmern und viel Personal, diente das Haus als Gästehaus des Präsidenten der Vereinigten Staaten, dort wurden Würdenträger begrüßt und Veranstaltungen abgehalten. George-Phillip hatte im Laufe der Jahrzehnte viele von ihnen besucht.

An diesem Morgen wartete ein US Navy Commander auf ihn.

„Eure Hoheit. Der Minister wartet im Esszimmer auf Sie. Bitte folgen Sie mir, Sir."

George-Phillip trug nicht länger den Flugoverall, den er für seinen Flug über den Atlantik und während seines Besuches im Gefängnis getragen hatte. Er hatte sich einen Anzug mit auf Hochglanz polierten Schuhen angezogen, und Manschettenknöpfe, die früher einmal seinem Vater gehört hatten. Er hatte genug Zeit zum Umziehen, ein kleines Frühstück und ein Quartettspiel mit Jane gehabt, bevor er wieder hatte gehen müssen.

Das würde nicht mehr lange so gehen. Er hatte, während er in London war, dem Premierminister sein Rücktrittsschreiben übergeben.

George-Phillip folgte dem Marineoffizier durch die Eingangshalle in ein kleines Esszimmer. Als er eintrat, stand Minister Perry auf. Beide Männer waren gleich groß, auch wenn Perry wie immer gefährlich mager aussah.

Perry zeigte zur The *Washington Post*, die zwischen einer Karaffe mit Orangensaft und Kaffeekannen ausgebreitet lag.

„Haben Sie das gesehen?", fragte Perry.

„Das habe ich", sagte George-Phillip. „Es ist ziemlich umfangreich."

„Setzen Sie sich, Eure Hoheit. Ich freue mich, Sie heute Morgen zu sehen."

George-Phillip lächelte. „Ganz meinerseits, Herr Minister. Ist unser gemeinsamer Freund auf dem Weg?"

„Das ist er. Aber ich habe ihn gebeten uns ein paar Minuten Zeit zu lassen, damit wir miteinander reden können."

„Exzellent", antwortete George-Phillip.

„Soweit ich höre, treten Sie zurück."

George-Phillip lächelte. „Sowas spricht sich schnell herum, nicht wahr? Es stimmt. Ich möchte mehr Zeit mit meinen Kindern verbringen. Vor allem jetzt, wo ich zwei weitere Töchter habe, die ich besser kennenlernen will. Und noch einige weitere… Stieftöchter, denke ich. Ich fühle mich für sie gleichermaßen verantwortlich."

„Thompson war ein harter Brocken, nicht wahr? Ich hatte allerdings keine Ahnung über Ihre Verbindung zu Adelina. Ist das wahr, was in dem Artikel steht?"

„Dass sie vergewaltigt worden und dann quasi als Gefangene gehalten wurde? Ja. Leider ist es das."

Perry verzog das Gesicht und schüttelte seinen Kopf. „Ich habe mich immer gewundert. Haben Sie sie gesehen?"

George-Phillip zuckte mit den Schultern. Er fühlte bei der Frage einen merkwürdigen Schmerz. „Ich weiß nicht, ob sie mich sehen will, Herr Minister."

Perry runzelte die Stirn. Er sah auf seine Uhr, dann sagte er: „Prinz Roshan wird in einer Minute hier sein… Eure Hoheit… darf ich Ihnen einen unaufgeforderten persönlichen Rat geben?"

„Herr Minister?"

„Treffen Sie sie. Nicht nächste Woche oder nächstes Jahr oder auch nur morgen. Gehen Sie noch heute zu ihr."

George-Phillip schluckte. Allerdings blieb es ihm erspart, zu antworten. Die Tür ging auf und der Navy Commander, der ihn hergebracht hatte, schaute herein.

„Herr Minister? Prinz George-Phillip? Prinz Roshan ist da."

Die zwei Männer standen auf und Perry sagte: „Bitte führen Sie ihn herein, Commander."

Julia.12. Mai

Du hast gehört, was ich gesagt habe. Du hast das Richtige getan. Ich weiß, dass er dein Vater ist. Aber du hast das Richtige getan.

Carries Stimme hallte durch Julias Kopf, während sie sich ans Ende des langen Konferenztisches setzte. Dreiundzwanzig Männer und Frauen saßen um den Tisch herum. Einige trugen Anzüge, einige Hemden und zwei sogar Jeans und T-Shirts. Alle hatten einen ernsten Gesichtsausdruck.

Am anderen Ende des Tisches war ein Mann, den sie erkannte. Rory Armitage. Armitage war ein ehemaliger Kongressabgeordneter von Georgia, später war er von Präsident Bush als Richter in den Bundeskreis berufen worden. Ein harter, puritanischer Mann mit kurz gestutztem Haar und einem strengen Gesichtsausdruck. Armitage war vor ein paar Wochen vom Präsidenten beauftragt worden, die Korruptionsvorwürfe im Verteidigungsministerium aufzuklären. Die Ermittlungen hatten schnell auch Richard Thompson betroffen und dehnten sich nun immer weiter aus.

In einer Ecke des Raumes saß die Protokollantin des Gerichts, eine mausgraue Frau, an einem kleinen Schreibtisch.

Armitage stand nicht auf. Er saß einfach nur am anderen Ende des Tisches und schaute kaum von seinen Unterlagen auf.

Rechts von ihm sagte eine Frau in einem blauen Kleid: „Hi, ich bin Mary Cooley, die Vorsitzende der Geschworenen. Können Sie uns bitte sagen, wer Sie sind und auch Ihren Wohnort und Ihren Beruf nennen?"

„Julia Wilson. Boston, Massachusetts. Ich bin die Geschäftsführerin von Morbid Enterprises. Inc."

„Mrs. Wilson, schwören Sie, die Wahrheit zu sagen, die reine Wahrheit und nichts als die Wahrheit, so wahr Ihnen Gott helfe?"

„Ich schwöre es."

Die Frau winkte Armitage. „Ihre Zeugin."

Armitage bewegte sich nicht. Er schaute auf, blaue Augen starrten sie über seine Lesebrille hinweg an, und er sagte: „Mrs. Wilson, ich werde jetzt eine Aufnahme abspielen, Beweismittel der Anklage Nr. 332. Bitte hören Sie gut zu."

Sie lehnte sich zurück, während Armitage einen Knopf an einer Fernbedienung drückte. Der Raum wurde mit Tönen gefüllt. Mit ihrer Stimme.

„*Dad... Ich möchte, dass wir auf gleicher Höhe miteinander umgehen. Ich weiß, dass damals der Kalte Krieg war, und dass schlimme Dinge geschehen sind. Ich weiß, dass Menschen Dinge haben tun müssen, die heutzutage schlimm erscheinen. Hast du es getan? Hast du ihnen die chemischen Waffen gegeben?*"

Im Hintergrund der Aufnahme hörte man ein leichtes Zischen. Dann hörte sie die Stimme ihres Vaters. *Das habe ich. Es war schrecklich. Aber es war auch notwendig.* Eine lange Pause, dann, *Julia... du kennst dich besser als alle andern mit Auslandspolitik aus. Du weißt, wie die Dinge laufen. Ich wollte das nicht tun und ich wusste ganz sicher nicht, dass sie es an unschuldigen Dorfbewohnern testen würden. Wir hatten der Miliz und einem Berater, einem sowjetischen Überläufer, der zum Islam konvertiert war und sich auf die Seite der Mudschaheddin geschlagen hat, Satellitenfotos eines russischen Trainingscamps zugespielt. Aber sie haben es nicht gegen das Militär verwendet... sondern gegen Zivilisten. Ich hätte alles dafür getan, das zu verhindern.*

Erneut ihre Stimme. *Aber da es geschehen war, musstet ihr es den Sowjets zuschieben. Realpolitik.*

Ihr Vater: *leider ja.*

Armitage drückte etwas und die Aufnahme stoppte. Dann sagte er: „Mrs. Wilson, erkennen Sie die Stimmen in dieser Aufnahme?"

„Das tue ich", sagte sie. „Ich. Und mein Vater."

„Bitte sagen Sie den Geschworenen, wer Ihr Vater ist."

„Richard Thompson", sagte sie. Innerlich drehte sich ihr der Magen um. Ihr Vater hatte etwas – unglaublich Grausames getan. Aber ihr Verhalten fühlte sich immer noch falsch an.

Du hast gehört, was ich gesagt habe. Du hast das Richtige getan. Ich weiß, dass er dein Vater ist. Aber du hast das Richtige getan. Erneut Carries Stimme.

„Mrs. Wilson, unter welchen Umständen wurde diese Aufnahme gemacht?"

Sie sah hinunter zum Tisch. „In den Tagen, nachdem meine Schwester entführt worden war, habe ich ein paar schreckliche Dinge erfahren. Da war ein Polizeibericht, in dem stand, dass meine Mutter angegriffen worden war, und dass mein Vater der Verdächtige gewesen war. Und meine Mutter – zu dem Zeitpunkt wurde sie vermisst – hatte ein Tagebuch hinterlassen. Ich habe ein bisschen darin gelesen. Darin stand, dass sie – vergewaltigt worden war. Von meinem Vater. Sie war damals sechzehn. Als mein Vater von der Regierung immer mehr in die Enge getrieben wurde, hat er mich kontaktiert. Er hoffte, eine Verbündete zu finden. Er hat darüber gesprochen, meine Mutter dauerhaft in eine Klinik einzuweisen, er sagte, dass sie verrückt wäre. Und... ich musste wissen, ob das, was man sagte, stimmte. Inwieweit er in das Massaker verwickelt war."

„Also haben Sie zugestimmt, für die Ermittlung der Behörden eine Wanze zu tragen?"

Sie schaute weiterhin nach unten. Dann sagte sie. „Ja."

Sie rief sich die Worte ihrer Schwester wieder ins Gedächtnis. *Ich weiß, dass er dein Vater ist. Aber du hast das Richtige getan.*

„Mrs. Wilson – hat man Ihnen Immunität angeboten?"

Sie nickte. „Ja. Die Finanzbehörde hat das angeboten. Ich habe nicht angenommen."

„Warum nicht?"

Sie spürte ihr Temperament auflodern. „Weil ich nicht will, dass es heißt, ich hätte mich gegen meinen Vater gestellt, nur um nicht ins Gefängnis zu kommen. Das habe ich nicht. Ich habe die Wanze getragen, weil... es das Richtige war. Weil unschuldige Menschen verletzt wurden. Und sie verdienen Gerechtigkeit. Ich... ich kann keine Babys bekommen. Aber wenn ich es könnte, wenn ich jemals Kinder haben sollte, dann möchte ich, dass sie wissen, dass ich das Richtige getan habe."

Armitages schürzte seine Lippen und nickte. Dann sagte er: „Ich habe noch ein paar weitere Fragen. Dann bin ich fertig. Haben Sie irgendwelche geheimen Konten auf den Caymans für Ihren Vater eröffnet?"

„Nein."

„Haben Sie ihm dabei geholfen, Drogengeld zu waschen?"

„Nein."

„Wissen Sie, ob Ihr Vater in irgendeiner Weise in Drogengeldwäsche verwickelt war?"

„Nicht, dass ich wüsste. Ich glaube auch nicht, dass es wahr ist. Mein Vater ist vieler Verbrechen schuldig. Aber ich denke nicht, dass einfache Habgier dazugehört."

Armitage drehte sich zu der Vorsitzenden, Mary Cooley. „Miss Cooley, Ihre Zeugin."

Cooley sagte: „Ich habe keine Fragen."

„Gut, na dann", sagte Armitage. „Mrs. Wilson, vielen Dank, dass Sie sich Zeit genommen haben, Sie dürfen jetzt gehen." Dann sagte er: „Bitte bringen Sie die nächste Zeugin herein. Mrs. Adelina Thompson."

Julia stand auf. Ihre Arme und Beine zitterten. Sie schaute Mary Cooley für eine kurze Sekunde in die Augen. Dann drehte sie sich zur Tür. Während sie darauf zuging, wurde sie geöffnet und ihre Mutter trat ein. Julia berührte ihre Mutter am Arm, als sie an ihr vorbei ging und flüsterte: „Sei stark."

George-Phillip. 12. Mai

Prinz Roshan trug einen konservativen kohlefarbenen Anzug und eine rote Kufiya. Als er George-Phillip sah, zeigte er ein breites Lächeln, bei dem man seine Zähne sehen konnte.

„Prinz George-Phillip. Ich habe nicht erwartet, Sie heute Morgen zu sehen! Was für eine angenehme Überraschung."

Irgendwie kam es George-Phillip so vor, als wäre Roshan alles andere als angenehm überrascht.

„Kommen Sie herein, Eure Hoheit", sagte James Perry. „Bitte setzen Sie sich und frühstücken Sie mit uns. Wir haben einige Halal-Gerichte."

Roshan sah zur Platte mit dem Speck und den Würsten und sagte: „Sie kennen meine Schwächen, Herr Minister. Ich hoffe Allah wird mir meine technischen Verstöße verzeihen, aber ich muss von allem etwas essen."

Perry winkte den Kellnern und Augenblicke später aßen alle drei. Ein paar Minuten herrschte gemeinschaftliches Schweigen, nur unterbrochen vom Klacken der Gabeln auf den Tellern.

Die Stille wurde unterbrochen, als Perry sagte: „Richard Thompsons Geschworenengericht tagt heute. Sie wissen, dass er untergegangen ist. Genauso wie Leslie Collins. Sie haben beide ihre Jobs verloren, auch wenn sie für ihre Kriegsverbrechen nicht ins Gefängnis gehen werden."

„Ja", sagte Roshan. „Es ist eine Schande, wirklich. Ich habe ihn früher einmal gekannt. Wir haben ein oder zweimal zusammen zu Abend gegessen. Sie erinnern sich bestimmt, George."

George-Phillip verzog das Gesicht. Die Intimität war ihm egal. „Wir alle kennen Ihre Rolle in dem Massaker, Prinz Roshan. Sie sollten auch wissen, dass wir Ihren Killer in Groß Britannien gefasst haben. Der, der auf mein Haus geschossen hat."

Roshan sagte: „Ist das eine Art von Britischem Humor? Sie bestellen mich her, um mich zu beleidigen?"

Perry sagte: „Prinz Roshan, gestern hat die Virginia State Police die Verschalung einer Singer Rakete in der Nähe des Great Falls Parks gefunden. Wir haben Ihren Agenten, der sie abgeschossen hat, verhaftet."

Roshan runzelte die Stirn, dann wischte er sich mit einer Leinenserviette die Lippen ab.

George-Phillip lehnte sich vor. „Die Rakete, die Sie verwendet haben, um mich und meine Tochter umzubringen."

Perry sagte: „Prinz Roshan, ich bin mir sicher, dass Ihnen bewusst ist, dass der Abschuss eines Zivilflugzeuges, in dem sich ein Kabinettsmitglied eines US-Alliierten befindet, als Kriegsakt gelten kann. Groß Britannien und die Vereinigten Staaten sind beide Mitglieder der NATO. Wir sind Verbündete. Denken Sie wirklich, wir würden einfach zusehen und Ihnen erlauben, von unserem Land aus Luftwaffen zu verschießen?"

Roshan sagte: „Das ist lächerlich. Ich protestiere gegen diese Behandlung."

Perry sagte: „Wenn ich könnte, würde ich dafür sorgen, dass Sie für Ihre Verbrechen ins Gefängnis kämen oder exekutiert würden. So wie die Dinge liegen, muss ich auf diplomatische Mittel zurückgreifen. Gehen Sie nach Hause, Roshan. Sie sind in diesem Land nicht länger willkommen, oder dem eines unserer Verbündeten. Und bitte sagen Sie dem König von Saudi Arabien, wenn er die Vereinigen Staaten weiterhin als Verbündete haben möchte – als Beschützer – dann dürfen Sie niemals wieder irgendeinen offiziellen Posten bekleiden.“

Roshan stand auf. „Arrogante Amerikaner. Sie denken, Sie können uns vorschreiben, wie wir uns um unsere Angelegenheiten kümmern?“

Perry sagte: „Ich bin mir sicher, dass Sie unser bewaffnetes Dronenprogramm im Mittleren Osten kennen, Prinz Roshan? Wenn Sie nicht tun, was ich sagte, dann schlage ich Ihnen vor, dass Sie den Himmel im Auge behalten. Ihre Tage werden gezählt sein.“

Roshan warf seine Serviette auf den Tisch.

„Gehen Sie nach Hause“, sagte George-Phillip.

Prinz Roshan marschierte aus dem Zimmer.

„Ich wünschte, wir könnten mehr tun“, sagte Perry.

George-Phillip sagte: „Der MI6 ist mit Tötungsaufträgen nicht so zimperlich wie die Vereinigten Staaten, James. Roshans Tage sind gezählt. Ich habe bereits mit dem Premierminister darüber gesprochen.“

„Tja, dann. Eure Hoheit… haben Sie nicht eine Verabredung bei Gericht?“

Dylan. 12. Mai

Als Adelina um fast zwölf Uhr mittags aus den Räumlichkeiten des Geschworenengerichts kam, war sie blass und zitterte. Dylan kam sofort an ihre Seite und nahm ihren Arm. „Geht es Ihnen gut?“, murmelte er.

Sie lächelte. „So schnell bin ich nicht erledigt, Dylan.“

Julia und Carrie kamen beide auf ihre Mutter zu. Julias Augen waren voller Tränen.

Adelina sah sie beide an, dann sagte sie: „Ich bin stolz auf euch beide, müsst ihr wissen.“

Carrie sagte: „Werden sie ihn anklagen? Wird er bezahlen? Mir kommt es vor, als ob er niemals genug dafür bezahlen kann, was er dir angetan hat. Oder diesen Dorfbewohnern."

Adelina legte eine Hand auf die Schulter ihrer Tochter. Sie flüsterte: „Ich wollte so lange Rache. Aber... das steht mir nicht zu. Oder dir. Wir müssen unser Leben weiterleben... und vergeben, wenn wir können."

Heiliger Gott, dachte Dylan. Wir müssen vergeben? Er dachte an seinen Vater. Seinen armen, schwachen Vater, der voller falscher Illusionen war.

„Du hast deinen Ehemann verloren. Dann hast du deinen Vater verloren." Adelina sah ihre Tochter voller Mitgefühl an. „Natürlich ist es hart. Aber ich verspreche dir... es wird einfacher werden."

Carrie verzog das Gesicht. „Dann lass uns gehen. Ich kann es ja zumindest versuchen."

Adelina nickte und die drei Frauen begannen, in Richtung der Aufzüge zu gehen. Dylan blieb hinter ihnen, schaute nach Journalisten oder nach irgendwelchen Gefahren. Er hatte die letzten drei Stunden dieses Morgens damit verbracht, Anthonys Bericht in der The *Washington Post* zu lesen, während Julia und ihre Mutter ausgesagt hatten. Der Bericht war – überwältigend. Er enthüllte eine Art von Korruption bei der CIA, die sich Dylan nicht mal hatte vorstellen können. Collins würde fallen und auch Richard Thompson, aber sie würden nicht die Einzigen sein.

Die Aufzugtür öffnete sich und die vier stiegen ein.

„Vermutlich werden unten Reporter sein", sagte Dylan. „Die Wachleute werden draußen auf uns warten. Bleibt dicht zusammen, bis wir in die Autos steigen."

Adelina streckte ihren Arm aus und berührte Dylans Arm. „Dylan. Danke. Dass du dich um meine Töchter kümmerst."

Er schenkte ihr ein schiefes Lächeln. „Es ist mir ein Vergnügen, Ma'am. Ich würde mein Leben für sie geben."

Er meinte es ernst. Wenn er müsste, würde er sich zwischen Alex und eine Kugel stellen. Auch bei jeder ihrer Schwestern. Immerhin war das das, was Soldaten taten. Sie stellten sich zwischen ihre Familien und die Grausamkeit des Krieges.

Zumindest war das der Gedanke dabei.

Die Aufzugtüren gingen auf. Die Lobby des Gerichtsgebäudes war frei von Journalisten, überall standen bewaffnete Wachen und Polizisten herum. Aber draußen waren Dutzende von Reportern auf der Treppe und der Straße und kämpften um einen guten Platz. Hinter den Reportern standen hunderte Schaulustige, die von dem Drama einer Ehefrau und Tochter, die gegen ein ehemaliges Kabinettsmitglied ausgesagt hatten, merkwürdig angezogen wurden.

„Jetzt geht's los", sagte Dylan.

Als sie die Tür erreichten, kamen ihre Wachmänner herein. „Hier entlang, Leute. Hier entlang!"

Sie gingen durch die Drehtür. Die Menge drängte sich sofort nach vorne. Mikrofone wurden in ihre Gesichter gehalten, Reporter schrien und riefen nach ihnen. Ihre Wachleute schoben die Reporter rufend zurück, und Dylan schloss sich ihnen an.

Er rief: „Lassen Sie sie durch!" Während Julia schrie: „Kein Kommentar."

Der Schuss kam aus dem Nichts. Dylan hörte ihn, sofort drehte er sich instinktiv um und duckte sich, versuchte zu hören, aus welcher Richtung das Geräusch kam. Einer ihrer beiden Wachmänner ging zu Boden, in seinem Gesicht war ein riesiges Loch, und der andere schrie plötzlich auf und fiel nach hinten, er traf Dylan, der versuchte, aus dem Weg zu springen.

Er spürte, wie sein kaputtes Bein unter ihm nachgab und er wegrutschte, dann spürte er, wie etwas in seinem Knöchel knackte. Dylan stieß einen Wutschrei aus.

Die Menge zerstreute sich, Männer und Frauen, Reporter und andere Leute schrien auf. Als die Leute wegrannten, offenbarten sie Richard Thompson, der Carrie ergriffen hatte und sie an ihrem Hals festhielt. Richards Gesicht war ausgemergelt; er hatte dunkle Ringe unter den Augen. Er war schon sehr lange wach. Sein Gesicht war unrasiert, graue Stoppeln sprossen aus seinen Wangen und seinem Hals. Er hatte eine Pistole in der Hand, eine 45er, die auf Adelina gerichtet war.

„Ich hätte dich schon vor langer Zeit umbringen sollen", murmelte er. „Ich hätte dich niemals weiterleben lassen sollen, du verdammte Hure."

„Lass mich los!" schrie Carrie und wandte sich.

„Halt die Klappe!", rief er. Er schlug mit dem Griff der Pistole nach ihr. „Du bist nicht meine Tochter. Ich werde dich wie eine Fliege umbringen, wenn du mich ärgerst."

Carries Augen wurden groß.

Dylan sah einen großen Mann mit dunklem Haar die Straße entlang rennen. Es war Prinz George-Phillip. Woher wusste er, dass er jetzt kommen musste? Aber er war noch zu weit entfernt.

Julia trat vor, stellte sich zwischen ihren Vater und ihre Mutter. Mit leiser, kalter Stimme sagte sie: „Ich bin es. Ich bin deine Tochter. Und du wirst meiner Mutter niemals wieder wehtun."

Sie streckte ihre Hand nach ihrem ungläubigen Vater aus und griff nach der Pistole, zog sie von Carrie weg. „Lass sie jetzt los", befahl Julia.

Dylan kämpfte darum, auf die Füße zu kommen, aber der stechende Schmerz, der in seinem Bein aufloderte, zeigte ihm, dass etwas kaputt war. Gottverdammt! George-Phillip würde nicht rechtzeitig hier sein.

„Lass sie los", forderte Julia.

„Du warst meine Lieblingstochter", sagte Richard. Fast vorsichtig ließ er Carrie los, die davonstolperte. Seine Stimme wurde zu einem Schreien. „Du warst diejenige, der sie am meisten wehgetan hat. Sie. Sie ist diejenige, die dich beschimpft hat und die dich wie Dreck behandelt hat... und sie hat dein Leben furchtbar gemacht. Willst du keine Rache? Du kannst sie haben!"

„Vater. Es ist Zeit, aufzugeben", sagte sie. „Du hast verloren. Jetzt ist nicht die Zeit für Rache. Jetzt ist die Zeit, um zu vergeben."

„Nein. Nein. Ich kann nicht verlieren. Ich werde keine Schande sein. Das werde ich nicht." Er trat einen Schritt zurück und hob die Waffe. „Auf Wiedersehen, Julia."

Dylan und Julia schrien im gleichen Moment auf, aber keiner von ihnen war schnell genug.

Richard Thompson betätigte den Abzug.

Epilog

George-Phillip. 12. Mai

„**Ich muss** Sie hier rauslassen, Eure Hoheit. Die Straße vor dem Bundesgericht ist gesperrt."

George-Phillip lehnte sich vor, so dass er um die Ecke sehen konnte. Der Bürgersteig und die Straße waren voller Nachrichten-Vans und einer großen Menschenmenge aus Schaulustigen und Demonstranten.

„Okay, in Ordnung. Bleiben Sie in der Nähe. Holen Sie sich einen Kaffee oder sowas. Ich werde zurückkommen, sobald ich fertig bin."

Der Fahrer runzelte die Stirn. „Sind Sie sicher, dass Sie hier aussteigen möchten, Eure Hoheit? Das ist eine große Menschenmenge und man hat Sie schon einmal angegriffen – "

„Diese Gefahr ist vorbei. Aber danke, dass Sie sich Sorgen machen."

Ohne ein weiteres Wort öffnete George-Phillip die hintere Wagentür des SUV und stieg aus. Ein Taxifahrer, der hinter dem SUV stand und nicht weiterkam, hupte ohne Unterbrechung. Es war ein einziges Chaos. Überall waren Autos, Fußgänger und Reporter, die im Weg standen. Es wäre nicht verwunderlich, wenn Reporter ihn ansprechen würden – er war im Artikel der Post genau beschrieben worden. Aber vermutlich verhinderte es die Tatsache, dass man es als sehr unwahrscheinlich einstufen musste, dass ein königlicher, englischer Duke die Straße entlanglaufen würde.

George-Phillip ging auf die Menschenmenge zu.

Die Menge bewegte sich, so als ob ein Riese eine Faust gegen sie eingesetzt hätte und plötzlich war da ein Schreien – sogar viele Schreie. Menschen drängten sich vom Eingang des Gerichtsgebäudes weg, kämpften gegen die Masse an. Er rannte los in Richtung des Gebäudes, und konnte seinen schlimmsten Albtraum vor sich sehen.

George-Phillips Augen sahen über den Schauplatz, auch als er wie ein Verrückter rannte. Was er sah, war ein Chaos. Richard Thompson mit einer Pistole in der Hand, der Carrie am Hals festhielt. Julia, die ihre Hand nach ihm ausstreckte. Adelina bewegte sich in seine Richtung, um ihre Töchter zu beschützen. Dylan Paris lag auf dem Boden, sein Fuß war ganz unnatürlich verdreht.

George-Phillip rannte schneller, als er eindeutig einen Schuss hörte, während sein Gehirn noch versuchte, zu verstehen, was er sah. Richard hatte Carrie losgelassen, die sich schnell wegdrehte, und dann Worte rief, die George-Phillip durch das Geschrei nicht verstehen konnte.

Richard hob seine Pistole und George-Phillip schrie: „Halt!", als der Finger des Mannes den Abzug betätigte.

George-Phillip prallte gegen Adelina, legte seine Arme um sie und stieß sie zu Boden, als der Schuss losging. Das Schreien um ihn herum ging weiter. Er hörte einen weiteren Schuss, dann noch ein paar weitere. George-Phillips rotwerdender Blick wandte sich zu Richard, der wie eine Marionette einmal, dann noch einmal, hüpfte und dann mit dem Gesicht voraus auf den Boden fiel. Auf seinem Rücken hatte sich ein immer größer werdender Blutfleck gebildet.

„George-Phillip!", schrie Adelina, ihr Gesicht war voller Angst. Sie klang, als wäre sie weit entfernt und seine Seite begann, schrecklich wehzutun.

„Hallo, Liebes", sagte er. „Ich habe dich schrecklich vermisst. Geht es dir gut?"

Dann war Carrie neben ihm und Julia half Dylan auf und er hörte Sirenen, die näherkamen.

Auch sie klangen sehr weit entfernt. Aber ihre plötzlichen Küsse auf seinem Gesicht, ihr Atem an seinem, war ihm so nah wie seine eigene Seele. Er schloss seine Augen, war durchflutet von der Wärme seines Zuhauses.

The Washington Post. 13. Mai 2014

Ehemaliger Verteidigungsminister wegen versuchten Mordes am britischen Prinzen George-Phillip angeklagt
Von Anthony Walker

Der ehemalige designierte Verteidigungsminister Richard Thompson hat vor hunderten Zeugen am Montagmorgen nach einem Zusammenstoß mit Thompsons Frau und zwei ihrer Töchter auf den britischen Prinzen George-Phillip geschossen. Gegen Minister Thompson, ehemaliger US-Botschafter in China und später in Moskau, wurde wegen des Verdachts ermittelt, chemische Waffen an die Afghanische Miliz geliefert zu haben, die sie dann gegen Zivilisten verwendet hatte. Zusätzlich hat seine Frau dem ehemaligen Botschafter vorgeworfen, sie als sechzehnjährige vergewaltigt zu haben. Thompson wurde, nachdem er auf den Prinzen geschossen hat, von der Polizei niedergeschossen.

Adelina Thompson und zwei ihrer Töchter, Carrie Sherman und Julia Wilson, waren bei der Schießerei zugegen. Nach Zeugenangaben hat Botschafter Thompson versucht, seine Frau zu ermorden, als Prinz George-Phillip eingriff.

Die drei Frauen und ein Schwager wurden mit dem Prinzen ins Howard University Krankenhaus gebracht. Botschafter Thompson brachte man ins George Washington University Krankenhaus.

Der kampfbereite Botschafter hatte im Laufe der Woche Anhörungen vor dem Senatsausschuss der Streitkräfte, bei dem Senator Chuck Rainsley den Vorsitz hat, über sich ergehen lassen müssen. Während dieser Anhörungen wurde zum ersten Mal öffentlich bekannt, dass Thompson während seiner gesamten diplomatischen Laufbahn ein aktiver Agent der CIA gewesen war. Offizielle Stellen haben sich bisher geweigert, Angaben zu Thompsons CIA-Hintergrund zu machen.

Der Sprecher des Weißen Hauses, Kelly Daniels, sagte der *The Washington Post*: „Wir waren erschüttert, als wir von den sehr schweren Anschuldigungen gegen Botschafter Thompson erfahren haben. Sobald man uns den Inhalt der Anschuldigungen mitgeteilt hat, haben wir seine Nominierung widerrufen. Die Regierung wird keinerlei Korruption oder kriminelle Handlungen dulden. Wir wünschen dem Prinzen eine schnelle Rekonvaleszenz, und der Präsident hat mich außerdem beauftragt, dem Prinzen seine Hochachtung für seine heroische Tat zu übermitteln."

Botschafter Thompson wird vermutlich überleben, nach Angaben des Georg Washington University Medical Centers gegenüber der Post wird er aber niemals wieder in der Lage sein, seine Beine zu bewegen. Prinz George-Phillip wird sich vollständig erholen.

Rory Armitage, der Spezialstaatsanwalt, sagte: „Richard Thompson hat zusätzlich zu den bereits vorliegenden Anklagen jetzt auch noch versuchten Mord an seiner Frau hinzugefügt."

Der mitangeklagte Abteilungsleiter der Abteilung Operationen der CIA, Leslie Collins, wurde am Montagmorgen ermordet, während er versucht hatte, einen Charterflug vom Stafford Regional Airport zu erreichen. Der Pilot hatte einen Flug nach Rio de Janeiro geplant. Die Virginia State Polizei kooperiert mit dem FBI, um den Mord aufzuklären.

Carrie. 26. Mai

Als Carrie ihren schwarzen Suburban in der Nähe des 60. Bereichs des Arlington National Friedhofs parkte, war es um elf Uhr morgens schon 20 Grad warm. Das Grasfeld schien nicht enden wollend weiterzugehen, so wie auch die endlosen Reihen von Grabsteinen. In der Nähe dieses Bereichs des Friedhofs standen mehr Autos aller Größen, als in den anderen Bereichen. Carrie blinzelte Tränen weg, als sie erkannte, wie viele. Nur lebende Ehegatten waren berechtigt, die sorgfältig in Stand gehaltenen Straßen innerhalb des Friedhofs zu befahren.

Carrie benutzte ihren Militärausweis, der sie als Witwe eines Soldaten auswies, der während des aktiven Dienstes gestorben war, fast nie. Aber er erlaubte ihr, den Friedhof zu besuchen und dabei die vollen öffentlichen Parkplätze zu meiden. Sie öffnete die Tür des SUV und stieg aus.

Auf der Beifahrerseite bahnte sich Dylan seinen Weg aus dem Sitz. Er war die letzten Wochen sehr frustriert gewesen – ein gebrochener Knöchel führte dazu, dass er an Krücken ging und noch mehr Physiotherapie machen musste. Aber er und Alexandra waren in der Lage gewesen, rechtzeitig nach New York zurückzukehren, um mit Columbia zu verhandeln, sie die versäumten Examen nachholen zu lassen. Alexandra stieg hinten aus und legte ihre Hand um Dylans Arm. Es war das erste Mal, dass Carrie Dylan in seiner Uniform sah. Aber heute trug er seine Ausgehuniform, sein Barett saß auf seinem Kopf, die hellen gelben Streifen eines Gefreiten auf seinem Arm, die blaue Schleife an seiner rechten Schulter, die zeigte, dass er der Infanterie angehörte. Carrie erkannte das Infanteriekriegsabzeichen

– Ray hatte das gleiche Abzeichen getragen – neben seinem Bronze Star und dem Purple Heart. Er hielt einen Blumenkranz in der Hand.

Carrie öffnete die Tür hinter sich und entgurtete Rachel aus ihrem unförmigen Autositz, dann legte sie das Baby in eine Schlinge an ihrer Hüfte. Rachel kuschelte sich an ihre Mutter, und rutschte dann in der Schlinge herum, bis sie richtig saß.

„Wann ist ihre nächste Bluttransfusion?", fragte Dylan.

„Nächste Woche", antwortete Carrie. „Es sei denn…"

Sie brach ab.

„Was ist?", fragte er.

„Mein Vater – George-Phillip – lässt diese Woche sein Blut testen. Es gibt… du weißt schon… eventuell die Möglichkeit."

Er grunzte. Sie war sich sehr bewusst, wie gering die Chancen waren, vor allem, weil Andrea nicht geeignet war.

Die drei gingen in den 60. Bereich. Weder Dylan noch Carrie konnten mehr als fünf Meter gehen, bis Tränen über ihr Gesicht liefen. Sie liefen die Reihen zwischen den Grabsteinen entlang, und sahen die Mütter und Väter und Witwen fast nicht, die leise auf ihrem eigenen Weg zu ihren verlorenen Geliebten waren.

Soweit man sehen konnte, waren in jeder Richtung Grabsteine.

Carrie sah Namen und Daten und kämpfte darum, die Fassung zu bewahren. Aber Dylan hatte aufgegeben. Tränen liefen ihm über das Gesicht und einmal schluchzte er auf, dann verbiss er es sich krampfhaft. Alexandra nahm seine Hand.

Die Namen. *Die Namen.* Carrie sah sich um und die enorme Tragweite brachte sie zum Schwanken.

Scott Johnson. Sergeant. United States Army. 2. März 1987 bis 12. Juli 2005. Silver Star. Purple Heart. Operation Enduring Freedom.

Julia McIntosh. SSGT. United States Marine Corps. 12. Oktober 1979 bis 7. Juni 2004. Purple Heart. Operation Iraqi Freedom.

Jeder einzelne Name repräsentierte jemandes Kind, jemandes Bruder oder Schwester, jemandes Vater oder Mutter. Jeder Einzelne bedeutete ein zu kurzes Leben, ein Leben, das in einem Land am anderen Ende der Welt geendet hatte. Jeder einzelne Stein war ein gebrochenes Herz.

Dylan ging auf seinen Krücken weiter, Carrie hielt dabei einen seiner Arme und Alexandra den anderen. Carrie konnte kaum noch etwas sehen, und bemerkte gar nicht, dass sie ihr Ziel erreicht hatten.

Raymond C. Sherman. SSGT. United States Army. 13. April 1986 bis 19. August 2013. Bronze Star. Purple Heart. Operation Enduring Freedom.

„Ich vermisse ihn", sagte Alexandra. „Aber ich habe ihn nicht gut gekannt... nicht wie ihr zwei. Aber er war ein guter Mann. Und ein guter Freund."

„Ja", flüsterte Dylan. Er gab Alexandra eine der Krücken und kniete sich vor sie beide, dann legte er den Kranz auf das Grab seines besten Freundes. Er flüsterte etwas – Carrie konnte es nicht verstehen. Dylan bewegte seine Faust – so als ob er einen Fauststoß mit Ray austauschte – und sagte: „Ich vermisse Dich. Bro."

Er kam schwankend auf die Füße und salutierte vor dem Grab.

Scheiße. Die Tränen liefen nur so über Carries Gesicht, aber es war ihr egal. Sie sagte: „Wenn es euch nichts ausmacht – ich meine..."

„Du brauchst Zeit für dich alleine", sagte Dylan. „Das ist okay. Du... du brauchst es. Wir werden zurück zum Auto gehen."

Carrie umarmte Dylan ganz fest, sie stieß ihn fast von seinen Krücken. Rachel protestierte, wurde aber wieder ruhig, als sie ihn losließ.

„Hey, schmeiß mich nicht um, Frau."

Carrie lachte. Dann sah sie Alexandra und Dylan in die Augen und nickte. Die beiden gingen davon.

Sie drehte sich um und kniete sich neben den Stein, rieb mit ihren Fingern über die Schrift, spürte die eingravierten Buchstaben.

„Hey Babe", flüsterte sie. „Ich muss dir jemanden vorstellen." Dann musste sie aufhören zu sprechen, denn für ein paar Augenblicke konnte sie nichts anderes tun als schluchzen.

„Das ist unsere Tochter. Ist sie nicht schön? Es tut mir leid, dass ich sie nicht schon früher herbringen konnte. Es ist nur – die Zeit ohne dich war wirklich sehr hart. Sogar noch härter als ich gedacht hatte."

Sie schwankte auf ihren Fersen vor und zurück. „Rachel ist krank, aber ich bete darum, dass wir bald einen geeigneten Knochenmarkspender für sie finden werden. In der Zwischenzeit passe ich gut auf sie auf. Ich habe dir versprochen, mich um unsere Tochter zu kümmern, und das werde ich auch. Ich habe sie quasi nach dir benannt, musst du wissen. So gut es ging. Man kann ein Mädchen nicht Raymond nennen, das wäre merkwürdig."

Sie schniefte sehr. „Du würdest nicht glauben, was in den letzten Wochen alles geschehen ist. Oder vielleicht doch. Vielleicht warst du auch in der Nähe und hast aufgepasst. Ich weiß es nicht. Ich habe einen neuen Vater und… ich weiß nicht, ob ich ihm trauen kann. Aber ich denke, vielleicht kann ich das. Er hat sich anstelle meiner Mutter anschießen lassen – wenn das nicht das Verrückteste ist, das ich je gehört habe. Ich denke, ich werde versuchen, ihn näher kennenzulernen. Wir werden sehen. Mom ist… na ja… es ist eine lange Geschichte. Aber ich denke am Ende wird sie sich erholen und nichts auf der Welt könnte mich glücklicher machen."

Sie schniefte erneut, dann fluchte sie in sich hinein, sie holte ein Taschentuch raus und putzte sich laut die Nase.

Rachel kicherte. Ein lautes Babykichern.

„Was ist?", sagte Carrie. Sie putzte sich erneut die Nase. Rachel lachte, diesmal noch lauter. Ihre blauen Augen waren groß und ihr kleiner Mund war weit geöffnet. Babylachen war das beste auf der ganzen Welt. Dies war Rachels erstes richtiges.

Carrie putzte sich erneut die Nase, machte dabei ein lautes trötendes Geräusch. Rachel kreischte vor Freude auf, ihre kleinen Fäuste wedelten durch die Luft.

„Kannst du sie sehen Ray? Gott, ist sie nicht schön?"

Er antwortete natürlich nicht. Sie schaute auf sein Grab und sagte: „Ich weiß… ich weiß, dass du mich irgendwie hören kannst. Und ich hoffe – ich hoffe, du kannst mir verzeihen. Niemand wird dich jemals ersetzen, Ray. Niemand. Aber… ich muss weiterleben. Ich werde es – du musst mich auch loslassen. Denn Rachel wird einen Dad brauchen." Die letzten Worte kamen immer schneller und höher und verzweifelter aus ihrem Mund.

Sie lehnte sich nah heran, ihre Finger rieben immer noch über die Buchstaben. Sie spürte den glatten Stein an ihren Lippen. „Baby, ich werde dich ewig vermissen. Ich werde dich immer, immer lieben. Aber jetzt muss ich auf Wiedersehen sagen. Ich muss – ich muss mein Leben weiterleben und Rachel auch. Ich weiß nicht, ob da zwischen mir und Anthony etwas ist, aber es... es ist einen Versuch wert, denkst du nicht auch? Ich weiß, dass du wünschen würdest, dass ich glücklich bin."

Sie hielt inne, lauschte. Sie lag lange Zeit einfach nur da, lehnte sich an den Grabstein. Dann sagte sie: „Ich liebe dich, Ray. Ich werde zurückkommen und dich besuchen und ich werde Rachel mitbringen. Ich hoffe... ich hoffe..." Sie seufzte. „Ich liebe dich, Babe."

Langsam kam sie auf die Füße. Sie küsste ihre Handfläche, legte sie dann auf den Grabstein und ging davon.

Carrie. 5. August. 2014

Als das Telefon klingelte, schreckte Carrie Sherman aus dem Schlaf hoch. Sie schlief oft beim Stillen ein und heute war keine Ausnahme. Sie lag seitlich auf der Couch, hatte ihre Füße hochgelegt und Rachel lag in einer Schlinge auf ihrer Brust. Das Baby schlief friedlich.

Das Telefon klingelte erneut. Carrie streckte ihren Arm aus und hob es vom Couchtisch.

Es war Doktor Gage. Voller Panik drückte sie auf den Knopf und hob das Telefon an ihr Ohr.

„Hallo? Hallo?"

„Carrie? Hier ist Doktor Gage."

„Hi... ist alles okay?"

„Carrie, ich habe Neuigkeiten."

Carrie wartete, ihr Herz schlug plötzlich tausendmal pro Sekunde.

„Ihr Vater ist geeignet, Carrie. Wir haben einen Spender."

Tränen begannen Carrie über das Gesicht zu laufen, bevor sie etwas sagen konnte. Ihre Augen wanderten zu dem Baby, das friedlich an ihrer Brust schlief und seine kleinen Hände zu Fäusten geballt hatte.

„Carrie, sind Sie noch dran?"

Mit Freudentränen in der Stimme sagte Carrie: „Ja. Ja. Ganz herzlichen Dank.“

Rachel, das kleine Baby, das keine Ahnung hatte, was in diesem Moment passiert war, schlief friedlich weiter. So sollte es auch sein. Carrie schloss ihre Augen und schickte ein Dankesgebet in den Himmel, dafür, dass ihre Tochter beschützt worden war.

Sarah. 17. August 2014

Sarah seufzte und lehnte sich auf ihrem Stuhl zurück. Carrie war nicht zu Hause und ihre Mutter auch nicht, Gott sei Dank. Im Moment waren nur Jessica und Sarah da, sie saßen zusammen auf dem Balkon, zwischen ihnen lagen Spielkarten. Die leichte Brise war schön, es war etwas wärmer als 20 Grad und damit der schönste Tag seit Langem.

Carrie war heute Morgen rastlos gewesen, nervös wegen Rachels bevorstehender Knochenmarktransplantation.

Prinz George-Phillip war im Moment in London, aber er würde nächste Woche nach Washington fliegen, um den schmerzvollen Vorgang des Knochenmarkspendens über sich ergehen zu lassen. Sarah mochte George-Phillip. Sie hatte ihn inzwischen dreimal getroffen einmal in der Botschaft, einmal im Blair House, als der Präsident ihn dort als Gast hatte wohnen lassen, und einmal bei einem Essen in der Wohnung. Er war ein lustiger Mann und seine verrückten Augenbrauen machten ihn nur noch lustiger. Aber seine Besorgnis um seine Enkelin war das, womit er Sarah für sich gewonnen hatte.

Sarah starrte hinaus auf die Stadt und ihre Augen wurden feucht.

„Erinnerst du dich, wie warm es war? Letztes Jahr?“

Jessica nickte. Am 17. August vergangenen Jahres waren sie mit dem Auto auf dem Weg in den Zoo gewesen, als ein todbringender Jeep sie auf einer Kreuzung gerammt und Ray Shermans Leben beendet und Sarah schwer verwundet hatte. Indirekt hatte der Unfall auch bei Jessica großen Schaden angerichtet.

„Ja“, sagte Sarah. „Es war schrecklich.“

Jessica schaute Sarah an und flüsterte: „Ich war schrecklich zu dir. In dem Jahr vor dem Unfall."

Sarahs Mund bewegte sich nach rechts. Sie sagte nichts, sie schüttelte nur leicht ihren Kopf.

„Nein, wirklich. Ich hätte nicht darum bitten sollen, in eine andere Klasse gehen zu dürfen. Wir sind unser ganzes Leben lang zusammen gewesen. Ich hätte mit dir reden sollen."

Sarah schloss ihre Augen, eine Wolke aus Gefühlen durchfuhr sie. Sie flüsterte: „Warum hast du es getan? Ich habe gedacht, du hasst mich."

Jessica schüttelte ihren Kopf. „Es war... ich war immer dein Schatten, weißt du? Ich war die Artige. Und du – du hattest immer die volle Aufmerksamkeit – schon, seit wir kleine Kinder waren. Ich war... eifersüchtig. Ich wollte mal allein zurechtkommen. Es tut mir leid."

Sarah schluckte. „Jessica... ich liebe dich... und... du musst wissen... das habe ich schon immer. Ich habe immer gedacht, dass du der Liebling von Mom und Dad warst. Du warst die Einzige, die Dad in den auswärtigen Dienst folgen würde."

„Ich denke, das kann ich jetzt wohl bleiben lassen", sagte Jessica.

„Stimmt", sagte Sarah. Sie fühlte sich leer.

„Was hast du in Sachen Schule vor?"

Sarah zuckte mit den Schultern. „Ich habe die Schule nicht beendet. Ich hatte gedacht, mich dieses Jahr an der BCC einzuschreiben. Sie lassen mich zurückkehren und mein letztes Jahr beenden. Ich habe gefragt."

Jessica schluckte. Ihre Augen waren groß. Sarah dachte, Jessica würde gleich anfangen zu weinen. Sie sagte: „Denkst du... ich könnte mitkommen? Zurück in die Schule? Dass wir sie zusammen beenden könnten? Wir wären dann der Jahrgang 2015, denke ich."

Sarah flüsterte. „Das fände ich toll."

The Washington Post. 20. September 2015

**Botschafter Richard Thompson aufgrund des Kriegsverbrecherge-
setzes von 1996 verurteilt**

Von Bill Leiby

Der frühere designierte Verteidigungsminister und Botschafter Thompson wurde am Freitag wegen 223fachen Mordes im Sinne des Kriegsverbre-
chergesetzes verurteilt. Thompson bekam 223mal lebenslänglich. Bezüglich
mehrerer Anklagen wegen körperlichen Übergriffes und Vergewaltigung
wurde Thompson freigesprochen.

Die Mordanklagen und die lebenslänglichen Verurteilungen waren das
Ergebnis einer Untersuchung des Geschworenengerichts, das letztes Jahr
getagt hat und zu dem Ergebnis gekommen war, dass Thompson und Les-
lie Collins die Hauptverantwortlichen für die Beschaffung von chemischen
Waffen waren, die in einem Dorf in der abgelegenen Badakhshan Provinz in
Afghanistan im Winter 1982 den Tod von mehr als 200 Zivilisten verursacht
hatten. Bis letztes Jahr war man davon ausgegangen, dass die Sowjets für das
Massaker verantwortlich gewesen waren.

Die Vergewaltigungsvorwürfe und auch die Mordanklagen wurden letztes Jahr im Mai durch den Reporter der Post und Pulitzerpreisgewinner
Anthony Walker im Detail aufgedeckt. Collins war am selben Tag ermordet
worden. Der Mord konnte bisher nicht aufgeklärt werden.

Die Vergewaltigungsvorwürfe hatte Thompsons Ex-Frau Adelina Ramos vorgebracht, die erst kürzlich nach London gezogen ist, zusammen mit
ihrer Tochter Andrea, die das exklusive Chelsea Independent College besuchen wird, um sich auf die Universität vorzubereiten.

Die Sprecherin der Familie, Julia Wilson, sagte in einem offiziellen
Kommentar: „Unser Vater ist ein komplizierter und kranker Mann. Die
Familie wird keinen Kommentar zu seiner Verurteilung oder Inhaftierung
abgeben, aber wir möchten unsere große Anteilnahme, unser Bedauern und
unsere Entschuldigung an die Opfer seiner Taten aussprechen."

Andrea. London

„Mom!", rief Andrea so laut sie konnte, als sie das Stadthaus betrat. Adelina hatte ein ungeheuer teures Haus in Chelsea gekauft – groß genug, damit alle ihre Töchter sie besuchen konnten, wann sie wollten. Sie hatten es alle immer mal wieder getan.

Jetzt war die Größe des Hauses gegen Adelina. Andrea rief erneut. „Mom! Mom!"

Sie hörte Schritte im oberen Stockwerk. Adelina erschien am oberen Ende der Treppe, ihr Gesichtsausdruck war besorgt. „Andrea, was ist los?"

„Sie haben mich aufgenommen!"

Adelina schrie. „Oh mein Gott!"

Andrea kam die Treppe hoch, sie trafen sich in der Mitte, und sie legte ihre Arme um ihre Mutter.

Während der letzten neun Monate hatte Andrea ihr letztes Jahr an der High School beendet, um die Defizite in ihrer Bildung auszugleichen. Sie hatte nicht gewusst, dass sie Defizite hatte, bis sie sich am King's College in London beworben hatte. Das College hatte ihr vorläufig zugesagt, aber verlangt, dass sie sich ein weiteres Jahr darauf vorbereitete.

Jetzt war sie aufgenommen worden.

Adelina folgte ihr die Treppe hinunter ins Esszimmer und schaute sich den Zusage-Brief an. Sie schaute zu Andrea auf, „Ich bin so stolz auf dich."

„Ich muss Jessica und Sarah anrufen. Und Julia Und… alle anderen. Sie werden kreischen."

Jessica und Sarah waren, nachdem sie die High School beendet hatten, beide in Washington DC geblieben. Sie gingen beide auf die Georgtown Universität und wohnten bei Carrie und Rachel. Andrea dachte, dass das nicht mehr lange so bleiben würde. Carrie schien soweit zu sein, dass sie sich bald ein eigenes Zuhause suchen mussten.

Natürlich würde sie sie alle bald sehen, wenn sie nächste Woche nach London kommen würden.

Sie griff nach der Hand ihrer Mutter.

Adelina sagte: „Du musst wissen… vor drei Jahren, hätte ich mir das alles nicht vorstellen können… das hier. Alles. Dass wir so zusammenleben würden. Ich bin so glücklich."

Andrea lächelte. „Das bin ich auch, Mom. Du hast ja keine Ahnung. Okay. Jetzt muss ich anrufen."

Sie hob das Telefon ab und versuchte zu entscheiden, welche Schwester sie zuerst anrufen sollte.

Adelina. Calella, Spanien

Als Adelina Ramos aus dem Taxi stieg, holte sie tief Luft, schloss ihre Augen und zählte bis zwanzig. Dann, nur um sicherzugehen, zählte sie noch ein bisschen weiter, bevor sie ihre Augen öffnete. Es war mehr als zwanzig Jahre her, seit sie auf diesem Bürgersteig gestanden hatte, neben diesem Gebäude und beim letzten Mal hatte sie eine Panikattacke gehabt, die dazu geführt hatte, dass sie monatelang im Krankenhaus gewesen war.

Dieses Mal würde es keine Panikattacke geben. Sie drückte sich ihre Tasche unter die Achsel und ging durch die Menge, die aus der Bar im Erdgeschoss auf die Straße drängte.

Sie kannte den Weg.

Drei Stockwerke die Treppe hinauf, dann einen langen Flur entlang. Es war heller hier drin, als sie es in Erinnerung hatte, und auch sauberer. In den wenigen Monaten, in denen sie zusammen mit ihrer Mutter hier gelebt hatte, hatte sie allerdings auch in einer tiefen Depression gesteckt. In Trauer um ihren Vater und um ihre Unschuld.

Schließlich erreichte sie die Tür. Nummer 32. Sie holte tief Luft, stärkte sich selbst, dann klopfte sie an die Tür.

Drinnen hörte sie Rufe. Luis, vermutete sie. „Mamá. Jemand ist an der Tür."

Sekunden später wurde die Tür geöffnet.

Es war Luis. Älter, viel älter als beim Letzten Mal, als sie ihn gesehen hatte. Sein Gesicht wurde bleich und er hustete ein halb unterdrücktes Wort heraus, das sie nicht verstand.

„Hola, Luis", sagte sie.

Er nahm ihre Hand. „Ich... ich habe nicht gedacht, dass du kommen würdest. Jemals kommen würdest."

„Luis!" Der Ruf kam aus dem Wohnzimmer. „Wer ist es?"

Luis schluckte. „Komm rein", sagte er.

Adelina trat vor. Sie konnte fühlen, wie ihre Brust eng wurde; etwas, das zu einer Panikattacke führen könnte. Sie hatte schon sehr lange keine mehr gehabt. Aber sie würde niemals völlig geheilt davon sein.

Aber sie war auch nicht hergekommen, um geheilt zu werden. Sie war gekommen, um ihre Mutter zu sehen. Sie folgte Luis in das Wohnzimmer.

Die Wohnung war anders. Heller, aber irgendwie auch kleiner. Die Brise blies die leichten Baumwollvorhänge hinein und aus dem Fernseher in der Ecke war Lachen zu hören. Und eine alte Frau lag auf einem Liegesessel und schaute Fernsehen.

Adelina starrte ihre Mutter an.

Die Jahre waren nicht nett zu ihr gewesen. Ihre Mutter war jetzt fast siebzig. Ihre Augen waren hohl und tiefe Falten durchzogen ihre Haut. Eine Zigarette brannte in einem Aschenbecher neben ihr, der Rauch zog langsam in Richtung Fenster.

„Wer bist du? Was willst du?"

Die Worte waren wie Messer in ihrem Magen und Adelina trat einen Schritt zurück, dabei keuchte sie.

Luis ging an die Seite seiner Mutter und kniete sich hin. Er flüsterte: „Mutter, es ist deine Tochter. Es ist Adelina."

Die Augen ihrer Mutter wurden groß und sie schien den Raum abzusuchen. „Adelina?" Tränen begannen über das Gesicht der alten Frau zu laufen.

„Hallo, Mutter", sagte Adelina. Sie seufzte, stieß einen langen Atemzug aus, während ihr kleiner Bruder, der jetzt Mitte vierzig war, sie mit besorgten Augen ansah. Adelina war mit der Vorstellung nach Calella gekommen, ihre Mutter zu konfrontieren. Sie hatte sich eine Szene vorgestellt, hatte sich vorgestellt, ihrer Mutter zu sagen, wie sie sich die ganzen Jahre des Schmerzes gefühlt hatte.

Sie hatte sich vorgestellt zu sagen: Du hast mein Leben zerstört. Du hast mein Herz gebrochen.

Aber jetzt strömten Tränen über das Gesicht ihrer Mutter. Sie zitterte und schaute mit Angst in ihren Augen zu Adelina auf. Sie erwartete es. Sie erwartete die Explosion, die Vorwürfe, die Schimpftirade. Und Luis ganz offensichtlich auch.

Adelina konnte es nicht tun. Ihre Töchter hatten das gleiche von ihr gedacht.

Stattdessen kniete Adelina sich langsam neben ihrer Mutter nieder und flüsterte: *„Te extrañe, Mamá.“*

Ich habe dich vermisst, Mama.

Julia. London

„Das ist verrückt“, sagte Alexandra. „Ich dachte meine Hochzeit war schon zu aufwendig.“

Julia lachte in sich hinein, dann sagte sie: „Königliche Hochzeiten sind etwas ganz anderes, nicht wahr? Ich bin froh, dass ich diese hier nicht organisieren musste.“

Die Menschenmengen in London waren riesig. Riesig. Julia hatte sich etwas in dieser Größenordnung nicht vorstellen können. Aber jetzt waren sie weit von den Menschen entfernt. Anders als größere königliche Hochzeiten, die genauso Staatsakte wie auch persönliche Verbindungen waren, fand diese Hochzeit in der St. George's Chapel im Windsor Castle statt.

Im Windsor Castle. Julia war schon an vielen Orten gewesen, auch bei Essen im Weißen Haus. Aber das hier war etwas ganz anderes. Vom Raum, in dem sie warteten, konnte sie vom Schloss zur Kirche schauen. Jeden Moment würden Julia und ihre Schwestern in die Kathedrale gerufen werden.

Die Queen zu treffen war beängstigend gewesen. George-Phillip hatte genauso nervös gewirkt wie sie alle, als Adelina ihr alle ihre sechs Töchter, gemeinsam mit ihren Ehemännern, vorgestellt hatte. Der Hochzeit würden nur ein paar hundert Gäste beiwohnen. Oder vielleicht eintausend. Die meisten Adeligen Europas waren hier, zusammen mit vielen Mitgliedern des Houses of Commons, der Premierminister, der US-Botschafter und der Erzbischof von Canterbury, der die Zeremonie durchführen würde.

Kurz gesagt – fast zum ersten Mal in ihrem Leben war sogar Julia überwältigt.

Julia, Carrie und Alexandra waren gestern Nachmittag durch die Kathedrale gegangen, während ihre jüngeren Schwestern sich dafür entschieden hatten, einen Freizeitpark zu besuchen. Die Kathedrale war unglaublich.

Gewölbedecken mit dutzenden Wappen und Flaggen über den bogenför-
migen Fenstern aus Buntglas. Die Wände, die vor hunderten von Jahren aus
Stein gemeißelt worden waren, schienen so fragil, als ob sie davon geblasen
werden könnten. Steingewölbe hielten die Decke über ihnen. In der Kathedrale konnten locker hunderte Menschen Platz finden.

In dieser Kirche waren die Könige von Jahrhunderten begraben: Ed-
ward IV., Henry VI. und Henry VIII., zusammen mit einer seiner Frauen,
Jane Seymour. Später waren die Könige in der Königlichen Grotte und
der Memorial Chapel beigesetzt worden – dort lag auch George-Phillips
Großvater. In diesem Raum war Geschichte geschrieben worden, von der
Julia bisher nur aus Büchern wusste, und nun würde ihre Mutter Teil dieser
Geschichte werden.

Julia dachte, dass das jedoch nicht der Grund für ihre merkwürdige,
getrübte Stimmung war. Sie freute sich für ihre Mutter – sehr sogar. Prinz
George-Phillip war der Mann, den Adelina geliebt und für den sie während
ihrer Quasi-Gefangenschaft gelebt hatte, all diese Jahre. Julia hatte schon
lange Frieden mit ihrer Mutter geschlossen, und sogar mit ihrem Vater,
auch wenn jahrelange Therapie dafür nötig gewesen war.

Aber es gab eine Sache, mit der sie sich nicht abfinden konnte, und ihr
Zusammentreffen mit Harry Easton hatte es wieder wie einen schreienden
Gedanken in ihren Kopf gerückt.

Harry war bei dem offiziellen Empfang vor zwei Tagen in London dabei gewesen, zu dem die Schwestern eingeladen worden waren. Sie hatte
nicht erwartet, ihn zu sehen, aber im Nachhinein gab es keinen Grund,
überrascht zu sein. Immerhin bewegte er sich in diesen Kreisen. Sie waren
höflich zueinander gewesen – nicht unbedingt freundlich, aber auch nicht
unfreundlich.

Ihn zu treffen hatte Julia aber an die eine Sache erinnert, die keine noch
so große Menge Geld kaufen konnte. Jetzt, wo sie Mitte dreißig war, hatte
sie alles erreicht, was sie in ihrem Leben hatte erreichen wollen. Außer in
Momenten wie diesem… Momenten, in denen sie Rachel lachen sah, während sie Jane im Flur hinterherrannte oder zusah, wie Alexandra beschüt-
zend ihre Hände um ihren größer werdenden Bauch legte, wenn sie Dylan
ansah und seine Freude darüber, Vater zu werden – Julia wünschte sich, sie

könnte diese Freude auch haben. Sie wünschte sich, sie könnte diese Freude mit ihrem Mann teilen.

Aber es sollte nicht sein. Sogar die Adoptionsagentur, mit der sie zusammengearbeitet hatten, hatte ihr gesagt, dass es sehr lange dauern konnte.

Man wird zurückhaltend sein, ein Baby in eine Familie wie Ihre zu geben.

Mit „wie ihre" meinten sie Rock Stars. Musiker. Menschen, die zu viel herumreisten. Und dass Julia die Chefin einer riesigen Firma war, spielte auch eine Rolle.

Sie schloss ihre Augen. Das Sehnen wurde jedes Jahr größer, aber heute war nicht ihr Tag, es war der ihrer Mutter. Sie streckte ihren Arm aus und griff nach Alexandras Hand. „Ist mit dir alles okay?"

„Natürlich", antwortete Alexandra.

Sie strahlte. Natürlich. Sie war jetzt im sechsten Monat schwanger, man sah es deutlich und sie war eindeutig glücklich. In ein paar Monaten würde sie ihr letztes Jahr als Jurastudentin beginnen. Dylan hatte seinen Abschluss gemacht und arbeitete in einem sozialen Zentrum für Veteranen in der Bronx. Sein Hauptjob war die Beratung von Kriegsveteranen mit PTBS und er hatte noch niemals glücklicher ausgesehen.

Einer der zwei Protokoll-Offiziere, die für die Queen arbeiteten, erschien an der Tür. „Ladys bitte kommen Sie, um die Braut zu treffen."

Julia holte tief Luft. Sie streckte ihre Arme aus und griff nach Carries und Alexandras Hand. Diese wiederum griffen nach Jessica und Sarah. Andrea schloss den Kreis. Julia sagte: „Lasst uns gehen." Sie lächelte und trennte den Kreis. Die sechs Frauen gingen die Treppen hinunter, um ihre Mutter zu treffen. Sie trugen gleiche blaue Kleider mit langen wallenden Röcken. Julia dachte, dass sich einige ihrer Schwestern in dieser Kleidung wohler fühlten als andere. Sarah sah aus, als wünschte sie sich, ihre Kampfstiefel mitgebracht zu haben. Sie war vermutlich die einzige Frau in der Kathedrale mit sichtbaren Tattoos.

Adelina war bereit, als sie eintrafen. Sie hatte ihr Haar wieder auf seinen normalen Schwarzton gefärbt – in den letzten Jahren war sie immer grauer geworden. Sie trug ein schönes weißes Kleid, das mit zehntausend handgestickten Perlen glänzte. Julia wusste genau, was das Kleid, inklusive der

Perlen, gekostet hatte. Sie hatte es in China bestellt und für ihre Mutter nach London fliegen lassen.

Adelina streckte ihren Arm aus und griff nach Julias Hand. Sie trug weiße Handschuhe und sie war leicht rot im Gesicht. Ihre Augen waren voller Tränen.

„Bitte sag mir, dass das wasserfester Mascara ist", sagte Julia.

Adelina errötete. Sie errötete. Julia schluckte. Sie hatte ihre Mutter gedanklich oft als alten Drachen, alt und gehässig bezeichnet. Niemals im Leben hatte sie sie als Braut gesehen.

„Oh, Mutter, ich freue mich so für dich", sagte Julia.

Adelina lehnte sich vor und küsste ihre älteste Tochter leicht auf die Wange. „Ich bin so froh, euch alle bei mir zu haben", flüsterte sie.

Die Zeremonie sollte nicht formell sein. Die Königlichen Staatshochzeiten waren viel aufwendiger, normalerweise wurde die Braut in einer von Pferden gezogenen gläsernen Kutsche vorgefahren. George-Phillip und Adelina hatten von Anfang an klar gemacht, dass sie eine viel kleinere und familiärere Zeremonie wollten, nur mit ihrer Familie und ihren Freunden. Windsor Castle und Saint George's Chapel waren vor allem wegen ihrer Privatsphäre ausgewählt worden.

Die Prozession begann mit einem Trommelwirbel, den man vermutlich kilometerweit hören konnte, dann begann das Orchester zu spielen. Julia und ihre Schwestern gingen ans Fenster, um nach draußen zur Kirche zu schauen, aber auf einen Hinweis des Protokoll-Offiziers hin, bewegte Adelina sich nicht.

Draußen hatte die Prozession begonnen. Julia sah zu, wie ein paar Reiter den Hof überquerten, gefolgt von Prinz George-Phillip und seinem Cousin, dem Prince of Wales, die zu Fuß gingen. George-Phillip trug die schwarze Uniform und den weißen Gürtel der Royal Marines inklusive seiner Medaillen vom Falkland Krieg und seinem Reservedienst. Auch wenn er nicht länger im Dienst war, war er immer noch ein Ehrencolonel und trug seine Uniform bei Staatsakten.

Hinter den beiden Prinzen kamen die Ehrengäste. Adelina hatte darauf bestanden mit der Tradition zu brechen und auf sechs erwachsene Brautjungfern bestanden – ihre Töchter. Um das auszugleichen wurde George-Phillip von sechs Männern begleitet, inklusive den sich sichtlich unwohl fühlenden Dylan Paris und Bear Wyden, sie schienen sich beide in ihren Smokings zu winden.

Bear hätte sich fast geweigert, der Zeremonie beizuwohnen, aber nachdem Dylan ihn persönlich in seiner Wohnung besucht hatte und mit ihm diskutiert hatte, hatte er schließlich zugestimmt. Er war jetzt Chef der Gemeinsamen Terrorabwehrgruppe und wohnte außerhalb von New York, machte aber regelmäßig Besuche in Washington, um seine Kinder zu besuchen. Seine Ex-Frau, Leah, hatte sich schon lange von ihren Verletzungen erholt.

Julia drehte sich um und ging zu ihrer Mutter. Adelina atmete langsam und tief, und sie hatte ein verträumtes Lächeln im Gesicht.

Julia sagte: „Ich denke, gleich ist es soweit. Sie sind gerade hineingegangen."

Einen Augenblick später öffnete der Protokoll-Offizier die Tür. Direkt vor dem Zimmer stand Cranks Vater, Jack Wilson, der sich bereit erklärt hatte, als Ersatz für den Brautvater zu fungieren, der schon vor vielen Jahren verstorben war. Jack war ein ehemaliger Bostoner Polizist, er war sentimental und stellte etwas dar. Als er Adelina in ihrem Kleid sah, wurden seine Augen feucht. Er hielt ihr einen Arm hin und sie nahm ihn. Er warf einen Blick zurück zu Julia und sie lächelte ihn an. Natürlich. Er hatte eine kleine Flagge in Orange, Weiß und Grün an seinem Revers – die irische Nationalflagge. Julia unterdrückte ein Lachen. Die Zeitungen in London würden das noch jahrelang schreiben.

Das Kammerorchester, das direkt hinter dem Eingang zur Kathedrale saß, begann zu spielen. Der Weg zwischen dem Schloss und der Kirche war etwa zweihundert Meter lang, er wurde von Mitgliedern der königlichen Garde in hellen roten Uniformen flankiert. Auf dem Rasen dahinter standen auf beiden Seiten hunderte – vielleicht auch tausende – Schaulustige. Königliche Hochzeiten waren immer ein großes Ereignis und bekamen entsprechende Aufmerksamkeit, Julia wusste das. Allerdings war George-Phillip vom Thron so weit entfernt, dass eine Hochzeit normalerweise nicht so großes Interesse hervorrufen würde. Aber die Medienberichte um die Ereignisse nach Andreas Entführung – und George-Phillips und Adelinas jahrzehntelange Liebe – hatte in beiden Ländern große Aufmerksamkeit erregt. Tagelang hatten die Medien auf beiden Seiten des Atlantiks das Video gesendet, auf dem zu sehen war, wie George-Phillip Adelina vor dem Gerichtsgebäude in Washington DC das Leben gerettet hatte.

Jack und Adelina begannen, langsam über den Hof zu gehen. Adelinas Töchter folgten paarweise – Julia und Alexandra zuerst, dann Carrie und Andrea gefolgt von den Zwillingen. Sie waren der Größe nach aufgestellt und weniger nach Alter. Hinter ihnen ging Adriana Poole in der Prozession. Sie trug ein blaues Kleid und hielt Jane und Rachel an der Hand. Jane und Rachel waren altersmäßig ziemlich weit auseinander, aber sie trugen gleiche grüne Kleider. Rachels Gesicht war rosa und pausbackig. Seit der Knochenmarktransplantation war sie gesund und so glücklich wie jedes andere kleine Mädchen auf der Welt. Sie hörte allerdings nicht besonders auf das, was man ihr sagte. Sie zog an Adrianas Hand und versuchte sich loszureißen, dann drehte sie sich im Kreis. Jane ging auf ihre Seite und hob sie hoch, dann kicherten die beiden Mädchen.

Julia holte tief Luft, als sie mit Alexandra an ihrer Seite vorwärtsging. Julia hasste es, dass sie neidisch auf ihre Schwestern war. Sie wollte das nicht. Aber als sie die Schönheit von Rachels Lachen hörte und den geschwollenen Bauch von Alexandra, dann tat es ihr weh, weil sie sich so sehr danach sehnte, Mutter zu sein.

Die Musik wurde lauter, als sie den Eingang der Kathedrale erreichten. Obwohl sie gestern in der Kathedrale gewesen war, war es diesmal anders, bemerkte sie, als sie die Stufen des Portals hinauf stieg.

Die Menge beruhigte sich, hunderte Menschen standen auf beiden Seiten des Ganges. Julia hörte, wie Andrea hinter ihr einatmete, als sie die vielen Menschen innerhalb der Kathedrale sah.

Es war schwer, die Größe einer solchen Kathedrale zu schätzen. Aber es waren hunderte Menschen in der Kathedrale, Bäume standen auf beiden Seiten der Kirche, die Äste hingen über den Gang und erreichten die Decke nicht, die sehr, sehr weit oben war. Die Details des Deckengewölbes waren unglaublich; die Fenster waren groß und sorgten für ein Gefühl der Leichtigkeit und Zartheit.

Die Prozession ging weiter den Gang entlang. Unglaublich hohe, aber auch schmale Säulen erstreckten sich auf beiden Seiten über den Menschen zur Decke. Die Frauen trugen farbige Outfits, Kleider in Grün, Rot und Blau, die Männer trugen Anzüge in weit mehr Varianten, als man es in den

Vereinigten Staaten tat, und die Hüte. So viele Hüte, einige von ihnen waren verrückt, einige schön, und einige… man redete besser nicht darüber.

Während sie weiter den Gang entlang schritten, sah sie Crank, der in der dritten Reihe nicht weit entfernt von der Queen saß. Julia schenkte ihm ein Lächeln und er lächelte zurück, dann zwinkerte er ihr zu. Sie waren jetzt seit mehr als einem Jahrzehnt verheiratet, aber sie spürte, dass sie bei seinem Zwinkern immer noch rot wurde und ihr Körper reagierte.

George-Phillip stand nervös vorne in der Kathedrale, seine Hände hingen an seiner Seite. Seine Augenbrauen schienen sich ohne sein Zutun zu bewegen, während er zusah, wie seine Braut auf ihn zukam. Er versuchte, ernst und königlich auszusehen, aber er konnte nicht verhindern, dass ein zartes Lächeln auf seinem Gesicht erschien.

Schließlich erreichten sie den Kreuzgang. Jack, der ganz offensichtlich Tränen auf seinem Gesicht hatte, übergab Adelina an George-Phillip. Dann verbeugte er sich vor dem Prinzen und trat zur Seite.

George-Phillip und Adelina hielten sich an den Händen fest.

Während der folgenden Zeremonie wanderten Julias Augen von ihrer Mutter zu jeder ihrer Schwestern, die in einer Reihe vorne in der Kathedrale standen. Carrie, die ihren Ehemann verloren hatte, aber ein wundervolles Mädchen und einen Vater bekommen hatte. Rachel stand mit Adriana Poole und Jane auf der Seite der Kathedrale und winkte den Menschen lächelnd zu. Carrie stand gerade und groß da, sie hatte ein Lächeln im Gesicht, während sie zusah, wie ihre Mutter endlich glücklich wurde.

Alexandras Gesicht war gerötet. Letzten Abend hatte Julia ihren Bauch berührt und gespürt, wie sich das Baby bewegte. Sie hatte Alexandra und Dylan während der Schwangerschaft mehrere Male besucht – alle Schwestern standen sich jetzt noch näher. Dylan und Alexandra waren unglaublich glücklich. Als sie sie gefragt hatte, wo sie arbeiten wollte, hatte sie verkündet, dass sie versuchen würde, eine Stelle bei der Amerikanischen Bürgerrechtsvereinigung zu bekommen. „Verbrechen, wie das von Dad und Leslie Collins sollten nicht erlaubt sein. Ich möchte für jemanden arbeiten, der einen Gegenpol bildet."

Sarah sah glänzend aus. Das College tat ihr gut – und sie hatte jetzt schon seit Jahren einen Freund. Ihre Zwillingsschwester Jessica hatte ein warmes Lächeln im Gesicht. Jessicas Genesung war ein langer und schwerer

Kampf gewesen. Sie und Dylan waren sich näher gekommen, seit sie hin und wieder gemeinsam zu Treffen nach dem 12-Schritte-Programm in New York und auch in Washington gingen. Er war der Mentor seiner jüngeren Schwägerin geworden.

Und Andrea. Die jüngste Schwester und eindeutig diejenige, die wegen Richard Thompson am meisten gelitten hatte.

Julia war ein halbes Dutzend Mal in London gewesen, seit Andrea und ihre Mutter dorthin gezogen waren. Und jedes Mal war sie vom Glück im Gesicht ihrer Schwester verblüfft gewesen.

Julia sah zurück zu ihrer Mutter und dem Prinzen, die sich nun ansahen, als der Erzbischof ihre Ehe segnete. George-Phillip nahm ihre Hände, beugte sich nach unten, während Adelina sich auf die Zehenspitzen stellte und das frischgebackene Ehepaar sich langsam und liebevoll küsste.

Tränen liefen über ihr Gesicht, als der Erzbischof verkündete: „Ich präsentiere Ihnen, Ihre Königlichen Hoheiten, den Duke und die Duchess of Kent."

Julia. Boston

Wie bei jeder anderen Feierlichkeit verblasste auch die Hochzeit von Prinz George-Phillip und seiner Frau Adelina langsam in der Erinnerung. Das Paar lebte nun zusammen mit Andrea in seinem Stadthaus am Belgrave Square und ein paar Tage nach der Feier war jede von Adelinas Töchtern in ihr eigenes Leben zurückgekehrt.

Für Julia bedeutete das, dass sie in Boston in ihrem Büro am Broadway in South Boston saß und ein Meeting mit ihren Mitarbeitern vorbereitete, als das Telefon klingelte.

Sie starrte es für ein paar Sekunden stumm an. Der Anruf kam vom United Methodist Family Service – der Organisation, bei der sie und Crank sich um eine Adoption bemüht hatten. Seit der Prüfung ihrer häuslichen Gegebenheiten waren vierzehn Monate vergangen, ohne, dass sie etwas von ihnen gehört hatte.

Verwirrt sagte sie: „Hallo?"

„Julia? Hier ist Renee Hunt."

„Ja?" Sorge durchfuhr Julia. Sie stand auf, schaute über den offenen Arbeitsbereich und ihre fünfzehn Mitarbeiter. Crank war nirgendwo zu sehen. „Was gibt es?"

Sie winkte ihrer Assistentin und sagte lautlos: Finde Crank!

„Ist Crank auch da?"

„Einen Moment bitte, ich bin mir nicht sicher – Moment da kommt er. Kleinen Moment." Sie winkte ihm zu. Cranks Augen wurden groß, als er sah, wie wichtig es ihr war, und er rannte auf sie zu.

„Was ist?", flüsterte er.

Sie legte den Anruf auf den Lautsprecher und sagte: „Renee, Crank ist jetzt hier. Also – was ist?"

Auf der anderen Seite der Leitung holte Renee Hunt tief Luft. Julia streckte ihren Arm aus, griff nach Cranks Hand und drückte sie, vermutlich zu fest. Und dann hörte sie die Worte.

„Haben Sie morgen schon etwas vor? Ich habe gute Neuigkeiten. Wir haben ein Baby für Sie."

Tränen liefen über Julias Gesicht. Freudentränen. „Nein. Wir werden unsere Pläne absagen, egal, welche wir hatten."

Sie warf ihre Arme um ihren Ehemann.

Rachel. Bethesda, Maryland

Mommy hat mir gesagt, dass Daddy in dem Stein in dem großen grünen Park wohnt. Ich habe ihn ein paar Mal getroffen, mindesten drei Mal. Aber in dem Stein ist er tot und er kann nicht mit mir spielen. Ich finde es traurig, dass Dad in dem Stein eingesperrt ist. Hast du gewusst, dass tot bedeutet, dass man nicht mehr raus kann und nicht mehr spielen kann? Aber Mommy sagte, Daddy ist bei Gott und glücklich.

Vielleicht spielt Gott mit ihm. Ich wäre traurig, wenn ich nicht mehr rausgehen und spielen könnte.

Mommy sagte, dass wir Daddy jetzt nur noch am Memory-Tag besuchen werden. Das ist der Tag, wenn alle, die keine Daddys und Mommys mehr haben, sie innern.

Manchmal macht das Bild Mommy traurig, außer, wenn sie anfängt zu lächeln. Ich bin froh, dass Daddy mit Gott glücklich ist. Ich wünsche mir, ihn irgendwann mal zu treffen, und dass er mit mir zum Spielplatz geht.

Aber jetzt sagt Mommy, ich bekomme zu meinem Geburtstag noch einen Daddy. Wenn sie ihn küsst, dann lächelt sie. Sein Bart kitzelt. Darum kichere ich immer.

Wenn ich kichere und mein zweiter Daddy lacht, dann lächelt Mommy. Ich mag es, wenn sie lächelt. Sie sagt, einen zweiten Daddy zu haben ist, wie zwei Eistüten.

Morgen ist mein Geburtstag und ich werde meinen zweiten Daddy bekommen.

Ich liebe ihn.

Und Mommy auch.

ENDE

Anmerkung des Autors

Wenn man einen Roman über Politik schreibt, sind die Parallelen zum wahren Leben manchmal unausweichlich.

Ronald Reagan, Eugene Jackson, Henry Kissinger, Margaret Thatcher und Queen Elisabeth II. sind bekannte historische Persönlichkeiten. Ihre Rollen in dieser Geschichte sind allerdings frei erfunden.

Der Wakhan-Korridor wurde von der Gewalt der sowjetischen Invasion in Afghanistan weitestgehend verschont, so wie er auch vom aktuellen Krieg in Afghanistan bisher weitgehend verschont wurde. Die Kämpfe in Afghanistan halten jedoch bereits seit fünfunddreißig Jahren an, mehr als eine Generation – erst mit den Sowjets, dann den Taliban und schließlich mit den Vereinigten Staaten. Viel von der Gewalt, die ich beschrieben habe war typisch, auch die Massaker an Zivilisten. Es gab aber keinen Einsatz von chemischen Waffen, wie im Buch beschrieben.

Die Ereignisse auf den Falkland Inseln und das Attentat auf die Unterkünfte der Marines in Beirut, Libanon, sind so geschehen, wie ich sie hier beschrieben habe. Aber ich habe gewissermaßen alle Details außen vor gelassen.

Prinz George-Phillip existiert ganz offensichtlich nicht. Einige andere Mitglieder der königlichen Familie, die in dieser Geschichte erwähnt werden, jedoch schon. Trotzdem ist alles, was ich über die königliche Familie geschrieben habe, frei erfunden.

Ich weiß wenig über die Tätigkeiten des Diplomatischen Sicherheitsdienstes des Außenministeriums. Wenn ich bei Google keine Informationen finden konnte, habe ich sie einfach erfunden.

Nachwort zur deutschen Ausgabe

Vor etwa zweieinhalb Jahren hatte ich eine verrückte Idee. Der Rest ist sozusagen Geschichte. Heute, am 3. Advent 2015, sitze ich vor meinem Laptop und habe vor ein paar Stunden meine 7. Buchübersetzung beendet. Manchmal kann ich es immer noch nicht glauben.

Wie immer geht mein Dank an meine treuen Helferinnen, Regina, Rita und Sandra. Tausend Dank für Eure Hilfe!

Auch dieses Mal möchte ich es nicht versäumen, Charles für seine Freundschaft und sein Vertrauen zu danken. Es verblüfft mich immer noch, wie er es schafft, Dinge genauso zu beschreiben, wie ich sie fühle. Aufmerksame Leser bekommen gleich ein Beispiel dafür.

Und wie immer: Peter, danke für alles, was du getan hast. Du hast dir meine Ängste und Frustrationen angehört und dich mit meinen verrückten Unsicherheiten auseinandergesetzt. Ich danke Gott jeden Tag dafür, dass du Teil meines Lebens bist.

Dimitra Fleissner

www.ingramcontent.com/pod-product-compliance
Lightning Source LLC
Chambersburg PA
CBHW070836260626
47170CB00007B/2388